O QUE EU AMAVA

SIRI HUSTVEDT

O que eu amava

Tradução
Sonia Moreira

1ª reimpressão

COMPANHIA DAS LETRAS

Publicado originalmente em 2003, na Grã-Bretanha, pela Hodder and Stoughton, uma divisão da Hodder Headline.

Título original
What I loved

Capa
Silvia Ribeiro

Ilustração da capa
Copo d'água e bule de café, tela de Jean-Siméon Chardin (1699-1799)

Preparação
Otacílio Nunes

Revisão
Renato Potenza Rodrigues
Cláudia Cantarin

Os personagens e as situações desta obra são reais apenas no universo da ficção; não se referem a pessoas e fatos concretos, e sobre eles não emitem opinião.

Dados Internacionais de Catalogação na Publicação (CIP)
Câmara Brasileira do Livro, SP, Brasil

Hustvedt, Siri
O que eu amava / Siri Hustvedt ; tradução Sonia Moreira. — São Paulo : Companhia das Letras, 2004.

Título original: What I loved.
ISBN 85-359-0513-8

1. Romance norte-americano. I. Título.

04-3256 CDD-813.5

Índice para catálogo sistemático:
1. Romances : Literatura norte-americana 813.5

[2005]

EDITORA SCHWARCZ LTDA.
Rua Bandeira Paulista 702 cj. 32
04532-002 — São Paulo — SP
Telefone (11) 3707-3500
Fax (11) 3707-3501
www.companhiadasletras.com.br

Para Paul Auster

UM

Ontem, encontrei as cartas que Violet escreveu para Bill. Estavam escondidas entre as páginas de um dos livros dele, de onde escorregaram e caíram no chão. Embora eu já soubesse da existência dessas cartas fazia anos, Bill e Violet nunca me contaram o que havia nelas. Contaram, no entanto, que minutos depois de ter lido a quinta e última carta, Bill mudou de idéia sobre seu casamento com Lucille, saiu pela porta do prédio da Greene Street e foi direto para o apartamento de Violet, no East Village. Quando segurei aquelas cartas com minhas mãos, senti que tinham o peso misterioso das coisas encantadas por histórias que já foram contadas e recontadas uma infinidade de vezes. Enxergo muito mal atualmente e levei um tempo enorme para conseguir lê-las, mas acabei conseguindo distinguir cada palavra. Quando guardei de novo as cartas, sabia que começaria a escrever este livro hoje.

"Deitada no chão do estúdio", Violet escreveu na quarta carta, "eu o observava enquanto você me pintava. Ficava olhando para os seus braços, para os seus ombros e principalmente para as suas mãos enquanto você trabalhava na tela. Queria que você se virasse, andasse até mim e alisasse a minha pele como alisava a pintura. Queria que você afundasse o polegar em mim como fazia na tela e tinha a sensação de que enlouqueceria se você não me tocasse. Mas não enlouqueci, e você não me tocou, nem uma única vez. Você nem sequer me dava um aperto de mão."

A primeira vez que vi o quadro a que Violet se referia na carta foi há vinte e cinco anos, numa galeria na Prince Street, no SoHo. Na época eu ainda não conhecia Bill nem Violet. Os quadros que faziam parte daquela exposição coletiva eram na maioria trabalhos minimalistas insossos que não me interessavam. A pintura de Bill estava sozinha numa parede. Era um quadro grande, de cerca de um metro e oitenta de altura por dois metros e meio de largura, em que se via uma mulher jovem deitada no chão numa sala vazia. A mulher estava apoiada sobre o cotovelo e parecia olhar para alguma coisa que estava fora dos limites do quadro. Uma luz brilhante vinda daquele mesmo lado da tela invadia a sala e iluminava o rosto e o peito da mulher. Sua mão direita estava pousada sobre o púbis e, quando cheguei mais perto, vi que com essa mão ela segurava um pequeno táxi — uma versão em miniatura do onipresente táxi amarelo que circula para cima e para baixo pelas ruas de Nova York.

Levei cerca de um minuto para perceber que havia na verdade três pessoas naquele quadro. À minha direita, do lado escuro da tela, notei que havia uma mulher saindo do quadro. Só dava para ver seu pé e seu tornozelo dentro da tela, mas o mocassim que ela usava tinha sido pintado com um capricho extraordinário, e depois que o vi, volta e meia me pegava olhando para ele de novo. A mulher invisível tornou-se tão importante quanto a mulher que dominava a tela. A terceira pessoa era apenas uma sombra. Por um momento, achei que a sombra fosse a minha, mas depois percebi que o artista incluíra a sombra na obra. Aquela linda mulher, vestida apenas com uma camiseta de homem, estava sendo olhada por alguém de fora da pintura, um espectador que parecia estar exatamente na posição em que eu estava quando reparei na mancha mais escura que se delineava na barriga e nas coxas da mulher.

À direita da tela, vi um pequeno cartão em que se lia: *Auto-retrato* de William Wechsler. A princípio, achei que fosse uma brincadeira do artista, mas depois mudei de idéia. Será que aquele título ao lado do nome de um homem estaria apontando para o lado feminino do pintor ou para um caso de tripla personalidade? Talvez a narrativa oblíqua formada por duas mulheres e um observador se referisse diretamente ao artista, ou talvez o título não se referisse de maneira nenhuma ao conteúdo da pintura, mas à sua forma. A mão que pintara o quadro se ocultava em algumas partes da pintura e se denunciava em outras. Desaparecia na ilusão fotográfica do rosto da mulher, na luz que vinha da janela invisível e no hiper-realismo do mocassim. O cabelo longo da mulher, no entanto, era um espesso emaranhado de tinta, com enérgicas pinceladas de vermelho, verde e azul. Em volta do sapato e do tornozelo, notei listras grossas de tinta preta, cinza e branca que talvez tivessem sido aplicadas com uma faca e, na superfície desses traços densos, vi marcas deixadas pelo polegar de um homem. O gesto parecia ter sido súbito, talvez até violento.

O quadro está aqui na sala comigo. Posso vê-lo quando viro a cabeça, embora ele também tenha sido alterado pela minha perda parcial de visão. Comprei-o do marchand por dois mil e quinhentos dólares mais ou menos uma semana depois de tê-lo visto. Erica estava a poucos centímetros de distância do lugar onde estou sentado agora quando viu o quadro pela primeira vez. Examinou-o com calma e disse: "É como olhar para o sonho de outra pessoa, não é?".

Quando olhei para o quadro depois de ouvir o comentário de Erica, vi que a mistura de estilos e a maneira como o foco parecia se deslocar pela pintura de fato me faziam lembrar as distorções dos sonhos. Os lábios da mulher estavam entreabertos e seus dois dentes da frente se projetavam levemente. O artista tinha-os feito muito brancos e um pouco longos demais, quase como os dentes de um animal. Foi então que reparei na mancha logo abaixo do joelho da mulher. Já a tinha visto antes, mas naquele momento sua tonalidade roxa, que se tornava amarelo-esverdeada num dos cantos, fisgou o meu olhar, como se aquele pequeno machucado fosse o verdadeiro tema da pintura. Caminhei até o quadro, pus o dedo na tela e tracei o contorno da mancha. O gesto me excitou. Virei-me para Erica. Era um dia quente de setembro, e os braços dela estavam nus. Inclinei-me sobre ela e beijei as sardas de seus ombros, depois levantei seus cabelos e beijei a pele macia de seu pescoço. Ajoelhando-me diante dela, puxei sua saia para cima, deslizei os dedos por suas coxas e então comecei a usar a língua. Seus joelhos se dobraram um pouco em minha direção. Ela tirou a calcinha, atirou-a no sofá com um sorriso e me empurrou para trás com delicadeza até o chão. Erica montou em cima de mim e seus cabelos caíram sobre meu rosto quando se inclinou para me beijar. Depois ergueu o tronco, arrancou a camiseta e tirou o sutiã. Eu adorava aquele ângulo da minha mulher. Toquei seus seios e contornei com o dedo o sinal perfeitamente redondo que ela tinha no seio esquerdo, antes que ela se debruçasse de novo sobre mim. Erica beijou minha testa, minhas bochechas, meu queixo, depois, nervosamente, começou a abrir o zíper da minha calça.

Naquela época, Erica e eu vivíamos num estado quase constante de excitação sexual. Praticamente qualquer coisa podia deflagrar uma sessão de atracamento selvagem na cama, no chão e, uma vez, em cima da mesa de jantar. Desde a escola secundária, eu tivera uma sucessão de namoradas. Alguns relacionamentos eram curtos, outros mais longos, mas sempre houve intervalos entre eles — períodos dolorosos sem mulher e sem sexo. Erica dizia que o sofrimento tinha feito de mim um bom amante — que eu sabia dar valor ao corpo de uma mulher. Naquela tarde, no entanto, fizemos amor por causa do quadro. Já me perguntei várias vezes, desde aquele dia, por que a imagem de um machucado num corpo de mulher teria sido erótica para mim. Mais tarde, Erica disse que achava que minha reação tinha algo a ver com um desejo de deixar uma marca no corpo de outra pessoa. "A pele é frágil", disse ela. "A gente se corta e se machuca à toa. Não é que a mulher pareça ter apanhado nem nada. É uma mancha roxa comum, mas a maneira como foi pintada faz com que chame a atenção. É como se o pintor tivesse adorado fazer essa mancha, como se ele quisesse fazer uma feridinha que durasse para sempre."

Erica tinha trinta e quatro anos naquela época. Eu tinha onze anos a mais, e estávamos casados fazia um ano. Tínhamos literalmente esbarrado um no outro na biblioteca de História e Humanidades da Universidade de Columbia. Era um sábado de outubro, no final da manhã, e a biblioteca estava praticamente vazia. Eu tinha ouvido os passos dela e sentido sua presença atrás das sombrias fileiras de livros iluminadas por uma luz de apagamento automático que emitia um leve zumbido. Encontrei o livro que procurava e fui andando na direção do elevador. A não ser pelo zumbido da luz, eu não ouvia mais nada. Dobrei a esquina da estante e tropecei em Erica, que se sentara no chão, no canto da estante. Dei um jeito de não cair, mas meus óculos voaram do rosto. Erica apanhou-os e, quando me abaixei para pegá-los de sua mão, ela começou a se levantar e bateu com a cabeça em meu queixo. Quando olhou para mim, tinha um sorriso nos lábios: "Mais algumas trapalhadas como essas e talvez a gente consiga chegar a alguma coisa — um verdadeiro número de comédia-pastelão".

Eu tropeçara em uma mulher bonita. Ela tinha uma boca grande e cabelos cheios e escuros, cortados na altura do queixo. Ao colidirmos, a saia justa que ela estava usando havia subido um pouco pelas pernas, e eu olhei de soslaio para suas coxas enquanto ela puxava a bainha para baixo. Depois de se ajeitar, ela olhou para mim e sorriu de novo. Durante esse segundo sorriso, seu lábio inferior tremeu por um instante, e eu interpretei aquele pequeno indício de nervosismo ou constrangimento como um sinal de que ela estava receptiva a um convite. Não fosse isso, tenho certeza de que eu teria simplesmente pedido desculpas e ido embora. Mas aquele tremor momentâneo no lábio, que desapareceu num segundo, expôs uma brandura em seu caráter e me deu um vislumbre do que julguei ser uma sensualidade cuidadosamente resguardada. Convidei-a para tomar café. O café se transformou em almoço, o almoço em jantar e, na manhã seguinte, eu estava deitado ao lado de Erica Stein na cama do meu antigo apartamento, na Riverside Drive. Ela ainda dormia. A luz entrava pela janela e iluminava-lhe o rosto e o cabelo. Com muito cuidado, pus minha mão em sua cabeça. Deixei a mão ali por vários minutos, enquanto olhava para Erica e torcia para que ela ficasse comigo.

Àquela altura, já tínhamos conversado horas. Acabamos descobrindo que vínhamos do mesmo mundo. Os pais dela eram judeus alemães que deixaram Berlim ainda adolescentes, em 1933. O pai tornou-se um psicanalista conhecido e a mãe, professora de canto na escola de música Juilliard. Ambos já tinham morrido. Um morreu meses depois do outro, no ano anterior àquele em que conheci Erica e que foi também o ano em que minha mãe morreu: 1973. Nasci em Berlim e vivi lá até os cinco anos. Minhas lembranças dessa cidade são fragmentárias e algumas podem até ser falsas: imagens e histórias que formulei a partir do que minha mãe me contou sobre meus primeiros anos de vida. Erica nasceu no Upper West Side, onde acabei indo parar depois de passar três anos em Londres, num apartamento em Hampstead. Foi Erica quem me instigou a sair do West Side e do meu confortável apartamento da Columbia. Antes de nos casarmos, ela me disse que queria "emigrar". Quando lhe perguntei o que queria dizer com isso, respondeu que já estava na hora de ela vender o apartamento dos pais na parte oeste da rua 82 e fazer a longa viagem de metrô para *downtown*. "Eu sinto cheiro de morte aqui", disse, "cheiro de antisséptico, de hospital e de torta vienense estragada. Tenho que me mudar." Erica e eu deixamos para trás a região familiar de nossa infância e fomos demarcar novos territórios entre artistas e boêmios ao sul da cidade. Usamos o dinheiro que tínhamos herdado de nossos pais e nos mudamos para um loft na Greene Street, entre a Canal e a Grand.

Nosso novo bairro, com suas ruas vazias, prédios baixos e moradores jovens, me libertou de vínculos que eu nunca percebera como limitações. Meu pai morreu em 1947, quando tinha apenas quarenta e três anos, mas minha mãe ainda viveu bastante. Sendo filho único, depois que meu pai se foi, compartilhei seu fantasma com minha mãe durante muito tempo. Ela envelheceu e passou a sofrer de artrite, mas meu pai continuou jovem, brilhante e promissor — um médico que poderia ter feito muito. Esse "muito" tornou-se tudo para minha mãe. Durante vinte e seis anos, ela morou no mesmo apartamento da rua 84, entre a Broadway e a Riverside, na companhia do futuro irrealizado de meu pai. Quando comecei a lecionar, sempre que um aluno me chamava de "dr. Hertzberg" em vez de "professor Hertzberg", eu inevitavelmente pensava em meu pai. Morar no SoHo não apagou meu passado nem fez com que me esquecesse de nada, mas quando eu dobrava uma esquina ou atravessava uma rua não deparava com lembranças de minha infância ou juventude perdida. Erica e eu éramos filhos de exilados de um mundo que desapareceu. Nossos pais eram judeus de classe média assimilados para quem o judaísmo era a religião que seus bisavós haviam praticado. Antes de 1933, eles se consideravam "judeus alemães", uma expressão que já não existe em língua nenhuma.

Quando nos conhecemos, Erica era professora assistente da cadeira de inglês em Rutgers, e eu já lecionava na Columbia, no departamento de História da Arte, havia doze anos. Eu me formara em Harvard e ela, na Columbia, o que explicava por que estava perambulando pela biblioteca naquela manhã de sábado com um passe de ex-aluna. Eu já me apaixonara outras vezes, mas em quase todos os casos acabara chegando a um momento de cansaço e tédio. Erica nunca me entediou. Às vezes ela me irritava e me enfurecia, mas nunca me entediava. O comentário que fez a respeito do auto-retrato de Bill era típico dela — simples, direto e perspicaz. Nunca precisei tratar Erica com condescendência.

Eu já passara muitas vezes pelo prédio de número 89 da Bowery Street, mas nunca tinha parado para olhar para ele. O maltratado edifício de quatro andares e tijolo aparente, entre a Hester e a Canal, nunca fora mais do que a humilde sede de um comércio atacadista, mas quando cheguei para visitar William Wechsler, aquela época de respeitabilidade modesta já fazia parte de um passado distante. As vitrines do que um dia fora uma fachada de loja estavam vedadas com tábuas, e o pesado portão de metal no nível da rua estava furado e amassado, como se alguém o tivesse golpeado com um martelo. Um homem barbudo abraçado a uma garrafa de bebida embrulhada num saco de papel estava refestelado no único degrau da frente. Quando pedi licença, ele deu um grunhido na minha direção e se afastou alguns milímetros, deslizando para mais perto da beirada do degrau.

Minhas primeiras impressões de uma pessoa costumam ficar enevoadas pelo que venho a descobrir a respeito dela mais tarde, mas no caso de Bill pelo menos um aspecto daqueles primeiros segundos de contato nunca se modificou ao longo dos nossos muitos anos de amizade. Bill tinha glamour — essa misteriosa capacidade de atração que seduz os estranhos. Quando veio me receber no portão, ele estava quase tão desmazelado quanto o homem do degrau. Tinha uma barba de dois dias. Seu cabelo preto e cheio formava novelos no alto e nas laterais da cabeça, e suas roupas, além da tinta, estavam também cobertas de sujeira. No entanto, quando ele olhou para mim, eu me vi cativado. Sua pele era muito escura para um homem branco e seus olhos verde-claros tinham um quê de asiático. O queixo era quadrado, os ombros largos e os braços fortes. Com um metro e oitenta e oito de altura, ele parecia muito mais alto do que eu, embora eu só tivesse alguns centímetros a menos. Tempos depois, concluí que seu poder quase mágico de atração tinha algo a ver com os olhos. Quando ele olhava para mim, o olhar era direto e sem constrangimentos, mas ao mesmo tempo eu sentia sua introspeção, seu alheamento. Embora a curiosidade de Bill a meu respeito parecesse genuína, senti também que ele não queria nada de mim. A sensação de autonomia que Bill transmitia era tão absoluta que se tornava irresistível.

"Escolhi este lugar por causa da luz", ele me disse quando entramos no loft, no quarto andar. Pelas três janelas compridas da parede do fundo do único aposento entrava a luz brilhante do sol da tarde. O prédio havia cedido, o que significava que a parte dos fundos do loft estava agora consideravelmente mais baixa do que a da frente. O chão também tinha envergado e, quando olhei na direção das janelas, notei protuberâncias nas tábuas que faziam lembrar pequenas ondas na superfície de um lago. A parte alta do loft estava quase vazia, mobiliada apenas por um banquinho, uma mesa construída com dois cavaletes e uma porta velha, e um aparelho de som cercado por centenas de discos e fitas empilhados em engradados de plástico. Várias fileiras de telas estavam apoiadas na parede. O salão tinha um cheiro forte de tinta, terebintina e mofo.

Todos os apetrechos necessários à vida cotidiana amontoavam-se na parte baixa. Uma mesa parecia acotovelar-se com uma velha banheira com pés em forma de patas. Uma cama de casal fora colocada perto de uma mesa, não muito longe de uma pia, e o fogão projetava-se de uma abertura numa enorme estante abarrotada de livros. Também havia livros empilhados no chão ao lado da estante e dezenas de outros amontoados em cima de uma poltrona em que aparentemente ninguém se sentava fazia anos. O caos da área de habitação do loft revelava não só a pobreza de Bill, como seu total desinteresse pelos objetos da vida doméstica. O tempo o tornaria mais rico, mas essa indiferença pelas coisas nunca mudou. Bill continuaria estranhamente desapegado dos lugares em que morava e cego para os detalhes de sua arrumação.

Mesmo naquele primeiro dia, senti o ascetismo de Bill, seu desejo quase brutal de pureza e sua recusa a fazer concessões. Esse sentimento vinha tanto do que ele falava como de sua presença física. Ele era calmo, afável e um pouco contido nos movimentos, mas uma intensa firmeza de propósito emanava dele e parecia preencher o ambiente. Ao contrário de outras pessoas de personalidade forte, Bill não era espalhafatoso, nem arrogante, nem notadamente sedutor. Mesmo assim, enquanto examinava suas pinturas ao lado dele, eu me sentia como um anão que acabou de ser apresentado a um gigante. Essa sensação tornava meus comentários mais afiados e refletidos. Eu estava lutando por espaço.

Naquela tarde Bill me mostrou seis pinturas. Três estavam prontas. As outras três, só iniciadas — ainda não passavam de figuras esboçadas e grandes áreas de cor. Meu quadro pertencia à mesma série de pinturas, todas retratando a mulher de cabelos escuros, mas, de uma tela para outra, o tamanho da mulher variava. Na primeira, ela estava obesa, uma montanha de carne pálida vestida numa camiseta e num short de náilon bem justo — uma imagem de glutonaria e abandono tão imensa que seu corpo parecia espremido dentro da tela. Na mão gorducha, ela apertava um chocalho de bebê. Uma sombra alongada de homem se delineava no seio direito e na enorme barriga, reduzindo-se depois a uma simples linha nos quadris. Na segunda tela, a mulher estava bem mais magra. Deitada num colchão, só de sutiã e calcinha, ela olhava para o próprio corpo com uma expressão que parecia ao mesmo tempo auto-erótica e autocrítica. Na mão, segurava uma caneta-tinteiro que devia ter mais ou menos o dobro do tamanho de uma caneta normal. Na terceira pintura, a mulher ganhara alguns quilinhos, mas não estava tão rechonchuda quanto a mulher da tela que eu tinha comprado. Usava uma camisola de flanela rota e estava sentada na beirada de uma cama, com as coxas displicentemente afastadas. No chão, perto dos seus pés, havia um par de meias três-quartos vermelhas. Quando olhei para as pernas, notei leves linhas vermelhas logo abaixo dos joelhos: as marcas deixadas pelo elástico das meias.

"Essa tela me lembra aquela pintura do Jan Steen em que uma mulher está fazendo a toalete matinal e tirando as meias", comentei. "Aquele quadro pequeno que está no Rijksmuseum."

Bill sorriu para mim pela primeira vez. "Vi esse quadro em Amsterdã, quando eu tinha vinte e três anos, e ele me fez pensar sobre a pele. Não tenho muito interesse por nus. São pinturas que se esforçam demais para parecer artísticas. Mas a pele me interessa muito."

Durante algum tempo, ficamos conversando sobre a pele na pintura. Mencionei os belos estigmas vermelhos na mão do são Francisco de Zurbarán. Bill falou da cor da pele do Cristo morto de Grünewald e da pele rosada das mulheres nuas de Boucher, às quais se referiu como "aquelas senhoras semipornôs". Discutimos as diferentes convenções das crucificações, *pietàs* e deposições da cruz. Comentei que o maneirismo de Pontormo sempre me interessara, e Bill falou de R. Crumb. "Eu adoro a crueza dele", disse. "A coragem feiosa de seu trabalho." Perguntei sobre George Grosz, e Bill balançou a cabeça num gesto de aprovação.

"Há um parentesco sem dúvida", disse. "Os dois são definitivamente parentes artísticos. Você já viu aquela série do Crumb, *Tales from the Land of Genitalia*, em que aparecem pênis de botas andando pelas ruas?"

"Como o nariz de Gogol", eu disse.

Bill me mostrou então vários desenhos médicos, uma área que eu conhecia pouco. Puxou das prateleiras dezenas de livros com ilustrações de diferentes períodos — diagramas dos humores medievais, desenhos anatômicos do século XVIII, um desenho do século XIX de uma cabeça de homem com calombos frenológicos e outro, mais ou menos da mesma época, de uma genitália feminina. O último era um curioso desenho do que se vê entre as pernas abertas de uma mulher. Em pé, um ao lado do outro, nós dois examinamos a detalhada representação de uma vulva, com clitóris, lábios e o pequeno buraco escuro da entrada da vagina. Os traços eram duros e precisos.

"Parece o diagrama de uma máquina", comentei.

"Tem razão. Eu nunca tinha pensado nisso." Bill olhou para o desenho de novo. "É um desenho mesquinho. Tudo está no lugar certo, mas é uma caricatura grosseira. Mas é claro que o artista achava que estava fazendo ciência."

"Para mim nunca nada é só ciência."

Ele concordou. "Esse é o problema de olhar para as coisas. Nada é claro. Os nossos sentimentos e idéias moldam o que está na nossa frente. Cézanne queria o mundo nu, mas o mundo nunca está nu. No meu trabalho, eu quero criar a dúvida." Bill parou de falar e sorriu para mim. "Porque a dúvida é a única coisa de que nós temos certeza."

"Foi por isso que você pintou a sua mulher gorda e magra e mais ou menos?", perguntei.

"Para ser sincero, foi mais um impulso do que uma idéia."

"E a mistura de estilos?"

Bill foi andando até a janela e acendeu um cigarro. Tragou e deixou a cinza cair no chão. Olhou para mim. Seus olhos grandes eram tão intensos que tive vontade de desviar o olhar, mas não desviei. "Eu tenho trinta e um anos, e você foi a primeira pessoa no mundo que comprou um quadro meu, sem contar minha mãe. Eu pinto há dez anos. Meus trabalhos já foram rejeitados por marchands centenas de vezes."

"De Kooning só conseguiu fazer a primeira exposição aos quarenta anos."

"Você não está me entendendo", disse Bill, pronunciando as palavras devagar. "Eu não espero que ninguém se interesse. Por que haveriam de se interessar? O que está me intrigando é por que *você* está interessado."

Eu contei a ele. Sentamos no chão com as pinturas a nossa frente, e eu disse que gostava de ambigüidade, de não saber direito para onde olhar quando olhava para os quadros dele, que boa parte das pinturas figurativas modernas me entediavam, mas que as pinturas dele não. Conversamos sobre De Kooning, principalmente sobre um pequeno quadro que Bill achava inspirador, *Auto-retrato com irmão imaginário*. Falamos sobre a estranheza de Hopper e sobre Duchamp. Bill o chamou de "a faca que corta a arte em pedaços". Pensei que ele tinha dito isso como uma crítica, mas depois ele acrescentou: "Ele era um charlatão maravilhoso. Eu adoro ele".

Quando mencionei os pêlos espetados que ele havia pintado nas pernas da mulher magra, ele disse que, quando estava com outra pessoa, seus olhos muitas vezes eram atraídos por um pequeno detalhe — um dente lascado, um band-aid no dedo, uma veia, um corte, uma erupção, um sinal — e que, por um instante, aquele detalhe isolado lhe tomava toda a visão. Ele queria reproduzir esse instante no seu trabalho. "Ver é um fluxo", acrescentou. Falei então das narrativas ocultas que existiam em suas telas, e Bill disse que as histórias eram como o sangue que corre num corpo — trilhas de uma vida. Era uma metáfora reveladora, e eu nunca a esqueci. Como artista, Bill buscava o não-visto no visto. O que era paradoxal era que optara por apresentar esse movimento invisível por meio da pintura figurativa, que não é outra coisa senão uma visão congelada — uma superfície.

Bill me contou que crescera nos subúrbios de Nova Jersey, onde seu pai abrira uma fábrica de caixas de papelão que, com o passar do tempo, acabou se transformando num negócio muito lucrativo. A mãe prestava serviços como voluntária para instituições de caridade judaicas, era uma mãe loba para os lobinhos, e, mais tarde, começara a trabalhar como corretora de imóveis. Nem o pai nem a mãe tinham formação universitária, e havia poucos livros na casa. Fiquei pensando nos gramados verdes e nas casas tranqüilas de South Orange — bicicletas nas entradas das casas, as placas de rua, as garagens para dois carros. "Eu desenhava bem", ele disse, "mas durante um bom tempo o beisebol foi muito mais importante para mim do que a arte."

Contei a ele que os esportes eram um sofrimento para mim quando eu era aluno da Fieldston School. Eu era magro e míope e ficava na área fora do quadrado, torcendo para que ninguém batesse a bola na minha direção. "Qualquer esporte que exigisse um utensílio era impossível para mim", contei. "Eu corria e nadava bem, mas era só colocarem alguma coisa na minha mão, que eu deixava cair."

Na época da escola secundária, Bill começou suas peregrinações ao Metropolitan, ao MoMA, ao Frick, às galerias e, nas palavras dele, "pelas ruas". "Eu gostava das ruas tanto quanto gostava dos museus. Passava horas perambulando pela cidade, aspirando o lixo." No ano em que entrou para a universidade, seus pais se divorciaram. Naquele mesmo ano, saiu da equipe de *cross-country*, do time de basquete e do time de beisebol. "Parei de fazer exercícios", contou. "Emagreci." Em Yale, Bill fez oficinas de arte, além de cursos de história da arte e de literatura. Foi lá também que conheceu Lucille Alcott, cujo pai lecionava na faculdade de direito. "Estamos casados há três anos", ele disse, e eu me peguei procurando vestígios de alguma presença feminina no loft, mas não encontrei nenhum. "Ela está trabalhando?", perguntei.

"Ela é poeta. Aluga um quartinho a dois quarteirões daqui. É lá que ela escreve. Ela também faz copidesque como freelancer. Ela faz copidesque e eu faço bicos como pintor e pedreiro. A gente se vira."

Um médico compreensivo salvou Bill do Vietnã. Durante toda a infância e adolescência, Bill padeceu de fortes alergias.

Nos acessos mais fortes, seu rosto inchava e ele espirrava com tanta força que ficava com dor no pescoço. Antes de Bill se apresentar à junta de recrutamento em Newark, o médico acrescentou a frase "com tendência para a asma" à palavra "alergias". Uns dois anos depois, uma "tendência" talvez não tivesse livrado Bill do alistamento, mas era 1966, e a força total da resistência vietnamita ainda estava por vir. Depois da universidade, Bill trabalhou um ano como barman em Nova Jersey, morando com a mãe e economizando todo o dinheiro que ganhava. A seguir, passou dois anos viajando pela Europa. Foi para Roma, Amsterdã e Paris. Para se manter, fazia biscates. Trabalhou como recepcionista na filial de uma revista inglesa em Amsterdã, como guia turístico nas catacumbas de Roma e como leitor de romances ingleses para um velho em Paris. "Quando lia para ele, eu tinha que me deitar no sofá. Ele determinava precisamente a posição em que eu tinha que ficar. E eu tinha que tirar os sapatos. Era muito importante para ele poder ver claramente minhas meias. Ele pagava bem, e eu agüentei aquilo durante uma semana. Depois me mandei. Peguei meus trezentos francos e fui embora. Era todo o dinheiro que eu tinha. Fiquei andando pela rua. Eram umas onze da noite. E aí eu vi um velhinho encarquilhado em pé na calçada, com a mão estendida. Dei o dinheiro todo para ele."

"Por quê?", perguntei.

Bill se virou para mim. "Sei lá. Eu senti vontade. Foi uma burrice, mas eu nunca me arrependi. Me senti livre. Fiquei dois dias sem comer."

"Foi uma bravata", falei.

Bill olhou para mim e disse: "Um gesto de independência".

"Onde a Lucille estava nessa época?"

"Estava morando em New Haven com os pais. Ela não estava muito bem. Nós nos escrevíamos."

Não perguntei qual era a doença de Lucille. Quando deu aquela resposta, Bill desviou o rosto de mim, e vi seus olhos se apertarem numa expressão de dor.

Mudei de assunto. “Por que você chamou a pintura que eu comprei de auto-retrato?”

“Todas elas são auto-retratos. Quando eu estava trabalhando com Violet, percebi que estava mapeando um território em mim que nunca tinha visto antes, ou talvez um território entre mim e ela. O título me veio à cabeça e eu usei. Auto-retrato parecia o nome certo.”

“Quem é ela?”, perguntei.

“O nome dela é Violet Blom. Ela é aluna de pós-graduação da NYU. Foi ela quem me deu aquele desenho que eu lhe mostrei — o que parece uma máquina.”

“O que ela estuda?”

“História. Ela está escrevendo sobre histeria na França na virada do século.” Bill acendeu outro cigarro e olhou para o teto. “Ela é uma garota muito esperta — incomum.” Ele soprou a fumaça para o alto, e eu observei os círculos tênues se combinarem com salpicos de poeira à luz da janela.

“Acho que poucos homens se retratariam como uma mulher. Você a usou para mostrar a si mesmo. O que ela achou disso?”

Bill riu um pouco, depois disse: “Ela gostou. Diz que é subversivo, principalmente porque eu gosto de mulheres, não de homens”.

“E as sombras?”

“São minhas também.”

“Que pena”, falei. “Pensei que fossem minhas.”

Bill olhou para mim. “Elas podem ser suas também.” Agarrou meu braço com uma das mãos e o sacudiu. Esse gesto súbito de camaradagem, de afeição até, fez com que eu me sentisse extraordinariamente feliz. Já pensei muitas vezes sobre isso, porque aquele pequeno diálogo sobre sombras mudou o rumo da minha vida. Ele marca o momento em que uma conversa cheia de meandros entre dois homens se desviou irrevogavelmente para a amizade.

"Ela flutuava quando dançava", Bill me disse uma semana depois, enquanto tomávamos um café. "Parecia não saber como era bonita. Fiquei anos correndo atrás dela. A gente vivia terminando e reatando. Alguma coisa sempre me fazia voltar." Nas semanas que se seguiram Bill não fez nenhuma menção à doença de Lucille, mas a maneira como falava dela me levou a concluir que era uma mulher frágil, alguém que precisava ser protegida de alguma coisa a respeito da qual ele preferia não falar.

A primeira vez em que vi Lucille Alcott foi quando ela abriu a porta do loft da Bowery, e a primeira coisa em que pensei foi que ela parecia uma mulher de uma pintura flamenga. Tinha a pele muito branca, cabelos castanho-claros, presos num rabo-de-cavalo, e grandes olhos azuis quase sem cílios. Erica e eu tínhamos sido convidados para jantar. Chovia naquela noite de novembro, e, enquanto comíamos, ouvíamos a chuva tamborilar no telhado logo acima de nós. Alguém tinha varrido a sujeira, as cinzas e as guimbas de cigarro do chão para a nossa visita, e alguém estendera uma grande toalha branca sobre a mesa de trabalho de Bill e posto oito velas no centro. Lucille assumiu a autoria do jantar, uma insípida gororoba marrom de legumes irreconhecíveis. Quando Erica perguntou por educação o nome do prato, Lucille olhou para o próprio prato e disse num francês impecável: "*Flageolets aux légumes*". Depois fez uma pausa, ergueu os olhos e sorriu. "Mas os *flageolets* parecem estar viajando incógnitos." Ficou um instante em silêncio e acrescentou: “Eu queria conseguir cozinhar com mais atenção. Está faltando salsinha”. Examinou seu prato. “Eu esqueci a salsinha. O Bill prefere carne. Ele comia muita carne antes, mas ele sabe que eu não faço carne, porque me convenci de que não faz bem para nós. Não entendo qual é a minha dificuldade em seguir receitas. Sou muito meticulosa quando escrevo. Estou sempre me preocupando com os verbos.”

“Os verbos dela são fantásticos”, disse Bill, servindo mais vinho a Erica.

Lucille olhou para o marido e sorriu de um jeito meio tenso. Não entendi o motivo do constrangimento do sorriso, pois o comentário de Bill não fora feito com ironia. Ele já comentara várias vezes comigo quanto admirava os poemas de Lucille e prometera me dar cópias deles.

Atrás de Lucille, eu via o retrato obeso de Violet Blom e me perguntava se o desejo de Bill de comer carne não teria se traduzido naquele imenso corpo feminino, mas descobri mais tarde que minha teoria estava errada. Cansei de ver Bill mastigar com prazer hambúrgueres, sanduíches de carne assada ou de bacon com alface e tomate quando almoçávamos juntos.

“Eu crio regras para mim mesma”, disse Lucille, referindo-se a seus poemas. “Não as regras normais da métrica, mas uma anatomia que eu escolho e depois disseco. Os números ajudam, porque são claros, irrefutáveis. Alguns dos versos são numerados.” Tudo que Lucille dizia se caracterizava por uma brusquidão igualmente rígida. Ela parecia não ter a menor preocupação de se mostrar cortês ou sociável. Ao mesmo tempo, por trás de todo comentário seu, eu sentia um fundo de humor. Ela falava como se estivesse examinando suas próprias frases, observando-as à distância, medindo seus sons e formas no exato momento em que saíam de sua boca. Cada palavra que dizia exalava honestidade, mas essa franqueza era rivalizada por uma concomitante ironia. Lucille se divertia ocupando duas posições ao mesmo tempo. Ela era o sujeito e o objeto de suas próprias declarações.

Não creio que Erica tenha ouvido o comentário de Lucille sobre regras. Ela estava conversando com Bill sobre romances. Também não imagino que Bill tenha ouvido, mas o fato é que, durante a discussão entre os dois, o tema das regras surgiu de novo. Erica se inclinou na direção de Bill e sorriu. "Então você concorda comigo que o romance é um saco de gatos em que cabe de tudo."

"*Tristram Shandy*, capítulo quatro, sobre o *ab ovo* de Horácio", disse Bill, apontando o dedo indicador para o teto. Começou a citar, como se estivesse escutando uma voz inaudível vinda de algum ponto à sua direita. "'Horácio, eu sei, não recomenda de forma alguma tal estilo: mas esse cavalheiro refere-se apenas ao poema épico ou à tragédia — (esqueci qual dos dois); — ademais, se assim não fosse, eu teria de pedir desculpas ao senhor Horácio; — pois para escrever o que me proponho a escrever, não me limitarei nem às regras dele, nem às de nenhum outro homem que já viveu.'" A voz de Bill se elevou na frase final, e Erica jogou a cabeça para trás e riu. O tema da conversa foi de Henry James a Louis-Ferdinand Céline, passando por Samuel Beckett, enquanto Erica descobria por conta própria que Bill era um voraz leitor de romances — o que deslanchou uma amizade entre os dois que pouco tinha a ver comigo. Quando nossa sobremesa enfim chegou — uma salada de frutas de aparência cansada —, Erica estava convidando Bill para falar para os alunos dela na Rutgers. Bill hesitou a princípio, mas acabou aceitando.

Erica era educada demais para ignorar Lucille, que estava sentada ao seu lado. Algum tempo depois de ter convidado Bill para falar numa de suas turmas, Erica concentrou toda a atenção em Lucille. Minha mulher balançava a cabeça enquanto ouvia Lucille falar, e, quando ela falava, seu rosto era um mapa de emoções e pensamentos em constante transformação. Já o rosto contido de Lucille não traía praticamente nenhum sentimento. À medida que a noite passava, seus comentários peculiares foram adquirindo uma espécie de ritmo filosófico, o tom lacônico de uma lógica atormentada, que me fez lembrar um pouco o *Tractatus* de Wittgenstein. Quando Erica comentou com Lucille que conhecia o pai dela de nome, por causa de sua reputação, Lucille disse: "É, a reputação dele como professor de direito é muito boa". Instantes depois acrescentou: "Eu queria estudar direito, mas não consegui. Quando tinha uns onze anos, eu costumava tentar ler os livros de direito do meu pai na biblioteca dele. Eu sabia que uma frase levava à outra, mas quando chegava à segunda frase, já tinha esquecido a primeira, e no meio da terceira, já tinha esquecido a segunda".

"Você tinha só onze anos", disse Erica.

"Não, o problema não era a minha idade. Eu ainda esqueço."

"Esquecer faz parte da vida tanto quanto lembrar", comentei. "Somos todos amnésicos."

"Mas quando a gente esquece", disse Lucille, virando-se para mim, "a gente nem sempre se lembra que esqueceu. Então lembrar que a gente esqueceu não é exatamente esquecer, não é?"

Sorri para ela e disse: "Estou ansioso para ler o seu trabalho. Bill falou dele com muita admiração".

Bill ergueu o copo. "Ao nosso trabalho", disse alto. "Às letras e à tinta." Bill se deixara levar pela empolgação, e pude notar que ele estava um pouco bêbado. Sua voz desafinara na palavra "tinta". Eu estava achando sua animação deliciosa, mas quando me virei para Lucille com meu copo no alto para o brinde, pela segunda vez ela deu aquele seu sorriso tenso e forçado. Era difícil saber se a expressão fora motivada pelo comportamento do marido, ou se era apenas resultado da própria inibição de Lucille.

Antes de irmos embora, Lucille me entregou duas pequenas revistas em que haviam sido publicados trabalhos seus. Quando lhe estendi a mão, ela segurou a minha frouxamente. Em contrapartida, apertei sua mão com força, e ela não pareceu se importar. Bill se despediu de mim com um abraço e, de Erica, com um abraço e um beijo. Seus olhos reluziam por causa do vinho, e ele cheirava fortemente a cigarro. Na porta, Bill pôs o braço em volta dos ombros de Lucille e puxou-a para perto de si. Ao lado do marido, ela parecia muito pequena e muito retraída.

Quando saímos do prédio ainda chovia.

Depois que abri nosso guarda-chuva, Erica se virou para mim e disse: "Você reparou que ela estava usando os mocassins?".

"Do que você está falando?"

"A Lucille estava usando os sapatos, ou melhor, o sapato que está na nossa pintura. Ela é a mulher que está saindo da cena."

Olhei para Erica, tentando processar sua declaração: "Acho que não olhei para os pés dela".

"Isso me espanta. Você olhou bastante para o resto dela." Erica sorriu, e percebi que ela estava debochando de mim. "Você não acha essa imagem do sapato sugestiva, Leo? E tem também aquela outra mulher. Cada vez que eu levantava o rosto, lá estava — aquela moça magricela, olhando para a própria calcinha de um jeito meio ávido e excitado. Parecia tão viva que eu tinha a sensação de que eles deviam ter posto um lugar para ela à mesa."

Com a minha mão livre, puxei Erica para perto de mim e, segurando o guarda-chuva sobre nossas cabeças, beijei-a. Depois do beijo, Erica pôs o braço em torno da minha cintura e fomos andando na direção da Canal Street. "Bom", concluiu, "resta saber como é o trabalho dela."

Os três poemas que Lucille publicara eram parecidos — trabalhos de um escrutínio analítico obsessivo que pareciam hesitar entre o engraçado e o triste. Só me lembro de quatro versos daqueles poemas, versos particularmente pungentes que fiquei repetindo para mim mesmo. "Uma mulher senta diante da janela. Pensa / E, enquanto pensa, se desespera / Se desespera porque é quem é / E não outra pessoa."

Os médicos me dizem que não chegará à cegueira. Tenho um problema que se chama degeneração macular — nuvens nos meus olhos. Sou míope desde os oito anos. Visão embaçada não é nenhuma novidade para mim, mas com os óculos eu conseguia ver tudo perfeitamente. Ainda tenho visão periférica, mas na minha frente há sempre uma mancha esfumaçada cinza, e ela está ficando cada vez mais espessa. Minhas imagens do passado continuam vívidas. Foi o presente que foi afetado, e as pessoas do meu passado que ainda hoje vejo tornaram-se seres borrados por nuvens. Esse fato me assustou muito no início, mas descobri por meus médicos e por outros pacientes que têm o mesmo problema que minha reação foi perfeitamente normal. Lazlo Finkelman, por exemplo, que vem à minha casa algumas vezes por semana para ler para mim, perdeu a nitidez, e nem a memória que tenho dele de antes, nem minha visão periférica são suficientes para eu conseguir montar uma imagem clara. Posso *dizer* como ele é porque me lembro das palavras com que costumava descrevê-lo para mim mesmo — rosto fino e pálido, cabelo louro e cheio espetado no alto da cabeça como se em posição de sentido, pequenos olhos cinza atrás de enormes óculos de aro preto. Mas quando olho para ele diretamente agora, seu rosto está sempre fora de foco, e as palavras que eu costumava usar ficam ocas. A pessoa que elas supostamente delineiam é uma versão enevoada de uma imagem anterior que não consigo mais trazer à mente com clareza, porque meus olhos estão cansados demais para ficarem a toda hora espiando Lazlo pelos cantos. Cada vez mais, é pela voz de Lazlo que me guio. No tom baixo e regular em que ele lê para mim, acabei descobrindo novas faces de sua personalidade críptica — ecos de sentimentos que nunca vi em seu rosto.

Apesar de os olhos terem sido fundamentais para meu trabalho, ainda prefiro olhos ruins à senilidade. Eu já não enxergo bem o bastante para perambular por galerias ou voltar a museus para olhar obras que conheço de cor. Mas mantenho na cabeça um catálogo das pinturas de que me lembro, e posso folheá-lo, em geral encontro a obra de que preciso. Nas aulas, já desisti de usar um ponteiro quando exibo slides, e em vez de apontar os detalhes, me refiro a eles verbalmente. Meu remédio contra a insônia hoje em dia é procurar a imagem mental de um determinado quadro e tentar vê-lo de novo com a maior clareza possível. Ultimamente, venho fazendo isso com a obra de Piero della Francesca. Mais de quarenta anos atrás, escrevi minha tese de doutorado sobre seu *De prospectiva pingendi*, e ao me concentrar na geometria rigorosa de suas pinturas, que um dia analisei tão detidamente, expulso de minha consciência outras imagens que surgem para me atormentar e me manter acordado. Assim, impeço a entrada dos ruídos que vêm da rua e do intruso que imagino estar subindo sorrateiro a escada de incêndio do lado de fora da janela do meu quarto. A técnica tem funcionado. Noite passada, os painéis de Urbino começaram a se mesclar com os sonhos de meu semi-sono e, logo depois, adormeci.

Durante algum tempo, tive de lutar para espantar o pavor quando me deitava sozinho para dormir. Minha mente é vasta, mas meu corpo parece estar menor do que antes, como se eu estivesse encolhendo regularmente. Minha fantasia de redução provavelmente está ligada ao temor de envelhecer e me tornar mais vulnerável. O ciclo de minha vida começou a se fechar, e tenho pensado com mais freqüência no início de minha infância — no que consigo me lembrar de Mommsenstrasse 11, em Berlim. Não é que me lembre de cada pedaço do apartamento em que vivemos, mas ainda consigo subir mentalmente os dois lances de escada, passar por uma janela de vidro trabalhado e chegar até a nossa porta. Depois que entro, sei que o escritório de meu pai fica à esquerda e o restante dos cômodos, à minha frente. Embora só me lembre de alguns detalhes da mobília e dos objetos do apartamento, tenho uma memória geral de seus espaços — os cômodos grandes, o teto alto e a luz que ia mudando com o passar do dia. Meu quarto ficava no final de um pequeno corredor que saía da maior sala do apartamento. Era nessa sala que, na terceira quinta-feira de cada mês, meu pai tocava violoncelo com três outros médicos músicos, e me lembro de minha mãe abrir a porta de meu quarto para que, deitado em minha cama, eu pudesse ouvi-los tocar. Ainda consigo entrar mentalmente pela porta de meu quarto e trepar no peitoril da janela. Digo trepar porque, em minha lembrança, tenho a mesma altura que tinha na época. Lá embaixo, vejo o pátio do prédio à noite, distingo as linhas das pedras do calçamento e o vulto escuro dos arbustos. Quando faço essa visita ao apartamento de minha infância, ele está sempre vazio. Perambulo por ele como um fantasma, e às vezes me pergunto o que de fato acontece em nossas mentes quando revisitamos lugares semi-esquecidos. Qual é a perspectiva da memória? Será que o homem reelabora a visão do menino, ou a imagem é relativamente estática, um vestígio daquilo que um dia conhecemos intimamente?

O orador de Cícero entrava nos aposentos espaçosos e bem iluminados de que se lembrava e deixava palavras em cima de mesas e cadeiras, onde podiam ser encontradas com facilidade. Não há dúvida de que atribuí um vocabulário à arquitetura dos meus primeiros cinco anos — um vocabulário mediado pela mente de um homem que sabe do horror que viria depois que o menininho saiu daquele apartamento. No último ano que vivemos em Berlim, minha mãe passou a deixar uma luz acesa no corredor para me acalmar quando eu ia dormir. Eu tinha pesadelos; acordava com meus próprios gritos e com um medo que me estrangulava. *Nervös* era a palavra que meu pai usava — *Das Kind ist nervös*. Meus pais não falavam comigo sobre os nazistas, apenas sobre nossos preparativos para sair do país, e é difícil saber até que ponto meus medos infantis estavam relacionados com o medo que todo judeu que morava na Alemanha deve ter sentido na época. O que minha mãe contava era que ela, particularmente, fora apanhada de surpresa. Um partido cujas opiniões pareciam absurdas e desprezíveis súbita e inexplicavelmente tomara conta do país. Ela e meu pai eram patriotas e, enquanto ainda estavam em Berlim, encaravam o nacional-socialismo como um movimento nitidamente antialemão.

No dia 13 de agosto de 1935, meus pais e eu partimos para Paris e, de lá, para Londres. Minha mãe fez sanduíches para a viagem de trem — pão preto com salsicha. Lembro-me do sanduíche em meu colo porque, ao lado dele, embrulhado num pedaço amarrotado de papel encerado, havia um *Mohrenkopf* — um doce com recheio de creme e cobertura de chocolate. Não tenho lembrança de tê-lo comido, mas me lembro claramente do prazer que senti pensando que aquele doce logo seria meu. A imagem do *Mohrenkopf* continua vívida. Vejo-o à luz que entrava pela janela do trem. Vejo meus joelhos nus e a barra do meu short azul-marinho. Isso é tudo que restou de nosso êxodo. Ao redor do *Mohrenkopf* existe um vazio, um vácuo que pode ser preenchido com histórias contadas por outras pessoas, relatos históricos, números, fatos. Só depois de ter completado seis anos conservei algo parecido com uma memória contínua, e então nós já estávamos morando em Hampstead. Apenas semanas depois de termos tomado aquele trem, as Leis de Nuremberg foram promulgadas. Os judeus não eram mais considerados cidadãos do Reich, e as oportunidades para sair do país diminuíram. Minha avó, meu tio e minha tia e suas filhas gêmeas, Anna e Ruth, nunca saíram. Estávamos morando em Nova York quando meu pai descobriu que sua família fora enfiada num trem com destino a Auschwitz em junho de 1944. Todos foram assassinados. Tenho as fotografias deles guardadas em minha gaveta — minha avó, com um elegante chapéu enfeitado por uma pena, ao lado de meu avô, que viria a ser morto em Flandres em 1917. Tenho também o retrato formal de casamento de tio David e de tia Marta, e uma foto das gêmeas com casacos curtos de lã e fitas nos cabelos. Embaixo de cada menina, na borda branca da foto, Marta escreveu seus nomes, para evitar confusão. Anna à esquerda, Ruth à direita. As figuras em preto-e-branco das fotografias tiveram de substituir minha memória deles; mesmo assim, sempre senti que seus túmulos sem lápide tornaram-se uma parte de mim. O que não foi escrito na época se inscreveu na pessoa que chamo de eu. Quanto mais vivo, mais me convenço de que, quando digo "eu", estou na verdade dizendo "nós".

No último retrato de Violet Blom que Bill pintou até o fim, ela está nua e esquelética. Seu corpo inteiro é obscurecido pela enorme sombra de um observador que não vemos, mas que parece pairar como um gigante diante dela. Quando cheguei perto da tela, notei que partes de seu corpo estavam cobertas por uma fina penugem. Bill chamou essa penugem de "lanugo" e disse que era comum o corpo desnutrido desenvolver pêlos para se proteger. Disse que passara horas estudando fotos médicas e documentais para captar a imagem certa. Era doloroso olhar para aquele corpo cadavérico. Os olhos imensos da mulher brilhavam como se ela estivesse febril. Bill usou cores para pintar o corpo emaciado, retratando-a primeiro com extremo realismo e depois cobrindo-lhe o corpo com audaciosas pinceladas expressionistas, usando azul e verde e traços de vermelho nas coxas e no pescoço. O fundo preto-e-branco fazia lembrar uma fotografia antiga, como as que guardo em minha gaveta. No chão atrás de Violet, há vários pares de sapatos — sapatos de homem, de mulher e de criança pintados em tons de cinza. Quando perguntei a Bill se esse retrato fazia referência aos campos de concentração, ele respondeu que sim, e durante mais de uma hora ficamos conversando sobre Adorno. O filósofo dissera que depois dos campos de concentração não poderia haver arte.

Conheci Bernie Weeks por meio de Jack Newman, um de meus colegas na Columbia. A Weeks Gallery, na West Broadway, ia bem porque Bernie tinha talento para farejar novos artistas, além de ter contatos. Ele era uma daquelas pessoas de Nova York que têm fama de "conhecer todo mundo". "Conhecer todo mundo" é uma expressão que não quer dizer conhecer muitas pessoas, mas sim conhecer determinadas pessoas que são tidas pela maioria como figuras importantes e poderosas. Quando o apresentei a Bill, Bernie devia ter por volta de quarenta e cinco anos, mas a idade era eclipsada por sua presença jovem. Usava sempre ternos impecáveis e moderníssimos e tênis de cores berrantes. Os sapatos informais lhe davam um leve ar de excentricidade sempre bem-vindo no mundo da arte, mas também realçavam o que para mim era a hipermobilidade de Bernie. Ele nunca parava de se mexer. Subia escadas correndo, saltava para dentro de elevadores, balançava o corpo para a frente e para trás sobre os calcanhares enquanto examinava uma obra de arte, e flexionava os joelhos sem parar durante a maior parte das conversas. Chamando a atenção para os próprios pés, Bernie alertava o mundo para seu infatigável dinamismo e para sua busca ininterrupta do novo. A hipermobilidade era acompanhada por uma fala copiosa e esbaforida, e seu discurso, embora às vezes fragmentário, nunca era tolo. Insisti com Bernie para que desse uma olhada no trabalho de Bill e pedi a Jack que também falasse com ele. Jack já tinha feito uma visita ao estúdio de Bill e se convertido ao que ele chamava de "Violets que crescem e murcham".

Eu não estava lá quando Bernie foi ao loft de Bill para ver suas obras, mas a visita terminou como eu esperava. As pinturas foram expostas no outono seguinte. "Elas são estranhas", Bernie me disse. "Estranhas no bom sentido. Acho que o ângulo gorda/magra vai decolar. Todo mundo está nessa de dieta hoje em dia, caramba, e nesse lance de auto-retrato. Isso é bom. É um pouco arriscado expor trabalhos figurativos novos no momento, mas ele conseguiu fazer um negócio interessante. E eu gosto das citações. Vermeer, De Kooning, e Guston depois da revolução."

Quando a exposição foi inaugurada, Violet Blom já tinha ido para Paris. Só a encontrei uma vez antes de ela viajar — na escada do prédio da Bowery. Eu estava chegando e ela, saindo. Eu a reconheci, me apresentei, e ela parou no meio da escada. Violet era mais bonita do que os retratos que Bill fizera dela. Seus grandes olhos verdes, acentuados por cílios escuros, eram o traço dominante do rosto redondo. Os cabelos castanhos cacheados caíam-lhe sobre os ombros e, embora o corpo estivesse escondido debaixo de um casaco comprido, cheguei à conclusão de que ela não era magra, mas também não chegava a ser gorda. Ela apertou minha mão de um jeito afetuoso, disse que já ouvira falar muito sobre mim e acrescentou: "Eu adoro a gorducha com o táxi". Então pediu desculpas por estar com pressa e desceu as escadas correndo. Pouco depois de eu ter recomeçado a subir as escadas, ouvi-a chamar meu nome. Quando me virei, vi que ela já estava em frente à porta que dava para a rua. "Você não se importa que eu te chame de Leo, se importa?" Eu disse que não.

Ela subiu a escada correndo de novo, parou alguns degraus abaixo de mim e disse: "O Bill gosta muito de você". Hesitou. "Eu estou indo embora, sabe. E ficaria muito mais tranqüila se soubesse que ele pode contar com você."

Balancei a cabeça dizendo que sim. Violet deu mais uns dois passos na minha direção, pôs a mão em meu ombro e o apertou, como se para reforçar a sinceridade do que estava dizendo. Depois ficou muito quieta e olhou bem para mim durante alguns segundos. "Você tem um rosto bonito", disse. "Principalmente o nariz. Você tem um nariz muito bonito." Antes que eu tivesse chance de reagir de alguma forma ao elogio, ela já tinha se virado e começado a descer as escadas às pressas. Fiquei ali parado um instante, vendo a porta se fechar atrás dela.

Naquela noite, enquanto escovava os dentes, e muitas outras noites depois, fiquei examinando meu nariz no espelho. Virava a cabeça para um lado e depois para o outro e tentava me ver de perfil. Nunca tinha passado muito tempo olhando para meu nariz; na verdade, sentia mais desprezo do que admiração por ele, e não posso dizer que o considerasse particularmente atraente, mas mesmo assim aquela protuberância no meio do meu rosto se modificou para sempre, transformada pelas palavras de uma mulher bonita, cuja imagem eu via todo dia pendurada na minha parede.

Bill me pediu que escrevesse um ensaio para a exposição. Eu nunca tinha escrito sobre um artista vivo e ninguém escrevera sobre Bill antes. O pequeno texto, que intitulei "Eus múltiplos", já foi reeditado e traduzido para várias línguas desde então, mas na época eu encarava suas doze páginas como um gesto de admiração e de amizade. A exposição não teve catálogo. Cópias grampeadas do ensaio foram distribuídas na inauguração. Escrevi-o ao longo de um período de três meses, nos intervalos em que não estava corrigindo trabalhos, participando de bancas ou assistindo a conferências de alunos, tomando notas apressadas de idéias que me ocorriam depois das aulas ou no metrô. Bernie sabia que Bill precisaria de apoio crítico se quisesse "escapar ileso" da ousadia de expor seus trabalhos num momento em que o minimalismo reinava na maioria das galerias. Meu argumento no ensaio era que a arte de Bill se referia à história da pintura ocidental mas virava suas pressuposições de pernas para o ar, e que Bill fazia isso de uma forma essencialmente diferente da dos modernistas que o antecederam. Ao incluir a sombra de um observador em cada tela, Bill chamava a atenção para o espaço que existe entre o observador e a pintura e que é o lugar onde a verdadeira ação de toda pintura se dá — um quadro se torna um quadro no momento em que é visto. Mas o espaço que o observador ocupa também pertence ao pintor. O observador se coloca na posição do pintor e olha para um auto-retrato, mas o que ele vê não é uma imagem do homem que assinou a pintura no canto direito da tela, mas sim uma outra pessoa: uma mulher. Olhar para mulheres na pintura é uma convenção erótica consagrada que fundamentalmente transforma todo observador num homem que sonha com uma conquista sexual. Vários grandes pintores já pintaram quadros de mulheres que subvertem essa fantasia — Giorgione, Rubens, Vermeer, Manet — mas, pelo que sei, nenhum deles jamais anunciou para o observador que a mulher era ele. Foi Erica quem elaborou essa idéia certa noite. "A verdade é que todos nós temos um homem e uma mulher dentro de nós", disse ela. "Afinal, somos feitos de um pai e de uma mãe. Quando olho para uma mulher bonita e sexy numa pintura, sou sempre ao mesmo tempo ela e a pessoa que está olhando para ela. O erotismo nasce do fato de que consigo imaginar que sou ele olhando para mim. Você tem que ser as duas pessoas, senão nada acontece."

Quando fez essa observação, Erica estava sentada na cama lendo a obra indecifrável de Jacques Lacan. Usava uma camisola de algodão sem manga, decotada, e tinha prendido o cabelo para trás, de modo que eu podia ver os lóbulos macios de suas orelhas. "Muito obrigado, professora Stein", eu disse, e pus a mão em sua barriga. "Tem mesmo alguém aí dentro?" Erica largou o livro e me beijou na testa. Estava grávida de quase três meses, mas nós ainda não tínhamos contado a ninguém. A exaustão e os enjôos dos dois primeiros meses já tinham passado, mas Erica estava mudada. Havia dias em que seus olhos cintilavam de felicidade e outros em que pareciam sempre à beira das lágrimas. Erica nunca fora muito estável, mas seu humor andava ainda mais inconstante. Um dia, no café-da-manhã, teve um ataque de choro por causa de um artigo sobre a busca de pais adotivos para crianças abandonadas na cidade de Nova York que falava de um menino de quatro anos chamado Joey que já fora mandado embora de várias casas. Uma noite, acordou aos prantos depois de ter sonhado que deixava seu neném recém-nascido dentro de um navio e, do cais, ficava vendo o navio se afastar. Outro dia, à tarde, encontrei-a sentada no sofá com lágrimas a lhe escorrerem dos olhos. Quando perguntei o que havia acontecido, ela fungou e disse: "A vida é triste, Leo. Estou sentada aqui há horas pensando em como tudo na verdade é triste".

Essas mudanças físicas e emocionais por que minha esposa estava passando também afetaram meu ensaio sobre Bill. O corpo de Violet, que crescia e encolhia de uma tela para outra, fazia uma alusão mais do que clara à fertilidade e suas transformações. Uma das fantasias entre o observador/pintor e o objeto feminino certamente era a fantasia da fecundação. Afinal, concepção é pluralidade — dois unidos em um, o homem e a mulher. Depois de ter lido o ensaio, Bill deu um sorriso. Sacudiu a cabeça e passou a mão por sua barba de dois dias antes de me dizer alguma coisa. Apesar de minha confiança, senti uma fisgada de ansiedade. "É bom", ele disse. "É muito bom. É claro que metade do que está escrito aqui jamais me passou pela cabeça." Ficou em silêncio durante mais ou menos um minuto; hesitou, fez menção de dizer algo, então parou de novo. Por fim, falou: "Nós ainda não contamos a ninguém, mas a Lucille está grávida de dois meses. Estávamos tentando fazia mais de um ano. Durante todo esse tempo em que estive trabalhando com a Violet, a gente torcia para conseguir ter um filho". Depois que lhe contei sobre Erica, Bill disse: "Eu sempre quis ter filhos, Leo, um monte de filhos. Durante anos eu alimentei uma espécie de fantasia de viajar pelo mundo e povoar a terra. Gosto de me imaginar como o pai de centenas, de milhares de filhos". Eu ri quando ele disse isso, mas nunca me esqueci dessa fantasia extravagante de potência e multiplicação. Bill sonhava em cobrir a terra de si mesmo.

Lá pela metade de seu próprio vernissage, Bill desapareceu. Mais tarde ele me contou que fora ao Fanelli's tomar um uísque. Bill parecia estar sofrendo terrivelmente desde o início da inauguração, quando, encostado na parede debaixo de um aviso de PROIBIDO FUMAR, tragava fundo seu cigarro, batendo as cinzas no bolso de um casaco pequeno demais para ele. Bernie sempre conseguia juntar uma boa multidão nos vernissages que promovia em sua galeria. Segurando copos de vinho, os convidados circulavam lentamente por aquele amplo espaço branco e conversavam alto. As cópias de meu ensaio estavam numa pilha em cima do balcão. Eu já havia apresentado trabalhos em conferências e seminários e publicado textos em revistas e periódicos, mas meu trabalho nunca fora distribuído em forma de panfleto. A novidade me agradou, e eu ficava examinando o rosto das pessoas que pegavam uma cópia. Uma ruiva bonita pegou uma e leu as primeiras frases. Senti uma satisfação especial quando ela começou a mover os lábios enquanto lia: aquilo parecia indicar um interesse ainda maior por minhas palavras. O texto fora também pregado na parede, e algumas pessoas paravam para dar uma espiada. Um rapaz de calça de couro chegou a me dar a impressão de estar lendo o texto inteiro. Jack Newman apareceu e passeou pela galeria com uma sobrancelha levantada, numa expressão ao mesmo tempo atordoada e irônica. Erica apresentou Jack a Lucille, e ele a encurralou num canto por mais de meia hora. Toda vez que eu olhava naquela direção, via Jack inclinado sobre Lucille e com o rosto dois centímetros mais próximo do dela do que deveria. Jack já tinha dois casamentos e dois divórcios no currículo. Sua falta de sucesso com as esposas não o impedia de buscar encontros menos permanentes, e seu humor inteligente compensava de sobra sua falta de encantos físicos. Sentia-se confortável com o rosto bochechudo, a barriga enorme e as pernas gorduchas, e fazia as mulheres se sentirem confortáveis com eles também. Cansei de ver Jack dar em cima das mulheres mais improváveis e se dar bem. Ele as seduzia com elogios bem torneados. Eu observava o movimento de seus lábios enquanto ele falava com Lucille e me perguntava que tipo de gracejos barrocos estaria usando com ela naquela noite. Quando se aproximou de mim mais tarde para se despedir, Jack coçou o queixo, olhou bem nos meus olhos e disse: "Vem cá, e a mulher do Wechsler, hein? Você acha que ela derrete na cama ou fica gélida assim mesmo?".

"Não tenho a menor idéia", respondi. "Mas espero que você não esteja com nenhuma intenção nesse sentido. Ela não é uma das suas alunas ninfetas, Jack. E ela está grávida, pombas."

Jack levantou as mãos espalmadas e fez uma cara debochada de horror. "Longe de mim", disse. "Essa idéia nunca me passou pela cabeça."

Antes de se refugiar no Fanelli's, Bill me apresentou a seus pais. Regina Wechsler, que se tornara Regina Cohen depois do segundo casamento, era uma mulher alta e atraente com seios fartos, cabelos pretos e cheios, uma quantidade considerável de jóias de ouro e uma voz doce e melódica. Quando falou comigo, ela inclinou a cabeça um pouco de lado e olhou para mim por debaixo de seus longos cílios pretos. Encolheu os ombros quando declarou que o vernissage estava "maravilhoso" e, antes de se retirar para ir ao banheiro, referiu-se a ele como "o toalete". Regina, no entanto, não era só artifício. Em poucos segundos, avaliou os trajes sóbrios da multidão e, apontando para seu tailleur vermelho, disse: "Estou me sentindo um carro de bombeiro". Deu uma risada súbita e sonora, e na mesma hora o senso de humor desmanchou a pose. O marido, Al, era um homem de rosto rosado, queixo quadrado e voz grave que parecia genuinamente interessado em Bill e em seu trabalho. "Elas pegam a gente de surpresa, não é?", comentou, referindo-se às pinturas, e eu tive de concordar.

Antes de ir embora, Regina entregou uma carta a Bill. Eu estava bem ao lado dela e imagino que ela tenha achado que eu merecia uma explicação. "É do irmão dele, o Dan, que não pôde vir." No instante seguinte, virou-se para Bill e disse: "Seu pai acabou de chegar. Vou dar um oi para ele antes de nós irmos embora".

Fiquei observando Regina se aproximar de um homem alto que acabara de sair do elevador. A semelhança entre pai e filho era impressionante. Sy Wechsler tinha o rosto mais fino que o de Bill, mas os olhos e a pele escuros, os ombros largos e os braços fortes eram tão parecidos com os do filho que, de costas, os dois podiam perfeitamente ser confundidos — fato de que eu me lembraria mais tarde, quando Bill começou a fazer uma série de retratos do pai. Enquanto Regina falava com ele, Sy balançava a cabeça e respondia, mas seu rosto tinha uma expressão vaga. Pensei que o encontro com a ex-mulher talvez o deixasse constrangido e que, por isso, ele tivesse optado por adotar uma atitude educada mas distante. A expressão de seu rosto, no entanto, em nenhum momento se alterou. Quando se aproximou de Bill, Sy estendeu a mão e Bill a apertou. Em seguida, Bill agradeceu ao pai por ter vindo e me apresentou. Quando nos cumprimentamos, olhei bem dentro de seus olhos e ele retribuiu meu olhar, mas havia pouco reconhecimento em seu rosto. Sy balançou a cabeça na minha direção e disse: "Parabéns e boa sorte"; depois virou-se para sua nora grávida e repetiu exatamente as mesmas palavras. Não fez nenhum comentário sobre seu futuro neto, que àquela altura era um pequeno volume debaixo do vestido de Lucille. Olhou para as pinturas como se fossem obras de um estranho e saiu da galeria.

Não sei se foi a forma abrupta com que seu pai chegou e saiu que irritou Bill a ponto de fazê-lo querer ir embora, ou se foi só a angústia de se ver sob o escrutínio de um mercado de arte que ele temia que pudesse rejeitá-lo.

No final das contas, os críticos tanto o rejeitaram quanto o acolheram. Aquela primeira exposição determinou o tom com que a crítica receberia o trabalho de Bill pelo resto de sua carreira. Ele teria sempre ardentes defensores e violentos detratores, mas, por mais doloroso ou prazeroso que pudesse ser para Bill ser odiado por uns e idolatrado por outros, ele se tornaria muito mais importante para críticos e jornalistas do que estes viriam a ser para ele. Na época de sua primeira exposição, Bill já estava velho e teimoso demais para se deixar influenciar pelos críticos. Era a pessoa mais reservada que já conheci, e só alguns poucos tinham permissão para entrar no quarto secreto de sua imaginação. É triste e irônico que o habitante mais importante daquele quarto talvez fosse e nunca deixasse de ser o pai de Bill. Vivo, Sy Wechsler era a encarnação da ânsia frustrada de intimidade de Bill. Ele era uma daquelas pessoas que nunca estão inteiramente presentes nos acontecimentos de sua própria vida. Uma parte dele nunca estava ali, e foi essa qualidade ausente de seu pai que Bill nunca parou de perseguir — nem mesmo depois que o homem morreu.

Bill ressurgiu no pequeno jantar que Bernie ofereceu em seu loft depois da inauguração, mas ficou a maior parte do tempo em silêncio, e nós todos fomos para casa cedo. No dia seguinte, um sábado, fui vê-lo no loft da Bowery. Lucille tinha ido visitar os pais, em New Haven, e Bill me contou então a história de Sy. Os pais de Sy eram imigrantes que deixaram a Rússia ainda crianças e foram parar no Lower East Side. Bill me contou que seu avô abandonara esposa e três filhos quando Sy, o mais velho, tinha dez anos. A história que corria na família era que Moishe fugira com outra mulher para o Canadá, onde se tornou um homem rico e teve três outros filhos. No funeral de sua avó, Bill conheceu uma mulher chamada Esther Feuerstein, e foi por ela que ficou sabendo de uma coisa que ninguém da família jamais mencionara. No dia seguinte àquele em que o marido a deixou, Rachael Wechsler entrara na cozinha minúscula do seu apartamento na Rivington Street e decidira enfiar a cabeça no forno. Fora Sy quem batera com toda a força na porta de Esther e também fora ele quem ajudara Esther a arrastar Rachael, aos berros, para longe do gás. Apesar desse encontro precoce com a morte, a avó de Bill acabou vivendo até os oitenta e nove anos. Bill descreveu a velha senhora sem sentimentalismos. "Ela era maluca", disse. "Berrava coisas em iídiche para mim, e quando eu não entendia batia em mim com a bolsa."

"Meu pai sempre gostou mais do Dan." Bill não fez essa declaração com amargura. Eu já sabia que Dan tinha sido uma criança instável e nervosa e que, com vinte e poucos anos, tivera uma crise esquizofrênica. Desde então, o irmão mais novo de Bill vivia entrando e saindo de hospitais, casas de repouso e clínicas psiquiátricas. Bill disse ainda que seu pai se comovia com a fraqueza, que sentia uma atração natural pelas pessoas que precisavam de ajuda. Larry, um primo de Bill, tinha síndrome de Down, e Sy Wechsler nunca esqueceu um só aniversário de Larry, embora às vezes esquecesse o aniversário do filho mais velho. "Eu quero que você leia o bilhete que o Dan me mandou", disse Bill. "Vai lhe dar uma boa idéia do que se passa na cabeça dele. Ele é louco, mas não é burro. Eu às vezes acho que ele tem pelo menos cinco pessoas dentro dele." Bill me entregou um pedaço de papel manchado e amarrotado, escrito à mão.

AO ATAQUE COM CARGA TOTAL IR MÃOS W.!

TOQUEM A MÁGOA!

ESCUTEM O RITMO.

À ROSA, AO CASACO,

AO CARRO, AOS RATOS, AO ASCO.

AO ÁLCOOL. À GUERRA.

AO AQUI, AO LÁ.

A ELA.

ÉRAMOS, SOMOS

ELA.

COM AMOR, DANIEL. (SEM) DANO.*

Depois de ler o bilhete, comentei: "É uma espécie de anagrama".

"Levei um tempo para perceber, mas se você reparar bem, todas as palavras do poema são feitas com as letras do primeiro verso, menos as da última linha, quando ele assina."

"Quem é 'ela'? Ele já sabia como as suas pinturas são?"

"Talvez minha mãe tenha contado. Ele também escreve peças. Algumas delas rimam. A doença do Dan não é culpa de ninguém. Acho que minha mãe sempre sentiu que havia alguma coisa errada, mesmo quando ele ainda era bebê. Mas, ao mesmo tempo, o fato de nossos pais não estarem... sei lá... juntos de verdade, também não ajudou muito. Quando ele nasceu, minha mãe já estava bastante decepcionada. Acho que ela não tinha a menor idéia de com quem estava se casando. Quando descobriu, já era tarde demais."

Suponho que todos nós sejamos produto das alegrias e tristezas de nossos pais. Suas emoções ficam gravadas em nós, tan-

* CHARGE BRO THE RS W.!/ REACH THE ACHE!/ HEAR THE BEAT./ TO THE ROSE, THE COAT,/ THE CAR, THE RATS, THE BOAT./ TO BEER, TO WAR./ TO HERE, TO THERE./ TO HER./ WE WERE, ARE/ HER./ LOVE, DAN (I) EL. (NO) DENIAL.

to quanto seus códigos genéticos. Naquela tarde, sentado numa cadeira perto da banheira, contei a Bill, que estava sentado no chão, como meu pai havia morrido — uma história que eu só tinha contado a Erica. Eu tinha dezessete anos quando meu pai morreu. Ele teve três derrames. O primeiro paralisou seu lado esquerdo, o que lhe distorceu o rosto e tornou a fala difícil. Ele comia palavras quando falava. Queixava-se de que tinha no cérebro uma nuvem que fazia as palavras sumirem de sua consciência. Passava horas batendo frases à máquina com a mão boa e às vezes ficava minutos parado, tentando recuperar uma expressão desaparecida. Eu odiava ver meu pai debilitado daquele jeito. Até hoje sonho que acordo no meio da noite e descubro que um dos meus braços ou pernas está paralisado, ou simplesmente se separou do meu corpo. Meu pai era um homem orgulhoso e formal que se relacionava comigo basicamente respondendo às minhas perguntas, às vezes com mais minúcia do que eu gostaria. Uma pergunta de poucos segundos podia facilmente motivar uma palestra de meia hora. Ele não falava comigo como se eu fosse um idiota. Tinha muita confiança em minha capacidade de compreensão, mas a verdade era que suas palestras sobre o sistema nervoso, o coração, o liberalismo ou Maquiavel muitas vezes me entediavam. Mesmo assim, eu nunca quis que ele parasse de falar. Gostava de ter seus olhos fixos em mim, de me sentar perto dele, e ficava esperando pelos gestos de afeição que sempre encerravam suas falas — um tapinha no meu braço ou no meu joelho, ou a voz carinhosa e levemente trêmula com que dizia meu nome ao arrematar suas frases.

Em Nova York, meu pai lia o *Aufbau*, um jornal semanal dedicado a judeus alemães que moravam na América. Durante a guerra, esse jornal publicava listas de pessoas desaparecidas, e meu pai lia cada nome da lista antes de qualquer outra coisa.

Eu tinha pavor da hora em que o *Aufbau* chegava, pavor da absorção em que meu pai ficava, dos seus ombros arqueados, da expressão vazia do seu rosto enquanto lia aquelas listas do início ao fim. A busca por sua família se dava em silêncio. Ele nunca disse: "Estou checando para ver se os nomes deles estão aqui". Não dizia nada. Minha mãe e eu nos sentíamos sufocados com seu silêncio, mas jamais o interrompemos.

O terceiro derrame foi fatal. Um dia de manhã, minha mãe descobriu meu pai morto ao lado dela na cama. Eu nunca tinha visto nem ouvido minha mãe chorar, mas naquele dia ela soltou um grito assustador, que me fez ir correndo até o quarto dos meus pais. Ela me disse com uma voz estranha e dura que Otto estava morto, me enxotou para fora do quarto e fechou a porta. Fiquei parado do lado de fora, ouvindo os gemidos guturais de minha mãe, seus gritos sufocados e soluços roucos. Não tenho noção de quanto tempo fiquei ali, mas sei que depois ela abriu a porta. Seu rosto estava calmo e sua postura, anormalmente ereta. Ela disse para eu entrar e durante alguns minutos nós dois ficamos sentados ao lado do corpo morto de meu pai, até que ela se levantou e foi andando até a sala para telefonar. Meu pai não era um morto horrível de se olhar, mas a diferença entre a vida e a morte me dava medo. As persianas das janelas ainda estavam fechadas e, abaixo delas, vi duas linhas brilhantes de sol. Sentado naquele quarto, sozinho com meu pai, estudei aquelas duas linhas de luz.

Quando Erica e Lucille estavam mais ou menos no quinto mês de gravidez, tirei uma foto das duas em nosso apartamento. Erica está sorrindo para a câmera e com o braço estendido com firmeza ao redor dos ombros de Lucille, que parece pequena e tímida, mas contente ao mesmo tempo. A mão esquerda de Lucille está pousada de um jeito protetor sobre sua barriga e seu queixo está abaixado, mas ela olha para a frente. Num dos cantos de sua boca, delineia-se um sorriso amável. A gravidez fez bem a Lucille; deixou-a mais suave. E essa foto faz com que eu me lembre de um lado gentil de sua personalidade, que em geral ficava escondido.

No quarto mês de gravidez, Erica pegou a mania de cantarolar e só parou quando nosso filho nasceu. Cantarolava no café-da-manhã. Cantarolava quando estava se arrumando para ir trabalhar. Cantarolava quando estava sentada à sua mesa, escrevendo seu trabalho dos "Três diálogos" — o trabalho sobre Martin Buber, M. M. Bakhtin e Jacques Lacan que apresentou numa conferência na NYU dois meses e meio antes de dar à luz. Aquela cantoria me deixava maluco, mas eu me esforçava para ser tolerante. Quando eu lhe pedia para parar, Erica sempre olhava para mim com uma expressão de espanto e perguntava: "Eu estava cantando?".

Grávidas, Erica e Lucille se tornaram amigas. Comparavam os tamanhos de suas barrigas e os chutes que levavam de seus bebês. Saíam para comprar roupinhas minúsculas e riam como duas conspiradoras de seus umbigos protuberantes, bexigas espremidas e sutiãs tamanho gigante. Erica ria mais alto. Embora nunca tenha perdido seu jeito reticente, Lucille parecia relaxar mais quando estava com Erica do que quando estava com outras pessoas. Quando os bebês nasceram, no entanto, houve uma mudança no comportamento de Lucille com relação a Erica — uma pontinha quase imperceptível de frieza. Não vi nem senti nada até que Erica me chamasse a atenção para isso, e mesmo assim ainda duvidei durante um bom tempo de que fosse verdade. Lucille não era socialmente habilidosa. Havia uma certa aspereza em seu jeito de lidar com as pessoas e, além disso, ela provavelmente andava exausta por causa da trabalheira que é cuidar de um bebê. Meus argumentos em geral conseguiam convencer Erica, mas só até o momento em que ela sentia a mesma coisa outra vez: a pequena ferroada da possível rejeição — sempre ambígua, sempre passível de muitas interpretações.

Quando eu me encontrava com Lucille, nós falávamos de poesia. Ela ainda me dava as pequenas revistas que publicavam seus poemas, e eu os lia com cuidado e fazia comentários. Na verdade, meus comentários em geral eram perguntas — sobre forma, sobre escolhas que ela tinha ou não tinha feito. E então Lucille discorria sofregamente sobre o uso que fizera de vírgulas e pontos e sobre a preferência que tinha pela dicção simples. Sua habilidade de se concentrar nesses detalhes era impressionante, e eu gostava de nossas conversas. Erica não gostava dos poemas de Lucille. Uma vez me confidenciou que lê-los era como "comer poeira". Lucille talvez tenha pressentido a aversão de Erica por seu trabalho e se afastado instintivamente dessa desaprovação, ou talvez não gostasse do fato de Erica abraçar avidamente as opiniões literárias de Bill e às vezes ligar para ele para pedir alguma referência ou apenas para fazer uma pergunta. Eu sinceramente não sei, mas o fato é que, à medida que o tempo foi passando, percebi que as duas não eram mais íntimas e que quanto mais Lucille se afastava de Erica, mais parecia se interessar por mim.

Cerca de duas semanas depois de eu ter tirado aquela foto de Erica e Lucille, Sy Wechsler teve um ataque cardíaco e morreu. Aconteceu no início da noite, quando ele acabara de chegar do trabalho e entrava em casa com a correspondência. Wechsler morava sozinho, e foi seu irmão Morris quem o encontrou na manhã seguinte, caído ao lado da mesa da cozinha, com contas, duas ou três cartas comerciais e alguns catálogos espalhados no chão perto dele. Ninguém esperava que Wechsler morresse. Ele não fumava nem bebia e corria cinco quilômetros por dia. Bill e seu tio Morris tomaram as providências necessárias para o funeral, e o irmão mais novo de Sy veio da Califórnia com a esposa e dois filhos para o enterro. Depois do funeral, Bill e Morris esvaziaram a casa ampla de South Orange em que Sy morava, e quando a tarefa terminou Bill começou a desenhar. Fez centenas de desenhos do pai, tanto de memória como baseado em fotografias. Bill produzira muito pouco desde sua primeira exposição, não porque não quisesse trabalhar, mas porque precisava ganhar dinheiro. Duas das pinturas de Violet tinham sido vendidas para colecionadores, mas o dinheiro das vendas acabara rápido. Quando soube que ele e Lucille teriam um filho, Bill passou a aceitar todos os trabalhos de pintor e pedreiro que lhe ofereciam, e, depois de mourejar o dia inteiro em construções, costumava chegar em casa cansado demais para fazer qualquer coisa além de dormir. Sy Wechsler deixou trezentos mil dólares para cada filho. Com a parte que lhe coube da herança, Bill transformou sua vida.

O loft acima do nosso, no número 27 da Greene Street, estava à venda. Bill e Lucille decidiram comprá-lo e, no início de agosto de 1977, mudaram-se para lá. O aluguel da Bowery era barato, e Bill resolveu manter seu estúdio ali. Com o dinheiro da herança, ele me disse, "ganhariam tempo" para se dedicar a seus trabalhos. Mas, naquele verão, Bill não teve muito tempo para a pintura. Todo dia, o dia inteiro, ele serrava, martelava, furava e respirava poeira. Ergueu paredes de gesso no espaço único para criar cômodos independentes. Revestiu o banheiro de ladrilhos depois que o encanador terminou de instalar as louças. Fez armários embutidos, puxou fiações de luz e instalou os armários de cozinha. À noite, voltava para a Bowery e para sua esposa adormecida e desenhava o pai. A dor era seu combustível. Bill entendeu que a morte do pai lhe dera uma oportunidade de recomeçar a vida e que seus esforços físicos descomunais durante aquele verão eram, no fundo, espirituais. Trabalhava em nome do pai para construir um futuro para o filho que ia nascer.

No início de agosto, dias apenas antes de Matthew nascer, Bernie Weeks e eu fomos até a Bowery num final de tarde para dar uma olhada nos planos iniciais de Bill para uma nova série de pinturas — que seriam desenvolvidas com base nos desenhos que fizera do pai. Quando estava folheando os desenhos de Sy Wechsler — sentado, de pé, correndo, dormindo —, Bernie parou de repente diante de um deles e disse: "Eu tive uma conversa agradável com o seu pai um dia".

"Na inauguração", disse Bill, sem se abalar.

"Não, foi umas duas semanas depois. Ele voltou à galeria para ver as pinturas. Eu o reconheci, e nós conversamos durante uns dois ou três minutos."

Com voz de espanto, Bill perguntou: "Você viu o meu pai na galeria?".

"Pensei que você soubesse", Bernie disse casualmente. "Ele passou pelo menos uma hora lá. Examinou os quadros bem devagar, sem pressa nenhuma. Ficava olhando para um quadro durante um bom tempo e depois passava para o outro."

"Ele voltou lá", disse Bill. "Ele voltou e viu os quadros."

A história da segunda visita de seu pai à Weeks Gallery nunca mais saiu da cabeça de Bill. Aquilo se tornou o único sinal concreto que ele tinha da afeição do pai por ele. Antes disso, a longa jornada de trabalho de Sy na fábrica de caixas, sua presença em jogos esporádicos da liga juvenil, em peças de teatro da escola e no primeiro vernissage de Bill tiveram de bastar como mostras da dedicação paterna de Sy. A história de Bernie acrescentou mais uma camada ao retrato interno que Bill tinha do pai. Teve também o efeito irracional de consolidar a fidelidade de Bill à Weeks Gallery. Bill confundiu a mensagem com o mensageiro, mas isso pouco importava. Enquanto Bernie balançava para trás e para a frente sobre os calcanhares diante de alguns desenhos de Sy Wechsler presos em cavaletes e passava os dedos por chaves, papéis e detritos que, segundo Bill, seriam acrescentados às telas, pude sentir sua empolgação. Bill acabara de conquistar mais um fã incondicional.

Nascimentos são violentos, dolorosos e sangrentos, e nem toda a retórica que existe em torno deles vai conseguir me convencer do contrário. Já ouvi histórias de mulheres que parem acocoradas no mato, cortam o cordão umbilical com os dentes, amarram seus recém-nascidos às costas, pegam suas foices e vão trabalhar, mas eu não estava casado com uma dessas mulheres. Estava casado com Erica. Íamos juntos às aulas de um curso de preparação para o parto segundo o método Lamaze e ouvíamos com atenção os conselhos de Jean Romer sobre a maneira certa de respirar. Jean, uma mulher atarracada que estava sempre de bermuda e tênis de sola grossa, chamava o nascimento de "a grande aventura" e os alunos do seu curso de "mães" e "ajudantes". Erica e eu assistíamos a filmes que mostravam mães atléticas e sorridentes fazendo agachamentos profundos durante o trabalho de parto e expelindo os bebês da barriga com a técnica correta de respiração. Praticávamos inspirações e expirações enquanto corrigíamos em silêncio a gramática de Jean cada vez que ela nos mandava "expulsar o ar nos pulmãos". Aos quarenta e sete anos, eu era o segundo mais velho futuro pai da turma. O mais velho era um homem bronco de uns sessenta anos chamado Harry, que já fora casado antes, tinha filhos adultos e estava agora se preparando para o nascimento do segundo filho com sua segunda esposa, uma moça com aparência de adolescente mas que provavelmente já devia ter seus vinte e muitos anos.

Matthew nasceu no dia 12 de agosto de 1977, no St. Vincent's Hospital. Fiquei ao lado de Erica, vendo seu rosto agoniado, o corpo se contorcendo, as mãos fechadas com força. De vez em quando, eu tentava segurar sua mão, mas Erica empurrava a minha para longe e balançava a cabeça fazendo que não. Erica não gritou, mas num outro quarto no final do corredor uma mulher berrava e gemia com toda a força de seus pulmões, parando apenas para soltar palavrões em espanhol e em inglês. Ela também devia ter um "ajudante" a seu lado, pois passados alguns segundos de espantoso silêncio, nós a ouvimos berrar: "Vai à merda, Jonny! Respira o caralho! Respira você, porra! Eu estou morrendo, caralho!".

Perto do fim do parto, os olhos de Erica adquiriram um brilho de êxtase. Quando a mandaram fazer força para expulsar o bebê, ela trincou os dentes e rosnou como um animal. Em meu avental cirúrgico, fui para o lado do médico e vi a cabecinha molhada, escura e ensangüentada de meu filho emergir do meio das pernas de Erica, seguida logo depois pelos ombros e pelo resto do corpo. Vi seu pênis pequenino intumescido, vi sangue e outros fluidos jorrarem pela vagina de Erica, ouvi o dr. Figueira dizer: "É um menino", e fiquei tonto. Uma enfermeira me pôs sentado numa cadeira, e logo depois eu estava com meu filho nos braços. Olhei para o rostinho vermelho e amassado, para a cabecinha macia e torta e disse: "Matthew Stein Hertzberg". Ele me olhou nos olhos e fez uma careta.

Aquilo tudo veio tarde para mim. Eu era um pai grisalho e enrugado de um bebezinho, mas abracei a paternidade com o entusiasmo de quem passou por longos anos de privação. Matt era uma estranha criaturinha de pernas vermelhas e finas, coto umbilical arroxeado e uma penugem de cabelos pretos que só lhe cobria parte da cabeça. Erica e eu passávamos muito tempo estudando suas peculiaridades — os barulhinhos ávidos de chupar que ele fazia quando mamava, as fezes cor de mostarda, os braços e pernas agitadiços e o olhar absorto, que podia sugerir tanto inteligência quanto idiotia, dependendo da maneira como se encarasse. Durante mais ou menos uma semana, Erica só o chamou de "nosso estranho peladinho", mas depois ele virou Matthew, Matt ou Matty. Nos primeiros meses depois do nascimento de Matthew, Erica demonstrou uma competência e uma tranqüilidade que eu nunca vira nela. Ela sempre fora uma pessoa nervosa e excitável, e quando estava realmente irritada sua voz adquiria um timbre estridente e ansioso que me afetava fisicamente — como se alguém estivesse passando um garfo em minha pele. Mas, nos primeiros meses de vida de Matt, Erica teve poucos chiliques. Na verdade, estava quase serena. Era quase como se eu estivesse me casando outra vez, mas com uma pessoa ligeiramente diferente. Erica nunca dormia o suficiente e tinha olheiras escuras debaixo dos olhos, mas suas feições estavam mais suaves do que nunca. Quando amamentava Matt, ela às vezes olhava para mim com uma ternura que era quase dolorosa de tão intensa. Quase sempre, Erica e Matt adormeciam juntos ao meu lado enquanto eu ainda estava lendo na cama: Erica com o braço em torno de Matt e Matt com a cabeça encostada ao peito de Erica. Mesmo enquanto dormia, Erica estava sempre atenta a Matt e acordava ao menor ruído que ele fizesse. Às vezes eu pousava meu livro e ficava olhando para os dois, iluminados pela luz do meu abajur. Hoje acho que tive sorte de já não ser mais tão jovem na época. Percebi o que talvez não tivesse percebido se fosse mais novo — que minha felicidade havia chegado. Enquanto via minha mulher e meu filho dormindo, cheguei a dizer a mim mesmo: "Grave esta imagem". E ainda a tenho gravada em minha cabeça: uma imagem nítida, deixada por meu desejo consciente. Vejo o perfil de Erica recortado contra o travesseiro, seus cabelos pretos caindo-lhe no rosto, e a cabecinha de Matt, pouco maior do que uma manga, virada na direção do corpo da mãe.

Acompanhamos o desenvolvimento de Matt com a precisão e a atenção de cientistas iluministas, notando cada fase de seu crescimento como se ninguém nunca tivesse sorrido, dado risada ou se virado na cama antes dele. Uma vez, Erica me chamou aos gritos até o berço de Matt e, quando cheguei lá, apontou para o nosso filho e disse: "Leo, olha! Eu acho que ele sabe que isso é o pé dele. Olha só o jeito como ele está chupando os dedos. Ele sabe que os dedos são dele!". Se Matt de fato descobriu o perímetro do próprio corpo naquele dia ou não é uma questão discutível, mas a verdade é que ele estava se tornando cada vez mais alguém, com uma personalidade identificável. Não era uma pessoa barulhenta, mas imagino que, se cada vez que você emite um som quase inaudível, um de seus pais chega correndo, você acaba mesmo não virando uma pessoa barulhenta. Para um bebê, Matt parecia estranhamente compassivo. Uma noite, quando ele tinha uns nove meses, Erica estava cuidando dos preparativos para colocá-lo na cama. Estava com ele no colo, de um lado para o outro, e abriu a geladeira para pegar a mamadeira. Por acidente, quando ela puxou a mamadeira, um vidro de mostarda e outro de geléia caíram e se espatifaram no chão. Erica já tinha voltado a trabalhar nessa época e a exaustão a estava deixando em frangalhos. Olhou para os cacos de vidro no chão e começou a chorar. Quando sentiu a mãozinha de Matthew dando tapinhas solidários em seu braço, ela parou de chorar. Nosso filho também gostava de nos alimentar — com pedaços semimastigados de banana, purê de espinafre ou papa de cenoura. Chegava perto de mim com sua mãozinha pegajosa fechada e me enfiava na boca aquele punhado repulsivo de comida. Víamos esse gesto como um sinal de generosidade. Depois que aprendeu a sentar, Matthew começou a demonstrar uma capacidade extraordinária de concentração, e quando eu observava outras crianças de sua idade, achava que não era exagero meu considerá-lo realmente extraordinário. Matthew conseguia permanecer concentrado por longos períodos de tempo, mas não falava. Emitia sons, balbuciava e apontava, mas as palavras demoraram muito a vir.

Quando Erica voltou a trabalhar, arranjamos uma babá para Matt. Grace Thelwell era uma mulher alta e gorda, de seus cinqüenta anos, e crescera na Jamaica. Tinha quatro filhos adultos, seis netos e uma postura de rainha. Andava ruidosamente por nossa casa e transpirava uma tranqüilidade de Buda diante de toda a nossa agitação. Seu refrão característico consistia em três palavras: "Não esquenta, não". Quando Matt chorava, Grace o pegava no colo e entoava o refrão: "Não esquenta, não". Quando Erica chegava em casa depois de um dia de trabalho na Rutgers e entrava na cozinha com ar arrasado e um olhar desvairado, Grace botava a mão em seu ombro e dizia: "Não esquenta, não", e então ajudava Erica a guardar as compras que ela trouxera do mercado. Quando vinha para nossa casa, Grace trazia consigo sua filosofia prática de vida e acalmava todos nós — como uma morna brisa caribenha soprando pelos cômodos do nosso loft. Grace seria sempre a fada madrinha de Matt, e quanto mais tempo ela passava conosco, mais eu me convencia de que ela não era uma pessoa comum, mas alguém de extraordinária sabedoria e sensibilidade, cuja capacidade de distinguir o importante do trivial muitas vezes punha a mim e a Erica no chinelo. Quando Erica e eu saíamos à noite e Grace ficava em casa com Matt, na volta nós invariavelmente a encontrávamos sentada no quarto de Matt enquanto ele dormia. As luzes estavam sempre apagadas. Grace não lia um livro, não tricotava, nem se ocupava com nenhuma outra atividade. Ficava sentada em silêncio numa cadeira perto de Matt, satisfeita com a plenitude de seus próprios pensamentos.

Mark Wechsler nasceu no dia 27 de agosto. Éramos agora duas famílias, uma em cima da outra. Embora a proximidade física tornasse as visitas mais fáceis, eu e Bill não passamos a nos ver com uma freqüência muito maior do que antes. Emprestávamos livros um para o outro e compartilhávamos artigos que tínhamos lido, mas nossas vidas domésticas permaneceram essencialmente recolhidas entre as paredes de nossos respectivos apartamentos. Todo primeiro filho é um choque na vida dos pais, ainda que a intensidade desse choque varie. As necessidades de um bebê são sempre tão urgentes e suas emoções vêm à tona com tal grau de intensidade que as famílias tendem a se fechar em si mesmas para atender a seus chamados. Bill às vezes trazia Mark nas visitas que me fazia quando voltava para casa, depois de ter passado o dia trabalhando no estúdio. "A Lucille está tirando uma soneca", comentava. "Ela está exausta" ou "Estou dando um descanso para a Lucille. Ela está precisando de um pouco de silêncio". Eu ouvia esses comentários sem fazer perguntas, embora notasse de vez em quando um tom de preocupação na voz de Bill; mas a verdade era que ele sempre se preocupara com Lucille. Bill era jeitoso com o filho, uma versão de olhos azuis e tamanho reduzido dele próprio, que me parecia um bebê plácido, bem alimentado e levemente abobalhado. Meu interesse obsessivo por Matthew não se estendia a Mark, mas o fato de a afeição de Bill pelo filho ser no mínimo tão passional quanto a minha por Matt reforçou a impressão de que nossas vidas estavam caminhando paralelas — de que, na tarefa árdua, frenética e porca de cuidar de um bebê, ele e Lucille, como eu e Erica, tinham descoberto novas fontes de alegria e prazer a uni-los.

Só que o cansaço de Lucille não era como o de Erica. Tinha um matiz existencial — como se ela, além do martírio de não dormir à noite, padecesse de outros martírios. Lucille não vinha me visitar com muita freqüência, talvez só uma vez a cada dois meses, e sempre me telefonava com dias de antecedência para combinar o encontro. Na hora marcada, eu abria a porta e a encontrava no hall com um maço de poemas na mão. Ela sempre me parecia pálida, tensa e rígida. O cabelo lhe caía despenteado ao redor do rosto e, em geral, sujo. Quase sempre estava de calça jeans e com alguma blusa antiquada de cor sóbria, mas a aparência descuidada não lhe encobria a beleza, e eu admirava sua falta de vaidade. Sempre ficava contente em vê-la, mas suas visitas reforçavam a sensação de Erica de que Lucille a tinha esquecido. Ela sempre cumprimentava Erica com educação. Aturava suas perguntas sobre Mark, respondia com frases curtas e precisas e depois se virava para mim. Seus poemas econômicos mas ressoantes eram escritos num tom de completo desprendimento. Traziam, inevitavelmente, referências biográficas. Num poema, um homem e uma mulher estão deitados lado a lado na cama e não conseguem dormir, mas não trocam sequer uma palavra. Não falam por consideração um com outro, porém no final a mulher interpreta a consideração do homem como um sinal de pretensão: ele acha que sabe sobre o que ela está pensando. A irritação com ele a mantém acordada até bem depois de ele já ter dormido. Lucille intitulou o poema de "Ciente e insone". Em alguns poemas aparecia um bebê, uma figura cômica que era chamada de "criatura". A "criatura" gemia, chutava, regurgitava e se agarrava às coisas, mais ou menos como um brinquedo de corda cujo mecanismo tivesse escangalhado e que não pudesse ser controlado. Lucille nunca reconhecia que os poemas pudessem ser pessoais. Tratava-os como objetos que podiam ser remanipulados com a ajuda de outras pessoas. A frieza dela me fascinava. De vez em quando, sorria consigo mesma ao ler um verso, mas eu nunca conseguia entender o motivo do sorriso. Sentado a seu lado, tinha a sensação de que ela estava sempre adiante de mim e de que eu estava correndo atrás dela. Eu olhava para os pêlos louros de seu braço esguio e me perguntava o que exatamente havia nela que eu não conseguia entender.

Uma noite, antes de Lucille subir para seu apartamento, fiquei observando-a recolher seus papéis. Eu já tinha aprendido a olhar para o outro lado, porque sabia que, se ficasse olhando para ela, Lucille se sentiria incomodada e acabaria deixando o lápis ou a borracha cair no chão. Quando me despedi com um aperto de mão, ela me agradeceu e abriu a porta. No momento em que atravessou a porta, tive a estranha sensação de que ela se parecia com alguém e logo depois a súbita certeza de que eu tinha razão. Naquele momento, Lucille me fez lembrar Sy Wechsler. A semelhança entre os dois não era nem física nem espiritual. Suas personalidades tinham muito pouco em comum além de algo que faltava a ambos — uma capacidade básica de se conectar com outros seres humanos. Lucille não escapava apenas a Bill, mas a todos que a conheciam. O velho adágio que diz que certos homens se casam com suas mães tinha de ser revisado. Bill casara-se com o pai. Ele não tinha dito que ficara anos correndo atrás dela? Enquanto ouvia os passos de Lucille na escada, fiquei me perguntando se Bill ainda não estaria correndo atrás dela.

Na primavera antes de Matt completar dois anos, entreouvi uma briga entre Bill e Lucille. Era uma tarde de sábado e eu estava sentado em minha poltrona perto da janela. Tinha um livro nas mãos, mas parara de ler porque estava pensando em

Matt. Erica saíra com ele para comprar um tênis novo, e pouco antes de os dois irem embora Matt dissera suas primeiras palavras. Apontara para a mãe, para si próprio e depois para os sapatos que estava usando. Eu lhe dissera que estava torcendo para que encontrasse um tênis novo bem bonito, e Matthew emitira alguns sons mais ou menos assim: "êis ôuu", que eu e Erica traduzimos todos felizes como "tênis novo". Matt estava aprendendo a falar. Eu abrira a janela para deixar a brisa quente entrar. As janelas do apartamento de cima deviam estar abertas também porque a voz estrondosa de Bill interrompeu meu devaneio sobre o progresso verbal de Matt.

"Como é que você pôde dizer isso?", Bill gritou.

"Não era para você saber. Ela não devia ter te contado!" A voz de Lucille ficava mais alta a cada palavra. Sua raiva me surpreendeu. Ela era sempre tão controlada.

Bill gritou de volta. "Eu não acredito nisso. Ela conta tudo para todo mundo. Você disse isso para ela porque sabia que ela ia me contar, e aí você poderia se recusar a assumir a responsabilidade por suas próprias palavras. Você nega que tenha dito isso? Não! Então? Você estava falando sério?"

Silêncio.

"O que é que eu estou fazendo aqui, então? Você quer me dizer?", continuou Bill, aos berros. Ouvi um estrondo. Bill deve ter chutado ou batido em alguma coisa.

"Olha só o que você fez! Quebrou!" Senti fúria na voz de Lucille; uma fúria histérica e trêmula que me estilhaçou por dentro. Mark começou a chorar. "Cala a boca!", ouvi Lucille berrar numa voz aguda. "Cala a boca! Cala a boca!"

Levantei para fechar a janela. A última coisa que ouvi foi Bill dizendo: "Mark, vem cá, Mark".

No dia seguinte, Bill me ligou do estúdio para dizer que tinha saído do apartamento da Greene Street e que estava morando no loft da Bowery de novo. Sua voz estava horrível. "Você quer que eu vá até aí?", perguntei. Bill ficou alguns instantes em silêncio, depois disse: "É, acho que eu quero, sim".

Bill não mencionou a mulher misteriosa que tinha tido um papel tão crucial na briga que eu entreouvira no dia anterior, e eu não podia lhe perguntar quem ela era sem revelar que ficara escutando a discussão. Deixei que Bill falasse, mas o que ele disse não esclareceu muito. Ele me contou que, embora antes de Mark nascer Lucille tivesse dito milhares de vezes que queria muito ser mãe, depois do nascimento ela parecia meio decepcionada. "Ela agora está sempre deprimida e irritada. Tudo que eu faço parece incomodá-la — eu faço muito barulho quando como. Escovo os dentes com força demais. Fico andando de um lado para o outro quando estou pensando e isso a deixa maluca. Minhas meias fedem. Eu toco nela demais. Trabalho demais. Passo tempo demais fora de casa. Ela quer que eu cuide do Mark, mas não gosta do jeito como eu cuido dele. Diz que eu não devia cantar músicas do Lou Reed para ele porque não são adequadas. Diz que as brincadeiras que eu faço são brutas demais e que eu tiro o Mark da rotina dele."

As reclamações de Lucille eram banais — queixas corriqueiras de uma intimidade sem alegria. Sempre acreditei que o amor floresce a um certo tipo de distância, que ele precisa de um certo distanciamento reverente para continuar a existir. Sem esse afastamento necessário, os detalhes físicos da outra pessoa tornam-se feios sob a lente de aumento da proximidade. Do lugar onde eu estava, sentado de frente para Bill, ele me parecia a encarnação do ideal byroniano de beleza masculina. Um cacho de cabelo preto caíra-lhe sobre a testa e ele tragava o cigarro semicerrando os olhos, pensativo. Atrás dele estavam as sete pinturas ainda inacabadas de seu pai que Bill selecionara para expor. Fazia dois anos que ele trabalhava nos retratos de Sy

Wechsler. Devia ter feito bem umas cinqüenta telas retratando o pai nas mais variadas posições, mas decidira expor apenas sete — em todas, Sy Wechsler estava de costas. Bill chamou a série de "Homens desaparecidos". A luz da tarde recuava gradualmente da janela, a sala ampla ia ficando cada vez mais escura e nós permanecemos calados minutos a fio. Pela primeira vez, tive pena de Bill; pensando em seu sofrimento, senti uma dor se alojar em meu peito. Às dez para as cinco, disse a ele que tinha prometido a Erica estar em casa dali a dez minutos.

"Sabe, Leo", ele disse, "durante anos acreditei que a Lucille fosse outra pessoa. Eu me iludi. A culpa não foi dela. Foi minha. E agora eu tenho um filho."

Em vez de fazer algum comentário direto sobre isso, eu disse apenas: "Talvez não seja muito, mas eu quero que você saiba que pode contar comigo sempre que precisar". Quando terminei de dizer a frase, me lembrei do dia em que Violet subira as escadas correndo para me dizer que ficaria mais tranqüila se soubesse que Bill podia contar comigo. Durante alguns instantes, fiquei me perguntando se na época Violet já sabia de alguma coisa sobre Bill e Lucille que eu ainda não sabia, mas logo me esqueci do assunto. Só fui me lembrar de Violet e desse seu comentário quase um ano depois.

Lucille continuou morando no apartamento da Greene Street e Bill, no loft da Bowery. Mark ficava quicando de uma casa para a outra — passava metade da semana com Lucille e a outra metade com Bill. Os dois conversavam pelo telefone todos os dias e nunca falavam em divórcio. Caminhões, carros de bombeiro e lenços umedecidos para limpar bumbum de bebê começaram a aparecer no loft da Bowery, e em meados de julho Bill fez uma linda cama em forma de barco para o filho.

Construiu uma espécie de suporte que permitia que a cama balançasse para cima e para baixo como um berço tamanho gigante e pintou-a de azul-marinho. Bill lia para o filho, alimentava-o e encorajava-o a pelo menos tentar usar o penico de plástico que pusera no minúsculo quartinho onde ficava a privada. Preocupava-se com a falta de apetite de Mark, morria de medo de que ele caísse da escada e guardava a maior parte de seus brinquedos, embora não tivesse o menor talento para arrumar a casa. O loft andava mais imundo do que nunca, porque Bill jamais se dava ao trabalho de limpá-lo. A pia adquirira cores que eu nunca vira numa peça de louça — uma paleta que incluía do cinza-claro ao marrom-escuro, passando pelo laranja-enjôo. Eu não falava nada sobre a sujeira. O fato era que pai e filho pareciam confortáveis naquele grande cômodo caótico. Não se importavam em viver em meio a pilhas de roupa suja espalhadas num chão coberto de sujeira e cinzas.

Bill não conversava muito comigo sobre seu casamento em crise. Nunca reclamava de Lucille e, quando não estava cuidando de Mark, trabalhava até tarde e dormia pouco. Mas a verdade era que, naquele verão, quando eu, Erica e Matt íamos visitar Bill e Mark, muitas vezes eu sentia alívio ao me despedir deles e sair para o ar quente da rua. O estúdio tinha uma atmosfera opressiva, quase asfixiante, como se a tristeza de Bill tivesse vazado para as cadeiras, os livros, os brinquedos e as garrafas de vinho vazias que se acumulavam debaixo da pia. Nas pinturas que fazia do pai, a melancolia de Bill adquiria uma beleza palpável, executada por mão firme e precisa, mas na vida real sua dor era apenas deprimente.

Quando os retratos do pai de Bill foram expostos em setembro, Lucille não foi à inauguração. Eu tinha lhe perguntado se a veria lá, e ela respondera que estava fazendo o copidesque de um manuscrito e teria de trabalhar até tarde naquela noite.

Sua resposta parecia uma desculpa, e devo ter feito uma cara de desconfiança, mas ela insistiu. "Eu tenho um prazo a cumprir", disse. "Não posso fazer nada."

Todos os quadros da exposição foram vendidos, mas não para compradores americanos. Um francês chamado Jacques Dupin comprou três telas; as outras foram vendidas para um colecionador alemão e para um holandês que trabalhava no ramo da indústria farmacêutica. Depois daquela exposição, os trabalhos de Bill seriam expostos numa galeria em Colônia, numa galeria em Paris e depois noutra em Tóquio. Os críticos americanos ficaram divididos — a aclamação de alguns era neutralizada pelo ataque feroz de outros. Não havia consenso sobre Bill entre os críticos de arte profissionais, mas notei um grande número de jovens na galeria, não só na noite da inauguração, como em todos os outros dias em que fui lá para rever os quadros. Bernie comentou comigo que nunca uma exposição em sua galeria fora tão visitada quanto aquela por artistas, poetas e romancistas na faixa dos vinte e poucos anos de idade. "A garotada toda só fala do Bill", disse ele. "Isso só pode ser bom. Mais dia, menos dia, a velharia retrógrada que domina a crítica hoje vai toda empacotar, e quem vai assumir o lugar dela são esses garotos."

Foram necessárias várias visitas à galeria para que eu entendesse que o homem cujas costas pareciam quase idênticas de um quadro para o outro estava envelhecendo. Notei que rugas apareciam em sua nuca e que sua pele mudava. As pintas se multiplicavam. Na última pintura, havia um pequeno cisto debaixo da orelha de Sy. Por algum milagre da arte ou da natureza, no entanto, seu cabelo permanecia preto em todas as telas. A maneira como Bill pintara o pai, sempre enfiado num terno escuro, me fazia lembrar pinturas holandesas do século XVII, só que sem a ilusão de profundidade. A imagem suave e nítida das costas do homem era iluminada por uma luz que vinha da esquerda da tela, e cada dobra do tecido do terno, cada partícula de poeira em seus ombros, cada vinco do couro preto de seus sapatos foram pintados com uma meticulosidade quase dolorosa. Mas o que fascinava os visitantes era o material que Bill aplicara sobre essa imagem inicial, encobrindo-a em parte — cartas, fotografias, cartões-postais, memorandos comerciais, recibos, chaves de motel, canhotos de entradas de cinema, comprimidos de aspirina, camisinhas —, até que cada quadro se tornasse um grosso palimpsesto de textos legíveis e ilegíveis, bem como uma miscelânea dos pequenos objetos que abarrotam as gavetas das casas de quase todo mundo. Não havia nada de inovador em colar objetos estranhos numa pintura, mas o efeito era muito diferente do das densas camadas de Rauschenberg, por exemplo, porque os detritos colados nas telas de Bill tinham sido deixados por um homem. Examinando um quadro depois do outro, descobri que era agradável ler os fragmentos. Gostei particularmente de uma carta escrita com lápis de cera: "Querido tio Si, Obrigado pelo carinho de corida superlegal. Ele é superlegal. Um beijo, Larry". Estudei um convite que dizia: "Temos muito prazer em convidá-los para celebrar o aniversário de casamento de quinze anos de Regina e Sy. É isso mesmo, *quinze* anos!". Havia também uma conta de hospital em nome de Daniel Wechsler, um programa do musical *Hello, Dolly!* e um pedaço rasgado e amarrotado de papel em que se lia o nome Anita Himmelblatz, seguido de um número de telefone. Apesar de esses vestígios nos oferecerem vislumbres momentâneos de uma vida, as telas e seus objetos tinham uma qualidade abstrata, uma vagueza fundamental que apontava para a estranheza da própria mortalidade, transmitindo uma sensação de que, mesmo que pudéssemos guardar todos os resquícios da vida de uma pessoa, amontoá-los numa pilha gigantesca e depois peneirá-los para extrair todo e qualquer sentido possível, nem assim chegaríamos à essência de uma vida.

Cobrindo cada tela, Bill pusera uma lâmina grossa de plexiglas que separava o observador das duas camadas atrás dela. O plexiglas transformava os quadros em relicários. Sem ele, os objetos e papéis ficariam acessíveis; mas lacrados detrás daquela parede transparente, a imagem do homem e os detritos de sua vida ficavam fora do nosso alcance.

Voltei à exposição na West Broadway umas sete ou oito vezes. Na última vez que fui, alguns dias antes de ela ser desmontada, conheci Henry Hasseborg. Já o vira antes perambulando sorrateiro por outras galerias e o conhecia de vista. Jack, que já conversara com ele em duas ou três ocasiões, descrevera-o certa vez como "o homem sapo". Hasseborg era um romancista e crítico de arte conhecido pela prosa mordaz e pelas opiniões ferinas. Era um homenzinho careca, sempre vestido no pretume da moda. Tinha olhos pequenos, nariz achatado e uma boca enorme. Uma brotoeja que talvez fosse eczema subia-lhe por um lado do rosto, chegando à careca. Hasseborg veio andando até onde eu estava e se apresentou. Disse que conhecia meu trabalho e que esperava que eu publicasse um novo livro em breve. Lera meu "Piero" e o adorara, bem como a meu livro de ensaios. "Divinos" foi o adjetivo que usou. Olhou casualmente para uma tela e perguntou: "Você gosta?".

Respondi que gostava e estava começando a explicar o porquê quando ele me interrompeu: "Você não acha que elas são anacrônicas?".

Comecei outra frase: "Não, eu acho que ele usa as referências históricas de uma maneira diferente das que...".

Hasseborg me cortou de novo. Era quase trinta centímetros mais baixo do que eu. Quando olhou em meu rosto, deu também um passo na minha direção, e sua proximidade fez com que me sentisse subitamente incomodado. "Ouvi dizer que vão expor os quadros dele em galerias na Europa. Você sabe quais?"

"Não sei. Você devia perguntar ao Bernie, se está tão interessado."

"Interessado talvez seja uma palavra forte demais", disse ele, e sorriu. "O Wechsler é um pouco cerebral demais para mim."

"Jura? Eu sinto muita emoção no trabalho dele." Parei de falar, surpreso por ele ter me deixado terminar a frase, e depois continuei. "Eu lembro de ter lido, se não me engano, um artigo seu sobre o Warhol. Se existe um artista cujo trabalho incorpora idéias, é o Warhol. Ele, sim, é cerebral, você não acha?"

Hasseborg chegou ainda mais perto de mim, com o queixo levantado. "O Andy é um ícone", disse, como se isso respondesse à minha pergunta. "Ele estava antenado com o cenário cultural, cara. Ele sabia sentir em que direção a arte estava seguindo, e ela seguiu exatamente na direção que ele previu. O seu amigo Wechsler está trilhando alguma viela..." Ele não terminou a frase. Olhou para o relógio e disse: "Que merda, estou atrasado. A gente se vê, Leo".

Enquanto observava Hasseborg andar devagar até o elevador, fiquei me perguntando o que era aquilo que acabara de acontecer. O tom com que ele se dirigira a mim passara da bajulação insinuante à familiaridade agressiva. Também me dei conta de que, ao se apresentar, Hasseborg não fizera nenhuma menção à minha amizade com Bill, mas, à medida que continuara falando, dera a entender que sabia de nossa amizade ao me perguntar sobre as galerias européias e depois deixara bem claro que sabia, referindo-se a Bill como "o seu amigo Wechsler". Por fim, arrematara nossa conversa abortada me chamando sem a menor cerimônia pelo primeiro nome, como se fôssemos velhos amigos. Eu não era nenhum ingênuo. Para

Hasseborg, manipular outras pessoas era um jogo sofisticado do qual podia extrair algum benefício: um furo de reportagem, uma fofoquinha sobre o mundo da arte, uma citação de alguém que não tinha a menor intenção de que seu comentário viesse a público. Ele era um homem inescrupuloso, mas também inteligente, e em Nova York essa combinação podia levar alguém longe. Henry Hasseborg tentara obter alguma coisa de mim, mas juro que não tinha idéia do que poderia ser.

Nessa época, Erica e eu estávamos juntos havia mais de cinco anos, e eu muitas vezes imaginava nosso casamento como uma longa conversa. A gente falava muito, e eu gostava de ouvi-la, principalmente à noite, quando ela falava sobre seu trabalho ou sobre Matt. Sua voz ficava linda quando ela estava cansada, adquiria um tom levemente mais grave, e suas palavras eram às vezes interrompidas por bocejos ou pequenos suspiros de alívio por aquele longo dia ter terminado. Uma noite, depois de Matt já ter dormido, ficamos horas conversando deitados na cama. Erica recostara a cabeça em meu peito e eu estava lhe falando de meu ensaio sobre maneirismo, sobretudo Pontormo, que começava com uma longa definição de "distorção" e do contexto necessário para entender o que essa palavra significava. Erica passou a mão por minha barriga, e em seguida senti seus dedos deslizarem até meus pêlos pubianos. "Sabe, Leo", ela disse, "quanto mais inteligente, mais sexy você fica." Nunca me esqueci dessa sua equação. Para Erica, os encantos de meu corpo estavam ligados à presteza de minha mente e, assim sendo, concluí que seria prudente manter esse órgão mais elevado firme, enxuto e bem exercitado.

Matt tinha se transformado num garotinho magro e pensativo que falava em monossílabos, perambulava pela casa com seu leão de pelúcia chamado "La" e cantava para si mesmo com uma voz alta e desafinada. Não era um menino loquaz, mas entendia tudo que a gente lhe dizia. Todas as noites, eu ou Erica líamos para ele, e, enquanto ouvia, Matt ficava deitado bem quietinho em sua cama nova, com os olhos castanho-claros abertos e concentrados, como se estivesse vendo a história se desenrolar no teto. Às vezes acordava durante a noite, mas raramente chamava por nós. Ouvíamos sua voz no quarto ao lado do nosso, conversando com seus animais, carros e blocos de madeira numa linguagem fluente mas particular. Como a maioria das crianças de dois anos, Matt corria até cair de exaustão, tinha violentos acessos de choro, achava que podia mandar em nós e ficava absolutamente frustrado quando nos recusávamos a obedecer às suas ordens imperiais, mas, por trás daquele garotinho normal, eu sentia uma essência estranha, tumultuosa e solitária — um imenso santuário interno onde boa parte de sua vida se passava.

Violet reapareceu em junho de 1981. Eu estava perto da Bowery, porque tinha ido comprar lingüiça numa delicatessen italiana na Grand Street e, no espírito das férias de verão, que me libertavam dos trabalhos de alunos, dos próprios alunos e das birras intermináveis entre meus colegas nas reuniões de banca, decidi dar uma passada no estúdio de Bill. Eu estava descendo a Hester Street quando o vi junto com Violet em frente ao cinema chinês que ficava na esquina. Reconheci Violet de imediato, embora ela estivesse de costas para mim e tivesse cortado o cabelo bem curto. Seus braços envolviam com firmeza a cintura de Bill e sua cabeça estava encostada no peito dele. Vi Bill levantar-lhe o rosto com as duas mãos e beijá-la. Violet ficou na ponta dos pés para alcançá-lo e perdeu o equilíbrio por um momento, até que Bill a segurou, riu e lhe deu um beijo na testa. Nenhum dos dois me viu, imóvel feito uma estátua, na calçada do outro lado da rua. Violet beijou Bill de novo, abraçou-o mais uma vez e depois saiu correndo pela rua, na direção oposta àquela em que eu estava. Notei que ela corria bem, como um garoto, mas que se cansou depressa, diminuiu o passo e seguiu saltitando até o final do quarteirão, virando-se uma vez para atirar um beijo para Bill, que a acompanhou com os olhos até ela dobrar a esquina. Atravessei a rua e, quando comecei a andar em direção a Bill, ele acenou para mim.

Quando cheguei ao lado dele, Bill disse: "Você viu a gente".

"É, vi, eu estava ali na deli e..."

"Tudo bem. Não tem problema."

"Ela voltou."

"Ela voltou já faz algum tempo." Bill pôs o braço em volta do meu ombro. "Vem comigo. Vamos subir."

Enquanto Bill me falava de Violet, seus olhos tinham um brilho de concentração que eu me lembrava de ter visto em meu primeiro ano de convivência com ele. "Começou antes", disse Bill, "na época em que ela estava posando pra mim. Não aconteceu nada entre a gente. Quer dizer, nós não tivemos um caso nem nada, mas o sentimento já existia. Tive que me controlar muito. Lembro de ter a sensação de que se encostasse um dedo que fosse nela, eu estaria perdido. E aí, quando ela foi embora, eu não conseguia parar de pensar nela. Eu achava que aquilo ia passar, que era só uma atração sexual que desapareceria, se algum dia eu voltasse a vê-la. Quando ela me ligou um mês atrás, uma parte de mim torcia para que eu olhasse para ela e dissesse a mim mesmo: 'Você passou anos obcecado por essa mulher? Você estava maluco?'. Mas no instante em que ela entrou pela porta..." Bill coçou o queixo e sacudiu a cabeça. "Eu fiquei de quatro assim que olhei para ela.

O corpo dela..." Não terminou a frase. "Ela é tão receptiva, Leo. Eu nunca tinha experimentado nada parecido. Nem de longe."

Quando perguntei se ele já tinha contado a Lucille sobre Violet, ele sacudiu a cabeça. "Não, ainda não. Não porque ela me queira de volta. Porque ela não quer. Mas porque o Mark..." Hesitou. "A coisa é muito mais complicada quando a gente tem filho. O pobre do garoto já anda muito confuso do jeito que está."

Ficamos conversando sobre nossos filhos durante algum tempo. Mark falava muito bem, mas se dispersava com facilidade. Matt falava pouco, mas conseguia passar horas distraído com suas próprias brincadeiras. Bill perguntou como estava indo meu ensaio sobre Pontormo, e fiquei falando do alongamento da imagem em A *deposição* durante alguns minutos, depois disse que tinha de ir.

"Antes de você ir, eu queria lhe mostrar uma coisa. É um livro que a Violet me emprestou."

O livro fora escrito por um francês chamado Georges Didi-Huberman, mas o que interessava a Bill eram as fotografias. Todas elas tinham sido tiradas no hospital Salpêtrière, em Paris, onde o famoso neurologista Jean-Martin Charcot conduzira experiências com mulheres que padeciam de histeria. Bill explicou que, para fazer as fotografias, algumas das pacientes tinham sido hipnotizadas. Algumas delas tinham o corpo retorcido em posições que me faziam lembrar contorcionistas de circo. Outras encaravam a câmera com um olhar vazio e os braços estirados para a frente — braços transpassados por alfinetes do tamanho de agulhas de tricô. Outras, ajoelhadas, pareciam estar rezando ou suplicando a ajuda de Deus.

A fotografia de que mais me lembro, no entanto, é a da capa do livro. Uma moça bonita, de cabelos pretos, estava deitada na cama, debaixo das cobertas, com o corpo torcido para um lado e a língua de fora. A língua parecia anormalmente grossa e comprida, o que tornava o gesto mais obsceno do que talvez fosse em realidade. Também tive a impressão de notar uma pontinha de malícia no olhar dela. A cena fora cuidadosamente iluminada para realçar as formas arredondadas e voluptuosas dos ombros e do torso da moça debaixo das cobertas. Fiquei olhando para aquela foto durante algum tempo, sem saber ao certo o que estava vendo.

"O nome dela era Augustine", disse Bill. "A Violet tem um interesse especial por essa moça. Ela foi obsessivamente fotografada no hospital e se transformou numa espécie de garota-propaganda da histeria. Ela também era daltônica. Parece que várias das histéricas só viam cores quando estavam hipnotizadas. Parece até irreal de tão perfeito — a garota-propaganda de uma doença que se disseminou na época da aurora da fotografia vê o mundo em preto-e-branco."

Violet tinha apenas vinte e sete anos nessa época e ainda estava escrevendo furiosamente para sua dissertação, que falava de mulheres que já tinham morrido fazia anos e cuja doença incluía como sintomas crises nervosas violentas, membros paralisados, posturas obscenas, alucinações e o hábito obsessivo de coçar o corpo. Violet chamava as histéricas de "minhas deliciosas louquinhas" e referia-se a elas casualmente pelo nome, como se as tivesse conhecido não muito tempo atrás no hospital e as considerasse suas amigas, ou pelo menos conhecidas interessantes. Ao contrário da maioria dos intelectuais, Violet não distinguia o físico do mental. Seus pensamentos pareciam percorrê-la por inteiro, como se pensar fosse uma experiência sensual. Seus movimentos sugeriam ardor e languidez, uma relação prazerosa e desapressada com o próprio corpo. Parecia estar constantemente à procura de mais conforto. Ajeitava-se nas cadeiras, acomodava o pescoço, os braços e os ombros. Cruzava as pernas e deixava a de cima balançar sobre a beirada do sofá. Tinha a mania de suspirar, respirar fundo e morder o lábio inferior quando estava pensando. Às vezes, acariciava o próprio braço enquanto falava ou passava o dedo pelos lábios enquanto ouvia. Quando conversava comigo, volta e meia estirava o braço e tocava muito de leve em minha mão. Com Erica, Violet era patentemente afetuosa. Passava a mão pelos cabelos de Erica ou apoiava o braço confortavelmente em torno de seus ombros.

Ao lado de Lucille, minha mulher parecia relaxada e aberta. Ao lado de Violet, o nervosismo de Erica e a relativa rigidez de seu corpo pareciam redefini-la como uma pessoa reservada e cautelosa. As duas, no entanto, gostaram de cara uma da outra, e a amizade entre elas seria duradoura. Violet seduzia Erica com suas histórias de subversão feminina — casos de mulheres que tinham fugido, das formas mais intrépidas que se possam imaginar, de hospitais e maridos, de pais e patrões. Mulheres que tosavam os cabelos e se disfarçavam de homens. Escalavam muros, pulavam de janelas e saltavam de um telhado para o outro. Embarcavam em navios e se mandavam mar afora. Mas Erica gostava particularmente das histórias que envolviam imitações de animais. Seus olhos se arregalavam e um sorriso se abria em seu rosto quando ela ouvia Violet contar a história de um surto de miados que eclodiu entre as alunas de um colégio de freiras na França. Todas as tardes, exatamente à mesma hora, as meninas se punham de quatro e começavam a miar; passavam horas miando tão alto que a vizinhança inteira parecia pulsar com aquele barulho. Outro caso envolvia comportamento canino. Violet contou que, em 1855, todas as mulheres da cidade francesa de Josselin renderam-se a um acesso incontrolável de latidos.

Violet cativava Erica também com suas próprias histórias, a maioria das quais não me era revelada, só insinuada, mas pude deduzir que na juventude Violet tivera muitos parceiros sexuais, nem todos eles homens. Para Erica, que dormira com exatamente três homens no decorrer dos seus trinta e nove anos, as aventuras eróticas de Violet eram mais do que simples histórias interessantes: eram testemunhos de ousadia e liberdade invejáveis. Para Violet, Erica era a personificação da razão feminina, uma noção que durante a maior parte da história da humanidade foi encarada como um oxímoro. Erica tinha uma paciência intelectual que faltava a Violet, uma disposição incansável para remoer um pensamento na cabeça até ele amadurecer, e havia dias em que Violet batia à nossa porta trazendo uma pergunta para Erica, geralmente sobre filosofia alemã — Hegel, Husserl ou Heidegger. Nessas ocasiões, Violet se transformava em aluna de Erica. Deitava em nosso sofá, com os olhos fixos no rosto da sua professora, e, enquanto ouvia, apertava os olhos, franzia a testa e brincava com mechas de cabelo, como se esses gestos pudessem ajudá-la a desvendar os tortuosos mistérios da existência.

Duvido que Erica e eu tivéssemos nos afeiçoado tão rapidamente a Violet se ela não estivesse com Bill. Não só porque o conhecíamos e nos sentíamos inclinados a gostar da mulher por quem ele se apaixonara de forma tão intensa, mas porque gostávamos de ver Bill e Violet juntos. Eles eram bonitos, aqueles dois, e minha memória ainda está recheada de imagens de seus corpos na época do início do relacionamento deles: Violet fazendo carinho no cabelo de Bill ou com a mão apoiada em sua coxa, Bill com a cabeça encostada no ombro de Violet, roçando a boca em sua orelha. Toda vez que os via, eu tinha a sensação de que eles haviam acabado de fazer amor ou estavam prestes a fazer amor, e de que nunca desgrudavam os olhos um do outro. Casais apaixonados muitas vezes parecem ridículos aos olhos de terceiros; o jeito meloso como falam um com o outro, estão sempre se tocando ou se beijando, pode ser algo insuportável para amigos que já passaram desse estágio. Mas Bill e Violet não me deixavam constrangido. Apesar do óbvio desejo que sentiam um pelo outro, os dois se continham quando eu e Erica estávamos presentes, e acho que era exatamente essa tensão que eles criavam quando estavam juntos que mais me agradava. Sempre senti que havia um fio invisível ligando os dois, esticado quase até o ponto de ruptura.

Violet foi criada numa fazenda perto de Dundas, em Minnesota, cidade com uma população de 623 habitantes. Eu não sabia quase nada sobre aquele canto do Meio-Oeste de onde ela vinha, com seus campos de alfafa, suas vacas Holstein e seus tipos impassíveis com nomes como Harold Lundberg, Gladys Hrbek e Lovey Munkemeyer, mas tentava imaginá-lo mesmo assim, roubando de filmes e livros imagens de paisagens planas sob um céu imenso. Violet cursou uma escola secundária na cidade vizinha de Northfield e se graduou na St. Olaf College na mesma cidade, antes de se mandar para o leste para fazer pós-graduação na NYU. Tanto seus bisavós paternos como os maternos tinham emigrado da Noruega e atravessado os Estados Unidos em busca de um recanto para estabelecer suas fazendas, pelejar com a terra e com o clima. A infância rural de Violet deixara marcas, transparecendo não só em suas longas vogais características do Meio-Oeste e nas referências que fazia a máquinas de ordenha e bornais, como também em sua sinceridade e solidez de caráter. Violet tinha charme, mas não era um charme sofisticado. Quando conversava com ela, eu tinha a sensação de que suas idéias tinham sido cultivadas em amplos espaços abertos onde as palavras eram esparsas e o silêncio reinava.

Numa tarde de julho me vi sozinho com Violet. Erica tinha levado Matt e Mark de volta para a Greene Street, junto com o primeiro capítulo da dissertação de Violet, que ela prometera ler. Bill saíra para comprar material de pintura na Pearl Paint. A luz do sol se refletia no cabelo castanho de Violet, que estava sentada de pernas cruzadas no chão, em frente a uma das janelas, e me contava a história de Augustine, que acabou se transformando numa história sobre ela mesma.

Em Paris, Violet escarafunchara documentos, arquivos e estudos de caso — chamados de *observations* — do hospital Salpêtrière. A partir desses relatos, conseguira costurar alguns esboços de histórias pessoais. "Os pais dela eram empregados de uma família", Violet me contou. "Não muito tempo depois de ela nascer, eles a mandaram para a casa de parentes. Ela viveu com esses parentes durante seis anos, mas depois foi mandada para um internato, uma escola de freiras. Era uma menina enfezada, desobediente e difícil. As freiras achavam que estava possuída pelo demônio e jogavam água benta no rosto dela para acalmá-la. Quando tinha treze anos, as freiras a expulsaram da escola, e ela voltou então para a mãe, que estava trabalhando como arrumadeira numa casa em Paris. O estudo de caso não diz o que aconteceu com o pai dela — é provável que tivesse sumido —, mas diz que Augustine foi contratada 'sob o pretexto' de ensinar as crianças da casa a cantar e costurar. Em troca de seus esforços, eles a deixavam dormir dentro de um armário. Acontece que a mãe dela estava tendo um caso com o patrão. Nos registros, ele é chamado apenas de '*Monsieur* C.'. Pouco tempo depois de Augustine se mudar para lá, *Monsieur* C. começou a abordá-la sexualmente, mas ela o rejeitou. Por fim, ele acabou ameaçando-a com uma navalha e a estuprou. Depois disso, ela passou a ter crises convulsivas e acessos de paralisia. Tinha alucinações com ratos e cachorros e via olhos enormes olhando para ela. A coisa ficou tão ruim que a mãe a levou para o Salpêtrière, onde ela foi diagnosticada como histérica. Ela tinha quinze anos."

"Muita gente enlouqueceria depois de um tratamento desses", comentei.

"Ela não tinha saída. É espantoso como várias dessas moças e mulheres sobre as quais eu tenho lido tinham histórias parecidas. A maioria era paupérrima. Muitas passaram a infância inteira quicando da casa da mãe ou do pai para a casa de um parente ou de outro. Estavam sempre sendo expulsas do lugar onde moravam. Várias foram violentadas também, por um parente, ou patrão, ou alguma outra pessoa." Violet parou de falar e ficou em silêncio durante alguns segundos. "Ainda existem psicanalistas que falam de 'personalidades histéricas', mas a maioria dos psiquiatras nem considera mais a histeria uma doença mental. A única coisa que ainda se encontra nos livros é 'conversão histérica' ou 'neurose conversiva', que é quando uma pessoa acorda um dia e não consegue mexer os braços ou as pernas e não existe nenhuma razão física para isso."

"Você está dizendo que a histeria foi uma invenção médica?"

"Não. Isso seria simplificar demais a questão. O sistema médico sem dúvida desempenhou um papel nisso, mas o fato de tantas mulheres terem ataques histéricos — e não só aquelas que foram hospitalizadas por causa deles — está além dos médicos. Coisas como desmaiar, se debater e soltar espuma pela boca eram muito mais comuns no século XIX. Quase não acontecem mais hoje em dia. Você não acha isso estranho? Quer dizer, a única explicação possível é que a histeria foi na verdade um fenômeno cultural amplo — uma forma admissível de escapar."

"Escapar do quê?"

"Da casa do *Monsieur* C., por exemplo."

"Você acha que a Augustine estava fingindo?"

"Não. Eu acho que ela estava sofrendo de verdade. Se fosse internada num hospital hoje, os médicos diriam que ela é esquizofrênica ou maníaco-depressiva, mas a verdade é que esses termos também são supervagos. Eu acho que a doença dela assumiu a forma que assumiu porque era uma coisa que estava no ar, flutuando como um vírus — como a anorexia nervosa está flutuando no ar atualmente."

Enquanto eu refletia sobre esse comentário, Violet continuou. "Quando eu e minha irmã mais nova, Alice, éramos pequenas, costumávamos passar muito tempo no celeiro. Num verão, quando eu tinha nove anos e a Alice seis, nós fomos brincar com nossas bonecas lá em cima, no palheiro. Estávamos sentadas de frente uma para a outra, fazendo nossas bonecas conversarem, quando de repente a Alice fez uma cara esquisita, apontou para a janelinha e disse: 'Olha, Violet, um anjo'. Eu não vi nada a não ser um quadrado de sol, mas fiquei assustada. E aí, por um segundo, tive a sensação de que havia mesmo um vulto ali — uma coisa branca, nebulosa. A Alice caiu de lado no chão e começou a espernear e sufocar. Eu a segurei e tentei sacudi-la. Primeiro pensei que ela estivesse brincando, mas quando a vi revirar os olhos, percebi que não estava. Comecei a berrar, chamando minha mãe, e quando dei por mim estava engasgando com minha própria saliva, esperneando e rodando no chão, no meio do feno. Minha mãe veio correndo da casa e subiu esbaforida a escada de madeira até o palheiro. Eu estava completamente enlouquecida, Leo. Berrava tão alto que fiquei rouca. Minha mãe levou uns dois minutos para descobrir qual de nós duas realmente estava com problemas. Quando descobriu, ela teve que me tirar do caminho, com força, porque eu estava agarrada aos joelhos da Alice e não queria soltar. Minha mãe pegou a Alice no colo, desceu a escada com ela no braço, botou-a no carro e foi correndo para o hospital." Violet soltou um longo e trêmulo suspiro e continuou. "Eu fiquei em casa com meu pai. Estava morta de vergonha. Eu entrei em pânico, fiz tudo errado. Não tive um pingo de valentia. Mas o pior de tudo era que uma parte de mim sabia que eu agi feito uma descontrolada e que esse descontrole não tinha sido de todo real." Os olhos de Violet se encheram de lágrimas. "Fui para o meu quarto e comecei a contar; contei até quatro mil e alguma coisa. Aí meu pai entrou no quarto e me disse que a Alice ia ficar boa, que a minha mãe tinha ligado do hospital e dito isso para ele. Fiquei horas chorando, abraçada ao meu pai." Violet desviou os olhos de mim. "A Alice tinha tido um ataque. Ela é epiléptica."

"Você não devia se culpar por ter ficado com medo", eu disse.

Violet olhou para mim com uma expressão subitamente atenta. "Você sabe como foi que o Charcot começou a entender a histeria? Por um total acaso, as histéricas foram alojadas no hospital na enfermaria bem ao lado da dos epilépticos. Pouco tempo depois, elas começaram a ter ataques. Elas se transformavam no que estava perto."

Em agosto, Erica e eu alugamos uma casa em Martha's Vineyard por duas semanas. Celebramos o aniversário de quatro anos de Matt naquela casinha branca, a menos de cinqüenta metros de distância da praia. Quando acordou de manhã naquele dia, Matt estava estranhamente quieto. Sentou-se à mesa do café-da-manhã, do lado oposto àquele em que eu e Erica estávamos sentados, e olhou serenamente para os presentes empilhados à sua frente. Por trás de sua cabeça, pela janela da cozinha, eu via a extensão verde do pequeno gramado e o reflexo das gotas de orvalho na grama. Estava esperando que Matt começasse a rasgar o papel de embrulho dos presentes, mas ele não se mexia. Parecia estar se preparando para dizer alguma coisa. Era comum Matt ficar parado por alguns instantes antes de falar, como se estivesse se concentrando na frase que pretendia dizer. Suas habilidades verbais tinham evoluído de forma impressionante ao longo daquele último ano, mas ainda continuavam um pouco aquém das habilidades da maioria de seus amigos.

"Você não quer abrir os seus presentes?", Erica perguntou.

Olhando para a pilha, Matt fez que sim com a cabeça, depois olhou para nós e disse numa voz alta e clara: "Como é que o número entra dentro do meu corpo?".

"O número?", perguntei.

Ao ouvir minha pergunta, Matt arregalou os olhos e disse: "O quatro".

Erica estirou o braço sobre a mesa e pôs a mão no braço de Matt. "Desculpe, Matty, mas a gente não está conseguindo entender o que você está querendo dizer."

"Fazer quatro", disse ele, com perceptível ansiedade.

"Ah, já entendi", eu disse devagar. "O número não entra dentro de você, Matt. A gente diz que você está fazendo quatro anos, mas nada acontece dentro do seu corpo." Levamos um tempo para conseguir explicar a noção dos números para Matt, para deixar claro que eles não se alojavam magicamente dentro de nós quando fazíamos aniversário e que eram apenas símbolos abstratos, uma maneira de contar anos, ou copos, ou amendoins ou qualquer outra coisa. Naquela noite, pensei no quatro de Matt novamente quando ouvi a voz de Erica vindo do quarto. Ela estava lendo *Ali Babá e os quarenta ladrões*, e cada vez que dizia "Abre-te sésamo", Matt entoava as palavras mágicas junto com ela. Não era de estranhar que ele tivesse cismado com a expressão "fazer quatro". Afinal, seu corpo tinha de fato propriedades miraculosas. Tinha um interior invisível e uma superfície macia com aberturas e passagens. Os alimentos entravam dentro dele, e a urina e as fezes saíam. Quando ele chorava, um líquido salgado escorria de seus olhos. Como é que ele poderia saber que "fazer quatro" não se referia a mais uma transformação física, uma espécie de "abre-te sésamo" corporal que permitia que um número quatro novinho em folha se alojasse ao lado de seu coração, ou dentro de sua barriga, ou talvez num cantinho de sua cabeça?

Naquele verão, comecei a fazer anotações para o livro que estava planejando escrever sobre as diferentes maneiras de ver que se refletem na pintura ocidental, uma análise das convenções que guiam nosso olhar. Era um projeto amplo, ambicioso e perigoso. Signos foram muitas vezes confundidos com outros signos, ou com outras coisas que estão além deles no mundo. Mas os signos icônicos funcionam de maneira diferente das palavras e dos números, e a questão da semelhança tem de ser abordada sem que se caia na armadilha do naturalismo. Enquanto eu trabalhava no livro, o quatro de Matt volta e meia me vinha à cabeça, como um pequeno lembrete para que eu evitasse uma forma muito sedutora de erro filosófico.

Na primeira carta que escreveu para Bill, datada de 15 de outubro, Violet diz: "Querido Bill, você me deixou faz uma hora. Eu não esperava que você saísse da minha vida tão abruptamente, que desaparecesse de uma hora para outra, sem nenhum aviso prévio. Depois de ir com você até a estação do metrô e receber o seu beijo de despedida, eu voltei para casa, sentei na cama e olhei para o travesseiro que a sua cabeça tinha amassado e para os lençóis que o seu corpo tinha amarrotado. Deitei na cama, no mesmo lugar onde apenas minutos antes você estava deitado, e me dei conta de que não estava com raiva, nem com vontade de chorar. Estava só atônita. Quando você disse que tinha de voltar para a sua vida antiga pelo bem do Mark, disse isso de um jeito tão simples e tão triste que eu não podia discutir nem lhe pedir para mudar de idéia. Você estava decidido. Eu percebi que você estava decidido, e duvido que lágrimas ou palavras pudessem ter feito qualquer diferença.

"Seis meses não é tanto tempo assim. E faz só seis meses que eu fui te procurar, em maio; mas a verdade é que já faz muito mais tempo do que isso. Nós passamos anos vivendo um dentro do outro. Eu te amo desde o primeiro segundo em que te vi, de pé no alto da escada, com aquela camiseta cinza, feia, toda manchada de tinta preta. Você estava fedendo a suor naquele dia, e olhou para mim como se eu fosse um objeto que você estava prestes a comprar numa loja. Por alguma razão, aquele seu olhar frio e sério fez com que eu ficasse loucamente apaixonada, mas fiz questão de não deixar que você percebesse nada. Eu era muito orgulhosa."

"Fico pensando nas suas coxas", ela escreveu na segunda carta, "no cheiro quente e úmido da sua pele de manhã e naqueles cílios minúsculos no canto dos seus olhos e que eram sempre a primeira coisa que eu notava quando você se virava na cama para olhar para mim. Eu não sei por que você é melhor e mais bonito do que qualquer outra pessoa. Não sei por que não consigo parar de pensar no seu corpo, não sei por que adoro aquelas marquinhas e manchinhas nas suas costas, nem por que as solas brancas e macias dos seus pés — pés de quem foi criado em Nova Jersey e usou sapato a vida inteira — são mais pungentes para mim do que as solas dos pés de qualquer outra pessoa, mas elas são. Pensei que fosse ter mais tempo para elaborar a cartografia do seu corpo, para mapear seus pólos, seus contornos e territórios, seus interiores temperados e tórridos — fazer toda uma topografia de pele, músculos e ossos. Eu nunca disse, mas eu imaginava uma vida inteira como sua cartógrafa, anos de explorações e descobertas que estariam sempre alterando a aparência do meu mapa. Um mapa que teria de ser sempre redesenhado e reconfigurado para se manter fiel a você. Tenho certeza de que deixei escapar detalhes, Bill, ou que os esqueci, porque metade do tempo que passei percorrendo o seu corpo, eu estava completamente bêbada de felicidade. Ainda há lugares a que nunca fui."

Na quinta e última carta, Violet escreveu: "Eu quero que você volte para mim, mas, mesmo que não volte, sei que estou em você agora. Começou com os retratos que você fez de mim e disse que eram você. A gente se inscreveu e se desenhou um no outro. Com força. Você sabe com que força. Quando durmo sozinha, ouço-o respirar junto comigo, e o mais estranho é que estou bem sozinha, fico feliz sozinha, consigo perfeitamente viver sozinha. Não estou morrendo por sua causa, Bill. Só que quero você, e se você ficar com a Lucille e o Mark para sempre, nunca irei até aí para buscar o que te dei na noite em que nós ouvimos aquele homem cantando sobre a lua atrás das latas de lixo. Um beijo, Violet".

Bill ficou separado de Violet exatamente cinco dias. No dia 15, ele se mudou de novo para o apartamento acima do nosso e retomou seu casamento. No dia 19, deixou Lucille para sempre. Logo no primeiro dia de separação, tanto Bill como Violet telefonaram para contar para mim e para Erica o que tinha acontecido, mas nenhum dos dois traiu nenhuma emoção ao dar a notícia. Só vi Violet uma vez durante aqueles cinco dias. Na manhã do dia 16, encontrei-a no hall de entrada do nosso prédio. Erica vinha tentando em vão entrar em contato com Violet desde o dia em que ela ligara para dar a notícia. "Ela parecia calma", dissera Erica, "mas deve estar arrasada." Mas Violet não parecia "arrasada". Não parecia nem sequer triste. Estava usando um vestidinho azul-marinho colado ao corpo. Passara um batom vermelho nos lábios e tinha os cabelos habilidosamente despenteados. Seus sapatos de salto alto pareciam novos, e ao me ver ela me deu um largo sorriso. Numa das mãos, trazia uma carta. Quando perguntei como estava, ela respondeu à inflexão solidária da minha voz com um tom firme e decidido que deixava bem claro que era melhor eu tratar de remover todo e qualquer vestígio de compaixão do meu tom de voz. "Eu estou bem, Leo. Estou deixando uma carta para o Bill", disse. "É mais rápido do que mandar pelo correio."

"A rapidez é importante?"

Violet olhou bem nos meus olhos e disse: "Rapidez e estratégia. É isso que importa agora". Com um único e enfático movimento, enfiou a carta na fenda da caixa do correio. Depois, girou em seu salto alto e saiu andando na direção da porta. Tive certeza de que Violet sabia que estava vivendo um de seus melhores momentos. Sua postura ereta, seu queixo ligeiramente levantado e o som de seus saltos estalando no chão de ladrilho teriam sido desperdiçados sem uma platéia. Antes de ir embora, ela virou para trás e piscou para mim.

Bill nunca me disse que estava pensando em reatar o casamento, mas eu sabia que, depois que ele contara a Lucille sobre Violet, Lucille passara a ligar para ele com mais freqüência. Sabia também que os dois tinham se encontrado algumas vezes para conversar sobre Mark. Não sei o que Lucille lhe disse, mas suas palavras devem ter mexido tanto com a culpa como com o senso de dever de Bill. Eu tinha certeza de que, se Bill deixara Violet, fora porque realmente acreditava que aquele era o único caminho que podia seguir. Erica achou que Bill enlouquecera, mas a verdade é que Erica tinha tomado um partido: não só adorava Violet, como ficara contra Lucille. Tentei explicar-lhe algo que notara em Bill fazia algum tempo — um traço rígido em sua personalidade que às vezes o fazia assumir posições extremas. Bill me disse uma vez que seguia, desde os sete anos de idade, um código moral rígido mas particular. Acho que ele reconhecia que era um tanto arrogante de sua parte exigir mais de si mesmo do que exigia dos outros, mas, durante todo o tempo em que convivi com ele, Bill nunca abandonou a idéia de que vivia sob restrições especiais. Suponho que isso estivesse relacionado à confiança que tinha em seus próprios dons. Quando era criança, Bill conseguia correr mais rápido, jogar melhor e rebater a bola com mais força do que qualquer outro garoto da sua idade. Era bonito, tirava boas notas, desenhava extraordinariamente bem e, diferentemente de várias outras crianças talentosas, tinha uma consciência aguda da própria superioridade. Mas para Bill o heroísmo tinha um preço. Ele jamais condenaria outras pessoas por falta de firmeza, fraqueza moral ou incapacidade de raciocinar com clareza, porém não tolerava tais coisas em si mesmo. Diante da disposição de Lucille de tentar retomar o casamento e da necessidade de Mark de ter um pai sempre presente, Bill decidiu obedecer a seu código moral interno, ainda que isso significasse agir contra seus sentimentos por Violet.

Bill e Violet gostavam da história de sua breve separação e reunião. Ambos contavam-na da mesma forma, com muita simplicidade, como se fosse um conto de fadas, sem nunca mencionar o conteúdo das cartas: um dia, Bill acordou de manhã e disse a Violet que a deixaria. Violet foi com ele até a estação do metrô e os dois trocaram um beijo de despedida. Depois, durante cinco dias seguidos, Violet deixou uma carta no endereço da Greene Street, e todo dia Bill levava a carta para casa e a lia. No dia 19, depois de ter lido a quinta carta, Bill disse a Lucille que a relação dos dois não tinha jeito, saiu do nosso prédio, foi andando até o apartamento de Violet na parte leste da rua 7 e declarou seu amor eterno por ela, o que fez com que Violet caísse em prantos, num acesso de choro que durou vinte minutos.

Com o tempo, passei a ver aqueles cinco dias como uma batalha entre duas vontades fortes, e agora que li as cartas ficou claro para mim por que Violet ganhou. Ela nunca questionou o direito de Bill de fazer o que quer que ele achasse que devia fazer. Argumentou persuasivamente para que ele a escolhesse em detrimento da esposa sem em nenhum momento deixar transparecer que estava tentando persuadi-lo e só mencionando o nome de Lucille uma única vez. Violet sabia que Lucille tinha o tempo, um filho e a legitimidade a seu favor, tudo isso reforçado pelo implacável senso de responsabilidade de Bill, mas ela nunca entrava no mérito do código moral dele. Violet o venceu com a única verdade que tinha para lhe oferecer, a de que o amava apaixonadamente, e ela sabia que paixão era justo isso que faltava a Lucille. Mais tarde, quando falou sobre as cartas, Violet deixou claro que as tinha escrito com cuidado. "Elas tinham que ser sinceras", disse, "mas não podiam ser piegas. Tinham que ser bem escritas, sem um pingo de autopiedade, e tinham que ser sensuais sem serem pornográficas. Não quero me gabar, mas acho que elas cumpriram a sua missão direitinho."

Lucille tinha pedido a Bill que voltasse — isso ele me contou abertamente. Mas acho que, assim que ele voltou para ela, o desejo que Lucille sentia por ele começou a arrefecer. Bill me contou que, duas horas depois de ele ter voltado, Lucille já havia criticado sua maneira de lavar louça e a história que escolhera para ler para Mark. A frieza e a distância eram as qualidades de Lucille que mais atraíam Bill, principalmente porque ela parecia não se dar conta do poder que elas exerciam sobre ele. Mas a ranhetice é uma estratégia dos fracos, e não há nada de misterioso nela. Desconfio de que a causa de Violet, defendida nas cartas com uma nítida consciência de intenções, tenha recebido uma ajudinha do ruído enfadonho das queixas domésticas de Lucille. Nunca ouvi nenhum comentário de Lucille sobre essa época, de forma que não posso saber com certeza o que ela estava sentindo, mas suspeito que, quer soubesse quer não, uma parte dela queria mandar Bill embora outra vez — uma possibilidade que torna a vitória de Violet um pouco menos impressionante do que ela talvez suponha.

Violet foi morar no loft da Bowery junto com Bill e, assim que se mudou para lá, começou a limpeza. Com um fervor que devia provir de uma longa linhagem de protestantes escandinavos, Violet esfregou, alvejou, lavou e poliu o loft inteiro, até que adquirisse uma aparência estranha e quase ofuscante de nudez. Lucille continuou sendo a nossa vizinha do andar de cima, e Mark, cuja vida dividida fora suspensa por cinco dias, retomou sua existência errante. Bill nunca me falou de seu alívio e alegria. Nem precisava. Notei que ele voltou a me dar tapinhas nas costas e a segurar meu braço de um jeito afetuoso, e o mais estranho é que foi só quando começou a me tocar de novo que me dei conta de que ele havia parado de fazer essas coisas.

Os dias foram passando com uma previsibilidade quase litúrgica, como cânticos em louvor do banal e do íntimo. Matt cantava para si mesmo todas as manhãs com sua voz alta e desafinada, enquanto se vestia muito, mas muito devagar. Quatro dias por semana, Erica saía porta afora com sua pasta e um muffin na mão. Eu levava Matt a pé para a escola e depois pegava o metrô em direção a *uptown*. No trem, compunha na cabeça parágrafos para meu capítulo centrado na *História natural* de Plínio, enquanto olhava para os rostos e corpos dos outros passageiros, sem enxergá-los realmente. Sentia a pressão de seus corpos contra o meu, o cheiro de seus cigarros, de seu suor, de seus perfumes enjoativos, cremes medicinais e remédios à base de ervas. Eu dava um curso básico sobre arte ocidental para rapazes da Columbia e algumas meninas da Barnard e torcia para que algumas daquelas imagens ficassem gravadas em suas memórias para sempre — a abstração azul e dourada de um Cimabue, a beleza estranha de A *Madona do prado* de Giovanni Bellini ou o terror do Cristo morto de Holbein. Ouvia Jack se queixar da docilidade dos alunos — "Nunca pensei que um dia pudesse sentir falta daqueles sujeitos do movimento socialista estudantil". Depois do trabalho, Erica e eu nos reuníamos a Matt e Grace em casa. Àquela hora, Matt quase sempre estava no colo de Grace, um lugar que ele batizara de "a casa macia". Dávamos o jantar e o banho de Matt e ouvíamos suas histórias sobre Gunna, um menino ruivo e endiabrado de um país chamado "Lutit" que ficava em algum lugar "lá no norte". Matt também lutava contra nós, principalmente quando se metamorfoseava em Batman ou Super-homem e nós tínhamos o desplante de desafiar sua onipotência ditando regras sobre escovar os dentes e impondo horários de dormir. Erica ajudou Violet a revisar sua dissertação. Havia um fluxo intenso de idéias entre as duas, e elas atiçavam uma à outra de tal forma que às vezes, à noite, eu massageava as costas de Erica para aliviar a tensão que fazia sua cabeça doer depois de longas conversas pelo telefone com Violet sobre contágios culturais e a questão do sujeito.

Quando não estava com Mark, Bill trabalhava até altas horas em suas peças sobre histeria. Violet quase sempre estava dormindo quando ele parava de trabalhar. Ela me contou que Bill raramente parava para comer e que, quando o fazia, sentava-se com o prato no colo diante da peça em que estava trabalhando e não dizia uma palavra. Tanto Bill como eu estávamos ocupados demais naquele ano para tomar café ou almoçar juntos, mas eu também sabia que Violet havia alterado os contornos da nossa amizade. Não era que Bill estivesse se afastando de mim de propósito. Nós conversávamos por telefone, ele queria que eu escrevesse a respeito de seus trabalhos sobre histeria, e sempre que nos encontrávamos ele me emprestava alguma coisa para ler — um número da *Raw Comics*, um livro de fotografias médicas ou algum romance obscuro. A verdade era que Violet abrira uma passagem em Bill que o fizera mergulhar ainda mais fundo em sua própria solidão. O máximo que eu podia fazer era conjecturar sobre o que teria se passado entre eles, mas às vezes tinha a sensação de que a intimidade entre os dois tinha uma coragem e uma intrepidez que eu nunca experimentara, e a consciência dessa limitação em mim me deixava vagamente inquieto. A sensação se alojava em minha boca como um gosto seco, e eu sentia uma ânsia que nada era capaz de satisfazer. Não era fome, nem sede e também não era sexo que eu queria. Era uma necessidade vaga mas irritante de alguma coisa desconhecida e inominável; uma necessidade que eu sentia de tempos em tempos desde que era criança. Houve algumas noites naquele ano em que me vi acordado ao lado de minha esposa adormecida com aquele vazio na boca; então, ia para a sala, sentava na poltrona perto da janela e ficava esperando o dia amanhecer.

* * *

Durante muito tempo, acreditei que Dan Wechsler fosse mais um homem desaparecido numa família de homens desaparecidos. Moishe, o avô, tinha sumido. Sy, o pai, tinha ficado, mas fugira emocionalmente. Dan, o filho mais novo dessas três gerações de homens, estava escondido em Nova Jersey, habitante fantasma de uma clínica de repouso ou de um hospital, dependendo do seu estado psíquico. Naquele ano, Bill e Violet decidiram oferecer um pequeno jantar no dia de Ação de Graças e convidaram Dan. Durante uma semana, Dan ligou para Bill todos os dias. Um dia ele dizia que não viria ao jantar; no dia seguinte, dizia que viria, sim. No outro dia, ligava de novo para dizer que não viria. Mas, na última hora, Dan acabou tomando coragem para pegar o ônibus até o terminal de Port Authority, onde Bill foi apanhá-lo. Éramos sete pessoas, ao todo: Bill, Violet, Erica, Dan, Matthew, Mark e eu. Regina fora passar o dia com a família de Al, e os pais de Violet acharam que seria demorado e dispendioso demais viajar até Nova York só para passar o feriado. A loucura de Dan não se escondia. Havia uma crosta de sujeira debaixo de suas unhas, e seu pescoço estava coberto de escamas cinzentas de pele seca. Sua camisa estava abotoada da maneira errada, o que fazia seu tronco parecer torto. Na hora do jantar me vi sentado ao lado dele. Enquanto eu ainda estava estendendo meu guardanapo no colo, Dan já tinha pegado a colher de sobremesa e estava enchendo a boca de peru e de recheio numa velocidade impressionante. Seu apetite voraz durou cerca de trinta segundos. Em seguida, acendeu um cigarro, tragou-o avidamente, virou-se para mim de repente e disse com uma voz alta e entusiasmada: "Você gosta de comida, Leo?".

"Gosto", respondi. "Gosto de quase todas as comidas."

"Isso é bom", ele disse, mas parecia meio desapontado. Com sua mão livre, começou a coçar com força o braço direito. As unhas deixaram listras vermelhas na pele. Depois disso, ficou calado. Seus olhos grandes, que eram muito parecidos com os do irmão só que mais escuros, desviaram-se de mim de repente.

"E você? Você gosta de comida?", perguntei.

"Mais ou menos."

"Você estava comendo biscoito quando eu te liguei ontem, Dan", comentou Bill.

Dan sorriu. "É verdade. Eu estava mesmo!", disse, feliz. Em seguida levantou-se e começou a andar de um lado para o outro. Com os ombros curvados e a cabeça voltada para o chão, Dan fazia gestos curiosos com a mão esquerda enquanto andava. Juntava o polegar e o dedo indicador formando um O, depois fechava a mão com força, mantendo o punho cerrado durante um segundo, e em seguida repetia o gesto do O.

Bill ignorou o irmão e continuou a conversar com Erica e Violet. Matt e Mark ainda ficaram sentados à mesa por alguns minutos, então levantaram-se de um salto e começaram a correr pela casa, anunciando aos berros que eram "super-heróis". Dan andava. As tábuas empenadas do piso estalavam à medida que ele ia de um lado para o outro, de um lado para o outro. Enquanto caminhava, murmurava frases para si mesmo e interrompia o próprio monólogo com curtos acessos de riso. Violet olhou para ele várias vezes e depois para Bill, mas Bill sacudiu a cabeça, fazendo-lhe um sinal para que não interferisse.

Quando terminamos a sobremesa, notei que Dan tinha se isolado do outro lado da sala e estava sentado num banco, perto da mesa de trabalho de Bill. Eu me levantei e fui andando até ele. Quando cheguei mais perto, ouvi Dan dizer: "O seu irmão não vai deixar você voltar para aquela espelunca. A mamãe já está velha. E, de qualquer forma, ela só finge que gosta de você".

Chamei seu nome.

O som de minha voz deve tê-lo assustado, pois notei que seu corpo inteiro enrijeceu de repente. "Desculpe", disse ele. "Espero que não tenha problema eu ficar aqui. Eu tinha que pensar. Tenho pensado muito."

Sentei ao seu lado e percebi que ele cheirava mal. Dan fedia a suor, e havia manchas enormes de transpiração em sua camisa, debaixo dos braços. "Sobre o que você estava pensando?"

"Sobre mistério." Dan começou a mexer num tufo de pêlos de seu braço e a enrolá-los num pequeno nó. "Eu contei ao Bill sobre isso. É engraçado porque tem dois lados — o do homem e o da mulher."

"Ah, é? Mas como assim?", perguntei.

"É o seguinte — pode ser o *Mister* Io ou a *Miss* Tério. Você está entendendo o que eu quero dizer?"

"Estou sim."

"Eles são o herói e a heroína da peça que eu estou escrevendo." Dan deu um puxão violento nos pêlos do braço, acendeu outro cigarro e ficou olhando para o teto. Tinha olheiras escuras embaixo dos olhos, mas seu perfil macilento fazia lembrar o de Bill, e por um instante fiquei imaginando os dois pequenos, brincando na frente de uma casa. Dan mergulhou em seus próprios pensamentos e começou de novo a fazer o sinal do O, mexendo os dedos de um jeito rápido e aflito. Depois se levantou e pôs-se outra vez a andar. Violet nos interrompeu.

"Vocês não querem vir para a mesa para tomar um conhaque com a gente?"

"Obrigado, Violet", disse Dan educadamente. "Mas eu prefiro fumar e andar."

Depois de alguns minutos, Dan acabou vindo para a mesa. Sentou-se ao lado de Bill, inclinou-se para perto do irmão e deu tapinhas vigorosos nas costas dele. "Meu irmãozão", disse ele. "Grande Bill, meu *big brother* Bill, meu velho B.B.B..."

Bill se livrou dos tapinhas de Dan pondo o braço em volta dele. "Estou muito feliz por você ter decidido vir. É muito bom estar com você aqui."

Dan abriu um grande sorriso e tomou um gole da taça de conhaque que estava à sua frente.

Uma hora depois, a louça já estava lavada e guardada, os meninos brincavam com blocos de madeira perto da janela e Violet, Erica, Bill e eu estávamos de pé em volta do colchão onde Dan caíra num sono profundo. Estava abraçado aos joelhos, com o corpo encolhido feito uma bola, e roncava levemente, de boca aberta. Um cigarro quebrado e o isqueiro dele estavam largados em cima do lençol ao seu lado. "Acho que eu não devia ter deixado ele tomar aquele conhaque", disse Bill. "Pode ter reagido com o remédio dele."

Dan não vinha ao loft da Bowery com freqüência, mas sei que Bill falava com ele por telefone regularmente, às vezes todos os dias. O coitado do Dan era uma ruína humana. Sua vida era uma batalha diária para conter uma crise que o levaria de volta ao hospital. Atormentado por delírios paranóicos, Dan ligava às vezes para perguntar se Bill ainda gostava dele ou, pior, se estava planejando matá-lo. No entanto, apesar da doença, Dan tinha traços que o ligavam ao irmão. Ambos eram acossados por emoções que não eram fáceis de conter. Em Bill, esses sentimentos intensos encontravam vazão no trabalho. "Eu trabalho para me manter vivo", Bill me disse certa vez, e depois de ter conhecido Dan eu compreendi muito melhor o que ele quis dizer com isso. Fazer arte era uma necessidade para Bill, era a única maneira que ele tinha de conseguir manter um mínimo de equilíbrio e continuar tocando a vida. As peças e os poemas de Dan eram na maioria obras inacabadas, produtos fragmentários de uma mente que corria em círculos e nunca conseguia saltar para fora de si mesma. A mente, os nervos e a história particular do irmão mais velho tinham dado a ele a força necessária para suportar as pressões da vida cotidiana. Os do irmão mais novo não.

Todos os dias eu ouvia Lucille andando no apartamento acima do nosso. Ela tinha um passo característico, leve e um pouco arrastado. Quando me encontrava na escada, Lucille sempre dava um sorriso um pouco constrangido antes de começarmos a falar. Nunca mencionava Bill nem Violet e, embora eu perguntasse sempre sobre seu trabalho, nunca mais me pediu para ler seus poemas. Por insistência minha, Erica convidou Lucille e Mark para jantarem em nossa casa numa noite daquela primavera. Lucille pôs um vestido especialmente para a ocasião, uma estranha bata bege que lhe caía muito mal. Embora seu corpo ficasse escondido debaixo do vestido, sua má escolha me comoveu. Interpretei-a como mais um sinal de seu despreparo para o mundo e, em vez de me repelir, a feiúra do vestido acabou por me enternecer. Naquela noite, vendo-a sentada à mesa diante de mim, fiquei pensando na austeridade de seu rosto pálido e oval. Seu comedimento lhe dava uma aura de ser quase inanimado, como se, por alguma contingência sobrenatural, Lucille fosse uma pintura de si mesma feita séculos antes de ela nascer.

Depois do jantar, Mark e Matt desencavaram suas fantasias de Halloween do armário e saíram rugindo pela casa. Mark usava uma fantasia de esqueleto, feita de um náilon preto muito fino com ossos brancos estampados no tecido; Matt era um

Super-homem anão e magricela, enfiado num pijama azul com um S de feltro vermelho costurado no peito e uma capa do mesmo material. Matt começou a chamar Mark de "Homem-esqueleto" e "Cabeça de osso". Passados alguns minutos, os apelidos se transformaram num refrão que era entoado aos brados: "Osso, ossinho, ossão, vão pra debaixo do chão". Os dois garotinhos marchavam em círculos perto das janelas de nosso apartamento. Como dois coveiros loucos, repetiam o refrão sem parar: "Osso, ossinho, ossão, vão pra debaixo do chão!". Erica não tirava os olhos dos dois, e volta e meia eu olhava para eles para ver se não estavam se excitando demais, a ponto de entrarem num frenesi que fatalmente acabaria em lágrimas, mas Lucille parecia não notar o que o filho estava fazendo, nem ouvir o estribilho que Matt inventara para a brincadeira dos dois.

Ela nos contou que estava pensando em aceitar um emprego que tinham lhe oferecido como professora de um curso de oficina literária na Rice University, em Houston. "Nunca fui ao Texas", disse. "Quem sabe, se aceitar o emprego, eu não acabo conhecendo um ou dois caubóis. Nunca conheci um caubói." Lucille pronunciava as palavras com extrema clareza, um detalhe que só notei naquele jantar. Continuou: "Desde criança eu tenho um interesse especial por caubóis, não por caubóis de verdade, é claro, mas pelos que eu inventava na minha cabeça. É possível que eu tenha uma decepção horrível quando conhecer um de verdade".

Lucille aceitou o emprego e no início de agosto se mudou para o Texas com Mark. Àquela altura, ela e Bill já estavam divorciados fazia dois meses. Cinco dias depois de o divórcio ter sido oficializado, Bill e Violet se casaram. O casamento foi celebrado no loft da Bowery no dia 16 de junho, o mesmo dia em que Leopold Bloom, o Ulisses judeu de Joyce, perambulou por Dublin. Alguns minutos antes de os noivos prestarem seus votos solenes, eu me dei conta de que o sobrenome de Violet, Blom, estava apenas a um *o* de distância de *bloom* — florescer —, e essa conexão insignificante me fez refletir a respeito do sobrenome de Bill, Wechsler, que carrega a raiz germânica de mudar, de mudança e de provocar mudança. Florescer e mudar, pensei.

Bill e Violet queriam se casar em Paris, longe de parentes e amigos. Era isso que haviam dito a Regina e aos pais de Violet que iam fazer, mas a fantasia romântica dos dois foi frustrada pela burocracia francesa, e eles acabaram se casando rapidamente antes de partir para lá. As únicas pessoas que de fato testemunharam o acontecimento foram Matt, Dan, Erica e eu. Mark e Lucille estavam em Cape Cod, com os pais dela. Regina e Al estavam fazendo um cruzeiro em alguma parte do mundo, e os Blom planejavam dar uma recepção para o casal em Minnesota alguns meses depois.

No loft, nós seis suávamos por todos os poros, numa temperatura que chegou perto dos trinta e oito graus. O ventilador de teto fazia o ar quente rodar e rodar, rangendo sem parar durante a curta cerimônia celebrada por um homenzinho careca da Ethical Culture Society. Após ter dito algumas palavras e lido o "The good-morrow" de John Donne, o homenzinho declarou Bill e Violet marido e mulher. Poucos minutos depois, o vento começou a soprar forte pelas janelas e logo em seguida veio a chuva. Trovejava e chovia torrencialmente enquanto dançávamos ao som de fitas das Supremes e tomávamos champanhe. Todo mundo dançou. Dan dançou com Violet, com Erica, com Matt e comigo. Batia os pés com força no chão e soltava volta e meia uma risadinha gutural, até ser vencido pelo desejo de andar de um lado para outro e fumar um cigarro sozinho, num canto da sala. Erica tinha feito Matt vestir um blazer, uma gravata-borboleta e uma calça social cinza, mas ele estava dançando descalço e só de camisa e cueca. Balançava as mãos no alto e gingava o corpo para a frente e para trás no ritmo da música. A noiva e o noivo também dançaram. Violet sacudia o corpo, dava chutes no ar e jogava a cabeça para trás, e Bill acompanhava seus movimentos. Num rompante, Bill pegou-a no colo, carregou-a até a porta do loft, saiu para o corredor e entrou de novo, com Violet nos braços.

"O que o tio Bill está fazendo com a Violet?", Matt me perguntou.

"Ele está atravessando a porta de casa com ela no colo." Agachei-me ao lado de Matt para explicar o simbolismo das portas. Matt ficou olhando para mim de olhos arregalados e me perguntou se eu tinha feito o mesmo com a mãe dele. Eu não tinha, e quando olhei nos olhos dele senti minha masculinidade empalidecer um pouco ao lado da masculinidade vigorosa do tio Bill.

Bill não queria que Lucille fosse embora de Nova York com Mark, mas quanto mais ele insistia para que ela ficasse, mais Lucille teimava que tinha de ir, e assim Bill perdeu aquela primeira batalha pelo filho. Na partilha dos bens, Bill ficou com o apartamento que fora comprado com o dinheiro de sua herança. Sua caminhonete, sua caderneta de poupança, os móveis que ele e Lucille compraram juntos e três retratos que ele pintara de Mark desapareceram no acordo. Quando Bill e Violet voltaram da França, Lucille e Mark já tinham tomado um avião para o Texas, e o apartamento acima do nosso fora deixado praticamente nu em pêlo, restando apenas os livros de Bill. Violet limpou o apartamento com esmero e os dois se mudaram para lá. Mas no final de setembro, algumas semanas depois de ter se mudado para o Texas, Lucille ligou para Bill para dizer que não estava conseguindo cuidar de Mark e dar suas aulas direito. Pôs Mark num avião e mandou-o para a casa do pai. Mark aterrissou de novo na Greene Street, desta vez com Bill e Violet, no mesmo lugar onde morara com a mãe durante cerca de dois anos. Mas o apartamento deve ter parecido muito diferente para ele. Lucille não era uma dona de casa muito cuidadosa. Embora não fosse tão desleixada quanto Bill, ela vivia bem com pilhas de livros no chão, brinquedos espalhados pela casa e centenas de bolas de poeira que fugiam para debaixo dos móveis feito ratinhos. Violet habitou o apartamento com seu zelo típico. Os cômodos quase vazios cintilavam sob o efeito das severas purgações a que ela os submetia. No primeiro dia em que vi o apartamento em sua nova encarnação, um vaso de vidro transparente fora colocado no centro da mesa nova e simples que Bill construíra e que Violet pintara de um tom forte de turquesa. Dentro do vaso, vinte tulipas de um vermelho vivo enfeitavam a sala.

Quando as peças sobre histeria foram expostas no final de outubro de 1983, o SoHo para o qual eu e Erica tínhamos nos mudado em 1975 já não existia mais. As ruas praticamente desertas e o sossego desleixado tinham sido substituídos por um novo esplendor. Galerias foram sendo abertas uma depois da outra — suas portas lixadas e cobertas de frescas camadas de tinta. Lojas de roupas começaram a pipocar de repente, colocando em exposição sete ou oito vestidos, saias ou suéteres em salas amplas e claras, como se as roupas também fossem obras de arte. Bernie reformou sua ampla galeria branca de segundo andar na West Broadway para transformá-la numa galeria de segundo andar ainda mais ampla, branca e suave e, à medida que suas vendas se multiplicavam, ele corria cada vez mais rápido de um lado para o outro e saltitava cada vez mais alto dentro de seus tênis. Sempre que eu esbarrava com ele em alguma esquina ou café, Bernie balançava, bamboleava e matraqueava sobre este ou aquele artista novo, abrindo largos sorrisos quando falava de exposições em que vendera todas as peças expostas e dos preços cada vez mais altos das obras de arte. Ele não tinha pudores no que dizia respeito a dinheiro. Abraçava-o com uma exuberância e uma naturalidade que eu não podia deixar de admirar. Surtos de crescimento e períodos de decadência sempre se sucederam em Nova York com uma regularidade rítmica, mas eu nunca me senti tão perto de enormes quantias de dinheiro como naquela época. Aqueles dólares atraíam hordas de desconhecidos para o bairro. Ônibus faziam paradas na West Broadway e descarregavam dezenas de turistas, na maioria mulheres, a maioria das quais de meia-idade. Essas mulheres andavam pelo bairro aos bandos, visitando uma galeria atrás da outra. Vestiam-se em geral com agasalhos de corrida, uma moda que tinha o desagradável efeito de fazê-las parecer bebês envelhecidos. Jovens europeus desembarcavam na cidade e compravam lofts. Depois de decorarem seus apês segundo a moda minimalista da época, saíam para as ruas, restaurantes e galerias, onde flanavam durante horas, lerdos e bem-vestidos.

A arte é misteriosa, mas vender arte talvez seja uma arte mais misteriosa ainda. Um objeto propriamente dito é comprado e vendido, passado de uma pessoa para outra, mas uma infinidade de fatores entra em jogo nessa transação. Para que se valorize, uma obra de arte precisa de um clima psicológico específico. Naquele momento, o SoHo oferecia exatamente a intensidade certa de agitação intelectual para que a arte florescesse e os preços disparassem. Obras caras de qualquer período devem ser impregnadas pelo intangível — uma idéia de valor. Essa idéia tem o efeito paradoxal de separar o nome do artista do objeto em si, e o nome se transforma então na mercadoria que é comprada e vendida. O objeto simplesmente segue atrás do nome como sua prova concreta. O próprio artista, obviamente, pouco tem a ver com isso tudo. Mas, naqueles anos, sempre que ia ao mercado ou entrava na fila do correio, eu ouvia os nomes. Schnabel, Salle, Fischl, Sherman eram palavras mágicas, como as dos contos de fadas que eu lia para Matt todas as noites. Elas abriam portas lacradas e enchiam de ouro sacas vazias. O nome Wechsler não estava destinado a exercer todo o potencial de uma palavra encantada naquela época, mas depois da exposição na galeria de Bernie, ele começou a ser sussurrado aqui e ali, e eu sentia que, aos poucos, Bill também poderia vir a perder seu nome para o estranho clima que dominou o SoHo durante alguns anos, até se dissipar de repente num outro dia de outubro, em 1987.

Em agosto, Erica e eu fomos convidados a visitar o loft da Bowery para ver três das peças sobre histeria já terminadas. Dezenas de obras menores sobre o mesmo tema, pinturas, desenhos e pequenas construções ainda estavam em andamento. Quando entramos no loft, vi três imensas caixas rasas — cada uma medindo cerca de três metros de altura por dois de largura e com trinta centímetros de profundidade — de pé no meio da sala. A parte da frente das caixas fora coberta por uma lona bem esticada e presa nas laterais, e o tecido reluzia, iluminado por lâmpadas elétricas instaladas dentro das caixas. A princípio, só vi sua superfície: corredores, escadas, janelas e portas pintados em cores discretas — marrons, ocres, verdes-escuros e azuis. Degraus levavam a um teto sem acesso a outro andar. Janelas se abriam para paredes de tijolos. Havia portas deitadas de lado ou inclinadas em ângulos impossíveis. Uma escada de incêndio parecia atravessar um buraco, unindo um exterior pintado a um interior também pintado e trazendo consigo um emaranhado de ramos compridos de trepadeira.

Uma capa plástica que me fazia lembrar uma película de PVC recobria, bem esticada, a parte da frente das três caixas pintadas. Textos e imagens tinham sido impressos no plástico, deixando uma marca sem cor. O efeito dessas palavras e imagens era mais subliminar do que qualquer outra coisa, pois era difícil distingui-las com clareza. Perto do fundo do canto direito da terceira caixa havia um homem tridimensional, medindo cerca de quinze centímetros de altura, de cartola e casaca. Ele estava empurrando uma porta que parecia estar entreaberta. Olhando mais de perto, vi que era uma porta de verdade, com dobradiças de verdade. Pela abertura, vi uma rua que parecia a nossa — Greene Street entre a Canal e a Grand.

Erica descobriu uma porta na primeira caixa e a abriu. Chegando perto dela, espiei pela abertura e vi um pequeno quarto, parcamente iluminado por uma lâmpada de teto em miniatura, cujo reflexo nos permitia vislumbrar uma velha fotografia em preto-e-branco colada à parede do fundo. A foto mostrava a cabeça e o torso de uma mulher vistos por trás. A palavra SATÃ estava escrita em letras garrafais em sua pele, entre as duas escápulas. Em frente à foto, via-se a imagem de uma outra mulher, ajoelhada no chão, que fora pintada numa lona grossa e depois recortada. Nas costas e nos ombros nus dela, Bill usara tons de pele perolados e etéreos, que faziam lembrar os tons de Ticiano. A camisola que ela abrira para revelar costas e ombros era de um tom muito pálido de azul. A terceira figura presente naquele quarto era um homem, uma pequena escultura de cera. Ele estava de pé atrás da mulher ajoelhada, segurava um ponteiro como os que se usam em aulas de geografia, e parecia estar traçando um desenho na pele dela — uma paisagem tosca, com uma árvore, uma casa e uma nuvem.

Erica levantou a cabeça e disse, olhando para Violet: "Dermografismo".

"É, eles escreviam nelas", Bill me disse. "Os médicos traçavam seus corpos com um instrumento rombudo, e as palavras ou desenhos apareciam na pele delas. Depois eles tiravam fotos do que tinham escrito ou desenhado."

Bill abriu outra porta, e eu espiei dentro de um segundo quarto na mesma caixa. A parede do fundo desse quarto estava coberta com a imagem pintada de uma mulher olhando pela janela. Seus cabelos escuros e compridos estavam puxados para um lado, revelando os ombros. O estilo da pintura parecia ter saído diretamente da Holanda do século XVII, mas Bill complicara a imagem desenhando de leve por cima dela em preto. Era um desenho da mesma mulher, mas num estilo diferente, e esse esboço sobreposto à imagem pintada me deu a impressão de que a mulher estava acompanhada de seu próprio fantasma. Escrito duas vezes em seu braço, uma com tinta vermelha e a outra com lápis de cera preto, estava o nome T. BARTHÉLÉMY. As letras pareciam sangrar.

"Didi-Huberman menciona Barthélémy", disse Violet. "Ele era um médico de algum lugar da França que escreveu seu nome numa mulher e depois mandou que ela sangrasse pelas letras às quatro horas daquela mesma tarde. E ela sangrou. Segundo o relato, o nome continuou visível por três meses." Examinei de novo o pequeno quarto iluminado. No chão, em frente à pintura de Augustine, havia minúsculas peças de roupa — uma anágua, um espartilho, meias finas compridas e botas, tudo em miniatura.

Violet abriu uma terceira porta. Esse quarto, todo branco, era iluminado de cima por um pequeno candelabro elétrico. Uma pintura minúscula, com uma elaborada moldura dourada, estava apoiada na parede do fundo. A tela mostrava um homem inteiramente vestido e uma mulher nua no que parecia ser um corredor. Não dava para ver o rosto da mulher, mas seu corpo me fez lembrar o de Violet. Ela estava deitada de bruços no chão e o homem, que aparentava ser jovem, estava montado em suas costas. Segurando uma enorme caneta na mão esquerda, ele parecia estar escrevendo vigorosamente numa das nádegas dela.

A caixa do meio tinha duas portas. Atrás da primeira, havia uma bonequinha que me fez pensar na Cachinhos Dourados da história infantil — longos cabelos louros encaracolados, vestido xadrez e avental branco. A bonequinha estava tendo um ataque de manha. Seus olhos estavam fechados com toda a força e sua boca inteiramente aberta, num grito silencioso, enquanto os braços se agarravam a um pilar que dividia o quarto ao meio. Em sua pirraça, ela contorcera o corpo para um lado, fazendo com que o vestido subisse e se enrolasse em volta da cintura. Quando examinei seu rostinho mais de perto, notei um longo arranhão sujo de sangue numa das bochechas. Nas paredes que a cercavam, Bill pintara dez sombrias figuras de homem em preto-e-branco. Todos eles seguravam um livro e tinham desviado os olhos cinza na direção da menina escandalosa.

A segunda porta, no meio da caixa, abria-se para uma pintura em preto-e-branco que se parecia com uma das fotografias tiradas no Salpêtrière. Bill usara uma foto de uma mulher em pose de crucifixo para pintar sua versão de Geneviève, uma moça cujos sintomas médicos imitavam as provações dos santos — paralisia, convulsões e estigmas. Quatro bonecas Barbie estavam deitadas de barriga para cima no chão, em frente à pintura da foto. Tinham os olhos vendados e a boca selada com fita adesiva. Examinando-as com atenção, notei que nas fitas que selavam a boca das três primeiras bonecas foram impressas as palavras HISTERIA, ANOREXIA NERVOSA e MUTILAÇÃO SUBLIME. Na fita da quarta boneca não havia nada.

A terceira caixa, com sua figura solitária abrindo uma porta, tinha duas outras portas bem escondidas. Encontrei a maçaneta da primeira camuflada entre mais de dez outras maçanetas pintadas em *trompe l'oeil*. Essa porta se abria para um quarto bem iluminado e muito menor do que os outros. No chão, havia um caixão de madeira em miniatura. E só. Erica abriu a última porta e encontrou outro quarto quase vazio. Só havia ali um pedaço roto e sujo de papel, com a palavra *chave* escrita numa minúscula letra cursiva.

Erica se abaixou para examinar a pequena escultura do homem de cartola prestes a sair pela porta que dava para a Greene Street. "Ele também é uma pessoa real?", perguntou.

"Ela", disse Violet. "Olhe mais de perto."

Eu me agachei ao lado de Erica e notei o volume de seios debaixo da casaca da figura. A calça parecia grande; formava um papo em seus tornozelos.

"É a Augustine", disse Violet. "Esse é o final da história dela — a última anotação que fizeram na sua *observation*: '9 *septembre — X... se sauve de la Salpêtrière deguisée en homme*'."

"X?", perguntei.

"É, os médicos ocultavam a identidade das pacientes usando letras e códigos. Mas era a Augustine, com certeza. Eu rastreei a informação. No dia 9 de setembro de 1880, ela fugiu do Salpêtrière vestida de homem."

Àquela altura, já era noite. Erica e eu tínhamos saído direto do trabalho para o loft da Bowery. A fome e o cansaço começavam a me vencer. Pensei em Matt sozinho em casa com Grace e fiquei me perguntando como iria escrever sobre aquelas caixas, enquanto via Bill pôr o braço em torno de Violet, que ainda conversava com Erica. "Eles transformavam mulheres vivas em coisas", disse Violet. "Charcot chamava as mulheres hipnotizadas de 'histéricas artificiais'. Esse era o termo que ele usava. O dermografismo deixa isso mais patente ainda. Médicos como Barthélémy assinavam os corpos das mulheres como se elas fossem obras de arte."

"Cheira um pouco a charlatanice", comentei. "Nomes que sangram. Um simples toque na pele e desenhos aparecem."

"Eles não forjaram essas coisas, Leo. É verdade que a encenação toda era extremamente teatral. Charcot mandou pintar sua sala inteiramente de preto. Ele era fascinado por relatos históricos sobre demonismo, feitiçaria e curandeirismo. Imagino que acreditasse que podia explicar tudo por meio da ciência, mas o dermografismo era real. Até eu consigo."

Violet sentou-se no chão. "Demora um pouquinho. Vocês têm que ter paciência." Fechou os olhos e começou a respirar fundo. Seus ombros se curvaram. Seus lábios se entreabriam. Bill olhou para ela, sacudiu a cabeça e sorriu. Violet abriu os olhos e olhou bem para a frente. Estendeu o braço e, com a ponta do dedo indicador da outra mão, escreveu de leve na parte interna dele. O nome Violet Blom surgiu em sua pele como uma pálida inscrição, que a princípio tinha um tom claro de rosa e depois escureceu um pouco. Violet fechou os olhos, respirou fundo novamente e, um segundo depois, abriu os olhos. "É mágica", disse. "Mágica de verdade."

Violet passou os dedos sobre as letras arredondadas, estendendo o braço para que o examinássemos. Olhando para aquelas palavras na pele avermelhada da parte interna de seu braço, senti a distância entre mim e os médicos do Salpêtrière diminuir. A medicina autorizara uma fantasia que os homens nunca abandonaram, uma versão confusa do que Pigmalião queria — algo entre uma mulher real e um objeto bonito. Violet estava sorrindo. Abaixou o braço, levando-o para perto do tronco, e eu pensei no Pigmalião de Ovídio beijando, abraçando e vestindo a moça que ele esculpira no marfim. Quando seu desejo se realiza, Pigmalião toca a nova pele quente da moça e seus dedos deixam uma marca. O nome inscrito no braço de Violet ainda estava visível quando ela voltou a se sentar de pernas cruzadas no chão, com os braços pousados no colo. As mulheres hipnotizadas obedeciam a todas as ordens que recebiam: abaixa, ajoelha, levanta o braço, rasteja. Levantavam a blusa por cima dos ombros e ofereciam as costas nuas à varinha mágica do médico. Bastava um toque para que as palavras que estavam na cabeça do médico se transformassem em palavras na carne. Sonhos de onipotência. Todos nós os temos, mas em geral eles só se concretizam em histórias e devaneios, onde têm permissão para fluir à vontade. Pensei numa das pequenas pinturas que acabara de ver, agora escondida atrás de um porta fechada — um homem jovem afunda a ponta de sua caneta-tinteiro na nádega macia de uma mulher deitada. A cena me pareceu cômica quando a vi, mas sua lembrança me provocou uma sensação calorosa, que só terminou quando ouvi a voz de Bill. "E então, Leo", disse ele. "Algum comentário?"

Respondi a ele, mas não disse nada sobre o braço de Violet, nem sobre Pigmalião, nem sobre a caneta erótica.

Ao abandonar a planura da pintura, Bill enveredara por um novo território. Ao mesmo tempo, continuara a brincar com a noção de pintura contrapondo imagens bidimensionais a espaços e bonecos tridimensionais. Também continuara a trabalhar com estilos contrastantes, a fazer referências à história da pintura e às imagens culturais em geral — incluídas as imagens publicitárias. Descobri que a "pele" plástica das caixas fora densamente impressa com anúncios velhos e novos dos mais diversos tipos de produto, de espartilhos a café. Em meio aos anúncios, havia também poemas de Dickinson, Hölderlin, Hopkins, Artaud e Celan — os poetas solitários. Havia ainda citações de Shakespeare e Dickens, principalmente de frases que entraram para a linguagem comum, como: "O mundo é um palco" e "A lei é um asno". Sobre uma das portas, encontrei o poema de Dan "Ao ataque com carga total irmãos W", e, perto do poema, decifrei o título de outra obra que reconheci: "*Mistério: uma peça dividida ao meio*, de Daniel Wechsler".

Durante algumas semanas, abandonei meu livro para escrever um ensaio curto — sete páginas. Mais uma vez, meu texto foi xerocado e colocado em cima de uma mesa na Weeks Gallery, desta vez acompanhado por reproduções do tamanho de cartões-postais das caixas e de algumas das peças menores. Bill ficou satisfeito com o ensaio. Eu tinha feito tudo que podia fazer naquelas circunstâncias, mas a verdade é que precisaria de anos, e não de um mês, para analisar direito aquelas peças. Na época eu ainda não tinha compreendido o que compreendo agora. As caixas eram como três sonhos tangíveis sonhados por Bill quando sua vida se dividiu entre Lucille e Violet. Tivesse Bill consciência disso ou não, a pequena figura da mulher vestida de homem era outro auto-retrato. Augustine era a filha ficcional que ele e Violet tinham feito juntos. Sua fuga para aquela rua tão familiar era também a fuga de Bill, e eu nunca consegui parar de pensar sobre o que Augustine deixou para trás nos quartos daquela mesma caixa — um minúsculo caixão e a palavra *chave*. Bill poderia facilmente ter posto uma chave de verdade naquele quarto branco, mas preferiu pôr só a palavra.

Erica e eu volta e meia nos perguntávamos se não teríamos cometido um erro ao levar Matt à galeria para ver as caixas sobre histeria. Depois da primeira visita, Matt toda hora nos implorava para fazer novas incursões à "casa do Bernie". Uma tigela cheia de chocolates embrulhados em papel laminado era em parte responsável pela atração que Matt sentia pela galeria, mas ele também gostava do jeito como Bernie falava com ele. Bernie não modulava a voz naquele tom condescendente que os adultos costumam adotar para falar com crianças. "Ei, Matt", ele dizia, "tem uma coisa lá na sala do fundo que talvez você goste. É uma escultura supermaneira de uma luva de beisebol com umas coisas cabeludas brotando dela." Depois de um desses convites, Matt se empertigava todo e saía andando com passos lentos e dignos atrás de Bernie. Era um pirralho de seis anos e já estava cheio de pretensão. Mas, de tudo que havia na Weeks Gallery, o que Matt realmente mais adorava era a garotinha monstruosa da segunda caixa sobre histeria. Perdi a conta de quantas vezes tive de levantá-lo para que ele pudesse abrir a porta e espiar aquela menininha fazendo pirraça.

"O que é que essa bonequinha tem que você gosta tanto, Matt?", perguntei finalmente uma certa tarde, depois de pô-lo no chão.

"Eu gosto de ver a calcinha dela", respondeu ele, num tom de pouco-caso.

"É seu filho?", perguntou uma voz.

Quando levantei a cabeça, deparei com Henry Hasseborg. Ele estava de suéter e calça pretas e tinha jogado um cachecol vermelho em volta do pescoço e por cima de um dos ombros, à moda dos estudantes franceses. Aquele patente toque de vaidade me fez sentir, por um momento, certa pena dele. Olhou de soslaio para Matt e depois para mim. "Estou só fazendo a ronda", comentou numa voz desnecessariamente alta. "Perdi a inauguração, mas ouvi comentários sobre ela, obviamente. Causou um vago furor entre os *conoscenti*. Belo ensaio o seu, aliás", continuou casualmente. "Mas é claro que você é exatamente a pessoa certa para isso, com todo o seu treinamento nos velhos mestres." Hasseborg pronunciou as duas últimas palavras de um jeito arrastado e balançou dois dedos de cada mão, desenhando aspas no ar.

"Obrigado, Henry. É uma pena eu não poder ficar para conversar, mas o Matthew e eu já estávamos de saída."

Deixamos Hasseborg com seu nariz vermelho enfiado numa das portas de Bill.

"Que homem esquisito, aquele", Matt comentou na rua quando me deu a mão.

"É, ele é esquisito. Mas, sabe, ele não tem culpa de ser como é."

"Mas ele fala de um jeito esquisito também, pai." Matt parou de andar e fiquei esperando. Percebi que estava pensando com muita concentração. Naquela época meu filho pensava com o rosto. Apertava os olhos, entortava o nariz e franzia a boca. Depois de alguns segundos, continuou: "Ele fala como eu falo quando estou fazendo de conta. Assim, ó: *Eu sou o Homem-aranha*", disse Matt, engrossando a voz.

Olhei bem para Matthew e disse: "Sabe que você tem razão, Matt? Ele está mesmo fazendo de conta".

"Mas ele está fazendo de conta que é quem?", Matt quis saber.

"Ele mesmo", respondi.

Matt riu e disse: "Que coisa mais boba". Depois começou a cantar: "Ra, ra, Rumpelstiltskin é o meu nome! Rumpel, Rumpel, Rumpel, Rumpelstiltskin é o meu nome!".

Desde que completara três anos, Matt adquirira o hábito de desenhar todos os dias. Suas pessoas ovóides, com braços que saíam de cabeças gigantescas, logo ganharam corpos e mais tarde, cenários. Aos cinco, ele já estava desenhando pessoas de perfil caminhando pela rua. Embora tivessem narizes imensos e parecessem andar com o corpo rígido, os pedestres de Matt tinham formas e tamanhos bem variados. Eram gordos e magros, pretos, bronzeados, marrons e rosados, e usavam ternos, vestidos ou roupas de motoqueiro, como as que Matt certamente vira na Christopher Street. Latas de lixo transbordavam de detritos e latas de refrigerante nas esquinas de suas ruas. Moscas pairavam em volta do lixo e as calçadas tinham rachaduras. Seus cachorros bulbosos mijavam e cagavam, enquanto os donos esperavam a postos, com folhas de jornal na mão. A professora de Matt na alfabetização, srta. Langenweiler, disse que em todos os seus anos de magistério nunca tinha visto tantos detalhes no desenho de uma criança. Em compensação, Matthew fugia de letras e números. Quando eu tentava lhe mostrar um *b* ou um *t* no jornal, ele saía correndo de mim. Erica comprava abecedários com ilustrações elaboradas e grandes letras coloridas. "Bola", dizia ela, apontando para a gravura de uma bola de praia. "B-O-L-A." Mas Matthew não queria saber de bolas e bês. "Lê 'Os sete corvos', mamãe", dizia ele, e Erica então largava o novo e entediante livro de alfabeto e pegava nosso surrado exemplar dos contos de Grimm.

Às vezes eu achava que Matt via demais, que seus olhos e sua mente ficavam tão abarrotados com as assombrosas particularidades do mundo que o mesmo dom que o tornava sensível aos hábitos das moscas, às rachaduras no cimento e às fivelas dos cintos também atrapalhava seu aprendizado da leitura. Levou um tempo enorme para que meu filho conseguisse entender que, na nossa língua, as palavras são ordenadas da esquerda para a direita numa página e que os espaços entre os grupinhos de letras indicam o fim de uma palavra e o início de outra.

Mark e Matt brincavam juntos todos os dias depois da escola, enquanto Grace lhes dava palitinhos de cenoura e fatias de maçã para comer, lia histórias para os dois e intermediava seus eventuais desentendimentos. Aquela rotina diária foi rompida em fevereiro. Bill me explicou que Mark ficara "muito triste" depois da visita da mãe no Natal e que ele e Lucille decidiram juntos que Mark ficaria melhor com a mãe, no Texas. Eu não quis pressionar Bill para que me desse mais detalhes. Nas poucas vezes em que conversara comigo sobre o filho, sua voz suave tinha ficado tensa e seus olhos, fixos em algum ponto atrás de mim — numa parede, num livro ou numa janela. Bill foi três vezes a Houston naquela primavera. Durante esses fins de semana prolongados, ele e Mark se entocavam num quarto de hotel, assistiam a desenhos animados, saíam para dar voltas, brincavam com bonequinhos de *Guerra nas estrelas* e liam "João e Maria". "É a única coisa que ele quer ler", comentou Bill. "Nem sei quantas vezes já li essa história para ele. Já sei o texto de cor." Bill teve de deixar Mark com a mãe, mas trouxe o livro consigo e começou a trabalhar numa série de construções que acabariam se tornando sua versão particular desse conto infantil. Quando a série *João e Maria* ficou pronta, Lucille e Mark já estavam morando em Nova York de novo. Lucille fora convidada a lecionar durante mais um ano na Rice, mas recusara o convite.

Pouco tempo depois de Mark ter se mudado para o Texas, Gunna morreu. A morte desse menino imaginário, que nos acompanhava havia dois anos, foi seguida pela chegada de um novo personagem que Matt chamava de "Menino Fantasma". Quando Erica perguntou como Gunna havia morrido, Matt disse: "Ele ficou velho demais e não pôde mais continuar vivendo".

Na noite seguinte, quando Erica e eu estávamos sentados na beirada da cama dele, Matt nos disse: "Eu estou sentindo que o Menino Fantasma vai aparecer".

"Quem é o Menino Fantasma?", perguntou Erica, inclinando-se para lhe dar um beijo na testa.

"É um menino que aparece nos meus sonhos."

"Você sonha muito com ele?", perguntei.

Matt fez que sim com a cabeça. "Ele não tem rosto e também não sabe falar, mas consegue voar. Não como o Peter Pan, mas só levantando um pouquinho do chão e depois descendo de novo. Às vezes ele está aqui, mas outras vezes vai para outro lugar."

"Para onde ele vai?", quis saber Erica.

"Eu não sei, nunca fui lá."

"Ele tem algum outro nome além de Menino Fantasma?", perguntei.

"Tem, mas ele não sabe falar, pai, então não pode dizer!"

"Ah, é. Eu esqueci."

"Mas você não tem medo dele, tem, Matt?", perguntou Erica.

"Não, mãe. Ele está meio que dentro de mim, sabe. Metade dentro de mim, metade fora de mim, e eu sei que ele não é uma pessoa de verdade."

Nós aceitamos essa explicação enigmática e lhe demos boa-noite. O Menino Fantasma ficou aparecendo e desaparecendo durante anos. Mais tarde, tornou-se apenas uma lembrança para Matt, um personagem a quem ele se referia no pretérito. Com o passar do tempo, Erica e eu percebemos que o menino era uma criatura problemática, alguém digno de pena. Matthew sacudia a cabeça quando nos falava das ineptas tentativas que o menino fazia de voar e que só serviam para levantá-lo alguns centímetros do chão. O tom de Matt era estranhamente superior. Ele falava como se ele, Matthew Hertzberg, ao contrário daquele ser imaginário, voasse regularmente pelos céus da cidade de Nova York com um grande e eficiente par de asas.

O Menino Fantasma ainda estava ativo quando Violet defendeu sua tese de doutorado, em maio. Ela e Erica passavam horas discutindo que roupa Violet deveria usar na ocasião. Quando, uma vez, eu as interrompi para dizer que as bancas de doutorado nunca reparavam nas roupas que os candidatos estavam usando, Erica me cortou. "Você não é mulher. Você não sabe de nada." Violet acabou optando por uma saia de talhe conservador, uma blusa e sapatos de salto baixo, mas por baixo pôs um espartilho de barbatana de baleia que alugara de uma loja de fantasias no Village. Antes de ir para sua defesa, Violet apareceu à nossa porta para desfilar para nós. "O espartilho é para me dar sorte", disse ela, dando uma voltinha diante de mim e de Erica. "Faz com que eu me sinta mais perto das minhas histéricas, mas também me aperta nos lugares certos." Olhou para a própria barriga e acrescentou: "Fiquei meio gorda depois de passar esses meses todos com o bumbum grudado numa cadeira".

"Você não está gorda, Violet", disse Erica. "Você está voluptuosa."

"Eu estou gorducha e você sabe muito bem disso." Violet deu um beijo em Erica e outro em mim. Cinco horas depois, voltou vitoriosa. "Isso deve servir para alguma coisa", disse, referindo-se ao título de doutora. "Sei que não existem empregos para mim aqui na cidade. Na semana passada, um amigo me disse que no país inteiro só há três vagas para professor de História da França. Estou fadada ao desemprego. Acho que vou acabar me transformando num daqueles motoristas de táxi hipercultos e verborrágicos que rodam pela cidade cantarolando árias de Puccini ou citando Voltaire para os coitados dos passageiros, que ficam o tempo todo rezando para eles calarem a boca e dirigirem direito."

Violet não virou motorista de táxi, mas também não arranjou emprego de professora. Um ano depois, a editora da Universidade de Minnesota publicaria *Histeria e sugestão: obediência, rebeldia e doença no hospital Salpêtrière*. Os empregos como professora universitária que Violet poderia ter conseguido eram em lugares remotos como Nebraska ou Georgia, e ela não queria sair de Nova York. Um museu espanhol de arte contemporânea comprara as três peças grandes de Bill sobre histeria, e várias das peças menores foram vendidas a colecionadores. As preocupações financeiras dele se dissiparam, pelo menos por algum tempo. No entanto, bem antes de seu primeiro livro ser publicado, Violet começou a fazer pesquisa para um segundo livro, sobre outra epidemia cultural. Decidira escrever sobre distúrbios alimentares. Embora tivesse exagerado um pouco ao se dizer gorducha, era verdade que suas curvas generosas começavam a fazer lembrar as das estrelas de cinema mais rechonchudas do meu tempo de juventude. Ela sabia que seu corpo estava fora de moda, principalmente em Manhattan, onde a magreza era uma condição indispensável para uma pessoa ser realmente chique. O trabalho de Violet inevitavelmente girava em torno de suas paixões particulares, e a comida era uma delas. Ela cozinhava muito bem e comia com gosto — muitas vezes lambuzando-se no processo. Quando eu e Erica almoçávamos ou jantávamos com Bill e Violet, a refeição quase sempre terminava com Bill passando um guardanapo delicadamente no rosto de Violet para remover pedacinhos de comida ou manchas de molho.

Violet demoraria anos para escrever aquele livro, que acabaria sendo muito mais do que um estudo acadêmico frio. Ela incumbira-se da missão de desvendar os mistérios do que chamava de "histerias invertidas". "Hoje em dia, as moças *criam* limitações", dizia Violet. "As histéricas queriam rompê-las. As anoréxicas inventam limitações." Violet mergulhou fundo em documentos históricos. Estudou a vida dos santos que se privavam dos alimentos terrenos para, em suas visões, provarem o alimento celestial do corpo de Cristo — seu sangue, o pus de suas feridas e até seu prepúcio removido. Desencavou relatórios médicos de moças que diziam passar meses sem comer, mulheres que sobreviviam apenas do perfume das flores ou de ver outras pessoas comerem. Esquadrinhou a vida dos artistas da fome que, ao longo de todo o século XIX e até o início do XX, se apresentavam em cidades de toda a Europa e dos Estados Unidos. Contou-me de um homem chamado Sacco, que jejuava publicamente dentro de uma caixa de vidro em Londres, enquanto centenas de visitantes faziam fila para ver seu corpo debilitado. Violet também visitou clínicas e hospitais e entrevistou mulheres e meninas que sofriam de anorexia nervosa, bulimia e obesidade. Conversou com médicos, terapeutas, psicanalistas e editores de revistas femininas. Em seu pequeno escritório no apartamento acima do nosso, Violet acumulou fitas e mais fitas de entrevistas gravadas, e cada vez que nos encontrávamos com ela seu livro tinha ganhado um título novo e brincalhão: *Fofonas e fininhas*, *Bocas furiosas* e o meu preferido, *Moças maciças e meninas minúsculas*.

Durante o tempo em que esteve trabalhando na série *João e Maria*, Bill me convidou três ou quatro vezes para ir a seu estúdio. Na terceira visita me dei conta de repente de que o conto de fadas que Bill tinha escolhido também era sobre comida. A história inteira girava em torno da questão de comer, não comer e ser comido. Bill narrou *João e Maria* em nove trabalhos independentes. Ao longo da narrativa, as figuras e imagens cresciam gradativamente, atingindo tamanho natural apenas na última peça. O João e a Maria de Bill eram autênticas vítimas da fome, crianças desnutridas cujos membros frágeis e olhos imensos traziam à lembrança as centenas de fotografias que documentam a miséria no século XX. Bill os vestiu de jeans e suéteres de moletom rotos e tênis surrados.

A primeira peça era uma caixa, de cerca de sessenta centímetros de largura, que fazia lembrar uma casa de boneca — com uma das paredes levantada para que se pudesse ver a caixa por dentro. As figuras recortadas de João e Maria encontravam-se no alto de uma escada. Abaixo delas, viam-se duas outras figuras também recortadas: um homem e uma mulher sentados num sofá, diante de uma televisão bruxuleante — sua luz pulsante vinha de uma pequena lâmpada escondida atrás da pintura. Não consegui enxergar o rosto do homem. Suas feições estavam encobertas por sombras, mas o rosto da mulher, virado na direção do marido, parecia uma máscara rígida. Os quatro personagens tinham sido desenhados com tinta preta (num estilo que me fazia lembrar o da história em quadrinhos de Dick Tracy) e colocados no interior da casa, que fora pintada com cores.

As três peças seguintes eram pinturas, todas elas com molduras pesadas e douradas no estilo das que se vêem em museus. Cada tela era um pouco maior do que a que a precedia. As cores e o estilo das pinturas a princípio me fizeram lembrar os de Friedrich, mas depois me dei conta de que se assemelhavam mais aos das românticas paisagens americanas de Rider. A primeira pintura mostrava as crianças bem de longe, depois de acordarem na floresta e descobrirem que seus pais tinham sumido. As figuras minúsculas agarravam-se uma a outra sob uma lua lúgubre e distante, cuja luz fria se refletia nas pedrinhas deixadas por João. Na tela seguinte, Bill pintou outra paisagem focalizando o chão da floresta. Uma longa trilha de pedaços de pão reluzia palidamente, como uma fileira de tubérculos, sob um céu de um azul muito escuro, quase negro. Nessa tela mal dava para ver as crianças, que dormiam uma ao lado da outra como meras sombras no chão. No terceiro quadro, Bill pintou pássaros em vôos rasantes em direção às migalhas de pão, enquanto um tênue sol dourado nascia por detrás das árvores. Não havia sinal de João e Maria.

Para representar a casa feita de doces, Bill trocou as telas emolduradas por uma tela maior, no formato de uma casa. As crianças eram duas figuras recortadas presas ao telhado. Bill pintou a casa e as crianças com pinceladas largas e agressivas, usando cores bem mais vivas do que as que usara nas peças anteriores. As duas crianças famintas e abandonadas estavam escarrapachadas em cima da casa e se empanturravam com visível prazer. João comprimia a palma da mão contra a boca, entupindo-se de chocolates. Os olhos de Maria se apertavam de satisfação, enquanto ela dava uma dentada num caramelo Tootsie Pop. Todos os doces da casa eram reconhecíveis. Alguns eram pintados. Outros eram caixas e embalagens de guloseimas reais que Bill colara na superfície da casa — barras de chocolate Chuckles e Hershey, Sweetarts, Jujyfruits, Kit Kats e Almond Joys.

A bruxa só aparecia na sexta peça, que também era uma pintura. Em outra tela no formato de casa, pintada com cores mais discretas do que a anterior e desta vez mostrando o interior da casa, uma velha se debruçava sobre o menino e a menina adormecidos, cujos rostos tinham a aparência ditosa e inchada dos rostos de glutões saciados. Perto das três figuras via-se uma mesa repleta de louças sujas. Bill pintara migalhas de pão e restos de hambúrguer, além de riscas vermelhas de ketchup no fundo dos pratos. O ambiente daquela sala era tão banal e melancólico quanto o da sala de qualquer outra casa americana, mas fora pintado com uma energia que me fazia lembrar Manet. Mais uma vez, Bill acrescentou uma televisão e, na tela, pintou a imagem de um anúncio de manteiga de amendoim. A bruxa estava usando um sutiã sujo e uma meia-calça cor de pele, através da qual podiam-se ver os pêlos pubianos achatados e a barriga mole e intumescida. Os seios murchos detrás do sutiã e as duas pregas de pele frouxa em volta da cintura eram coisas desagradáveis de se ver, mas o rosto era verdadeiramente monstruoso. Desfigurados de ódio, os olhos pareciam querer saltar das órbitas por detrás das lentes grossas dos óculos. A boca aberta parecia algo de gigantesco e deixava à mostra dentes recobertos de reluzentes obturações prateadas. Na bruxa de Bill, o horror literal do conto de fadas se concretizava. A mulher era uma canibal.

Na sétima peça, Bill trocou de formato novamente. Dentro de uma gaiola de ferro de verdade, pôs um João feito de tela recortada. A imagem plana do garoto pintado estava posta de quatro no chão da gaiola e, quando olhei através da grade, notei que João estava bem mais gordo do que em suas encarnações anteriores. Suas roupas velhas estavam apertadas, e sua barriga pulava para fora da calça jeans desabotoada. No fundo da gaiola havia um osso de galinha de verdade, um ossinho da sorte limpo, seco e esbranquiçado. A oitava peça mostrava Maria de pé diante de um fogão. A menina fora feita em papel grosso e depois recortada, e fazia lembrar a Maria em estilo de história em quadrinhos da primeira peça, só que estava bem mais gorduchinha. Bill pintara os dois lados da menina de papel, as costas e a frente, pois a figura era para ser vista tanto de um lado como do outro. O fogão à sua frente era um fogão de verdade, e a porta do forno estava aberta. Dentro, porém, não havia um cadáver assado. A parte de trás do forno fora retirada, e ali só se via a parede branca atrás do fogão.

A última peça mostrava duas crianças bem nutridas saindo por uma porta recortada numa enorme tela retangular — três metros de largura por cerca de dois e quinze de altura. Não mais uma casa feita de doces, a estrutura era agora um rancho clássico, tomado de empréstimo da paisagem de centenas de subúrbios americanos, que fora pintado de forma a fazer lembrar uma fotografia colorida desbotada. Em volta da tela, Bill pôs uma moldura branca e estreita, como as bordas brancas de fotografias antigas. Em suas mãos planas, as crianças seguravam uma corda de verdade. Cerca de meio metro à frente delas, havia uma escultura tridimensional de um homem, em tamanho natural. Ele estava ajoelhado no chão, segurando a outra ponta da corda, e parecia estar puxando as crianças em sua direção e para fora da história. Perto dos seus pés havia um machado de verdade. A figura do pai fora pintada inteiramente de azul. Por cima do azul, cobrindo-lhe o corpo com letras brancas, estava a história completa de "João e Maria". "Perto de uma enorme floresta, morava um pobre lenhador com sua mulher e seus dois filhos. O menino chamava-se João e a menina, Maria."

Palavras de resgate, pensei comigo quando vi o texto escrito no corpo do homem. O que exatamente isso queria dizer eu não sabia, mas pensei assim mesmo. Um dia depois de ver a série *João e Maria* já acabada, sonhei que levantava o braço e descobria palavras escritas em minha pele. Não sabia como aquelas palavras tinham aparecido ali e não conseguia lê-las, mas podia identificar os substantivos, porque estavam escritos com letras maiúsculas. Tentei apagar as letras esfregando o braço, mas elas não saíam. Quando despertei, pensei que aquele sonho devia ter sido inspirado pela figura paterna de Bill, mas então lembrei da imagem da mulher com letras que sangravam e das marcas rosadas que o nome de Violet tinha deixado em sua pele. "João e Maria" era uma história sobre fome, fartura e medos infantis, mas o trabalho de Bill, com suas crianças esqueléticas, tinha desencavado outra associação em minha mente adormecida — os substantivos com iniciais maiúsculas da primeira língua que aprendi tinham se metamorfoseado nos números que eram marcados nos braços das pessoas quando elas chegavam aos campos nazistas. Meu tio David foi o único membro de minha família que viveu o bastante para ser marcado com um número. Fiquei um tempo enorme acordado na cama, ouvindo Erica respirar. Depois de mais ou menos uma hora, saí do quarto sem fazer barulho, fui até minha mesa e apanhei a foto de casamento de David e Marta, que eu guardava na gaveta da mesa. Às quatro da manhã, a Greene Street estava espantosamente silenciosa. Fiquei examinando a foto, ouvindo de vez em quando o ronco de caminhões descendo pela Canal. Estudei o vestido elegante de Marta, que terminava na altura do tornozelo, e o terno de meu tio. David foi um homem mais bonito do que meu pai, mas eu notava semelhanças entre os dois, principalmente no formato do queixo e da testa. Guardo uma única lembrança de meu tio. Estou andando ao lado de meu pai e nós vamos nos encontrar com David. Estamos num parque, e o sol que atravessa a copa das árvores forma desenhos de luz e sombra na grama. Estou olhando com atenção para a grama quando, de repente, tio David aparece, me agarra pela cintura e me levanta bem alto. Lembro-me do prazer de voar lá para cima e depois descer, e da admiração que sentia pela força e pela confiança de David. Meu pai queria que ele fosse embora da Alemanha junto com a gente. Não me lembro de eles terem discutido naquele dia, mas sei que houve muitas brigas entre os dois e que David se recusou até o fim a deixar o país que amava.

Quando foram expostas, as peças da série *João e Maria* causaram um rebu. O grande responsável pelo tumulto foi Henry Hasseborg, que escreveu um artigo para o DASH: *The Downtown Arts Scene Herald* com a manchete: A VISÃO MISÓGINA DE UM GOSTOSÃO DO CENÁRIO ATUAL. Hasseborg começava o texto acusando Bill de adotar "o visual másculo e despojado dos expressionistas abstratos para aliciar colecionadores europeus cheios de grana". Depois, apedrejava o trabalho de Bill chamando-o de "ilustração fácil" e caracterizando-o em seguida como "a mais patente expressão artística do ódio às mulheres já vista em nossa história recente". Em três compactas colunas de texto, Hasseborg exalava, destilava e cuspia veneno. O artigo era ilustrado por uma enorme fotografia de Bill com óculos escuros e pinta de galã de cinema. Bill ficou atônito. Violet chorou. Erica descreveu o artigo como um exemplo de "ódio narcísico", e Jack ironizou: "Imagine aquele homenzinho calhorda posando de feminista. E ele vem me falar de aliciamento!".

Na minha opinião, Hasseborg já estava esperando havia algum tempo o momento certo para dar o bote. Quando aquele artigo veio a público, Bill já tinha recebido atenção suficiente para inspirar um ressentimento profundo em certas pessoas. A inveja e a crueldade inevitavelmente acompanham a fama, por menor que seja. Não importa onde ela surja — nos pátios das escolas, nas bolsas de valores, nos corredores das universidades ou entre as paredes brancas de uma galeria. No mundo lá fora, o nome William Wechsler significava muito pouco, mas no círculo incestuoso dos colecionadores e dos museus de Nova York, a reputação de Bill estava ganhando visibilidade, e até um ligeiro sucesso já era suficiente para exasperar tipos como Henry Hasseborg.

No decorrer dos anos, Bill volta e meia inspiraria ódio em pessoas que não o conheciam, e cada vez que isso se repetia ele ficava surpreso e magoado. Seu rosto bonito era como uma praga, mas a praga maior era mesmo o fato de que os estranhos, geralmente sob a forma de jornalistas, conseguiam mais ou menos intuir seu código de honra, aquela firmeza de caráter enlouquecedora que não admitia concessões. Para alguns, quase sempre europeus, isso fazia dele uma espécie de figura romântica

— um gênio misterioso e fascinante. Para outros, quase sempre americanos, as convicções inabaláveis de Bill eram como um tapa na cara, um sinal evidente de que ele não era "um sujeito como outro qualquer". A verdade é que Bill não expunha boa parte do que produzia. Suas exposições eram o resultado de rigorosas purgações, durante as quais joeirava seu trabalho, separando apenas o que considerava essencial. O resto, Bill escondia. Alguns desses trabalhos ele encarava como fracassos; outros, como redundâncias; e outros ainda, como peças únicas e isoladas, o que queria dizer que não podiam ser expostas como parte de um grupo. Embora Bernie vendesse alguns dos trabalhos nunca expostos mostrando-os a compradores na sala dos fundos de sua galeria, Bill simplesmente guardava para si boa parte deles. Não precisava do dinheiro, ele me dizia, e gostava de ter suas pinturas, caixas e esculturas por perto, "como velhos amigos". Diante disso, a acusação de Hasseborg de que Bill adotara uma imagem com o objetivo de agradar os colecionadores era risível, mas brotava de uma necessidade urgente. Para Henry Hasseborg, admitir que existiam artistas que não eram movidos por uma ânsia vaidosa de fazer suas carreiras deslancharem a qualquer custo seria o mesmo que assinar em baixo de seu próprio aniquilamento. Os riscos eram altos demais, e o tom do artigo dava uma mostra do desespero do homem.

Após o artigo ter sido publicado, pedi a Bernie que me contasse mais sobre Hasseborg. Acabei descobrindo que, antes de se tornar escritor, Hasseborg fora pintor. Segundo Bernie, ele produzia nebulosas telas semi-abstratas que ninguém queria e, depois de gramar durante alguns anos, terminou abandonando a profissão e lançando-se como crítico de arte e romancista. No início da década de 1970, Hasseborg publicou um livro sobre um traficante de drogas do Lower East Side que, entre uma transação e outra, medita sobre a situação do mundo. O livro recebeu algumas resenhas elogiosas, mas nos dez anos que já haviam se passado desde sua publicação, Hasseborg não conseguira concluir outro romance. Escrevera, no entanto, diversos artigos críticos, e Bill não era sua primeira vítima. Nos anos 70, Bernie montara uma exposição de uma artista chamada Alicia Cupp. Suas esculturas delicadas de corpos fragmentados envoltos em pedaços de renda tinham vendido muito bem na Weeks Gallery. No outono de 1979, Hasseborg arrasou o trabalho dela numa resenha que escreveu para a *Art in America*. "A Alicia sempre foi uma pessoa superfrágil", Bernie me contou, "mas aquele artigo acabou com ela. Ela passou um tempo em Bellevue, depois fez as malas e se mandou para o Maine. A última notícia que tive dela foi que estava vivendo enfurnada numa cabana com trinta gatos. Liguei para ela uma vez e perguntei se não queria pôr alguns trabalhos à venda na minha galeria. Cheguei até a dizer que ela não precisaria vir a Nova York. Sabe o que ela me disse? 'Eu não faço mais essas coisas, Bernie. Eu parei'."

A reviravolta indesejada da história, no caso específico de Bill, foi que o veneno de Hasseborg inspirou três outros artigos sobre *João e Maria* — um igualmente hostil e os outros dois bastante elogiosos. Um dos artigos positivos saiu na *Artforum*, uma revista mais importante do que a *DASH*, e a controvérsia toda acabou atraindo cada vez mais visitantes à galeria. Eles vinham para ver a bruxa. Fora a bruxa de Bill que, aparentemente, despertara a ira de Hasseborg. Sua meia-calça o tinha ofendido de tal forma que Hasseborg dedicou um parágrafo inteiro e ela e aos pêlos pubianos que deixava entrever. A mulher que escreveu a resenha para a *Artforum* continuou o debate em torno da meia-calça escrevendo três parágrafos em que defendia o uso que Bill fizera da peça de roupa. Depois disso, vários artistas que Bill nunca tinha visto na vida telefonaram para ele oferecendo solidariedade e elogiando seu trabalho. Não era essa a intenção de Hasseborg, mas ele empurrou a bruxa de Bill para o centro da cena, e ela, por sua vez, lançou seu feitiço sobre o mundo da arte por meio da mágica da controvérsia.

A bruxa ressurgiu numa conversa na tarde de um sábado de abril. Quando Violet bateu na porta, eu estava sentado à minha mesa, examinando uma enorme reprodução de um trabalho de Giorgione — a pintura em que Judite está com o pé sobre a cabeça cortada de Holofernes. Depois de deixar em minha mesa um livro que havia pegado emprestado, Violet pôs a mão em meu ombro e se inclinou para examinar a imagem mais de perto. Com o pé descalço sobre a cabeça do homem que acabara de decapitar, Judite parece sorrir, ainda que muito de leve. A cabeça sem corpo também está quase sorrindo, como se compartilhasse com a mulher um segredo que ninguém mais conhece.

"Holofernes dá a impressão de que gostou de ser assassinado", comentou Violet. "A imagem não transmite um pingo de violência, não é?"

"É. Para mim, ela transmite erotismo. Sugere a quietude depois do sexo, o silêncio da satisfação."

Violet deslizou a mão por meu braço. O gesto de intimidade era natural para ela, mas eu me senti subitamente sensível ao toque de seus dedos através da minha camisa. "Você tem razão, Leo. É claro que você tem razão."

Violet andou até a lateral da mesa e se debruçou sobre ela. "A Judite jejuava, não jejuava?" Passou o dedo pelo corpo esguio de Judite e acrescentou: "É como se os dois estivessem misturados, não é, fundidos um no outro? Imagino que sexo seja isso". Violet virou a cabeça para o lado. "A Erica saiu?"

"Ela foi fazer umas compras com o Matt."

Violet puxou uma cadeira e sentou à minha frente. Pegou o livro e virou a imagem para si. "É, ele parece ter conseguido captar isso aqui. É uma coisa muito misteriosa, essa coisa da mistura."

"Isso é uma idéia nova?"

"Na verdade, não. Comecei a pensar nisso porque estava procurando uma maneira de falar da ameaça que as anoréxicas sentem do mundo externo. Essas meninas estão misturadas demais — não sei se dá para entender o que eu quero dizer. Elas têm dificuldade de separar as necessidades e os desejos das outras pessoas das suas próprias necessidades e desejos. Depois de algum tempo, acabam se rebelando e se fechando. Querem fechar todas as suas aberturas de modo que nada nem ninguém possa entrar. Mas a mistura é a forma como o mundo funciona. O mundo passa através da gente — a comida, os livros, as imagens, as outras pessoas." Violet apoiou os cotovelos na mesa e franziu a testa. "Quando a gente é jovem, eu acho que é mais difícil saber o que se quer, quanto das outras pessoas a gente está disposta a absorver. Quando estava morando em Paris, eu experimentava idéias novas a meu respeito como se estivesse experimentando vestidos. Estava sempre reinventando quem eu era. Pesquisar as histórias daquelas moças no hospital me deixava ansiosa e inquieta. Eu costumava sair andando sem rumo pelas ruas no final da tarde, parando aqui e ali para tomar um café. Um dia, conheci um rapaz chamado Jules num café. Ele me disse que tinha acabado de sair da prisão — naquele mesmo dia. Disse que tinha cumprido pena de oito meses por uma acusação de extorsão. Eu achei aquilo muito interessante e perguntei sobre a prisão, como era viver lá dentro. Ele me disse que era horrível, mas que tinha lido muito, trancado em sua cela. Ele era um cara muito bonito, tinha grandes olhos castanhos e aqueles lábios macios dos franceses, sabe, daquele tipo que parece meio amassado, como se eles estivessem sempre beijando. Enfim, fiquei caidinha por ele. Ele tinha a idéia bizarra de que eu, Violet Blom, era uma espécie de jovem doidivanas americana, uma *femme fatale* do século XX à solta em Paris. Era tudo uma grande bobagem, mas eu gostei. Sempre que estava com ele, eu ficava me observando como se eu fosse uma personagem de um filme."

Violet tirou a mão de cima da minha mesa e apontou para sua direita. "Olha, lá está ela, num café com ele. A cena está bem iluminada, mas um pouco turva, para que ela fique parecendo mais bonita. Uma música brega toca ao fundo. Ela se vira para ele e lança um olhar irônico, distante, indecifrável." Violet bateu palmas. "Corta!" Olhou para o outro lado da sala e apontou. "Lá está ela novamente. Tingindo os cabelos na pia. Vai virar o rosto. A Violet já não existe mais. Agora ela é V. V., a loura platinada, que sai para a noite para se encontrar com Jules."

"Você pintou o cabelo de louro?"

"Pintei. E você sabe o que o Jules disse quando viu o meu cabelo novo?"

"Não."

"Ele disse: 'Você está parecendo uma garota que precisa tomar aulas de piano'."

Caí na gargalhada.

"Você pode achar engraçado, Leo, mas foi assim que a coisa começou. O Jules me recomendou um professor."

"Você está me dizendo que de fato teve aulas de piano só porque ele disse que você estava precisando?"

"A brincadeira era essa. Era um desafio e uma ordem ao mesmo tempo — uma coisa muito sexy. E por que não ter aulas de piano? Fui então ao tal do apartamento no Marais. O nome do homem era Renasse. Ele tinha um monte de plantas em casa, arbustos enormes, pequenos cáctus espinhentos e várias samambaias — uma verdadeira selva. Assim que entrei, tive a sensação de que tinha alguma coisa estranha acontecendo, mas não conseguia descobrir o que era. *Monsieur* Renasse era um homem teso e bem-educado. Nós começamos do início. Acho que fui a única criança americana que nunca estudou piano. Eu tocava bateria. Enfim, toda terça-feira, lá ia eu para a casa de *Monsieur* Renasse; fiz isso durante um mês. Aprendi a tocar algumas musiquinhas. Ele era sempre *très correct*, tão correto que chegava a ser chato, mas mesmo assim, quando me sentava do lado dele, eu sentia o meu corpo de um jeito tão intenso, que era como se não fosse meu. Meu peito parecia grande demais. Minha bunda ocupava espaço demais no banco. Meu novo cabelo platinado parecia em chamas. Enquanto tocava, eu apertava minhas coxas com força uma contra a outra. Na terceira aula, ele estava um pouco mais bravo do que de costume e me deu umas duas ou três broncas. Mas foi na quarta aula que ele ficou realmente zangado. Parou de repente e gritou: '*Vous êtes une femme incorrigible*'. E aí ele agarrou o meu dedo indicador assim." Violet se debruçou sobre a mesa, pegou minha mão e depois meu dedo e o apertou com força. Levantou-se, ainda apertando meu dedo, e se inclinou sobre mim. Com a boca quase encostada em meu ouvido, disse: "E aí ele sussurrou assim". Com uma voz muito baixa e rouca, Violet disse: "Jules".

Violet largou meu dedo e voltou para a cadeira. "Fui embora correndo daquele apartamento. Quase derrubei um limoeiro." Ficou em silêncio por alguns segundos e depois continuou: "Sabe, Leo, muitos homens já tentaram me seduzir. Eu já estava acostumada com essas coisas. Mas aquilo foi diferente. Aquele homem me assustou, porque a coisa toda tinha a ver com se misturar".

"Não sei se estou entendendo bem."

"Quando ele apertou meu dedo, era como se fosse o Jules fazendo aquilo, entende? O Jules e *Monsieur* Renasse estavam completamente misturados um no outro. Eu fiquei com medo porque gostei. Aquilo me excitou."

"Mas pode ser também que *Monsieur* Renasse estivesse atraído por você, e você por ele, e que ele só tenha usado o Jules."

"Não, Leo", ela disse. "Eu não estava nem um pouco atraída por *Monsieur* Renasse. Eu sabia que era o Jules que estava por trás daquilo. O Jules tinha armado tudo, e o que me atraiu foi a idéia de encenar uma das fantasias dele."

"Mas você já não era amante do Jules?"

"Claro, mas era só isso. E isso não era suficiente para ele. Ele queria uma terceira pessoa na jogada."

Eu não disse nada, mas tinha entendido a história melhor do que ela imaginava. Fosse o que fosse que tivesse acontecido naquele apartamento cheio de plantas, a sensação que eu tinha era que agora eu também estava incluído naquela história, que aquela corrente de energia erótica continuava circulando.

"Concluí que *mistura* é um termo chave. É melhor do que *sugestão*, que é unilateral. Explica uma coisa de que as pessoas raramente falam, porque nós nos definimos como corpos isolados e fechados que colidem uns com os outros mas que permanecem fechados. Descartes estava errado. Não é: Penso, logo existo. É: Existo porque você existe. Isso é Hegel — bom, uma versão resumida de Hegel."

"Um pouco resumida demais, eu diria."

Violet abanou a mão num gesto de desdém. "O que importa é que a gente está sempre se misturando às outras pessoas. Às vezes isso acontece de um jeito normal e bom, mas às vezes acontece de um jeito perigoso. A aula de piano é só um exemplo óbvio do que para mim é perigoso. O Bill mistura em suas pinturas. Os escritores misturam em seus livros. A gente faz isso o tempo todo. Pensa só na bruxa."

"Você está falando da bruxa do Bill?"

"Estou. 'João e Maria' é a história do Mark. É como se fosse o conto de fadas dele, a história com que ele mais se identifica. Bill pintou essa história por causa do Mark. Às vezes o Mark me diz: 'Você é a minha mãe de verdade', e aí, dois minutos depois, ele fica zangado comigo e diz: 'Você não é a minha mãe de verdade. Eu te odeio'. O que eu sei é que, sempre que estou com ele, ela está junto com a gente. Ela entra em todas as nossas brincadeiras. Ela sussurra no meu ouvido toda vez que eu falo com ele. Quando a gente desenha, ela está lá. Quando a gente brinca de montar blocos, ela está lá. Quando eu brigo com ele, ela está lá. Sempre que eu olho para o lado, ela está lá."

"Você está querendo dizer que, aos olhos do Mark, está sempre oscilando entre a mãe boazinha e a bruxa malvada?"

"Espera um pouco que eu já explico. Já faz mais de um ano que o Mark e eu brincamos sempre da mesma brincadeira quando ele sai do banho. A brincadeira se chama senhor Fremont e funciona assim: o Mark é o senhor Fremont e eu sou a empregada dele. Eu o enrolo em seu roupão, pego-o no colo e o carrego até sua cama. Depois de deitá-lo na cama, eu começo a beijar e abraçar o meu pequeno senhor. Ele finge ficar muito zangado e me despede. Eu prometo que vou ser boazinha e que nunca mais vou abraçá-lo, mas não consigo me controlar e me jogo em cima dele e começo a beijá-lo e abraçá-lo de novo. Ele então me despede novamente. Eu imploro que ele me dê outra chance. Fico de joelhos. Finjo que estou chorando. Ele me perdoa e a brincadeira começa outra vez. O Mark seria capaz de passar o dia inteiro brincando disso."

"Isso tudo está enigmático demais, Violet."

"É a Lucille, você não vê? É a Lucille."

"A brincadeira...", eu ia dizendo devagar.

"É uma brincadeira de misturar. Ele me rejeita, me manda embora e depois me aceita de volta e tudo começa outra vez. Ele tem o controle. Na brincadeira, eu faço o papel do Mark. E ele faz o papel..."

"Da mãe dele", completei.

"Exatamente", disse Violet. "A Lucille vai sempre estar entre nós."

Um mês depois dessa conversa me vi sozinho com Lucille. Não tínhamos mantido contato durante o ano que ela passara em Houston e, depois que ela voltou à cidade no outono, nossos encontros se limitaram a cumprimentos fortuitos ou breves conversas no corredor quando ela vinha apanhar Mark em nossa casa. As histórias de Violet sobre "mistura" na pintura de Giorgione, nas suas aulas de piano e na brincadeira do senhor Fremont têm uma curiosa ligação com o que se passou entre mim e Lucille. Cheguei a pensar que, embora ela e eu fôssemos as únicas pessoas presentes na sala naquela noite, nós não estávamos realmente sozinhos.

A história começa no início de uma noite de sábado. Erica e eu tínhamos ido a uma grande festa na Wooster Street oferecida pelos patrocinadores de um grupo de teatro do Village. Quando a vi pela primeira vez, Lucille estava conversando animadamente com um rapaz muito jovem, provavelmente de uns vinte e poucos anos. Prendera o cabelo no alto da cabeça, revelando o pescoço esguio, e usava um vestido cinza, muito mais bonito do que qualquer outra roupa que eu já tinha visto nela. Reparei que, enquanto conversava com o rapaz, Lucille volta e meia apertava o braço dele de um jeito enfático e surpreendentemente enérgico. Procurei seu olhar, mas ela não me viu. Era um daqueles eventos abarrotados de gente, durante os quais só se consegue travar conversas dispersas e as luzes são fracas demais para que se possa enxergar qualquer pessoa direito. Depois de algum tempo, perdemos Lucille de vista.

Estávamos na festa havia mais ou menos meia hora quando Erica me cutucou e disse: "Está vendo aquele garoto ali?".

Virei. Do outro lado da sala, vi um rapaz alto e magro, com óculos grossos de aro preto e cabelos louros espetados no alto da cabeça, num penteado que fazia lembrar as fibras de uma vassoura de piaçava. O garoto estava rondando a mesa do bufê. Vi sua mão se esgueirar rapidamente na direção de um prato. Agarrou um punhado de palitos de biscoito e enfiou-os nos bolsos de sua comprida capa de chuva — uma roupa inadequada para uma noite quente de primavera, sem chuva. Passados alguns minutos, o rapaz já tinha malocado brioches, cachos de uva, dois queijos inteiros e pelo menos duzentos gramas de presunto em diferentes bolsos de sua capa. Aparentemente satisfeito com seu espólio e com o corpo cheio de protuberâncias, o rapaz começou a andar em direção à porta.

"Vou falar com ele", disse Erica.

"Não, não faça isso, você vai deixá-lo envergonhado", pedi.

"Eu não vou dizer para ele devolver a comida. Só quero descobrir quem ele é."

Pouco tempo depois, Erica me apresentou a Lazlo Finkelman. Quando o cumprimentei, ele balançou a cabeça bem de leve, como se sua garganta estivesse apertada. Reparei que sua capa estava abotoada até o queixo e que ele parecia ter armazenado comida também na área em volta do pescoço. Lazlo não ficou para conversar. Nós o vimos arrastar-se até a porta e depois sumir.

"Esse menino está passando fome, Leo. Ele só tem vinte anos. Mora no Brooklyn, em Greenpoint. É alguma espécie de artista. Ele se alimenta pilhando mesas de *happy hour* e entrando de penetra em festas como esta. Eu o convidei para jantar com a gente na semana que vem."

"Ele deve conseguir sobreviver pelo menos um mês da feira que fez hoje."

"Eu peguei o telefone dele", disse Erica. "Vou ligar para garantir que ele vá."

Quando estávamos a caminho da porta, vimos Lucille de novo. Estava sozinha e com o corpo encostado na parede, como se fosse cair. Erica foi até ela.

"Lucille? Você está bem?", perguntou.

Lucille levantou o rosto, olhou para Erica e depois para mim. "Leo", disse. Seus olhos reluziam e seu rosto tinha uma suavidade que eu nunca vira antes. As articulações de seu corpo normalmente rígido pareciam frouxas como as de uma marionete, e, enquanto estávamos parados diante dela, seus joelhos se vergaram e ela começou a escorregar parede abaixo. Erica a segurou.

"Cadê o Scott?", Lucille perguntou.

"Eu não sei quem é Scott", disse Erica, num tom gentil. Depois, virando-se para mim, disse: "Ele deve ter ido embora. A gente não pode deixá-la aqui. Ela bebeu demais".

Erica foi sozinha a pé para a Greene Street para liberar Grace de suas responsabilidades de *baby-sitter*. Chamei um táxi e acompanhei Lucille até sua casa, que ficava na parte leste da rua 3, entre as avenidas A e B. Quando começou a vasculhar a bolsa à procura das chaves na escada do seu prédio, Lucille já estava um pouquinho mais sóbria. Embora seus gestos flácidos ainda estivessem atrasados em relação à sua vontade, notei que um véu de autocontrole voltava às suas feições, enquanto ela pelejava para enfiar a chave no buraco da fechadura. O silêncio do pequeno apartamento sem corredor, no segundo andar do edifício, só era quebrado por uma torneira gotejante em algum cômodo escondido. Havia várias peças de roupa jogadas em cima do sofá, uma imensa pilha de folhas de papel sobre a mesa e brinquedos espalhados pelo chão. Lucille desabou em cima do sofá e olhou para mim. Seu penteado tinha se desmanchado e longas mechas de cabelo lhe caíam pelo rosto avermelhado.

"O Mark está com o Bill hoje?", perguntei.

"Está." Ela passou a mão pelo cabelo de um jeito meio hesitante, como se não soubesse bem o que fazer com ele. "Você foi muito gentil me trazendo para casa", disse.

"Você está melhor?", perguntei. "Quer que eu traga alguma coisa para você?"

Com um gesto abrupto, ela segurou meu pulso. "Fica mais um pouco", pediu. "Por favor, fica."

Eu não estava exatamente louco para ficar. Já passava da meia-noite e a barulheira da festa tinha me deixado cansado, mas me sentei ao lado dela. "A gente ainda não conversou direito desde que você voltou do Texas", comentei. "Você conseguiu conhecer algum caubói?"

Lucille sorriu. O álcool lhe fazia bem, pensei, pois o efeito da bebida continuava relaxando suas feições, e ela me sorriu de um jeito bem menos inibido que o de costume. "Não", respondeu. "A coisa mais próxima de um caubói que conheci foi o Jesse. De vez em quando ele usava um chapéu de caubói."

"E quem era esse Jesse?"

"Era um aluno meu, mas depois virou também meu namorado. Começou quando eu fiz umas alterações nos poemas dele. Ele não gostou nem um pouco das minhas sugestões, e a raiva dele me interessou."

"Então você se apaixonou por esse tal de Jesse?"

Lucille me olhou firme nos olhos. "O meu interesse por

ele foi muito forte. Uma vez o segui durante dois dias. Queria descobrir o que ele fazia quando não estava comigo. Eu o segui sem ele saber."

"Você achou que ele estava com outra mulher?"

"Não."

"E o que ele fazia quando não estava com você?"

"Andava de moto. Lia. Conversava com a senhoria dele, uma loura supermaquiada. Comia. Via mais televisão do que devia. Uma noite, cheguei a dormir na garagem dele. Eu gostava de espiá-lo, porque ele nunca desconfiava de nada. Fui até a casa dele, me escondi perto da janela e fiquei espiando durante um tempo, depois dormi na garagem e fui embora de manhã, antes de ele acordar."

"Deve ter sido desconfortável."

"Eu dormi numa lona que tinha lá."

"Para mim, isso parece amor", comentei. "Um amor meio obsessivo talvez, mas amor mesmo assim."

Os olhos de Lucille se apertaram, ainda fixos em mim. Seu rosto estava muito pálido, o que realçava mais as olheiras escuras. Lucille sacudiu a cabeça. "Não. Eu não estava apaixonada por ele, mas queria ficar perto dele. Uma vez, logo no início, ele me mandou embora, mas não queria realmente que eu fosse; só fez isso porque estava zangado. Mas eu fui. Depois ele veio atrás de mim e nós ficamos juntos outra vez. Meses depois, ele me mandou embora de novo. Só que dessa vez estava calmo, e eu sabia que ele estava falando sério, mas não fui embora. Fiquei lá até ele me pôr para fora."

Fiquei olhando para Lucille em silêncio. Por que será que ela estava me contando aquilo tudo? Será que estava tentando solucionar uma charada semântica — o que é o amor? —, ou estava confessando uma falta de sentimento? Por que relatava histórias extremamente pessoais, humilhantes até, como se não passassem de exercícios curiosos num livro de lógica para iniciantes? Quando olhei bem dentro de seus olhos azul-claros, descobri que sua frieza e sua impassibilidade me fascinavam e me irritavam ao mesmo tempo, e me vi dominado por uma vontade súbita de lhe dar um tapa na cara. Ou de lhe dar um beijo. Qualquer das duas coisas satisfaria a ânsia que tomou conta de mim, um desejo incontrolável de estilhaçar a frágil superfície de seu rosto imperturbável. Aproximei meu rosto do dela e Lucille respondeu imediatamente. Segurou meus ombros, me puxou para junto dela e me beijou na boca. Quando retribuí o beijo, ela enfiou a língua bem fundo em minha boca. Sua agressividade me surpreendeu, porque me pareceu atípica, mas eu já não estava mais empenhado em examinar os motivos dela nem os meus. Quando comecei a desabotoar seu vestido nas costas, Lucille deslizou a boca até meu pescoço, e eu senti sua língua e depois seus dentes mordendo minha pele. A dentada percorreu meu corpo como um leve choque, e senti que havia uma carga de violência no gesto. Lucille não queria delicadeza, ou talvez tivesse sentido desde o início que meu desejo por ela estava muito próximo da raiva. Agarrei-a pelos ombros, empurrei-a de costas no sofá, ouvi sua respiração ofegante e então olhei para seu rosto. Lucille estava sorrindo. Era um sorriso muito leve, quase imperceptível, mas eu o vi e vi também um ar de triunfo em seus olhos, me atiçando. Levantei seu vestido até a cintura e comecei a puxar a meia-calça e a calcinha. Ela me ajudou a tirá-las e chutou aquele bolo de tecido bege para o chão. Não me despi. Abri a calça, agarrei as coxas de Lucille e afastei suas pernas. Quando entrei nela, Lucille soltou um leve grunhido. Depois disso não fez muito barulho, mas enterrava os dedos com fúria em minhas costas e empurrava com força o quadril contra o meu. Enquanto eu suava e gemia em cima dela, o ar em contato com minha pele ficou quente e úmido, e pude sentir o cheiro do perfume ou talvez do sabonete de Lucille, um cheiro almiscarado que se misturava ao odor seco de poeira do apartamento. Acho que não durou muito. Lucille soltou um grito estrangulado. Gozei segundos depois e, então, lá estávamos nós de novo, sentados um do lado do outro no sofá.

Lucille se levantou e saiu da sala, enquanto eu a acompanhava com os olhos. Assim que ela saiu, o arrependimento se instalou em meu peito como uma barra de ferro. Quando ela voltou e me entregou uma toalha marrom para eu me limpar, senti um peso no corpo que nunca tinha sentido, como se eu fosse um tanque que ficou sem gasolina.

No banheiro de Lucille, lavei meu pau com sabonete. Enquanto me secava com outra toalha marrom, sentia uma fenda se abrindo entre mim e o presente, como se eu já tivesse ido embora daquele apartamento. Apenas minutos antes, eu sentira uma necessidade brutal e real de contato com Lucille. Eu tinha atendido essa necessidade e tirado prazer dela, mas o sexo já estava se transformando em algo remoto, como uma aparição do próprio ato. Quando puxei a calça para cima, me lembrei de uma frase do artista Norman Bluhm que Jack citara: "Todo homem é escravo de seu pau". As palavras ficaram girando em minha cabeça enquanto eu continuava lá parado, olhando para os cremes de limpeza de Lucille e para uma listra azul de pasta de dente que endurecera na pia.

Depois de ficar trancado no banheiro por mais tempo do que devia, voltei para Lucille, que estava sentada no sofá, com o vestido semidesabotoado. Ao vê-la, tive vontade de pedir desculpas, mas sabia que isso seria falta de tato — a admissão de um erro. Sentei ao lado dela, peguei sua mão e formulei na cabeça vários inícios de frases: Eu amo a Erica. Eu não sei o que me deu... Lucille, isso não foi... Eu acho que a gente devia conversar sobre... Cancelei cada uma daquelas frases gastas e não disse nada.

Lucille se virou para mim. "Leo". Ela falou devagar, pronunciando com cuidado cada palavra. "Eu não vou contar pra ninguém." Seus olhos mediram os meus, e, depois de ela ter dito essas palavras, seus lábios se franziram. Fiquei aliviado a princípio, embora meus pensamentos não tivessem ido ao ponto de imaginar que ela pudesse contar a outras pessoas o que tinha acontecido. No segundo seguinte, no entanto, fiquei me perguntando por que ela teria falado aquilo antes de qualquer outra coisa — que não contaria a ninguém. Por que as outras pessoas tinham surgido de repente como personagens naquele drama entre nós dois? Eu estivera tentando encontrar uma maneira de sair daquela situação sem ferir os sentimentos de Lucille e, de repente, me dei conta de que ela já estava quilômetros à minha frente e de que não queria mais nada de mim. Ela me quis naquele momento, e só naquele momento.

Falei então: "Eu amo demais a Erica. Ela é mais importante para mim do que qualquer outra coisa no mundo. Eu fui imprudente..." Parei. Lucille estava sorrindo para mim de novo, mais largamente do que antes, e não era um sorriso de satisfação nem de solidariedade. Ela parecia constrangida. Seu rosto ficou vermelho. "Desculpa", murmurei; o pedido saiu de minha boca mesmo sem eu querer. Levantei. "Você quer que eu traga alguma coisa?", perguntei. "Um copo d'água? Eu posso fazer um café." Eu estava enchendo o ar de palavras, matraqueando para que seu rubor passasse.

"Não, Leo." Lucille pegou minha mão e a examinou, virando a palma para cima. "Você tem dedos compridos e palma retangular. Num livro que eu vi uma vez, estava escrito que mãos como as suas pertencem a pessoas que têm poderes paranormais."

"No meu caso, infelizmente, o livro estava enganado."

Lucille balançou a cabeça. "Boa noite, Leo."

"Boa noite." Inclinei o corpo e lhe beijei o rosto, fazendo um esforço enorme para disfarçar o constrangimento. E então, embora quisesse sair correndo daquele apartamento, fiquei mais um pouco, dominado por uma sensação de que ainda havia alguma questão pendente entre nós. Olhei para o chão e vi um brinquedo perto dos meus pés. Reconheci o objeto vermelho e preto, porque Matt tinha vários parecidos. O brinquedo, que tinha o nome de Transformer, era um veículo que podia se transformar numa criatura robótica de aspecto mais ou menos humano. Aquele brinquedo estava no meio do caminho — metade coisa, metade homem. Num impulso, peguei-o do chão. Por alguma razão, não consegui deixá-lo como estava. Girei uma das partes para terminar a transformação. O brinquedo virou um robô completo — dois braços, duas pernas, uma cabeça e um tronco. Percebi que Lucille me observava. "Brinquedo feio", ela disse.

Concordei e pus o Transformer em cima da mesa. Nos demos boa-noite novamente e fui embora.

Quando me enfiei na cama ao lado de Erica, ela despertou por alguns segundos. "Estava tudo bem com a Lucille?", perguntou. Eu respondi que sim. Depois acrescentei que Lucille estava querendo conversar e que eu tinha ficado um pouco com ela. Erica se virou para o outro lado e voltou a dormir. Um de seus braços estava estirado por cima das cobertas, e, na penumbra do quarto, fiquei olhando para a alça fina da camisola em seu ombro. Erica jamais suspeitaria da minha traição, e a confiança que tinha em mim me doía. Se ela fosse uma mulher que duvidasse de minha lealdade, eu me sentiria menos culpado. Na manhã do dia seguinte, repeti a mentira para Erica sem pestanejar. Menti tão bem que a noite anterior pareceu se cristalizar naquilo que deveria ter sido, e não no que fora de verdade. "Eu não vou contar pra ninguém." A promessa de Lucille era o nosso elo, um elo que ajudaria a apagar a realidade do fato de eu ter transado com ela. Sentado à mesa com Erica e Matt naquele domingo de manhã, com uma cesta cheia de *bagels* à minha frente, fiquei ouvindo Matt falar sobre Ling, que pedira demissão da mercearia ao lado do nosso prédio porque arranjara outro emprego. "Acho que nunca mais vou ver o Ling", Matt estava dizendo, e, enquanto ele falava, me lembrei da dentada que Lucille dera em meu pescoço e vi de novo seus pêlos pubianos castanho-claros em contraste com sua pele branca. Lucille não queria ter um caso; disso eu tinha certeza. Mas ela quis alguma coisa de mim. Digo *alguma coisa* porque, fosse o que fosse que ela quisesse, aquilo assumira simplesmente a forma de sexo. Quanto mais eu pensava no assunto, mais aumentava minha suspeita de que aquela *alguma coisa* estava relacionada a Bill.

Depois daquela noite, passei meses sem ver Lucille, ou porque não calhava de eu estar no corredor na mesma hora em que ela entrava e saía do nosso prédio, ou porque ela parou de vir apanhar Mark com a mesma freqüência de antes — talvez tivesse feito uma combinação diferente com Bill. Algumas semanas após ter transado com ela, porém, resolvi perguntar a Bill sobre a doença de Lucille, aquela que ele mencionara numa conversa que tivemos anos antes.

A maneira direta como Bill me respondeu pareceu transformar meus anos de reticência numa tolice. "Ela tentou se suicidar", ele disse. "Eu a encontrei no quarto do dormitório com os pulsos cortados e uma poça de sangue no chão." Bill parou de falar e fechou os olhos por um instante. "Ela estava sentada no chão, com os braços estirados na frente dela, vendo o sangue jorrar dos pulsos com a maior calma do mundo. Eu a levantei, enrolei seus pulsos em toalhas e comecei a gritar por socorro. Os médicos disseram que os cortes não tinham sido muito profundos, que ela provavelmente não queria se matar de verdade. Anos depois ela me disse que tinha gostado de ficar vendo o sangue escorrer." Bill se calou de novo e então acrescentou: "Ela me disse uma coisa estranha sobre isso, disse que aquilo 'tinha autenticidade'. Ela ficou internada num hospital durante um tempo e depois foi para a casa dos pais. Eles não me deixavam vê-la. Achavam que eu era má influência. Quando fez aquilo, ela sabia que eu não estava longe, entende? Ela sabia que eu ia procurá-la. Acho que os pais dela acharam que, se eu continuasse por perto, ela podia tentar se matar de novo." Bill franziu o cenho e balançou a cabeça. "Eu ainda me sinto péssimo por causa disso."

"Mas você não teve culpa nenhuma."

"Eu sei. Mas eu me sinto péssimo porque eu gostava desse lado louco dela. Achei aquilo tudo muito dramático. Ela era muito bonita nessa época. As pessoas achavam que ela parecia a Grace Kelly. O que eu vou dizer é horrível, mas ver uma garota bonita sangrando é mais comovente do que ver uma garota sem graça sangrando. Eu tinha vinte anos e era um imbecil completo."

E eu tenho cinqüenta e cinco, pensei comigo, e ainda sou um imbecil completo. Bill se levantou e começou a andar de um lado para o outro. Enquanto o seguia com os olhos, eu me dei conta de que, se não tivesse cuidado, o segredo entre mim e Lucille inflamaria como uma ferida. E me dei conta também de que teria de manter aquele segredo para sempre. Nada de bom adviria de uma confissão, a não ser o meu próprio alívio.

“A Lucille vai sempre estar entre nós”, dissera Violet. Talvez fosse exatamente isso que Lucille quisesse.

Depois de ter passado um mês inteiro adiando, Lazlo Finkelman finalmente veio jantar conosco. Boa parte do prazer que Erica sentiu com sua companhia naquela noite proveio simplesmente de vê-lo comer. Lazlo deglutiu montanhas de purê de batata, seis pedaços de galinha e porções menores mas também significativas de cenoura e brócolis. Depois de ter consumido três fatias de torta de maçã, Lazlo parecia pronto para conversar. Mas conversar com ele era como subir uma ladeira íngreme. Ele era de um laconismo quase perverso; respondia a nossas perguntas com monossílabos ou frases que evoluíam com tanta lentidão que eu ficava entediado antes que ele conseguisse terminá-las. Mesmo assim, quando Lazlo se levantou para ir embora, nós já tínhamos conseguido descobrir que ele crescera em Indianápolis e que ficara órfão. O pai morrera quando ele tinha nove anos e a mãe, sete anos depois. Aos dezesseis anos, ele fora morar com uma tia e um tio, que eram pessoas, em suas palavras, “legais”. Aos dezoito, porém, decidira se mandar para Nova York para “fazer arte”.

Lazlo já tivera diversos empregos. Trabalhara como ajudante de garçom, balconista de uma loja de ferragens e entregador. Num período de desespero, chegara a catar garrafas na rua para trocá-las por dinheiro. Nessa época, trabalhava como caixa numa lanchonete do Brooklyn com o nome duvidoso de La Bagel Delight. Quando lhe perguntei sobre sua arte, Lazlo na mesma hora sacou slides de dentro da bolsa. Seu trabalho me fazia lembrar os Tinkertoys que minha mãe comprou para mim pouco depois de chegarmos a Nova York. Enquanto estudava aquelas esculturas de formatos bizarros me dei conta de repente de que elas pareciam genitálias, tanto masculinas como femininas.

"Os seus trabalhos sempre têm uma temática sexual?", perguntou Erica. Ela estava sorrindo quando fez a pergunta, mas Lazlo aparentemente ficou imune ao seu humor. Examinando Erica por detrás de seus óculos, Lazlo balançou a cabeça com um ar grave. O cabelo espetado balançou junto com ele. "É o que eu faço", disse.

Foi Erica quem falou com Bill a respeito de Lazlo. Já fazia algum tempo que Bill vinha falando de contratar um assistente, e Erica estava convencida de que Lazlo seria "a pessoa perfeita". Eu estava um pouco mais cético com relação às qualificações do rapaz, mas Bill não conseguia resistir a um pedido de Erica, e foi então que Lazlo se tornou parte integrante de nossas vidas. Ele começou trabalhando para Bill no loft da Bowery todas as tardes. Erica o alimentava pelo menos uma vez por semana, e Matt o adorava. Lazlo não fez absolutamente nada para conquistar Matthew. Não brincava com ele, nem falava com ele muito mais do falava com a gente. Mas a aparente frieza do rapaz não desencorajou Matt. Ele trepava no colo de Lazlo, passava a mão em seu cabelo fascinante e tagarelava sem parar com o rapaz sobre a sua mais recente paixão, o beisebol. De vez em quando, Matt segurava o rosto de Lazlo com as duas mãos e lhe tascava um beijo na bochecha. Durante essas demonstrações furiosas de carinho, Lazlo permanecia impassivelmente sentado em sua cadeira, falava o mínimo possível e mantinha uma expressão invariavelmente soturna. E no entanto, observando uma noite Matt atirar os braços em volta das pernas finas de Finkelman quando os dois estavam a caminho da mesa do jantar, me ocorreu que o fato de Lazlo não oferecer resistência às investidas de Matt já era por si só uma forma de afeição. Aquilo era simplesmente o máximo que ele conseguia fazer na época.

* * *

Naquele mês de janeiro, meu colega Jack Newman iniciou sua ligação com Sara Wang, uma estudante de pós-graduação que fora aluna em um de seus cursos. Ela era uma moça bonita de olhos castanhos e cabelos pretos que caíam até o meio das costas. Já tinha havido outras antes dela — como Jane, Delia e Tina, uma moça de mais de um metro e oitenta e cinco de altura, cujo apetite sexual era aparentemente tão grande quanto ela. Jack se sentia sozinho. Seu livro *Urinóis e sopas Campbell,* no qual vinha trabalhando havia cinco anos, não era suficiente para preencher as noites que passava em seu amplo apartamento na Riverside Drive. Os casos amorosos de Jack nunca duravam muito. Seus objetos de amor não eram necessariamente mulheres bonitas, mas sempre mulheres inteligentes. Uma vez ele me contou com certa tristeza que nunca tinha conseguido levar uma mulher burra para a cama. Porém mesmo as mulheres bonitas logo se cansavam de Jack. Imagino que percebessem que ele não tinha a menor intenção de levar o relacionamento a sério, que gostava mais do jogo da sedução do que propriamente delas. Talvez acordassem de manhã, olhassem para aquele sujeito careca ao lado delas na cama e se perguntassem o que teria acontecido com o clima mágico da noite anterior. Eu não sei, mas o fato é que Jack acabava perdendo todas. Num final de tarde, atravessei o corredor na direção da sala dele. Eu tinha ficado na universidade até mais tarde para corrigir trabalhos e acabei topando com um ensaio maravilhoso sobre Fra Angelico escrito por um rapaz chamado Fred Ciccio, e queria mostrar a Jack esse trabalho. Quando pus a cara na janelinha da sala dele, flagrei Jack e Sara num amasso. A mão direita dele tinha desaparecido debaixo da blusa dela e, embora as mãos de Sara estivessem escondidas debaixo da mesa, a expressão de Jack sugeria que elas não estavam paradas. Assim que compreendi o que estava vendo, virei para o outro lado, encostei a cabeça na janela para tampar a visão e fui vitimado por um súbito e barulhento acesso de tosse, antes de bater na porta. Sara, com a blusa reabotoada mas com o rosto vermelho, fugiu assim que entrei.

Não esperei nem um segundo para começar a falar com Jack. Sentei na cadeira à sua frente e lhe passei meu sermão de praxe. Disse que sua falta de discrição poderia acabar com a carreira dele no departamento. O clima não estava nada bom para professores que seduziam alunas. Ele teria de terminar aquela relação ou escondê-la muito bem.

Jack soltou um suspiro, olhou para mim muito sério e disse: "Eu estou apaixonado por ela, Leo".

"Você também estava apaixonado pelas outras, Jack."

Ele sacudiu a cabeça. "Não, a Sara é diferente. Eu já usei essa palavra antes?"

Eu não conseguia me lembrar se Jack tinha de fato dito que estava apaixonado por Tina, Delia ou Jane. Lembrei-me de Lucille e da curiosa distinção que ela fizera entre "ter um interesse forte" e "estar apaixonada".

"Eu duvido um pouco que o amor sirva de desculpa para tudo", rebati.

No metrô, fiquei pensando no que dissera. As palavras saíram de minha boca sem hesitação — uma resposta truculenta à confissão de Jack —, mas o que exatamente eu quis dizer com aquilo? Será que era porque não acreditava no amor de Jack por Sara, ou porque acreditava? Desde que me casara, e lá se iam vários anos, eu não tinha parado nem uma única vez para me perguntar se amava Erica. Durante mais ou menos um ano depois que nos conhecemos, vivi num estado permanente de agitação por causa dela. Meu coração batia forte. A falta que eu sentia dela me deixava com os nervos tão tensos que eu quase chegava a ouvi-los zumbir. Meu apetite sumiu, e quando não estava com ela eu tinha todos os sintomas de uma crise de abstinência. Com o tempo, essa fixação foi passando, mas enquanto eu subia os degraus da escada do metrô e saía para o ar frio daquele dia cinza, me dei conta de que estava louco para vê-la. Ao entrar em casa, encontrei Erica, Grace e Matthew na cozinha. Agarrei Erica, joguei seu corpo para trás amparando-a com meu braço e lhe tasquei um beijo caprichado na boca. Grace caiu na gargalhada. Matt ficou boquiaberto, e Erica falou: "Faz de novo. Eu gostei". Fiz de novo. "Agora faz comigo, papai!", pediu Matt. Eu me agachei, inclinei Matt por cima do meu braço e beijei sua boquinha franzida. Grace achou tanta graça dessas demonstrações que puxou uma cadeira da cozinha, desabou em cima dela e ficou rindo sem parar por quase um minuto.

Foi uma coisa à toa, mas volta e meia eu me pego revivendo aquele momento em minha cabeça. Anos mais tarde, comecei a imaginar o episódio à distância, como se os movimentos do homem que entrou pela porta tivessem sido registrados em filme. Vejo-o tirar o casaco e deixar as chaves e a carteira em cima da mesinha do telefone perto da porta. Vejo-o pousar sua pasta no chão e depois caminhar até a cozinha. O homem de meia-idade, com visíveis entradas no alto da cabeça e cabelos quase inteiramente brancos, agarra uma mulher alta e ainda jovem de cabelos castanhos e com uma pequena pinta logo acima da boca e lhe dá um beijo. Beijei Erica naquele dia num impulso, mas a verdade é que a origem daquele meu desejo súbito podia ser rastreada até a sala de Jack, quando ele disse que estava apaixonado por Sara, ou antes ainda, até o sofá de Lucille, quando ela se emaranhou em nós lingüísticos por causa dessa mesma palavra. Ninguém podia rastrear aquele beijo, a não ser eu. Seu rastro era invisível, uma trilha confusa de interações humanas que foi culminar no meu gesto impulsivo de reafirmação. Gosto dessa pequena cena. Mesmo sem saber se a lembrança que guardo dela é inteiramente exata ou não, ela tem uma nitidez que nada que eu veja agora pode ter. Quando me concentro, vejo os olhos de Erica se fecharem e seus cílios grossos roçarem a pele delicada abaixo dos olhos. Vejo seu cabelo cair para trás, descobrindo-lhe a testa, e sinto o peso de seu corpo em meu braço. Consigo me lembrar até da roupa que ela estava usando — uma camiseta listrada de manga comprida, cujo decote redondo deixava entrever suas saboneteiras e a palidez uniforme de sua pele no auge do inverno.

O agosto daquele ano foi o primeiro de quatro agostos que nossas duas famílias passaram juntas em Vermont. Matt e Mark comemoraram seus aniversários de oito, nove, dez e onze anos naquela velha casa de fazenda que alugávamos todos os anos — um casarão mal-ajambrado e extremamente maltratado de sete quartos. Em diferentes ocasiões ao longo de seus cento e cinqüenta anos de existência, a casa foi sendo acrescida de novos cômodos para alojar famílias cada vez mais numerosas, mas na época em que a descobrimos ninguém mais morava ali durante os outros meses do ano. Uma senhora idosa a deixara de herança para oito netos, que já eram eles próprios pessoas idosas, e a casa então ficava ao deus-dará, como um bem praticamente esquecido. Ficava no alto de uma colina, que os moradores locais chamavam de montanha, não muito longe de Newfane — uma cidadezinha graciosa o bastante para ser obsessivamente fotografada como uma aldeia arquetípica da aconchegante Nova Inglaterra. Aqueles dias de verão se misturaram em minha mente, e nem sempre consigo distinguir um período de férias do outro, mas os quatro meses que passamos lá acabaram adquirindo em minha memória uma aura que só posso chamar de imaginária. Não é que eu duvide que tenham sido reais. Tenho uma lembrança muito clara deles. Lembro-me de todos os quartos da casa como se ontem mesmo tivesse entrado em cada um. Vejo a vista da pequena janela em frente à qual costumava me sentar para trabalhar em meu livro. Ouço os meninos brincando no andar de baixo e Erica cantarolando para si mesma não muito longe deles. Sinto cheiro de milho cozinhando no fogão. Não, é que a sensação banal de conforto e prazer que eu sentia naquela casa foi reconfigurada em minha mente como "o passado". Como o que existia já não mais existe, o que *era* se tornou idílico. Se só tivéssemos passado um verão ali, aquela colina verde jamais teria conservado a mágica que tem para mim agora. A repetição tornou aqueles verões encantados: a viagem rumo ao norte em nosso carro e na caminhonete de Bill, abarrotados de livros, apetrechos de arte e brinquedos, a acomodação em nossos quartos bolorentos, os rituais de limpeza comandados por Violet, as comidas gostosas que preparávamos e comíamos, os livros que líamos e as músicas que cantávamos na hora de pôr as crianças para dormir, a hora em que os quatro adultos se sentavam perto do fogão a lenha e ficavam conversando noite adentro. Havia dias quentes, alguns muito abafados e períodos em que uma chuva insistente esfriava a casa e martelava as janelas. Havia noites em que nos deitávamos em colchas do lado de fora da casa e estudávamos as constelações que brilhavam no céu com a mesma nitidez e clareza de pontos num mapa astronômico. De nossas camas, à noite, ouvíamos ursos pretos chamando uns pelos outros com gritos que faziam lembrar pios de corujas. Cervos apareciam na borda da floresta para espiar a casa, e uma vez uma enorme garça-azul pousou a menos de meio metro de distância e ficou olhando para dentro, na direção de Matt, que estava perto da janela. Ele não sabia que bicho era aquele, e quando veio para perto de mim para explicar o que acabara de ver, seu rosto ainda estava pálido do espanto causado por aquela súbita aparição de um pássaro grande demais para ser real.

Bill, Violet, Erica e eu trabalhávamos enquanto os meninos ficavam numa colônia de férias em Weston até as duas da tarde, quando então um de nós quatro fazia a viagem de vinte minutos de carro para apanhá-los. Erica, Violet e eu trabalhávamos dentro de casa. Bill montou um estúdio num anexo da propriedade, um casebre troncho que ele chamava de Bowery Dois. Aquelas horas sem crianças em que cada um de nós se dedicava a seu próprio trabalho me fazem pensar agora numa espécie de sonho coletivo. Eu ouvia o som macio da máquina elétrica de Erica, enquanto ela escrevia o livro que viria a ser publicado com o título *Henry James e as ambigüidades do diálogo*. Do quarto de Violet, vinha o ruído monótono e abafado das vozes de meninas gravadas em fita. Uma vez, naquele primeiro verão, passei em frente à porta do quarto dela quando estava a caminho da cozinha para pegar um copo d'água e ouvi uma voz infantil dizendo: "Eu gosto de ver os meus ossos. Gosto de olhar para eles e de senti-los. Quando tem muita gordura entre mim e meus ossos, eu me sinto mais longe de mim mesma. Você entende?". Do local de trabalho de Bill, vinham marteladas, ocasionais estrondos e estampidos, e o som baixo e distante de música — Charlie Mingus, Tom Waits, Lou Reed, Talking Heads, árias de Mozart e Verdi, composições de Schubert. Bill estava fazendo caixas de contos de fada. Cada caixa continha uma história, e como eu em geral sabia em que história ele estava trabalhando, imagens de cabelos extraordinariamente compridos, castelos cobertos de vegetação e dedos espetados às vezes passavam flutuando por minha consciência enquanto eu estava debruçado, por exemplo, sobre uma reprodução de uma madona de Duccio. Adoro a forma chapada e a aura de mistério da arte medieval e do início da Renascença, e pelejava para interpretar seus códigos didáticos levando em conta a dinâmica do processo histórico. Os trípticos e os painéis da Paixão, da vida da Virgem e das vidas dos santos, em toda a sua sanguinolenta estranheza cristã, às vezes se misturavam às narrativas mágicas de Bill ou às meninas esfaimadas de Violet, jovens para quem a privação e o sofrimento auto-infligido eram virtudes. E como quase todas as tardes Erica lia trechos de seu livro para mim, eu percebia que os períodos atenuados de Henry James (com suas inúmeras orações adjetivas, que inevitavelmente lançavam dúvidas sobre o substantivo abstrato ou o sintagma nominal que tinha vindo antes delas) às vezes contaminavam minha prosa, e eu tinha de revisar meus parágrafos para livrá-los da influência de um escritor que se infiltrara em meu texto pela voz de Erica.

Quando chegavam da colônia de férias, os meninos brincavam do lado de fora da casa. Cavavam buracos e os enchiam de novo. Construíam fortes com pedaços de pau e lençóis velhos e caçavam salamandras, besouros e vários tipos diferentes de insetos enormes. E cresciam. Os dois pirralhos do primeiro verão tinham pouco em comum com os guris de pernas compridas do último. Matt brincava, ria e corria como todas as outras crianças, mas eu continuava a sentir em sua personalidade uma espécie de contracorrente que o separava de seus pares, uma essência passional que o levava a trilhar seu próprio caminho. Como ele e Mark se conheciam desde que nasceram e como a relação dos dois era quase fraternal, havia uma tolerância mútua das suas diferenças na base da amizade entre os dois. Mark era mais maleável do que Matt. A partir mais ou menos dos sete anos, Mark se tornara uma criança extraordinariamente dócil. Fossem quais fossem as agruras que ele tivesse enfrentado, elas pareciam não ter deixado marcas em seu caráter. Matt, por outro lado, vivia intensamente. Raras vezes chorava por causa de cortes ou machucados, mas quando se sentia desprezado ou injustiçado, jorravam lágrimas de seus olhos. Matthew tinha uma consciência severa, cruel até, e Erica às vezes ficava preocupada pensando se não teríamos criado sem querer uma criança com um superego monstruoso. Antes mesmo de qualquer palavra de repreensão sair de minha boca, Matt já estava se desculpando. "Me desculpa, papai. Me desculpa, me desculpa!" Ele próprio se punia, e Erica e eu acabávamos tendo de consolá-lo, em vez de repreendê-lo.

Matt demorou, mas, com a ajuda de um professor particular, acabou aprendendo a ler com confiança, e todas as noites nós ainda líamos para ele. Os livros foram ficando cada vez mais longos e complexos e, tal como certos filmes, afetavam sua imaginação profundamente. Matthew ficava órfão e era aprisionado. Comandava motins, sobrevivia a naufrágios e explorava novas galáxias. Durante algum tempo, ele e Mark tiveram uma Távola Redonda no meio do bosque. Mas a fantasia mais constante de Matt era mesmo o beisebol. Ele carregava suas luvas para tudo quanto era lado. Vivia praticando a postura e o giro para rebater a bola. Ficava na frente do espelho de uniforme e pegava com a luva bolas imaginárias. Colecionava *cards*, lia todas as noites trechos da *Enciclopédia do beisebol* e inventava em sua cabeça jogos que quase sempre terminavam num *squeeze* suicida. Pelo bem de Matt, eu às vezes bem que gostaria que ele fosse um jogador mais habilidoso. Aos nove anos, ele começou a usar óculos e passou a rebater melhor, mas seu progresso como jogador da liga infantil devia-se muito mais a sua ferrenha força de vontade do que a qualquer espécie de talento inato. Quando o via correr as bases — com seus óculos novos presos atrás da cabeça com uma tira, enquanto joelhos e braços se agitavam ferozmente para dar impulso ao corpo —, eu podia notar que seu estilo de corrida era menos elegante do que o de alguns dos outros meninos e que, apesar de toda a sua determinação, ele não corria muito rápido. Mas, por outro lado, ele não era o único. Pelo menos nos primeiros anos, a liga infantil é uma verdadeira comédia de erros, de crianças que sonham acordadas nas bases e esquecem as regras, que deixam passar bolas lançadas bem na direção de suas luvas estendidas, ou que tropeçam e caem depois de pegarem a bola. Matt cometia todos esses erros, menos o da desatenção. Como Bill dizia: "Ele tem a concentração de um campeão". O que Matt não tinha era um corpo de campeão.

As complexidades do esporte estreitaram os laços entre Bill e Matt. Como um padre gnóstico iniciando um jovem discípulo nos mistérios da seita, Bill ensinava a Matt as siglas mais obscuras que descrevem os diversos tipos de jogada. Instruía-o sobre métodos para decodificar os acenos, gestos, toques no nariz e puxões na orelha que faziam parte dos sinais dos técnicos, e lançava bolas para Matt rebater no quintal até a luz do dia desaparecer e a bola quase sumir na escuridão. O interesse de Mark pelo beisebol era superficial. Às vezes ele se unia aos dois fanáticos; outras vezes, deixava-os sozinhos para ir caçar insetos ou simplesmente deitar na grama e ficar olhando para o céu. Nunca detectei em Mark nenhum vestígio de ciúme com relação a Matt. Na verdade, ele parecia muito contente com a amizade cada vez maior entre seu pai e seu melhor amigo.

Bill era a combinação num só corpo das duas grandes paixões de Matt, beisebol e arte, e vi a afeição dele por Bill se transformar aos poucos na veneração a um herói. Nos dois últimos agostos que passamos em Vermont, Matt pegou a mania de ficar esperando que Bill acabasse de trabalhar. Sentava nos degraus de madeira do casebre que fazia as vezes de estúdio e ficava esperando com toda a paciência, geralmente com um desenho no colo. Quando ouvia o ruído de passos seguido do chiado da porta de tela, Matt levantava de um salto e sacudia a folha de papel no ar. Em geral, eu assistia a essa cena pela janela da cozinha, onde tratava de dar conta da tarefa que me cabia — picar legumes. Bill saía de dentro do casebre e parava logo em frente à porta. Em dias quentes, secava a testa e as bochechas com um dos trapos que carregava no bolso, enquanto Matt subia rapidamente os degraus restantes e ia até ele. Bill pegava o desenho, sorria, balançava a cabeça e, muitas vezes, estirava o braço e despenteava o cabelo de Matt. Matt deu um desses desenhos de presente para Bill — um desenho, feito com lápis de cor, de Jackie Robinson rebatendo uma bola. Matt passara dias trabalhando nele. Quando voltou para Nova York em setembro, Bill pendurou o desenho numa parede de seu estúdio, onde ele ficou por anos a fio.

Embora vivesse fazendo esboços de quadras e de jogadores de beisebol, Matt nunca parou de desenhar e pintar a cidade de Nova York. Com o tempo, seus trabalhos foram ficando cada vez mais complexos. Matt pintava a cidade ensolarada e sob pacatos céus cinzentos. Pintava-a sob rajadas de vento, pancadas de chuva e violentas tempestades de neve. Desenhava a cidade vista de cima, de lado e de baixo, e povoava suas ruas de enérgicos homens de negócios, artistas chiques, modelos esqueléticas, mendigos e malucos tagarelas como os que víamos todos os dias na ida para a escola. Desenhava a ponte do Brooklyn, a estátua da Liberdade e as Torres Gêmeas. Quando ele me mostrava uma dessas cenas urbanas, eu sempre passava um bom tempo examinando-as, pois sabia que só com uma observação minuciosa poderia descobrir os detalhes — um casal abraçadinho no parque, uma criança aos prantos numa esquina ao lado de uma mãe em desespero, turistas perdidos, batedores de carteira e trapaceiros pegando trouxas no jogo das três cartas.

No verão em que Matt completou nove anos, um personagem novo começou a aparecer em quase todos os seus desenhos urbanos: um velho barbudo. Em geral, o velho aparecia atrás da janela de seu minúsculo apartamento e, como um recluso de Hopper, estava sempre sozinho. Às vezes via-se um gato cinza trepado no peitoril da janela ou enroscado no chão, perto dos pés do velho, mas ele nunca aparecia na companhia de outra pessoa. Num dos desenhos, notei que o velho estava sentado numa cadeira, com o corpo curvado e a cabeça apoiada nas mãos.

"Esse pobre coitado aqui volta e meia aparece nos seus desenhos", comentei.

"Esse é o Dave", disse Matt. "Eu dei a ele o nome de Dave."

"Por que Dave?"

"Sei lá, mas o nome dele é esse. Ele é um cara sozinho. Eu fico pensando que ele devia conhecer alguém, mas aí, quando vou desenhar, ele acaba sempre ficando sozinho."

"Ele parece triste."

"Eu tenho pena dele. O único amigo que ele tem é o Durango", disse Matt, apontando para o gato. "E você sabe como os gatos são, não é, papai? Eles não ligam muito para ninguém."

"Bom, quem sabe um dia ele não acaba encontrando um amigo..."

"Você deve achar que eu podia arranjar um amigo para ele e pronto, porque fui eu que o inventei, mas o tio Bill disse que não é assim que funciona. Ele disse que você tem que sentir o que é certo e que às vezes o que é certo na arte é triste."

Olhei para o rosto sério do meu filho e depois para Dave. Matt tinha desenhado veias nas mãos do velho. Uma caneca de café e um prato estavam pousados perto dos seus pés. Ainda era um desenho de criança. A perspectiva de Matt era troncha, a anatomia um pouco desengonçada, mas os traços que delineavam o corpo daquele homem solitário me comoviam muito, e eu comecei a procurar por Dave sempre que Matt me entregava uma de suas paisagens urbanas.

Nos fins de tarde, descíamos a montanha e caminhávamos pela estrada de terra. Íamos de carro até a vendinha de uma granja ali perto e escolhíamos tomates, pimentões e feijões para o jantar. Em dias de sol, nadávamos no lago que ficava a apenas alguns metros de distância da casa. Bill raramente nos acompanhava a qualquer desses lugares. Seu expediente de trabalho era mais longo do que o do resto de nós. E também nunca cozinhava — lavava a louça. Mas em duas ou três tardes escaldantes de cada verão, Bill saía da Bowery Dois e vinha se juntar a nós para dar um mergulho. Nós o víamos vir caminhando pelo mato, tirar a roupa perto da margem do lago e ficar só de cueca samba-canção. Nessa época Bill parecia imune à passagem do tempo. Eu tinha a impressão de que ele não envelhecera um só dia desde que nos conhecêramos. Ele entrava no lago devagar e fazia pequenos ruídos à medida que seu corpo afundava. Quase sempre, trazia um cigarro preso entre o polegar e o indicador, e ia levantando a guimba acesa acima da superfície da água. Só uma vez, nos cinco verões em que fomos a Vermont, eu o vi realmente mergulhar, molhar a cabeça e de fato nadar. Naquela ocasião única, porém, notei que suas braçadas eram fortes e rápidas.

No verão que se seguiu ao meu aniversário de cinqüenta e seis anos, notei que meu corpo tinha mudado. Isso aconteceu no mesmo dia em que vi Bill nadando e ouvi Matt e Mark torcendo por ele enquanto atravessava o lago. Eu já tinha nadado e estava sentado na beira do lago com meu calção de banho preto. Quando olhei para meu corpo, descobri que os dedos dos pés estavam nodosos e ossudos. Uma longa variz pipocara na perna esquerda, e os pêlos ralos do peito tinham ficado brancos. Os ombros e o tronco pareciam estranhamente diminuídos, e a pele branca estava cheia de manchas vermelhas e marrons. Mas o que mais me surpreendeu foram as dobras brancas e moles de gordura que se alojaram em minha barriga. Eu sempre fora magro e, embora já tivesse notado uma pressão suspeita em volta da cintura quando abotoava a calça de manhã, não tinha ficado particularmente alarmado com isso. Mas a verdade é que eu estava desatualizado com relação a mim mesmo. Vinha andando por aí com uma auto-imagem completamente defasada. Mas, também, quando é que eu realmente olhava para mim mesmo? Quando fazia a barba, só olhava para o rosto. De vez em quando, calhava de ver um reflexo meu numa vitrine ou numa porta de vidro na cidade. Quando tomava banho, esfregava o corpo, mas não examinava os defeitos. Eu tinha me tornado um anacronismo para mim mesmo. Quando perguntei a Erica por que ela não tinha comentado nada sobre essas mudanças indesejáveis em meu corpo, ela me deu um beliscão de leve na barriga e disse: "Não se preocupe, meu amor. Eu gosto de você velho e gordo". Durante algum tempo, alimentei esperanças de que pudesse realizar uma metamorfose. Quando fui passar uns dias em Manchester comprei halteres, e tentava comer mais dos brócolis e menos do rosbife que punha no prato, mas a força de vontade logo desapareceu. Minha vaidade simplesmente não era grande o bastante para me fazer suportar privações.

Na última semana de cada agosto, Lazlo vinha se juntar a nós para ajudar Bill a empacotar seus trabalhos. Ainda consigo vê-lo carregando pilhas e pilhas de material pelo trecho de mato que ia da Bowery Dois até a caminhonete de Bill, tudo isso com uma calça vermelha justa, botas pretas de couro envernizado e uma expressão impassível. O que dava a Lazlo personalidade não era o rosto, mas o cabelo. Aquela piaçava loura que brotava de sua cabeça sugeria laivos de humor escondidos bem no fundo da *persona* Finkelman. Como um acessório de ator de cinema mudo, o cabelo falava por ele — emprestando-lhe uma aparência de herói ficcional ingênuo e mal-aventurado, uma espécie de Cândido contemporâneo, cuja reação diante do mundo era de profundo e permanente espanto. Na verdade, Lazlo era um sujeito tímido e pacato. Examinava cuidadosamente os sapos que Matt trazia para lhe mostrar, dava breves declarações sobre qualquer assunto quando interrogado e secava louças muito lenta e metodicamente quando requisitado. Era essa mansidão de temperamento que fazia com que Erica o considerasse "doce".

Todo início de agosto, Erica tinha uma crise de enxaqueca, que muitas vezes durava dois ou três dias. As estrelinhas brancas ou rosadas que apareciam flutuando na periferia de sua vista esquerda eram seguidas de uma dor tão forte que ela chegava a se contorcer e vomitar. A dor de cabeça roubava-lhe a cor do rosto e pintava olheiras quase pretas debaixo dos olhos. Erica adormecia e logo acordava. Não comia quase nada e não queria ninguém por perto. O menor ruído lhe causava dor, e ela passava a crise inteira se recriminando e me pedindo desculpas aos sussurros.

Quando Erica ficou nesse estado pelo terceiro verão seguido, Violet resolveu intervir. No dia em que a enxaqueca bateu, o tempo estava quente e úmido. Erica se enfiou em nosso quarto e, no início da tarde, fui ver como ela estava. Abri a porta e encontrei as persianas fechadas. Violet estava sentada em cima das costas de Erica, massageando-lhe os ombros. Sem dizer nada, fechei a porta de novo. Quando voltei uma hora depois, ouvi a voz de Violet dentro do quarto — um som quase inaudível, mas constante. Abri a porta. Erica estava deitada na cama, com a cabeça apoiada no peito de Violet. Quando ouviu o barulho da porta, Erica levantou a cabeça e sorriu para mim. "Eu já estou melhor, Leo", disse. "Já estou bem melhor." Não sei se Violet tinha poderes milagrosos de cura, ou se a enxaqueca simplesmente já tinha durado o que tinha de durar, mas, fosse como fosse, depois disso Erica passou a recorrer a Violet. Quando a dor chegava, sempre na primeira semana de nossa estada, Violet realizava seu ritual de sussurros e massagens. Nunca perguntei o que ela dizia a Erica. A afinidade que existia entre as duas tinha se aprofundado e se transformado numa relação que eu só podia descrever como obscuramente feminina — uma intimidade tipicamente adolescente entre mulheres adultas que incluía carinhos, risadas e segredos.

Havia também outras intimidades naquela casa — na maior parte, completamente banais. Eu via Violet em seu pijama e ela me via no meu. Descobri que grampos ajudavam a domar os cachos rebeldes de seu cabelo. Reparei que, embora se lavasse com terebintina e sabonete antes das refeições, Bill não tomava banho com muita freqüência, e que tinha um mau humor horrível antes de tomar sua xícara de café pela manhã. Erica e eu ouvíamos Violet reclamar com Bill das tarefas domésticas que ele não fazia, e ouvíamos Bill se queixar dos padrões impossíveis de limpeza e organização que Violet cismava em manter na casa. Bill e Violet ouviam Erica me acusar de viver esquecendo de comprar coisas na mercearia e de usar calças que eu "devia ter jogado no lixo anos atrás". Eu apanhava do chão as meias duras de tão sujas e as cuecas furadas de Mark junto com as de Matt. Uma noite, encontrei manchas de sangue no assento da privada e sabia que não era Erica quem estava menstruando. Peguei um pedaço de papel higiênico, umedeci e limpei as manchas. Na hora, eu não sabia que as manchas eram importantes, mas, naquela mesma noite, Erica e eu ouvimos Violet chorar no quarto ao lado do nosso e a voz baixa de Bill, que parecia estar tentando consolá-la.

"Ela está chorando por causa do neném", disse Erica.

"Que neném?"

"O neném que ela não consegue ter."

Erica mantivera segredo, mas já fazia mais de dois anos que Violet vinha tentando engravidar. Os médicos não tinham encontrado nada de errado nem com ela nem com Bill, mas Violet começara a fazer um tratamento de fertilidade que, até aquele momento, não surtira efeito. "Ela ficou menstruada hoje", disse Erica.

Quando Violet parou de chorar, me lembrei do dia em que Bill me disse que sempre quisera ter filhos — "milhares de filhos".

Não havia televisão na casa, e sua ausência nos fazia voltar aos passatempos de outras épocas. Todas as noites depois do jantar, um de nós, adultos, lia uma história em voz alta, geralmente um conto de fadas. Quando era a minha vez de ler, eu folheava uma das várias coletâneas de histórias folclóricas que Bill tinha trazido e escolhia uma, tomando o cuidado de evitar as que começavam com um rei e uma rainha que ansiavam por ter um filho. De nós quatro, era Bill quem lia melhor. Lia de um jeito suave, mas cheio de nuances, mudando o ritmo das frases de acordo com o sentido. Fazia pausas de efeito. Às vezes piscava para os meninos ou puxava Mark, que em geral se sentava encostado a ele, um pouco mais para perto. Bill nunca se cansava dessas histórias. Passava o dia inteiro reinventando aqueles contos em seu estúdio e, quando chegava a noite, estava sempre disposto a ler mais. Fosse ele qual fosse, o projeto em que estava trabalhando sempre se tornava o fio obsessivo da sua existência, um fio que Bill perseguia incansavelmente até o fim. Seu entusiasmo era contagiante, mas também um pouco cansativo. Bill lia trechos de artigos acadêmicos para mim, me dava xerox de desenhos, discursava sobre a significação do número três — três filhos, três filhas, três desejos. Tocava músicas folclóricas remotamente relacionadas a suas investigações e marcava com um "X" os textos que achava que eu tinha de ler. Raramente eu resistia a seus pedidos. Quando me procurava para falar de alguma idéia nova que lhe ocorrera, Bill nunca elevava a voz nem fazia gestos que demonstrassem sua empolgação. Ficava tudo concentrado em seus olhos. Os olhos faiscavam com as idéias que fervilhavam em sua cabeça e, quando ele os fixava em mim, eu tinha a nítida sensação de que não tinha escolha senão ouvir.

Em cinco anos, Bill produziu mais de duzentas caixas. Também ilustrou um livro de poesia escrito por um amigo seu, continuou a fazer pinturas e desenhos, muitos dos quais eram retratos de Violet ou de Mark, e estava sempre construindo algum veículo ou engenhoca para os meninos — brinquedos coloridos que rolavam, voavam ou giravam feito moinhos de vento. Mark e Matt tinham predileção especial por um boneco com cara de maluco que executava um único truque: quando a gente puxava uma alavanca nas costas dele, sua língua saltava para fora da boca e sua calça caía até os tornozelos. Construir brinquedos era a forma como Bill descansava do trabalho extenuante das caixas de contos de fada. As caixas eram todas do mesmo tamanho — cerca de noventa centímetros por um metro e vinte. Bill usava tanto figuras chapadas como figuras tridimensionais, misturava objetos reais com objetos pintados e utilizava imagens contemporâneas para contar aquelas velhas histórias. As caixas eram divididas em seções que faziam lembrar pequenos cômodos. “Elas são como histórias em quadrinhos de duas e três dimensões, só que sem os balões”, Bill me disse. Mas essa descrição era enganosa. As dimensões miniaturais das caixas tiravam proveito do fascínio que as pessoas têm em espiar casas de bonecas e do prazer que sentem em descobrir seus segredos, mas o teor dos mundinhos criados por Bill subvertia expectativas e gerava muitas vezes um efeito sinistro. Embora a forma e parte do conteúdo mágico das caixas fizessem lembrar Joseph Cornell, os trabalhos de Bill eram maiores, mais brutais e bem menos líricos. A tensão que havia dentro de cada obra me fazia pensar numa espécie de embate visual. Nas primeiras peças, Bill contava com o conhecimento prévio que o observador tinha da história para recontá-la. Sua Bela Adormecida de pele e cabelos escuros estava em coma numa cama de hospital. Tubos intravenosos e os fios de um monitor cardíaco emaranhavam-se com elaborados arranjos florais enviados por simpatizantes — gigantescas palmas-de-santa-rita, cravos, rosas, aves-do-paraíso e samambaias que atulhavam o quarto. De dentro de um cesto rosa, saía uma trepadeira que se entrelaçara aos cabelos da moça e se enroscara num telefone modelo *princess* pousado na mesinha ao lado da cama. Numa cena posterior, a figura recortada de um homem nu com o pênis ereto pairava no ar diante da cama da moça adormecida. Numa das mãos, o homem segurava uma enorme tesoura aberta. Na cena final, a moça aparece sentada na cama e de olhos abertos. O homem já havia desaparecido, mas as plantas, tubos e fios tinham sido cortados e atirados ao chão, formando um mar de fibras que cobria o quarto até a altura dos joelhos.

Mais tarde, Bill começou a adaptar histórias mais obscuras, entre elas um conto que lêramos juntos numa coletânea intitulada *The Violet Fairy Book*, de Andrew Lang: “A garota que fingia ser garoto”, a história de uma princesa que se disfarça de rapaz para salvar o reino do pai. Depois de passar por várias aventuras, chegando até mesmo a resgatar uma princesa que havia sido capturada, a heroína descobre que seus feitos a transformaram num herói. Na imagem final da caixa, dividida em nove quadros, a protagonista aparecia de terno e gravata diante de um espelho. Em sua virilha, via-se a protuberância inconfundível da masculinidade.

No verão de 1987, Bill concluiu uma caixa à qual deu o nome de *A criança trocada*, até hoje a minha peça preferida daquela série. Era a peça preferida de Jack também, embora ele a visse como um comentário sobre a arte contemporânea — uma brincadeira com as noções de identidade, réplica e pastiche. Mas eu, que era mais íntimo de Bill do que ele, não conseguia deixar de ver as sete cenas daquela caixa como uma espécie de parábola da vida interior do próprio Bill.

Na primeira cena, via-se a pequena escultura de um menino de pijama em frente a uma janela, com as mãos apoiadas no peitoril. Ele parecia ter mais ou menos a mesma idade que Matt e Mark tinham na época — dez ou onze anos. Do lado de fora, a noite já tinha caído, e três janelas do prédio em frente brilhavam, iluminadas por luzes elétricas. Em cada janela, Bill pintara uma cena — um homem falando ao telefone, uma velha com um cachorro e dois amantes nus, deitados de costas na cama. O quarto do menino estava bastante bagunçado, cheio de roupas e brinquedos espalhados por todos os cantos. Algumas dessas coisas tinham sido pintadas no chão; outras eram esculturas minúsculas. Quando cheguei bem perto da caixa, notei que o menino estava segurando uma agulha e um carretel de linha na mão direita.

Na segunda cena, o menino estava deitado na cama, dormindo. À sua direita, uma mulher de papel entrava no quarto pela janela. A figura desenhada da mulher impressionava porque era tosca. Com uma cabeça imensa, bracinhos curtos e joelhos dobrados em ângulos impossíveis, ela parecia um desenho de criança. Uma de suas pernas já estava dentro do quarto, e eu notei de imediato que seu pé de papel calçava um mocassim em miniatura.

Na terceira cena, aquela curiosa mulherzinha tinha tirado o menino ainda adormecido da cama e o segurava no colo. O quadrado seguinte não era mais uma cena tridimensional, mas uma pintura chapada presa na parte da frente da caixa. A tela mostrava a mulher carregando o menino por uma rua de Manhattan, que dava a impressão de ser uma das ruas do Diamond District. Na pintura, a mulher, antes chapada, adquiria a ilusão de profundidade. Não parecia mais uma boneca de papel, mas sim uma figura tridimensional, como o menino que trazia no colo. Suas costas estavam curvas e seus joelhos dobrados, enquanto ela avançava com o menino nos braços. Só o rosto continuava igual — dois pontinhos no lugar dos olhos, uma linha vertical no lugar do nariz e um traço horizontal no lugar da boca. Na quinta cena, a mulher se transformava numa escultura com o mesmo rosto primitivo pintado em sua cabeça oval. Ela aparecia de pé ao lado do menino, que dormia dentro de uma caixa de vidro, ainda com a agulha e o carretel na mão. De pé ao lado da mulher, havia outro menino de olhos fechados — uma figura absolutamente idêntica ao menino que dormia dentro do caixão transparente. O sexto painel da caixa era uma cópia exata do quarto — a pintura da mulher curvada com o menino no colo numa rua do Diamond District. Na primeira vez em que vi a peça, examinei com muito cuidado essa segunda pintura em busca de algum traço que a distinguisse da primeira, algum mínimo vestígio de diferença, mas não encontrei nenhum. A cena final ocupava toda a parte de baixo da caixa. A mulher já não estava mais lá. Um dos meninos, provavelmente o segundo, estava sentado na cama, num quarto exatamente igual ao que aparecia no início da narrativa. Ele sorria, estirando os braços para se espreguiçar no quarto bem iluminado. Obviamente, já havia amanhecido.

Vi essa peça pela primeira vez na Bowery Dois, num dia chuvoso de agosto. Bill e eu estávamos sozinhos. A luz que entrava pelas janelas naquela tarde era fraca e cinzenta. Quando perguntei onde ele tinha encontrado aquela história tão estranha, Bill respondeu que a inventara. "Existem muitas histórias folclóricas sobre crianças trocadas", disse ele. "Histórias de duendes que roubam um bebê, substituem-no por outro idêntico e ninguém nota a diferença. É só uma versão de uma infinidade de mitos sobre duplos que existem em tudo quanto é lugar, desde as esculturas de Dédalo e Pigmalião que ganham vida, até histórias do folclore inglês e dos índios americanos. Gêmeos, sósias, espelhos. Eu já te contei a história do Descartes? Li em algum lugar ou alguém me contou que ele sempre viajava com o autômato de uma sobrinha que ele amava muito e que tinha morrido afogada."

"Isso não pode ser verdade", eu disse.

"Não é mesmo, mas é uma boa história. Foram as histéricas que me fizeram começar a pensar nessas coisas. Quando estavam hipnotizadas, as mulheres de Charcot se transformavam de certa forma em duplos. Apesar de continuarem dentro de seus corpos, elas eram como cópias de si mesmas. E pensa só em todas aquelas histórias sobre óvnis que falam de pessoas que tiveram seus corpos ocupados por alienígenas. Tudo isso faz parte da mesma idéia — o impostor, a identidade falsa, a carcaça vazia que ganha vida ou o ser vivo que é transformado numa coisa morta..."

Eu me inclinei sobre a caixa e apontei para o mocassim. "O sapato também é um duplo?", perguntei. "O duplo do que está na pintura da Violet?"

Por um instante, Bill pareceu ficar confuso. "É verdade", ele disse devagar. "Eu usei o sapato da Lucille naquela pintura. Eu tinha esquecido."

"Pensei que tivesse sido intencional."

"Não." Bill olhou para o outro lado e apanhou uma chave de fenda que estava em cima de sua mesa de trabalho. Girando-a entre as mãos, disse: "Ela vai se casar com o cara com quem está namorando".

"Jura? Quem é ele?"

"É um escritor. Escreveu um romance chamado *Ovos de Páscoa*. E também é professor de Princeton."

"Qual é o nome dele?"

"Philip Richman."

"Acho que nunca ouvi falar."

Bill apertava o cabo da chave de fenda. "Sabe que hoje em dia eu quase não consigo acreditar que fui casado com ela? Às vezes fico me perguntando onde é que eu estava com a cabeça. Ela nem gostava de mim, que dirá me amar. Ela nem sequer se sentia atraída por mim."

"Como é que você pode saber disso, Bill?"

"Ela me disse."

"As pessoas dizem as coisas mais absurdas quando estão com raiva. Se ela disse isso a você, tenho certeza de que foi só para te machucar. É um absurdo."

"Ela nunca me disse diretamente. Disse para outra pessoa, e essa pessoa me contou."

Lembrei-me daquela tarde de primavera, muitos anos atrás, em que ouvira uma discussão entre Lucille e Bill pela janela. "Mesmo assim", continuei, "ela não podia estar falando sério. Afinal, se fosse verdade, por que é que ela teria se casado com você? Pelo seu dinheiro é que não foi. Você não tinha um tostão furado naquela época."

"A Lucille não costuma mentir; pelo menos essa qualidade eu posso dizer que ela tem. Ela contou a uma amiga comum — uma pessoa que é famosa por ligar para os outros para contar fofocas maldosas e depois bancar a solidária. A ironia foi que dessa vez a fofoca tinha saído da boca da minha própria mulher."

"Por que ela mesma não falou com você?"

"Porque não conseguia, imagino." Bill ficou em silêncio por alguns instantes. "Só depois que eu comecei a viver com a Violet foi que me dei conta de quanto minha vida com a Lucille era bizarra. A Violet é tão presente, tão vital. Ela toda hora me abraça e diz que me ama. A Lucille nunca disse isso." Outro instante de silêncio. "Nem uma única vez." Bill parou de olhar para a chave de fenda e acrescentou: "Durante anos e anos, eu vivi com uma personagem ficcional, uma pessoa que eu inventei".

"Isso não explica por que ela se casou com você."

"Eu fiz muita pressão, Leo. E ela estava muito frágil naquela época."

"Não, Bill. As pessoas são responsáveis pelo que fazem. Ela decidiu se casar com você."

Bill fixou novamente o olhar na chave de fenda. "Ela está grávida", disse. "Ela me disse que foi um acidente, mas que ele vai se casar com ela. Ela parecia feliz quando me contou. Vai se mudar para Princeton."

"Ela quer que o Mark vá morar lá com ela?"

"Não sei ainda. Eu já descobri que, se insisto que quero ficar com ele, ela bate o pé dizendo que quer ficar com ele também. Quando não digo nada, ela fica menos interessada. Acho que ela está disposta a deixar o Mark decidir. Mas a Violet está com medo de que a Lucille tire o Mark da gente, está achando que alguma coisa vai acontecer. A Violet é quase... quase supersticiosa no que diz respeito à Lucille."

"Supersticiosa?"

"É, acho que é essa a palavra certa. Ela parece acreditar que a Lucille tem algum vago poder sobre nós — não só no que diz respeito ao Mark, mas em outros aspectos também..."

Preferi não enveredar por esse assunto. Disse a mim mesmo que Lucille tinha todo o direito de ser feliz, de se casar de novo e de ter outro filho. Finalmente ela poderia escapar daquele apartamento melancólico na rua 3. No entanto, por trás daqueles meus desejos bem-intencionados havia uma sensação inquietante de que Lucille era uma pessoa que eu não conseguia entender.

Na última noite que passamos na casa de Vermont, acordei no meio da noite e encontrei Erica sentada na beirada da cama. Concluí que ela devia estar se levantando para ir ao banheiro, virei para o outro lado e tentei voltar a dormir, mas quando estava deitado na cama apenas semi-acordado, ouvi seus passos ao longo do corredor. Erica já tinha passado da porta do banheiro. Fui atrás dela e a encontrei parada em frente à porta do quarto de Matt e Mark. Seus olhos estavam abertos quando ela pôs os dedos de leve sobre a maçaneta. Mas não a girou. Afastou a mão e fez um gesto com os dedos sobre a maçaneta, do jeito que os mágicos costumam fazer antes de executar um truque. Quando me aproximei, ela olhou para mim. Os meninos deixavam uma pequena lâmpada acesa durante a noite na tomada do quarto, e a luz passava pela fresta debaixo da porta, iluminando vagamente o rosto de Erica. Percebi então que ela não estava acordada. Lembrando-me da recomendação dos antigos de que não se devem acordar pessoas sonâmbulas, peguei com muito cuidado o braço dela com a intenção de levá-la de volta para o quarto. Mas, ao toque da minha mão, Erica exclamou com voz alta e enfática: "*Mutti!*". Fiquei assustado. Soltei seu braço, e ela voltou a olhar para a maçaneta, tocando-a com o dedo indicador e depois afastando-o rapidamente, como se o metal estivesse quente. Sussurrando, eu lhe disse: "Sou eu, Erica, Leo. Vou te levar de volta para a cama". Erica olhou bem nos meus olhos e disse: "Ah, é você, Leo. Onde você estava?". Com o braço em volta de seus ombros, conduzi-a pelo corredor até nosso quarto e, com todo o cuidado, fiz com que se deitasse de novo na cama. Durante pelo menos uma hora, fiquei acordado com a mão pousada nas costas de Erica, esperando para ver se ela ia se levantar de novo, mas ela não se mexeu mais.

Eu também costumava chamar minha mãe de "*Mutti*", e aquela palavra abriu uma fenda profunda dentro de mim. Fiquei pensando em minha mãe, não em como ficou depois de envelhecer, mas ainda jovem. E ali, deitado na cama, consegui recuperar por um breve instante o cheiro que ela exalava quando se debruçava sobre mim — talco e um leve perfume — e senti outra vez sua respiração em minha nuca e seus dedos acariciando meu cabelo. *Du musst schlafen, Liebling. Du musst schlafen.* Meu quarto no apartamento de Londres não tinha janela. Fiquei arrancando o papel de parede com estampa de ramos de trepadeira perto da minha cama até deixar uma faixa longa e estreita de parede amarela exposta.

Quando a Weeks Gallery expôs as caixas de contos de fadas de Bill em setembro, o *crash* de Wall Street — que viria a se dar dali a menos de um mês e apenas alguns quarteirões mais ao sul — parecia tão improvável quanto o fim do mundo. Mais de duzentas pessoas acorreram à galeria para a inauguração, e, quando olhava para aquela gente toda, eu tinha a sensação de que elas haviam se fundido numa imensa massa desatinada — um ser de múltiplas cabeças e inúmeros membros, movido por uma vontade toda própria. Naquela noite, levei empurrões, pisões, cotoveladas, fui premiado com várias manchas de bebida na roupa e imprensado nos mais diversos cantos. Em meio à balbúrdia da festa, volta e meia eu ouvia preços sendo cotados, não só para as caixas de Bill, como também para os trabalhos de outros artistas cujo valor de mercado havia "disparado às alturas" — uma expressão que me fazia pensar em dólares flutuando acima do horizonte da cidade. Eu sabia, por exemplo, que a mulher que alegara saber por quanto uma das caixas de contos de fadas estava sendo vendida havia, na verdade, acrescentado alguns milhares de dólares ao preço real. Os preços não eram segredo; Bernie tinha uma lista em seu escritório para quem se interessasse. A inflação efetuada pela mulher provavelmente não era intencional. Sua frase começara com "Ouvi dizer...". E o boato, de qualquer forma, valia tanto quanto a verdade. Como na Bolsa de Valores, os rumores criavam a realidade. No entanto, poucas das pessoas presentes na galeria teriam relacionado as pinturas, esculturas, instalações e não-sei-quê conceituais que floresciam no sul de Manhattan às ações supervalorizadas, aos números inchados e às sinetas dos pregões de Wall Street.

Os últimos a surgir foram os primeiros a sumir. Pequenas galerias do East Village desapareceram da noite para o dia e foram imediatamente substituídas por butiques que vendiam roupas de couro e cintos cheios de tachas. O SoHo começou a murchar. As galerias mais tradicionais resistiram ao choque, mas cortaram despesas. Bernie não fechou, mas teve de cancelar a ajuda financeira que vinha dando a artistas mais jovens, além de vender, meio às escondidas, sua coleção particular de desenhos de grandes mestres. Quando um colecionador inglês fez uma faxina na casa desfazendo-se de trabalhos de vários "artistas quentes dos anos 80", a reputação desses artistas esfriou instantaneamente e, em questão de meses, seus nomes foram relegados ao passado nostálgico, sendo quase sempre precedidos da introdução "Você se lembra daquele artista chamado...". Outros foram esquecidos mesmo. Os muito famosos sobreviveram, mas alguns perderam suas casas em Quogue ou Bridgehampton.

Os preços dos trabalhos de Bill caíram, mas seus colecionadores não o abandonaram. Além disso, a maioria de suas peças estava na Europa, onde ele conquistara um prestígio bastante peculiar, já que seu trabalho atraía jovens que normalmente não se interessavam por arte. Na França, a galeria que expôs suas peças fez um negócio da China vendendo pôsteres das caixas de contos de fadas, e estava sendo preparado um livro de reproduções. Durante o período de pujança dos dois, Violet comprara algumas roupas de grife e alguns móveis novos para o apartamento, mas o não-consumismo de Bill nunca sofreu o menor abalo. "Ele não quer nada", Violet me disse uma vez. "Eu comprei uma mesa de canto para a sala, e ele levou uma semana para notar que ela estava lá. Chegou a pousar várias vezes seu livro e seu copo em cima dela, mas foi só depois de dias que ele parou de repente e me perguntou: 'Essa mesa é nova?'." Bill sobreviveu à crise porque tinha dinheiro no banco, e tinha dinheiro no banco porque vivia com medo de passar de novo pelo que passara antes — o penoso aperto financeiro que significara passar seus dias emboçando e pintando paredes. Bill ainda estava casado com Lucille naquela época, e notei que, com o tempo, ele começou a falar daquele período de sua vida com uma melancolia cada vez maior, como se, em retrospecto, aquela fase tivesse ficado mais sombria e dolorosa do que quando ele a atravessara de fato. Como todo mundo, Bill reescrevia sua vida. As lembranças de um homem mais velho são diferentes das de um jovem. O que nos parece vital aos quarenta anos pode perder a importância aos setenta. Afinal, fabricamos histórias a partir das efêmeras impressões sensoriais que nos bombardeiam a cada instante, uma série fragmentária de imagens, conversas, cheiros e sensações táteis das coisas e das pessoas. Apagamos a maior parte delas para podermos viver com algum arremedo de ordem, e esse incessante reembaralhar de nossas memórias só se interrompe quando morremos.

Terminei meu livro naquele outono. Embora o original tivesse seiscentas páginas, chamei-o *Uma breve história do olhar na pintura ocidental*. Quando comecei a escrevê-lo, tinha a esperança de que o rigor epistemológico pudesse me amparar até o fim e de que o livro pudesse vir a ser uma discussão sintética da visão artística e de seus fundamentos filosóficos e ideológicos. À medida que escrevia, no entanto, a coisa foi ficando cada vez mais longa, frouxa, especulativa e, creio eu, mais honesta. Ambigüidades que não se encaixavam em esquema algum foram se intrometendo em meu caminho, e eu deixei que elas ficassem como interrogações. Erica, minha primeira leitora e revisora, influenciou tanto o estilo do texto como alguns de meus esclarecimentos. Reconheci e agradeci suas contribuições, mas dediquei o livro a Bill. Não era só um gesto de amizade, mas de humildade também. Boas obras de arte têm, inevitavelmente, o que chamo de um "excesso" ou "pletora" que escapa aos olhos do intérprete.

No dia 7 de novembro, Erica fez quarenta e seis anos. O aniversário, que pôs a casa dos cinqüenta subitamente à vista, pareceu acelerá-la. Erica começou a fazer aulas de ioga. Alongava-se, respirava, punha-se de cabeça para baixo e dava verdadeiros nós com o corpo no meio da sala, e insistia que essas torturas a faziam sentir-se "fantástica". Causou sensação num congresso da Modern Language Association ao apresentar seu trabalho "Sob A *taça de ouro*", publicou três dos seus capítulos já concluídos em revistas acadêmicas e foi convidada a trabalhar no departamento de inglês da Universidade de Berkeley por um salário muito maior, mas recusou o convite. Mesmo assim, a dieta regular de ioga, publicações e elogios fez-lhe muito bem. Seu nervosismo arrefeceu, suas dores de cabeça diminuíram, e notei que, quando estava de repouso, sua testa não parecia mais permanentemente enrugada. A libido de Erica exacerbou-se. Ela segurava meus quadris quando eu estava escovando os dentes, mordiscava minhas costas, deslizava a mão por baixo de minha calça no corredor. Ficava nua no meio do quarto quando eu estava lendo, depois vinha andando até a cama e montava em cima de mim. Eu acolhia com prazer esses assaltos, e descobri que aqueles trancos noturnos deixavam suas marcas na manhã seguinte. Foram muitos os dias daquele ano em que saí de casa assobiando.

Segundo Matt, a turma de quinta série da professora Rankleham era uma fábrica de intrigas. A popularidade reinava como objetivo supremo daquelas crianças de dez e onze anos. A turma se dividira em facções hierárquicas que ou se engalfinhavam abertamente ou empregavam crueldades mais sutis que faziam lembrar a corte francesa. Ao que parecia, alguns meninos e meninas estavam "ficando" — uma expressão obscura que podia significar qualquer coisa, desde dividir uma fatia de pizza até dar amassos furtivos. Pelo que pude entender, havia um rodízio semanal desses casais, mas Matt nunca estava entre os escolhidos. Embora Matt ansiasse pelo status de membro do grupo, eu também sentia que ele não estava preparado para batalhar por isso. Num dia de outubro, quando fui apanhá-lo na escola para levá-lo ao dentista, entendi por quê. Reconheci várias meninas da turma de Matt que eu já conhecia fazia anos, meninas que tinham papéis cruciais nos dramas que ele nos relatava à mesa do jantar. Mas essas meninas pareciam mulheres. Além de estarem vários centímetros mais altas do que quando eu as vira pela última vez, elas já tinham seios. Seus quadris estavam mais largos, e notei brilhos de batom em pelo menos duas bocas. Fiquei observando-as passar com seu andar cheio de estilo perto de Matt e de vários outros garotos tampinhas que brincavam de atirar biscoitos nas cabeças uns dos outros e concluí: para chegar perto daquelas meninas era preciso ou uma coragem extraordinária ou uma estupidez monumental. Matt, ao que parecia, não tinha nenhuma das duas.

Depois da escola, Matt brincava com Mark e com dois ou três outros amigos. Dedicava-se ao beisebol, aos seus desenhos e à disputa por boas notas. Queimava as pestanas com matemática e ciências, escrevia redações com um capricho extremo e péssima ortografia e entregava-se de corpo e alma a seus projetos caseiros — uma colagem Bookland, um galeão espanhol de cerâmica que derreteu dentro do forno e a inesquecível e interminável construção de um sistema solar de papel machê. Durante uma semana, Matt, Erica e eu pelejamos com pedaços pegajosos de jornal, cobrindo, revestindo e medindo as dimensões de Vênus, Marte, Urano e da Lua. Três vezes o anel de Saturno caiu e teve de ser refeito. Quando o projeto estava todo pronto e devidamente pendurado em finos arames prateados, Matt virou-se para mim e disse: "Eu gosto mais da Terra", e era verdade. A Terra dele era linda.

Nos sábados em que Mark ia visitar a mãe, que agora estava morando em Cranbury, Nova Jersey, com o novo marido, Matt muitas vezes ia visitar Bill em seu estúdio. Nós deixávamos que ele fosse sozinho a pé até a Bowery e esperávamos ansiosos que nos telefonasse ao chegar lá. Num desses sábados, Matt passou seis horas sozinho com Bill. Quando lhe perguntei o que ele e Bill tinham feito aquele tempo todo, Matt me respondeu: "A gente conversou e trabalhou". Fiquei esperando mais detalhes, mas a resposta era definitiva. Duas ou três vezes naquela primavera, Matt explodiu comigo e com Erica por coisas à toa.

Quando estava realmente de ovo virado, Matt pendurava um aviso de NÃO PERTURBE na maçaneta da porta. Sem o aviso, nós talvez não nos déssemos conta das crises existenciais que se passavam dentro de seu quarto, mas a mensagem chamava a atenção para seu isolamento, e sempre que eu passava por ela, a solidão defensiva de Matt parecia me penetrar nos ossos como uma memória física do meu próprio início de adolescência. Mas os achaques hormonais de Matt raramente duravam muito. Depois de algum tempo, ele acabava emergindo de dentro do quarto, geralmente de ótimo humor, e nós três tínhamos conversas animadas durante o jantar — num leque de assuntos que ia desde o guarda-roupa provocante de uma garota de onze anos chamada Tanya Farley até a política externa americana durante a Segunda Guerra. Erica e eu adotamos uma política parental de *laissez-faire* e raramente tecíamos comentários sobre os humores flutuantes de Matt. Parecia uma insensatez culpá-lo por altos e baixos que ele mesmo não entendia.

Por causa de Matt, recuperei a memória de minha própria fase de temores e segredos. Eu me lembrei do fluido morno que se espalhava pelas minhas coxas e barriga e que logo ficava frio depois do sonho; me lembrei dos rolos de papel higiênico que eu escondia debaixo da cama para sessões noturnas de masturbação e das minhas viagens clandestinas ao banheiro — um passo de cada vez, a respiração presa — para jogar na privada aqueles chumaços empapados e imediatamente puxar a descarga, como se aquelas emissões do meu corpo fossem objetos roubados. O tempo tinha transformado meu corpo jovem numa coisa cômica, mas eu não achava a menor graça na época. Tocava os três pêlos pubianos que tinham nascido em mim da noite para o dia e examinava meus sovacos todas as manhãs para ver o que mais havia nascido. Estremecia de excitação e depois me recolhia à dolorosa solidão debaixo da minha pele tenra. A srta.

Reed, uma pessoa em quem eu não pensava fazia anos, também me voltou à cabeça. Minha professora de dança tinha um hálito de menta e sardas no peito. Usava vestidos de saia rodada e alças finas; alças que volta e meia, durante um foxtrote ou um tango, teimavam em escorregar de seus ombros redondos e brancos. Matt vai acabar encontrando o seu caminho, eu pensava comigo, e não há nada que eu possa dizer a ele que torne isso tudo mais fácil. O corpo em crescimento tem sua própria linguagem, e a solidão é seu primeiro mestre. Em várias ocasiões naquela primavera, encontrei-o parado diante do *Auto-retrato* que estava pendurado em nossa parede havia mais de treze anos. Seus olhos viajavam pelo corpo roliço daquela Violet jovem e desciam até o pequeno táxi pousado perto da genitália da moça. E, então, eu via aquela tela de novo como se fosse pela primeira vez — com toda a intensidade de sua força erótica.

Aquela pintura antiga e as outras da mesma série começaram a parecer proféticas — como se Bill já soubesse que, um dia, Violet andaria por aí carregando dentro de si os corpos de pessoas que comiam até ficarem imensas ou passavam fome até ficarem minúsculas. Naquele ano, Violet fez visitas regulares a uma moça do Queens que pesava cento e oitenta quilos. Angie Knott nunca saía de sua casa em Flushing, onde morava com a mãe, que também era obesa mas não tão obesa quanto a filha. A sra. Knott tinha um pequeno negócio caseiro, fazendo cortinas por encomenda para casas da vizinhança. Angie cuidava da contabilidade. "Depois que parou de ir à escola, aos dezesseis anos, ela foi ficando cada vez mais gorda", disse Violet. "Mas ela já era gorda quando bebê e continuou gorda quando criança. A mãe a enchia de comida desde que ela nasceu. Ela é uma boca ambulante, um repositório de bolos, doces, pacotes de biscoitos e montanhas de cereais açucarados. A gente conversa sobre gordura", Violet acrescentou enquanto me mostrava uma foto de Angie. “Ela transformou o corpo dela numa caverna para se esconder, e o que é mais estranho é que eu entendo perfeitamente, Leo. Quer dizer, do ponto de vista dela, tudo que está do lado de fora é perigoso. Ela se sente segura atrás de toda aquela camada acolchoada, mesmo correndo o risco de ficar diabética e de ter problemas do coração. Ela está fora do mercado sexual. Ninguém conseguiria atravessar toda aquela banha, e é isso que ela quer.”

Nos dias em que não ia à casa de Angie, Violet visitava Cathy, que estava internada no New York Hospital. Violet a chamava de Santa Catarina, por causa de Catarina Benincasa, a santa dominicana de Siena que jejuou até morrer. “Ela é um monstro de pureza”, disse Violet, “mais severa e virtuosa do que qualquer freira. O raciocínio dela só se movimenta em canais estreitos, mas se movimenta muito bem dentro deles, e ela formula argumentos em defesa da sua opção de passar fome como um hermetista medieval. Se come metade de uma bolacha, se sente suja e culpada. Sua aparência é horrível, mas seus olhos brilham de orgulho. Os pais demoraram demais para tomar uma atitude. Acharam que ia passar. Ela sempre foi uma menina muito boazinha, e eles simplesmente não conseguem entender o que aconteceu com ela. A Cathy é o avesso da Angie, ela se protege não atrás da gordura, mas de sua armadura virginal. Eles estão muito preocupados com a taxa de eletrólitos dela. Ela está correndo risco de vida.” Violet registrou em seu livro a história de Angie e de Cathy e de dezenas de outras moças. Dava-lhes nomes fictícios e analisava suas patologias como resultado tanto de suas histórias pessoais como da “histeria” americana com comida — que ela descrevia como “um vírus sociológico”. Violet me explicou que usou a palavra *vírus* porque um vírus é uma coisa que não está nem viva nem morta. Sua atividade como ser animado depende do seu hospedeiro. Não sei se as meninas de Violet acabaram contaminando o novo trabalho de Bill, ou se ele estava apenas retomando um velho tema, mas o fato é que, à medida que ele trabalhava em sua nova série, notei que a fome tinha mais uma vez encontrado um lugar em sua arte.

A *viagem de* O se organizava em torno do alfabeto. Erica foi a primeira pessoa a se referir às vinte e seis caixas como "o grande romance americano de Bill". Bill gostou da expressão e começou a usá-la, dizendo que, como um longo romance, a série levaria muito tempo para ser concluída. Cada caixa era um pequeno cubo autônomo, com trinta centímetros de lado e todo feito de vidro, permitindo que o observador visse seu interior por todos os lados. Os personagens detrás do vidro transparente eram identificados por letras grandes, que tinham sido costuradas ou pintadas em seu peito — à maneira da Hester Prynne de *A letra escarlate*. O, o jovem pintor e herói do "romance", era incrivelmente parecido com Lazlo, só que tinha cabelos ruivos e o nariz mais comprido, o que interpretei como uma referência a Pinóquio. Bill se perdia naqueles cubos. O estúdio boiava num mar de desenhos, pinturas minúsculas, retalhos de tecido para roupinhas miniaturais e cadernos recheados de citações e de reflexões do próprio Bill. Numa única página, encontrei um comentário do lingüista Roman Jakobson, uma referência aos cabalistas e um lembrete que Bill escrevera para si mesmo sobre um desenho animado específico estrelado pelo Patolino. Nos desenhos, O inchava e encolhia, de acordo com sua situação de vida. Num dos meus esboços favoritos, um O emaciado estava deitado numa cama estreita, com sua frágil cabecinha virada na direção de uma pintura de um rosbife que ele mesmo pintara.

Fiz visitas regulares ao estúdio naquele ano. Bill me deu um molho de chaves para que eu pudesse entrar sem incomodá-lo. Uma tarde, encontrei-o deitado no chão, olhando fixamente para o teto. Quatro cubos vazios e vários bonequinhos estavam espalhados ao redor dele. Quando me ouviu entrar, Bill não se mexeu. Sentei numa cadeira a alguns metros de distância dele e fiquei esperando. Cerca de cinco minutos depois, Bill se levantou. "Obrigado, Leo", disse. "Eu estava aqui tentando resolver um problema com o B. Não dava para esperar." Mas boa parte das vezes eu o encontrava sentado no chão de pernas cruzadas, costurando roupinhas ou bonecos inteiros à mão, e, sem levantar os olhos do trabalho, ele me cumprimentava calorosamente e começava a falar. "Leo, que bom que você veio", ele me disse uma noite. "Eu quero te apresentar a mãe do O." Levantou uma bonequinha de plástico alta, magra e de olhos vermelhos. "Essa é a pobre mãe do O, uma mulher sofrida, de bom coração, mas meio beberrona. Vou chamá-la de X. O pai de O é o Y. Ele nunca vai aparecer em carne e osso, entende? Ele é só uma letra pairando à distância ou acima da cabeça do O, é só um pensamento, uma idéia. Mesmo assim, X e Y conceberam O. Faz sentido, você não acha? X faz o 'ex', de ex-esposa, a que era mas não é mais. X também marca um lugar e é um beijo, *kiss*, no final de uma carta. Porque ela ama o filho, sabe. E aí tem o Y, de '*Why?*', por quê, a grande pergunta sem resposta." Bill começou a rir. Seu tom de voz e seu rosto me fizeram lembrar de Dan e então, meio que do nada, eu lhe perguntei como estava seu irmão. "Ele está a mesma coisa", Bill me respondeu. Seus olhos se turvaram por um momento. "A mesma coisa."

Cada vez que ia ao estúdio, eu encontrava mais personagens espalhados pela mesa e pelo chão. Numa tarde de março, apanhei do chão uma figura bidimensional feita de arame e coberta com uma musselina muito fina, que parecia mais uma pele transparente do que um vestido. A bonequinha estava de joelhos e com os braços levantados, num gesto de súplica. Quando vi a letra C presa em seu peito, pensei na Santa Catarina. "Essa é uma das namoradas do O", disse Bill. "Ela morre de fome." Logo depois, vi dois pequenos bonecos de pano entrelaçados um no outro, num abraço apertado. Peguei na mão aquela figura dupla e reparei que os dois meninos — um de cabelo preto e o outro de cabelo castanho — estavam pregados um no outro pela cintura e que uma letra M fora costurada no peito de cada um. A clara referência a Matthew e Mark me deixou um pouco perplexo. Examinei os rostos pintados dos bonecos em busca de traços que os diferenciassem, mas as duas crianças eram idênticas.

"Você pôs os meninos na história?", perguntei.

Bill olhou para mim e sorriu. "Uma versão deles. Eles são os irmãos mais novos de O."

Coloquei-os com cuidado de volta em seu lugar dentro do cubo de vidro à minha frente. "Você já viu o irmãozinho de Mark?", perguntei.

Bill franziu a testa. "Isso é livre associação ou você está tentando descobrir sentidos ocultos nos meus emes?"

"Eu só estava pensando."

"Não. Só vi uma foto de um recém-nascido vermelho e enrugado e com uma boca enorme."

Embora *A viagem de O* não espelhasse a vida de Bill em nenhum de seus detalhes, comecei a ver aquelas letras personificadas e seus movimentos de um cubo para outro como a autobiografia fabular de Bill — uma espécie de tradução da linguagem do mundo externo para os hieróglifos da vida interior. Bill me contou que perto do final da série O ia desaparecer — não morrer, mas simplesmente sumir. No penúltimo cubo, ele estaria apenas semivisível, como um fantasma de si mesmo. No último cubo, O já teria sumido, mas em seu quarto haveria uma tela semi-acabada. O que Bill pretendia pôr nessa tela, eu não sabia, e acho que ele também não.

Em algum momento do mês de dezembro daquele ano, houve um desaparecimento real. Um desaparecimento pequeno, mas misterioso mesmo assim. Quando Matt fez onze anos, eu lhe dei de presente um canivete suíço com suas iniciais gravadas. O canivete fora dado junto com um pequeno sermão sobre como usá-lo com responsabilidade, e Matt concordara com todas as restrições impostas. A mais importante era que ele não podia levá-lo para a escola. Matt adorava aquele canivete. Prendia-o numa pequena corrente e usava-o pendurado no cinto. "Eu gosto de ter meu canivete sempre à mão", dizia. "Ele é tão útil." A utilidade do canivete, no entanto, talvez fosse menos importante do que seu simbolismo. Matt o usava do mesmo jeito como os zeladores desfilam com suas chaves, como emblema do orgulho masculino. Quando não estava apalpando-o para se certificar de que ele não havia escapulido, Matt o balançava pendurado em seu cinto como um apêndice extra. Antes de dormir, pousava-o reverentemente em sua mesinha-de-cabeceira. E aí, uma certa tarde, Matt não conseguiu encontrá-lo em nenhum lugar. Ele, Erica, Mark e Grace reviraram o armário e as gavetas e procuraram debaixo da cama. Quando cheguei do trabalho, Matt estava aos prantos e Grace já tinha arrancado as roupas de cama para ver se o canivete não tinha se embolado dentro delas durante a noite. Ele tinha mesmo certeza de que o colocara na mesinha-de-cabeceira? Lembrava-se de ter visto o canivete de manhã? Matt achava que sim, mas quanto mais pensava sobre o assunto, mais confuso ficava. Ficamos dias procurando, porém o canivete não apareceu. Prometi então a Matt que, quando seu aniversário de doze anos chegasse e se ele ainda quisesse o mesmo canivete, eu lhe daria outro.

Naquele ano, Matt e Mark decidiram que queriam ir juntos a uma colônia de férias em que dormissem fora de casa. No final de janeiro, Bill, Violet, Erica e eu começamos a estudar um grosso catálogo de colônias de férias. Quando fevereiro chegou, nós já tínhamos uma seleção bem mais reduzida e estávamos dissecando os folhetos enviados por sete delas. Todos os nossos talentos hermenêuticos foram postos em ação na leitura daqueles inocentes folhetos e panfletos xerocados. O que exatamente se queria dizer com uma "filosofia não competitiva"? Será que a expressão se referia à saudável ausência da mentalidade de que "ganhar é tudo", ou era só uma desculpa para a displicência? Bill estudava as fotografias em busca de pistas. Se o estilo das fotos era artificial e produzido demais, ele ficava desconfiado. Descartei duas colônias porque seus folhetos estavam recheados de erros de gramática, e a maior preocupação de Erica era com a formação dos instrutores. No fim, uma colônia chamada Green Hill, na Pensilvânia, ganhou a competição. Os meninos gostaram da foto da capa do catálogo — vinte meninos e meninas debaixo da copa de árvores frondosas, usando camisetas em que se lia Green Hill, sorriam alegres para a câmera. A colônia tinha tudo o que esperávamos encontrar — beisebol, basquete, natação, náutica, canoagem e um programa de artes que incluía aulas de pintura, dança, música e teatro. A decisão estava tomada. Enviamos nossos cheques.

Em abril, poucas semanas antes do final do semestre da Columbia, Bill, Mark, Matthew e eu fomos ao Shea Stadium numa noite de sexta-feira para assistir a um jogo do Mets. O time da casa estava em desvantagem e lutava para virar o jogo no nono turno. Matt examinava atentamente cada lançamento e cada jogada. Depois de murmurar as estatísticas de cada jogador, ele nos oferecia sua análise do rendimento que o jogador teria no quadrilátero. À medida que o jogo progredia, Matt sofria, agonizava e vibrava, dependendo da situação do Mets naquele momento. E como suas emoções afloravam com uma intensidade louca, quando o jogo finalmente terminou eu me vi não só exausto, mas também aliviado.

Já era tarde quando entrei no quarto de Matt naquela noite, levando um copo d'água para deixar em sua mesinha-de-cabeceira. Erica já tinha lhe dado boa-noite e saído do quarto. Debrucei-me sobre sua cama e lhe beijei o rosto, mas ele não retribuiu o beijo. Ficou olhando fixamente para o teto durante alguns segundos e depois disse: "Sabe, pai, eu fico sempre pensando na quantidade de gente que existe no mundo. Eu estava pensando sobre isso nos intervalos do jogo e tive uma sensação superesquisita, sabe, porque me toquei de que todas aquelas pessoas estavam tendo pensamentos ao mesmo tempo, bilhões de pensamentos".

"É, é uma enxurrada de pensamentos que a gente não pode ouvir", comentei.

"É. E aí eu me toquei de uma coisa estranha, que todas aquelas pessoas diferentes vêem as coisas de uma maneira um pouco diferente de como todas as outras pessoas vêem."

"Você está querendo dizer que cada pessoa tem uma maneira diferente de ver o mundo?"

"Não, pai, eu estou dizendo que as pessoas realmente vêem coisas diferentes. Quer dizer, como a gente estava sentado no lugar onde estava, a gente viu um jogo um pouco diferente do jogo que aqueles caras que estavam tomando cerveja perto da gente viram. Era o mesmo jogo, mas talvez eu tenha visto coisas que aqueles caras não viram. E aí eu pensei, se eu estivesse sentado em outro lugar, eu veria outras coisas. E não era só o jogo. Quer dizer, eu vi aqueles caras e eles me viram, mas eu não estava me vendo e eles não estavam se vendo. Você entende o que estou querendo dizer?"

"Entendo perfeitamente. Eu já pensei muito sobre isso, Matt. O lugar onde eu estou não aparece no meu campo de visão. É assim para todo mundo. A gente não se vê na imagem que a gente está vendo, não é? É uma espécie de buraco."

"E quando eu junto isso com a idéia de que as pessoas estão tendo zilhões de pensamentos — agora mesmo elas estão lá, pensando e pensando sem parar —, eu tenho uma sensação esquisita..." Matt ficou um instante em silêncio. "No caminho de volta para casa, no carro, quando todo mundo ficou quieto, eu fiquei pensando em como o pensamento de todo mundo está sempre mudando. Os pensamentos que as pessoas tiveram durante o jogo se transformaram em outros pensamentos quando elas estavam no carro. Aquilo foi naquela hora, mas isso é agora, mas aí aquele agora já acabou, e vem um novo agora. Agora mesmo, eu estou dizendo agora mesmo, mas ele acaba antes de eu terminar de dizer agora mesmo."

"De certa forma", eu disse, "esse *agora* de que você está falando praticamente não existe. A gente sente que ele existe, mas é impossível medi-lo. O passado está sempre devorando o presente." Fiz um carinho em seu cabelo e depois continuei. "Acho que é por isso que eu sempre fui apaixonado por pintura. Uma pessoa faz uma pintura no tempo, mas depois que a tela está pronta, aquela pintura fica no presente. Isso faz sentido para você?"

"Faz, sim. Faz muito sentido. Eu gosto que as coisas durem muito, muito tempo." Matthew olhou para mim e depois tomou fôlego. "Eu tomei uma decisão, pai. Eu quero ser artista. Quando eu era pequeno, achava que ia querer tentar entrar para as ligas profissionais. Eu nunca vou parar de jogar, mas essa não vai ser a minha profissão. Não, eu vou ter um estúdio bem aqui no bairro e um apartamento aqui por perto também, para poder visitar você e a mamãe sempre que eu quiser." Fechou os olhos.

"Às vezes eu acho que vou fazer pinturas enormes, mas outras vezes eu acho que vou fazer pinturas bem pequenas. Eu ainda não sei."

"Você tem muito tempo para decidir", eu disse. Matt se virou de bruços e puxou as cobertas. Debrucei-me e lhe dei um beijo na testa.

Quando saí do quarto de Matt naquela noite, parei no meio do corredor, encostei na parede e fiquei ali parado durante um tempo. Eu tinha orgulho do meu filho. Como uma lufada de ar me invadindo os pulmões, aquele sentimento cresceu dentro de mim, e eu então fiquei me perguntando se meu orgulho não seria uma forma de vaidade refletida. Os pensamentos de Matthew ecoavam os meus; eu tinha me ouvido em tudo aquilo que ele me dissera naquela noite. Mas, ao mesmo tempo, eu sabia que também admirava uma qualidade de Matthew que me faltava. Aos onze anos, Matt tinha uma segurança e uma certeza que eu nunca tive. Quando contei a Erica a conversa que tivéramos, ela me disse: "A gente tem sorte. A gente tem muita sorte de ter um filho como ele. O Matt é o menino mais maravilhoso que existe no mundo". E depois dessa declaração hiperbólica, Erica se virou para o outro lado e dormiu.

No dia 27 de junho, nós seis nos esprememos dentro de uma minivan alugada e nos mandamos para a Pensilvânia. Bill e eu carregamos duas mochilas pesadas feito chumbo até a cabana que Matt e Mark iam dividir com outros sete garotos e cumprimentamos seus instrutores, Jim e Jason. O par me fez lembrar uma versão adolescente de O Gordo e o Magro — um era esquelético, o outro, rotundo —, e ambos tinham largos sorrisos estampados no rosto. Conversamos rapidamente com o diretor da colônia, um homem cabeludo com voz rouca e um aperto de mão vigoroso. Demos uma volta pela propriedade e admiramos o refeitório, o lago, as quadras de tênis e o teatro.

Prolongamos ao máximo nossas despedidas. Matt se atirou em meus braços e me abraçou. Nos últimos tempos, só à noite eu era brindado com um tratamento assim tão carinhoso, mas Matt estava claramente abrindo uma exceção naquela despedida. Senti suas costelas debaixo da camiseta quando ele se apertou contra meu corpo e depois olhei para seu rosto. "Eu te amo, papai", ele disse baixinho. E eu respondi como sempre respondia. "Eu também te amo, Matt. Eu te amo muito." Fiquei olhando-o dar um abraço em Erica e notei que tinha certa dificuldade para se separar da mãe. Erica tirou o boné do Mets da cabeça de Matthew e ajeitou o cabelo dele, afastando-o da testa.

"Matty", disse Erica, "eu vou fazer você passar vexame escrevendo uma carta todo dia."

"Isso não vai ser vexame, mãe." Matt abraçou-a com força e afundou o rosto no ombro de Erica. Depois levantou o queixo e sorriu. "Isso agora, sim, é que está sendo um vexame."

Erica e Violet ainda ganharam mais alguns minutos fazendo recomendações inúteis aos dois para que escovassem os dentes, se lavassem direito e não ficassem acordados até muito tarde. Quando chegamos ao carro, virei para trás para olhar para os meninos. Os dois estavam de pé no enorme gramado bem aparado que ficava ao lado da casa principal da colônia. Um imenso carvalho estendia seus galhos acima deles e, ao fundo, o sol da tarde brilhava sobre o lago, refletindo-se nas ondinhas que se delineavam na superfície da água. Bill ia assumir o volante na primeira parte da viagem de volta para casa, e, depois que me sentei em meu lugar ao lado de Violet no banco traseiro, virei para trás de novo e fiquei observando as duas figuras se tornarem cada vez menores à medida que a van avançava em direção à estrada. Matthew levantou a mão e acenou para nós. À distância, ele parecia um menino muito pequeno, com roupas grandes demais para seu tamanho. Notei como suas pernas pareciam finas naquele short largo e como seu pescoço parecia apenas uma linha estreita saindo de dentro daquela camiseta imensa. Matt ainda estava segurando o boné na mão, e vi sua franja voar para cima e para trás ao vento, descobrindo-lhe o rosto.

DOIS

Oito dias depois, Matt morreu. No dia 5 de julho, por volta de três horas da tarde, Matthew foi fazer canoagem no rio Delaware com três instrutores e seis outros meninos. A canoa em que estava se chocou contra uma pedra e emborcou. Matt foi arremessado para fora, bateu com a cabeça em outra pedra e perdeu os sentidos. Afogou-se em águas rasas, antes que alguém pudesse alcançá-lo. Durante meses, Erica e eu não fizemos nada além de repassar a seqüência de acontecimentos, tentando descobrir de quem fora a culpa. A princípio culpamos Jason, o instrutor de Matt, que estava na popa da canoa, porque tudo se dera por uma questão de centímetros. Se Jason tivesse conduzido a canoa seis ou sete centímetros mais para a direita, o acidente não teria acontecido. Se tivesse desviado três centímetros para a esquerda, a colisão teria acontecido, mas Matt não teria batido com a cabeça na pedra. Também culpamos um menino chamado Rusty. Alguns segundos antes da colisão, Rusty ficou de pé no meio da canoa e balançou o bumbum na frente de Jason. Naqueles segundos, o instrutor perdeu de vista a corredeira rasa à sua frente. Centímetros e segundos. Quando Jim e um menino chamado Cyrus tiraram Matt de dentro do rio, ainda não sabiam que ele estava morto. Jim fez respiração boca a boca, insuflando ar para dentro e puxando ar para fora do corpo imóvel de Matt. Pararam um carro na estrada, e o motorista, um certo sr. Hodenfield, partiu a toda para o hospital mais próximo, em Callicoon, no estado de Nova York — o Grover M. Hermann Community Hospital. No caminho, Jim não parou um instante de tentar reanimar Matt. Pressionava seu peito e soprava ar para dentro de seus pulmões incessantemente, mas no hospital Matthew foi declarado morto. É uma palavra estranha essa, "declarado". Matt já estava morto; contudo, na sala de emergência, os médicos disseram aquelas palavras e tudo acabou. A declaração tornou sua morte real.

Foi Erica quem atendeu o telefonema no fim daquela tarde. Eu estava a apenas alguns passos de distância dela na cozinha. Vi seu rosto se transformar, vi sua mão se agarrar à bancada, ouvi sua boca sussurrar "não". Fazia muito calor naquele dia, mas não tínhamos ligado o ar-condicionado. Eu suava. Olhando para ela, comecei a suar mais ainda. Erica rabiscou algumas palavras num bloco de anotações. Sua mão tremia. Minha mulher tragava o ar sofregamente enquanto ouvia a voz do outro lado da linha. Eu sabia que a ligação era sobre Matt. Erica repetiu a palavra "acidente", depois tomou nota do nome do hospital. Eu estava pronto para sair. Senti a adrenalina inundar meu corpo. Fui correndo apanhar minha carteira e as chaves do carro. Quando voltei para a sala com as chaves na mão, Erica disse: "Leo, o homem no telefone... O homem disse que o Matthew morreu". Parei de respirar, fechei os olhos e repeti para mim mesmo o que Erica acabara de dizer em voz alta. Eu disse não. Uma onda de náusea me subiu à boca. Meus joelhos se dobraram e eu me agarrei à mesa para não cair. Ouvi o estrondo das chaves quando minha mão se chocou contra o tampo de madeira. Sentei. Erica estava agarrada à outra ponta da mesa. Olhei para os nós esbranquiçados de seus dedos, depois para seu rosto contorcido. "Nós temos que ir buscá-lo", ela disse.

Dirigi. Concentrei toda a minha atenção nas linhas brancas e amarelas que contrastavam com o fundo preto da estrada à minha frente. Meus olhos não desgrudavam um instante das linhas, que iam desaparecendo debaixo das rodas do carro. O brilho ofuscante do sol do fim de tarde atravessava o pára-brisa, e volta e meia meus olhos se apertavam detrás dos óculos escuros. Ao meu lado estava sentada uma mulher que eu quase não reconhecia — pálida, imóvel e apática. Sei que Erica e eu vimos Matthew no hospital, e que ele parecia muito magro. Suas pernas estavam bronzeadas, mas seu rosto mudara de cor. Os lábios estavam roxos e as bochechas, cinzentas. Era Matthew, mas não era Matthew. Erica e eu atravessamos corredores, conversamos com o médico-legista e tratamos dos preparativos na silenciosa atmosfera de deferência que cerca as pessoas que acabaram de mergulhar na dor, mas o fato era que o mundo não parecia mais ser o mundo, e quando penso naquela semana, no funeral, no cemitério e nas pessoas que estavam lá, tudo parece sem consistência, como se minha visão tivesse mudado e eu estivesse vendo tudo chapado, sem profundidade.

Imagino que era a incredulidade que fazia as coisas perderem a substância. Saber a verdade não basta. Cada pedaço de mim recusava a morte de Matt, e eu estava sempre esperando que ele entrasse porta adentro. Ouvia-o perambulando dentro de seu quarto e subindo os degraus da escada do prédio. Uma vez, ouvi Matt dizer: "pai". O som de sua voz era muito nítido, como se ele estivesse a um passo de distância de mim. A credulidade viria bem devagar e em doses homeopáticas, em momentos que abriam buracos no curioso cenário que substituíra o mundo à minha volta. Dois dias depois do enterro, eu estava andando de um lado para outro no apartamento quando ouvi ruídos no quarto de Matthew. Espiei pela abertura da porta e vi Erica deitada na cama dele. Ela estava toda encolhida debaixo das cobertas e balançava o corpo para a frente e para trás, abraçando e mordendo o travesseiro. Andei até a cama e me sentei na beirada. Erica continuou se balançando. A fronha do travesseiro estava coberta de manchas molhadas de saliva e lágrimas. Pus minha mão no ombro de Erica, mas ela se virou para a parede e começou a gritar. Seus berros vinham do fundo da garganta — roucos e guturais. "Eu quero meu filho! Vá embora! Eu quero meu filho!" Tirei a mão. Erica esmurrou a parede e socou a cama. Aos soluços, repetia sem parar aquelas mesmas palavras. Seus gritos pareciam ferir meus pulmões, e eu parava de respirar cada vez que eles recomeçavam. Ali sentado, ouvindo os gritos dela, tive muito medo, não da dor de Erica, mas da minha. Deixei que seus gritos penetrassem em mim e me arranhassem por dentro. Isso é verdade, disse a mim mesmo. Esses gritos são reais. Olhei para o chão e me imaginei estendido ali. Só assim aquilo tudo acabaria, pensei. Eu me sentia seco. Esse era o problema. Eu estava seco como uma carcaça velha — e sentia inveja dos socos e dos berros de Erica. Eu não conseguia gritar, e deixei que ela gritasse por mim. Erica terminou com a cabeça em meu colo, e fiquei olhando para seu rosto amassado, seu nariz vermelho, seus olhos inchados. Pus quatro dedos em sua bochecha e deslizei-os até o queixo. "Matthew", eu disse a ela. "Matthew", repeti.

Erica olhou para mim. Seus lábios tremiam. "Leo, como é que nós vamos viver?"

Os dias eram longos. Devo ter pensado coisas, mas, se pensei, não me lembro. A maior parte do tempo, só ficava sentado. Não lia, não chorava, não me balançava, não me mexia. Sentava na poltrona onde hoje quase sempre me sento e ficava olhando pela janela. Observava o trânsito e os pedestres com suas bolsas de compras. Estudava os táxis amarelos e os turistas de short e camiseta. Depois de ficar horas ali sentado, ia para o quarto de Matt e tocava em suas coisas. Nunca pegava nada. Passava os dedos em sua coleção de pedras. Apalpava suas camisetas na gaveta. Pousava as mãos sobre sua mochila, ainda cheia de roupas sujas da colônia de férias. Tateava sua cama desfeita. Passamos o verão inteiro sem fazer a cama dele, sem tirar um único objeto do lugar em seu quarto. Pela manhã, Erica quase sempre acordava na cama de Matthew. Às vezes ela se lembrava de ter levantado no meio da noite e ido para lá; outras vezes, não.

Erica começara a andar dormindo de novo, não todas as noites, mas duas ou três vezes por semana. Durante esses transes itinerantes, ela estava sempre à procura de alguma coisa. Abria gavetas na cozinha e vasculhava os armários. Tirava livros da estante em seu escritório e ficava olhando para o espaço vazio que eles tinham deixado na prateleira. Uma noite, encontrei-a no meio do corredor. Sua mão girou uma maçaneta invisível e abriu uma porta igualmente invisível, e ela começou a apalpar e a revirar o vazio. Deixei que levasse adiante sua busca, porque tinha medo de acordá-la. Adormecida, ela tinha uma determinação que perdera quando estava acordada, e quando eu a sentia se mexer ao meu lado e se levantar da cama, me levantava também e a seguia pelo apartamento até que o ritual de busca chegasse ao fim. Virei um espectador noturno, uma testemunha vigilante da perambulação inconsciente de Erica. Havia noites em que me punha diante da porta que dava para o hall do prédio, temeroso de que ela resolvesse sair e continuar sua busca pelas ruas, mas fosse o que fosse que ela quisesse encontrar, o objeto fora perdido dentro do apartamento. Às vezes Erica murmurava: "Eu sei que pus em algum lugar. Estava bem aqui". Mas nunca nomeava o objeto. Depois de algum tempo, desistia, entrava no quarto de Matt, deitava na cama dele e dormia até de manhã. Nas suas primeiras semanas de sonambulismo, eu lhe contava o que acontecera à noite, mas, após algum tempo, parei. Não havia nada de novo para contar, e minhas descrições de sua perambulação inconsciente só lhe aumentavam o sofrimento.

Não sabíamos como abrir mão de Matt, não sabíamos como existir. Não conseguíamos encontrar o ritmo da vida cotidiana. Coisas simples como acordar de manhã, apanhar o jornal do lado de fora da porta e sentar à mesa para tomar café se transformaram numa pantomima cruel do dia-a-dia encenada na ausência abissal do nosso filho. Embora sentasse à mesa diante de uma tigela de cereal, Erica não conseguia comer. Apesar de nunca ter tido grande apetite e de sempre ter sido magra, ao final do verão ela já havia perdido sete quilos. Seu rosto ficou chupado, e quando me sentava à mesa na frente dela, eu quase via sua caveira. Vivia insistindo para que comesse, mas não era uma insistência muito entusiasmada, pois eu também perdera o paladar e tinha de forçar a comida goela abaixo. Era Violet quem nos alimentava. Violet começou a preparar o jantar para nós no dia seguinte à morte de Matt e só parou de fazer isso no meio do outono. No início, batia em nossa porta antes de entrar. Depois de algum tempo, passamos a deixar a porta aberta para ela. Todas as noites, eu ouvia os passos de Violet na escada e a via entrar em nosso apartamento, carregando travessas cobertas com papel laminado. Nos primeiros dias que se seguiram à morte de Matt, Violet quase não falava conosco, e seu silêncio era um alívio. Anunciava os nomes dos pratos — "Lasanha e salada", ou "Guisado de frango com vagem e arroz" — e então punha as travessas em cima da mesa, descobria-as e fazia nossos pratos. Em agosto, Violet passou a ficar para encorajar Erica a comer. Cortava os alimentos para ela e, enquanto Erica levava à boca garfadas hesitantes, massageava-lhe os ombros e as costas. Violet também me tocava, mas de um jeito diferente. Segurava meu braço e o apertava com força, não sei se para me equilibrar ou para me sacudir.

Nós dependíamos dela, e quando relembro essa época, percebo a trabalheira que ela teve. Se ela e Bill iam sair para jantar fora, Violet cozinhava para nós mesmo assim e deixava a comida em nossa casa antes de ir. Quando os dois passaram duas semanas fora em agosto, Violet encheu o nosso freezer de travessas de comida, com rótulos que especificavam os dias da semana em que deveríamos comê-las. E ligava para nós de Connecticut todos os dias às dez da manhã para saber como estávamos e finalizava a conversa dizendo: "Tire a travessa de quarta-feira do freezer agora e ela vai estar descongelada na hora do jantar".

Bill vinha nos visitar sozinho. Violet e Bill nunca disseram nada, mas eu acho que os dois vinham à nossa casa em horários diferentes para que Erica e eu passássemos mais tempo acompanhados. Umas duas semanas depois do enterro, Bill trouxe uma aquarela que Matt tinha feito numa de suas visitas ao estúdio. Era outra paisagem urbana. Quando viu a aquarela, Erica disse a Bill: "Acho que vou deixar para ver depois, está bom? Não estou conseguindo agora. Não estou mesmo...". Ela saiu da sala e atravessou o corredor, e eu ouvi o barulho da porta de nosso quarto se fechando. Bill puxou uma cadeira para perto da minha poltrona, pôs a aquarela em cima da mesa de centro à nossa frente e começou a falar. "Você está vendo o vento?"

Olhei para a aquarela.

"Olha só como essas árvores estão sendo empurradas pelo vento, e os prédios também. A cidade inteira parece estar sacudindo com o vento. Ele só tinha onze anos, Leo, e fez isso." Bill passou o dedo pelas imagens. "Olha essa mulher catando lata, e a menininha com roupa de bailarina do lado da mãe. Olha o corpo desse homem aqui, o jeito como está andando, lutando contra o vento. E olha aqui o Dave, dando comida para o Durango..."

Atrás de uma janela, eu vi o velho. Ele estava abaixado, com uma tigela na mão. Por causa de sua postura curvada, a barba de Dave estava pendurada longe do corpo. "É", eu disse. "O Dave sempre está em algum lugar."

"Ele fez essa aquarela para você", disse Bill. "É para você." Ele pegou a aquarela e pôs no meu colo. Segurei-a com muito cuidado e estudei a rua e seus habitantes. Um saco plástico e uma folha de jornal voavam ao vento perto da calçada, e quando olhei para a parte de cima do papel, notei uma pequena figura em cima do telhado do prédio de Dave — o vulto de um menino.

Bill apontou para o menino. "Ele não tem rosto. O Matt me disse que queria ele assim..."

Aproximei o papel dos olhos. "E os pés dele não estão tocando o chão", eu disse devagar. O menino sem rosto estava segurando alguma coisa na mão — um canivete com as lâminas abertas, como as pontas de uma estrela. "É o Menino Fantasma", eu disse, "com o canivete que o Matt perdeu."

"É para você", Bill repetiu. Na hora aceitei essa explicação, mas hoje me pergunto se Bill não teria inventado a história do presente. Bill pôs a mão em meu ombro. Eu estava com medo disso. Não queria que ele me tocasse, e continuei rígido. Mas quando olhei para o homem ao meu lado, vi que ele estava chorando. Lágrimas escorriam-lhe pelo rosto, e em seguida vieram os soluços.

Depois disso, Bill passou a vir todos os dias para se sentar ao meu lado perto da janela. Saía do estúdio mais cedo que de costume e chegava sempre à mesma hora: cinco em ponto. Quase sempre, Bill punha a mão no braço da minha poltrona e a deixava ali até ir embora, cerca de uma hora mais tarde. Contava histórias de sua infância com Dan e da época em que era um jovem artista perambulando pela Itália. Descreveu o primeiro serviço que pegou como pintor de paredes em Nova York — num bordel freqüentado basicamente por judeus hassídicos. Lia para mim trechos da *Artforum*. Falava sobre a conversão de Philip Guston, sobre o *Maus* de Art Spiegelman e sobre os poemas de Paul Celan. Eu raramente o interrompia, e ele não pedia que eu dissesse nada. Não evitava falar de Matthew. Às vezes me contava conversas que os dois tinham no estúdio. "Ele fazia perguntas sobre linha, Leo. Perguntas metafísicas, sobre a borda das coisas quando a gente olha para elas, se os blocos de cor têm linhas, se a pintura é superior ao desenho. Ele me disse que tinha sonhado várias vezes que estava andando na direção do sol e não conseguia enxergar. A luz o cegava."

Depois que falava sobre Matt, Bill sempre ficava alguns instantes em silêncio. Quando se sentia forte o bastante para ouvir nossa conversa, Erica se deitava no sofá a alguns metros de distância de nós. Sei que ela ouvia, porque às vezes levantava a cabeça e dizia: "Continua, Bill". E Bill então retomava seu monólogo. Eu escutava tudo o que ele dizia, mas sua voz parecia abafada, como se ele estivesse falando através de um lenço. Antes de ir embora, Bill tirava a mão do braço de minha poltrona, apertava meu braço com força e dizia: "Eu estou aqui, Leo. Nós estamos aqui". Durante um ano, Bill veio à nossa casa todos os dias sempre que estava em Nova York. Quando estava viajando, ligava para mim por volta da mesma hora. Sem Bill, acho que eu teria secado completamente e voado com o vento como uma folha seca.

Grace ficou conosco até a primeira semana de setembro. A morte de Matt a deixou silenciosa, mas sempre que falava dele

Grace o chamava de "meu menininho". Sua dor parecia se alojar no peito e na maneira como ela respirava. Seus seios fartos subiam e desciam, enquanto ela balançava a cabeça. "A gente não pode entender uma coisa dessas", dizia. "Está além da nossa capacidade." Grace arranjou emprego com outra família da vizinhança, e no dia em que ela nos deixou, eu me peguei examinando seu corpo. Matt sempre adorou a plenitude de Grace. Uma vez ele disse a Erica que quando sentava no colo de Grace nunca apareciam ossos salientes para atrapalhar seu conforto. Mas a plenitude dela não era só física; era também espiritual. Mais tarde, Grace acabou se mudando para Sunrise, na Flórida, onde mora até hoje com o sr. Thelwell, num condomínio. Ela e Erica ainda se correspondem, depois de todos esses anos, e Erica me contou que Grace mantém uma foto de Matthew na sala, ao lado das fotos de seus seis netos.

Poucos dias antes de Erica e eu recomeçarmos a trabalhar naquele outono, Lazlo veio nos visitar. Não o víamos desde o enterro. Ele entrou porta adentro com uma caixa de papelão, cumprimentou-nos com um meneio de cabeça e pôs a caixa no chão. Em seguida, pôs-se a desembrulhar a caixa, tirou um objeto de dentro e o colocou em cima da mesa de centro. Os pauzinhos azuis da pequena escultura nada tinham a ver com os trabalhos anatômicos que Lazlo nos mostrara antes. Frágeis retângulos abertos erguiam-se de uma tábua azul-escura. A peça parecia uma cidade de palito. Colado à base estava o título: *Em memória de Matthew Hertzberg*. Lazlo não conseguia olhar para nós. "É melhor eu ir agora", murmurou, mas, antes que pudesse dar um passo, Erica o alcançou. Agarrou-o pela cintura fina e o abraçou. Lazlo abriu os braços. Por um momento, manteve-os estirados e parados no ar, como se tentasse decidir se deveria alçar vôo ou não, mas acabou abraçando Erica também. Seus dedos ficaram apoiados bem de leve nas costas de Erica por alguns instantes e depois ele encostou o queixo na cabeça dela. Houve um espasmo momentâneo em seu rosto, um leve franzir de músculos em torno da boca, e então passou. Apertei a mão de Lazlo e, enquanto seus dedos quentes apertavam os meus, engoli em seco por duas vezes, ouvindo os goles ecoarem em meus ouvidos como tiros distantes.

Depois que Lazlo foi embora, Erica virou-se para mim e disse: "Você não chora, Leo. Você não chorou nem uma vez".

Olhei para os olhos vermelhos, o nariz molhado e a boca trêmula de Erica e senti repulsa. "Não", eu disse. "Não chorei." Erica ouviu a raiva reprimida em minha voz e olhou para mim, perplexa. Eu me virei e saí andando pelo corredor. Entrei no quarto de Matthew e parei perto de sua cama. E então cravei o punho na parede. O gesso cedeu sob o impacto do soco e a dor se espalhou rapidamente por minha mão. Era bom sentir aquela dor — não, mais do que bom. Por um instante, senti um alívio profundo e sublime, mas não durou muito. Mesmo de costas, senti que Erica olhava para mim da porta do quarto. Quando me virei para olhar para ela, Erica disse: "O que foi que você fez? O que foi que você fez com a parede do Matt?".

Erica e eu éramos profissionais dedicados, mas a mesmice e a familiaridade de nossas tarefas pareciam mais uma reencenação do que uma continuação de nossas vidas antigas. Eu me lembrava perfeitamente do Leo Hertzberg que dava aulas no departamento de História da Arte antes da morte de Matthew, e descobri que conseguia personificá-lo sem grandes problemas. Afinal, meus alunos não precisavam de mim. Precisavam dele: do homem que dava palestras, corrigia trabalhos e cumpria seu horário de atendimento aos alunos. Na verdade, passei a desempenhar minhas tarefas com mais rigor ainda. Enquanto continuasse trabalhando sem parar, ninguém poderia me criticar, e logo descobri que, como meus colegas e alunos sabiam que eu perdera um filho, eles próprios me protegiam com seus muros de silêncio e respeito. Percebi que Erica adotou uma postura parecida. Quase uma hora depois de chegar da Rutgers, seus gestos ainda continuavam bruscos e mecânicos. Erica fazia questão de ficar acordada até tarde corrigindo trabalhos. Quando conversava com colegas pelo telefone, sua voz fazia lembrar a versão paródica da secretária eficiente consagrada em filmes. Em seu rosto tenso e determinado, eu via um reflexo de mim mesmo — um reflexo de que não gostava nem um pouco. E quanto mais olhava para ele, mais feio ele me parecia.

A diferença entre nós dois era que a pose de Erica ruía diariamente. No fim do verão, ela parou de andar pela casa durante o sono. Em vez disso, ia acordada para a cama de Matt e chorava sem parar até não conseguir chorar mais. O sofrimento de Erica era volátil. Passei meses indo me sentar ao lado dela na cama de Matt, sem saber o que esperar. Havia noites em que ela me segurava e me beijava as mãos, o rosto, o peito, e noites em que me dava tapas nos braços e murros no peito. Havia noites em que pedia que eu a abraçasse e então, quando eu a segurava em meus braços, ela me empurrava para trás. Depois de um tempo, descobri que minhas reações diante de Erica eram robóticas. Eu cumpria meu papel abraçando-a ou, quando ela não me queria por perto, permanecendo sentado em silêncio a uma certa distância, mas os gestos e as palavras que trocávamos pareciam evaporar instantaneamente sem deixar nenhum vestígio. Quando Erica mencionava Rusty ou Jason, a vontade que eu tinha era de ficar surdo. Quando me acusava de estar "catatônico", eu fechava os olhos. Não dormíamos mais na mesma cama, não transávamos, e eu não me masturbava. Às vezes sentia vontade, mas o alívio que a masturbação prometia também parecia ser capaz de me desintegrar.

Em dezembro, Erica procurou um médico por causa da sua perda de peso, e ele a encaminhou a uma médica que era também psicanalista. Toda sexta-feira, Erica ia ao consultório da dra. Timble, na Central Park West. A médica pediu que eu fosse vê-la, mas me recusei. A última coisa que eu queria era que uma pessoa estranha ficasse esquadrinhando minha cabeça em busca de traumas infantis ou me interrogando sobre meus pais. Mas eu devia ter ido. Hoje vejo que devia ter ido. Devia ter ido porque Erica queria que eu fosse. Minha recusa se transformou no sinal de que eu estava me afastando dela, sem esperança de volta. Enquanto Erica conversava com a dra. Timble, eu ficava em casa sentado, ouvindo Bill falar durante uma hora, e depois, quando ele ia embora, ficava olhando pela janela. Meu corpo inteiro doía. A dor tinha se instalado em meus braços e minhas pernas, e comecei a padecer de uma rigidez muscular crônica. Minha mão direita, aquela que eu enfiara na parede, levou muito tempo para ficar boa. Meu dedo médio quebrou e a colisão me deixou com um caroço enorme perto da articulação. Essa pequena deformação e o corpo dolorido eram meus únicos motivos de satisfação e, sempre que me sentava em minha poltrona, ficava acariciando aquele dedo troncho.

Erica bebia latas de um suplemento alimentar chamado Ensure. À noite, tomava uma pílula para dormir. Com o passar dos meses, ela foi ficando bem mais gentil comigo, mas seu novo jeito atencioso de me tratar tinha um quê de impessoal, como se ela estivesse cuidando de um sem-teto que encontrara na rua, e não de seu marido. Erica parou de dormir na cama de Matt e voltou para a nossa, mas eu raramente me juntava a ela, preferia dormir em minha poltrona. Numa noite de fevereiro, acordei com Erica me cobrindo com uma colcha. Em vez de abrir os olhos, fingi que estava dormindo. Quando ela encostou os lábios em minha testa, eu me imaginei puxando-a para meu colo e beijando seu pescoço e seus ombros, mas não fiz nada. Na época, eu me sentia como um homem enclausurado numa pesada armadura de guerra e, dentro daquela fortaleza corpórea, eu vivia em função de um único desejo: *Não vou deixar que me consolem*. Por mais perverso que fosse, esse desejo me dava a sensação de ter uma razão de ser, o único resquício de objetivo de vida que ainda me restava. Eu tinha certeza de que Erica sabia como eu me sentia, e em março ela anunciou uma mudança.

"Eu resolvi aceitar o emprego que eles me ofereceram em Berkeley, Leo. Eles ainda querem que eu vá para lá."

Estávamos comendo comida chinesa da própria caixa do restaurante. Levantei os olhos de meu frango com brócolis e examinei o rosto de Erica. "Foi essa a maneira que você encontrou para dizer que quer o divórcio?" A palavra "divórcio" soou estranha aos meus ouvidos, e percebi que aquilo nunca me passara pela cabeça.

Erica sacudiu a cabeça e abaixou os olhos. "Não, eu não quero o divórcio. Eu não sei se vou ficar lá. Só sei que não posso mais continuar morando no mesmo lugar onde o Matt morou, e não posso mais ficar aqui com você, porque..." Ela se calou por um instante. "Você virou uma coisa morta, Leo. Eu não ajudei em nada, eu sei. Fiquei tanto tempo enlouquecida... e fui má com você."

"Não. Você não foi má comigo." Eu não estava agüentando olhar para ela; virei a cabeça e falei para a parede. "Você tem certeza de que quer ir embora? Também não é nada fácil se mudar."

"Eu sei."

Ficamos em silêncio durante algum tempo e depois ela continuou. "Eu me lembrei do que você falou sobre o seu pai

— sobre o jeito como ele ficou quando descobriu que a família dele tinha morrido. Você disse: 'Ele ficou paralisado'."

Eu não me mexia e não tirava os olhos da parede. "Ele teve um enfarte."

"Antes do enfarte. Você disse que isso aconteceu antes de ele ter o enfarte."

Vi meu pai sentado em sua poltrona, de costas para mim, em frente à lareira. Balancei a cabeça, concordando, antes de olhar para Erica. Quando nossos olhos se encontraram, vi que ela estava sorrindo e chorando ao mesmo tempo. "Eu não estou dizendo que está tudo acabado entre nós, Leo. Eu quero vir te visitar, se você deixar. Quero escrever para você e contar o que estou fazendo."

"Está certo." Fiquei balançando a cabeça sem parar, como um daqueles bonecos com pescoço de mola. Passei as mãos pela barba de dois dias, cocei o rosto e continuei balançando a cabeça.

"E a gente também tem que resolver o que vai fazer com as coisas do Matthew. Eu pensei que você podia organizar os desenhos dele. A gente pode emoldurar alguns e guardar os outros em pastas. Eu cuido das roupas e dos brinquedos. Alguns deles a gente pode dar para o Mark..."

Essa tarefa passou a ocupar nossas noites, e descobri, espantado, que conseguia dar conta dela. Comprei pastas e caixas e comecei a organizar centenas de desenhos, trabalhos de arte da escola, cadernos e cartas que tinham pertencido a Matt. Erica dobrou com todo o cuidado as camisetas, as calças e os shorts dele. Separou para si uma camiseta com a mensagem ARTE JÁ e uma calça com estampa de camuflagem que Matthew adorava. Pôs o resto em caixas para dar ao Mark ou à Legião da Boa Vontade. Juntou todos os brinquedos e separou os bons dos mais vagabundos. Enquanto Erica ficava sentada no chão do quarto de Matt cercada por caixas de papelão, eu arquivava desenhos sentado à mesa dele. Trabalhávamos devagar. Erica gastou um tempo enorme com as roupas de Matthew, camisas, cuecas e meias. Como eram estranhas aquelas peças de roupa — banais e terríveis ao mesmo tempo. Uma noite, pus-me a traçar com o dedo as linhas dos desenhos dele —pessoas, prédios e animais. Encontrei o movimento da mão viva de Matthew daquele jeito, e depois que comecei não consegui mais parar. Numa noite de abril, Erica entrou no quarto e parou atrás de mim. Ficou olhando minha mão se mover em cima da página e depois estirou o braço, pôs o dedo em cima de Dave e traçou os contornos do corpo do velho. Erica começou a chorar, e foi então que percebi quanto odiei suas lágrimas, porque naquele momento, por alguma razão, não senti ódio nenhum.

A partida iminente de Erica nos modificou. Saber que logo estaríamos separados nos tornou mais tolerantes, livrando-nos de um peso que ainda não sei como chamar. Eu não queria que ela fosse embora, mas o fato de ela estar indo afrouxou um parafuso no mecanismo de nosso casamento. Nessa época, ele se transformara num mecanismo, uma máquina repetitiva e monótona de tristeza e dor.

Naquela primavera, eu estava dando um curso sobre natureza-morta para doze alunos da pós-graduação, e em abril fui à universidade para uma das últimas aulas do curso. Quando entrei na sala naquele dia, um dos alunos, Edward Paperno, estava abrindo as janelas para deixar o ar quente entrar. O sol, a brisa, o fato de o semestre estar quase no fim, tudo contribuía para uma atmosfera de preguiça e cansaço. Quando me sentei para iniciar a discussão, bocejei e cobri a boca. Na mesa à minha frente, eu tinha minhas anotações e uma reprodução de *Copo d'água e bule de café*, de Chardin. Meus alunos tinham lido Diderot, Proust e os irmãos Goncourt sobre Chardin. Tinham ido à Frick para estudar as naturezas-mortas daquela coleção, e já tínhamos discutido juntos várias pinturas. Comecei a aula chamando a atenção para a simplicidade do quadro, dois objetos, três cabeças de alho e um ramo de erva. Falei da luz refletida na borda e na asa do bule, da brancura dos dentes de alho e dos matizes prateados da água. E então me peguei olhando fixamente para o copo d'água da pintura. Cheguei bem perto dele. As pinceladas eram visíveis. Eu conseguia percebê-las claramente. Uma pincelada precisa tinha feito a luz. Engoli em seco, respirei fundo e engasguei.

Acho que foi Maria Livingston quem perguntou: "Está tudo bem, professor?".

Limpei a garganta, tirei os óculos e sequei os olhos. "A água", eu disse em voz baixa. "Esse copo d'água me comove muito." Levantei o rosto e vi os rostos espantados dos meus alunos. "A água é um símbolo..." Parei. "A água parece ser um símbolo de ausência."

Fiquei em silêncio, mas senti lágrimas mornas escorrendo pelo meu rosto. Os alunos continuavam olhando para mim. "Acho que isso é tudo por hoje", eu disse com voz trêmula. "Aproveitem o sol lá fora."

Fiquei observando meus doze alunos saírem da sala em silêncio e notei, com certa surpresa, que Letitia Reeves tinha pernas bonitas, que deviam ter estado escondidas debaixo de calças compridas até aquele dia. Ouvi a porta se fechar e depois os alunos conversando baixinho no corredor. O sol iluminava a sala de aula vazia; um vento mais forte começou a soprar, entrou pela janela e bateu em meu rosto. Tentei não fazer barulho, mas sei que fiz. Sorvi o ar sofregamente, engasguei e barulhos horríveis começaram a sair de minha garganta, num acesso de choro que pareceu durar um tempo enorme.

Semanas mais tarde, encontrei por acaso minha agenda de 1989, uma caderneta bem pequena em que tinha anotado compromissos e datas importantes. Folheei a agenda, parando nas datas dos jogos de beisebol de Matthew, das reuniões de pais e professores e da feira de artes da sua escola. Quando entrei no mês de abril, vi que no dia catorze tinha escrito JOGO DO METS em letras garrafais. Exatamente um ano depois daquela data, eu desmoronara em plena sala de aula por causa de uma pintura de Chardin. Eu me lembrei da conversa que eu e Matt tivéramos naquela noite. Me lembrei do lugar exato em que tinha me sentado em sua cama. Me lembrei da expressão em seu rosto enquanto ele falava e de como ficara olhando para o teto durante boa parte da conversa. Me lembrei de seu quarto, de suas meias no chão, da manta xadrez com que ele se cobrira até o peito e da camiseta do Mets que estava usando em vez do pijama. Me lembrei de seu abajur com base em forma de lápis, da luz refletida em cima da mesinha-de-cabeceira e do copo d'água debaixo da cúpula — recortado à esquerda pelo contorno do relógio de pulso de Matthew. Eu tinha trazido centenas de copos d'água para pôr ao lado da cama de Matt e já tinha tomado vários deles depois que Matt morrera, pois também tinha o hábito de dormir com um copo d'água ao meu lado. Um copo d'água de verdade nunca fizera com que eu me lembrasse do meu filho, mas a imagem de um copo d'água pintada duzentos e trinta anos atrás me catapultara súbita e irrevogavelmente para a dolorosa consciência de que eu ainda estava vivo.

Depois daquele dia na sala de aula, minha dor tomou uma forma diferente. Eu vinha vivendo fazia meses num estado auto-imposto de *rigor mortis*, interrompido apenas nas horas em que eu tinha de representar meu papel de profissional dedicado, o que não atrapalhava em nada o sepultamento que eu escolhera para mim mesmo. Mas uma parte de mim sabia que o desabamento era inevitável. Chardin se transformou no estopim do desmoronamento porque aquela pequena pintura me pegou de surpresa. Eu não estava preparado para seu assalto aos meus sentidos, e simplesmente ruí. A verdade era que eu vinha evitando a ressurreição porque já devia saber que ela seria insuportavelmente dolorosa. Naquele verão, a luz, o barulho, as cores, os cheiros, os mais leves movimentos no ar me metralhavam de tal forma com seu excesso de estímulos que eu tinha a sensação de estar em carne viva. Usava óculos escuros o tempo todo. A menor mudança de luz me feria os olhos. As buzinas dos carros rompiam meus tímpanos. As conversas dos pedestres, suas risadas, suas exclamações, e até uma pessoa solitária cantarolando na rua me atingiam como uma agressão. Eu não suportava nenhum tom de vermelho. Suéteres e camisas escarlate ou a boca vermelha de uma moça bonita fazendo sinal para um táxi me obrigavam a desviar o rosto. Os esbarrões corriqueiros nas calçadas — o braço ou o cotovelo de uma pessoa roçando em meu corpo, o encontrão do ombro de um estranho — me davam calafrios na espinha. O vento parecia penetrar em meus ossos, e eu tinha a sensação de estar ouvindo meu esqueleto chacoalhar. O lixo cozinhando nas ruas me causava ânsias de vômito e tonturas, e o mesmo acontecia quando eu sentia o cheiro das comidas dos restaurantes — hambúrgueres fumegantes, frango frito e os temperos fortes da comida oriental. Minhas narinas absorviam todos os odores humanos, fossem naturais ou artificiais, colônias, óleos, suor e os odores rançosos e azedos do bafo das pessoas. Eu estava sendo bombardeado e não tinha como escapar.

Mas o pior de tudo, naqueles meses de hipersensibilidade, era que eu às vezes esquecia Matthew. Minutos se passavam sem que eu pensasse nele. Quando Matt estava vivo, eu não sentia nenhuma necessidade de ficar pensando nele o tempo todo. Eu sabia que ele estava lá. O esquecimento era normal. Depois que ele morreu, transformei meu corpo num memorial — uma lápide inerte em sua homenagem. Estar desperto significava fatalmente ter momentos de amnésia, e esses momentos pareciam aniquilar Matthew duplamente. Quando eu o esquecia, Matthew não estava em lugar algum — nem no mundo, nem em minha cabeça. Acho que minha coleção era uma forma de preencher essas lacunas. Enquanto Erica e eu organizávamos as coisas de Matthew, escolhi alguns objetos para pôr em minha gaveta junto com as fotografias de meus pais, meus avós, meus tios e das gêmeas. Minha seleção foi puramente instintiva. Escolhi uma pedra verde, o cartão de beisebol do Roberto Clemente que Bill lhe dera de aniversário numa das estadas em Vermont, o programa que ele tinha criado para a montagem de *Horton Hears a Who* feita pela quarta série e um pequeno desenho com Dave e Durango. Aquele desenho tinha mais humor do que a maioria dos desenhos que Matt fizera de Dave. O velho está dormindo no sofá com um jornal em cima do rosto, enquanto o gato lhe lambe os dedos dos pés.

Erica foi embora no início de agosto, cinco dias antes do aniversário de Matt. Disse que ia precisar de algumas semanas para se instalar no apartamento novo em Berkeley. Ajudei a empacotar os livros que ela queria levar, e nós os enviamos pelo correio para seu novo endereço. Erica teve de deixar a dra. Timble, e eu às vezes tinha a impressão de que ela tinha mais medo de deixar a analista do que de deixar a Rutgers, ou deixar Bill e Violet, ou *me* deixar. Mas ela estava levando consigo o nome de outro analista em Berkeley, com quem começou a ter consultas poucos dias depois de chegar lá. Naquela manhã, desci as escadas com Erica carregando sua mala e a acompanhei até a rua para procurar um táxi. O dia estava nublado, mas extremamente claro, e, embora eu estivesse de óculos escuros, meus olhos se ressentiam da luz. Depois que chamei um táxi, pedi ao motorista que ligasse o taxímetro e esperasse um pouco. Quando me virei para me despedir, percebi que Erica começou a tremer.

"A gente melhorou um pouco nesses últimos tempos", comentei.

Erica olhou para o chão. Notei que, embora ela tivesse recuperado alguns quilos, a saia que estava usando ficava bem abaixo da cintura, frouxa. "Foi porque eu mudei um pouco as coisas, Leo. Você estava ficando com ódio de mim. Agora você não vai mais me odiar." Levantou a cabeça e sorriu para mim. "Nós... nós... nós..." Sua voz falhou e ela riu. "Eu já nem sei mais o que estou dizendo. Eu te ligo quando chegar lá." Chegou perto de mim e me abraçou. Senti seu corpo encostado ao meu — os seios pequenos e os ombros. Seu rosto úmido afundou em meu pescoço. Quando se afastou de mim, Erica sorriu novamente. As linhas em volta de seus olhos se enrugaram e eu olhei para o sinal logo acima de sua boca. Inclinei a cabeça e lhe dei um beijo bem em cima do sinal. Erica percebeu que eu tinha mirado na pinta e sorriu. "Eu gostei. Faz de novo."

Beijei-a novamente.

Quando Erica entrou no táxi, fiquei olhando para suas pernas, que continuavam brancas como no inverno. Tive um impulso de deslizar a mão por entre suas coxas e sentir sua pele. A sensação quente do desejo sexual me fez estremecer por dentro. Ouvi a porta do carro bater e fiquei parado na calçada, vendo o táxi subir a Greene Street e virar à direita. Agora você a quer, depois de todos esses meses, disse a mim mesmo. Quando me virei para voltar para casa me dei conta de como Erica me conhecia bem.

O apartamento não estava muito diferente. Havia alguns espaços vazios nas prateleiras de livros. As roupas no armário de nosso quarto estavam menos apertadas. No final das contas,

Erica acabou levando pouca coisa. Mesmo assim, enquanto andava pelo apartamento vistoriando as lacunas abertas nas prateleiras, os cabides vazios, o espaço no chão onde apenas um dia antes os sapatos de Erica estavam enfileirados, eu me peguei respirando com dificuldade. Fazia meses que vinha me preparando para o momento de sua partida, mas não imaginei que fosse sentir o que estava sentindo — um medo frio, que me apertava o peito. Bem feito para mim; eu estava tendo o que merecia. Fiquei andando de um cômodo para outro, deixando aquela ansiedade fria me comprimir os pulmões. Liguei a televisão para ouvir vozes. Desliguei em seguida para me livrar delas. Uma hora se passou e depois outra. Às quatro horas eu estava exausto de ficar zanzando de um lado para outro no apartamento, como um passarinho apavorado. Continuei andando de um cômodo para outro, mas diminuí o ritmo de meus passos. No banheiro, abri o armário de remédios e examinei uma escova de dentes velha de Erica e um batom. Peguei o batom e tirei a tampa. Girei a parte de baixo da embalagem e fiquei estudando a tonalidade vermelho-amarronzada. Depois de girar de novo o tubo e recolocar a tampa, andei até minha mesa, abri a gaveta e pus o batom lá dentro. Escolhi dois outros objetos para pôr na gaveta — um pequeno par de meias pretas e dois pregadores de cabelo que Erica tinha deixado em cima de sua mesinha-de-cabeceira. O absurdo da seleção estava claro para mim, mas não liguei. O ato de fechar a gaveta trancando ali dentro coisas que pertenciam a ela me tranqüilizou. Quando Bill chegou, eu estava calmo. Mesmo assim, Bill ficou comigo mais tempo do que costumava ficar, e tenho certeza de que fez isso porque sentiu que por trás da minha aparente serenidade se escondia o pânico.

Erica ligou à noite. Sua voz ao telefone soava fina e um pouco esganiçada. "Quando pus a chave na porta, eu me senti feliz", ela disse, "mas quando entrei no apartamento, sentei e olhei em volta, achei que tinha enlouquecido. Eu estava vendo televisão, Leo. Eu nunca vejo televisão."

"Eu sinto falta de você."

"Eu sei."

Foi só essa a resposta dela. Erica não disse que também sentia falta de mim. "Vou escrever para você. Não gosto de falar pelo telefone."

A primeira carta chegou no final da semana. Era uma carta longa, recheada de detalhes domésticos — falava de uma planta de folhagem exuberante que ela comprara para o apartamento, da chuvinha fina que caíra o dia inteiro, de sua ida à livraria Cody's, de seus planos de curso. Explicava sua preferência pelas cartas. "Eu não quero que as palavras cheguem nuas, como chegam pelo fax ou pelo computador. Quero que cheguem cobertas por um envelope que você vai ter que rasgar para poder tirá-las de lá. Quero que exista um tempo de espera — um intervalo entre o momento da escrita e o momento da leitura. Quero que a gente tenha cuidado com o que diz um para o outro. Quero que os quilômetros que nos separam sejam longos e reais. Essa vai ser a nossa lei — vamos escrever sobre o nosso dia-a-dia e sobre a nossa dor com muito, muito cuidado. Nas cartas, eu apenas conto a você sobre o meu desespero, não é o desespero em si que vai na carta. E eu *estou* desesperada e enlouquecida por causa do Matt. As cartas não podem berrar. Os telefones sim. Quando cheguei da livraria hoje, pus os livros em cima da mesa e fui para o banheiro. Peguei uma esponja, enfiei na boca e fui para o quarto, para poder deitar na cama e berrar sem fazer muito barulho. Mas estou começando a conseguir ver Matt de novo, não morto, mas vivo. Passei um ano inteiro só conseguindo vê-lo morto dentro daquele caixão. Longe um do outro e só com cartas entre nós, talvez a gente consiga começar a encontrar o caminho de volta um para o outro. Com amor, Erica."

Escrevi uma resposta na mesma noite, e Erica e eu embarcamos no capítulo epistolar de nosso casamento. Cumpri minha parte no acordo e não telefonei para ela, mas escrevi muito. Contei as novidades do trabalho e do apartamento. Contei que meu colega Ron Bellinger estava experimentando um remédio novo para a sua narcolepsia que o deixava com olhos de coruja, porém menos propenso a pegar no sono no meio das reuniões de banca, e que Jack Newman continuava levando em frente o caso com Sara. Contei que Olga, a faxineira que eu tinha contratado, esfregara o fogão com tanta fúria que os desenhos que indicavam a posição dos bicos de gás tinham sumido sob a ação implacável de sua esponja de aço. Contei também que me sentira absolutamente perdido quando me dera conta de que ela tinha mesmo ido embora. Erica me escreveu de volta, e assim foi. O que nenhum de nós podia saber era o que o outro estava omitindo. Toda correspondência é crivada de perfurações invisíveis, pequenos buracos deixados pelo que não foi escrito, mas foi pensado. Quanto mais o tempo passava, mais eu torcia para que não fosse um homem o que estava sendo omitido daquelas páginas que eu recebia todas as semanas.

Nos meses que se seguiram, volta e meia eu me pegava subindo a escada para jantar no apartamento de Bill e Violet. Violet me telefonava no final da tarde para perguntar se devia pôr mais um prato na mesa, e eu dizia que sim. Era difícil dizer com um mínimo de convicção que eu preferia comer ovos mexidos ou uma tigela de cereal em minha própria casa. Deixei que Bill e Violet tomassem conta de mim, e enquanto isso me peguei redescobrindo-os. Como um homem que sai de um calabouço depois de ter passado anos na escuridão e nas sombras, fiquei um pouco chocado com a vividez dos dois. Violet me dava beijos no rosto e me tocava nos braços, nas mãos e nos ombros. Seu riso tinha um timbre estridente, e às vezes ela fazia barulhinhos de prazer enquanto comia. Mas também notei nela lapsos que não tinha visto antes — cinco ou seis segundos, em várias situações, durante os quais ela mergulhava em si mesma para pensar com tristeza em alguém ou em alguma coisa. Se estava mexendo um molho, a mão parava, uma ruga se formava entre suas sobrancelhas e ela ficava olhando para o fogão com um olhar perdido, até que dava por si e começava a mexer de novo. A voz de Bill me parecia ao mesmo tempo mais rouca e mais musical do que eu me lembrava. Efeito da idade e do cigarro talvez, mas eu ouvia suas modulações de voz e suas pausas freqüentes com uma nova atenção. Senti uma gravidade maior em Bill, o peso quase palpável de uma vida que se tornara mais densa. Violet e Bill pareciam um pouco diferentes, como se a vida deles em comum tivesse passado de um tom maior para um menor. Talvez a morte de Matt também os tivesse mudado. Talvez, por causa da morte de Matt, eu estivesse vendo coisas que não via neles antes. Ou talvez, sem Matt, minha visão das coisas nunca mais fosse a mesma.

A única pessoa que parecia não ter mudado era Mark. Ele nunca ocupara muito espaço em minha vida, a não ser como o afável melhor amigo de Matt. E quando Matt morreu, era como se Mark também tivesse deixado de existir para mim. Mas durante aquelas refeições que fazíamos juntos no apartamento de cima, comecei a olhar para ele com mais atenção. Mark estava um pouco mais alto, mas não muito. Já completara treze anos, contudo ainda conservava um rosto macio, redondo e infantil, que me parecia extraordinariamente doce. Mark era um menino muito bonito, mas sua doçura estava separada da beleza.

Vinha de suas expressões faciais, que sugeriam uma inocência perpétua e intocável, mais ou menos como acontecia com seu herói do momento — Harpo Marx. Sentado à mesa do jantar, Mark dava risadinhas, fazia palhaçadas e imitava os olhos arregalados de Harpo. Lia para nós passagens de *Harpo Speaks* e cantava "Hail Fredonia", do filme *Diabo a quatro*. Mas Mark também falava da pena que sentia dos sem-teto de Nova York, revoltava-se contra a estupidez do racismo e contra a crueldade dos avicultores. Ele nunca entrava muito a fundo em nenhum desses assuntos, mas sempre que falava de injustiça, eu me comovia com o tom solidário da sua voz ainda fina e infantil. Cuca fresca, alegre e gentil, Mark fazia com que eu me sentisse mais leve. Comecei a ficar ansioso para vê-lo, e quando ele viajava nos fins de semana para visitar a mãe, o padrasto e o irmãozinho, Oliver, em Cranbury, Nova Jersey, eu percebia que sentia sua falta.

Nas férias de inverno, alguns dias antes de pegarem um avião para Minnesota, onde passariam o Natal com os Blom, Bill e Violet deram uma festa de aniversário atrasada para Mark. Ele completara treze anos meses antes, mas para Bill o evento serviu como uma espécie de *bar mitzvah* secular, uma forma de seguir a tradição, sem ritual. Bill e Violet mandaram um convite para Erica, mas ela preferiu não vir. Numa carta, ela me informou que decidira permanecer em Berkeley durante as férias. Passei semanas dando tratos à bola para resolver que presente dar a Mark. No final, acabei optando por um jogo de xadrez, um tabuleiro bonito com peças entalhadas que me fazia lembrar meu pai, que foi quem me ensinou a jogar. Eu sabia que Mark ainda não tinha aprendido a jogar xadrez, e queria escrever com muito cuidado o bilhete que acompanharia o presente. No primeiro rascunho que fiz, eu mencionava Matthew; no segundo não. Escrevi um terceiro, curto e direto: "Feliz aniversário de treze anos atrasado. Este presente inclui aulas do presenteador. Beijos, tio Leo".

Eu planejara me comportar bem na festa de Mark. Queria muito me comportar bem, porém descobri que não conseguia. Fui várias vezes ao banheiro, não para mijar, mas para me agarrar à pia e respirar fundo durante dois ou três minutos antes de voltar para a multidão. Devia haver bem umas sessenta pessoas na festa, mas eu só conhecia algumas. Violet corria de um lado para o outro para conversar com os convidados e voltava às pressas para a cozinha para dar instruções aos três garçons. Bill perambulava pelo apartamento segurando um copo de vinho, que volta e meia tornava a encher, e com os olhos um pouco vermelhos e a voz meio arrastada. Cumprimentei Al e Regina e dei os parabéns a Mark, que parecia espantosamente à vontade de blazer azul, gravata vermelha e calça cinza de flanela. Mark me deu um sorriso e um abraço carinhoso e logo em seguida apertou a mão de Lise Bochart, uma escultora de seus sessenta e poucos anos. "Eu acho superlegal aquela escultura sua que está no Whitney", Mark disse a ela. Lise inclinou a cabeça para um lado e abriu um grande sorriso. Então se abaixou e deu um beijo nele. Mark não ficou vermelho nem tampouco desviou os olhos. Fitou-a com confiança durante alguns segundos e depois virou-se para cumprimentar outro convidado.

Eu tinha me acostumado à presença de Mark e sentia que gostava dele cada vez mais, mas vários dos antigos colegas de escola de Matt estavam na festa e, à medida que os reconheci um a um, o aperto constante que sentia em meu peito foi se transformando numa dor aguda. Lou Kleinman, que crescera no mínimo quinze centímetros desde a última vez em que eu o vira, estava de pé num canto da sala às risadinhas com Jerry

Loo, outro antigo colega de Matt, enquanto examinava um anúncio de sexo por telefone que provavelmente encontrara no chão da rua, pois o folheto tinha uma marca de sapato no canto direito. Outro menino, Tim Anderson, não mudara absolutamente nada. Lembrei que Matt costumava sentir pena daquele menino franzino e pálido, que era asmático demais para praticar esportes. Não falei com Tim, nem sequer olhei para ele, mas me sentei numa cadeira perto de onde ele estava. Dali, dava para ouvir sua respiração ofegante. Minha intenção era só vê-lo mais de perto, só que em vez disso sentei de costas para ele e, com um súbito e terrível fascínio, fiquei ouvindo seus pulmões asmáticos. Agarrava-me a cada expiração ruidosa como uma prova de que ele estava vivo — frágil, miúdo e doente, talvez, mas vivo. Ouvi a vida áspera e sôfrega dentro daquele menino e deixei que ela me torturasse. Havia tantos outros barulhos — vozes sobrepostas de pessoas conversando, risadas, estalido de talheres contra os pratos —, entretanto a única coisa que eu queira ouvir era o ruído da respiração de Tim. Minha vontade era chegar bem perto dele, inclinar a cabeça e encostar o ouvido em seu peito. Não fiz isso, mas me dei conta de que estava sentado naquela cadeira com os punhos fechados, engolindo saliva sem parar para tentar conter uma tristeza e uma raiva que me faziam tremer. E foi então que Dan me salvou.

Sujo e desgrenhado, Dan vinha andando na minha direção com passadas largas. Esbarrou no cotovelo de uma mulher, entornou o vinho dela, pediu desculpas com uma voz exageradamente alta, bem perto da cara assustada da mulher, e depois continuou andando na minha direção. "Leo!", berrou a pouco mais de um metro de distância. "Eles trocaram os meus remédios, Leo! O Haldol estava me deixando duro feito uma tábua, e eu não conseguia me dobrar." Dan estirou os braços à frente do corpo e andou o resto do caminho até chegar a mim como o monstro do dr. Frankenstein. "Eu estava andando demais de um lado para outro, Leo. Estava falando demais sozinho. Então eles me levaram para o St. Luke para dar um jeito nisso. Eu li a minha peça para a Sandy. Ela é uma das enfermeiras. A peça se chama *O menino estranho e o corpo estranho*." Dan fez uma pausa, se inclinou e disse, como se contasse um segredo: "Sabe de uma coisa, Leo? Você está na peça".

Dan estava bem perto de mim e sorria de boca aberta, de forma que seus dentes estragados ficaram bem na linha dos meus olhos. Nunca me sentira tão comovido com Dan, nem tão grato por estar perto dele. Pela primeira vez, sua loucura me pareceu curiosamente reconfortante e familiar.

"Você me colocou na sua peça?", perguntei. "Que honra!"

Dan pareceu ficar um pouco encabulado. "O seu personagem não tem fala."

"Não tem fala? Então ele faz só uma aparição relâmpago?"

"Não, ele fica deitado a peça inteira."

"Está morto?"

"Não!", exclamou Dan, um tanto chocado. "Está dormindo."

"Ah, então eu sou um dorminhoco." Sorri, mas Dan não sorriu de volta.

"Não, Leo, é sério. Você está sempre aqui", disse, batendo com a ponta do dedo na lateral da testa.

"Fico feliz em saber", eu disse, e tinha ficado mesmo.

Quando todos os outros convidados já tinham ido embora, eu me peguei sentado no sofá com Dan, ele numa ponta e eu na outra. Não estávamos conversando, mas tínhamos demarcado um lugar para nós ao lado um do outro. O irmão louco e o "tio" deprimido haviam formado uma aliança temporária para sobreviver à festa. Bill se sentou no meio de nós dois, pondo um braço em torno de cada um, mas seus olhos estavam fixos em Mark, que estava na cozinha, comendo a cobertura do que restara do bolo. Foi só então que me lembrei de Lucille. "A Lucille, o Philip e o Oliver não deviam ter vindo?", perguntei a Bill.

"Eles não quiseram vir. Ela deu uma desculpa esfarrapada. Disse que o Philip não quer trazer o Oliver para a cidade."

"Mas por que não?", perguntei.

"Sei lá", disse Bill, e franziu a testa. E isso foi tudo o que se disse de Lucille. Mesmo à distância, pensei, ela parecia ter um talento especial para interromper as conversas. Suas reações bizarras ao bate-papo banal ou, nesse caso, a um simples convite quase sempre deixavam as pessoas num silêncio perplexo.

Eu estava de pé ao lado de Mark quando ele rasgou o papel de embrulho do meu presente e viu o jogo de xadrez. Mark levantou-se de um salto do chão e me deu um abraço. Fora uma festa de aniversário longa e difícil, e eu não estava preparado para aquele entusiasmo todo. Apertei-o em meus braços e olhei para Bill, Violet e Dan, que estavam no sofá. Dan estava ferrado no sono, mas Bill e Violet sorriam, com os olhos úmidos de lágrimas, e a emoção deles tornou muito mais difícil para mim conter a minha. Fiquei olhando fixamente para Dan para ver se conseguia me controlar. Mark deve ter sentido meu peito palpitar e, quando parou de me abraçar, deve ter visto o espasmo que senti percorrer meu rosto, mas continuou a olhar para mim com uma expressão alegre. Por razões difíceis de explicar, me senti extremamente aliviado por não ter mencionado Matthew em meu bilhete.

Mark aprendeu rápido a jogar xadrez. Era um jogador perspicaz e inteligente, e sua habilidade me entusiasmava. Eu lhe disse a verdade: não só ele entendia as jogadas, como tinha o ar de serenidade necessário para jogar bem, aquela indiferença estudada que eu nunca conseguira adquirir, mas que era capaz de abalar até mesmo um adversário superior. Quanto mais empolgado eu ficava, porém, mais Mark perdia o interesse. Eu lhe disse que achava que ele devia entrar para a equipe de xadrez de sua escola, e ele respondeu que ia ver se seria possível, mas acho que nunca se deu ao trabalho de fazer isso. Senti que só estava jogando para me agradar, não porque gostasse de verdade, e achei melhor me afastar. Se ele quiser jogar, eu disse a Bill, ele pode me chamar. Mark nunca me chamou.

Mergulhei em outra vida. A única coisa que escrevi naquele ano foram cartas para Erica. Não escrevi artigos, não escrevi ensaios, não tive nenhuma idéia para outro livro, mas contava a Erica tudo o que acontecia comigo em longuíssimas cartas semanais. Contei que estava dando aula com mais entusiasmo e que vinha passando mais tempo com meus alunos. Contei que às vezes deixava que eles desabafassem sobre seus problemas pessoais no meu horário de atendimento e que, embora nem sempre ouvisse o que estavam me dizendo, eu reconhecia a necessidade que tinham de falar e acabei descobrindo que se sentiam gratos por minha presença distante mas benevolente. Contei sobre meus jantares com Bill, Violet e Mark. Listei os títulos dos livros sobre filmes de comédia mudos que eu encontrara para Mark e as fotos de *Uma noite na ópera* e de *Os gênios da pelota* que eu comprara para ele numa loja da rua 8, e descrevi sua expressão de felicidade quando recebeu meus presentes. Também contei que, desde a morte de Matt, *A viagem de O* ganhara uma vida nova em minha imaginação e passara a povoar minhas horas de solidão. Às vezes, quando sentava em minha poltrona à noite, partes dessa narrativa me vinham à mente — a figura gorda de B, com as asas que lhe brotavam das costas, montada em cima de O com seus braços gorduchos estirados no momento do orgasmo e uma expressão no rosto que parodiava a da santa Teresa de Bernini. Eu via também os dois emes, os irmãos mais novos de O, agarrados um ao outro atrás de uma porta, enquanto um ladrão rouba a casa, levando uma das pinturas de O — um retrato dos dois emes quando menores. Mas o que eu via com mais freqüência era a última tela de O, a que ele deixa para trás ao desaparecer. Essa tela não tem imagem, apenas a letra B — que é ao mesmo tempo a marca do criador de O e a mulher gorda que o personifica na série.

Não contei a Erica que havia noites em que voltava para casa depois do jantar e sentia o cheiro de Violet em minha camisa — uma mistura do perfume, do sabonete e de mais alguma coisa dela, o cheiro da pele talvez, um cheiro que aprofundava os outros e tornava o aroma floral algo corpóreo e humano. Não contei a Erica que gostava de inalar aquele cheiro suave, nem que ao mesmo tempo tentava resistir à tentação de senti-lo. Algumas noites, eu tirava a camisa e jogava direto no cesto de roupa suja.

Em março, Bill e Violet me perguntaram se eu poderia ficar com Mark durante um fim de semana prolongado. Os dois iam para Los Angeles, onde uma galeria ia expor *A viagem de O*. Lucille também ia viajar e não queria sobrecarregar Philip com a responsabilidade de cuidar de duas crianças. Mudei-me então para o apartamento de cima para ficar com Mark. A gente se dava bem, e Mark ajudava bastante nas tarefas domésticas. Lavava a louça, tirava o lixo e arrumava sua própria bagunça. No sábado à noite, Mark pôs uma fita para tocar e, tendo a mim como platéia, dublou uma música pop. Deu saltos pela sala com uma guitarra imaginária. Girando loucamente, simulou uma expressão torturada e, por fim, desabou no chão, imitando as agonias de um astro do rock de cujo nome já não consigo mais me lembrar.

Quando conversávamos, porém, eu notava que Mark tinha um conhecimento insuficiente das matérias que eram ensinadas na escola — geografia, política, história — e que sua ignorância tinha algo de intencional. Matthew era meu parâmetro para avaliar as diferenças entre os meninos da sua idade, mas quem me garantia que Matt podia servir como modelo de normalidade? Antes de morrer, Matt tinha a cabeça abarrotada de informações tanto inúteis quanto importantes, desde estatísticas de beisebol até as batalhas da guerra civil americana. Sabia os nomes de todos os sessenta e quatro sabores da sua marca favorita de sorvete e conseguia identificar dezenas de pintores contemporâneos, muitos dos quais eu mesmo não reconhecia. Afora a paixão que tinha por Harpo, os interesses de Mark eram mais prosaicos — música pop, filmes de ação e de terror —, mas ele tratava desses assuntos com a mesma agilidade de raciocínio que eu percebera quando jogávamos xadrez. O que lhe faltava em conteúdo, Mark parecia compensar com a rapidez.

Mark relutava em ir para a cama. Todas as noites em que estivemos juntos, ele passou um tempo enorme encostado no umbral da porta do quarto de Bill e Violet, onde eu estava lendo, como se abominasse a idéia de ir embora. Quinze, vinte, vinte e cinco minutos se passavam, e ele ali encostado, puxando assunto. Nas três noites, eu tive de lhe dizer que ia dormir e que achava que ele devia fazer o mesmo.

O único incidente de nosso fim de semana aconteceu por causa de *doughnuts*. No sábado à tarde, fui procurar uma caixa de *doughnuts* que comprara no dia anterior. Vasculhei a despensa mas não consegui encontrá-la. "Você comeu os *doughnuts*?", perguntei a Mark, que estava na sala. Ele veio até a cozinha e olhou para mim. "*Doughnuts*? Não."

"Eu podia jurar que pus a caixa de *doughnuts* nesse armário, mas ela não está mais aqui. Que estranho."

"Que pena", disse Mark. "Eu adoro *doughnuts*. Acho que é um daqueles mistérios domésticos. A Violet sempre diz que a casa come coisas quando não tem ninguém olhando." Mark sacudiu a cabeça, sorriu para mim e foi para seu quarto. Instantes depois, ouvi-o assobiar uma música pop — um assobio alto, doce e melódico.

Por volta das três horas da tarde do dia seguinte, o telefone tocou e eu atendi. Uma mulher começou a gritar comigo do outro lado da linha, com uma voz aguda e enfurecida. "O seu filho pôs fogo no telhado! Eu quero que você venha já aqui!" Esqueci onde estava, esqueci tudo. Abalado demais para falar, respirei fundo ao telefone e depois disse: "Eu não estou entendendo o que você está me dizendo. O meu filho morreu".

Silêncio.

"Você não é William Wechsler?"

Eu expliquei. Ela explicou. Mark e o filho dela tinham acendido uma fogueira no telhado do prédio.

"Isso não é possível", eu disse. "O Mark está no quarto dele, lendo."

"Quer apostar?", ela berrou. "Eu te garanto que ele está aqui bem na minha frente."

Depois de verificar que Mark realmente não estava no quarto, desci a escada e fui buscá-lo no prédio ao lado. Quando abriu a porta do apartamento, a mulher ainda tremia. "Onde foi que eles arranjaram os fósforos?", ela berrou na minha cara assim que entrei. "Você é o responsável por ele, não é? Responde, é ou não é?" Murmurei que sim e então acrescentei que meninos podiam arranjar fósforos em milhares de lugares.

"Em que exatamente eles puseram fogo?", eu quis saber.

"Eles puseram fogo! Fogo! Que importância tem saber em que foi?"

Quando me virei para Mark, seu rosto estava completamente sem expressão. Não havia nenhum sinal de hostilidade em seu olhar — não havia nada. O outro menino, que aparentava não ter mais que dez anos, estava com os olhos vermelhos e úmidos. Seu nariz escorria e toda hora ele puxava a franja para trás, mas ela imediatamente caía de novo no rosto. Pedi desculpas sem muita convicção e levei Mark para casa em silêncio.

No quarto de Mark, conversamos sobre o ocorrido. Ele me disse que o outro menino já estava no telhado quando ele chegou lá e que o fogo já estava aceso. "Eu não fiz nada, só fiquei olhando."

Perguntei o que os dois tinham queimado.

"Só uns papéis e umas coisas. Não foi nada."

Adverti-o de que o fogo era algo que escapava do nosso controle com muita facilidade e comentei que ele devia ter me avisado que ia sair de casa. Ele ouviu, absorvendo calmamente meus comentários. Em seguida, disse, com uma voz surpreendentemente agressiva: "A mãe daquele menino é louca!".

Os olhos de Mark eram ilegíveis. Apesar de serem muito parecidos com os de Bill, não tinham nem sombra da energia dos olhos do pai. "Eu não acho que ela seja louca. O que eu acho é que ela ficou muito assustada e com muito medo de que alguma coisa acontecesse com o filho dela."

"Imagino que sim", disse Mark.

"Mark, nunca mais faça uma coisa dessas. O seu dever era ter tentado apagar o fogo. Você é bem mais velho do que aquele menino."

"Você tem razão, tio Leo." Senti convicção na voz de Mark e aquilo me aliviou.

Na manhã seguinte, preparei uma torrada para Mark e mandei-o para a escola. Quando nos despedimos, estendi-lhe a mão, mas ele preferiu me abraçar. Quando o envolvi com meus braços, Mark me pareceu pequeno, e o modo como afundou o rosto em meu peito me fez lembrar de Matthew, não do Matt de onze anos, do Matt de quatro ou cinco anos.

Depois que Mark saiu, subi a escada até o telhado para procurar vestígios do fogo. Pensei que ia ter de pular a mureta para passar para o telhado do prédio ao lado, mas foi no telhado do nosso prédio que encontrei um monte de cinza e lixo, e me agachei para examiná-lo. Sentindo-me ao mesmo tempo traiçoeiro e um pouco ridículo, remexi nos restos carbonizados com um cabide de arame que encontrei no chão. Aquilo não fora exatamente uma fogueira, só uma pequena combustão que não podia ter durado muito tempo. Vi alguns trapos semiqueimados e levantei um deles com a ponta do cabide — era o resto de uma meia esportiva. Cacos verdes de garrafa estavam espalhados entre fragmentos de papel, e foi então que vi um pedaço da caixa parcialmente queimada — a caixa vazia de *doughnuts*. Ainda dava para ler algumas letras do rótulo: ONUT.

Mark mentira para mim. Tinha citado a frase de Violet com tanta naturalidade e sorrido com tanta facilidade que nem me passou pela cabeça duvidar do que ele estava dizendo. E o mais irônico era que, se ele tivesse me dito que tinha comido os *doughnuts*, eu não teria me importado nem um pouco. Na verdade, estava pensando nele quando comprei aquela caixa. Segurei o pedaço de papelão na mão e fiquei olhando para a paisagem desolada dos telhados do sul de Manhattan, com a estrutura de suas caixas-d'água suspensas enferrujadas e o revestimento descascado. Um sol esmaecido tentava romper as nuvens e um vento começou a soprar. Catei os detritos carbonizados e os cacos de vidro e enfiei tudo numa sacola velha de supermercado que alguém abandonara no telhado. Vendo minhas mãos ficarem cada vez mais pretas por causa das cinzas, fui invadido por um sentimento inesperado de culpa, como se estivesse de alguma forma envolvido na mentira de Mark. Quando saí do telhado, não pus o pedaço de caixa queimada dentro da sacola junto com o resto dos detritos. Desci para meu apartamento e guardei com cuidado na minha gaveta o que restara dela.

Não contei nada a Bill e Violet sobre o fogo. Mark deve ter ficado aliviado por eu não ter tocado no assunto, deve ter achado que encontrara um aliado no "tio Leo", e era isso mesmo que eu queria. O incidente do fogo no telhado foi ficando soterrado no fundo de minha consciência como costuma acontecer com os sonhos, deixando não mais do que uma vaga sensação de desconforto. Eu raramente pensava no assunto, a não ser quando abria a gaveta para inspecionar minha coleção e inevitavelmente me perguntava por que decidira guardar aquele pedaço de papelão.

Nunca toquei nele, porém, e tampouco o joguei fora. Alguma parte de mim deve ter sentido que o lugar dele era ali.

No outono de 1991, a editora da universidade de Minnesota publicou *Corpos fechados: uma investigação das imagens contemporâneas do corpo e dos distúrbios alimentares*. Enquanto eu lia o livro de Violet, volta e meia os *doughnuts* desaparecidos e a caixa queimada me vinham de novo à mente. O livro começava com perguntas muito simples: Por que milhares de meninas ocidentais passam fome voluntariamente hoje em dia? Por que outras tantas se empanturram de comida e depois vomitam? Por que a obesidade está se tornando cada vez mais comum? Por que essas doenças, antes raras, transformaram-se em epidemias?

"A comida", dizia Violet, "é nosso prazer e nossa penitência, nosso bem e nosso mal. Como a histeria cem anos atrás, a comida tornou-se alvo de uma obsessão cultural que já contaminou uma infinidade de pessoas que nunca chegam a adoecer gravemente devido a distúrbios alimentares. A prática fanática da corrida, a moda das academias de ginástica e das lojas de produtos naturais, as massagens, a terapia pelas vitaminas, os centros de dieta, o fisiculturismo, a cirurgia plástica, o horror moral ao cigarro e ao açúcar e o pavor dos agentes poluentes atestam uma visão do corpo como algo extremamente vulnerável — um abrigo de paredes frágeis e sob constante ameaça."

O argumento se estendia por quase quatrocentas páginas. O primeiro capítulo funcionava como uma introdução histórica. Discorria brevemente sobre os gregos e os corpos perfeitos de seus deuses, tratava um pouco mais demoradamente do cristianismo medieval, de suas santas, de seu culto ao sofrimento físico e do fenômeno mais amplo das pestes e da fome. Tratava dos corpos neoclássicos da Renascença e em seguida do banimento da Virgem e de seu corpo maternal pela Reforma. Discutia rapidamente os desenhos médicos do século XVIII e a obsessão pela dissecação nascida com o Iluminismo, passando enfim aos artistas da fome e às pacientes esfaimadas do dr. Lasègue, o médico que usou pela primeira vez a palavra "anorexia" para descrever essa doença. Ao passar ao século XIX e depois ao XX, Violet comentava os jejuns e as bebedeiras de Lord Byron, a abnegação implacável de J. M. Barrie, o autor de *Peter Pan*, que pode ter tolhido seu crescimento, e o estudo de Binswanger do caso de Ellen West, uma jovem e atormentada altruísta que morreu de inanição em 1930, quando a anorexia ainda era considerada extremamente rara.

Violet defendia que nossos corpos são feitos tanto de carne como de idéias e que a culpa pela obsessão contemporânea com a magreza não pode ser atribuída à moda — que é apenas uma expressão de uma cultura mais ampla. Numa era que absorveu a ameaça nuclear, a guerra biológica e a Aids, o corpo perfeito se transformou numa armadura — duro, reluzente e impenetrável. Violet listava evidências extraídas de fitas de vídeo de exercícios e de anúncios de programas de condicionamento físico e de aparelhos de ginástica, incluindo as sintomáticas expressões "glúteos de aço" e "abdomens à prova de bala". Santa Catarina jejuou por Jesus e contra a autoridade da Igreja. Meninas do final do século XX jejuam por si mesmas, contra os pais e contra um mundo hostil e sem fronteiras. A emaciação em meio à abundância é uma prova de que a pessoa está acima dos desejos banais; já a obesidade mostra que a pessoa está envolvida numa camada protetora capaz de repelir todo e qualquer ataque. Violet citava psicólogos, psicanalistas e médicos. Discutia a visão bastante difundida de que a anorexia em particular é uma forma distorcida de luta por autonomia entre meninas cujos corpos se transformam em instrumentos de rebelião contra algo que elas mesmas não sabem dizer o que seja. Mas histórias pessoais não explicam epidemias, e Violet defendia com veemência a idéia de que os distúrbios alimentares eram uma conseqüência das transformações sociais, entre elas o colapso dos rituais de cortejo e dos códigos sexuais, o que faz com que as jovens se sintam amorfas e vulneráveis. Violet também elaborava sua idéia de "mistura", citando pesquisas feitas na área da psicologia do desenvolvimento sobre "apego" e estudos sobre bebês e crianças pequenas para quem a comida se torna o espaço tangível de uma batalha emocional.

Grande parte do livro era dedicada a histórias pessoais, e quanto mais eu avançava na leitura, mais envolvido ficava com casos individuais. Raymond, um menino extremamente obeso de sete anos, disse a seu terapeuta que achava que seu corpo era feito de gelatina e que, se sua pele fosse perfurada, seus órgãos internos escorreriam. Depois de meses reduzindo a quantidade de comida que ingeria, Berenice passou a comer uma única uva passa. Cortava-a em quatro pedaços com uma faca, passava uma hora e meia chupando aqueles quatro pedacinhos, um de cada vez, e então, quando o último pedacinho acabava de se dissolver em sua boca, ela se declarava "estufada". Naomi ia para a casa da mãe para se empanturrar de comida. Sentada à mesa da cozinha, devorava uma quantidade enorme de comida e depois vomitava tudo o que tinha no estômago em sacos plásticos, os quais amarrava e em seguida escondia em diferentes cômodos da casa para que a mãe encontrasse. Anita tinha horror a carocinhos de comida. Solucionou o problema adotando uma dieta líquida. Depois de algum tempo, criou aversão também à cor. Os líquidos que ingeria tinham de ser puros e transparentes. Vivendo apenas de água e Sprite diet, Anita morreu aos quinze anos de idade.

Embora eu não imaginasse que Mark cometia excessos como os descritos por Violet, fiquei me perguntando se ele não teria mentido sobre os *doughnuts* porque se sentia culpado por tê-los comido. Violet enfatizava que pessoas rigorosamente honestas na maioria dos aspectos de sua vida com freqüência mentem sobre comida quando sua relação com os alimentos está contaminada. Eu me lembrei da gororoba marrom de feijão e legumes flácidos que Lucille preparara na noite em que a conhecera e, na mesma hora, recuperei a imagem da sua mesa de centro na noite em que estivéramos juntos. No topo de uma pilha de revistas, eu vira vários números de uma revista chamada *Prevention*.

Erica não mais respondia minhas cartas com a mesma presteza do início. Às vezes, passavam-se duas semanas sem que chegasse uma carta dela, e a espera me doía. Seu tom também já não era mais o mesmo. Embora escrevesse de um jeito franco e direto, eu sentia que ela me contava as coisas sem nenhum sentimento de urgência. Boa parte do que me escrevia, Erica já devia ter contado à dra. Richter, sua psiquiatra, psicanalista e psicoterapeuta, com quem tinha consultas duas vezes por semana. Também ficara muito amiga de uma jovem professora de seu departamento chamada Renata Dopler, que, entre outras coisas, escrevia densos artigos acadêmicos sobre pornografia. Erica devia conversar muito com Renata, e eu sabia que telefonava para Violet e Bill regularmente. Eu tentava não pensar nessas conversas telefônicas, tentava não imaginar Bill e Violet ouvindo a voz de Erica. O mundo de minha mulher se expandira, e meu lugar dentro dele, eu supunha, encolhera. No entanto, apareciam aqui e ali algumas frases às quais eu me agarrava como evidências de algum resto de paixão. "Penso em você à noite, Leo. Eu não me esqueci."

Em maio, Erica escreveu para me dizer que em junho viria passar uma semana em Nova York. Ficaria no apartamento comigo, mas as cartas deixavam claro que a visita não representava uma retomada de nossa vida antiga. À medida que o dia se aproximava, minha inquietação crescia. Na manhã do dia em que ela chegaria, minha agitação era tanta que eu tinha a sensação de estar gritando por dentro. A idéia de que dali a pouco eu veria Erica de novo me feria mais do que excitava. Enquanto andava pelo apartamento tentando me acalmar, eu me dei conta de que estava com a mão no peito, como se tivesse acabado de levar uma punhalada. Sentei e tentei desvendar essa sensação de estar ferido, mas não consegui — pelo menos não inteiramente. Sabia, entretanto, que Matt surgira de repente em todos os cantos da casa. Sua voz ecoava pelo apartamento. Os móveis pareciam guardar as marcas de seu corpo. Até a luz que entrava pela janela evocava Matthew. Isso não vai dar certo, pensei comigo. Não vai funcionar. Assim que entrou pela porta, Erica começou a chorar.

Não brigamos. Conversamos com a intimidade de velhos amantes que não se vêem há muito tempo, mas que não guardam rancores. Uma noite, jantamos com Bill e Violet num restaurante e Erica riu tanto de uma piada de Henny Youngman que Bill contou, sobre um homem que se esconde no armário, que quase sufocou, e Violet teve de lhe dar vários tapas nas costas. Pelo menos uma vez por dia, Erica se encostava no umbral da porta do quarto de Matt e ali ficava durante alguns minutos, olhando para o que ainda restava dele — a cama, a escrivaninha, a cadeira e a aquarela com a paisagem da cidade que Bill me dera e que eu mandara emoldurar. Fizemos amor duas vezes. Minha solidão física adquirira matizes de desespero, e quando Erica se debruçou sobre mim para me dar um beijo, eu pulei em cima dela. Erica entregou-se trêmula ao meu ataque e não teve orgasmo. Sua falta de prazer estragou o meu, e eu me senti vazio quando acabou. Na véspera de ela ir embora, nós tentamos novamente. Eu queria ser cuidadoso com ela, suave. Toquei seu braço com cautela e depois o beijei, mas minha hesitação pareceu irritá-la. Erica partiu para cima de mim, agarrou meus quadris e beliscou minha pele. Beijou minha boca com voracidade e montou em mim. Quando gozou, soltou um ruído curto e agudo e deu vários gemidos, mesmo depois de eu já ter ejaculado. Mas por trás de nossa avidez física, eu sentia uma desolação que teimava em não se dissipar. A tristeza estava em nós dois, e acho que sentimos pena de nós mesmos naquela noite, como se fôssemos outras pessoas observando aquele casal deitado na cama.

Na manhã seguinte, Erica reafirmou que não queria o divórcio, a menos que eu quisesse. Eu disse que não queria. "Eu adoro as suas cartas", disse ela. "Você escreve cartas lindas."

O comentário me irritou. "Eu acho que você está feliz de estar indo embora."

Erica chegou o rosto bem perto do meu e franziu os olhos. "E *você*? Você não está feliz de eu estar indo embora?"

"Eu não sei", respondi. "Eu realmente não sei."

Erica pôs a mão em meu rosto e fez um carinho. "Nós dois estamos arrasados, Leo. A culpa não é nossa. Quando o Matt morreu, foi como se a nossa história tivesse se interrompido. Ele tinha tanto de você..."

"Eu pensei que a gente poderia pelo menos ter um ao outro."

"Eu sei", disse Erica. "Eu sei."

Depois que ela se foi, eu me senti culpado porque, por mais caóticos que meus sentimentos estivessem, percebi neles o alívio que Erica tivera a coragem de reconhecer. Às duas da tarde, tomei um uísque em minha poltrona como um beberrão inveterado. Enquanto prometia a mim mesmo nunca mais beber à tarde, senti o álcool me subindo à cabeça e depois se espalhando pelos braços e pernas. Afundei o corpo nas almofadas puídas da poltrona e entendi o que tinha acontecido comigo e com Erica. Queríamos outras pessoas. Não pessoas novas, mas velhas. Queríamos quem éramos antes da morte de Matt, e nada que fizéssemos até o fim de nossas vidas poderia trazer aquelas pessoas de volta.

Naquele verão, comecei a trabalhar com as pinturas da "fase negra" de Goya. Estudar seus monstros, espíritos e bruxas me mantinha ocupado por horas a fio durante o dia, e os demônios dele me ajudavam a manter os meus à distância. Mas quando a noite chegava, eu adentrava outros espaços imaginários, esferas alternativas em que via Matt falando e desenhando, e Erica perto de mim — inalterada. Esses devaneios eram puros exercícios de autotortura, mas por volta da mesma época Matthew começou a aparecer em meus sonhos e, quando aparecia, sua presença era tão concreta quanto fora antes em minha vida. Seu corpo parecia tão real e palpável quanto sempre fora. Eu o abraçava, conversava com ele, tocava seu cabelo, suas mãos, e tinha o que não podia ter quando estava acordado — a doce e inabalável certeza de que Matthew estava vivo.

Embora Goya não agravasse minha melancolia, suas pinturas selvagens deram uma nova liberdade aos meus pensamentos — a liberdade de abrir portas que, em meu passado, tinham permanecido fechadas. Sem as imagens ardentes de Goya, não creio que as aulas de piano de Violet tivessem ressurgido em minha imaginação com tanta força. O devaneio começou quando voltei para casa depois de jantar com Bill e Violet. Ela usava um vestido rosa de verão que deixava entrever seus seios. Uma longa caminhada debaixo do sol naquela tarde lhe deixara com as bochechas rosadas e o nariz um pouco vermelho, e enquanto ela falava comigo sobre o próximo livro que pretendia escrever — e que tinha algo a ver com narcisismo extremo, cultura de massa, imagens, formas instantâneas de comunicação e uma nova doença do capitalismo tardio —, eu não conseguia prestar atenção. Meus olhos teimavam em se desviar para seu rosto corado, descer até os seios e deslizar pelos braços nus até a ponta dos dedos e as unhas pintadas de esmalte rosa. Naquela noite saí cedo da casa deles, passei algum tempo com os objetos de minha gaveta e depois resolvi folhear um livro enorme de desenhos de Goya, começando pelos desenhos de *Tauromaquia*. Embora admita que os esboços de touradas do artista pouco têm a ver com as aulas de piano de Violet e seu encontro com *Monsieur* Renasse, a energia livre e febril dos traços de Goya agiu em mim como um afrodisíaco. Eu virava as páginas com pressa, ávido por mais imagens de brutos e monstros. Conhecia de cor cada uma delas, mas naquela noite a fúria carnal dos desenhos atiçou minha imaginação feito fogo, e quando vi novamente o desenho daquela mulher jovem e nua galopando num bode num sabá de bruxas, tive a sensação de que ela era só velocidade e fome e de que seu galope enlouquecido, nascido da mão ágil e precisa de Goya, era tinta roçando no papel. O animal corre, mas a mulher está fora de controle. Sua cabeça está caída para trás, seu cabelo voa atrás dela e suas pernas talvez não consigam se agarrar ao corpo do bicho por muito mais tempo. Toquei a coxa sombreada da mulher e depois seu joelho pálido, e o gesto me levou a Paris.

Eu modificava a fantasia como me convinha. Havia noites em que me contentava em assistir à aula por uma janela do prédio em frente e outras em que me transformava no próprio *Monsieur* Renasse. Havia noites em que eu era Jules e espiava tudo por um buraco de fechadura ou pairava magicamente acima da cena, mas Violet estava sempre sentada no banco ao lado de um de nós, e um de nós sempre agarrava seu dedo num gesto abrupto e violento e sussurrava "Jules" no ouvido dela com uma voz rouca e insistente, e, ao som daquele nome, seu corpo se retesava de desejo e sua cabeça caía para trás, e um de nós sempre a agarrava ali mesmo, no banco do piano, arrancava por trás seu vestido rosa e abaixava sua calcinha pequena, de cores e materiais variáveis, e a penetrava, enquanto ela soltava ruidosos gemidos de prazer. Outras vezes, um de nós a arrastava para debaixo de uma palmeira plantada num vaso, abria-lhe as pernas no chão e fazia amor com ela com selvageria, enquanto Violet berrava até atingir o orgasmo. Expeli quantidades inimagináveis de sêmen com essa fantasia e inevitavelmente me sentia arrasado depois. Minha fantasia pornográfica não era mais idiota do que a maioria, e eu sabia que estava longe de ser o único homem no mundo que se entregava a inofensivas traquinagens imaginárias com a mulher de um amigo, mas o segredo me doía mesmo assim. Quase sempre pensava em Erica depois, e também em Bill. Às vezes tentava substituir Violet por outra mulher, uma dublê anônima que pudesse tomar seu lugar, mas nunca funcionava. Tinha de ser Violet e tinha de ser aquela história, não com duas, mas com três pessoas.

Bill andava trabalhando alucinadamente numa série de peças autônomas sobre números. Como *A viagem de O*, os trabalhos ficavam dentro de cubos de vidro, mas dessa vez os cubos tinham o dobro do tamanho — cerca de sessenta centímetros de lado. Bill tirava inspiração de fontes tão variadas quanto a cabala, a física, placares de jogos de beisebol e índices da Bolsa de Valores. Escolhia um número entre zero e nove e brincava com ele numa peça. Pintava, cortava, esculpia, distorcia e quebrava os sinais numéricos em cada trabalho até ficarem irreconhecíveis. Em cada cubo, punha figuras, objetos, janelas e sempre o número por extenso. Era uma arte indômita, recheada de alusões — a vácuos, lacunas, buracos, ao monoteísmo e ao indivíduo, à dialética e ao *yin-yang*, à Trindade, às Parcas e aos três desejos, ao retângulo dourado, aos sete céus, às sete ordens inferiores das *sefirot*, às nove Musas, aos nove círculos do inferno, aos nove mundos da mitologia nórdica, mas também a obras populares como *Como melhorar seu casamento em cinco lições fáceis* e *Coxas mais finas em sete dias*. Programas de doze passos eram citados tanto no cubo um como no dois. Um exemplar em miniatura de um livro chamado *Os seis erros que os pais cometem com mais freqüência* estava no fundo do cubo seis. Havia ainda trocadilhos, em geral bem disfarçados — *one*, *won* (um, ganhou); *two*, *too* e *Tuesday* (dois, também e terça); *four*, *for*, *forth* (quatro, para e adiante); *eight*, *ate* (oito, comeu). Bill também gostava de rimas e fazia alusões a elas por meio tanto de imagens como de palavras. No cubo nove (*nine*), a figura geométrica de uma linha (*line*) aparece pintada numa das paredes de vidro. No cubo três (*three*), um homenzinho vestindo o uniforme preto e branco dos prisioneiros de desenho animado e arrastando correntes nos pés abre a porta de sua cela. A rima oculta é "*free*", livre. Olhando mais de perto, via-se a rima paralela em outra língua: a palavra alemã *drei* fora riscada numa das paredes de vidro. No fundo do mesmo cubo, Bill pusera uma pequena fotografia em preto-e-branco recortada de um livro e que mostrava a entrada de Auschwitz: ARBEIT MACHT FREI. Com cada número, a dança arbitrária de associações ajudava a criar uma pequena paisagem mental que abrangia desde a atmosfera do sonho mais doce à atmosfera de pesadelo. Embora denso, o efeito dos cubos não era visualmente desorientador. Cada objeto, pintura, desenho, texto ou escultura encontrava seu lugar legítimo atrás das paredes de vidro de acordo com a lógica necessária — ainda que louca — da conexão numérica, pictórica e verbal. E as cores de cada cubo eram impressionantes. Cada número recebeu um matiz temático. O interesse de Bill pelo círculo das cores de Goethe e pelo uso que Alfred Jensen fez dele em suas pinturas densas e alucinatórias de números levou-o a escolher uma cor para cada número. Como Goethe, Bill incluiu o preto e o branco, mas não se preocupou com os sentidos atribuídos pelo poeta. O zero e o um eram brancos. O dois era azul. O três era vermelho e o quatro, amarelo. Bill também misturou cores: usou azul-claro no cinco, tons de roxo no seis, tons de laranja no sete, tons de verde no oito, e preto e cinza no nove. Embora outras cores e o onipresente papel impresso sempre se intrometessem no esquema básico, a miríade de tonalidades de uma única cor dominava cada cubo.

Os cubos de números eram o trabalho de um artista no auge da forma. Sendo uma extensão orgânica de tudo o que Bill fizera antes, esses emaranhados de símbolos tinham um efeito explosivo. Quanto mais tempo eu olhava para eles, mais tinha a sensação de que aquelas construções miniaturais estavam prestes a arrebentar por força de sua pressão interna. Eram bombas semânticas tensamente orquestradas com as quais Bill punha a nu as raízes arbitrárias do próprio sentido — esse curioso contrato social gerado por pequenas curvas, traços, linhas e pingos numa página.

Em várias peças, Bill fazia alusão ao tedioso processo de aquisição dos sinais de que necessitamos para a compreensão — um fragmento de um dever de matemática de Mark, uma borracha mastigada e a minha favorita no cubo nove: a figura de um menino dormindo profundamente, debruçado sobre uma carteira escolar, enquanto seu rosto cobre apenas parcialmente uma página de um livro de álgebra. Descobri mais tarde que esses retratos do tédio tinham uma inspiração mais pessoal do que eu supunha. Bill me confidenciou que Mark vinha se saindo tão mal na escola que o diretor sugerira gentilmente a Bill que considerasse a hipótese de procurar outra instituição de ensino para o filho. Não era uma expulsão, o diretor enfatizou, apenas uma sugestão diante do que parecia ser uma incompatibilidade entre o aluno e a escola. O Q.I. alto de Mark não compensava sua falta de concentração e de disciplina. Talvez uma escola de currículo menos rigoroso fosse mais conveniente para ele. Bill passou horas ao telefone com Lucille discutindo sobre a escolha de uma nova escola. No final, Lucille encontrou uma escola disposta a aceitar Mark, uma instituição "progressista" perto de Princeton. A escola o aceitou sob uma condição: Mark teria de repetir a sétima série. No outono que se seguiu a seu aniversário de catorze anos, ele se mudou para a casa da mãe em Cranbury e começou a passar os fins de semana em Nova York.

Naquele ano, Mark cresceu quinze centímetros. O garotinho que jogava xadrez comigo se transformou num adolescente magro e comprido, mas seu temperamento continuou o mesmo. Nunca conheci um menino tão livre do peso característico da adolescência quanto Mark. Seu corpo era tão leve quanto seu espírito, seus passos eram macios, seus gestos, graciosos. Bill, no entanto, nunca deixou de se preocupar com a atitude displicente do filho em relação à escola. Seus boletins eram erráticos — notas A se transformavam facilmente em notas D. Seus professores usavam adjetivos como "irresponsável" e "preguiçoso". Eu tentava tranqüilizar Bill com clichês. Ele é um pouco imaturo, eu dizia, mas logo, logo isso muda. Enumerava grandes homens que tinham sido péssimos alunos e alunos excelentes que acabaram se transformando em pessoas medíocres. Meus incentivos em geral funcionavam. "Ele vai virar a mesa", Bill dizia. "Espera só. Ele vai encontrar o caminho dele, até mesmo na escola."

Mark começou a me visitar nos fins de semana, geralmente nas tardes de domingo, antes de voltar para a casa da mãe. Eu esperava ansioso pelo som de seus passos na escada, por sua batida na porta, pela expressão aberta e despreocupada que sempre via em seu rosto quando abria a porta para ele. Muitas vezes Mark trazia algum trabalho artístico para me mostrar. Tinha começado a fazer pequenas colagens com recortes de revista e algumas delas ficavam interessantes. Numa tarde de primavera, ele apareceu diante de minha porta com uma sacola de compras na mão. Depois que entrou, notei que crescera desde a última vez em que o vira. "A gente pode se olhar bem nos olhos agora. Acho que você vai ficar mais alto ainda que o seu pai."

Mark, que estava sorrindo para mim, ao ouvir meu comentário fechou a cara. "Eu não quero mais crescer", disse. "Já estou alto o bastante."

"Quanto você está medindo agora, um e setenta e oito? Isso não é ser alto demais para um homem."

"Eu não sou um homem", disse Mark, com certa irritação.

Devo ter feito uma cara de espanto porque Mark deu de ombros e disse: "Deixa pra lá. Eu não ligo mesmo muito para isso". Levantando a sacola na minha direção, continuou: "Meu pai achou que eu devia te mostrar isso".

Depois de ter sentado no sofá ao meu lado, Mark puxou da sacola um pedaço grande de cartolina, que fora dobrado ao meio e se abria feito um livro. As duas metades estavam cobertas de fotos recortadas de anúncios de revistas, todas elas de jovens. Mark também tinha recortado algumas palavras e letras dos anúncios e colado sobre as imagens: ÂNSIA, DANÇA, GLAMOUR, SEU ROSTO e TAPA. Para ser sincero, achei as imagens um pouco enfadonhas, uma mixórdia de pessoas jovens, chiques e bonitas, e então notei que no centro das duas páginas havia duas imagens iguais, duas fotos pequenas de um bebê. Olhei para as bochechas gorduchas e pendentes do bebê e perguntei, rindo: "É você?".

Mark não pareceu achar graça. "Eu achei duas cópias dessa foto. A mamãe disse que eu podia usar."

À direita de uma das fotos e à esquerda da outra, vi duas outras fotos, ambas cobertas por várias camadas de fita adesiva. Olhei mais de perto. "Que fotos são essas?", perguntei. "As duas também são iguais, não são?"

Através das camadas de fita adesiva, distingui o vago contorno de uma cabeça com um boné de beisebol e de um corpo comprido e magro. "Quem é?"

"Não é ninguém."

"Por que ele está coberto de fita adesiva?"

"Sei lá. Eu fiz isso sem pensar. Achei que ia ficar legal."

"Mas não é um recorte de revista. Você deve ter encontrado essa foto em algum lugar."

"Eu encontrei, mas não sei quem é."

"Essa parte da colagem é igual dos dois lados. O resto não. Só que a gente leva um tempo para ver essa parte; tem tanta coisa acontecendo em volta. Mas as fotos são sinistras."

"Você acha isso ruim?"

"Não, não. Eu acho isso bom."

Mark fechou a cartolina e guardou-a de novo dentro da sacola. Recostou-se no sofá e pôs os pés em cima da mesa de centro. Seus tênis eram enormes — tamanho 41 ou 42. Notei que estava usando uma daquelas calças imensas, largas como calças de palhaço, que estavam na moda entre garotos da sua idade. Ficamos em silêncio durante algum tempo e depois lhe fiz a pergunta que me viera subitamente à cabeça: "Mark, você sente saudade do Matthew?".

Mark virou-se para mim. Seus olhos estavam arregalados e ele franziu os lábios por um instante antes de responder. "O tempo todo", disse ele. "Todos os dias."

Procurei sua mão no sofá e funguei ruidosamente. Ouvi um grunhido emocionado saindo de minha garganta, e meus olhos se embaçaram. Quando segurei a mão de Mark, senti-o apertar a minha com firmeza.

Mark Wechsler completaria quinze anos dali a alguns meses. Eu tinha sessenta e dois. Conhecia Mark desde que ele nasceu, mas até aquele momento nunca o tinha visto como um amigo. De repente compreendi que o futuro dele também era meu, que se quisesse ter uma relação duradoura com aquele menino que logo, logo viraria um homem, eu poderia ter, e essa idéia se transformou numa promessa para mim mesmo: Mark vai ter a minha atenção e o meu carinho. Revivi esse momento na minha cabeça uma infinidade de vezes desde aquele dia, mas nos últimos dois anos comecei a imaginá-lo — como aliás também venho fazendo com tantos outros acontecimentos de minha vida — de um terceiro ponto de vista. Vejo a mim mesmo apanhando o lenço do bolso, tirando os óculos e enxugando os olhos, depois assoando o nariz ruidosamente naquele pedaço de pano branco. Mark olha com compaixão para o velho amigo de seu pai. Qualquer espectador esclarecido entenderia essa cena. Saberia que o vazio aberto em mim pela morte de Matthew jamais poderia ser preenchido por Mark. Entenderia perfeitamente que não se tratava de substituir um menino por outro, mas de construir uma ponte entre duas pessoas que pudesse ajudá-las a transpor uma ausência que ambas sentiam. Mas a verdade é que esse espectador estaria enganado, como eu estava enganado. Fiz uma leitura equivocada tanto de Mark como de mim mesmo. O problema é que minha análise da cena por todo e qualquer ângulo possível não me dá pista alguma. Não deixei escapar uma só palavra, um só gesto, nem mesmo aqueles intangíveis emocionais que se passam entre as pessoas. Eu estava enganado porque, dadas as circunstâncias, tinha de estar enganado.

A idéia me ocorreu na semana seguinte. Não disse nada a Mark, mas escrevi para Erica perguntando o que ela achava. Propus que deixássemos Mark usar o quarto de Matthew como um estúdio, onde ele pudesse trabalhar em suas colagens. O quarto de Mark no apartamento de cima era pequeno, e seria bom para ele ter um espaço extra. A mudança significaria que o quarto onde Matt vivera deixaria de ser um mausoléu, um espaço inabitado que ninguém usava. Mark, o melhor amigo de

Matthew, daria vida ao quarto de novo. Argumentei arduamente em favor da causa, disse a Erica que Mark sentia saudade de Matthew todos os dias e que a aprovação dela significava muito para mim. Contei-lhe com franqueza que me sentia muito sozinho e que a companhia de Mark me alegrava. Erica me respondeu prontamente. Escreveu dizendo que um lado seu relutava em abrir mão do quarto, mas que, depois de pensar muito, decidira concordar. Na mesma carta, contava também que Renata dera à luz uma menininha chamada Daisy e a escolhera para ser a madrinha.

Um dia antes de Mark ocupar o quarto, abri a porta, entrei, sentei na cama e fiquei um tempo enorme ali parado. Meu entusiasmo com a mudança foi substituído pela dolorosa consciência de que já era tarde demais para voltar atrás. Examinei a aquarela de Matthew na parede. O quadro teria de ficar. Resolvi que aquela seria a única condição que imporia a Mark. Eu não precisava de um memorial para Matt, disse a mim mesmo; ele continuava vivo dentro de mim. Mas assim que terminei essas palavras, senti um ódio profundo daquele clichê consolador. Imaginei Matt dentro do caixão, seus ossos pequenos, seu cabelo, seu crânio debaixo da terra, e comecei a tremer. A velha fantasia da substituição cresceu dentro de mim, e eu me xinguei por não ter conseguido ocupar o lugar de Matthew.

Mark trouxe papel, revistas, tesoura, cola, arame e um aparelho de som portátil novinho em folha para seu "estúdio". Durante toda a primavera, todos os domingos, passava cerca de uma hora no quarto, recortando e colando imagens em pedaços de cartolina. Raramente trabalhava mais do que quinze minutos sem parar. Saía do quarto a toda hora para me contar uma piada, telefonar para alguém ou dar um pulo na esquina para "comprar batata frita".

Pouco tempo depois de Mark ter se instalado, Bill veio me visitar e pediu para dar uma olhada no quarto. Olhou com ar de aprovação para os recortes de revista, os pedaços de cartolina, a pilha de cadernos e um pote cheio de lápis e canetas.

"Fico feliz que ele tenha esse lugar", disse Bill. "É um campo neutro. Não faz parte da casa da mãe dele nem da minha."

"Ele nunca fala da vida dele na casa da Lucille", comentei, só me dando conta daquilo naquele momento.

"Ele também não conta nada para nós." Bill ficou em silêncio durante alguns segundos. "E quando eu converso com a Lucille, ela só faz reclamar."

"Reclamar do quê?"

"De dinheiro. Eu pago todas as despesas do Mark, pago as roupas, a escola, as despesas médicas — pago tudo, menos a comida que ele come na casa dela. Mas outro dia mesmo ela veio me dizer que a conta de supermercado é altíssima porque ele come demais. Ela chega a pôr etiquetas na comida da geladeira que não quer que ele coma. Ela conta cada centavo."

"Talvez ela faça isso por necessidade. Eles ganham pouco?"

Bill olhou para mim indignado. "Mesmo quando eu não tinha um tostão furado no bolso, eu não reclamava de ter de alimentar o meu filho."

Em junho, Mark parou de bater na porta. Tinha sua própria chave. O quarto quase vazio de Matt se transformara numa apinhada toca de adolescente. Discos, CDs, camisetas e calças largas enchiam o armário. Cadernos, folhetos e revistas se empilhavam sobre a escrivaninha. Mark vivia entre um quarto e outro, entrando e saindo como se os dois apartamentos fossem uma casa só. Às vezes chegava como Harpo e corria pela sala com uma buzina que comprara numa venda de garagem perto de Princeton. Volta e meia levava a encenação um pouco mais longe, e quando eu dava por mim ele estava de pé ao meu lado, com a perna enlaçada em meu braço. Se fez alguma colagem naquele verão, Mark não a mostrou a ninguém. Descansava, lia um pouco e escutava uma música que eu não conseguia entender, mas a verdade é que, quando chegava aos meus ouvidos na sala, ela já tinha se reduzido a um tum-tum-tum mecânico que fazia lembrar a batida do baixo de uma música de discoteca — rápida, constante e interminável. Mark aparecia e desaparecia. Passou seis semanas numa colônia de férias em Connecticut e mais uma semana com a mãe em Cape Cod. Bill e Violet alugaram uma casa no Maine e ficaram lá durante quatro das seis semanas em que Mark esteve na colônia de férias, e nosso prédio ficou morto. Erica decidiu não vir me visitar nas férias. "Eu não quero abrir a ferida", escreveu. Vivi aqueles meses sozinho com Goya e senti saudade de todo mundo.

No outono, Mark retomou sua antiga rotina de visitas de fim de semana. Em geral, pegava um trem de Princeton na noite de sexta e aparecia em meu apartamento no sábado. Quase sempre voltava de novo no domingo e ficava por pouco mais de uma hora. Meus jantares com Bill e Violet se reduziram a umas duas vezes por mês, e eu passei a depender das fiéis visitas de Mark para tirar uma folga de mim mesmo. Por volta de outubro, Mark mencionou pela primeira vez as raves — festas enormes de gente jovem que iam pela noite adentro. Segundo Mark, para ficar sabendo de uma rave era preciso ter conexões com pessoas bem informadas. Aparentemente, dezenas de milhares de adolescentes tinham acesso a essas "informações confidenciais", mas isso não diminuía o entusiasmo de Mark. Só o som da palavra "rave" já era suficiente para deixá-lo alvoroçado de expectativa.

"É uma forma de histeria em massa", Violet me disse, "um encontro evangélico sem religião, uma espécie de celebração hippie do amor livre só que numa versão dos anos 90. A garotada se entrega a um frenesi de bons sentimentos. Ouvi dizer que rolam drogas, mas nunca notei nenhum sinal de que Mark estivesse drogado quando chega em casa. Eles não permitem bebidas alcoólicas." Violet soltou um suspiro e massageou o pescoço com uma das mãos. "Ele tem quinze anos. Toda essa energia tem que ir para algum lugar." Suspirou de novo. "Mas eu fico preocupada mesmo assim. Tenho a impressão de que a Lucille..."

"A Lucille?", perguntei.

"Deixa pra lá. Não tem importância. Deve ser paranóia minha."

Em novembro, vi uma nota no *Village Voice* anunciando uma leitura que Lucille faria a apenas seis quarteirões de distância de mim, na Spring Street. Eu não falava com ela desde o enterro de Matthew, e ver seu nome impresso me deixou com vontade de ouvi-la ler. Mark se tornara um morador bissexto de meu apartamento, e minha proximidade com ele me atraía para Lucille, mas também acho que minha decisão de ir foi instigada pelo comentário incompleto de Violet e pela crítica de Bill à sovinice de Lucille. Bill não costumava ser injusto, e acho que eu quis fazer minha própria avaliação.

O local da leitura de Lucille era um bar com decoração de madeira e iluminação escassa. Assim que entrei, olhei através da penumbra e a vi perto da parede do fundo, com um maço de papéis na mão. Seu cabelo estava preso para trás e seu rosto pálido estava iluminado por uma pequena luminária de teto cujo reflexo lhe aprofundava as olheiras. Àquela distância, Lucille me pareceu linda — desprotegida e solitária. Fui até onde ela estava. Lucille levantou o rosto na minha direção e, depois de alguns instantes, deu um sorriso tenso, sem abrir a boca. Quando falou, no entanto, seu tom de voz era tranqüilo e acolhedor. "Leo, que surpresa."

"Fiquei com vontade de ouvir você ler", eu disse.

"Obrigada."

Ficamos os dois em silêncio.

Lucille parecia desconfortável. Seu "obrigada" pairava entre nós como um ponto final.

"Não era essa a resposta que eu devia ter dado, não é?", disse Lucille, e sacudiu a cabeça. "Eu não devia ter dito 'Obrigada'. Eu devia ter dito 'Que bom que você veio' ou 'Obrigada por você ter vindo'. Se você viesse falar comigo depois da leitura e dissesse 'Gostei dos seus poemas', aí sim eu poderia dizer um simples 'obrigada', e nós não estaríamos aqui parados nos perguntando o que foi que acabou de acontecer."

"São as armadilhas das relações sociais", comentei. A palavra *relações* me fez parar por um instante. Má escolha, pensei.

Lucille ignorou meu comentário e olhou para seus papéis. Suas mãos tremiam. "Ler em público é difícil para mim", disse. "Vou me preparar um pouco." Saiu andando, sentou numa cadeira e começou a ler para si mesma. Seus lábios se mexiam e suas mãos continuavam a tremer.

Cerca de trinta pessoas apareceram para ouvi-la. Sentamos às mesas, e alguns dos convidados beberam cerveja e fumaram enquanto ela lia. Num poema chamado "Cozinha", Lucille enumerava objetos, um depois do outro. Crescendo sem parar, a lista começou a formar uma abarrotada natureza-morta verbal, e eu fechava os olhos de vez em quando para ouvir cada batida das sílabas que ela lia. Em outro poema, Lucille dissecava uma frase dita por um amigo não identificado: "Você não pode estar falando sério". Era uma análise lógica, engenhosa e intrincada da intimidação que está por trás dessa declaração. Acho que não parei de sorrir durante um só verso do poema. À medida que Lucille lia, comecei a perceber que o tom de seu trabalho nunca variava. Escrupulosos, concisos e investidos da ironia inerente ao distanciamento, os poemas não permitiam que nenhum objeto, pessoa ou idéia ganhasse mais destaque que qualquer dos outros. O campo das experiências da poeta era de tal forma democratizado que se transformava num enorme campo aplainado de particularidades minuciosamente observadas — tanto físicas como mentais. Fiquei espantado de nunca ter notado isso antes. Lembrei-me de quando me sentava ao lado de Lucille, com os olhos fixos nas palavras que ela escrevera, e ficava ouvindo-a explicar o raciocínio que estava por trás das decisões que tomara em suas frases enxutas e econômicas, e senti saudade da camaradagem que existia entre nós.

Depois da leitura, comprei seu livro, *Categoria*, e esperei na fila para que ela o autografasse. Fui o último numa fila de sete pessoas. Lucille escreveu "Para Leo" e olhou para mim.

"Eu queria escrever alguma coisa divertida, mas minha cabeça está vazia."

Debrucei-me sobre a mesa em que ela estava apoiada. "Escreve só 'da sua amiga Lucille'."

Enquanto via a caneta se mover sobre a página, perguntei se ela queria que eu chamasse um táxi para ela ou a acompanhasse aonde quer que ela estivesse indo. Lucille disse que estava indo para a Penn Station, e saímos para o ar frio da noite de novembro. O vento soprou em nossos rostos, trazendo um cheiro de gasolina e comida oriental. Enquanto descíamos a rua, olhei para sua longa capa de chuva bege e notei que na borda surrada estava faltando um botão. A visão daquele pedaço de linha solto pendurado na capa aberta despertou em mim um sentimento de compaixão por Lucille, que foi imediatamente seguido pela imagem de seu vestido cinza enroscado em volta da cintura e do cabelo caindo-lhe sobre o rosto quando eu a segurara pelos ombros e a empurrara no sofá.

"Estou feliz por ter vindo", eu disse. "Os poemas são bons, muito bons. Acho que a gente devia manter contato, principalmente agora que eu tenho visto tanto o Mark."

Lucille virou a cabeça e olhou para mim com uma expressão de surpresa. "Você tem visto o Mark mais do que via antes?"

Parei de andar. "Por causa do quarto, você não sabe?"

Lucille estacou na calçada. Notei, sob a luz da rua, traços profundos de expressão ao redor de sua boca enquanto ela me lançava um olhar interrogativo. "Quarto?"

Senti uma pressão crescendo em meu peito. "Eu deixei que ele usasse o quarto do Matthew como estúdio. Ele já está ocupando o quarto desde a primavera passada. Vem todo fim de semana."

Lucille recomeçou a andar. "Eu não sabia disso", disse, sem alterar a voz.

Ensaiei várias perguntas na cabeça, mas reparei que Lucille apertara o passo. Fez sinal para um táxi e virou-se para mim. "Obrigada por você ter vindo", disse, usando a frase que lhe escapara antes, mas apenas seus olhos demonstravam bom humor.

"Foi um prazer", respondi, apertando-lhe a mão. Por um instante, cogitei beijar-lhe o rosto, mas seu maxilar tenso e seus lábios comprimidos me fizeram desistir da idéia.

Estávamos na West Broadway àquela altura, e quando o táxi começou a se afastar vi a lua no céu sobre a Washington

Square. Ainda era cedo. O formato daquela lua crescente, cortada por um filete de nuvem, reproduzia quase exatamente a lua de uma das primeiras pinturas de bruxas de Goya que eu estivera examinando naquela tarde. Pã, na forma de um bode, está no centro de uma roda de bruxas. Apesar do aspecto medonho da súcia que o cerca, o deus pagão, com o olhar vazio e a expressão aparvalhada, transmite um quê de inocência. Duas das bruxas estão lhe oferecendo bebês. Um deles é magro e acinzentado e o outro, gorducho e rosado. Pela posição de sua pata, fica claro que Pã quer o bebê gorducho. Enquanto atravessava a rua, me lembrei da bruxa de Bill e dos comentários de Violet sobre a mãe que vira bruxa e me perguntei o que Violet teria desistido de dizer a respeito de Lucille. Fiquei me indagando também sobre o silêncio de Mark. Por que ele não tinha dito nada? Tentei me imaginar perguntando a ele, mas a pergunta "Por que você não contou à sua mãe que estava usando o quarto do Matthew?" me soou absurda. Quando dobrei a esquina na Greene Street e caminhei pela calçada na direção de meu prédio, percebi que meu estado de espírito desabara de repente e que uma tristeza crescente estava me acompanhando até em casa.

A vida noturna de Mark se intensificou barbaramente nos meses seguintes. Eu o ouvia descer às pressas os degraus da escada para sair para a noite. Suas amigas riam e davam gritinhos agudos. Seus amigos falavam alto e soltavam palavrões com vozes grossas de homem. A paixão de Mark por Harpo foi superada pelo seu novo entusiasmo por DJs e música techno e suas calças foram ficando cada vez mais largas, mas seu rosto jovem e macio nunca perdeu o ar infantil de espanto diante do mundo, e Mark sempre parecia arranjar tempo para mim. Quando conversávamos, ele se encostava na parede da cozinha e ficava brincando com uma espátula, ou se pendurava no vão da porta, agarrado ao lintel, enquanto suas pernas balançavam no ar. É estranho como não me lembro de quase nada do que de fato dizíamos um ao outro. O conteúdo das conversas de Mark era em geral tedioso e superficial, mas sua *mise-en-scène* era fantástica, e é disso que me lembro melhor — do tom sentido e intenso que sua voz adquiria às vezes, de seus acessos de riso e dos movimentos lânguidos de seu corpo comprido.

Numa manhã de sábado no final de janeiro, minha relação com Mark tomou uma direção que eu não esperava. Eu estava sentado na cozinha lendo o jornal e tomando café, quando ouvi um leve ruído de respiração vindo de algum lugar do outro lado do apartamento. Paralisado, agucei os ouvidos e ouvi de novo. Segui o ruído até o quarto de Matthew, abri a porta e encontrei Mark esparramado na cama e ressonando enquanto dormia. Estava usando uma camiseta que fora rasgada ao meio e depois reunida com o que parecia ser algumas centenas de alfinetes de fralda. Uma faixa de pele aparecia pela fenda da camisa. Sua calça imensa e sem cinto escorregara-lhe até as coxas, deixando à mostra a cueca com o nome do fabricante escrito no elástico do cós. As pontas de seus pêlos pubianos tinham escapado para fora da cueca no meio das pernas, e pela primeira vez reconheci que Mark já era um homem — pelo menos fisicamente — e, por alguma razão, esse fato me deixou estarrecido.

Eu nunca lhe dissera que ele podia dormir no quarto, e a idéia de que Mark tinha entrado no apartamento no meio da noite sem minha permissão me deixou profundamente irritado. Examinei o quarto. A mochila e o casaco de Mark estavam jogados no chão, perto dos tênis. Quando olhei para a aquarela de Matt, vi adesivos, colados no vidro, com a imagem de cinco meninas pálidas e magras, todas de minissaia e sapatos plataforma. Acima de suas cabeças, estavam escritas as palavras AS MENINAS DO CLUB USA. Minha irritação se transformou em raiva. Fui até a cama, segurei Mark pelos ombros e comecei a sacudi-lo. Ele resmungou e abriu os olhos. Olhou para mim sem me reconhecer. "Me deixa", disse.

"O que você está fazendo aqui?", perguntei, furioso.

Mark piscou os olhos. "Tio Leo." Deu um leve sorriso, levantou o tronco, apoiando-se nos cotovelos, e olhou em volta. Sua boca se abriu. Ele parecia lerdo, idiotizado. "Uau", disse, "eu não pensei que você fosse ficar tão zangado."

"Mark, este é o meu apartamento. Você tem um quarto aqui para fazer seus trabalhos de arte ou ouvir música, mas você tem que me perguntar antes se pode dormir aqui. O Bill e a Violet devem estar mortos de preocupação com você."

Seus olhos pareciam estar se desembaçando aos poucos. "É, eu sei, mas eu não tinha como entrar lá. Eu não sabia o que fazer, então vim para cá. Eu não quis te acordar, porque já estava tarde. Além disso", acrescentou, inclinando a cabeça para o lado, "eu sei que você às vezes tem dificuldade para dormir."

Abaixei meu tom de voz. "Você perdeu sua chave?"

"Acho que sim. Não sei como aconteceu. Ela deve ter caído do meu chaveiro. Eu também não quis acordar o meu pai e a Violet, e como ainda tinha a chave da sua casa, achei que não tinha problema vir para cá." Mark foi abrindo os olhos cada vez mais enquanto falava comigo. "Mas devo ter tomado a decisão errada." Suspirou.

"É melhor você subir já para dizer para o seu pai e para a Violet que está tudo bem."

"Já estou indo", disse.

Antes de sair, Mark pôs a mão no meu braço e me olhou bem nos olhos. "Eu só queria que você soubesse que eu te considero um amigo de verdade, tio Leo."

Após Mark ter ido embora, voltei para meu café frio. Minutos depois, já estava arrependido de ter ficado com raiva. A ofensa de Mark fora causada por um erro de avaliação — só isso. Eu tinha de fato chegado a lhe dizer que ele não podia dormir no quarto? O problema não era Mark, mas Matthew. A visão do corpo adulto de Mark na cama do meu filho fora um choque para mim. Teria sido porque aquele rapaz de mais de um metro e oitenta tinha violado os contornos invisíveis mas sagrados do corpo da criança de onze anos que eu ainda imaginava dormindo naquela cama? Talvez, mas o fato é que eu só ficara realmente zangado depois de ver os adesivos. Eu tinha dito a Mark que a aquarela era o único objeto do quarto que não podia ser tocado. Mark concordara com minha condição: "Não tem problema. O Matt era um grande artista". Mark não pensou direito, eu disse a mim mesmo. Ele pode ser inconseqüente, porém não é má pessoa. O remorso sufocou minha indignação, e eu decidi subir imediatamente e lhe pedir desculpas.

Violet abriu a porta. Estava usando apenas uma camiseta branca comprida, provavelmente de Bill, e eu pude entrever seus mamilos através do tecido. Suas bochechas estavam rosadas. Mechas de cabelo úmidas de suor caíam-lhe sobre a testa. Violet sorriu e disse meu nome. Bill estava de pé, alguns passos atrás dela, vestido num roupão branco e fumando um cigarro. Sem saber para onde me virar, olhei para o chão e disse: "Eu vim na verdade para falar com o Mark. Queria lhe dizer uma coisa".

Quem respondeu foi Bill. "O Mark não está aqui hoje, Leo. Ele vinha este fim de semana, mas decidiu na última hora ficar com a mãe. Ela vai levar o Oliver e ele para andar de cavalo num haras lá perto."

Olhei para Bill e depois para Violet, que sorriu e disse: "A gente está tendo um fim de semana devasso". Violet deixou a cabeça cair para trás e se alongou. A camiseta subiu, descobrindo-lhe as coxas.

Pedi desculpas e fui embora. Não estava preparado para ver os seios de Violet debaixo da camisa. Não estava preparado para ver a leve sombra escura de seus pêlos pubianos sob a malha fina da camiseta branca, nem para a expressão suave e ligeiramente abobalhada de seu rosto depois de uma transa. Num movimento ininterrupto, desci a escada, entrei em casa, peguei uma gilete e raspei os adesivos que cobriam a aquarela de Matt.

No fim de semana seguinte, quando fui tirar satisfações com Mark por ter mentido para mim, ele pareceu surpreso. "Eu não menti, tio Leo. Mudei meus planos com a minha mãe. Liguei para o meu pai, mas não tinha ninguém em casa. Resolvi vir para Nova York assim mesmo para me encontrar com uns amigos, e depois tive aquele problema com a chave."

"Mas por que você não avisou o Bill e a Violet que estava aqui?"

"Eu ia avisar, mas achei que ia ser meio complicado, e aí eu lembrei que tinha que pegar o ônibus para voltar para a casa da minha mãe porque tinha prometido para ela que ia tomar conta do Ollie de tarde."

Aceitei a história por dois motivos. Primeiro porque refleti que a verdade muitas vezes é confusa mesmo, um emaranhado de incidentes e equívocos que convergem para fazer tudo parecer improvável. E segundo porque, quando olhei para Mark parado na minha frente com seus grandes olhos azuis fixos em mim, fiquei absolutamente convencido de que ele estava dizendo a verdade.

"Eu sei que às vezes eu vacilo", ele disse. "Mas é sem querer."

"Todo mundo vacila às vezes", eu disse.

* * *

A imagem de Violet naquela manhã de sábado ficou gravada em minha memória como uma mancha que eu não conseguia apagar. E quando me lembrava dela, sempre me lembrava também de Bill, de pé atrás dela com um cigarro, os olhos fixos nos meus e o corpo pesado de quem acabou de ter prazer. À noite, essa imagem dos dois não me deixava dormir. Eu ficava deitado na cama com os nervos à flor da pele e um corpo que lutava com os lençóis, em vez de se acomodar neles. Às vezes me levantava, sentava à minha mesa e examinava minha gaveta, tirando os objetos de dentro dela lenta e metodicamente. Apalpava as meias de Erica e estudava o desenho de Dave e Durango de Matt. Examinava a foto de casamento dos meus tios. Uma noite, contei quantas rosas havia no buquê de Marta, misturadas a outros tipos de flores. O buquê tinha sete rosas. O número me fez pensar no cubo que Bill fizera para o número sete e na grossa camada de terra que cobria o fundo do cubo. Levantando o cubo no alto, era possível ver o número branco por baixo, não inteiro, mas em pedaços, como um corpo em desintegração. Passei os dedos pelo pedaço de papelão encerado que salvara das cinzas do fogo no telhado e depois fiquei olhando para as minhas mãos e para as veias azuis que saltavam por entre os meus ossos, abaixo dos nós dos dedos. Lucille dissera uma vez que elas eram mãos de paranormal, e tentei imaginar como seria poder ler a mente das outras pessoas. Eu sabia tão pouco de mim mesmo. Continuei a examinar minhas mãos. Quanto mais olhava para elas, mais estranhas me pareciam, como se pertencessem a outra pessoa. Senti culpa. Pelo menos esse foi o nome que dei à dor opressiva que senti debaixo das costelas. Minha culpa era a cobiça — um anseio voraz que eu combatia todos os dias —, mas seu objeto não era claro. Violet era apenas um fio no emaranhado inextrincável dos meus desejos. Minha culpa estava enovelada na história toda. Virei-me para olhar para o quadro de Violet na parede. Andei até ele, parei diante da imagem dela e estiquei o braço para tocar a sombra de homem que Bill pintara na tela — a sombra dele. Lembrei-me de que quando vi o quadro pela primeira vez, pensei que a sombra fosse minha.

Erica me escreveu dizendo que estava preocupada com Violet. "Ela está atormentada por medos irracionais com relação ao Mark. Acho que a frustração por não ter podido ter um filho está finalmente vindo à tona agora. Ela odeia ter de dividir o Mark com a Lucille. Quando conversei com ela outro dia pelo telefone, ela não parava de dizer 'Eu queria que ele fosse meu. Estou com medo'. Mas quando perguntei do que ela tinha medo, ela disse que não sabia. Quando o Bill estiver fazendo as viagens dele pelo Japão e pela Alemanha, acho que você devia ficar de olho nela. Você sabe o quanto eu gosto dela. E pense no que ela fez pela gente quando o Matt morreu."

Dois dias depois, Bill e Violet me convidaram para jantar com eles. Mark estava na casa da mãe, e nós três ficamos conversando até tarde. Falamos de Goya, da análise da cultura popular em que Violet vinha trabalhando, do novo projeto de Bill — de construir cento e uma portas abrindo-se para diferentes cômodos — e de Mark. Mark ia levar bomba em química. Tinha feito um piercing no lábio. Vivia em função de raves. Nada disso era extraordinário, mas notei durante a conversa que, sempre que falava de Mark, Violet não conseguia terminar suas frases. Sobre qualquer outro assunto, Violet falava como sempre falou, com facilidade e fluência, desenvolvendo o raciocínio até o fim, mas Mark a deixava hesitante, e suas frases ficavam como que suspensas no ar, inconclusas.

Bill bebeu muito naquele dia. Por volta da meia-noite, estava com os braços em volta de Violet no sofá e declarava que ela era a mulher mais linda e mais maravilhosa que já existira no mundo. Violet se desvencilhou do abraço de Bill e disse: "Já chega. Quando você começa a falar do seu amor eterno por mim, eu sei que você bebeu demais. Está na hora de encerrar a noite".

"Eu estou ótimo", disse Bill, com uma voz gutural e mal-humorada.

Violet virou-se para ele. "Você *está* ótimo", ela disse, passando o dedo pelo rosto mal barbeado de Bill. "Melhor, impossível." Acompanhei o movimento da mão de Violet enquanto ela sorria para ele. O olhar dela estava firme e límpido como sempre.

Com o carinho de Violet, Bill amoleceu. "Um último brinde", propôs.

Levantamos nossos copos.

"Às pessoas mais importantes da minha vida. A Violet, minha amada e indomável esposa. A Leo, meu melhor e mais leal amigo. E a Mark, meu filho. Que ele consiga passar pela provação da adolescênchia."

Violet sorriu ao ouvir o lapso de pronúncia de Bill.

Bill continuou. "Que nós sejamos sempre uma família como somos hoje. Que a gente se ame até o final de nossas vidas."

Não houve aula de piano naquela noite. Quando fechava os olhos, a única pessoa que eu via era Bill.

Só voltei ao loft da Bowery no outono. Bill já vinha desenhando e planejando fazia algum tempo, mas só em setembro começou a construir suas portas. Era uma tarde de sábado no final de outubro. O céu estava nublado e a temperatura caíra muito. Depois de girar minha chave na fechadura do portão de aço, entrei no hall sujo e sombrio e ouvi o barulho de uma porta se abrindo à minha direita. Surpreso por ouvir sinais de vida em salas abandonadas havia tanto tempo, me virei e vi dois olhos, um par de sobrancelhas brancas e um nariz marrom-escuro de homem na fresta da porta, atrás de várias correntes. "Quem é?", perguntou o homem, com uma voz tão grossa e sonora que achei que ouviria ecos.

"Eu sou amigo do Bill Wechsler", respondi, e imediatamente fiquei me perguntando por que tinha me dado ao trabalho de explicar minha presença àquele estranho.

Em vez de me responder, o sujeito fechou a porta rapidamente. Um ruído alto de tranca e dois estalidos seguiram-se ao seu desaparecimento. Enquanto subia a escada, imaginando quem seria o novo inquilino, vi Lazlo saindo do loft de Bill e reparei em sua calça de vinil cor de laranja e em seus sapatos bicudos pretos. Quando me viu, Lazlo disse um descolado "E aí, Leo" e sorriu para mim, mostrando os dentes. Um dos dentes da frente trepava ligeiramente sobre o outro, o que não chegava a ser uma característica incomum, mas naquele instante me dei conta de que nunca tinha visto seus dentes antes. Lazlo parou num degrau.

"Li seu livro do olhar", ele disse. "O Bill me emprestou."

"É mesmo?"

"É sensacional, cara."

"Puxa, obrigado, Lazlo. Fico muito envaidecido."

Lazlo continuou parado e olhou para o degrau. "Pô, eu tava pensando em te levar para jantar um dia desses." Fez uma pausa, balançou a cabeça para cima e para baixo e começou a batucar com a mão em sua coxa laranja, como se um jazz inaudível tivesse de repente interrompido sua fala. "Você e a Erica me ajudaram muito." Cinco outras batidas na coxa. "Pô."

Aquele "pô" parecia estar no lugar de "O que você acha?", e eu então respondi que gostaria muito de sair para jantar com ele. Lazlo disse "Pô, manero" e desceu a escada. No caminho, foi batucando no corrimão e balançando a cabeça no ritmo da mesma música que devia estar tocando em algum corredor invisível de sua cabeça.

"O que foi que deu no Lazlo?", perguntei a Bill. "Primeiro ele sorri para mim e depois me convida para jantar..."

"Ele está apaixonado", disse Bill. "Está louca e perdidamente apaixonado por uma menina chamada Pinky Navatsky. Ela é linda. É dançarina de uma companhia chamada Broken. Eles fazem aquele tipo de dança com muito contorcionismo, sacudir de corpo e chutes súbitos e violentos. Talvez você já tenha lido sobre eles."

Fiz que não.

"O trabalho dele também está melhorando. Ele computadorizou aqueles pauzinhos; eles agora se mexem. Achei que ficou bem interessante. Ele está participando de uma exposição coletiva, numa escola pública."

"E o sujeito com voz de estentor no primeiro andar?"

"É o senhor Bob."

"Eu não sabia que aquelas salas tinham sido alugadas."

"Não foram. Ele invadiu. Não faz muito tempo que ele veio para cá. Não sei como conseguiu entrar, mas o fato é que ele está morando lá agora. Ele se apresentou a mim como 'senhor Bob'. A gente entrou num acordo e eu prometi que não ia contar para o senhorio que ele está aqui. O senhor Aiello quase nunca vem aqui mesmo."

"Ele é louco?"

“Provavelmente. Mas não me incomoda. Eu convivi com gente louca a minha vida inteira, e ele precisa de um teto. Passei alguns apetrechos velhos de cozinha para ele e a Violet lhe deu um cobertor, algumas louças e um fogãozinho portátil que ela usava no antigo apartamento. Ele adora a Violet. Só a chama de ‘Belezura’.”

O estúdio tinha se transformado numa grande área de construção, abarrotada de materiais, que faziam com que parecesse menor do que realmente era. Portas de vários tamanhos e diversas placas de divisórias estavam empilhadas no chão, perto da janela. O chão estava coberto de serragem e sobras de madeira. À minha frente, porém, havia três portas de carvalho de alturas diferentes presas a pequenos cômodos quase das mesmas largura e altura das portas, mas de profundidades variadas.

“Experimente a do meio”, disse Bill. “Você tem que entrar e fechar a porta. Você não tem claustrofobia, tem?”

Respondi que não.

A porta tinha apenas um metro e meio de altura, o que significava que eu precisava me abaixar para entrar no espaço. Depois de tê-la fechado atrás de mim, eu me vi curvado dentro de uma caixa branca e vazia, de cerca de um metro e oitenta de profundidade, com um teto de vidro como única forma de iluminação e um chão nebuloso e espelhado. Perto dos meus pés, vi o que parecia ser um montinho de trapos. Ficar de pé era tão desconfortável que acabei me ajoelhando para examinar os trapos, mas quando toquei neles, descobri que eram de gesso. A princípio vi apenas o reflexo distorcido do meu próprio rosto cinzento e bicudo olhando para mim, mas depois notei que havia um buraco no gesso. Encostei o rosto no chão de espelho e espiei pelo buraco. A imagem estilhaçada de uma criança fora pintada no lado inferior do gesso e se refletia no chão de espelho. O menino parecia estar boiando dentro do espelho, com braços e pernas separados do tronco. Não era uma imagem de violência nem de guerra, era uma imagem de sonho e, ao mesmo tempo, estranhamente familiar — para a qual eu não podia olhar sem ver também a imagem turva do meu próprio rosto. Fechei os olhos. Quando os abri de novo, o espelho parecia aquoso, uterino, e o menino, mais distante, e eu me dei conta de que não queria mais olhar para aquilo. Fiquei um pouco tonto e depois tive uma sensação de enjôo. Levantei rápido demais, bati com a cabeça no teto e agarrei a maçaneta. Estava emperrada. De repente, senti uma necessidade desesperada de sair daquele lugar. Girei a maçaneta com toda força, a porta se abriu e eu quase caí em cima de Bill.

"Está tudo bem?", perguntou Bill. "Você está suando."

Ele teve de me levar até uma cadeira. Gaguejei um pedido de desculpas constrangido e respirei fundo, enquanto tentava entender o que acontecera atrás daquela porta. Ficamos em silêncio durante no mínimo um minuto, enquanto eu me recuperava do quase-desmaio. Pensei de novo no reflexo que vira debaixo dos trapos de gesso. Talvez os trapos fossem na verdade ataduras. O menino parecia boiar num líquido oleoso e espesso, com o corpo em pedaços. Jamais viria à tona intacto.

Falei, ofegante. "O Matt... se afogando. Só agora entendi."

Quando levantei o rosto para olhar para Bill, vi que ele estava assustado. "Eu não tive a intenção..."

Interrompi. "Eu sei. Só que bateu em mim dessa forma."

Bill pôs as mãos em meus ombros e os apertou por um momento. Então foi até a única parte livre da janela e ficou olhando para fora. Ficou em silêncio durante algum tempo e depois disse, num tom de voz muito suave: "Eu adorava o Matthew, você sabe. Naquele último ano, antes de ele morrer, eu entendi quem ele era e o que tinha dentro dele". Bill passou a mão pelo peitoril.

Levantei da cadeira e fui para perto dele.

"Eu tinha inveja de você", ele disse. "Eu queria..." Fez uma pausa e respirou fundo. "Eu ainda gostaria que o Mark fosse mais como ele, e me sinto mal por causa disso. O Matt estava aberto para tudo. Não que sempre concordasse comigo." Bill sorriu com a lembrança. "Ele discutia comigo. Eu gostaria que o Mark..."

Eu não disse nada. Depois de outra breve pausa, Bill continuou. "Tudo seria tão melhor para o Mark se o Matthew ainda estivesse vivo. Seria melhor para todos nós, é claro, mas o Matt tinha os pés no chão." Bill olhou para a rua. Notei que seu cabelo estava ficando grisalho. Ele está envelhecendo rápido agora, pensei. "O Matt queria crescer. Ele teria se tornado um artista, tenho certeza. Ele tinha talento, tinha necessidade, tinha tesão pelo trabalho." Bill passou a mão pela cabeça. "O Mark ainda é um criançāo. Ele tem muitos talentos, mas por alguma razão não está equipado para usá-los. Eu tenho medo do que vai acontecer com ele, Leo. Ele parece um Peter Pan exilado da Terra do Nunca." Bill ficou em silêncio novamente. "As lembranças que eu tenho de quando era adolescente não ajudam em nada. Nunca gostei de multidões. Não tinha o menor interesse pelos modismos. Se todo mundo gostava de uma coisa, eu não queria nem saber do que se tratava. Drogas, amor e flor, rock'n'roll, nada disso era para mim. O meu lance eram os ícones; eu vivia copiando Caravaggio e desenhos do século XVII. Não fui nem um bom rebelde. Eu era contra a guerra. Participei de protestos, mas a verdade é que boa parte daquela retórica toda me irritava. A única coisa que eu realmente queria fazer era pintar." Bill se virou na minha direção e acendeu um cigarro, protegendo o fósforo com a mão como se estivesse lá fora no vento. Comprimiu os lábios e disse: "Ele mente, Leo. O Mark mente".

Olhei para o rosto triste de Bill. "É, eu também já tive essa impressão algumas vezes."

"Já o peguei numas mentiras bobas, umas mentiras que não fazem o menor sentido. Eu às vezes acho que ele mente só por mentir."

"Pode ser só uma fase."

Bill desviou os olhos de mim. "Ele mente há muito tempo. Desde bem pequeno, na verdade."

Essa declaração franca de Bill me surpreendeu. Eu não tinha a menor idéia de que havia um histórico de mentiras. Mark mentira para mim sobre os *doughnuts* e provavelmente também mentira no dia em que dormira na cama de Matt, mas eu não estava sabendo de nada a respeito de outras mentiras.

"Ao mesmo tempo", Bill continuou, "eu sei que ele tem bom coração. Ele é uma alma sensível, o meu filho." Apontou para mim com o cigarro. "Ele gosta muito de você, Leo. Ele me disse que se sente à vontade e que consegue se abrir com você."

Fui para a frente da janela, ao lado de Bill. "Eu gosto de ficar perto dele. A gente tem conversado bastante, esses últimos meses." Virei-me para a rua. "Ele ouve as minhas histórias e eu ouço as dele. Sabe que ele me contou que, quando estava morando no Texas, costumava fazer de conta que o Matt estava lá com ele? Ele o chamava de 'Matt imaginário'. Contou que costumava ter longas conversas com o 'Matt imaginário' no banheiro antes de ir para a escola." Olhei para os telhados do outro lado da Bowery e depois para um homem deitado na calçada, com os pés enfiados em dois sacos de papel.

"Eu não sabia disso", disse Bill.

Fiquei ao seu lado até ele terminar o cigarro. Seu olhar estava distante. "Matt imaginário", disse uma vez e ficou em silêncio por algum tempo. Jogou o cigarro no chão, esmagou-o com o pé e olhou para fora de novo. "O meu pai, é claro, me achava maluco, achava que eu nunca ia conseguir me sustentar."

Saí do estúdio de Bill pouco depois disso. Desci a escada e, quando abri a porta da rua, ouvi a voz do sr. Bob de novo, desta vez atrás de mim. Ressonante e belo, aquele vozeirão melodioso me forçou a parar para ouvir, e estaquei no vão da porta. "Que a luz de Deus brilhe sobre ti. Que ela brilhe sobre tua cabeça, teus ombros, teus braços, tuas pernas e teu corpo inteiro com radiante benevolência. Que Deus te salve e te proteja com Sua bondade e compaixão das perversas artimanhas de Satã. Que Deus te acompanhe, meu filho." Não me virei, mas tenho certeza de que o sr. Bob entoou sua bênção através de uma fresta minúscula da porta. Do lado de fora, franzi os olhos ao deparar com o clarão do sol que tentava romper as nuvens. Quando dobrei a esquina na Canal Street, me dei conta de que a estranha bendição do inquilino clandestino tinha deixado meus passos mais leves.

Em janeiro, Mark me apresentou a Teenie Gold. Com pouco mais de um metro e meio de altura e uma magreza preocupante, Teenie tinha a pele muito branca, tingida de cinza sob os olhos e nos lábios. Uma mecha azul coloria seus cabelos platinados, e uma argola dourada cintilava em seu nariz. Estava usando uma blusa com estampa de ursinhos de pelúcia cor-de-rosa que dava a impressão de ter pertencido a uma criança de dois anos. Quando lhe estendi a mão, ela a aceitou com ar de espanto, como um estranho que chega a uma ilha remota e se vê forçado a executar um bizarro ritual de saudação. Depois de ter retirado sua mão frouxa da minha, Teenie ficou olhando fixamente para o chão. Enquanto Mark corria lá dentro para buscar alguma coisa que tinha deixado no quarto de

Matt, fiz a Teenie algumas perguntas educadas, a que ela respondeu com frases curtas e ansiosas, sem tirar os olhos do chão. Ela estudava na Nightingale. Morava na Park Avenue. Queria ser estilista de moda. Quando voltou, Mark disse: "Vou pedir para a Teenie te mostrar alguns dos desenhos dela. Ela tem um talento impressionante. Ah, e sabe do que mais?, hoje é aniversário dela".

"Feliz aniversário, Teenie", eu disse.

Teenie continuou olhando para o chão e balançou a cabeça para cima e para baixo, enquanto seu rosto ficava vermelho, mas não respondeu.

"Ei!", disse Mark. "Por falar nisso, quando é que é mesmo o seu aniversário, tio Leo?"

"Dezenove de fevereiro."

Mark sacudiu a cabeça. "De 1930, certo?"

"Certo", respondi um pouco intrigado, mas antes que pudesse dizer qualquer outra coisa, os dois já tinham desaparecido porta afora.

Teenie Gold me causou uma impressão estranha — uma sensação melancólica e um tanto sinistra, parecida com a que eu sentira uma vez em Londres depois de ter passado em frente a centenas de bonecas no Bethnal Green Museum of Childhood. Parte criança, parte palhaça, parte mulher de coração partido, Teenie tinha uma aparência de criatura ferida, como se suas neuroses tivessem sido inscritas em seu corpo. Embora Mark também já tivesse começado a parecer meio absurdo em sua indumentária de adolescente — as calças largas, a bolota dourada do piercing debaixo do lábio inferior, os tênis plataforma que passara a usar e que o deixavam com fantásticos um metro e noventa e cinco de altura —, sua postura e seu jeito aberto e amigável contrastavam tremendamente com o rosto virado para o chão e o corpo magro e tenso de Teenie.

Por si sós, as roupas não têm muita importância, mas reparei que os novos amigos de Mark cultivavam uma estética lúgubre e emaciada que me fazia lembrar a maneira como os românticos glorificavam a tuberculose. A idéia que Mark e seus amigos tinham de si mesmos estava ligada a alguma doença, mas eu não conseguia descobrir que doença era essa. Rostos encovados, corpos magros e perfurados, cabelos coloridos e sapatos plataforma pareciam relativamente inócuos. Afinal, modismos mais estranhos já tinham surgido e passado. Eu me lembrava das histórias sobre rapazes que se atiravam de janelas vestidos com casacos azuis e coletes amarelos depois de lerem *Werther*. Uma coqueluche de suicídios. Goethe acabou por odiar esse romance, mas na época em que foi lançado o livro abalou multidões de jovens e de almas vulneráveis. Teenie me fez pensar em modismos suicidas não só porque tinha uma aparência mais doentia do que os outros amigos de Mark, mas porque eu estava começando a entender que, naquele círculo, o ar doentio era considerado atraente.

Vi muito pouco Bill e Violet naquela primavera. Eu ainda jantava na casa deles de vez em quando, e Bill volta e meia me telefonava, mas a vida que estavam levando os afastou de mim. Em março, os dois passaram uma semana em Paris por conta de uma exposição que estava sendo montada com os cubos de números e, de lá, seguiram para Barcelona, onde Bill fez palestras para estudantes numa escola de belas-artes. Mesmo quando não estavam viajando, saíam à noite com freqüência para ir a jantares e vernissages. Bill contratou mais dois assistentes, um carpinteiro assobiador chamado Damion Dapino, para ajudá-lo a construir as portas, e uma secretária jovem e deprimida chamada Mercy Banks, para cuidar de sua correspondência. Bill vivia recusando convites para dar aulas, fazer palestras, participar de discussões e compor painéis de congressos nas mais diversas partes do mundo e precisava de Mercy para redigir seus "não, obrigado".

Uma tarde, quando estava esperando numa fila na Grand Union, comecei a folhear um número da revista *New York* e encontrei uma pequena foto de Bill e Violet num vernissage. Bill tinha o braço em torno da esposa e olhava para ela, enquanto Violet sorria para a câmera. A foto era um indício do novo status de Bill, um lampejo de fama até mesmo em sua crítica cidade natal. Isso já vinha se anunciando havia algum tempo — aquele deslizar para a terceira pessoa que começava a transformar seu nome numa mercadoria vendável. Comprei a revista. Em casa, recortei a foto e guardei-a em minha gaveta. Queria a foto lá, porque suas dimensões reduzidas imitavam as proporções da distância — duas figuras bem longe de mim. Nunca tinha posto nada que me fizesse lembrar de Bill e Violet na gaveta, e na mesma hora entendi por quê. Era um lugar para recordar aquilo de que eu sentia falta.

Apesar de seu caráter mórbido, eu não usava minha gaveta para cultivar a tristeza nem a autopiedade. Tinha começado a encará-la como uma anatomia espectral em que cada objeto articulava um pedaço de um corpo mais amplo e ainda inacabado. Cada objeto era um osso que significava ausência, e eu tinha prazer em rearrumar os fragmentos de acordo com diferentes princípios. A cronologia era uma forma lógica de ordenação, mas mesmo ela podia mudar, dependendo da maneira como eu lia cada objeto. As meias de Erica, por exemplo, eram um símbolo de sua ida para a Califórnia ou do dia em que Matt morreu e nosso casamento começara a naufragar? Eu ficava dias trabalhando em possíveis cronogramas e depois os abandonava em troca de sistemas associativos mais secretos, brincando com todas as conexões possíveis. Punha o batom de Erica ao lado do *card* de beisebol de Matt num dia e o transferia para perto da caixa de *doughnuts* no outro. A ligação entre estes dois últimos objetos era deliciosamente obscura, mas tornou-se óbvia depois que a percebi. O batom evocava a boca pintada de Erica; a caixa de *doughnuts*, a boca faminta de Mark. A conexão era oral. Durante algum tempo, agrupei a foto de minhas primas gêmeas, Anna e Ruth, com a foto de casamento de seus pais, mas depois a transferi para o meio da gaveta, com o programa da peça de teatro de Matt de um lado e a foto de Bill e Violet do outro. Seus significados dependiam de suas posições, constituindo uma espécie de sintaxe móvel. Eu só brincava disso à noite, antes de ir para a cama. Depois de mais ou menos duas horas, o intenso esforço mental necessário para justificar as transferências dos objetos de uma posição para outra me deixava cansado. Minha gaveta se revelou um eficiente sonífero.

Na primeira sexta-feira de maio, acordei de um sono profundo com barulhos na escada do lado de fora de meu apartamento. Acendi a luz e vi as horas no relógio: quatro e quinze. Levantei, fui até a sala e, quando cheguei perto da porta, ouvi alguém rindo no hall e depois o nítido ruído de uma chave girando em minha fechadura.

"Quem está aí?", perguntei, falando grosso.

Alguém soltou uma espécie de ganido. Abri a porta e vi Mark se afastando às pressas. Saí para o hall. A luz do meu andar devia estar queimada, porque estava escuro, e a única iluminação era a que vinha do andar de cima. Notei que havia duas outras pessoas com Mark. "O que está acontecendo, Mark?", perguntei, apertando os olhos para tentar enxergá-lo. Ele tinha encostado na parede e eu não estava conseguindo ver seu rosto direito.

"Oi", ele disse.

"São quatro horas da manhã. O que você está fazendo aqui?"

Um de seus acompanhantes se aproximou — uma figura espectral, de idade indefinida. Na penumbra, sua pele parecia muito branca, mas não dava para saber se a palidez era um sinal de falta de saúde ou se ele havia simplesmente pintado o rosto com maquiagem de teatro. O andar do sujeito parecia trôpego, e, quando olhei para seus pés, vi que estava usando sapatos plataforma altíssimos. Ele acenou na minha direção. "Tio Leo, suponho", disse com uma voz de falsete, depois deu uma risadinha. Seus lábios pareciam azuis e, quando falou comigo, notei que suas mãos tremiam. Os olhos no entanto estavam alertas, vigilantes até, e não despregavam dos meus. Forcei-me a encará-lo. Após alguns instantes, ele olhou para baixo, e eu me virei para a terceira pessoa, que estava sentada nos degraus da escada. Parecia um garotinho. Se ele não estivesse com os outros dois, eu calcularia que não tinha mais do que onze ou doze anos. Delicado e feminino, com cílios muito compridos e uma boca pequena e rosa, o menino estava segurando uma bolsa verde entre os joelhos. O fecho da bolsa estava aberto, e, olhando pela abertura, vi vários pequenos cubos de plástico — vermelhos, brancos, amarelos e azuis. O menino andava por aí com uma bolsa cheia de peças de Lego. Deu um bocejo alto.

Escutei uma voz de garota acima de mim: "Coitadinho, você está morto de cansaço". Olhei para cima e vi Teenie Gold no alto da escada.

Teenie estava usando asas de pena de avestruz que balançavam à medida que ela descia os degraus, um passinho vacilante de cada vez. Levantava seus bracinhos finos como se estivesse se equilibrando numa corda bamba, aparentemente sem perceber que havia um corrimão logo ao seu lado. Olhava fixamente para baixo, com o queixo colado no peito.

"Quer uma ajuda, Teenie?", perguntei, dando um passo na direção da escada.

O sujeito pálido recuou, nervoso, ao me ver avançar, e percebi que enfiou alguma coisa no bolso da calça. Virei-me de novo para Mark, que olhava para mim de olhos arregalados. "Está tudo bem, Leo. Desculpe por ter te acordado." Havia alguma coisa diferente na voz de Mark — parecia mais grave, ou talvez fosse apenas a entonação que tivesse mudado.

"Eu acho que a gente devia conversar, Mark."

"Eu não posso. A gente está de saída. Tenho que ir." Quando Mark desencostou da parede, vi sua camiseta de relance antes de ele se virar. Havia alguma coisa escrita nela — ROHIP... Ele desceu a escada correndo. O sujeito branquelo e o menino desceram atrás dele, devagar. Teenie continuava penando para conseguir chegar ao meu andar. Entrei em casa, fechei a porta, tranquei e passei a corrente, algo que raramente me dava ao trabalho de fazer. E foi então que fiz uma coisa que nunca tinha feito. Apaguei a luz e dei alguns passos sem sair do lugar, como se estivesse voltando para a cama. Se o meu ardil foi convincente ou não eu não, faço a menor idéia, mas encostei o ouvido na porta e ouvi o sujeito branquelo dizer bem alto: "Parece que hoje não vai rolar K, hein, M&M?".

A ironia não passou em brancas nuvens por mim. Eu tinha me transformado num espião, ficara ouvindo atrás da porta, e tudo isso só para descobrir que estava tentando entreouvir uma conversa numa língua que eu não entendia. O nome M&M, porém, me fez gelar por dentro. Eu sabia muito bem que aquilo só podia ser o apelido de um deles, tirado do confeito de mesmo nome, mas as duas figuras infantis que Bill usara em *A viagem de O* também eram M e M, e a possível referência me deixou inquieto. Pouco depois, ouvi um estrondo seguido de um gemido na escada, e abri a porta correndo para ver o que tinha acontecido.

Teenie estava caída no chão no patamar logo abaixo do meu. Desci e a ajudei a se levantar. Ela não olhou para mim uma vez sequer enquanto eu a pegava pelo braço e a ajudava a descer o último lance de escada. Sapatos ridículos pareciam ser uma exigência entre os adolescentes. Teenie estava usando sapatos de boneca pretos, de verniz e com saltos absurdamente altos, dentro dos quais até mesmo alguém sóbrio até a raiz dos cabelos teria dificuldade para andar, e Teenie estava pra lá de Marraquesh. Enquanto lhe segurava o braço, eu sentia seu corpo pender numa direção e depois na outra. Terminada a escada, abri a porta do prédio para ela. Estava sem chaves e de pijama, o que me impedia de seguir além. Quando olhei na direção da Grand Street, vi Mark e seus dois consortes parados na esquina.

"Você tem certeza de que está bem, Teenie?", perguntei, da porta.

Da calçada, Teenie fez que sim com a cabeça.

"Você não tem que ir com eles", eu disse de repente. "Você pode voltar comigo. Eu chamo um táxi para você."

Sem levantar o rosto, ela sacudiu a cabeça: não. E começou a andar na direção deles. Continuei parado na porta, observando-a. Teenie cambaleava para a direita e para a esquerda, ziguezagueando pela calçada até chegar aos seus três amigos no final do quarteirão — uma pequena criatura alada de tornozelos tortos que jamais chegaria a voar.

Na manhã seguinte, telefonei para Bill. Hesitei um pouco antes de ligar, mas o incidente me deixara preocupado. Mark parecia desfrutar de uma liberdade um tanto exagerada para um garoto de dezesseis anos, e comecei a achar que Bill e Violet estavam sendo permissivos demais. Acabei descobrindo que Bill não sabia que Mark estava na cidade. A informação que ele tinha era de que Mark só chegaria à cidade no início daquela tarde, vindo de trem da casa da mãe. Para Lucille, Mark dissera que passaria a noite na casa de um colega de turma, em Princeton. Quando Mark chegou naquela tarde, Bill me ligou e pediu que eu subisse.

Mark olhava fixamente para os joelhos enquanto Bill e Violet o interrogavam sobre suas mentiras. Disse que tudo não passara de uma "confusão" e que não tinha mentido. Pensara que ia passar a noite na casa de Jake, mas Jake decidira vir para Nova York para se encontrar com um amigo, e Mark viera com ele. "Mas então onde estava o Jake ontem à noite?", Bill quis saber. "O Leo não viu o Jake no corredor." Mark respondeu que Jake tinha saído com outras pessoas. Bill lhe disse que suas mentiras estavam minando a confiança que existia entre eles e que Mark tinha de parar com aquilo. Mark negou veementemente que tivesse mentido. Tudo o que ele tinha dito era verdade. Violet, então, tocou no assunto das drogas.

"Eu não sou nenhum otário", disse Mark. "Eu sei que as drogas acabam com a gente. Vi um documentário sobre heroína uma vez e aquilo me deixou muito assustado. Eu não estou nessa."

"A Teenie não estava em seu estado normal ontem à noite", eu disse, "e aquele sujeito branquelo não parava de tremer."

"Mesmo que a Teenie esteja se drogando, isso não quer dizer que eu também esteja", disse Mark, olhando diretamente para mim. "O Teddy treme porque faz parte do show dele. Ele é artista."

"Teddy de quê?", quis saber Bill.

"Teddy Giles, pai. Você já deve ter ouvido falar dele. Ele faz performances e vende umas esculturas supermaneiras. Já saiu um monte de matérias sobre ele em revistas e tudo."

Quando olhei para Bill, tive a impressão de ver um lampejo de reconhecimento passar por suas feições, mas ele não fez nenhum comentário.

"Quantos anos o Giles tem?", perguntei.

"Vinte e um", disse Mark.

"Por que você estava tentando entrar no apartamento do Leo?", perguntou Violet.

"Eu não estava!" Mark parecia desesperado.

"Eu ouvi a tranca girar, Mark", eu disse.

"Não fui eu! Foi o Teddy. E ele não estava com a chave. Ele só girou a maçaneta porque pensou que fosse a porta do nosso apartamento."

Olhei bem nos olhos de Mark e ele olhou firme nos meus. "Você não usou a chave da minha casa ontem?"

"Não", respondeu, sem um pingo de hesitação.

"O que você queria no nosso apartamento, então?", tornou Violet. "Você só veio para casa uma hora atrás."

"Eu queria pegar a minha máquina para tirar umas fotos."

Bill passou a mão pelo rosto. "Você está proibido de sair até o final do mês, enquanto estiver na nossa casa."

Mark abriu a boca, incrédulo. "Mas o que foi que eu fiz?"

Bill parecia muito cansado. "Olha, mesmo que você não tenha mentido para mim e para a sua mãe, você precisa fazer os seus deveres da escola. Você nunca vai conseguir se formar se não começar a estudar. E tem mais uma coisa: eu quero que você devolva a chave do Leo."

Mark franziu os lábios e fez bico, amuado. Aquela expressão em seu rosto jovem e macio me fez pensar num menino de dois anos contrariado porque acabaram de lhe dizer que não vai poder tomar mais uma taça de sorvete. Naquele momento, a cabeça de Mark, com seu rosto de traços infantis, pareceu estar em nítida desarmonia com o corpo comprido e cada vez mais desenvolvido, como se a parte de cima não estivesse conseguindo acompanhar a de baixo.

Quando Mark veio a minha casa no sábado seguinte, perguntei a ele sobre Teddy Giles. Apesar de Mark estar de castigo, não notei nenhuma mudança em seu humor. Notei, sim, que tingira o cabelo de verde, mas resolvi não comentar nada.

"Como vai o seu amigo Giles?"

"Bem."

"Você disse que ele é artista?"

"É. Ele é famoso."

"É mesmo?"

"É, pelo menos entre a galera. Mas ele agora arranjou uma galeria e tudo."

"Como é o trabalho dele?"

Mark encostou na parede do corredor e bocejou. "É superlegal. Ele corta coisas em pedaços."

"Que coisas?"

"É difícil explicar." Mark sorriu consigo mesmo.

"Na semana passada você disse que ele estava tremendo porque isso fazia parte do show dele. Eu não entendi o que isso quer dizer."

"Ele gosta de parecer frágil."

"E aquele garotinho, quem é?"

"O Me?"

"Mi? Que diabo de nome é esse? É um nome oriental ou algo assim?"

Mark riu. "Não, é M-E. Como em 'me dá'."

"Os pais deram a ele um pronome pessoal oblíquo como nome?"

"É óbvio que não. Ele trocou de nome. Todo mundo só chama ele de Me."

"Ele parece muito novinho. Quantos anos ele tem, doze?"

"Ele tem dezenove."

"Dezenove?"

Fiquei um instante calado e depois perguntei, sem rodeios: "Ele é amante do Giles?".

"Uau", exclamou Mark. "Nunca pensei que você fosse me fazer uma pergunta dessas, mas não, eles são só amigos. Se você realmente quer saber, o Teddy é bi, não gay."

Mark ficou me estudando durante alguns instantes antes de continuar. "O Teddy é um gênio. Todo mundo tem muita admiração por ele. Ele cresceu na Virgínia e era muito, muito pobre. A mãe era prostituta, e ele não sabe quem é o pai dele. Quando tinha catorze anos ele fugiu de casa e ficou vagando pelo país durante algum tempo. Depois veio para Nova York e arranjou emprego como ajudante de garçom no Odeon. Depois disso, começou a se envolver com arte, a fazer performances. Ele já fez coisa pra burro, sabe, prum cara que só tem vinte e quatro anos." Eu lembrava claramente que Mark havia dito que Giles tinha vinte e um anos, mas deixei passar. Mark ficou em silêncio durante alguns segundos e então disse, olhando nos meus olhos: "Eu nunca conheci ninguém tão parecido comigo. A gente fala sobre isso toda hora, sobre como nós somos iguais".

Duas semanas mais tarde, num dos jantares que Bernie Weeks costumava oferecer quando inaugurava uma exposição em sua galeria, Teddy Giles veio à baila de novo. Já fazia muito tempo que eu não saía com Bill e Violet, e eu estava ansioso para ir àquele jantar, mas me puseram sentado entre a acompanhante que Bernie arranjara para aquela noite, uma jovem atriz chamada Lola Martini, e Jillian Downs, a artista cuja exposição acabara de ser inaugurada, e eu não tive muita chance de conversar nem com Bill nem com Violet. Bill estava sentado do outro lado de Jillian e os dois conversavam animadamente. Fred Downs, o marido de Jillian, estava conversando com Bernie. Antes de Giles ser mencionado, Lola vinha me contando sobre sua carreira na televisão italiana como figurante de um programa de perguntas e respostas. Seu guarda-roupa para o trabalho consistia em biquínis relacionados às frutas-tema de cada programa. "Amarelo-limão, vermelho-morango, verde-abacate e assim por diante", explicou. Apontando para a cabeça, acrescentou: "E eu também tinha que usar uns chapéus com frutas".

"À *la* Carmem Miranda", comentei.

Lola olhou para mim com uma expressão de dúvida. "O programa era muito idiota, mas eu aprendi italiano e consegui dois papéis em filmes por causa dele."

"Sem frutas?"

Lola riu e ajeitou seu bustiê, que vinha escorregando devagarinho fazia mais de meia hora. "Sem frutas."

Quando lhe perguntei de onde conhecia Bernie, Lola respondeu: "Eu conheci o Bernie na semana passada, numa exposição de um tal de... Teddy Giles. Meu Deus, que coisa mais repulsiva, aquilo". Lola fez uma cara de nojo e encolheu os ombros nus. Era muito jovem e muito bonita, e quando falava seus brincos balançavam, chocando-se contra seu pescoço longo. Apontando para Bernie com o garfo, ela disse bem alto: "A gente está falando daquela exposição em que nós dois nos conhecemos. Não era uma coisa repulsiva?".

Bernie virou-se para Lola. "Bom, não sou eu que vou discordar de você, mas o sujeito está provocando um senhor rebuliço. Ele começou fazendo performances em boates. O Larry Finder viu uma apresentação dele e resolveu levar o trabalho para a galeria."

"Como é o trabalho dele?", perguntei.

"São só corpos esquartejados — de mulheres, de homens e até de crianças", disse Lola, franzindo a testa e esticando os lábios para transmitir sua repulsa. "Tinha sangue e tripas espalhados por tudo quanto era lado. E tinha também umas fotos, de um show que ele fez numa boate, em que ele aparecia jorrando sangue pelo traseiro. Imagino que fosse só água vermelha, mas parecia sangue. Sinceramente, eu tive que tapar os olhos. Era tãããão nojento..."

Jillian olhou para Bill e levantou as sobrancelhas. "Você sabe quem resolveu botar o Giles debaixo da sua asa crítica?"

Bill fez que não.

"O Hasseborg. Ele escreveu um artigo enorme sobre o Giles na *Blast*."

Um breve esgar de dor atravessou o rosto de Bill.

"E o que ele dizia no artigo?", perguntei.

"Que o Giles põe a nu a celebração da violência na cultura americana", disse Jillian. "É o horror hollywoodiano desconstruído, ou algo assim."

"A Jillian e eu fomos à exposição", disse Fred. "Achei a coisa toda extremamente apelativa e rala. É feita para ser chocante, mas na verdade não é. É totalmente inócua, quando você compara com os artistas que realmente levaram a coisa às últimas conseqüências. Como aquela mulher que fez cirurgia plástica para que seu rosto ficasse como uma pintura de Picasso, de Manet ou de Modigliani. Eu sempre esqueço o nome dela. Você se lembra de quando o Tom Otterness deu um tiro num cachorro?"

"Era um filhote de cachorro", disse Violet.

Lola ficou pasma. "Ele deu um tiro num filhotinho de cachorro?"

"Está tudo registrado em fita", explicou Fred. "Você vê o cachorrinho correndo e pulando de um lado para o outro e, de repente, *bang*." Fez uma pausa. "Mas eu acho que o cachorrinho tinha câncer."

"Quer dizer que ele estava doente e ia morrer de qualquer jeito?"

Ninguém respondeu à pergunta de Lola.

"O Chris Burden mandou que lhe dessem um tiro no braço", informou Jillian.

"No ombro", corrigiu Bernie. "O tiro foi no ombro dele."

"Braço, ombro... fica tudo na mesma região", disse Jillian, sorrindo. "E o Schwarzkogler? Aquilo, sim, é que era arte radical."

"O que foi que ele fez?", quis saber Lola.

"Bom, pra você ter uma idéia", respondi, "ele cortou o próprio pênis, de comprido, e depois mandou que fotografassem tudo. Um troço medonho, com sangue pra todo lado."

"Não teve um outro cara que fez a mesma coisa?", perguntou Violet.

"O Bob Flanagan", disse Bernie. "Mas foi com pregos. Ele martelou pregos no pênis."

O queixo de Lola caiu. "Isso é coisa de gente doente", ela disse. "Elas só podem ser doentes da cabeça. Eu não acho que isso seja arte. É só doentio."

Eu me virei para olhar para o rosto de Lola, com sobrancelhas feitas com perfeição, nariz pequeno e boca reluzente. "Se eu te botasse em exposição numa galeria, você seria arte", eu disse a ela. "E de melhor qualidade do que muita arte que eu já vi por aí. Definições prescritivas já não se aplicam mais."

Lola mexeu os ombros. "Você está me dizendo que qualquer coisa pode ser arte se as pessoas dizem que é arte, é isso? Até eu?"

"Exatamente. O que importa é o ponto de vista, não o conteúdo."

Violet se inclinou e pôs os cotovelos em cima da mesa. "Eu fui à exposição", disse ela. "A Lola tem razão. Se você leva aquilo a sério, é uma coisa horrível. Mas ao mesmo tempo parece uma piada, um deboche." Fez uma pausa. "É difícil saber se é uma coisa puramente cínica ou se há algo mais por trás daquilo — um prazer sádico em esquartejar aqueles corpos de mentira..."

A conversa desviou novamente de Giles para outros artistas. Bill continuou conversando com Jillian. Não participou do animado debate sobre o melhor pão de Nova York, nem da discussão sobre sapatos e lojas de sapatos que surgiu de alguma forma depois disso e que fez com que Lola levantasse sua perna comprida para exibir uma sandália de salto agulha assinada por um designer com um nome muito curioso que esqueci na mesma hora. Na volta a pé para casa, Bill ficou em silêncio. Violet deu um braço para Bill e outro para mim.

"Eu queria muito que a Erica estivesse aqui", disse Violet.

Fiquei alguns instantes sem dizer nada, mas depois respondi: "Ela não quer vir para cá, Violet. Nem sei quantas vezes já planejamos visitas. De seis em seis meses ela escreve dizendo que vem para Nova York, mas sempre volta atrás. Já comprei passagens de avião para a Califórnia três vezes, e todas as três vezes ela escreveu dizendo que não podia me ver, que não estava se sentindo forte o bastante. Disse que está vivendo uma vida póstuma na Califórnia e que é isso que ela quer".

"Para alguém que não está viva, ela bem que tem escrito muitos artigos", comentou Violet.

"Ela gosta de papel", eu disse.

"Ela ainda te ama", disse Violet. "Eu sei."

"Ou talvez ela ame a idéia de que eu existo, mas do outro lado do país."

Nesse momento, Bill estacou. Soltou-se de Violet, olhou para o céu, abriu os braços e gritou: "A gente não sabe de nada. A gente não sabe absolutamente nada de nada". Sua voz forte ribombou pela rua. "Nada!", ele repetiu a palavra com óbvia satisfação.

Violet alcançou a mão de Bill e puxou-o. "Agora que a gente já deixou isso bem claro, vamos para casa", disse. Bill não impôs resistência. Violet o segurava pela mão, enquanto Bill seguia atrás, arrastando os pés pela calçada, de cabeça baixa e ombros curvados. Achei que parecia um menino sendo levado para casa pela mãe. Mais tarde, fiquei me perguntando o que teria provocado o desabafo de Bill. Podia ter sido a conversa sobre Erica, mas podia também estar relacionado ao que fora revelado naquela noite: Mark escolhera para amigo alguém cujo mais ferrenho defensor era também o homem que havia escrito a crítica mais cruel ao trabalho de seu pai até aquele dia.

Bill arranjou para Mark um trabalho de verão com um conhecido seu, um artista chamado Harry Freund. Freund precisava de uma trupe de ajudantes para um grande projeto artístico que estava realizando em Tribeca, sobre as crianças de Nova York, financiado por recursos públicos e privados. A obra imensa e temporária faria parte de uma celebração em setembro pelo "mês da criança". O projeto incluía bandeiras enormes, embrulhos *à la* Christo de postes de luz e desenhos ampliados de crianças de todos os distritos. "Cinco dias por semana, das nove às cinco, trabalho braçal", Bill me disse. "Vai ser bom para ele." O trabalho começaria em meados de junho. Quando me sentava diante de minha xícara de café pela manhã e dava início à minha tarefa diária de gerar mais dois ou três parágrafos sobre Goya, eu ouvia Mark descer a escada correndo, a caminho do trabalho. Logo depois, eu me transferia para a minha mesa para começar escrever. Nas duas ou três primeiras semanas, no entanto, volta e meia eu me flagrava distraído, pensando em Teddy Giles e seu trabalho.

Antes do encerramento da exposição de Giles na Finder Gallery, no final de maio, fui até lá para conferir. A descrição de Lola não fora injusta. A exposição parecia o resultado final de um massacre. Nove corpos feitos de resina de poliéster e fibra de vidro estavam espalhados pelo chão da galeria, mutilados, estripados e decapitados. Manchas do que parecia ser sangue seco cobriam o chão. Os instrumentos da chacina simulada estavam expostos em pedestais: uma serra elétrica, várias facas e um revólver. Nas paredes, havia quatro fotos imensas de Giles. Três delas tinham sido tiradas durante apresentações. Na primeira, ele usava uma máscara de hóquei e segurava um machete. Na segunda, estava travestido e embonecado, com uma peruca loura de Marilyn Monroe e um vestido de noite. Na terceira, expelia sangue pelo ânus. A quarta foto mostrava Giles supostamente como "ele mesmo". Estava sentado num longo sofá azul, com roupas normais e um controle remoto de televisão na mão esquerda. Com a direita, Giles aparentemente massageava a virilha. Parecia pálido, calmo e bem mais velho do que Mark dissera que ele era. Pela aparência na foto, eu diria que Giles tinha no mínimo uns trinta anos.

A exposição me causou repulsa, mas, além disso, achei-a ruim. Em nome da imparcialidade, tive de me perguntar por quê. A pintura de Goya em que Saturno aparece comendo o filho era igualmente violenta. Giles usava imagens clássicas do terror supostamente para comentar o papel delas na cultura. O controle remoto era uma óbvia referência à televisão e aos vídeos. Goya também fazia uso de representações folclóricas do sobrenatural que eram imediatamente reconhecíveis por quem visse seu trabalho, e suas obras também pretendiam ser um comentário social. Então por que o trabalho de Goya parecia vivo e o de Giles, morto? O meio era diferente. Em Goya, eu sentia a presença física da mão do pintor. Giles contratava artesãos para fazer os moldes dos corpos a partir de modelos vivos e depois fabricá-los para ele. Mas isso na verdade não explicava muita coisa, já que eu era capaz de admirar outros artistas que também contratavam terceiros para fazer suas obras por eles. Goya era profundo. Giles era superficial. Mas às vezes o importante é exatamente a superficialidade. Warhol se dedicou inteiramente às superfícies — aos vernizes vazios da cultura. Eu não sou nenhum fanático pelo trabalho de Andy Warhol, mas consigo entender o interesse que ele desperta.

No verão que precedeu a morte de minha mãe, fui sozinho para a Itália e fiz a viagem até Varallo, no Piemonte, para ver o *sacro monte* e as capelas acima da cidade. Na Capela do Massacre dos Inocentes, vi as figuras das mães em prantos e dos bebês assassinados, com cabelos e roupas de verdade, e o efeito daquelas imagens em mim foi devastador. Quando entrei na Finder Gallery e vi as vítimas de poliuretano de Giles, eu estremeci, mas senti pouca ligação com elas. Isso talvez tenha se devido em parte ao fato de as figuras serem ocas. Havia alguns órgãos artificiais, corações, estômagos, rins e vesículas biliares, espalhados entre o caos de corpos, mas quando se espiava o interior de um braço decepado, descobria-se que não havia nada lá dentro.

Mesmo assim, explicar a arte de Giles não era fácil. Quando li o artigo de Hasseborg na *Blast*, vi que ele tomara o caminho mais simples — argumentando que o ato de transferir as imagens dos filmes de terror da tela plana para o espaço tridimensional de uma galeria de arte forçava o observador a repensar o sentido dessas imagens. Hasseborg matraqueava com exuberância ao longo de várias páginas, com uma prosa que mais parecia uma torrente de adjetivos hiperbólicos: "brilhante", "revelador", "assombroso". Citava Baudrillard, ia ao delírio com as múltiplas identidades de Giles e então, numa longa e grandiloqüente frase final, proclamava-o "o artista do futuro".

Henry Hasseborg também informava que Giles nascera em Baytown, no Texas, e não na Virgínia, como Mark me dissera. Na versão de Hasseborg da biografia de Giles, a mãe do artista não era prostituta, mas uma garçonete trabalhadora e dedicada ao filho. O artigo incluía uma frase de Giles: "Minha mãe é minha inspiração". À medida que as semanas se passavam, fui chegando à conclusão de que, apesar de Hasseborg ter razão quanto ao fato de Giles reproduzir as imagens horripilantes de filmes de terror e de pornôs baratos e violentos, ele estava redondamente enganado no que dizia respeito ao efeito que elas produziam no observador — pelo menos no meu caso. Para mim, elas não criticavam nem revelavam coisa alguma. O trabalho era puro simulacro excretado dos intestinos da cultura — fezes estéreis e comerciais cujo único objetivo era causar frisson. E embora eu obviamente tivesse prevenção contra Hasseborg, comecei a achar que ele tinha caído de amores por Giles porque seu trabalho era como que a materialização visual da voz dele próprio — daquele tom pretensioso, debochado e frustrado que ele costumava adotar em seus artigos sobre arte e artistas. Mas é claro que Hasseborg não era o único. Vários colegas dele escreviam exatamente do mesmo jeito, ainda que com menos inteligência — outros resenhistas culturais que tinham adotado a verbosidade ardilosa e lustrosa do momento. É um tipo de linguagem que aprendi a detestar, porque não admite que nenhuma espécie de mistério ou ambigüidade penetre em seu vocabulário pedante, sugerindo de forma arrogante, portanto, que tudo pode ser desvendado.

Embora não julgasse o trabalho de Giles com leviandade, eu o julguei, sim, e a atração de Mark por aquelas cenas de massacre ocas e pelo homem que as criara me preocupava muito. Toda vez que lhe perguntavam sua idade e local de nascimento, Giles dava uma resposta diferente. Hasseborg dizia em seu artigo que Giles tinha vinte e oito anos. Não havia dúvida de que Giles queria obscurecer seu passado, talvez para criar uma mística em torno de si. Mas suas farsas com certeza não podiam fazer bem a Mark, que adquirira o hábito de, digamos assim, manipular a verdade.

No final de uma manhã de julho, deparei com Mark na West Broadway. Ele estava agachado na calçada, fazendo festinha num cocker spaniel e conversando com o dono do cachorro. Pôs o rosto perto do focinho do animal e falou com ele com uma voz baixa e afetuosa. Quando o cumprimentei, Mark levantou de um salto e disse: "Oi, tio Leo". Virando-se para o cachorro, disse: "Tchau, Talulah". Perguntei por que ele não estava no trabalho.

"O Harry hoje só vai precisar de mim depois do meio-dia. Eu estou indo para lá agora."

Quando descíamos juntos a rua, uma moça pôs a cabeça para fora de uma loja de roupas e acenou para Mark. "E aí, Marky? Tudo bem, paixão?"

"Darien", disse Mark, sorrindo carinhosamente para a moça. Depois levantou a mão e agitou os dedos. Estranhei o aceno, mas quando olhei para Mark, ele abriu um grande sorriso e disse: "Ela é muito legal".

Antes de chegarmos ao final do quarteirão, Mark foi abordado novamente, desta vez por um garoto, que veio correndo do outro lado da rua e gritou "O Marca!".

"O Marca?", murmurei.

Mark virou-se para mim e levantou as sobrancelhas, como quem diz: "As pessoas chamam a gente de cada coisa...".

O garoto me ignorou. Ofegante por causa da corrida, ele levantou a cabeça para olhar para Mark. "Sou eu, Freddy. Lembra? Do Club USA?"

"Claro", disse Mark, com tédio visível.

"Vai abrir uma exposição de fotos supermaneira hoje à noite, logo ali na esquina. Eu achei que você gostaria de ir."

"Sinto muito", disse Mark, no mesmo tom lacônico. "Não vai dar."

Vi Freddy apertar os lábios, numa vã tentativa de esconder sua decepção. Depois ele levantou o queixo e sorriu para Mark. "Fica pra outro dia, então, tá bom?"

"Claro, Freddy", respondeu Mark.

Freddy voltou correndo para o outro lado da rua, escapando por um triz de ser atropelado por um táxi. O taxista apertou a buzina com vontade, e o barulho reverberou pela rua durante dois ou três segundos.

Enquanto via Freddy quase ser atropelado, Mark apoiou o corpo sobre uma das pernas e encurvou os ombros, numa postura que, suponho, tinha a intenção de parecer blasé. Depois olhou para mim, endireitou a coluna e jogou os ombros para trás. Quando nossos olhos se encontraram, ele deve ter visto um vestígio de estranhamento em meu rosto, pois hesitou durante meio segundo. "Eu tenho que ir, tio Leo. Não quero chegar atrasado no trabalho."

Chequei meu relógio. "É melhor você correr."

"Eu vou." Mark saiu correndo pela rua, enquanto sua calça imensa balançava ao lado das pernas, feito duas bandeiras, deixando à mostra o cós elástico e vários centímetros da cueca. A calça era tão comprida que o tecido da barra estava todo puído e as costuras internas, rasgadas. Fiquei parado alguns instantes na calçada, vendo Mark correr. Sua figura foi ficando cada vez menor e depois sumiu, quando ele dobrou uma esquina.

A caminho de casa me dei conta de que duas narrativas sobre Mark tinham se inscrito dentro de mim — uma por cima da outra. A história superficial era mais ou menos assim: como milhares de adolescentes, Mark ocultava dos pais partes de sua vida. Não havia dúvida de que ele tivera experiências com drogas, dormira com garotas e talvez, eu estava começando a achar, também com garotos. Era inteligente, mas péssimo aluno, o que sugeria uma atitude de rebeldia passiva. Mentia para os pais. Não contara para a mãe sobre o quarto que estava usando em meu apartamento e, uma vez, dormira lá sem a minha permissão. Outra vez, tentara entrar lá furtivamente às quatro da manhã. Sentia-se atraído pelo teor violento da arte de Teddy Giles, mas inúmeros outros jovens também se sentiam. E, por fim, como tantos e tantos jovens da sua idade, experimentava *personas* diversas para descobrir qual lhe convinha. Comportava-se de um jeito com seus pares e de outro com os adultos. Essa versão da história de Mark era banal, um relato igual a milhões de outros de uma adolescência conturbada e normal.

A outra história era parecida com a que estava inscrita por cima dela, e seu conteúdo era idêntico: Mark fora apanhado mentindo. Fizera amizade com uma pessoa detestável que eu chamava intimamente de "assombração". O corpo e a voz de Mark mudavam dependendo da pessoa com quem ele falava. Essa segunda narrativa, no entanto, não tinha a fluência da primeira. Era cheia de buracos, e esses buracos faziam dela uma história difícil de contar. Nela, eu não me valia de uma ficção geral acerca da vida dos adolescentes para preencher-lhe as lacunas incômodas, mas deixava-as abertas e sem resposta. Além disso, ao contrário da fábula reconfortante que a cobria, ela não começava quando Mark tinha treze anos, mas numa data desconhecida e mais distante que me catapultava para o passado ao invés de para o futuro. E, quando emergia, era sob a forma fraturada de imagens e sons isolados. Eu me lembrava de um Mark pequenino entrando por nossa porta — na época em que Lucille ainda morava no apartamento de cima — com a cabeça escondida debaixo de uma horripilante máscara de borracha. Via o retrato que seu pai fizera dele, com uma cúpula de abajur enfiada na cabeça — um corpinho pairando no vazio da tela. E, então, ouvia Violet hesitar, respirar e deixar sua frase pela metade.

Eu reprimia essas imagens subterrâneas e me atinha à história coerente da superfície. Ela não só era mais confortável, como também mais racional. Afinal, eu tinha de reconhecer que me transformara numa criatura amargurada. A ausência de Matthew tinha me lavado a prestar uma atenção exagerada em nuances do caráter de Mark que poderiam acabar se mostrando sem importância. Era compreensível que eu tivesse deixado de acreditar em histórias previsíveis. Meu filho estava morto, minha mulher vivia num exílio auto-imposto. Mas eu me dizia que, só porque a minha vida fora virada do avesso por um acidente, isso não significava que outras pessoas não pudessem ter vidas que trilhassem um curso predeterminado, tornando-se com o passar dos anos bastante semelhantes ao que elas já esperavam desde o início.

Naquele verão, Bill se reaproximou de mim. Telefonava quase todos os dias, e eu acompanhei o progresso das portas na Bowery à medida que iam sendo feitas. Embora passasse a maior parte do dia trabalhando no estúdio, Bill tinha mais tempo para mim, e senti que seu desejo de me ver se devia em parte a um novo otimismo que estava sentindo com relação a Mark. Em Bill, a preocupação sempre assumia a forma de isolamento, e, com o passar dos anos, aprendi a reconhecer os sinais externos de seu recolhimento. Seus gestos expansivos desapareciam. Seus olhos se fixavam num objeto do outro lado da sala, mas não registravam o que viam. Bill fumava um cigarro atrás do outro e mantinha uma garrafa de uísque debaixo de sua mesa. Eu era sensível à atmosfera interna de Bill, à intensa pressão que ia se acumulando dentro dele e depois extravasava numa tempestade silenciosa. Esses temporais em geral começavam e terminavam com Mark, mas, enquanto estavam acontecendo, Bill sentia dificuldade de conversar comigo ou com quem quer que fosse. Violet talvez fosse uma exceção. Não sei. Eu sentia que o tumulto interno de Bill não era uma fúria contra Mark por suas mentiras e sua irresponsabilidade, mas sim uma raiva e uma dúvida corrosivas que ele voltava contra si próprio. Ao mesmo tempo, Bill ansiava por acreditar que os ventos estavam mudando e se agarrava a cada pequena nuance no comportamento do filho como um sinal de que dias melhores viriam. "Ele está levando o trabalho a sério", Bill me disse, "e está gostando de verdade. Parou de sair com o Giles e com aquele bando da boate e está andando com garotos da mesma idade que ele. É um alívio enorme para mim, Leo. Eu sabia que ele ia acabar encontrando algum rumo na vida." Como Violet quase sempre estava fora de casa fazendo pesquisa para seu livro, eu a via com muito menos freqüência do que a Bill e a Mark, e não vê-la me ajudou a reprimir sua irmã gêmea imaginária — a mulher que eu levava para a cama em minha imaginação. Erica, no entanto, conversava com Violet regularmente e me escreveu dizendo que Violet estava melhor, menos preocupada, e que, como Bill, também estava sentindo uma nova determinação em Mark, relacionada ao trabalho que ele fazia para Freund. "Ela me disse que o Mark está sinceramente comovido pelo fato de o projeto ser sobre crianças. Ela acha que isso mexeu com algum ponto sensível dele."

O sr. Bob ainda estava morando na Bowery, e sempre que eu ia ao estúdio de Bill, ele me espiava com desconfiança pela fresta da sua porta acorrentada, e sempre que eu ia embora, ele me abençoava. Eu sabia que o sr. Bob fazia aparições de corpo inteiro para Bill e Violet, mas nunca vi mais do que uma fração de seu rosto carrancudo. Embora Bill não tocasse no assunto, eu sabia que o velho tinha virado seu dependente. Bill deixava sacolas de alimentos na frente da porta do sr. Bob e, uma vez, vi um bilhete em cima da mesa de Bill escrito com uma letra miúda e caprichada: "Manteiga de amendoim *crocante*, não pastosa!". Mas, pelo que eu podia perceber, Bill simplesmente aceitara o vizinho de baixo como uma presença obrigatória em sua vida. Quando eu mencionava o velho, Bill balançava a cabeça e sorria, mas nunca se queixou do que eu desconfiava serem as crescentes exigências do sr. Bob.

Em meados de agosto, Bill e Violet me perguntaram se Mark poderia ficar comigo durante duas semanas para eles tirarem férias em Martha's Vineyard. Mark não podia abandonar o trabalho, e eles não gostavam da idéia de deixá-lo sozinho no apartamento. Concordei em acolhê-lo e dei a Mark outra chave. "Isto aqui", eu lhe disse, "é um sinal de confiança entre nós dois, e eu espero poder deixar que você fique com ela, mesmo depois que essas duas semanas tiverem terminado." Mark estendeu a mão e eu lhe dei a chave. "Você está me entendendo, não está, Mark?"

Mark olhou bem nos meus olhos e balançou a cabeça. "Estou sim, tio Leo." Seu lábio inferior tremeu de emoção, e nós então embarcamos em nossas duas semanas de convivência.

Mark falava com carinho de seu trabalho para Freund, sobre as enormes bandeiras coloridas que ajudara a hastear e sobre os outros rapazes e moças que trabalhavam junto com ele — Rebecca, Laval, Shaneil e Jesus. Mark carregava peso, subia escadas, martelava e serrava, e no final do dia, segundo contava, seus braços doíam e suas pernas estavam bambas. Quando voltava para casa, entre cinco e seis da tarde, muitas vezes precisava tirar uma soneca para se recuperar. Por volta das onze da noite, Mark saía e em geral só voltava pela manhã. "Vou para a casa do Jake", dizia, e deixava um número de telefone. "Vou passar a noite na casa da Louisa. Os pais dela disseram que eu podia dormir no quarto de hóspedes." Outro número de telefone. Mark voltava para casa entre seis e oito da manhã e dormia até a hora de ir para o trabalho. Seu horário de trabalho mudava diariamente. "Eu só tenho que estar lá ao meio-dia", dizia. Ou: "O Harry disse que não vai precisar de mim hoje", e então desmaiava na cama, como que em coma, e assim ficava até as quatro da tarde.

Às vezes seus amigos batiam em minha porta para convocar Mark para algum programa noturno. Eram na maioria garotas brancas e baixinhas, vestidas no estilo *baby look*, com rabo-de-cavalo e glitter nas bochechas. Uma noite, abri a porta e deparei com uma jovem de cabelos castanhos com uma chupeta pendurada no pescoço, presa por uma fita cor-de-rosa. Para combinar com suas roupas infantis, as amigas de Mark falavam com vozezinhas dengosas, arrulhando e chilreando em tons muito agudos e impregnados de uma emoção absolutamente gratuita. Quando eu lhes oferecia refrigerante, elas suspiravam seus melódicos "muito obrigadas" como se eu tivesse acabado de lhes oferecer a imortalidade. Embora tivesse feito jogo duro com Freddy, Mark não botava banca nem fazia cara de entediado com as meninas. Com Marina, Sissy, Jessica e Moonlight (filha de artesãos de objetos de vidro do Brooklyn), seu tom era sempre gentil e atencioso. Quando se curvava para falar com elas, seu rosto bonito se enchia de ternura.

Numa noite em que Mark tinha saído com seus amigos, fui jantar com Lazlo e Pinky no Omen, na Thompson Street. Foi Pinky quem mencionou a história dos gatos mortos. Embora eu já tivesse visto Pinky algumas vezes, nunca havia passado muito tempo em sua companhia antes daquela noite. Ela era uma moça alta, de vinte e poucos anos, cabelos ruivos, olhos cinzentos, um nariz chamativo e ligeiramente aquilino — que lhe dava um ar de profundidade — e um pescoço muito comprido. Como muitos dançarinos, tinha os pés permanentemente virados para fora, afetando o andar, que lembrava um pouco um andar de pato, mas ela sustentava a cabeça como uma rainha em dia de coroação, e eu adorava a maneira como movimentava os braços e as mãos enquanto falava. Quando fazia um gesto, muitas vezes usava o braço inteiro, desde o ombro. Outras vezes, dobrava o cotovelo e abria a mão na minha direção, num único e preciso movimento. Mas seus gestos não eram de forma alguma afetados. Pinky simplesmente tinha uma relação com sua musculatura que, para a grande maioria de nós, era impensável. Antes de falar dos gatos, ela se inclinou na minha direção, virou as palmas das mãos para cima e disse: "Ontem à noite eu sonhei com os gatos assassinados. Acho que foi por causa daquela foto que saiu no *Post*".

Quando eu disse que não sabia de nada, Pinky explicou que corpos de gatos tosquiados e mutilados tinham sido encontrados em diferentes partes da cidade, pregados em paredes, pendurados em portas ou simplesmente jogados no chão, em becos, calçadas ou plataformas do metrô.

Lazlo disse que os animais encontrados estavam sempre parcialmente vestidos, com fraldas, roupas de bebê, pijamas ou sutiãs, e que todos os cadáveres tinham sido assinados com as iniciais S. M. Foram essas iniciais que deram origem aos boatos de que Teddy Giles era o responsável. Giles chamava sua *persona* feminina de "Sandra, a Monstra", cujas iniciais remetiam, de forma disfarçada mas não muito sutil, ao sadomasoquismo. Embora Giles tivesse negado qualquer responsabilidade pela morte dos gatos, Lazlo comentou que ele fomentara a dúvida e chocara todos ainda mais ao descrever os cadáveres dos animais como "arte de guerrilha no que ela tem de melhor: a fúria". Giles disse também que invejava o artista e esperava ter sido uma inspiração para o desconhecido "perpetrador/criador". Por fim, deu sua bênção a todos os futuros "gatos de imitação". Esses comentários deixaram as organizações de proteção aos animais absolutamente coléricas, e Larry Finder chegou um dia para trabalhar e deparou com as palavras CÚMPLICE DE HOMICÍDIO pichadas com tinta vermelha na porta da galeria. Eu perdera o escândalo nos jornais e a reportagem que chegara ao noticiário da rede local de televisão.

Lazlo mastigou sua comida, pensativo, e respirou fundo. "Você está completamente por fora, sabia, Leo?"

Admiti que estava.

"Nem todo mundo é como você, Lazlo, que vive checando tudo o tempo todo", disse Pinky. "O Leo tem outras coisas em que pensar."

"Não me leve a mal, Leo", disse Lazlo.

Depois que deixei claro que não tinha ficado ofendido com o comentário, Lazlo continuou: "O Giles é capaz de dizer qualquer coisa para se promover".

"É verdade", disse Pinky. "Ele pode não ter nada a ver com essa história dos gatos."

"O Bill e a Violet estão sabendo disso?"

Lazlo fez que sim. "Mas eles acham que o Mark não está mais andando com o Giles."

"E você sabe que ele está."

"Nós vimos os dois juntos", disse Pinky.

"Na Limelight, na terça-feira passada." Depois de inspirar vigorosamente pelo nariz, Lazlo acrescentou: "Eu odeio ter que contar isso para o Bill, mas vou contar. O garoto não sabe no que está se metendo".

"Mesmo que o Giles não esteja matando os gatos, ele é muito sinistro", disse Pinky, debruçando-se sobre a mesa. "Eu nunca tinha visto o Giles antes, e não foi a maquiagem nem as roupas que me impressionaram, foi alguma coisa nos olhos dele."

Antes de nos despedirmos, Lazlo me entregou um envelope. Eu já tinha me acostumado com esses presentes de despedida. Bill também os ganhava. Em geral, Lazlo datilografava uma citação numa folha de papel para que eu refletisse a respeito. Eu já fora presenteado com a bile de Thomas Bernhard — "Velázquez, Rembrandt, Giorgione, Bach, Handel, Mozart, Goethe... Pascal, Voltaire, todos eles tão infladas monstruosidades..." — e com uma frase de Philip Guston de que gostei muito: "Saber e, mesmo assim, saber como não saber é o maior de todos os enigmas". Naquela noite, abri o envelope e li: "O kitsch está sempre fugindo para a racionalidade. Hermann Broch".

Fiquei me perguntando se o "perpetrador" dos gatos mortos pretendia que eles fossem uma forma de kitsch, uma idéia que me levou a pensar em sacrifícios de animais, na cadeia dos seres, em matadouros e, por fim, em animais de estimação. Lembrei que, quando pequeno, Mark tivera ratinhos brancos, porquinhos-da-índia e um periquito chamado Peeper. Um dia, a porta da gaiola se fechou em cima do pescoço do periquito e o bichinho morreu. Depois do acidente, Mark e Matt improvisaram um cortejo fúnebre, desfilando por nosso apartamento com o pequeno cadáver rígido dentro de uma caixa de sapatos e cantando a única música que conheciam que poderia funcionar como elegia: *Swing Low, Sweet Chariot*.

Quando Mark voltou do trabalho no dia seguinte, não consegui arranjar coragem para falar de Giles nem dos gatos, e na hora do jantar ele tinha tanta coisa para me contar sobre seu dia que não encontrei brecha para puxar o assunto. Mark disse que, naquela manhã, ajudara a pregar a ampliação de seu desenho favorito, feito por uma menina de seis anos do Bronx — um auto-retrato da menina com sua tartaruga, que era muito parecida com um dinossauro. À tarde, seu amigo Jesus caíra de uma escada, mas fora salvo por uma enorme pilha de bandeiras de lona que estavam estendidas no chão abaixo dele. Antes de sair à noite, Mark entrou no banheiro e eu o ouvi assobiar. Ele pôs um pedaço de papel com um número de telefone e um nome em cima da mesa. Allison Fredericks: 677-8451. "Qualquer coisa, eu estou na casa da Allison", disse.

Depois que ele saiu, uma vaga sensação de desconfiança começou a fermentar dentro de mim. Eu estava ouvindo Janet Baker cantar Berlioz, mas a música não aliviou a aflição que me comprimia o peito. Examinei o nome e o número de telefone que Mark tinha deixado sobre a mesa. Depois de vinte minutos de hesitação, peguei o telefone e liguei. Um homem atendeu. "Eu poderia falar com o Mark Wechsler?", pedi.

"Com quem?"

"Ele é amigo da Allison."

"Não tem Allison nenhuma aqui."

Olhei para o número. Talvez eu tivesse discado errado. Concentrado para não errar, disquei o número de novo. O mesmo homem atendeu e eu desliguei.

Quando interpelei Mark sobre o número de telefone errado na manhã seguinte, ele achou estranho que aquilo tivesse acontecido. Enfiou a mão no bolso, tirou outro papelzinho lá de dentro e colocou-o ao lado do número que anotara na noite anterior. "Ah, já entendi o que eu fiz", disse com uma voz animada. "Eu inverti esses dois números. Está vendo aqui? É quatro oito, não oito quatro. Desculpa. Acho que escrevi com pressa."

Sua expressão inocente fez com que eu me sentisse um idiota. Depois confessei que tinha ficado preocupado por causa da história que Lazlo me contara sobre tê-lo visto com Giles e sobre os boatos a respeito dos gatos.

"Ah, tio Leo, você devia ter falado logo comigo", ele disse. "Eu me encontrei com o Teddy num dia que saí com outros amigos, mas eu parei de andar com ele. Mas tenho que te dizer uma coisa. O Teddy gosta de chocar as pessoas. É o lance dele, mas ele não faria mal nem a uma mosca. É sério. Eu já vi o Teddy tirando moscas de dentro do apartamento dele assim, ó", disse Mark, unindo as mãos em concha. "Coitadinhos daqueles gatos. Essa história me deixa furioso. Você sabia que eu tenho duas gatas na casa da minha mãe? A Mirabelle e a Esmeralda. Elas são como as minhas melhores amigas."

"Os boatos devem ter começado porque o trabalho do Giles é violento demais", comentei.

"Mas é tudo falso! E eu que pensei que a Violet fosse a única pessoa que não percebesse a diferença..." Mark revirou os olhos.

"A Violet não percebe a diferença?"

"Ah, ela *age* como se fosse tudo real ou sei lá. Ela nem sequer me deixa ver filmes de terror. O que ela acha? Que eu vou sair por aí dando facadas nas pessoas só porque vi alguém fazendo isso na televisão?"

* * *

Na segunda semana da sua estada em minha casa, achei Mark muito pálido, mas ele só podia estar mesmo exausto. Amigos dele telefonavam o dia inteiro e durante metade da noite, pedindo para falar com Mark, Marky ou O Marca. Para conseguir me concentrar em meu trabalho, parei de atender o telefone e passei a ouvir as mensagens só no final do dia. Na terça-feira, por volta das duas horas da manhã, fui acordado de um sono profundo pelo telefone e ouvi uma voz grossa de homem perguntar: "M&M?". "Não", respondi. "Você quer dizer Mark?" Ouvi um clique e a linha ficou muda. As ligações freqüentes, as erráticas entradas e saídas de Mark e as suas coisas espalhadas pelo apartamento inteiro estavam me deixando confuso. Eu não estava mais acostumado a viver com outra pessoa e comecei a reparar que estava perdendo coisas ou encontrando-as fora de seu lugar habitual. Minha caneta sumiu durante uns dois dias e depois a encontrei debaixo de uma almofada do sofá. Uma faca de cozinha desapareceu. Por mais que procurasse, não conseguia achar meu abridor de cartas de prata, um presente de minha mãe. Sentado diante de minha mesa de trabalho, muitas vezes me pegava distraído, atormentado por uma preocupação nebulosa com relação a Mark.

Uma tarde, levantei da cadeira e fui até o quarto de Matt. Pilhas de discos e CDs erguiam-se do chão. Folhetos entulhavam as prateleiras. Anúncios em que apareciam nomes como Starlight Techno e Machine Paradise estavam pregados nas paredes. Havia tênis espalhados por todos os lados. Mark devia ter bem uns vinte pares. Calças, suéteres, meias e camisetas estavam jogadas sobre a cama, nas costas da cadeira e em montes no chão. Algumas delas ainda tinham a etiqueta presa na gola ou no cós. Entrei no quarto e peguei uma fita de vídeo que estava na mesa: *Assassinos à solta*. Eu nunca tinha visto aquele filme, mas lera a respeito. Era baseado na história real de um garoto e uma garota que matam os pais e depois atravessam o país, deixando atrás de si um rastro de roubos e homicídios. Dirigido por um cineasta respeitado, o filme causara certa controvérsia. Pus a fita de volta no seu lugar e notei logo ao lado uma caixa de Lego ainda lacrada. A tampa da caixa mostrava um pequeno e sorridente policial, prestando continência com seu bracinho rígido erguido. Em cima da mesa, vi também embalagens de chiclete, uma pata de coelho verde, várias chaves, um canudo espiralado, velhos bonecos de *Guerra nas estrelas*, adesivos de um cachorro de desenho animado e, estranhamente, alguns móveis de casa de boneca quebrados. Vi ainda um folheto xerocado, que peguei para ler. Era todo escrito em letras maiúsculas:

> POR QUE VOCÊ VEIO A ESTE EVENTO? A CENA RAVE NÃO TEM SÓ A VER COM MÚSICA TECHNO. NÃO TEM SÓ A VER COM DROGAS. NÃO TEM SÓ A VER COM MODA. É UMA COISA ESPECIAL. TEM A VER COM UNIÃO E COM FELICIDADE. TEM A VER COM SER VOCÊ MESMO E SER AMADO PELO QUE VOCÊ É. A CENA RAVE É PARA SER UM REFÚGIO PARA ESCAPARMOS DA NOSSA SOCIEDADE. MAS A NOSSA CENA, NESTE MOMENTO, ESTÁ SE DESINTEGRANDO. NÃO É PRECISO BOTAR BANCA NEM POSAR DE NADA NA NOSSA CENA. O MUNDO LÁ FORA JÁ É BASTANTE CRUEL. ABRAM SEUS CORAÇÕES E DEIXEM OS BONS SENTIMENTOS FLUÍREM. OLHEM EM VOLTA, ESCOLHAM UMA PESSOA, PERGUNTEM O NOME DELA E FAÇAM UM AMIGO. ELIMINEM AS FRONTEIRAS. ABRAM SEUS CORAÇÕES E SUAS CABEÇAS. RAVERS, UNAM-SE E MANTENHAM A NOSSA CENA VIVA!

Nas margens do folheto, o autor não identificado escrevera à mão pequenos slogans: "Seja autêntico!", "Seja você mesmo!", "Seja feliz!", "Abraços coletivos!" e "Você é o máximo!".

Havia algo de patético naquele idealismo defendido de forma tão rudimentar, mas não havia dúvida de que os sentimentos expressados eram sinceros. O texto me fez pensar na juventude amor e flor que se tornara adulta já fazia um bom tempo. Mesmo nos anos 60, eu já era velho demais para acreditar que "eliminar fronteiras" adiantaria muita coisa para o mundo. Depois de ter posto o folheto com cuidado de volta no lugar, levantei a cabeça e examinei a aquarela de Matt. Ela estava precisando de uma boa espanada, pensei. Em seguida, olhei pela janela do apartamento de Dave e fiquei examinando a figura do velho durante algum tempo e me perguntando como Matthew seria, se tivesse chegado aos dezesseis anos. Será que ele também iria a raves e pintaria o cabelo de verde, rosa ou azul? Horas depois de ter saído do quarto, lembrei que planejara espanar a aquarela, mas àquela altura já tinha perdido completamente o ânimo de voltar ao quarto caótico e deparar de novo com os montes de lixo, os cartazes berrantes e o pequeno e patético manifesto.

Os últimos dias da estada de Mark em minha casa foram toldados pela angústia que me acometia assim que ele saía do apartamento, mas que se dissipava instantaneamente assim que eu voltava a pôr os olhos nele. Eu estava começando a achar que a presença física de Mark tinha propriedades quase mágicas. Enquanto olhava para ele, eu sempre acreditava em sua sinceridade. A expressão franca de seu rosto bania na mesma hora todas as minhas dúvidas, mas bastava ele sair da frente dos meus olhos para minha inquietação crescer de novo. Na sexta-feira à noite, Mark saiu do banheiro com glitter verde espalhado na pele branca do rosto e do pescoço.

"Estou preocupado com você, Mark", eu disse. "Você está se acabando saindo tanto desse jeito. Acho que uma noite tranqüila em casa faria muito bem a você."

"Eu estou legal. Só estou indo para a casa dos meus amigos." Mark estendeu o braço e me deu tapinhas no ombro. "É sério. A gente só fica escutando música, vendo filme ou alguma coisa assim. É que eu sou jovem, entende? Eu sou jovem e quero me divertir e ter experiências enquanto ainda sou jovem." Mark olhou para mim com um ar de compaixão, como se eu fosse a materialização viva da máxima "agora é tarde".

"Quando eu tinha a sua idade", eu disse, "minha mãe me deu um conselho que eu nunca esqueci. Ela disse: 'Não faça nada que você não queira realmente fazer'."

Mark arregalou os olhos.

"O que ela quis dizer foi o seguinte: se a sua consciência está te fazendo hesitar, se ela está minando o teu desejo de fazer uma determinada coisa e te deixando com sentimentos contraditórios, então é melhor não fazer."

Mark balançou a cabeça com um ar sério e depois tornou a balançá-la várias vezes. "Gostei do conselho", disse. "Vou me lembrar dele."

No sábado à noite, fui dormir sabendo que Mark iria embora no dia seguinte. A iminência da volta de Bill e Violet funcionou como um sonífero e, pouco depois de Mark ter saído de casa, por volta das onze, peguei no sono. Em algum momento no decorrer da noite, tive um longo sonho que começou como uma aventura erótica com uma Violet que não se parecia em nada com a Violet da vida real. Depois, eu andava por longos corredores de hospital, encontrava Erica deitada num dos leitos e descobria que ela acabara de dar à luz uma menina. Pairava a dúvida, no entanto, com relação à paternidade da criança e, bem na hora em que eu estava me ajoelhando ao lado da cama de Erica para lhe dizer que não me importava quem era o pai, que eu seria o pai da criança, o bebê sumia da enfermaria do hospital. Erica ficava estranhamente indiferente ao desaparecimento da criança, mas eu entrava em desespero, e de repente era eu que estava deitado numa cama de hospital, enquanto Erica aparecia sentada ao meu lado e beliscava meu braço, num gesto que supostamente deveria me trazer alívio, mas não trazia alívio algum. Acordei com a estranha sensação de que alguém realmente estava beliscando meu braço. Abri os olhos e levantei sobressaltado. Mark estava debruçado sobre mim, com o rosto a poucos centímetros de distância do meu. Deu um salto para trás e começou a andar na direção da porta.

"Pelo amor de Deus!", exclamei. "O que você está fazendo?"

"Nada", sussurrou. "Pode voltar a dormir." Mark já tinha aberto a porta de meu quarto, e a luz do corredor iluminou seu perfil. Quando ele se virou para ir embora, tive a impressão de que sua boca estava mais vermelha do que o normal.

Meu braço ainda doía. "Você queria me acordar?"

Mark respondeu sem se virar para mim. "Eu ouvi você gritar dormindo e quis ter certeza de que estava tudo bem." Seu tom de voz parecia forçado, mecânico. "Volte a dormir." Mark saiu, fechando a porta suavemente.

Acendi a luz do abajur e examinei meu braço. Notei uma leve mancha vermelha na pele. A mancha, que parecia ter sido feita com lápis pastel, também colorira alguns dos meus pêlos. Examinei o braço mais de perto e vi uma marca circular feita de traços bem pequenos e irregulares afundados na pele. A palavra que me veio à cabeça fez minha respiração acelerar: dentes. Olhei para o relógio. Eram cinco horas da manhã. Passei o dedo pela mancha vermelha e percebi que não era pastel, mas algo mais viscoso e macio — batom. Levantei da cama, fui até a porta e a tranquei. Quando voltei para a cama, ouvi o barulho dos passos de Mark no quarto do outro lado do corredor. Olhei para o braço de novo e fiquei analisando as marcas. Cheguei ao cúmulo de morder meu próprio braço de leve para comparar os sulcos que se formaram na pele. Foi isso mesmo, disse comigo, ele me mordeu. O círculo inflamado levou muito tempo para sumir, embora a pressão da mordida não tivesse sido forte o bastante para romper a pele nem para fazê-la sangrar. Que diabo aquilo significava? Foi então que me dei conta de que não me passara pela cabeça ir atrás de Mark e exigir uma explicação. Fazia duas semanas que meus sentimentos com relação a Mark vinham oscilando entre a confiança e o pânico, mas meus receios até então nunca tinham me levado a suspeitar de que ele pudesse estar louco. Aquele ato súbito, inexplicável e totalmente irracional me deixou absolutamente atarantado. O que ele teria para me dizer quando me visse mais tarde?

Dormi e acordei centenas de vezes nas horas que se seguiram. Quando consegui me levantar da cama e me arrastar até a cafeteira, por volta das dez horas, encontrei Mark sentado à mesa diante de uma tigela de cereal.

"Nossa, como você dormiu", ele disse. "Eu levantei cedo."

Apanhei a embalagem de café dentro da geladeira e comecei a pôr colheradas do seu conteúdo escuro dentro do filtro. Eu me sentia incapaz de responder. Enquanto esperava o café ficar pronto, olhei para Mark, que enfiava na boca uma colherada de cereal colorido com pedaços de marshmallow. Ele mastigou alegremente aquela mistura repulsiva e sorriu para mim. De repente, tive a impressão de que era eu quem tinha enlouquecido da noite para o dia. Olhei para meu braço. Não havia nenhum vestígio da mordida. Aquilo aconteceu, pensei, mas talvez Mark não se lembre. Talvez estivesse drogado ou até dormindo. Erica batia papo comigo em seus acessos de sonambulismo. Levei minha xícara de café para a mesa.

"Tio Leo, você está tremendo", disse Mark, com uma expressão de preocupação em seus límpidos olhos azuis. "Você está bem?"

Tirei a mão trêmula de cima da mesa. A pergunta entalada em minha garganta — Você se lembra de ter entrado no meu quarto e mordido meu braço ontem à noite? — se recusava a se formar em meus lábios.

Mark pousou sua colher. "Sabe da maior? Eu conheci uma menina ontem à noite. O nome dela é Lisa. Ela é bonita à beça, e eu acho que ela gostou de mim. Vou te apresentar a ela."

Peguei minha xícara de café. "Que bom", eu disse. "Eu gostaria muito de conhecê-la."

Na segunda semana de setembro, Bill se encontrou por acaso com Harry Freund na White Street. Bill perguntou a Harry como estava indo o projeto das crianças, que seria inaugurado dali a uma semana, e depois perguntou como Mark tinha se saído como ajudante. "Bom", disse Freund, "na semana em que ele trabalhou para mim, ele se saiu muito bem, mas depois ele sumiu. Eu nunca mais o vi depois disso."

Bill repetiu para mim as palavras de Freund várias vezes, como que para se convencer de que o homem de fato as tinha dito. Depois acrescentou: "O Mark só pode estar louco".

Fiquei perplexo. Todos os dias, durante duas semanas inteiras, Mark chegava em casa e me contava com riqueza de detalhes o que acontecera em seu dia de trabalho. "É tão legal que o projeto seja sobre crianças, principalmente crianças pobres, que não têm ninguém para falar por elas." Era isso que ele me dizia. "Mas que explicação o Mark te deu?", perguntei a Bill.

"Ele disse que o trabalho para o Harry era chato, que ele não gostou, e então resolveu sair e arranjar outra coisa. Disse que trabalhou para uma revista chamada *Split World* como contínuo, ganhando sete dólares por hora, em vez da remuneração mínima."

"Mas por que ele não te contou?"

"Ah, ele ficou resmungando que achou que eu não ia gostar se ele largasse o emprego do Harry."

"Mas todas aquelas mentiras... Será que ele não entende que é muito pior mentir do que trocar de emprego?"

"Foi o que eu cansei de dizer para ele."

"Bill, ele está precisando de ajuda."

Bill remexeu em seu maço de cigarros. Sacou um cigarro, acendeu-o e soprou a fumaça para longe de mim. "Eu tive uma longa conversa com a Lucille", disse. "Na verdade, fui eu que falei a maior parte do tempo. Ela ficou me ouvindo e aí, de repente, resolveu me passar uma informação que tinha lido num artigo de uma revista para pais. O autor dizia que muitos adolescentes mentem, que isso faz parte do processo de amadurecimento. Eu disse a ela que a questão não era só mentir. Era mentir com uma atuação digna de um Oscar. Aquilo era uma loucura total! Ela não me respondeu, e eu fiquei lá, com o telefone na mão, tremendo de raiva, e acabei desligando na cara dela. Eu não devia ter feito isso, mas o problema é que parece que ela simplesmente não enxerga a magnitude da coisa."

"Ele está precisando de ajuda, Bill", repeti. "Ajuda psiquiátrica."

Bill apertou os lábios e balançou a cabeça devagar. "A gente já está procurando um médico, um terapeuta, sei lá quem. Não vai ser a primeira vez, Leo. Ele já fez terapia antes."

"Eu não sabia disso."

"Ele se tratou com um cara no Texas, um tal de doutor Mussel, e depois fez um ano de terapia aqui em Nova York. Por causa do divórcio, sabe. A gente achou que poderia ajudar..."

Bill cobriu o rosto com as mãos, e vi seus ombros tremerem por um momento. Estava sentado em minha poltrona, perto da janela. Eu estava sentado ao lado dele e pus a mão em seu braço, num gesto de consolo. Enquanto observava a fumaça sair da ponta do cigarro que Bill segurava frouxamente entre dois dedos, me lembrei da expressão sincera do rosto de Mark ao me contar que Jesus caíra da escada.

As mentiras são sempre duplas: o que você diz coexiste com o que você não disse, mas poderia ter dito. Quando você pára de mentir, o abismo entre suas palavras e o que você acredita que seja verdade se fecha, e você então passa a tentar adequar as palavras que diz à linguagem dos seus pensamentos, ou pelo menos dos pensamentos que se enquadram em sua idéia do que convém revelar a outras pessoas. A mentira de Mark deixara de ser uma mentira comum porque exigia a cuidadosa manutenção de toda uma vida fictícia. Sua mentira se levantava pela manhã, ia para o trabalho, voltava para casa e contava como fora seu dia — e fez isso durante nove longas semanas. Relembrando os meus catorze dias de convívio com Mark, percebi que a mentira estava longe de ser perfeita. Se tivesse passado o verão inteiro trabalhando ao ar livre, Mark não poderia estar branco feito casca de ovo; estaria, no mínimo, um pouco bronzeado. Além disso, seu horário de trabalho mudava com demasiada freqüência — para não dizer demasiada conveniência. Mas mentiras espetaculares não precisam ser perfeitas. Elas dependem menos da habilidade de quem as conta do que das expectativas e desejos de quem as ouve. Quando a desonestidade de Mark veio à tona, percebi quanto eu queria que o que ele me dizia fosse verdade.

Depois que suas mentiras foram descobertas, Mark ficou parecendo uma versão ligeiramente comprimida de seu antigo eu. Adotou uma postura de infelicidade generalizada — cabeça baixa, ombros arqueados e olhar sofrido —, mas quando alguém lhe perguntava diretamente por que fabricara toda aquela farsa, ele só conseguia responder, com voz tristonha, que tinha achado que o pai ficaria decepcionado se ele largasse o emprego. Concordou que mentir tinha sido "burrice" e disse que estava "envergonhado" do que tinha feito. Quando eu lhe disse que as histórias que ele inventara para mim a respeito do emprego arruinaram todas as nossas conversas, ele afirmou categoricamente que só mentira a respeito do trabalho, mas não sobre qualquer outro assunto. "Eu gosto de você, tio Leo. Gosto mesmo. Eu só fui burro."

Como castigo, Bill e Violet proibiram-no de sair durante três meses. Quando lhe perguntei se Lucille também tinha lhe dado alguma punição, Mark olhou para mim com uma cara de espanto e disse: "Eu não fiz nada para ela". Depois acrescentou que Princeton era um "saco" de qualquer maneira, que nunca acontecia nada de "interessante" por lá e que, portanto, não fazia muita diferença se estava de castigo ou não quando se tratava de tentar se divertir. Quando disse isso, Mark estava sentado em meu sofá, com os cotovelos apoiados nos joelhos e o queixo apoiado nas mãos. Balançava os joelhos de leve e olhava fixamente para a frente. De repente, achei-o repugnante, fútil, um total desconhecido. Mas quando ele virou o rosto para mim, com seus olhos grandes cheios de tristeza, senti pena dele.

Só voltei a ver Mark em meados de outubro, quando Bill e Violet suspenderam o castigo por uma noite para que ele pudesse ir à inauguração da exposição das cento e uma portas de Bill na Weeks Gallery. A menor porta media apenas quinze centímetros de altura, o que significava que o observador tinha de deitar no chão para abri-la e olhar lá para dentro. A porta mais alta ultrapassava os três metros e meio, quase encostando no teto da galeria. O barulho na galeria lotada era ensurdecedor, uma cacofonia de gente conversando e portas se fechando. As pessoas faziam fila para entrar nas caixas maiores e se revezavam para espiar o interior das menores.

Cada espaço era diferente. Alguns eram figurativos, outros, abstratos; alguns tinham figuras e objetos tridimensionais, como o primeiro em que entrei, com o menino que parecia boiar dentro de um espelho, debaixo de uma peça de gesso. Atrás de uma das portas, o observador descobria que as três paredes laterais e o chão eram pinturas do mesmo quarto vitoriano, mas cada uma num estilo radicalmente diferente. Atrás de outra, as paredes e o chão tinham sido pintados de forma a criar a ilusão de outras portas, todas elas com uma placa de ENTRADA PROIBIDA. Um dos cômodos pequenos fora todo pintado de vermelho. Dentro dele, via-se uma escultura minúscula de uma mulher sentada no chão, gargalhando com a cabeça caída para trás e o queixo levantado. Ela segurava a barriga num esforço para controlar o riso e, quando examinada de perto, viam-se lágrimas de poliuretano em suas bochechas. A figura em tamanho natural de um bebê de fralda chorava, no chão, atrás de uma das portas mais altas. Outra porta, de apenas cinqüenta centímetros de altura, abria-se para um homenzinho verde cuja cabeça roçava o teto do pequeno cômodo. De braços estendidos, ele segurava nas mãos um presente com uma grande etiqueta em que se lia PARA VOCÊ. Algumas das figuras atrás das portas eram chapadas, como fotos coloridas. Outras eram feitas de tela recortada, e outras ainda eram caricaturas. Num dos cômodos, uma caricatura em preto-e-branco de um homem bidimensional fazia amor com uma mulher tridimensional que parecia ter saído de uma pintura de Boucher. As saias cheias de babados da mulher estavam levantadas e suas coxas absurdamente pálidas e perfeitas estavam abertas para permitir a entrada do pênis de papel absurdamente imenso do homem. Um interior parecia um aquário, com peixes de acrílico nadando atrás de um plástico grosso. Números e letras apareciam em outras paredes, às vezes em posições humanas. Um número cinco estava sentado numa pequena cadeira, diante de uma mesa com uma xícara de chá. Uma enorme letra B estava deitada numa cama, por cima das cobertas. Atrás de outras portas, o observador deparava com um pedaço de uma pessoa, como a cabeça de látex de um velho de cabelo ralo que abria um largo sorriso quando se abria a porta, ou a pequena mulher sem braços nem pernas que segurava um pincel entre os dentes. Atrás de uma das portas, havia quatro telas de televisão, todas pretas. Exceto pelo tamanho, todas as portas eram idênticas do lado de fora. Feitas de carvalho tingido, todas tinham maçaneta cor de bronze. As paredes externas de todos os cômodos eram brancas.

Quando olhei para Bill naquela noite, agradeci aos céus por ele já estar com o projeto das portas quase pronto quando Freund lhe fez aquela revelação. A atenção que estava recebendo na inauguração parecia feri-lo profundamente, como se cada parabéns caloroso fosse mais uma adaga enfiada em seu peito. Bill sempre fora avesso a publicidade e multidões, mas em outras ocasiões eu já o vira escapar de perguntas inoportunas com piadas, ou evitar o bate-papo vazio com estranhos entabulando longas conversas com alguém de quem gostava. Naquela noite, ele parecia pronto para mais uma fuga súbita para o Fanelli. Mas Bill não fugiu. Violet, Lazlo e eu volta e meia checávamos seu estado. A certa altura, ouvi Violet aconselhá-lo a moderar no vinho. "Até a hora do jantar, você já vai estar completamente de pileque, meu amor", sussurrou Violet.

Mark, por outro lado, parecia muito bem. O confinamento forçado provavelmente atiçara sua ânsia por qualquer forma de vida social, e fiquei observando-o conversar com uma pessoa atrás da outra. Enquanto falava com alguém, Mark era todo atenção. Inclinava-se para a frente ou abaixava a cabeça como se para ouvir melhor e, às vezes, apertava os olhos enquanto escutava o outro. Quando sorria, seus olhos nunca se desviavam do rosto da pessoa. A técnica era simples e o efeito, poderosíssimo. Uma mulher vestida num terno preto que devia ter custado os olhos da cara deu tapinhas em seu braço. Um senhor que reconheci como um dos colecionadores franceses dos trabalhos de Bill riu de alguma coisa que Mark disse e logo em seguida lhe deu um abraço.

Por volta das sete horas, vi Teddy Giles entrar na galeria acompanhado de Henry Hasseborg. Giles estava completamente diferente de quando eu o vira pela última vez. Usava uma calça jeans e uma jaqueta de couro e não tinha maquiagem no rosto. Vi-o sorrir para uma mulher e depois virar-se para Hasseborg e começar a conversar, com uma expressão sóbria e atenta. Fiquei preocupado com o que poderia acontecer se Bill os visse e, bem na hora em que estava cogitando a idéia ridícula de ficar na frente deles para bloquear a visão de Bill, ouvi uma criança gritar: "Não! Não! Eu quero ficar aqui com a lua! Não, mamãe, não!". Virei-me na direção da voz e vi uma mulher de quatro no chão, na frente de uma das portas, conversando com a pessoinha que estava lá dentro. Do outro lado da porta fechada, a criança estava muito contente de ficar protegidinha naquele espaço apertado. "As pessoas estão esperando, meu amor. Elas também querem ver a lua."

Atrás daquela porta, havia várias luas — um mapa da lua, uma fotografia da lua, Neil Armstrong andando na lua, a lua de

Noite estrelada, de Van Gogh, círculos e semicírculos brancos, vermelhos, laranja e amarelos e inúmeras outras reproduções da lua, entre elas uma feita de queijo e um desenho de uma lua crescente com olhos, nariz e boca. Enquanto via a mãe enfiar o braço lá dentro e puxar para o lado de fora uma garotinha aos gritos e chutes, me virei para procurar Giles e Hasseborg, mas não os encontrei. Percorri rapidamente a galeria. Quando passei pela garotinha, que agora, no colo da mãe, murmurava, chorosa, a palavra "lua", calculei que ela não devia ter mais do que dois anos e meio. "A gente volta outro dia", dizia a mãe, fazendo carinho no cabelo da filha. "A gente volta outro dia para visitar a lua de novo."

Eu me virei na direção do escritório de Bernie e vi Giles e Mark encostados na porta. Mark era muito mais alto que Giles e tinha de se curvar para ouvi-lo. Uma mulher grande de xale estava na minha frente e bloqueava parte de minha visão, mas me inclinei um pouco para o lado e tive a impressão de ver Giles passando a Mark um pequeno objeto. Mark pôs a mão no bolso e deu um sorriso satisfeito. Drogas, pensei, e fui andando na direção deles. Mark esticou o pescoço para olhar para mim. Sorrindo, tirou a mão do bolso e disse, entusiasmado: "Olha só o que o Teddy me deu. Era da mãe dele".

Mark abriu a mão e me mostrou um pequeno medalhão redondo. Abriu-o e, lá dentro, havia duas fotos minúsculas.

"Esse sou eu quando tinha seis meses, e aqui quando tinha cinco anos", disse Giles, apontando para uma foto e depois para a outra. Em seguida, estendeu a mão para mim. "Talvez você não se lembre de mim. Theodore Giles."

Apertei sua mão e senti-o apertar a minha com firmeza.

"Eu na verdade tenho outra festa para ir hoje", Giles disse de repente. "Foi um prazer revê-lo, professor Hertzberg. Tenho certeza de que nos veremos novamente."

Enquanto ele saía andando na direção da porta com passadas largas e confiantes, me virei de novo para Mark. A transformação na aparência e na atitude de Giles, o presente piegas do medalhão com fotos suas quando bebê e a volta da misteriosa mãe prostituta, garçonete ou sabe-se lá o quê misturaram-se para criar tamanha confusão em minha cabeça que olhei para Mark boquiaberto.

Sorrindo, Mark perguntou: "Qual é o problema, tio Leo?".

"Ele está completamente diferente."

"Eu te disse que aquilo era só encenação. Faz parte da arte dele, entende? Esse que você acabou de ver é que é o Teddy de verdade."

Mark examinou o medalhão. "Acho que esse foi o presente mais carinhoso que eu já ganhei. O Teddy é tão gente fina!" Ficou em silêncio durante alguns segundos, olhando para o chão. "Eu queria conversar com você sobre uma coisa", disse. "É que eu estava pensando... Eu sei que estou de castigo, mas eu estava pensando se não daria para eu voltar a te visitar aos sábados e domingos como eu fazia antes." Abaixou a cabeça. "Eu sinto falta de você. E eu não estaria nem saindo do prédio. Acho que, se a gente pedir, o meu pai e a Violet não vão se importar." Mark mordeu o lábio e franziu a testa. "O que você acha?"

"Eu acho que a gente pode dar um jeito", eu disse.

Aquele outono foi tranqüilo. De parágrafo em parágrafo, o livro sobre Goya ia ganhando corpo. Eu esperava ansioso pela viagem que faria a Madri no verão e pelas longas horas que passaria no Prado. Vinha trabalhando de perto com Suzanna Fields, uma aluna da pós-graduação que escrevia uma tese sobre os retratos de Davi e sua relação com a revolução, a contrarevolução e o papel das mulheres em ambas. Suzanna era uma moça grave e irrequieta, com óculos de aro de metal e um corte de cabelo severo, mas, com o tempo, acabei começando a achar até bastante atraente seu rosto redondo e comum, de sobrancelhas grossas. É claro que a abstinência tinha tornado muitas mulheres atraentes para mim. Nas ruas, no metrô, nos cafés e restaurantes, eu observava mulheres de todas as idades e características físicas. Enquanto elas bebericavam seus cafés, liam seus jornais ou livros ou saíam andando às pressas para algum compromisso, eu as despia lentamente em minha cabeça e imaginava-as nuas. À noite, Violet ainda tocava piano em meus sonhos.

A verdadeira Violet estava quase sempre ouvindo sua coleção de fitas — centenas de horas gravadas com as vozes de pessoas respondendo às mesmas perguntas: "Como você se vê?" e "O que você quer?". Quando ficava em casa durante o dia, eu ouvia aquelas vozes atravessarem o teto, vindo do escritório de Violet. Raramente conseguia distinguir o que diziam, mas ouvia murmúrios, sussurros, risos, tosses, gaguejos e, de vez em quando, ruídos guturais de choro. Ouvia também o barulho da fita sendo rebobinada e sabia quando Violet estava ouvindo a mesma frase várias vezes seguidas. Ela tinha parado de falar sobre o livro comigo, e Erica me disse que Violet vinha fazendo um certo mistério com relação ao teor do livro também quando conversava com ela. Erica só sabia com certeza que Violet reformulara completamente o projeto. "Ela não quer falar sobre o assunto por enquanto", Erica me disse numa carta. "Mas eu tenho a impressão de que a reformulação do livro tem algo a ver com o Mark e suas mentiras."

Mark continuou de castigo em casa todo fim de semana até a primeira semana de dezembro. Bill e Violet permitiram que ele viesse me visitar quando estava em Nova York, o que ele fazia religiosamente todo sábado, ficando em minha casa por duas ou três horas. Aos domingos, ele aparecia de novo para uma conversa rápida antes de voltar para Cranbury. No início, fiquei de pé atrás e tratava-o com certa frieza, mas à medida que as semanas foram passando, senti dificuldade de continuar zangado. Quando eu duvidava abertamente de sua palavra, ele parecia ficar tão magoado que parei de perguntar se podia acreditar nele. Toda sexta-feira, Mark tinha consulta com uma médica e psicoterapeuta chamada dra. Monk, e senti que essas conversas semanais o deixavam mais calmo e equilibrado. Também conheci a namorada de Mark, Lisa, e o simples fato de Lisa gostar de Mark fez com que eu passasse a vê-lo com olhos mais brandos. Embora todos os amigos de Mark tivessem permissão para visitá-lo, Teenie, Giles e o estranho menino chamado Me nunca mais vieram à Greene Street, e Mark nunca mais falou deles —nem tampouco usou o medalhão que Giles lhe dera. Mas Lisa vinha. Loura, bonita e no auge de seus dezessete anos, Lisa era uma entusiasta. Sacudia as mãos ao lado do rosto quando falava sobre sua opção pela alimentação vegetariana, sobre aquecimento global ou sobre uma espécie de tigre em vias de extinção. Quando os dois vinham me visitar, eu notava que Lisa volta e meia esticava o braço para tocar em Mark ou pegar a mão dele entre as suas. Esses gestos me faziam lembrar os de Violet, e eu às vezes me perguntava se Mark notara a semelhança que existia entre as duas. Lisa estava obviamente apaixonada por Mark, e quando me lembrava da frágil Teenie, eu vibrava intimamente com a patente melhora no gosto dele. O "objetivo de vida" de Lisa, como ela chamava, era ser professora de crianças autistas. "O meu irmão mais novo, o Charlie, é autista", contou, "e ele melhorou muito depois que começou a fazer musicoterapia. A música parece que diminui os bloqueios dele."

"Ela é supercertinha", Mark me disse no sábado de dezembro que marcou o último dia de seu castigo. "Quando tinha catorze anos, ela se envolveu com drogas durante um tempo, mas depois entrou num programa de desintoxicação e nunca mais usou nada. Ela não toma nem cerveja. Diz que não acredita no álcool."

Enquanto eu balançava a cabeça diante da nobreza da abstinência de Lisa, Mark resolveu me dar informações sobre a vida sexual dos dois — coisas que, francamente, eu não tinha a menor necessidade de saber. "A gente ainda não transou", ele disse. "Nós dois achamos que isso tem que ser planejado, sabe, conversado antes. É uma coisa importante, não é uma coisa para fazer com afobação."

Eu não sabia o que dizer. "Afobação" era a palavra que provavelmente melhor descrevia todos os primeiros contatos sexuais que eu já tivera na vida, e o fato de aqueles dois jovens sentirem necessidade de conferenciar sobre sexo me deixou um pouco triste. Já tinha encontrado mulheres que desistiam de transar comigo na última hora e mulheres que se arrependiam na manhã seguinte de terem dormido comigo, mas uma reunião deliberativa pré-coito era algo inédito em minha experiência.

Mark continuou a me visitar todos os sábados e domingos na primavera. Aos sábados, chegava pontualmente às onze horas e muitas vezes me acompanhava em minhas peregrinações de praxe ao banco, ao mercado e à loja de vinhos. Aos domingos, sempre dava uma passada rápida para se despedir. Eu ficava comovido com a lealdade de Mark e animado com as notícias que ele me dava sobre seu desempenho escolar. Mark me contou orgulhoso dos 9,8 que vinha tirando em testes de vocabulário, do trabalho sobre *A letra escarlate* em que tinha "arrasado" e das novidades sobre Lisa, a namorada ideal.

Em março, Violet me telefonou num fim de tarde e perguntou se poderia descer para conversar comigo a sós. Aquele pedido era tão atípico que, quando ela chegou, fui logo perguntando: "Você está bem? Aconteceu alguma coisa?".

"Eu estou bem, Leo." Violet sentou à mesa, fez sinal para que eu sentasse na frente dela e perguntou: "O que você acha da Lisa?".

"Eu gosto muito dela."

"Eu também", disse Violet, abaixando a cabeça para olhar para a mesa. "Você às vezes não tem a sensação de que tem alguma coisa errada?"

"Com a Lisa?"

"Não, com o Mark e a Lisa. Com a coisa toda."

"Eu acho que ela gosta de verdade do Mark."

"Eu também acho."

"Então?"

Violet apoiou os cotovelos na mesa e se inclinou na minha direção. "Quando você era criança, você brincava de um jogo chamado 'O que há de errado nessa cena?'. Você olhava para um desenho de um quarto, de uma rua ou de uma casa e, quando começava a examinar melhor, descobria que um poste de luz estava de cabeça para baixo, ou que um passarinho tinha pêlos em vez de penas, ou que tinham posto um Papai Noel numa vitrine cheia de enfeites de Páscoa. Bom, é assim que eu me sinto com relação ao Mark e à Lisa. Eles são a cena, e quanto mais eu olho para eles, mais tenho a sensação de que há alguma coisa errada, mas não sei o que é."

"O que o Bill acha disso?"

"Eu não comentei nada com ele. Ele ficou tão mal um tempo atrás... Não estava nem conseguindo trabalhar depois que soube da mentira do Mark sobre o emprego, e só agora está começando a voltar ao normal. Ele está impressionado com a melhora do Mark, com a Lisa, com a terapia com a doutora Monk. Eu não tive coragem de mencionar uma coisa que, na verdade, não passa de uma sensação."

"É muito difícil confiar numa pessoa que mentiu de uma maneira tão espetacular como o Mark mentiu", comentei. "Mas eu ainda não o peguei em nenhuma mentira depois daquilo, você já?"

"Não."

"Então eu acho que ele merece o benefício da dúvida."

"Eu tinha esperança de que você dissesse isso. Eu tenho sentido tanto medo de que alguma coisa esteja acontecendo..." Os olhos de Violet se encheram de lágrimas. "Não consigo dormir à noite, tentando entender quem ele é. Eu acho que ele se esconde demais, e isso me assusta. E isso já tem muito tempo, Leo. Desde que o Mark era pequeno eu..." Violet não terminou a frase.

"Pode falar, Violet. Diga o que você quer dizer."

"De vez em quando, não é sempre, é só às vezes... quando estou conversando com ele, eu tenho essa sensação esquisita de que..."

"De que...", insisti.

"De que estou falando com outra pessoa."

Apertei os olhos. Violet estava de cabeça baixa, olhando para a mesa. "Eu estou ficando completamente apavorada com isso, e o Bill... bom, o Bill teve que lutar muito para conseguir sair da depressão. Ele está cheio de esperança com relação ao Mark, cheio de esperança, e eu não quero que se decepcione." Violet deixou que as lágrimas lhe escorressem pelo rosto e começou a tremer. Levantei, fui até o outro lado da mesa e pus a mão em seu ombro. Violet estremeceu e parou de chorar de repente. Sussurrou um "obrigada, Leo" e me abraçou. Horas depois, eu ainda sentia seu corpo quente encostado ao meu e seu rosto molhado em meu pescoço.

* * *

No terceiro sábado de maio, fui ao banco bem mais cedo que o de costume. O final do semestre e o tempo ensolarado me atraíam para a rua. O sol da manhã e as calçadas ainda vazias levantaram meu ânimo enquanto eu andava na direção do Citibank, que ficava depois da Houston Street. Não havia filas, e fui direto para o caixa eletrônico sacar o dinheiro de que precisaria durante a semana. Quando tirei a carteira do bolso e abri, não encontrei meu cartão do banco. Confuso, tentei me lembrar de quando fora a última vez em que o usara. No sábado anterior. Eu sempre guardava o cartão de volta na carteira. Olhando para a tela do caixa e lendo a mensagem "Em que posso ajudá-lo?", comecei a pensar no "eu" implícito daquela frase. Será que o caixa automático merecia aquele pronome? A engenhoca enviava mensagens e realizava operações. Será que era só isso que era preciso para reivindicar o privilégio da primeira pessoa? E então, como se a resposta me tivesse sido dada pelo texto escrito na tela, eu soube. A clara e dolorosa verdade me veio à cabeça de repente, com a violência de um golpe. Eu sempre deixava a carteira e as chaves perto do telefone, no corredor, quando estava em casa. Esse hábito evitava que eu tivesse de revistar os bolsos de minhas jaquetas e casacos antes de sair para trabalhar. Lembrei que Mark me perguntara: "Quando é que você faz aniversário, tio Leo?". 21930. Minha senha. Mark nunca tinha me dado parabéns no meu aniversário. Quantas vezes ele já tinha vindo comigo ao banco? Muitas. Não era verdade que, quando vinha me visitar, Mark sempre saía da sala para ir ao banheiro ou ao quarto de Matt, passando no caminho por minha carteira, pousada bem ali à vista? Várias pessoas tinham entrado no banco e uma fila começava a se formar atrás de mim. Uma mulher me lançou um olhar interrogativo, enquanto eu olhava com cara de idiota para minha carteira aberta. Passei por ela como um tufão e fui para casa correndo, literalmente.

Chegando ao meu apartamento, catei todos os meus extratos bancários e peguei meu talão de cheques. Eu raramente me dava ao trabalho de examinar algum deles. Quando os extratos chegavam pelo correio, eu os arquivava em pastas e me esquecia de sua existência até a hora de fazer minha declaração de renda. Minha conta-corrente estava intocada, mas uma conta de poupança onde eu tinha por volta de sete mil dólares — quantia que ganhara publicando artigos e com o pequeno adiantamento que recebera para escrever o livro sobre Goya — estava praticamente zerada. Era o dinheiro que eu vinha economizando para viajar à Espanha. Eu tinha contado a Mark sobre a viagem, tinha até mencionado aquela caderneta de poupança. Só restavam seis dólares e trinta e um centavos. Os saques vinham sendo feitos desde dezembro, pela cidade inteira, alguns em bancos que eu nem sabia que existiam, muitas vezes em plena madrugada e sempre aos sábados.

Liguei para Bill e Violet, mas ouvi apenas a voz macia de Bill dizendo para eu deixar a minha mensagem depois do sinal. Deixei um recado pedindo que me ligassem assim que chegassem em casa. Em seguida telefonei para Lucille, com quem não falava desde o dia da sua leitura. Assim que ela atendeu o telefone, fui despejando a história toda. Quando acabei de falar, ela ficou em silêncio durante no mínimo uns cinco segundos. Depois, com uma voz baixa e impassível, perguntou: "Como você pode ter certeza de que foi o Mark?".

Levantei a voz. "Por causa da senha! Ele perguntou a data do meu aniversário! É muito comum as pessoas usarem seus aniversários. E as datas dos saques. Todas as datas batem com os dias em que ele veio à minha casa. Ele está me roubando há meses! Eu posso dar queixa à polícia! O Mark cometeu um crime! Você não entende?"

Lucille não disse nada.

"Ele me roubou sete mil dólares!"

"Leo, fica calmo", Lucille disse com firmeza.

Eu lhe disse que não estava e não queria ficar calmo e que se, por alguma razão, Mark aparecesse na casa dela antes de fazer sua visita de praxe à minha, eu queria que ela pegasse o cartão dele imediatamente.

"Mas e se ele não pegou o cartão?", perguntou Lucille no mesmo tom impassível.

"Você sabe que ele pegou!", gritei, e bati o telefone. Quase na mesma hora me arrependi de ter estourado com Lucille. Não fora ela que roubara meu dinheiro. Ela só não quis condenar Mark sem provas. O que para mim parecia óbvio não estava claro para ela, mas o fato é que, quando a voz fria e indiferente de Lucille se chocou com minha raiva, aquilo foi como atirar gasolina numa fogueira. Se ela tivesse demonstrado um mínimo de indignação, pena ou até abatimento, eu não teria gritado com ela.

Menos de uma hora mais tarde, Mark bateu na minha porta. Quando abri, ele sorriu para mim e disse: "Oi. E aí, tudo bem?". Depois ficou um instante parado e perguntou: "Qual é o problema, tio Leo?".

"Me dá o meu cartão. Me devolve o meu cartão agora!"

Mark apertou os olhos e olhou para mim com uma expressão de surpresa. "Do que você está falando? Que cartão?"

"Devolve o meu cartão do banco agora ou eu mesmo pego", ameacei, sacudindo o punho na cara de Mark, que deu dois passos para trás.

Ele parecia muito surpreso. "Você está louco, tio Leo. Eu não estou com o seu cartão. E, mesmo que estivesse, o que eu faria com ele? Fica calmo."

O rosto bonito, o olhar espantado, os cachos escuros e a postura relaxada e passiva de Mark pareciam um convite à violência. Agarrei-o pelo suéter e empurrei-o contra a parede. Dez centímetros mais alto, quarenta anos mais novo e com certeza mais forte do que eu, Mark deixou que eu o empurrasse e o imprensasse contra a parede e não disse nada. Seu corpo estava mole como o de uma boneca de pano.

"Pega o cartão e me entrega já", grunhi, trincando os dentes. "Se você não me entregar, eu juro que arrebento a tua cara."

Mark continuava olhando para mim com cara de espanto. "Não está comigo."

Aproximei meu punho do rosto dele. "É a sua última chance."

Mark levou a mão ao bolso de trás da calça e eu o soltei. Puxou uma carteira, abriu e tirou de dentro o meu cartão azul. "Eu fiquei tentado a pegar o seu dinheiro, tio Leo, mas eu juro que não peguei. Não tirei um tostão."

Tomei distância de Mark. Esse garoto está louco, pensei. Uma sensação de assombro me invadiu, um assombro antigo, o assombro dos medos infantis, de monstros, bruxas e de ogros no escuro. "Você está me roubando há meses, Mark. Você tirou quase sete mil dólares da minha conta."

Mark piscou os olhos. Parecia constrangido.

"Está tudo registrado. Todos os saques estão registrados no extrato. Você pegava o meu cartão no sábado, depois que eu já tinha ido ao banco, e botava de volta na minha carteira no domingo de manhã. Senta!", gritei.

"Eu não posso sentar. Eu prometi para a minha mãe que ia voltar cedo para casa hoje."

"Não. Você não vai a lugar nenhum, Mark. Você cometeu um crime. Se eu ligar para a polícia e contar o que você fez, você vai preso."

Mark sentou. "Polícia?", murmurou, confuso.

"Você devia saber que, por mais imbecil e desligado que eu seja, um dia eu ia acabar descobrindo. Afinal, o que você roubou não foram centavos à toa."

Mark virou pedra diante dos meus olhos. Só sua boca se mexia. "Não", disse ele. "Eu não pensei que você fosse descobrir."

"Você sabia que esse dinheiro era para a minha viagem a Madri. O que você achou que ia acontecer quando eu fosse tirar dinheiro da conta para pagar as passagens e o hotel?"

"Eu não pensei nisso."

Eu não estava acreditando. Recusava-me a acreditar. Fiz um milhão de perguntas, esbravejei, pressionei, mas ele só me dava as mesmas respostas ocas. Estava "chateado" por eu ter descoberto o roubo. Quando perguntei se tinha usado o dinheiro para comprar drogas, ele me respondeu com aparente franqueza que conseguia arranjar drogas de graça. Disse que comprara coisas, que fora a restaurantes. Dinheiro vai embora rápido, explicou. Suas respostas me pareceram absurdas, mas hoje acredito que aquela pessoa petrificada sentada à minha frente estava falando a verdade. Mark sabia que roubara dinheiro de mim e sabia que aquilo era errado, mas também tenho certeza de que não sentia culpa nem vergonha alguma. Não tinha uma explicação racional a dar para o roubo. Não era viciado em drogas. Não tinha dívidas com ninguém. Depois de uma hora, Mark olhou para mim e disse simplesmente: "Eu peguei o dinheiro porque gosto de ter dinheiro".

"Eu também gosto de ter dinheiro!", berrei. "Mas não assalto a conta bancária dos meus amigos para ter dinheiro."

Mark não tinha mais nada a dizer sobre o assunto, mas continuou olhando para mim. Mantinha os olhos fixos nos meus, e eu olhei bem para eles. Suas íris azul-claras e pupilas pretas e reluzentes me fizeram pensar em vidro, como se não existisse nada atrás daqueles olhos e Mark fosse cego. Pela segunda vez naquela tarde, minha raiva se transformou em assombro. O que é ele?, me perguntei — não quem, mas o quê? Fiquei olhando para ele e ele para mim, até que não consegui mais encarar aqueles olhos mortos. Fui até o telefone e liguei para Bill.

No dia seguinte, Bill me ofereceu um cheque de sete mil dólares, mas não aceitei. Disse que aquela dívida não era dele e que Mark podia ir me pagando ao longo dos anos. Bill tentou pôr o cheque em minha mão. "Leo, por favor", disse. Sua pele parecia cinza sob a luz que entrava por minha janela, e ele tinha um cheiro forte de cigarro e suor. Estava com as mesmas roupas que usara na noite anterior, quando tinha vindo à minha casa com Violet e os dois ouviram a história toda. Sacudi a cabeça; não. Bill começou a andar de um lado para outro. "O que foi que eu fiz de errado, Leo? Eu falo e falo e falo com ele, mas o Mark parece que não entende." Continuou andando. "Nós ligamos para a doutora Monk. Vamos todos conversar com ela de novo. Ela quer que a Lucille vá também. E também pediu para conversar com você a sós um dia, se você não se importar. A gente resolveu impor linha dura. Ele não pode sair e não pode falar pelo telefone. E a gente vai acompanhá-lo para tudo quanto é lado — vamos apanhá-lo na estação do trem, trazê-lo para casa, levá-lo à médica. Quando a escola terminar, ele vai vir morar aqui, arranjar um emprego e começar a te pagar." Bill parou de andar. "Nós estamos desconfiados de que ele vinha roubando dinheiro da Violet também, da bolsa dela. Ela nunca sabe direito quanto dinheiro tem na carteira. Levou um tempão para ela perceber, mas..." Bill não concluiu a frase. "Leo, me desculpa." Sacudiu a cabeça e estendeu as mãos. "A sua viagem para a Espanha..." Fechou os olhos.

Levantei, fui até Bill e pus as mãos em seus ombros. "Não foi você que me roubou, Bill. Não foi você. Foi o Mark que me roubou."

Bill abaixou a cabeça, enterrando o queixo no peito. "A gente pensa que, quando ama de verdade o nosso filho, essas coisas não acontecem." Levantou o rosto e olhou para mim; havia fúria em seu olhar. "Como foi que isso aconteceu?"

Eu não sabia que resposta lhe dar.

A dra. Monk era uma mulher baixa e gordinha, de cabelos grisalhos e crespos, voz suave e gestos econômicos. Ela iniciou a consulta com uma declaração simples. "Vou dizer ao senhor o mesmo que já disse ao senhor e à senhora Wechsler. É muito difícil curar jovens como Mark. É muito difícil conseguir realmente se comunicar com eles. Depois de algum tempo, os pais em geral acabam desistindo, e eles vão enfrentar sozinhos o mundo, onde ou tomam jeito, ou vão para a cadeia, ou morrem."

Sua crueza me chocou. Cadeia. Morte. Murmurei alguma coisa sobre tentar ajudá-lo. Ele ainda era tão jovem.

"É possível que a personalidade dele ainda não tenha se fixado. O senhor sabe que os problemas de Mark são caracterológicos."

Sim, pensei. É uma questão de caráter. Que palavra antiga — caráter.

Falei de minha raiva, de como me sentia traído e do estranho poder do charme de Mark. Contei dos *doughnuts* e do fogo no telhado. Pela janela do consultório, eu via um arbusto que estava começando a dar folhas. Os pequenos rebentos nos galhos compridos logo ficariam grandes. Não conseguia me lembrar do nome daquela planta. Depois de contar à médica sobre a amizade de Matt e Mark, fiquei olhando em silêncio para o arbusto, vasculhando minha memória em busca de sua identidade, como se o nome dele fosse importante. De repente me lembrei: hidrângea.

"Sabe", eu disse à médica, "eu acho que, antes de morrer, o Matthew estava evitando o Mark. Pensando nisso agora, eu me lembrei de que os dois estavam muito quietos no carro, praticamente sem falar nada um com o outro, no caminho para a colônia de férias. Mas mais ou menos no meio da viagem, o Matt gritou: 'Pára de me beliscar'. Na hora aquilo me pareceu tão banal — meninos implicando um com o outro." O beliscão levou à mordida, e quando terminei de contar a história, a dra. Monk levantou as sobrancelhas e arregalou os olhos.

Ela não comentou nada sobre a mordida, e eu continuei falando. "Eu contei ao Mark a história da família do meu pai. Eu mal me lembro deles. Nunca cheguei a conhecer minhas primas. Elas morreram em Auschwitz-Birkenau. Meu tio David sobreviveu ao campo de concentração, mas morreu na marcha quando os prisioneiros foram evacuados. Também contei ao Mark sobre a morte do meu pai, de derrame. Ele me ouvia com uma cara muito séria. Acho até que vi lágrimas nos olhos dele..."

"São coisas que não se conta para qualquer um."

Balancei a cabeça, concordando, e olhei para a hidrângea de novo. Naquele momento, tive a sensação de estar longe de mim mesmo, como se fosse outra pessoa que estivesse falando. Continuei olhando fixamente para o arbusto, e a imagem de uma coisa vermelha surgiu em minha mente, uma mancha muito vermelha atrás de uma janela.

"Você sabe por que decidiu contar essas coisas ao Mark?"

Virei-me para a médica e fiz que não com a cabeça.

"Você contou ao Matthew?"

Minha voz estava trêmula. "Eu contei muito mais ao Mark. O Matt só tinha onze anos quando morreu."

“Ele era muito novo”, disse a dra. Monk, num tom gentil.

Comecei a balançar a cabeça e acabei chorando. Chorei na frente de uma mulher que eu mal conhecia. Depois que saí do consultório, lavei meu rosto no banheiro minúsculo, bem-arrumado e equipado com um generoso estoque de lenços de papel, e fiquei imaginando quantas pessoas já não deviam ter chorado ali antes de mim, secando as lágrimas e enxugando o nariz ao lado da privada. Quando saí do prédio na Central Park West, olhei para as árvores cheias de folhas novas do parque e tive uma sensação inexprimível de estranheza. Estar vivo é inexplicável, pensei. A própria consciência é inexplicável. Não existe nada de banal no mundo.

Uma semana depois, Mark assinou um contrato na frente de Bill, de Violet e de mim. O documento foi idéia da dra. Monk. Acho que ela tinha esperança de que, ao concordar com condições explicitadas num papel, Mark acabaria entendendo que a moralidade é fundamentalmente um contrato social, um consenso acerca de leis humanas básicas, e que sem ele as relações entre as pessoas degenerariam no caos. O documento parecia uma versão abreviada e individualizada dos dez mandamentos:

Não mentirei.
Não roubarei.
Não sairei de casa sem permissão.
Não falarei pelo telefone sem permissão.
Devolverei todo o dinheiro que roubei de Leo com o que vou ganhar de mesada, com os salários que vou receber no próximo verão, no ano que vem e no futuro.

Ainda tenho uma cópia guardada entre meus documentos. Na parte de baixo da folha, vê-se a assinatura de Mark, em garranchos infantis.

Todo sábado, durante o verão inteiro, Mark batia na minha porta com parte do pagamento. Como eu não o queria dentro de casa, Mark ficava no hall enquanto abria o envelope e contava as notas que ia pondo em minha mão. Depois que ele ia embora, eu tomava nota da quantia num caderninho que guardava em minha mesa. O dinheiro vinha do salário que Mark recebia como caixa de uma padaria do Village. Bill levava-o para o trabalho todas as manhãs e às cinco horas Violet ia buscá-lo. Todo dia ela perguntava ao patrão de Mark como ele estava indo, e a resposta era sempre a mesma. "Ele está indo bem. Ele é um bom garoto." O sr. Viscuso devia sentir pena de Mark por ele ter uma mãe tão superprotetora. Além de sua família, de mim e de seus colegas de trabalho, a única pessoa que Mark via era Lisa. Ela ia visitá-lo duas ou três vezes por semana, com freqüência com um livro debaixo do braço para emprestar a Mark. Violet me contou que esses livros em geral vinham das prateleiras de psicologia popular das livrarias locais e eram recheados de receitas sobre como alcançar a "paz interior" que incluíam conselhos como "Aprenda primeiro a se amar" e "Lute contra as crenças subconscientes que impedem que você seja o seu eu melhor e mais feliz". Lisa aderira à causa da reabilitação de Mark e passava muitas horas com ele, explicando os segredos do caminho da iluminação. Segundo Violet, quando não estava trabalhando, comendo ou conversando com Lisa sobre a tranqüilidade de sua alma, Mark estava sempre dormindo. "É só isso que ele faz", disse ela, "dormir."

No final de agosto, Bill viajou para Tóquio para cuidar dos preparativos de uma exposição com as portas. Violet ficou em casa com Mark. Por volta de nove horas da manhã de quinta-feira, poucos dias depois de Bill ter embarcado, Violet bateu em minha porta, de roupão. "O Mark sumiu", disse, andando na direção da cozinha. Violet se serviu de café e sentou à mesa comigo.

"Ele saiu pela janela, subiu pela escada de incêndio até o telhado, desceu pela escada interna e saiu pela porta da frente. Eu pensei que a porta do telhado ficasse trancada, mas quando fui verificar hoje cedo, vi que estava aberta. Acho que ele vem fazendo isso esse tempo todo, mas em geral volta para casa antes de amanhecer. Ele dorme tanto durante o dia porque está exausto de ter passado a noite inteira fora de casa. Eu jamais teria descoberto", disse baixinho, "mas o telefone tocou por volta das duas horas da manhã hoje. Eu não sei quem era. Era uma garota. Ela não quis me dizer o nome, mas perguntou se eu sabia onde o Mark estava. Eu disse que ele estava dormindo e que eu não ia acordá-lo. E aí ela disse: 'Dormindo uma ova. Eu passei por ele ainda há pouco'. Tinha muito barulho no fundo, ela devia estar numa boate. E aí ela disse que queria me ajudar. Disse: 'Você é a mãe dele. Eu acho que você precisa saber'. É engraçado, mas eu não disse que não era a mãe dele. Só ouvi. Ela disse que tinha que me contar uma coisa." Violet respirou fundo e tomou um gole de café. "Eu não sei se é verdade, mas a garota disse que o Mark sai com o Teddy Giles todas as noites. Disse algo como 'Sandra, a Monstra, saiu da toca'. Eu não entendi o que isso queria dizer e tentei interrompê-la, mas ela continuou falando sem parar, dizendo que o Giles tinha comprado um menino no México."

"Comprado?"

"Foi o que ela disse. Disse que os pais do menino venderam o garoto para o Giles por uns duzentos ou trezentos dólares e que, depois disso, o menino tinha se apaixonado pelo

Giles, e que o Giles vestia o menino de mulher e o levava assim para tudo quanto era lugar. A história dela era muito confusa, mas ela disse que o Giles passou um tempo fazendo isso e que aí, uma certa noite, os dois tiveram uma briga e o Giles cortou o dedo mindinho do garoto. O Giles levou o menino para o pronto-socorro e os médicos costuraram o dedo de volta na mão do menino, mas aí, pouco tempo depois, o menino, que se chama Rafael, desapareceu. Ela disse que correm boatos de que o Giles matou o garoto e jogou o corpo no East River. Disse: 'O Giles é um maníaco e o seu filho caiu nas garras dele. Eu achei que você devia saber'. Foram essas as palavras exatas. E aí ela desligou."

"Você já contou para o Bill?"

"Eu tentei. Deixei recado no hotel onde ele está hospedado, mas não disse que era urgente. Mas também, o que é que o coitado vai poder fazer lá de Tóquio?" Violet ficou um tempo pensativa. "O problema é que eu estou com muito medo."

"Bom, se alguma dessas coisas que a garota disse é verdade, você tem razão para estar. O Giles é um sujeito assustador."

Violet abriu a boca como se fosse falar alguma coisa, mas depois a fechou novamente. Balançou a cabeça e se virou para o lado, e eu fiquei admirando seu perfil e seu pescoço. Ela ainda é bonita, pensei; talvez esteja até mais bonita agora, que está mais velha. Há uma nova harmonia entre ela e seu rosto que não existia quando Violet era nova.

Mark reapareceu na casa da mãe no domingo seguinte. Segundo Bill e Violet, Mark jurou que nunca tinha saído de casa às escondidas antes, declarou que a história sobre o menino chamado Rafael era uma "mentira absurda" e explicou que tinha fugido para ver uns amigos porque estava "entediado".

Uma semana depois, estava morando de novo na casa da mãe e indo à escola. Toda sexta-feira, Bill ou Violet o apanhavam na estação de trem, levavam-no de metrô até o consultório da dra. Monk, ficavam esperando que a consulta terminasse e depois o levavam de volta para a Greene Street. A prisão domiciliar de Mark continuava.

Nos meses que se seguiram, o comportamento de Mark repetiu um padrão reconhecível que comecei a chamar de "o ritmo do terror". Ao longo de algumas semanas, ele parecia estar indo bem. Tirava notas A e B na escola, mostrava-se cooperativo, prestativo e gentil, e me pagava toda semana uma parte de sua dívida com o que recebia de semanada. Bill e Violet contavam que as longas conversas que tinham com ele sobre confiança, honestidade e sobre como era importante que se mantivesse fiel ao contrato pareciam estar ajudando-o a "entrar nos eixos". Mark desabafava com a dra. Monk, que ficava satisfeita com o "progresso" dele. E então, no exato momento em que as pessoas à sua volta estavam começando a sentir um otimismo cauteloso com relação a ele, Mark estragava tudo. Em outubro, Violet encontrou a cama dele vazia no meio da noite e descobriu que todo o dinheiro que ela tinha na bolsa sumira. Mark reapareceu no domingo seguinte de manhã. Em novembro, Philip, o padrasto de Mark, estava saindo para o trabalho quando notou que a lateral de seu carro estava amassada. Em dezembro, Bill levou Mark para almoçar num restaurante da vizinhança. Depois de pedirem dois hambúrgueres, Mark se levantou para ir ao banheiro; só reapareceu três dias depois na casa de Lucille. Em fevereiro, o professor de história de Mark encontrou-o vomitando no banheiro dos homens e achou um litro de vodca em sua mochila e pílulas de Valium em seu bolso.

Cada incidente se desenrolava segundo as etapas do mesmo roteiro básico. Primeiro, a infeliz descoberta; depois, a explosão da pessoa ofendida; e, por fim, o reaparecimento de Mark e seus ferrenhos desmentidos. Sim, ele tinha fugido do restaurante, mas não tinha feito nada de errado. Só tinha ficado perambulando pela cidade. Mais nada. Estava precisando ficar sozinho. Não tinha saído com o carro de Philip no meio da noite. Se a porta estava amassada era porque outra pessoa tinha pegado o carro. Sim, ele tinha saído escondido de casa naquela noite, mas não tinha roubado dinheiro nenhum. Violet estava enganada. Ela devia ter gastado o dinheiro ou contado errado. Mark defendia sua inocência de uma forma tão indignada e irracional que chegava a ser estarrecedora. Só admitia sua culpa quando confrontado com uma prova incontestável. Em retrospecto, suas ações eram de uma previsibilidade revoltante, mas nenhum de nós estava olhando para trás naquele momento, e embora seu comportamento fosse cíclico, nós não éramos clarividentes. Não tínhamos como prever o dia da próxima insurreição.

Mark se transformara num enigma interpretativo. A mim, parecia que havia duas maneiras de ler seu comportamento, ambas envolvendo uma forma de dualismo. A primeira leitura era maniqueísta. A vida dupla de Mark seria como um pêndulo oscilando entre a luz e as sombras. Um lado dele realmente queria se comportar bem. Ele amava os pais e os amigos, mas, a intervalos regulares, era acometido por anseios súbitos e deixava-se levar por eles. Bill acreditava firmemente nessa versão da história. Na segunda leitura, o comportamento de Mark poderia ser comparado a camadas geológicas. O que se poderia chamar de seus bons impulsos corresponderia a uma camada superficial altamente desenvolvida que ocultava em grande parte o que estava por baixo. De vez em quando, as forças conturbadas e revoltas das camadas subterrâneas armavam uma súbita investida vulcânica em direção à superfície e entravam em erupção. Eu estava começando a achar que essa era a teoria de Violet ou, melhor, que essa era a teoria que ela temia.

Fosse qual fosse a leitura que se fizesse, os surtos de delinqüência de Mark constituíam uma vingança cruel contra Violet e Bill. Ao mesmo tempo, ao roubar meu dinheiro, Mark tinha feito com que seu pai e sua madrasta se aproximassem ainda mais de mim. Éramos todos vítimas, e os tabus que existiam entre nós antes do roubo de Mark estavam agora superados. As preocupações que Bill e Violet antes preferiam não externar, para proteger Mark, tornaram-se parte das nossas conversas. Violet esbravejava contra as traições de Mark e em seguida o perdoava, só para esbravejar e perdoar de novo logo depois. "Eu estou numa montanha-russa de amor e ódio", disse ela. "É como se eu estivesse fazendo sempre o mesmo percurso, subindo e descendo sem parar." Apesar de sua frustração, Violet fez de Mark a sua cruzada. Um dia, vi em cima de sua mesa, junto com várias outras publicações, um livro intitulado *Privação e delinqüência*, de D. W. Winnicott. "Nós não vamos perder o Mark", ela me disse. "Nós vamos lutar até o fim." O problema era que as frenéticas batalhas de Violet eram travadas contra um inimigo invisível. Ela se armava de paixão e informação, mas quando partia para o ataque só encontrava no campo de batalha um rapaz dócil e manso que não oferecia resistência alguma.

Bill não era um soldado, e não leu um único livro sobre distúrbios da adolescência. Definhava. A cada dia que passava, parecia mais velho, mais cinza, mais curvado e mais desatento. Ele me fazia lembrar um grande animal ferido cujo corpo forte murchava a olhos vistos. Os acessos de fúria de Violet contra Mark mantinham-na vigorosa. Se sentia raiva, Bill a voltava contra si próprio, e eu o via corroer lenta e continuamente sua própria carne. Não eram os crimes de Mark em si que o magoavam — o fato de ele fugir, misturar vodca com Valium, surrupiar o carro do padrasto ou até mesmo mentir e roubar. Tudo isso poderia ser perdoado em outras circunstâncias. Bill aceitaria com muito mais facilidade a rebeldia ostensiva. Se Mark fosse um anarquista, Bill teria compreendido. Se defendesse seu direito ao hedonismo ou até fugisse de casa para viver sua vida de acordo com suas próprias idéias delirantes, Bill teria deixado que ele fosse. Mas Mark não fazia nada disso. Mark encarnava tudo aquilo contra o qual Bill lutara com garras e dentes a vida inteira: a hipocrisia, a falta de fibra e a covardia. Quando conversava comigo, Bill parecia mais confuso com o filho do que qualquer outra coisa. Um dia me contou, atônito, que quando tinha perguntado a Mark o que ele mais queria da vida, o garoto respondera com aparente franqueza que queria que as pessoas gostassem dele.

Bill ia para o estúdio todo dia, mas não trabalhava. "Eu vou para lá e fico esperando que alguma coisa me venha, mas nunca vem", contou. "Leio os resultados dos treinos da primavera. Depois deito no chão e invento jogos na minha cabeça, como eu fazia quando era garoto. Imagino partidas inteiras. Narro o jogo, depois acabo pegando no sono. Durmo e sonho horas e horas. Então levanto e volto para casa."

Eu não podia oferecer a Bill muito mais do que a minha presença, mas pelo menos isso eu lhe dava. Havia dias em que eu saía do trabalho e ia direto para a Bowery. Nós sentávamos no chão e conversávamos até a hora do jantar. Mark não era o nosso único assunto. Eu me queixava de Erica, cujas cartas sempre davam um jeito de manter um fio de esperança para nós dois. Contávamos histórias da nossa infância e conversávamos sobre pinturas e livros. Por volta das cinco, Bill se permitia abrir uma garrafa de vinho ou tomar uma dose de uísque. Nas horas levemente embriagadas que se seguiam, a luz dos dias mais compridos entrava pela janela por cima de nossas cabeças e Bill, animado pelo álcool, citava Samuel Beckett ou seu tio Mo com o dedo apontado para o teto. Declarava seu amor por Violet com os olhos úmidos e vermelhos e reafirmava suas esperanças com relação a Mark, apesar de tudo. Gargalhava de piadas ruins, trocadilhos infames e poemas humorísticos sujos. Esbravejava contra o mundo da arte, descrevendo-o como uma torre de papel feita de dólares, marcos e ienes, e me dizia em tom solene que estava seco, acabado como artista. As portas tinham sido o canto do cisne para "aquilo tudo". No minuto seguinte, porém, dizia que andava pensando muito na cor do papelão molhado. "É bonito ver papelão nas ruas depois que chove, jogado na sarjeta ou amarrado com barbante em montinhos organizados."

Eram tardes de drama — o drama de Bill, que nunca me entediava, porque quando estava perto dele eu sentia seu peso. Bill era um homem saturado de vida. Quase sempre é a leveza que admiramos. Aquelas pessoas que parecem não ter peso nem fardo, que flutuam em vez de andar, atraem-nos com sua maneira de desafiar a gravidade. Sua despreocupação imita a felicidade; mas Bill não era assim. Sempre fora uma pedra, sólido e maciço, carregado de uma força magnética que vinha de dentro. Mais do que nunca, eu me sentia atraído por ele. O fato de Bill estar sofrendo fez com que eu abandonasse minhas defesas e minha inveja. Eu nunca examinara esse sentimento antes, nunca nem sequer admitira que o tinha, mas admiti nessa época. Eu sentia, sim, inveja de Bill — inveja de seu vigor, de sua teimosia, de sua volúpia, da maneira como tinha feito uma coisa atrás da outra até sentir que a fase do fazer tinha acabado. Invejara-o por causa de Lucille. E por causa de Violet. E invejara-o por causa de Mark, no mínimo por que Mark estava vivo. A verdade era amarga, mas a dor de Bill tinha trazido uma nova fragilidade para seu caráter, e essa fraqueza nos tornara mais iguais.

Violet se juntou a nós na Bowery uma noite, no início de março, trazendo uma sacola cheia de comida tailandesa, que comemos no chão. Devoramos o jantar feito três refugiados famintos e depois ficamos conversando e bebendo noite adentro. Violet se arrastou até o colchão, deitou de barriga para cima e continuou conversando conosco de lá. Após algum tempo, todos nós encontramos um lugarzinho no colchão — Violet no meio, Bill numa ponta e eu na outra —, três bêbados alegres mantendo uma conversa fragmentada. Por volta de uma hora da manhã, eu disse que tinha de ir para casa senão não conseguiria trabalhar no dia seguinte. Violet segurou o braço de Bill e depois o meu. "Só mais cinco minutinhos", disse. "Eu estou feliz hoje. Não me sinto feliz assim há muito, muito tempo. É tão bom esquecer de tudo e se sentir livre e falar bobagem."

Meia hora mais tarde, estávamos os três andando pela Canal Street na direção da Greene. Ainda estávamos de braços dados, e Violet ainda estava entre mim e Bill. Ela cantou para nós uma canção folclórica norueguesa — algo sobre um rabequista e sua rabeca. Bill se uniu ao coro, com uma voz grossa, alta e nasalada. Eu também cantei, imitando os sons das palavras incompreensíveis enquanto marchávamos para casa. Sem parar de cantar, Violet levantou o queixo e seu rosto ficou iluminado pela luz dos postes. A noite estava fria, mas clara e seca, e enquanto Violet segurava meu braço com firmeza, eu sentia o ritmo de seus passos. Antes de entrar no segundo verso, ela tomou fôlego e sorriu para o céu. Pouco depois, vi Violet fechar os olhos durante alguns segundos, como que para se cegar para tudo, menos para a alegria contagiante que soava em nossas vozes. Todos nós sentimos isso naquela noite — a volta da alegria sem motivo nenhum. Quando fechei minha porta depois de dar boa-noite a Bill e Violet, eu sabia que, quando o dia amanhecesse, a sensação já teria passado. A efemeridade era parte de seu encanto.

Durante vários meses, Lazlo ficou de ouvidos abertos. Não sei onde exatamente ele colhia suas informações, mas vivia perambulando pelas galerias e saía muito com Pinky à noite. Só sei que quando as fofocas e boatos começavam a correr, pareciam sempre correr na direção de Lazlo. Aquele rapaz alto e magro, de cabelo inconfundível, roupas berrantes e grandes óculos pretos absorvia muito mais do que deixava escapar. Costuma-se supor que o espião ideal seja alguém que não chama atenção, mas o fato é que Lazlo começou a me parecer o investigador perfeito. Seu exterior cintilante era como um farol no mar de gente vestida de preto das multidões nova-iorquinas, mas essa própria radiância o tornava insuspeito. Lazlo também ouvira histórias sobre o desaparecimento de um garoto e rumores sobre um assassinato, mas acreditava que esses boatos fizessem parte da máquina publicitária clandestina de Teddy Giles, que fabricava histórias macabras para incrementar sua fama como o mais novo *enfant terrible* do mundo das artes. Mas corria um outro boato que deixara Lazlo mais preocupado — o de que Giles "colecionava" jovens, fossem garotos ou garotas, e de que Mark era um de seus objetos preferidos. Diziam que Giles liderava pequenos grupos de jovens em incursões pelo Brooklyn e pelo Queens, onde os bandos cometiam atos de vandalismo sem sentido ou entravam nos porões das casas e roubavam objetos como xícaras de chá e açucareiros. De acordo com as fontes de Lazlo, os adolescentes se disfarçavam antes de partir nessas investidas, mudando a cor da pele e do cabelo. Os garotos se vestiam de mulher e as garotas, de homem. Corriam histórias de que tinham molestado cruelmente os sem-teto do Tompkins

Square Park, derrubando seus carrinhos de compras e roubando seus cobertores e sua comida. Lazlo também ouvira estranhos rumores sobre "ferretes" — uma espécie de marca corporal restrita ao círculo íntimo de Giles.

Se alguma dessas coisas era verdade, era difícil saber. O que se podia verificar com algum grau de certeza era apenas que Teddy Giles era uma estrela em ascensão no mercado da arte. A quantia astronômica paga recentemente por um colecionador inglês por um trabalho intitulado *Loura morta na banheira* abrilhantara a reputação de Giles, fazendo dele um artista não só polêmico, mas também caro. Giles cunhara uma nova expressão, "arte de entretenimento", e brandia-a em tudo quanto era entrevista. Usava o velho argumento de que as distinções entre arte erudita e arte popular tinham desaparecido, mas acrescentava que a arte não era nem mais nem menos do que uma forma de entretenimento — e que o valor de um entretenimento se media em dólares. Os críticos acolhiam esses comentários encarando-os quer como o auge da ironia inteligente, quer como o alvorecer da verdade do mundo da propaganda — o despontar de uma nova era que admitia que a arte, como qualquer outra coisa, era movida a dinheiro. Giles concedia entrevistas encarnando diferentes *personas*. Às vezes se vestia de mulher e tecia seus comentários num falsete absurdo. Outras vezes, aparecia de terno e gravata e falava como um corretor da Bolsa discutindo suas transações. Eu entendia por que as pessoas ficavam fascinadas com Giles. Sua ânsia voraz de atenção o obrigava a reinventar-se constantemente. Mudança é notícia, e Giles encantava a imprensa a despeito do fato de sua arte ser construída sobre imagens que já tinham se estabelecido havia muito tempo como convenções batidas em gêneros mais populares.

No final de março, Bill recomeçou a trabalhar. Seu novo projeto teve início quando ele viu uma mãe com seu bebê na Greene Street. Eu também a vi, da janela do apartamento de Bill e Violet, mas jamais teria imaginado que ela pudesse ser responsável por toda uma nova direção no trabalho dele. Não havia nada de extraordinário no que vimos, mas com o passar do tempo comecei a acreditar que era exatamente isso que Bill queria — o cotidiano em toda a sua densa particularidade. Para captá-lo, ele recorreu ao filme, ou melhor, ao vídeo. Eu era conservador o bastante para achar que um artista de tamanho brilhantismo técnico estava traindo seu talento ao recorrer a uma câmera de vídeo, mas, depois que vi as fitas, mudei de idéia. A câmera libertou Bill do peso debilitante de seus próprios pensamentos ao fazê-lo ir para as ruas, onde encontrou milhares de crianças e os fragmentos visuais de suas histórias de vida em construção. Bill precisava daquelas crianças para sua própria sanidade mental, e, por meio delas, pôs-se a compor uma elegia sobre aquilo que todos nós que já vivemos tempo bastante perdemos — nossa infância. O lamento de Bill não tinha nada de sentimental. Não havia espaço em seu trabalho para a névoa vitoriana que continua a obscurecer nossas noções de infância. Mas acho que o mais importante era que Bill tinha encontrado uma forma de lidar com sua angústia com relação a Mark, sem Mark.

Vimos a mulher no início de uma tarde de domingo, depois de Mark já ter sido despachado de trem para Cranbury. Bill e eu estávamos de pé diante da janela, quando Violet veio até ele e o abraçou por trás, enlaçando-o pela cintura e afundando o rosto em seu suéter. Depois, Violet foi para o lado de Bill e puxou-lhe o braço, pousando-o sobre seus ombros. Durante um minuto, ficamos os três observando em silêncio os pedestres lá embaixo. Então, um táxi parou perto da calçada, a porta se abriu e uma mulher vestindo um longo casaco marrom saiu de dentro com uma criança no colo, apoiada num de seus quadris, várias bolsas penduradas nos dois braços e um carrinho. Ficamos observando a mulher transferir o bebê de um quadril para o outro, cavucar dentro da bolsa com uma das mãos, extrair uma nota de dinheiro, entregá-la ao taxista e depois abrir o carrinho com a mão esquerda e o pé direito. A mulher pôs a criança, que estava vestida com camadas e mais camadas de roupa, dentro do carrinho e fechou o cinto de segurança na cintura do bebê. No mesmo instante, o bebê começou a chorar. A mulher se agachou na calçada, tirou as luvas, enfiou-as às pressas nos bolsos do casaco e iniciou uma busca numa grande bolsa acolchoada. Tirou uma chupeta lá de dentro e a colocou na boca do bebê. Em seguida, afrouxou o cadarço do capuz da criança, pôs-se a balançar de leve o carrinho com uma das mãos e aproximou o próprio rosto do rosto do bebê. Sorriu e começou a falar. O bebê se recostou no carrinho, sugando a chupeta com vontade, e fechou os olhos. A mulher olhou para seu relógio de pulso, levantou-se, pendurou as quatro bolsas nas barras do carrinho e saiu andando pela rua, empurrando-o.

Quando me virei para o lado, vi que Bill ainda observava a mulher. Ele não disse uma palavra sobre ela naquela tarde, mas enquanto comíamos a *frittata* de Violet e discutíamos se Mark conseguiria ou não cursar o último semestre de aulas, passar de ano e concluir o segundo grau, senti que Bill estava distante. Ouvia o que eu e Violet dizíamos e respondia a nossas perguntas, mas ao mesmo tempo continuava alheio, como se uma parte dele já tivesse saído do apartamento e perambulasse pelas ruas.

Na manhã seguinte, Bill comprou uma câmera de vídeo e começou a trabalhar. Nos três meses que se seguiram, ele saía de casa todo dia de manhã cedo e ficava na rua até o meio da tarde. Quando terminava de filmar, ia para o estúdio e fazia esboços até a hora do jantar. Depois de comer, em geral voltava para seus cadernos e ficava desenhando até altas horas da noite. Mas passava todos os minutos dos fins de semana com Mark. Segundo Bill, os dois conversavam, assistiam a fitas de vídeo alugadas e então conversavam de novo. Mark tinha se transformado no filho deficiente de Bill, alguém de quem ele precisava cuidar como se fosse um bebê e que nunca podia sair de debaixo dos seus olhos. No meio da noite, Bill se levantava para checar se o filho não tinha fugido pela janela e desaparecido. Sua vigilância paternal, antes uma forma de punição, tornou-se uma maneira de prevenir a inevitável recaída, aquela que Bill temia que pudesse arrasar de vez a vida de Mark.

Embora, com o novo projeto, Bill tivesse recuperado a energia, seu entusiasmo tinha um quê de maníaco. Quando olhava para ele, eu tinha a impressão de que seu olhar não tinha exatamente recuperado a antiga concentração, mas sim adquirido um brilho febril. Bill dormia muito pouco, emagrecia a olhos vistos e se barbeava com ainda menor freqüência do que antes. Suas roupas fediam a cigarro e, no final do dia, ele estava sempre com bafo de vinho ou uísque. Apesar do ritmo de trabalho intenso de Bill, eu o vi muito naquela primavera, às vezes todas as tardes. Ele telefonava para minha casa ou para meu trabalho. "Leo, é Bill. Você pode dar uma passada aqui na Bowery hoje?" Eu dizia sim mesmo nos dias em que passar lá significava ter de ficar acordado até tarde depois, corrigindo trabalhos ou preparando aulas, porque alguma coisa em sua voz me dizia que ele estava precisando de companhia. Quando eu entrava em seu estúdio e o pegava trabalhando, ele sempre parava para me dar um tapinha nas costas ou me segurar pelos ombros e me sacudir de leve, enquanto me contava sobre as crianças que vira brincando numa praça naquela tarde e cujas imagens registrara em filme. "Eu tinha esquecido como as crianças pequenas são malucas", dizia. "Elas são completamente birutas."

Numa tarde em meados de abril, Bill começou de repente a falar sobre o dia em que voltou para Lucille para dar mais uma chance ao casamento dos dois.

"Quando entrei em casa, a primeira coisa que fiz foi me agachar ao lado do Mark e dizer para ele que eu nunca mais ia embora e que nós três íamos viver juntos dali para a frente." Bill virou o rosto e ficou olhando para a cama que construíra para o filho anos antes e que continuava montada num canto do estúdio, perto da geladeira. "E aí, logo depois, eu quebrei a minha promessa. Disse para ele a baboseira de sempre — que o amava muito, mas que não podia mais viver com a mãe dele. No dia em que eu recebi a quinta carta da Violet, assim que saí porta afora, o Mark começou a gritar 'Papai, papai!'. Ouvi os gritos dele do corredor, continuei ouvindo até chegar ao final da escada e até depois que saí do prédio e fui andando pela rua. Nunca vou me esquecer do tom da voz dele. Era como se alguém o estivesse matando. Foi a coisa mais horrível que eu já ouvi na vida."

"Mas as crianças pequenas às vezes choram desse jeito até por causa de uma bala ou porque não querem ir para a cama — por qualquer coisa."

Bill se virou para mim. Seus olhos se apertaram e, quando falou, sua voz era baixa, mas firme. "Não, Leo. Não foi esse tipo de choro. Foi muito diferente. Foi horrível. Eu ainda ouço aqueles gritos nos meus ouvidos. Não, eu pensei primeiro em mim mesmo, em vez de pensar nele."

"Você não se arrepende, se arrepende?"

"Como é que eu posso me arrepender? A Violet é a minha vida. Eu escolhi viver."

Na tarde do dia 7 de maio, não fui ao estúdio de Bill. Ele não me ligou, e decidi ir para casa. Quando o telefone tocou, eu estava relendo uma carta de Erica que recebera algumas horas antes pelo correio. "Alguma coisa aconteceu comigo, Leo. Eu dei um passo adiante, não na minha cabeça, que está sempre correndo na minha frente, mas no meu corpo, onde a dor tornava impossível que eu me movesse, a não ser em círculos ao redor do Matt. Eu me dei conta de que quero te ver. Quero pegar um avião e quero ir para Nova York para te visitar. Vou entender se você não quiser me ver. Não vou te culpar se você já estiver de saco cheio. Só estou te dizendo o que eu quero." Eu não duvidava da sinceridade de Erica, mas duvidava que sua convicção se mantivesse. Ao mesmo tempo, depois que reli suas palavras, comecei a achar que era possível que ela realmente pegasse o avião desta vez, e essa idéia me deixou nervoso. Quando atendi o telefone, ainda estava distraído pensando sobre a possível visita de Erica.

"Leo?"

A pessoa do outro lado da linha estava falando num estranho semi-sussurro, e não reconheci a voz. "Quem está falando?"

Por um segundo, ninguém respondeu. "Violet", ela disse numa voz um pouco mais alta. "É a Violet."

"O que houve? Aconteceu alguma coisa?"

"Leo?", ela repetiu.

"Sim, eu estou aqui, Violet. Pode falar"

"Eu estou no estúdio."

"O que foi que aconteceu?"

Mais uma vez ela não me respondeu. Ouvi Violet respirar do outro lado da linha e repeti a pergunta.

"Eu encontrei o Bill caído no chão..."

"Ele está machucado? Você já chamou uma ambulância?"

"Leo", Violet estava sussurrando agora, lenta e metodicamente. "Ele já estava morto quando eu cheguei. Ele já está morto há algum tempo. Deve ter morrido assim que entrou no estúdio, porque ainda estava de casaco e a câmera estava no chão ao lado dele."

Eu sabia que era muito pouco provável que ela estivesse enganada, mas perguntei assim mesmo: "Você tem certeza?".

Violet respirou fundo. "Tenho. Ele está frio, Leo." Ela já não estava mais sussurrando, mas enquanto continuava a falar com aquela voz estranha e sem inflexão, seu autocontrole me deixou assustado. "O senhor Bob esteve aqui, mas agora já foi embora. Acho que estou ouvindo ele rezar." Violet pronunciava cuidadosamente cada palavra, enunciando cada sílaba como se estivesse se esforçando muito para dizer com exatidão o que tinha de dizer. "Eu fui até a estação de trem para pegar o Mark, mas ele não apareceu. Liguei para o estúdio e deixei uma mensagem na secretária. Achei que o Bill ainda devia estar na rua, mas que chegaria aqui antes de mim. Eu estava com tanta raiva do Mark, estava tão furiosa, que precisava falar com o Bill. E o engraçado é que a minha raiva perdeu completamente o sentido agora. Eu não me importo mais. O Bill não atendeu a campainha do porteiro eletrônico, então eu resolvi entrar com a minha chave. Devo ter gritado quando encontrei o Bill no chão, porque o senhor Bob subiu para ver o que estava acontecendo, mas não me lembro. Eu queria que você viesse para cá, Leo, para me ajudar a ligar para onde a gente tem que ligar quando alguém morre. Eu não sei por quê, mas não estou conseguindo. E aí, depois que você já tiver ligado, eu quero ficar sozinha com o Bill novamente. Você está entendendo o que eu estou dizendo, Leo?"

"Estou indo para aí agora."

Pela janela do táxi, eu via as ruas familiares, as placas, os letreiros e a multidão de sempre na Canal Street, e enquanto via tudo com estranha clareza, sentia que nada daquilo me pertencia mais, que aquelas coisas não eram tangíveis e que se o táxi parasse e eu descesse do carro, não conseguiria tocar em coisa alguma. Já conhecia aquela sensação. Já tinha sentido aquilo antes, e continuei a sentir quando entrei no prédio e ouvi o sr. Bob rezando do outro lado da porta do que um dia fora uma serralheria. Sua voz não ribombava com a mesma intensidade shakespeariana a que eu já estava acostumado, mas entoava uma ladainha indistinta que às vezes ficava mais alta e às vezes mais baixa e que foi sumindo à medida que eu me aproximava do último andar e começava a ouvir outra voz — o semi-sussurro de Violet vindo do apartamento alguns degraus acima de mim. A porta do estúdio estava entreaberta. Violet continuava falando em voz baixa, mas eu não conseguia distinguir suas palavras. Parei diante da porta e, por um instante, hesitei, porque sabia que veria Bill lá dentro. Não era bem medo o que eu estava sentindo, mas uma relutância em penetrar na estranheza inviolada dos mortos. Mas a sensação não durou muito, e eu empurrei a porta, abrindo-a totalmente. As luzes estavam apagadas e o sol do fim de tarde enchia as janelas e lançava uma luz nebulosa sobre os cabelos de Violet. Ela estava sentada de pernas cruzadas no chão, no canto oposto do estúdio, perto da mesa. Tinha colocado a cabeça de Bill no colo e estava debruçada sobre ele, falando com a mesma voz quase inaudível com que falara comigo no início de nossa conversa pelo telefone. Mesmo à distância em que eu me encontrava, podia ver que Bill estava morto. Não havia como confundir a imobilidade de seu corpo com repouso ou sono. Eu já tinha visto aquela quietude inexorável nos meus pais e no meu filho e, quando olhei para Bill ainda da porta, soube de imediato que o que Violet tinha em seu colo era um cadáver.

Violet não me ouviu entrar e, por alguns segundos, não me mexi. Fiquei parado no vão da porta daquele cômodo amplo e familiar, examinando as várias fileiras de telas encostadas contra a parede, as caixas guardadas em prateleiras acima delas, os portfolios repletos de desenhos empilhados perto das janelas até quase a altura do peitoril, as estantes de livros arqueadas, os engradados de madeira em que Bill guardava suas ferramentas. Absorvi aquilo tudo e notei as partículas de poeira flutuando no ar à tênue luz do sol que entrava pelas janelas e formava três longos retângulos no chão. Comecei a andar na direção de Violet, que, ao ouvir meus passos, levantou o rosto e olhou nos meus olhos. Por uma fração de segundo, seu rosto se contorceu, mas ela cobriu a boca com uma das mãos, e quando a retirou, suas feições estavam calmas de novo.

Parei perto de Violet e fiquei olhando para Bill. Seus olhos estavam abertos e vazios. Não havia nada por detrás deles, e aquele nada me doeu. Ela devia ter fechado os olhos dele, pensei comigo. Ela não devia deixar os olhos dele assim. Levantei as mãos num gesto inútil.

"Eu não quero que eles o levem", disse Violet, "mas sei que eles têm que levá-lo. Já estou aqui faz algum tempo." Apertou os olhos. "Que horas são?"

Olhei para meu relógio. "Cinco e dez."

A expressão de Bill era serena. Não havia nenhum sinal de luta nem de dor em suas feições, e sua pele parecia mais jovem e mais macia do que eu me lembrava, como se a morte lhe tivesse roubado alguns anos do rosto. Ele estava usando uma camisa de trabalho azul, com manchas que pareciam de graxa, e ver aqueles borrões escuros no bolso de seu peito me fez estremecer. Senti minha boca se mexer de repente, e um ruído curto e involuntário saiu de dentro de mim — uma espécie de grunhido, que logo reprimi.

"Cheguei aqui por volta das quatro", Violet estava dizendo. "O Mark saiu da escola cedo hoje." Ela balançou a cabeça e repetiu: "É, eu cheguei por volta das quatro". Depois, levantou a cabeça para olhar para mim e disse enérgica: "Vai lá, liga de uma vez!".

Fui andando até o telefone, olhei para o aparelho e disquei o número de emergências, 911. Não conhecia nenhum outro. Dei o endereço para a mulher que atendeu. "Acho que ele teve um enfarte", eu disse, "mas não tenho certeza." A mulher disse que mandaria a polícia até lá. Quando protestei, ela explicou que esse era o procedimento de rotina. Os policiais ficariam com o corpo até que o médico-legista chegasse e determinasse a *causa mortis*. Quando desliguei o telefone, Violet olhou firme para mim e disse: "Agora eu quero que você saia e me deixe sozinha com ele. Espere lá embaixo até as pessoas chegarem".

Não esperei lá embaixo. Deixei a porta do estúdio entreaberta e sentei num degrau da escada, bem perto da porta. Enquanto estava ali sentado, notei na parede uma enorme rachadura que nunca tinha visto antes. Pus os dedos na rachadura e deixei que eles a percorressem, enquanto esperava e ouvia Violet sussurrando para Bill, dizendo a ele coisas que não tentei entender. Ouvia também a cantilena de Bob no primeiro andar, o barulho do trânsito lá fora e as buzinas dos motoristas impacientes na Manhattan Bridge. Havia muito pouca luz na escada, mas a porta de aço que dava para a rua refletia o leve brilho de uma luz que devia estar vindo de dentro da casa de Bob. Apoiei a cabeça nas mãos e aspirei o cheiro familiar que vinha do estúdio — tinta, trapos mofados e serragem. Bill morreu como o pai, pensei, simplesmente caiu no chão e morreu. Fiquei imaginando se, quando as dores ou os espasmos começaram, Bill teria percebido que ia morrer. Por alguma razão, imaginei que sim e que sua expressão plácida significava que ele tinha aceitado o fato de que sua vida estava chegando ao fim. Mas isso pode ter sido só uma mentira que inventei para mim mesmo para aplacar a dor de ver seu corpo estendido no chão.

Tentei recriar a conversa que tivera com ele no dia anterior sobre a edição dos vídeos. Ele me contara que planejava começar a editar as fitas dali a uns dois meses e estava me explicando como a máquina funcionava e como era o processo dos cortes. Quando ficou óbvio que eu não entendia quase nada daquele assunto, ele riu e disse: "Eu estou te matando de tédio, não estou?". Mas não era verdade. Eu não estava nem um pouco entediado e disse isso a ele. Mesmo assim, sentado ali naquele degrau da escada, fiquei pensando, preocupado, que talvez eu não tivesse sido convincente o bastante e que talvez, ao me despedir dele no dia anterior, uma pequena fenda silenciosa tivesse se instalado entre nós, refletida apenas num leve ar de decepção nos olhos de Bill. Talvez ele tivesse sentido minhas reservas com relação ao seu súbito entusiasmo pelo vídeo e tivesse ficado um pouco magoado. Eu sabia que era uma idiotice ficar me fixando nesse diálogo insignificante travado nos últimos momentos de uma amizade que durara vinte anos, mas a lembrança me angustiou mesmo assim, e com ela veio a aguda consciência de que eu nunca mais poderia falar com Bill, nem sobre as fitas nem sobre coisa alguma.

Pouco tempo depois, me dei conta de que Violet tinha parado de falar e de que eu também não ouvia mais a voz do sr. Bob. Incomodado com o silêncio, levantei e espiei pela fresta da porta. Violet estava deitada ao lado de Bill, com a cabeça apoiada em seu peito, um dos braços escondidos embaixo de seu tronco e o outro enlaçado em seu pescoço. Ela parecia pequena perto dele e parecia viva, apesar de imóvel. A luz tinha mudado nos minutos em que eu ficara do lado de fora, e, embora eu ainda pudesse ver os dois, seus corpos agora estavam na sombra. Vi o contorno do perfil de Bill e a nuca de Violet, e vi

Violet deslizar o braço do pescoço para o ombro de Bill. Enquanto eu continuava observando em silêncio, ela começou a acariciar o ombro dele e a balançar, como se estivesse se ninando, colada ao imenso corpo imóvel de Bill.

Nestes últimos anos, houve momentos em que desejei não ter testemunhado aquela cena. Mesmo naquele dia, enquanto olhava para os dois deitados juntos ali no chão, senti a verdade de minha vida solitária se fechando ao meu redor como uma grande jaula de vidro. Eu era o homem no corredor, o que espiava uma cena final se desenrolando no interior de uma sala em que eu mesmo já passara inúmeras horas, mas na qual, naquele momento, não podia me permitir entrar. Agora, no entanto, fico contente por ter visto Violet agarrando-se aos últimos minutos que lhe restavam com o corpo de Bill, e acho que algum lado meu devia saber que era importante para mim olhar para eles, pois não desviei o rosto nem voltei para o degrau. Fiquei parado no vão da porta, velando os dois, até que ouvi a campainha do porteiro eletrônico e desci para abrir a porta para os dois jovens policiais que tinham chegado para cumprir sua curiosa tarefa de fazer companhia ao corpo até que outro oficial chegasse para declarar que Bill morrera de causas naturais.

TRÊS

Meu pai uma vez me contou uma história sobre o dia em que se perdeu. Aconteceu quando ele tinha dez anos e estava passando o verão nos arredores de Potsdam, onde seus pais tinham uma casa de campo. Passara todos os verões de sua vida naquele lugar e conhecia de cor a floresta, as colinas e os prados que cercavam a casa. Meu pai fez questão de me dizer que, logo antes de se embrenhar no mato naquele dia, tinha se desentendido com seu irmão. David, que tinha treze anos na época, expulsara meu pai do quarto que os dois dividiam e trancara a porta, dizendo aos berros que precisava ficar sozinho. Depois da briga, meu pai se meteu na floresta, fervendo de raiva e ressentimento, mas, passado algum tempo, sua cabeça esfriou e ele começou a curtir o passeio entre as árvores, parando para examinar pegadas de animais e ouvindo os pios dos pássaros. Andou, andou, andou e então, de repente, percebeu que não sabia mais onde estava. Deu meia-volta e tentou retornar pelo mesmo caminho por onde tinha vindo, mas nenhuma clareira, pedra ou árvore lhe parecia familiar. Depois de algum tempo, acabou conseguindo sair da floresta e percebeu que estava no alto de uma colina que dava vista para uma casa e um prado. Viu um carro e um jardim, mas não reconheceu nada. Só depois de vários segundos que ele se deu conta de que a vista que estava contemplando era na verdade a de sua própria casa, de seu jardim e do carro azul-escuro da sua família. Quando terminou de me contar essa história, meu pai sacudiu a cabeça e disse que nunca tinha esquecido aquele momento, que para ele representava os mistérios da cognição e da mente humana. Chamou-os de territórios não mapeados e coroou sua história com uma palestra sobre danos neurológicos que deixam suas vítimas incapazes de reconhecer qualquer coisa ou pessoa.

Anos depois da morte de meu pai, tive uma experiência parecida em Nova York. Eu ia encontrar um colega que leciona em Paris para tomar um drinque no bar do hotel em que ele estava hospedado. Depois de perguntar o caminho a um funcionário, eu me vi atravessando um longo e reluzente corredor, com piso de mármore. Um homem de sobretudo estava andando na minha direção. Passados alguns segundos, me dei conta de que o homem que eu tomara por um estranho era na verdade meu próprio reflexo no espelho da parede do final do corredor. Esses breves intervalos de desorientação não são incomuns, mas me interessam cada vez mais porque sugerem que o reconhecimento é algo muito mais frágil do que supomos. Na semana passada, abri a geladeira e enchi meu copo com o que imaginei ser suco de laranja, mas era leite. Tomei um gole e, por alguns segundos, não fui capaz de perceber que era leite que acabara de tomar, achei apenas que o gosto do suco estava horrível. E o engraçado é que eu gosto muito de leite, mas isso não fez a menor diferença. A questão é que eu estava esperando uma coisa e veio outra.

O estranhamento desconcertante desses momentos, em que o familiar se transforma em algo totalmente alienígena, não é simplesmente uma peça que nossa mente prega em nós mesmos, mas uma conseqüência da perda das referências externas que estruturam nossa visão. Se não estivesse perdido, meu pai teria reconhecido a casa de sua família. Se eu soubesse que havia um espelho no final daquele corredor, teria me visto de imediato naquele reflexo. E se eu tivesse percebido que enchera o copo com leite e não com suco, o gole de leite que tomei teria tido gosto de leite. No ano que se seguiu à morte de Bill, volta e meia eu experimentava essa sensação de desnorteamento — ou não sabia o que estava vendo, ou não conseguia ler o que via. Essas experiências deixaram suas marcas em mim na forma de uma inquietação quase permanente. Embora existam momentos em que ela desapareça por completo, quase sempre ainda a sinto, como que de tocaia, por detrás das atividades rotineiras do meu dia — uma espécie de sombra da memória do que é sentir-se completamente perdido.

É irônico que, depois de ter passado anos refletindo sobre as convenções históricas da pintura e sobre como elas influenciaram a percepção das pessoas, eu me visse de repente na posição de Dürer ao tentar desenhar um rinoceronte com base apenas no que ouvira dizer sobre o bicho. A famosa criatura desenhada pelo artista assemelha-se bastante ao animal real, mas Dürer equivocou-se redondamente em alguns detalhes cruciais, exatamente como eu, em minhas tentativas de formar uma imagem das pessoas e dos acontecimentos que fizeram parte da minha vida naquele ano. Meus objetos eram humanos, obviamente, e portanto notoriamente difíceis — se não até impossíveis — de caracterizar com exatidão, mas cometi um certo número de equívocos graves o bastante para qualificar minha imagem como uma imagem falsa.

A dificuldade de ver com clareza, tanto na vida como na arte, começou a me atormentar muito antes de meus olhos se deteriorarem. É a questão da perspectiva do observador — como Matt assinalou naquela noite em seu quarto ao notar que, quando olhamos para as pessoas e para as coisas, nós mesmos não aparecemos na imagem que vemos. O observador é o verdadeiro ponto de fuga, o ponto cego da tela, o zero. Eu só apareço inteiro para mim em espelhos, fotografias e raros vídeos caseiros, e já desejei inúmeras vezes poder escapar desse confinamento e ter uma visão distanciada de mim mesmo, como do alto de uma montanha — um pequeno "ele", em lugar de um "eu", deslocando-se de um ponto a outro no vale lá embaixo. Por outro lado, o distanciamento também não garante a exatidão, embora às vezes ajude. Ao longo dos anos, Bill se transformara numa referência móvel para mim, uma pessoa que eu mantinha sempre em vista. Ao mesmo tempo, volta e meia ele me escapava. Como sabia tanta coisa sobre ele e como estava sempre tão perto dele, eu não conseguia juntar os vários fragmentos de minha experiência com Bill de modo a formar uma única imagem coerente. A verdade era instável e contraditória, mas eu estava disposto a conviver com isso.

A maioria das pessoas, no entanto, não se sente confortável com a ambigüidade. A tarefa de montar uma imagem da vida e da obra de Bill começou quase imediatamente após sua morte, com um obituário que saiu no *New York Times*. Era um artigo bastante longo e confuso que incluía, entre outras declarações mais elogiosas, uma citação retirada de uma resenha arrasadora publicada pelo mesmo jornal. O trecho descrevia Bill como um "artista *cult*" que conseguira misteriosamente atrair um grande número de seguidores na Europa, na América do Sul e no Japão. Violet odiou o artigo. Esbravejou contra o autor e contra o jornal. Sacudiu a folha de jornal na minha cara e disse que reconhecia Bill na foto, mas não conseguia encontrar nada que se parecesse com ele nos sete parágrafos que o jornal lhe dedicara, e disse que Bill estava ausente de seu próprio obituário. Não ajudou em nada lembrar a Violet que a maioria dos jornalistas não passa de reprodutores de opiniões e que são raros os autores de obituários que conseguem fazer algo além de um insípido resumo montado a partir de artigos igualmente tacanhos escritos sobre o homem ou a mulher em questão. À medida que as semanas foram passando, porém, Violet se reconfortou com as cartas que lhe chegavam de todas as partes do mundo, escritas por pessoas que tinham visto o trabalho de Bill e encontrado em sua obra algo que as marcou. Muitas delas eram jovens, e muitas não eram nem artistas nem colecionadores, mas pessoas comuns que tinham topado de alguma forma com os trabalhos de Bill, muitas vezes apenas em reproduções.

Os casos de cegueira para obras de arte que mais tarde acabam sendo consideradas "obras-primas" são tão freqüentes na história que já se tornaram clichês. Van Gogh é venerado atualmente não só por suas pinturas, mas também como um mártir da causa do "artista incompreendido no seu tempo". Depois de centenas de anos na obscuridade, Botticelli renasceu no século XIX. A mudança ocorrida na reputação desses artistas foi simplesmente uma questão de reorientação, do surgimento de um novo conjunto de convenções que tornou a compreensão possível. A obra de Bill era complexa e cerebral o bastante para ameaçar os críticos de arte, mas também tinha uma simplicidade e um força muitas vezes narrativa que atraía o olhar destreinado. Acredito que *A viagem de O*, por exemplo, vai ficar. Seria capaz de apostar que, depois que tiverem tido seu dia ao sol, as piadas da moda e os absurdos chocantes que hoje abarrotam as galerias fenecerão como já feneceram tantos outros antes deles, mas as caixas de vidro e seus personagens alfabéticos resistirão. Não há como saber se tenho razão, mas continuo acreditando nisso com toda a minha fé, e até agora nada demonstrou que eu esteja enganado. Nos cinco anos que já se passaram desde a morte de Bill, seu renome só fez crescer.

Bill produziu uma quantidade enorme de trabalhos, mas boa parte deles nunca havia sido exposta. Violet, Bernie e vários assistentes da galeria cuidaram da tarefa de organizar telas, caixas, esculturas, gravuras e cadernos, bem como as fitas inacabadas que faziam parte do último projeto de Bill. Nos primeiros estágios da arrumação, Violet pediu que também eu fosse ao estúdio, pois precisava de "um ombro amigo para se apoiar". Num mês, aquele depósito abarrotado dos vestígios da vida de um homem foi transformado num sinistro cômodo nu, com uma mesa, uma cadeira, prateleiras praticamente vazias e engradados iluminados pela luz mutável do sol, que ninguém podia levar. Houve algumas descobertas: desenhos delicados de Mark quando bebê, retratos de Lucille que nenhum de nós sabia que existiam. Num deles, Lucille está escrevendo num caderno e, embora parte do seu rosto esteja escondida, fica claro pela expressão de seus olhos e por sua testa que ela está totalmente concentrada nas palavras na página. Atravessando o meio da tela, em letra cursiva, estão as palavras, bem grandes: "A criatura chorava sem parar". A frase corta Lucille na altura do peito e dos ombros e parece estar num plano diferente do dela. A tela trazia a data de outubro de 1977. Havia também um desenho de mim e de Erica que Bill deve ter feito de memória, pois não posamos para o desenho e eu nunca o tinha visto. Eu e Erica estamos sentados um ao lado do outro em espreguiçadeiras em frente à casa de Vermont. Erica está inclinada na minha direção e com a mão apoiada no braço de minha cadeira. Assim que encontrou o desenho, Violet o deu para mim, e eu o levei para emoldurar logo no dia seguinte. Àquela altura, Erica já tinha vindo e voltado. A viagem a Nova York que ela imaginara — e dera a entender que poderia resultar em nossa reconciliação —

acabou se transformando numa triste visita para enterrar um amigo. Nunca chegamos a conversar sobre nós dois. Pendurei o desenho de Bill na parede perto de minha mesa, e volta e meia olhava para ele. Nos traços rápidos que delineiam a mão de Erica, Bill parece ter conseguido captar os dedos trêmulos de minha esposa, e, olhando para o desenho, eu invariavelmente me lembrava de quanto ela tremera durante o enterro de Bill e de como seu corpo inteiro vibrara com uma leve mas visível trepidação. Lembrava-me também de que pegara a mão gelada de Erica e a apertara com força entre as minhas e de que, por mais que eu a segurasse com firmeza, o tremor, que parecia brotar do fundo das suas entranhas, não parava de jeito nenhum.

Sempre que um artista morre, sua obra começa aos poucos a tomar o lugar de seu corpo, transformando-se num substituto material daquela pessoa no mundo. Não há como evitar, imagino. Objetos úteis, como cadeiras ou louças, passados de uma geração para outra, podem durante algum tempo dar a impressão de estar assombrados por seus antigos donos, mas essa impressão some muito rapidamente, apagada pelas funções pragmáticas desses objetos. Obras de arte, inúteis como são, resistem à incorporação ao cotidiano e, se são obras de alguma força, parecem respirar com a vida da pessoa que as criou. Historiadores da arte não gostam de falar sobre isso, porque é algo que sugere o raciocínio mágico por trás de ícones e fetiches, mas devo dizer que já experimentei esse fenômeno inúmeras vezes e que foi exatamente isso que senti no estúdio de Bill. Quando os carregadores estavam levando os engradados e as caixas meticulosamente empacotados e cuidadosamente etiquetados em que estavam as obras de Bill, observados por Violet, por Bernie e por mim, eu me lembrei dos dois homens da casa funerária que tinham posto o corpo de Bill dentro de um saco de plástico e o levado daquela mesma sala dois meses antes.

Embora eu soubesse perfeitamente que a arte de Bill e o próprio Bill não eram idênticos, compreendi a necessidade de conferir uma aura à obra que ele havia deixado — uma espécie de halo espiritual que resistisse à dura realidade do enterro e da decomposição. Quando o caixão de Bill foi posto dentro da cova, Dan começou a se balançar para a frente e para trás diante da sepultura. De braços cruzados, dobrava o tronco para a frente e depois se jogava para trás, repetindo os movimentos sem parar. Como um judeu ortodoxo ao rezar, Dan parecia encontrar consolo na repetição física, e cheguei a sentir certa inveja de sua liberdade. No entanto, quando fui até ele e olhei para seu rosto, vi que a expressão era de um desespero absoluto e que seus olhos estavam transtornados e vazios. Mais tarde, na Greene Street, Violet deu a Dan um pequeno quadro que Bill tinha feito da letra W, com uma chave de verdade presa na tela. Dan pôs o quadro debaixo da camisa e ficou abraçado a ele a tarde inteira. Fazia calor, e fiquei com medo de que Dan pudesse estar sujando a tela de suor, mas entendi por que segurava o quadro rente à pele. Dan queria ficar grudado àquele objeto porque imaginava que, em algum lugar da madeira, da tela e do metal de que o quadro era feito, estava tocando em seu irmão mais velho.

Ressuscitei Bill em meus sonhos. Ele entrava pela porta de minha casa adentro ou aparecia ao lado de minha mesa, e eu lhe dizia sempre: "Pensei que você estivesse morto", e ele respondia: "E estou. Só voltei para conversar" ou "Vim para ver como você está, queria ter certeza de que está tudo bem". Num desses sonhos, porém, quando fiz o mesmo comentário, ele me respondeu: "É, eu estou morto. Estou com o meu filho agora". Comecei a discutir com ele. "Não", eu disse, "o Matthew é meu filho. O seu filho é o Mark", mas Bill não admitia que isso era verdade. Fiquei tão furioso no sonho que acordei aflito com o equívoco.

Mesmo depois que a maioria dos trabalhos de Bill já tinha sido levada do estúdio, Violet continuou indo à Bowery todos os dias. Disse que estava cuidando das miudezas, organizando os objetos pessoais de Bill, sobretudo cartas e livros. Muitas vezes eu a via saindo do prédio de manhã, com uma bolsa de couro pesada no ombro. Só voltava por volta das seis, às vezes sete horas da noite, e com freqüência vinha jantar comigo. Eu cozinhava para ela, e embora minhas habilidades culinárias fossem inferiores às suas, Violet sempre me agradecia calorosamente. Comecei a notar que, durante cerca de meia hora depois que chegava ao meu apartamento, Violet parecia estranha. Seus olhos tinham uma aparência vítrea, um brilho oblíquo que me assustava, principalmente assim que atravessava a porta. Nunca comentei nada, até porque mal saberia como pôr em palavras o que estava vendo. Limitava-me a tratar de amenidades, puxando assunto sobre a comida que estava preparando ou sobre o livro que estava lendo, e então, aos poucos, sua expressão começava a parecer mais familiar e mais presente, como se ela estivesse voltando lentamente ao aqui e agora. Apesar de ter ouvido Violet chorar duas ou três vezes desde a morte de Bill e escutado seus soluços angustiados atravessando o teto de meu quarto à noite, ela nunca tinha chorado na minha frente. Sua força era admirável, mas também tinha um elemento de fragilidade e, ao mesmo tempo, de determinação que volta e meia me deixava aflito. Deduzi que sua severidade fosse blomiana — um traço nórdico herdado de uma longa linhagem de pessoas que acreditavam em sofrer sozinhas.

Talvez tenha sido esse mesmo orgulho que fez com que Violet convidasse Mark para morar com ela. Violet disse a Lucille que, a partir de julho, Mark poderia se mudar para a casa dela e procurar emprego em Nova York. Mark tinha conseguido concluir o ensino médio, mas não se candidatara a nenhuma universidade, e seu futuro estava aberto à sua frente como uma vasta imensidão não mapeada. Quando perguntei a Violet se ela estava se sentindo em condições de tomar conta de Mark, ela se alterou, dizendo que Bill esperaria que ela fizesse isso. Franziu a testa e apertou os lábios, dando a entender que sua decisão estava tomada e que o assunto estava encerrado.

Na véspera da mudança de Mark, já estava ficando tarde e Violet não voltava do estúdio. Ela tinha me ligado de manhã para dizer que queria me levar para jantar num restaurante da vizinhança. "Não compre comida", disse. "Eu passo aí por volta das sete." Às oito, liguei para ela. Seu telefone estava ocupado. Meia hora depois, continuava ocupado. Decidi ir até a Bowery.

A porta do prédio estava escancarada, e quando olhei lá para dentro, vi pela primeira vez o sr. Bob de corpo inteiro. De idade indefinida, ele era um homem de costas curvadas e pernas finas, que contrastavam drasticamente com os braços musculosos. Estava varrendo o hall, e empurrou uma grossa camada de poeira para a calçada, perto dos meus pés. "Senhor Bob?", perguntei.

Sem levantar a cabeça para olhar para mim, ele franziu o cenho na direção do chão.

"Fiquei preocupado com a Violet", eu disse. "Nós tínhamos combinado jantar juntos."

"Veja bem onde pisa", ele recomendou com seu vozeirão.

Assim que cheguei ao topo de escada, ele acrescentou: "Veja bem onde pisa com a Belezura!".

A porta do estúdio também estava aberta, e respirei fundo antes de entrar. A única luz dentro da sala vinha de um abajur em cima da mesa de Bill, que iluminava uma pilha de papéis pousada embaixo da cúpula. Embora eu já tivesse visto o estúdio nu à luz do dia, o escuro da noite parecia ampliar o espaço vazio, pois meus olhos não distinguiam seu perímetro. A princípio não vi ninguém, mas depois, quando olhei na direção das janelas, pensei estar vendo Bill iluminado pela tênue luz que entrava do hall. Quando vi aquela aparição, parei de respirar. O fantasma ressequido de Bill estava de pé em frente a uma das janelas, fumando um cigarro. Estava de costas para mim e usava um boné de beisebol, uma camisa azul de trabalho e uma calça jeans preta. Comecei a andar na sua direção, e, ao ruído dos meus passos, aquele Bill murcho e deformado se virou para mim, e vi que era Violet. Eu nunca tinha visto Violet fumar. Ela segurava o cigarro entre o polegar e o indicador, do jeito que Bill costumava segurar suas guimbas quando só restava pouco mais do que filtro. Violet veio andando na minha direção.

"Que horas são?", perguntou.

"Já passa das nove."

"Nove?", disse ela, como se estivesse tentando gravar o número em seus pensamentos. "Você não devia ter vindo aqui." Deixou o cigarro cair no chão e pisou em cima.

"Nós íamos sair para jantar, lembra?"

Violet olhou para mim e apertou os olhos. "Ah, é." Parecia confusa. "Eu esqueci." Depois de alguns segundos, disse: "Bom, agora você já veio". Olhou para suas roupas e passou a mão numa das mangas da camisa de Bill. "Você está parecendo preocupado. Não fique preocupado. Eu estou bem. Um dia depois que o Bill morreu, eu vim para cá. Queria olhar para o estúdio sozinha. As roupas dele estavam jogadas num canto, e eu encontrei o maço de cigarro em cima da mesa. Guardei as roupas e os cigarros no armário da cozinha. Disse para o Bernie que ali só tinha objetos pessoais e que ele não podia mexer. Depois que o Bernie acabou de organizar os trabalhos do Bill, eu comecei a vir para cá de novo. É o meu trabalho agora — vir para cá e ficar aqui. Um dia, abri o armário da cozinha e peguei a calça, a camisa e os cigarros dele. No início, eu só olhava e tocava neles. O resto das roupas dele ainda está lá em casa, mas elas estão quase todas limpas, e como estão limpas, estão mortas. Estas aqui estão sujas de tinta. Ele trabalhou com elas. E aí, depois de um tempo, eu não queria mais só tocar nelas. Tocar era muito pouco. Eu queria vestir as roupas dele, queria que elas tocassem meu corpo e queria fumar os cigarros. Fumo um por dia. Ajuda muito."

"Violet", eu disse.

Ela agiu como se eu não tivesse dito nada e olhou em volta. Notei que havia uma caixa aberta no chão e tubos de tinta enfileirados perto dela. "Eu me sinto bem aqui", disse Violet.

O desenho que Matt fizera de Jackie Robinson ainda estava pendurado na parede, perto da mesa de Bill. Pensei em perguntar o que ela pretendia fazer com o desenho, mas não perguntei.

Violet se inclinou na minha direção e pôs a mão no meu braço. "Eu estava com medo de que ele morresse", disse. "Eu nunca disse nada para você nem para ninguém, porque a gente sempre tem medo de que as pessoas que a gente ama morram. Não quer dizer nada, na verdade. Mas eu comecei a achar que ele não estava bem. Parecia estar com dificuldade de respirar. Não conseguia dormir. Um dia ele me disse que não gostava de fechar os olhos, porque tinha medo de morrer dormindo. Depois que o Mark roubou o seu dinheiro, ele passou a ficar acordado até tarde, tomando uísque, em vez de ir para a cama. Eu o encontrava cochilando no sofá às três horas da manhã, com a televisão ligada. Em geral, eu tirava os sapatos e a calça dele, trazia um cobertor e deixava que ele dormisse ali mesmo, mas às vezes tentava fazer ele ir para a nossa cama." Violet ficou olhando para o chão por um instante. "Ele estava mal, Leo, estava triste o tempo todo. Falava muito do pai dele, da doença do Dan, de como tinha tentado ajudá-lo, mas nada tinha dado certo. Começou a ficar pensando no filho que nós dois nunca tivemos. Às vezes dizia que a gente devia adotar uma criança, mas depois mudava de idéia e dizia que era muito arriscado, que ele tinha tentado ser um bom pai, mas que obviamente tinha feito tudo errado. Quando estava muito, muito mal, ele citava todas as frases mesquinhas que as pessoas já escreveram sobre ele. Ele não parecia ligar muito para isso antes, mas acho que essas coisas foram se acumulando, sabe. Os críticos foram cruéis demais com ele. Acho que o despeito deles tinha a ver com o fato de existirem pessoas totalmente fanáticas pelo trabalho do Bill, mas ele se esqueceu de todas as coisas boas que aconteceram com ele." Violet ficou olhando para o outro lado da sala e passou a mão na manga da camisa de novo. "Menos de mim. Ele nunca se esqueceu de mim. Eu sussurrava no ouvido dele 'Vem para a cama comigo', e ele botava as mãos no meu rosto e me beijava. Em geral ainda estava um pouco bêbado, e dizia 'Minha querida, eu te amo tanto' e outras coisas melosas. Os últimos meses foram melhores. Ele parecia feliz com as crianças e os vídeos. Eu realmente achei que esse projeto o manteria vivo." Violet virou o rosto para a parede. "Cada dia fica mais difícil voltar para casa. Eu só quero ficar aqui, perto dele."

Violet tirou o maço de Camel do bolso da camisa de Bill. Acendeu um cigarro e, enquanto sacudia o fósforo, disse: "Vou fumar mais um hoje". Soprou um longo fio de fumaça pela boca. Depois, ficamos calados por quase um minuto. Meus olhos se acostumaram com o escuro e a sala começou a parecer mais clara. Examinei os tubos de tinta no chão.

Violet quebrou o silêncio. "Tem uma coisa que eu queria que você ouvisse. Uma mensagem na secretária eletrônica. Eu ouvi o recado no mesmo dia em que encontrei as roupas." Foi andando até a mesa e apertou o botão da secretária algumas vezes. Uma voz de garota disse: "O M&M sabe que eles mataram-me". E só.

Por um segundo, ouvi o início de outra mensagem com a voz de Bernie, mas Violet desligou o aparelho. "O Bill ouviu essa mensagem antes de morrer. A luz da secretária não estava piscando. Ele deve ter ouvido os recados assim que chegou aqui."

"Mas essa mensagem não faz o menor sentido."

Violet balançou a cabeça. "Eu sei, mas eu acho que é a mesma garota que ligou para mim naquela noite para falar sobre o Giles. Mas o Bill não tinha como saber disso, porque não falou com ela." Violet olhou para mim e pôs a mão sobre a minha. "Eles chamam o Mark de M&M, você sabia?"

"Sabia."

Violet apertou minha mão com força e senti que ela estava tremendo.

"Ah, Violet..."

Minha voz pareceu fazê-la desmoronar. Seus lábios começaram a tremer, seus joelhos vergaram e ela se atirou em meus braços. Eu a abracei, enquanto ela me segurava pela cintura e afundava o rosto em meu pescoço. Tirei o boné de beisebol de sua cabeça e beijei seus cabelos só uma vez. Enquanto segurava seu corpo trêmulo e ouvia seus soluços, eu sentia o cheiro de Bill — cigarro, terebintina e serragem.

Em Mark, o luto assumiu a forma de um esvaziamento. Seu corpo me fazia lembrar um pneu vazio, achatado e flácido. Mark parecia incapaz de erguer a cabeça ou levantar a mão, a não ser à custa de um esforço tremendo. Quando não estava trabalhando em seu emprego de vendedor numa livraria local, estava deitado no sofá, plugado ao seu walkman, ou se arrastando lerdamente de um cômodo para outro, comendo biscoito ou mastigando algum caramelo ou chocolate. Passava o dia e quase a noite inteira mordiscando, mascando e deglutindo porcarias, e deixava um rastro de celofane, plástico e papelão atrás de si. O jantar tinha pouco interesse para ele, que beliscava um pouco e depois deixava a maior parte da comida no prato. Violet nunca disse uma palavra sobre os hábitos alimentares de Mark. Imagino que tivesse decidido que, se Mark queria lidar com a perda do pai se empanturrando de bobagens, não era ela que iria impedi-lo.

Apesar de Violet também não comer quase nada durante o jantar, compartilhar aquela refeição tornou-se um hábito que persistiu até o início do ano seguinte. Preparar a comida era um ritual importante, que definia o dia para nós três. Eu fazia as compras e preparava a maior parte da refeição. Violet picava os legumes, e Mark dava um jeito de se manter de pé até a hora de pôr a louça dentro da lavadora. Terminada sua tarefa, Mark se deitava no sofá e ficava vendo televisão. Violet e eu às vezes nos juntávamos a ele, mas depois de algumas semanas aqueles *sitcoms* debilóides e dramas sangrentos, quase sempre sobre estupradores e assassinos em série, começaram a me irritar, e eu então me despedia e descia para meu apartamento, ou ficava lendo num canto da sala.

De minha poltrona, eu observava os dois juntos. Mark segurava a mão de Violet ou pousava a cabeça no peito dela. Punha as pernas em cima das dela ou enroscava-se no sofá com a cabeça no colo dela. Se seus gestos não fossem tão infantis, talvez eu os achasse impróprios, mas quando se aninhava ao corpo de sua madrasta, Mark me fazia lembrar de um imenso garotinho de dois anos, exausto após um longo dia na escola maternal. Eu interpretava seu grude com Violet como mais uma reação provocada pela morte de Bill, embora já tivesse visto Mark encostado a seu pai e a Violet de uma forma muito parecida antes. Quando meu pai morreu, eu me esforcei muito para bancar o homem da casa com minha mãe. Depois de algum tempo, minha atuação começou a parecer real e, por fim, acabou se tornando real de fato. Por volta de um ano após a morte de meu pai, voltei da escola para casa e encontrei minha mãe sentada na sala de nosso apartamento. Ela estava curvada, com as mãos no rosto. Quando cheguei perto dela, percebi que tinha chorado. Com exceção do dia em que meu pai morreu, eu nunca vira nem ouvira minha mãe chorar, e quando ela levantou o rosto inchado e vermelho na minha direção, tive a impressão de estar olhando para uma estranha, e não para minha mãe. Em seguida, vi um álbum de fotografias pousado em cima de uma mesa ao lado dela. Perguntei se ela estava bem. Ela segurou minhas mãos e respondeu, primeiro em alemão e depois em inglês: "*Sie sind alle tot.* Todos eles estão mortos". Então me puxou para perto dela e encostou o rosto logo acima do meu cinto, e eu lembro que a pressão de sua cabeça fez com que a fivela do cinto afundasse em minha pele e me beliscasse. Foi um abraço desconfortável, mas não movi um músculo e fiquei aliviado por ela não estar chorando. Ela me abraçou com força por quase um minuto, mas durante aquele minuto me senti estranhamente lúcido, como se de repente estivesse vendo com absoluta clareza não só tudo que estava à minha volta naquela sala, como também além dela. Apertei os ombros de minha mãe para fazêla entender que eu a protegeria. Quando me soltou, ela estava sorrindo.

Eu tinha dezoito anos na época, era uma grande sumidade em coisa nenhuma, um garoto que conseguia tirar boas notas mas que penava para viver um dia depois do outro. Mesmo assim, minha mãe entendeu minha intenção de ser alguém na vida, e tudo se estampou em seu rosto — orgulho, tristeza e uma pontinha de riso diante do meu acesso de macheza. Fiquei me perguntando se Mark algum dia conseguiria se livrar de seu torpor e consolar Violet, mas a verdade era que eu não entendia o que estava por trás de sua letargia. Mark parecia carente mas não reclamava a atenção de ninguém, e seu cansaço constante parecia mais tédio do que a paralisia de alguém que acabou de sofrer um trauma. Eu às vezes ficava em dúvida sobre se ele realmente tinha entendido que seu pai nunca mais voltaria. Não me parecia impossível que ele tivesse escondido a verdade em algum lugar dentro de si, numa região inacessível a seus pensamentos conscientes. Seu rosto parecia tão intocado pela dor que cheguei a pensar que Mark havia desenvolvido uma imunidade à própria idéia de mortalidade.

Nas semanas que se seguiram à sua crise de choro no estúdio, Violet passou a falar mais abertamente de sua tristeza e seu corpo começou a perder um pouco da rigidez. Continuava indo para a Bowery todas as manhãs e, embora não falasse nada sobre o que fazia lá, uma vez me disse: "Estou fazendo o que tenho que fazer". Eu tinha certeza de que, quando chegava ao estúdio, Violet vestia as roupas de Bill, fumava seu cigarro diário e fazia fosse lá o que fosse naquela sala em honra à morte do marido. Acredito que fora de casa Violet se permitia chorar tudo o que tinha para chorar, mas, assim que voltava para junto de Mark, fazia o máximo que podia para cuidar bem dele. Arrumava sua bagunça, lavava suas roupas e limpava o apartamento. À noite, quando eu olhava para ela sentada ao lado de Mark em frente à televisão, dava para perceber que ela não estava vendo programa nenhum. Queria apenas ficar perto dele. Enquanto acariciava a cabeça ou o braço de Mark, Violet muitas vezes nem sequer olhava para a televisão, desviando os olhos para um canto da sala. Raramente, porém, parava de acariciá-lo, e eu comecei a achar que, apesar da dependência infantil de Mark, Violet precisava tanto dele quanto ele dela, ou talvez mais ainda. Em duas ou três ocasiões, os dois adormeceram juntos no sofá. Como eu sabia que Violet às vezes passava noites inteiras sem conseguir dormir, não os acordava. Saía do apartamento sem fazer barulho e fechava a porta devagar.

Não esqueci que Mark tinha roubado meu dinheiro, mas depois que Bill morreu era como se o roubo pertencesse a uma outra era, a um tempo em que as delinqüências de Mark ocupavam mais espaço dentro de mim. A verdade era que a minha raiva já fora dissipada pelo sofrimento de Bill. Bill se penitenciara no lugar de Mark, assumira aquela culpa como se fosse dele. Sua expiação se transformara numa espécie de autoflagelo e ele conseguira transformar o sumiço de meus sete mil dólares em seu fracasso como pai. Eu não queria a penitência de Bill. Queria que Mark pedisse desculpas, mas isso ele nunca fez. Mark fizera alguns pagamentos semanais, entregues em parcelas de dez, vinte ou trinta dólares, mas quando Bill já não estava mais lá para supervisionar a transação, o dinheiro parou de vir, e eu não estava com disposição para cobrar nada. Assim, quando Mark apareceu diante de minha porta numa sexta-feira no início de agosto e me entregou um total de cem dólares, eu obviamente fiquei espantado.

Mark não se sentou depois de ter me entregado as notas; encostou-se na beirada de minha mesa e olhou para o chão. Fiquei esperando que ele dissesse alguma coisa, e depois de uma longa pausa ele olhou para mim e disse: "Eu vou te devolver centavo por centavo. Tenho pensado muito sobre isso".

Mark ficou em silêncio novamente, e decidi não ajudá-lo lhe dando algum tipo de resposta.

"Quero fazer o que o papai gostaria que eu fizesse", ele disse por fim. "Eu não consigo acreditar que nunca mais vou ver o meu pai. Nunca pensei que ele fosse morrer antes de eu mudar."

"Mudar? Como assim?"

"Eu sempre soube que um dia eu ia mudar. Sabe, fazer o que é certo, entrar para a faculdade, casar, construir uma família, essas coisas todas. Eu imaginava que o meu pai ia ter orgulho de mim e que a gente ia poder esquecer todas as coisas ruins que aconteceram e voltar a ser como antes. Eu sei que fiz o meu pai sofrer, e isso está me deixando muito chateado agora. Eu às vezes não consigo dormir."

"Você dorme o tempo todo, Mark."

"Não durante a noite. Eu fico acordado na cama, pensando no meu pai, e essas coisas me vêm à cabeça. Ele era a melhor coisa da minha vida. A Violet é muito legal comigo, mas ela não é como o meu pai. Ele acreditava em mim, ele sabia que, lá no fundo, eu tenho muita coisa boa dentro de mim, e isso fazia toda a diferença. Eu pensei que fosse ter tempo de provar para ele que ele tinha razão."

Lágrimas começaram a escorrer dos olhos de Mark, rolando por suas bochechas em dois fios límpidos e contínuos de líquido. Mark não fazia ruído nenhum e sua expressão não se alterou, e me dei conta de que nunca tinha visto uma pessoa chorar daquele jeito. Ele não fungava, não soluçava, mas produzia um bocado de líquido. "O meu pai me amava muito", acrescentou.

Então eu balancei a cabeça. Até aquele momento, tinha me mantido distante, adotando a atitude firme e desconfiada que aprendera a usar com ele, mas senti que estava começando a fraquejar.

"Eu vou mostrar pra você", disse Mark, com uma voz alta e decidida. "Vou mostrar pra você porque não posso mostrar para o meu pai, e você vai ver..." Encostou o queixo no peito e ficou olhando para o chão, apertando os olhos por causa das lágrimas que continuavam a escorrer. "Por favor, acredite em mim", disse, com a voz trêmula de emoção. "Por favor, acredite em mim."

Levantei da minha cadeira e fui até ele. Quando Mark ergueu a cabeça para olhar para mim, eu vi Bill. A semelhança surgiu de repente, um lampejo de reconhecimento que evocava o pai no filho. Aquilo me pegou desprevenido e, nos segundos que se seguiram, senti a perda de Bill no meu corpo, como uma dor na boca do estômago que me subia pelo peito e parecia capaz de me asfixiar. Mark e Violet tinham mais direito do que eu de sofrer por Bill, e eu ocultara minha dor em respeito a eles, escondera até de mim mesmo a extensão de minha infelicidade. E então, como um espectro, Bill reapareceu em Mark por um instante e desapareceu logo em seguida. De repente, eu só queria ter Bill de volta, e o fato de não poder tê-lo de volta me enfureceu. Minha vontade era encher Mark de porrada e gritar para que ele me devolvesse Bill. Era como se eu acreditasse que Mark tivesse o poder de fazer isso, já que fora ele quem acabara com a vida do pai, fora ele quem o matara de preocupação, de angústia e de medo, e que aquela era a hora de reverter a história e trazer Bill de volta à vida. Eram idéias delirantes, e percebi perfeitamente como eram insanas quando parei diante de Mark e me dei conta de que ele tinha acabado de me dizer que reconhecia sua culpa e que queria que tudo fosse diferente dali por diante. Eu tinha cem dólares na minha mão. Mark balançava a cabeça para a frente e para trás, repetindo seu refrão: "Por favor, acredite em mim". Quando abaixei os olhos, vi que pequenas poças de lágrimas tinham se formado nos tênis dele, entre o bico e o cadarço. "Eu acredito em você", eu disse, com uma voz que soou estranha, não porque estivesse embargada de emoção, mas porque seu tom era controlado e normal e nem de longe representava o que eu estava sentindo. "O seu pai", eu disse a Mark, "era mais importante para mim do que você pode imaginar. Ele significava muito para mim." Era uma frase boba, banal, mas quando eu disse aquelas palavras tive a sensação de que tinham a força de uma verdade que eu vinha mantendo em segredo fazia algum tempo.

O sumiço de Mark no fim de semana seguinte teve um quê de reencenação. Ele nos disse que estava indo visitar a mãe. Violet lhe deu dinheiro para o trem e levou-o até a estação. No dia seguinte, Violet descobriu que duzentos dólares haviam sumido de sua bolsa e telefonou para Lucille, mas Lucille não estava sabendo de nada sobre a suposta visita de fim de semana. Três dias depois, Mark reapareceu na Greene Street e jurou de pés juntos que não pegara dinheiro nenhum. Enquanto Violet chorava, eu me pus a seu lado e, na ausência de Bill, fiz o papel de pai decepcionado, o que na verdade não exigiu nenhuma representação de minha parte, já que apenas uma semana antes eu de fato acreditara que Mark estava sendo sincero quando ele dissera o que dissera. Comecei a desconfiar de que eram exatamente esses momentos que desencadeavam as recaídas de Mark, de que para encenar uma traição ele precisava primeiro convencer alguém de sua inabalável sinceridade. Como uma perfeita máquina de repetição, Mark era levado a fazer de novo tudo o que fizera antes: mentir, roubar, sumir, reaparecer e, por fim, depois de acusações, crises de fúria e lágrimas, reconciliar-se com sua madrasta.

A proximidade e a confiança estão estreitamente relacionadas. Eu vivia perto de Mark. Esse contato direto inundava meus sentidos e mexia com minhas emoções. Quando estava a apenas centímetros de distância dele, eu inevitavelmente acreditava pelo menos em parte do que ele me dizia. Não acreditar em nada significaria me afastar completamente, me separar não só de Mark, mas também de Violet, e eu organizava meus dias em função dos dois. Enquanto lia, trabalhava e fazia compras para o jantar, eu antegozava a atmosfera da noite — a comida, a expressão estranha e enlevada de Violet quando voltava do estúdio, as conversas de Mark sobre DJs e música techno, a mão de Violet em meu braço e no meu ombro, seus lábios em meu rosto quando eu lhe dava boa-noite e o cheiro que ela emanava — aquela mistura dos cheiros de Bill com a pele e o perfume dela.

Para mim e talvez também para Violet, a recaída de Mark em seu antigo padrão de comportamento e o castigo imposto por Violet — Mark estava mais uma vez proibido de sair de casa — tinham a qualidade sofrível do mau teatro. Víamos o que estava acontecendo, mas a história e o diálogo eram tão afetados e tão familiares que nossas emoções ficavam parecendo meio absurdas. Acho que era esse o problema. Não que tivéssemos parado de sofrer com os delitos de Mark, mas agora tínhamos consciência de que nosso sofrimento fora provocado pela pior espécie de manipulação. Tínhamos caído, mais uma vez, na mesma velha trama de mau gosto. Violet tolerava as perfídias de Mark não só porque o amava, mas também porque não tinha forças para encarar o que suas novas traições significavam.

Três semanas depois, Mark desapareceu de novo. Dessa vez, levou um cavalinho *han* de minha estante e a caixa de jóias de Violet. Dentro da caixa, havia pérolas que tinham sido da mãe de Violet e um par de brincos de safira e diamante que Bill lhe dera no último aniversário de casamento dos dois. Só os brincos valiam quase cinco mil dólares. Não sei como Mark conseguiu surrupiar o cavalo de meu apartamento; não era muito grande, e ele poderia tê-lo levado numa hora em que eu não estava olhando, mas o fato é que só notei que não estava mais lá no dia seguinte ao sumiço de Mark. Só que Mark não reapareceu dois dias depois. Quando Violet ligou para a livraria em que ele trabalhava para perguntar se eles o tinham visto, o gerente disse que Mark não aparecia lá fazia semanas. "No primeiro dia em que ele faltou, eu tentei telefonar, mas o número que ele nos deu não funcionava. E quando procurei William Wechsler na lista telefônica, o número não era fornecido. Acabei contratando outra pessoa."

Violet esperou Mark voltar. Três dias se passaram, depois quatro, e a cada dia Violet parecia ficar menor. A princípio, pensei que seu encolhimento fosse uma ilusão, uma metáfora visual que expressava nosso nervosismo pela ausência de Mark, mas no quinto dia notei que a calça de Violet, de tão larga, estava lhe escorregando cintura abaixo e que as curvas familiares de seu colo, de seus ombros e de seus braços estavam bem menos generosas. Naquela noite, durante o jantar, insisti para que ela tentasse comer alguma coisa, mas ela sacudiu a cabeça, dizendo que não, e seus olhos se encheram de lágrimas. "Eu liguei para a Lucille e para todos os colegas de escola do Mark. Ninguém sabe onde ele está. Eu estou com medo de que ele tenha morrido." Violet se levantou, abriu o armário da cozinha e começou a tirar todas as xícaras e pratos. Durante duas noites seguidas, vi Violet limpar os armários, polir os pisos, lavar os banheiros e raspar manchas de sujeira de debaixo do fogão com uma faca. Na terceira noite, quando bati em sua porta com uma sacola cheia de compras para nosso jantar, Violet me recebeu com luvas de borracha nas mãos e um balde cheio de água e sabão pendurado no braço. Eu nem disse oi. "Violet, pare com isso. Pare de limpar. Já chega." Depois de olhar para mim com ar de surpresa, ela largou o balde no chão. Entrei, fui até o telefone e liguei para a casa de Lazlo, em Williamsburg.

Meia hora depois, Lazlo tocou a campainha do porteiro eletrônico. Quando apertou o botão do interfone e ouviu a voz de Lazlo, Violet soltou uma interjeição de espanto. Os engarrafamentos, pontes obstruídas e linhas lentas do metrô, que retardavam o deslocamento de todo e qualquer habitante de Nova York, não pareciam ser obstáculo para Lazlo Finkelman. "Você veio voando?", perguntou Violet quando abriu a porta. Lazlo deu um leve sorriso, entrou na sala e sentou. Só olhar para Lazlo já tinha um efeito calmante sobre mim. O penteado, os enormes óculos pretos e o rosto comprido e impassível que eram tão familiares me tranqüilizaram antes mesmo de ele dizer que iria investigar o desaparecimento de Mark. "Tome nota do tempo que você gastar e eu te pago as horas extras no fim da semana", Violet lhe disse.

Lazlo deu de ombros.

"Estou falando sério", insistiu Violet.

"Eu vivo rodando por aí mesmo." Depois dessa declaração vaga, Lazlo acrescentou, dirigindo-se a Violet: "O Dan pediu para eu te dizer que ele está escrevendo uma peça para você".

"Ele me contou que tem te ligado", disse Violet. "Espero que ele não esteja te incomodando demais."

Lazlo fez que não. "Eu consegui convencê-lo a ler só um poema por dia."

"Ele lê poemas para você pelo telefone?", perguntei.

"Lê, mas eu disse para ele que só consigo ouvir um por dia, porque senão pode me dar uma sobrecarga de inspiração."

"Você é um anjo, Lazlo", disse Violet.

Lazlo apertou os olhos por detrás dos óculos. "Não sou, não." Quando levantou o dedo na direção do teto, reconheci o gesto de Bill. "Cantem bem alto", recitou Lazlo, "Para o rosto morto. Batam com força nos ouvidos surdos. Pulem sobre o cadáver até que ele acorde."

"Coitado do Dan", disse Violet. "O Bill não vai acordar."

Lazlo se inclinou para a frente. "O Dan me disse que esse poema era sobre o Mark."

Violet ficou olhando fixamente para Lazlo por alguns segundos e então baixou os olhos.

Depois que Lazlo foi embora, comecei a preparar o jantar. Enquanto eu cozinhava, Violet ficou sentada à mesa, em silêncio. De vez em quando, puxava o cabelo para trás ou passava a mão pelo braço, mas quando pus os pratos de comida na mesa, ela disse: "Amanhã eu vou ligar para a polícia. Ele sempre voltou para casa das outras vezes".

"Amanhã você pensa nisso. O que você tem que fazer agora é comer."

Violet olhou para seu prato. "Não é engraçado? Eu passei minha vida inteira me policiando para não engordar demais. Eu costumava comer quando estava triste, mas agora simplesmente não consigo engolir. Eu olho para a comida e só vejo uma coisa cinza."

"Não tem nada de cinza aqui", protestei. "Olhe só para essa costeleta maravilhosa, olha que tonalidade linda de marrom ela tem. Olhe para essas ervilhas cor de jade. Agora sinta o contraste do marrom e do verde com a palidez do purê de batatas. Ele não é exatamente branco, mas tingido de um leve amarelo. E eu pus a fatia de tomate perto das ervilhas justamente por causa da cor — um vermelho vivo para alegrar o prato e dar prazer aos seus olhos." Mudei para a cadeira ao lado da dela. "Mas a satisfação visual, minha querida, é só o começo do banquete."

Violet continuou olhando taciturnamente para o prato. "E depois de escrever um livro inteiro sobre distúrbios alimentares...", acrescentou.

"Você não está me ouvindo", eu disse.

"Estou sim."

"Então, relaxa. Nós estamos aqui para jantar. Tome um pouco de vinho."

"Mas você não está comendo, Leo. A sua comida está ficando fria."

"Eu posso comer depois." Peguei o copo de Violet e o levei até sua boca. Ela tomou um golinho. "Olha só para isso, o seu guardanapo ainda está dobrado em cima da mesa." Com o gestual floreado e pretensioso de um maître, peguei o guardanapo por uma das pontas, sacudi-o no ar e deixei que ele caísse sobre o colo de Violet.

Ela sorriu.

Debrucei-me sobre seu prato, apanhei o garfo e a faca, cortei um pedaço pequeno da costeleta e depois acrescentei um pouco de purê à garfada.

"O que você está fazendo, Leo?"

Quando levantei o garfo, ela se virou para mim, e vi duas rugas se formarem entre suas sobrancelhas. Sua boca tremeu de leve, e pensei que ela fosse começar a chorar, mas ela não chorou. Levei o garfo até seus lábios, balancei a cabeça para incentivá-la enquanto ela hesitava, e então ela abriu a boca como uma criancinha e eu lhe dei o pedaço de carne com purê.

Violet deixou que eu lhe desse comida na boca. Eu enchia o garfo bem devagar, dando bastante tempo para que ela mastigasse e engolisse, descansasse ou tomasse um gole de vinho entre uma garfada e outra. Acho que minha vigilância fez com que ela comesse mais cerimoniosamente do que costumava, pois mastigava devagar e de boca fechada, só deixando entrever sua leve dentuça quando abria a boca para pegar mais comida. Ficamos os dois em silêncio durante os primeiros minutos, enquanto eu fingia que não estava vendo seus olhos úmidos nem ouvindo o barulho que ela fazia cada vez que engolia. A garganta dela devia estar apertada de nervoso, pois sua deglutição era bastante ruidosa, e Violet corava de leve depois de engolir, envergonhada do barulho que fazia. Comecei a falar para distraí-la — bobagens basicamente, num fluxo de livres associações culinárias. Falei de uma massa com molho de limão que comera em Siena sob um céu cheio de estrelas e dos vinte tipos diferentes de arenque que Jack ingerira em Estocolmo. Falei de lulas e de sua tinta índigo num risoto veneziano, da operação clandestina de trazer queijo não pasteurizado para Nova York e de um porco que eu vira uma vez no Sul da França que fungava enquanto farejava trufas. Violet não disse uma palavra, mas seus olhos se desanuviaram e leves sinais de riso começaram a se desenhar nos cantos de sua boca quando lhe contei sobre um maître de um restaurante local que tropeçou e caiu em cima de uma velhinha quando corria para cumprimentar um astro de cinema que acabara de entrar no salão.

No final, sobrou no prato apenas a fatia de tomate. Espetei-a e levei-a à boca de Violet, mas quando enfiei a fatia gelatinosa entre seus lábios, algumas sementes e um pouco do suco do tomate escaparam e escorreram por seu queixo. Apanhei o guardanapo e limpei seu rosto cuidadosamente. Violet fechou os olhos, inclinou a cabeça um pouco para trás e sorriu. Quando abriu os olhos, ainda estava sorrindo. "Obrigada", disse. "A comida estava deliciosa."

No dia seguinte, Violet deu queixa do desaparecimento de Mark à polícia e, embora não tenha mencionado o roubo à pessoa que a atendeu pelo telefone, não escondeu que Mark já havia sumido outras vezes. Telefonou para Lazlo, mas ele não estava em casa. No final daquela mesma tarde, depois de ter passado apenas duas ou três horas no estúdio, Violet me convidou para ir ao seu apartamento ouvir os trechos de suas fitas que estavam relacionados a Teddy Giles. "Eu tenho a sensação de que Mark está com Giles", disse, "mas o número dele não está na lista telefônica e a galeria não quis me fornecer." Quando nos sentamos em seu escritório para ouvir as fitas, notei que o rosto abatido de Violet adquirira uma expressão de interesse e que seus gestos tinham uma vivacidade que eu não via fazia semanas.

"Essa é uma garota que se autodenomina Virgina", disse Violet, "com ênfase no segundo *i*, como em 'vagina'."

Uma voz de moça nova começa a falar no meio de uma frase. "... uma família. É assim que a gente se vê. E o Teddy é como se fosse o chefe da família, entende, porque ele é mais velho do que a gente."

A voz de Violet a interrompe. "Quantos anos ele tem exatamente?"

"Vinte e sete."

"Você sabe alguma coisa sobre a vida dele, antes de ele vir para Nova York?"

"Ele me contou a história toda. Ele nasceu na Flórida. A mãe dele morreu, e ele nunca conheceu o pai. Ele foi criado por um tio, que batia nele o tempo todo, e aí ele fugiu para o Canadá. Trabalhou um tempo como carteiro por lá e depois veio para cá e começou a se apresentar em boates e a se envolver com arte."

"Eu já ouvi várias versões diferentes da história da vida dele", comenta Violet.

"Eu sei que essa é a verdadeira por causa da maneira como ele me contou. Ele ficou supertriste, sabe, tipo superemocionado quando estava falando da infância dele."

Violet menciona o boato de que Teddy teria cortado o dedo de Rafael.

"Eu também ouvi essa história, mas não acredito. Tem um garoto que a gente chama de Sapo, sabe, porque ele tem a cara cheia de espinha — era ele que estava espalhando essa história. Você sabe o que mais que ele disse? Ele disse que o Teddy tinha matado a própria mãe. Disse que ele tinha empurrado a mãe escada abaixo, só que ninguém descobriu, porque ficou parecendo um acidente. O Teddy diz esse tipo de coisa para criar um clima para o número da Sandra, a Monstra, mas ele é um cara superdoce na verdade. O Sapo é que é um idiota. Como é que o Teddy pode ter matado alguém que morreu antes mesmo de ele nascer?"

"A mãe dele não pode ter morrido *antes* de ele nascer."

Silêncio. "Não, eu quis dizer logo depois que ele nasceu, na verdade. Mas o que importa é que o Teddy é um amor de pessoa. Ele me mostrou a coleção que ele tem de saleiros e pimenteiros — gente, é a coisa mais fofinha que eu já vi! Tem uns de bichinhos, outros de flores, e tem um que são dois homenzinhos minúsculos tocando violão, com buracos na cabeça para o sal e para a pimenta..."

Violet parou o gravador e avançou a fita. "Agora eu quero que você ouça o que diz um garoto chamado Lee. Eu não sei quase nada sobre ele, só sei que é sozinho. Talvez tenha fugido de casa." Violet apertou de novo o botão do gravador e Lee começou a falar. "O Teddy é pró-liberdade, cara. É isso que eu admiro nele — ele é a favor da auto-expressão, da conscientização. Ele luta contra toda essa merda de normalidade e mostra a realidade como ela é. A nossa sociedade é uma mentira e ele sabe disso. A arte dele me dá arrepios, cara. É real, entende."

"O que exatamente você quer dizer com 'real'?", pergunta Violet.

"Quero dizer real mesmo, cara, honesta."

Silêncio.

"Eu vou te contar uma coisa", continuou Lee. "Quando eu não tinha lugar nenhum para ir, foi o Teddy que me deu um teto. Sem ele, eu estaria mijando nas ruas até hoje."

Violet avançou a fita mais uma vez. "Essa é a Jackie." Ouvi uma voz de homem. "O Giles é um porco, meu amor, um mentiroso, um falso. E eu te digo isso com conhecimento de causa. O artifício é a minha vida. Este corpinho maravilhoso que você está vendo não veio de graça. Fui eu que fiz quem eu sou hoje, mas quando digo que ele é falso, eu quero dizer falso por dentro. Aquele verme tem uma pedra falsa no lugar da alma. Aquela Sandra, a Monstra — aquilo é a maior empulhação que eu já vi." A voz de Jackie se elevou num falsete dinâmico. "Aquele número é feio, é cruel e é estúpido, e eu vou te dizer, Violet, eu fico chocada, absolutamente chocada que isso não fique claro e cristalino para qualquer pessoa que tenha no mínimo um neurônio na cabeça."

Violet parou o gravador. "Isso é tudo o que eu tenho sobre Teddy Giles. Não ajuda muito, não é?"

"Você chegou a perguntar ao Mark sobre aquela mensagem esquisita que estava na secretária do Bill?"

"Não."

"Por que não?"

"Porque eu sabia que, se houvesse alguma coisa por trás daquilo, ele não iria me contar, e eu não queria que ele ficasse achando que o enfarte do Bill teve algo a ver com a mensagem."

"Você acha que teve?"

"Eu não sei."

"Você acha que o Bill sabia de alguma coisa que a gente não sabe?"

"Se sabia, ele só descobriu naquele dia. Ele não teria escondido nada de mim, disso eu tenho certeza."

Eu não tive de dar comida na boca de Violet naquela noite. Preparamos o jantar juntos em meu apartamento para variar, e ela comeu toda a massa que estava em seu prato. Depois que enchi seu copo de vinho pela segunda vez, ela perguntou: "Eu já te falei alguma vez da Blanche Wittmann? Acho que o nome verdadeiro dela era Marie Wittmann, mas ela é mais conhecida como Blanche".

"Acho que não, mas esse nome me soa familiar."

"As pessoas a chamavam de 'a rainha das histéricas'. Ela era uma estrela nas demonstrações de histeria e hipnose do Charcot. Essas demonstrações faziam o maior sucesso, sabe? Toda a sociedade elegante de Paris aparecia para ver aquelas senhoras piarem feito passarinhos, pularem numa perna só e serem espetadas por alfinetes. Mas depois que o Charcot morreu, a Blanche nunca mais teve um ataque histérico."

"Você está querendo dizer que ela tinha os ataques por causa dele?"

"Ela adorava o Charcot e queria agradá-lo, então dava a ele o que ele queria. Os jornais muitas vezes a comparavam a Sarah Bernhardt. Depois que o mestre morreu, ela não quis sair do Salpêtrière. Ficou por lá e acabou virando técnica de radiologia. O raio X ainda estava nos primórdios. Ela morreu contaminada pela radiação. Foi perdendo os membros um a um."

"Tem alguma razão para você estar me contando essa história?"

"Tem. A impostura, a dissimulação, a mentira e a suscetibilidade à hipnose eram consideradas sintomas da histeria. Lembra um pouco o Mark, não lembra?"

"Sim, mas o Mark nunca teve paralisias nem ataques, teve?"

"Não, mas não é assim que a gente quer que ele se comporte, é? O Charcot queria que as mulheres representassem, e elas representavam. Nós queremos que o Mark seja uma pessoa que se importa com os outros e, quando ele está perto da gente, é isso que ele dá a impressão de ser. Ele faz o número que ele acha que a gente quer."

"Mas o Mark não está hipnotizado, e eu não acho que a gente possa chamá-lo de histérico."

"Eu não estou dizendo que o Mark é histérico. A terminologia médica vive mudando. As doenças se sobrepõem. Uma coisa se transforma em outra. A hipnose só diminui a resistência da pessoa à sugestão. E eu desconfio que o Mark já não tenha mesmo muita resistência, para início de conversa. O que eu estou querendo dizer é uma coisa muito simples. Nem sempre é muito fácil separar o ator do número que ele faz."

No dia seguinte, Lazlo ligou para Violet. Ele tinha passado duas longas noites percorrendo boates, indo da Limelight ao Club USA e depois ao Tunnel, onde colhera várias informações contraditórias. O consenso geral, no entanto, era que Mark estava viajando com Teddy Giles, que estava ou em Los Angeles ou em Las Vegas. Ninguém sabia ao certo. Às três da manhã, Lazlo topara com Teenie Gold. Teenie dera a entender que sabia de muita coisa, mas recusara-se a revelar o que quer que fosse a Lazlo. Dissera a ele que a única pessoa com quem falaria, agora que Bill já não estava mais entre nós, era o "tio Leo". Ela estava disposta a me contar "a história toda" se eu fosse a sua casa às quatro horas da tarde do dia seguinte. Quando fiquei sabendo disso, o "dia seguinte" já tinha virado hoje, e às três e quinze, munido de um endereço na 76 com a Park Avenue, saí de casa para cumprir minha curiosa missão.

Depois de me anunciar, um porteiro me conduziu por um elegante saguão até o elevador, que se abriu automaticamente no sétimo andar. Uma mulher, que me pareceu ser filipina, abriu a porta para mim. Do hall, entrevi um vasto apartamento que parecia ter sido quase todo decorado num tom muito claro de azul, com detalhes em dourado. Teenie surgiu de detrás de uma porta que dava para um corredor, deu alguns passos na minha direção, parou e olhou para o chão. A feiúra luxuosa do apartamento parecia engoli-la, como se ela fosse pequena demais para aquele espaço.

"Susie", disse Teenie, dirigindo-se à mulher que abrira a porta. "Esse é o tio do Mark."

"Bom menino, o Mark", disse Susie. "Muito meigo."

Sem olhar para mim, Teenie disse: "Vem comigo. Vamos conversar no meu quarto".

O quarto de Teenie era pequeno e bagunçado. A não ser pela cortina de seda amarela na janela, seu santuário tinha pouco a ver com o resto do apartamento. Saias, vestidos, camisetas e roupas íntimas estavam jogadas em cima de uma cadeira estofada, e, atrás da cadeira, vi as asas de Teenie parcialmente esmagadas por uma pilha de revistas. Potes, vidros de perfume e pequenos estojos de maquiagem cobriam a escrivaninha, além de loções, cremes e alguns livros escolares. Quando olhei para uma prateleira, notei uma caixa de Lego, ainda embalada por uma capa de plástico, exatamente como a que eu tinha visto no quarto de Mark.

Teenie sentou na beirada da cama e ficou olhando para os joelhos, enquanto enterrava os pés descalços no carpete.

"Eu não sei bem por que você quis falar comigo, Teenie."

Com uma voz muito baixa e aguda, ela respondeu: "É que você foi legal comigo naquele dia que eu caí".

"Sei. Nós estamos muito preocupados com o Mark, sabe? O Lazlo ouviu dizer que ele talvez esteja em Los Angeles."

"Eu ouvi falar que era em Houston."

"Houston?"

Teenie continuava a examinar os joelhos. "Eu estava apaixonada por ele", disse.

"Pelo Mark?"

Ela balançou a cabeça vigorosamente e fungou. "Eu achei que estava, pelo menos. Ele me dizia um monte de coisas que me faziam sentir livre, corajosa e meio louca. Foi muito bom durante um tempo. Eu realmente pensei que ele me amasse, sabe?" Teenie me encarou durante meio segundo e depois abaixou os olhos de novo.

"E o que foi que aconteceu?", perguntei.

"Acabou."

"Mas o namoro de vocês acabou já faz um bom tempo, não é?"

"Não. Nós ficamos juntos dois anos inteiros. Às vezes a gente se separava, mas logo depois ficava supergrudado de novo."

Lembrei-me de Lisa. Essa era a época em que Mark estava namorando Lisa. "Mas nós ficamos um tempão sem ver você", comentei.

"O Mark me disse que os pais dele não queriam que eu fosse à casa deles."

"Isso não é verdade. Ele estava de castigo em casa, mas seus amigos podiam visitá-lo."

Teenie começou a balançar a cabeça para a frente e para trás, e vi uma enorme lágrima escorrer de um de seus olhos. Ela deve ter balançado a cabeça durante uns vinte segundos, enquanto eu tentava encorajá-la a falar. Por fim, disse: "A coisa começou como uma brincadeira. Eu ia fazer uma tatuagem na minha barriga, ia pedir para o tatuador escrever 'O Marca'. Aí o Teddy começou a brincar, dizendo que ele mesmo podia fazer a tatuagem, mas depois...". Teenie levantou a camisa e eu vi duas pequenas cicatrizes que formavam a letra M e a letra W, uma em cima da outra, com a parte de baixo do M encostada na parte de cima do W de modo a formar um único simbolo.

"O Giles fez isso com você?"

Teenie fez que sim.

"E o Mark? O Mark também estava lá?"

"Estava e ajudou o Giles. Eu gritei muito para eles pararem, mas o Mark me segurou."

"Meu Deus", foi só o que consegui dizer.

Lágrimas escorriam pelo rosto de Teenie quando ela pegou um coelho de pelúcia de cima da cama e começou a acariciar-lhe as orelhas. "Ele não é quem você pensa. Ele era muito carinhoso comigo no início, mas depois ele ficou diferente. Eu dei um livro para ele chamado *Psicopatolândia*. É sobre um ricaço que viaja pelo mundo inteiro no seu jatinho particular e mata uma pessoa em cada cidade que visita. O Mark leu esse livro umas vinte vezes."

"Eu vi algumas resenhas sobre esse livro. Pelo que entendi, é uma espécie de paródia, uma sátira social."

Teenie levantou o rosto por um instante e olhou para mim com uma expressão atordoada. "É, bom", continuou, "eu comecei a ficar apavorada com isso, sabe. E às vezes, quando ele passava a noite aqui em casa, ele ficava falando comigo com uma voz superesquisita. Não era a voz normal dele, sabe?, era uma voz fingida. Ele ficava falando um tempão daquele jeito, e eu pedia para ele parar, mas ele não parava. Chegava a tapar a boca dele com a minha mão, mas nem assim ele parava. E aí, depois, ele me botou na maior encrenca com os meus pais, porque roubou as pílulas de codeína que o meu pai toma por causa do problema que ele tem no ombro, e eles ficaram achando que tinha sido eu. E eu não tive coragem de dizer para eles que tinha sido o Mark, porque a essa altura eu já estava com medo dele. O Mark jurou para mim que não tinha pegado as pílulas, mas eu sei que ele pegou. E o pessoal anda dizendo que ele e o Teddy saem à noite e assaltam as pessoas só para se divertir. Às vezes eles roubam o dinheiro delas, mas outras vezes só roubam coisas bobas, tipo a gravata, o cachecol ou o cinto." Teenie fungou e estremeceu. "Eu pensei que estava apaixonada por ele."

"Você acha que os boatos sobre os assaltos são verdadeiros?"

Teenie deu de ombros. "Eu agora acredito em qualquer coisa. Você vai até Dallas para procurar ele?"

"Dallas? Eu pensei que você tinha dito Houston."

"Acho que é Dallas. Eu não sei direito. Talvez eles já tenham voltado. Que dia é hoje?"

"Sexta."

"Eles já devem ter voltado." Teenie começou a roer a unha do dedo mindinho. Parecia estar pensando. Tirou o dedo da boca e disse: "Talvez ele esteja na casa do Giles, mas é mais provável que esteja no escritório da *Split World*. Às vezes a galera dorme lá".

"Eu preciso dos endereços, Teenie."

"O Giles mora na Franklin Street, número 21, no quinto andar. A *Split World* fica na rua 4, no leste." Teenie se levantou e começou a vasculhar uma gaveta. Pegou uma revista e me entregou. "O número do prédio está aí."

Na capa da revista havia uma foto medonha de um rapaz supostamente morto ou à beira da morte, com a cabeça apoiada numa privada. Ajoelhado sobre uma poça reluzente de sangue, ele tinha os pulsos cortados e pousados sobre as coxas.

"Que foto adorável", comentei.

"Elas são todas assim", disse Teenie, com voz de tédio. Em seguida, levantou a cabeça e olhou para mim durante pelo menos três segundos. Abaixando o rosto novamente, continuou. "Eu te contei isso tudo porque eu não quero que outras coisas ruins aconteçam. Foi isso que eu disse para o pai do Mark quando liguei para ele."

Por um instante, parei de respirar. Depois, me controlando para demonstrar calma, perguntei: "Você falou com o pai do Mark? Quando foi isso?".

"Já faz bastante tempo. Logo depois eu fiquei sabendo que ele tinha morrido. Foi muito triste. Ele parecia um cara legal."

"Você ligou para a casa dele?"

"Não, foi para o escritório dele, eu acho."

"Como foi que você conseguiu o número?"

"O Mark me deu todos os números dele."

"Você contou ao pai do Mark sobre o corte na sua barriga?"

"Acho que sim."

"Você *acha* que sim?" Tentei não deixar transparecer minha irritação.

Teenie enterrava os dedos dos pés com força no carpete. "Eu estava com muita raiva. E eu também estava drogada. Talvez você consiga encontrar um hospital para tratar do Mark. Para mim, o Mark e o Giles deviam ir para um hospital."

"Foi você que deixou uma mensagem na secretária do Bill dizendo que o Giles tinha te matado?"

"Ele não me matou. Ele me machucou. Eu te contei o que ele fez."

Decidi não perguntar mais nada a ela sobre a mensagem. Depois de conversar com Teenie, tive quase certeza de que a voz que ouvira na secretária de Bill não era a dela. "Onde estão os seus pais?"

"A minha mãe está numa reunião de algum treco beneficente de combate ao câncer e o meu pai está em Chicago."

"Eu acho que você devia conversar com eles. Você foi vítima de uma agressão, Teenie. Você poderia dar queixa à polícia."

Teenie não se mexeu. Começou a balançar sua cabeça platinada para a frente e para trás e ficou olhando fixamente na direção de sua escrivaninha, como se tivesse esquecido que eu estava ali.

Peguei a revista que ela tinha me dado e saí do quarto. Quando abri a porta da frente para ir embora, ouvi o barulho de água correndo e uma voz de mulher cantarolando. Devia ser Susie.

Dentro de um táxi a caminho do Village, os lamentos melodramáticos da confissão de Teenie ecoavam em meus ouvidos, principalmente seu refrão: "Eu pensei que estava apaixonada por ele". Seu corpo pequeno e esquelético, seus olhos sempre voltados para o chão e aquela coleção de estojos de maquiagem e parafernália feminina em volta dela me deixaram deprimido. Senti pena de Teenie, pena daquela criaturinha frágil e arruinada dentro de um vasto apartamento azul-claro, mas ao mesmo tempo não conseguia parar de pensar no telefonema. Será que o coração de Bill tinha parado depois de ele ouvir a história de que Mark a tinha segurado? Será que Teenie mencionara esse detalhe para Bill? A verdade era que eu estava tendo dificuldades para acreditar que Mark a tivesse segurado enquanto Giles a cortava, porque a cicatriz era certinha demais. Seria mesmo possível fazer cortes tão precisos se ela estivesse lutando? Por outro lado, as histórias sobre o tal livro, *Psicopatolândia*, e sobre o roubo das pílulas de codeína me pareciam bem mais plausíveis, e comecei a me perguntar se o fato de Mark usar drogas teria colaborado para que ele vencesse qualquer possível inibição no que dizia respeito a mentir e roubar. Ao que parecia, Teenie ainda conservava alguns escrúpulos, um vago código moral que condenava o que ela chamava de "coisas ruins", mas a "ruindade" dessas "coisas" parecia ser determinada pelo efeito que tinham sobre Teenie, e não pelo fato de violarem um código ético mais amplo. Ela não se lembrava da conversa que tivera com Bill porque estava drogada, o que, a seu ver, tornava sua amnésia não só natural, como perdoável. Teenie pertencia a uma subcultura em que as regras eram frouxas e a permissividade, ampla, mas, pelo que eu podia perceber, era também uma subcultura espantosamente apática. Se Mark e Teenie podiam servir de parâmetros, essa era uma geração de pouco fervor. Não eram futuristas a glorificar a estética da violência, nem anarquistas a advogar a libertação das rédeas da lei. Eram hedonistas, suponho, mas até a fruição do prazer parecia entediá-los.

Quando levantei a cabeça para olhar para o edifício estreito na parte leste da rua 4, entre as avenidas A e B, eu sabia que podia dar meia-volta e ir embora, sabia que podia optar por não descobrir mais nada sobre aquelas crianças grandes e suas vidas pequenas e tristes. Mas optei por apertar a campainha do porteiro eletrônico, optei por abrir a porta pesada daquele prédio velho e atravessar o corredor sombrio, sabendo perfeitamente que estava caminhando na direção de alguma coisa feia. E sabendo também que essa feiúra me atraía. Eu queria ver como ela era, queria chegar perto e examiná-la. Era um impulso mórbido, e, ao ceder a ele, senti que aquela coisa abjeta pela qual eu estava procurando já tinha me contaminado.

Eu não planejara mentir, mas quando a mocinha sonâmbula sentada atrás da mesa levantou os olhos na minha direção — olhos protegidos por óculos vermelhos com aros em forma de asas — e quando olhei para as vinte capas da *Split World* pregadas na parede atrás dela — uma das quais retratava Teddy Giles com sangue escorrendo da boca e uma colher na mão contendo o que parecia ser um dedo humano —, menti espontaneamente. Disse à moça que eu era jornalista, que trabalhava para a *New Yorker* e que estava fazendo uma pesquisa sobre pequenas revistas alternativas para um artigo que pretendia escrever. Em seguida, perguntei se ela podia me explicar a filosofia da *Split World* — a razão de ser da revista. Olhei para os olhos castanhos atrás das asas vermelhas. Eram olhos apáticos.

"Como assim?"

"Sobre o que é a revista, por que ela existe."

"Ah", ela disse, ponderando a pergunta. "Você vai me citar? O meu nome é Angie Roopnarine. R-O-O-P-N-A-R-I-N-E."

Peguei minha caneta e meu caderno de notas e escrevi Roopnarine em letras bem grandes. "Por exemplo", continuei, "por que esse nome, 'mundo dividido'? Que divisão é essa?"

"Ah, sei lá. Eu só trabalho aqui. Acho que é melhor você falar com outra pessoa, só que não tem ninguém aqui agora. Está todo mundo almoçando."

"São cinco e meia da tarde."

"A gente só abre ao meio-dia."

"Sei." Apontei para a foto de Teddy Giles. "Você gosta do trabalho dele?"

Ela entortou o pescoço para olhar para a capa a que eu estava me referindo. "Gosto", disse, sem muito entusiasmo.

Resolvi ir direto ao ponto. "Dizem que ele tem um séquito, não é? Mark Wechsler, Teenie Gold, uma moça que diz que se chama Virgina e um menino chamado Rafael, que parece que sumiu."

O corpo de Angie Roopnarine ficou subitamente tenso. "Isso faz parte do seu artigo?"

"Eu pretendo me concentrar em Giles."

Ela apertou os olhos, me lançando um olhar oblíquo. "Eu não estou entendendo o que você quer. Você parece a pessoa errada para estar escrevendo sobre esse tipo de coisa."

"A *New Yorker* contrata muitas pessoas mais velhas. Mas você deve conhecer pelo menos o Mark Wechsler. Ele trabalhou aqui no verão passado."

"Olha, você com certeza entendeu errado. Ele nunca *trabalhou* aqui. Ele vinha para cá, mas o Larry nunca pagou nada para ele."

"Larry?"

"Larry Finder. Ele é o dono da revista. E de várias outras também."

"Larry Finder, o dono da galeria?"

"Não é segredo nenhum." O telefone tocou. "*Split World*", entoou Angie, com a voz subitamente animada.

Acenei para Angie, sussurrei um obrigado e fui embora. Na rua, respirei fundo para tentar aplacar a ansiedade que tinha se alojado em meu peito, me comprimindo os pulmões. Para que mentir?, perguntei a mim mesmo. Teria sido por um ilusório impulso de autoproteção? Talvez. Embora não considerasse minha impostura um lapso moral gravíssimo, fiquei me sentindo ao mesmo tempo ridículo e corrompido enquanto ia andando para casa e para longe daquele edifício. As descobertas que fazia sobre Mark tinham tendência a cair na categoria negativa. Ele não tinha trabalhado para Harry Freund no verão passado. E também não tinha trabalhado para Larry Finder na *Split World*. A vida de Mark era uma arqueologia de ficções, uma por cima da outra, e eu tinha apenas começado a escavar.

Violet deixara várias mensagens urgentes na minha secretária eletrônica, pedindo que eu subisse ao seu apartamento assim que chegasse em casa. Quando ela abriu a porta, tive a impressão de que seu rosto estava lívido e perguntei se ela estava bem.

Em vez de responder, Violet disse: "Eu tenho uma coisa para te mostrar".

Violet me levou até o quarto de Mark e, quando olhei pelo vão da porta, vi que ela tinha revirado o quarto de pernas para o ar. A porta do armário estava aberta e, embora ainda houvesse algumas roupas penduradas lá dentro, as prateleiras estavam vazias. O chão estava coberto de papéis, folhetos, cadernos e revistas. Vi uma caixa com carrinhos de brinquedo e outra com cartões-postais amassados, cartas e lápis de cera quebrados. As gavetas da escrivaninha de Mark estavam no chão, enfileiradas ao lado das caixas. Violet se abaixou, pegou um objeto vermelho de dentro de uma das gavetas e o entregou a mim. "Eu encontrei isso dentro de uma caixa de charuto lacrada com fita-crepe."

Era o canivete do Matthew. Fiquei olhando para as iniciais prateadas gravadas em sua superfície, M.S.H.

"Eu sinto muito", disse Violet.

"Depois de todos esses anos", foi só o que consegui dizer. Puxei o saca-rolhas do canivete para fora e, quando passei o dedo por sua espiral, me lembrei do desespero de Matt. "Eu sempre ponho o canivete na minha mesinha-de-cabeceira, sempre, toda noite!" Eu devia estar muito cansado, pois naquele momento tive a sensação de que uma parte de mim começava a levitar, e em seguida tive a estranhíssima sensação de que subira até o teto. Era como se eu estivesse vendo tudo de cima, o quarto, Violet, eu próprio e o canivete que estava segurando na minha mão. Essa curiosa separação entre terra e ar, entre o eu que estava no chão e o eu que estava no alto, não durou muito tempo, mas mesmo depois que a sensação passou continuei me sentindo muito longe de tudo naquele quarto, como se olhasse para uma miragem.

"Eu lembro do dia em que o Matt perdeu esse canivete", disse Violet, devagar. "E eu lembro bem de como ele ficou chateado. Foi o Mark que me contou que o canivete tinha sumido, Leo. Ele parecia tão triste, parecia estar com tanta pena do Matt. Ele chegou ao cúmulo de me dizer que tinha procurado o canivete em tudo quanto era lugar." O olhar de Violet estava transtornado e sua voz, trêmula. "O Mark tinha onze anos nessa época, Leo. Onze anos." Senti Violet segurar meu braço e apertá-lo com força. "O mais terrível não é o fato de ele ter roubado, nem mesmo de ter mentido. O pior de tudo é a falsa pena, o tom solidário que ele soube modular com tanta perfeição, a compaixão tão verossímil, tão autêntica que ele soube fingir."

Pus o canivete no bolso, e, embora tivesse ouvido e entendido o que Violet dissera, não sabia o que responder. Em vez de reagir, fiquei parado, com os olhos fixos na parede, e, depois de alguns segundos assim, comecei a pensar no táxi do auto-retrato de Bill — o carro de brinquedo que ele dera para Violet segurar quando a pintara. A imagem do táxi e o canivete de Matt tinham alguma coisa em comum, e eu me atormentava em silêncio, aflito para desvendar que semelhança era essa. A palavra "penhora" me veio à cabeça, mas não era bem isso. Alguma forma de permuta ligava a imagem de um carro de brinquedo ao objeto real escondido dentro do meu bolso. A conexão nada tinha a ver com canivetes ou automóveis. O canivete era como o carro pintado porque também tinha se tornado intangível — deixara de ser uma coisa real. Não importava que eu pudesse enfiar a mão no bolso e pegá-lo de volta. Por meio das maquinações, dos desejos sombrios e dos segredos de uma criança, uma troca fora feita. O presente que eu dera a Matt em seu aniversário de onze anos não existia mais. Em seu lugar havia outra coisa, uma cópia ou um fac-símile sinistro. Assim que pensei nisso, o ciclo do meu raciocínio se completou. Matt tinha feito seu próprio duplo do canivete na pintura que Bill me dera, tinha mandado o Menino Fantasma e seu prêmio roubado para o alto do telhado, onde a lua iluminava seu rosto vazio e o canivete aberto que ele segurava na mão.

Depois que contei a Violet sobre Teenie e a *Split World*, desci para meu apartamento e passei a noite sozinho. Levei um tempo para encontrar um lugar para o canivete em minha gaveta, mas acabei decidindo botá-lo bem lá no fundo, longe dos outros objetos. Quando fechei a gaveta, me dei conta de que a coisa toda contribuíra para me firmar na minha tarefa. Eu não queria mais só encontrar Mark. Queria muito mais — queria expô-lo. Queria descobrir as feições daquele rosto ausente.

Cerca de duas horas depois que Violet saiu de casa com destino ao estúdio de Bill, eu estava apertando o botão de um porteiro eletrônico, ao lado de uma pequena placa em que se lia T.G./S.M., no prédio de número 21 da Franklin Street. Para minha surpresa, logo em seguida alguém fez o portão se abrir automaticamente. Quando cheguei ao quinto andar, um rapaz baixinho e musculoso, de short e com o torso nu, abriu a porta de aço do loft de Teddy Giles. Quando a porta se abriu por completo, vi o corpo bronzeado do rapaz por todos os ângulos e vi também a mim mesmo, pois as quatro paredes do hall de entrada eram revestidas de espelho.

"Eu queria falar com Teddy Giles", eu disse.

"Eu acho que ele está dormindo."

"É muito importante", insisti.

O rapaz deu meia-volta, abriu um espelho que revelou ser também uma porta e sumiu. À minha direita, havia uma sala ampla, com um imenso sofá laranja e duas volumosas poltronas — uma azul-turquesa e a outra roxa. Tudo naquela sala parecia novo: o piso, as paredes, as luminárias. Enquanto estudava o ambiente, eu me dei conta de que a expressão "novo-rico" não era capaz de descrever o que eu estava vendo. Aquele mobiliário era fruto de um enriquecimento instantâneo — algumas poucas vendas exorbitantes convertidas em patrimônio imóvel tão rapidamente que os corretores, os advogados, o arquiteto e o mestre-de-obras devem ter ficado baratinados. O apartamento tinha cheiro de cigarro e um leve odor de lixo. Um suéter cor-de-rosa e alguns pares de sapatos de mulher estavam jogados no chão. Não havia um único livro naquela sala, mas havia centenas de revistas. Lustrosas revistas de arte e de moda formavam várias pilhas altas em cima da única mesinha da sala, e ainda havia outras espalhadas pelo chão. Notei que algumas de suas páginas estavam marcadas com *Post-its* amarelos e rosa. Na parede do fundo, havia três enormes fotografias de Giles. Na primeira, ele estava vestido como homem e dançava com uma mulher que me fez lembrar Lana Turner em *O destino bate à sua porta*. Na segunda, encarnava sua *persona* feminina, com uma extravagante peruca loura e um vestido de noite prateado que lhe apertava os seios artificiais e os quadris acolchoados. Na terceira foto, Giles parecia estar partido em pedaços, por efeito de algum truque visual, e comia a carne de seu próprio braço direito. Enquanto eu analisava aquelas imagens agora já familiares, Giles apareceu atrás da porta de espelho. Usava um quimono vermelho de seda japonês que parecia autêntico. O tecido pesado farfalhava enquanto ele andava na minha direção. Sorriu. "Professor Hertzberg, a que devo este prazer?"

Antes que eu pudesse responder, ele continuou. "Sente-se", disse, fazendo um gesto largo na direção da sala. Escolhi a poltrona azul-turquesa. Tentei me recostar, mas as proporções avantajadas da poltrona me forçavam a ficar quase deitado, e preferi então sentar só na beirada.

Giles sentou na poltrona roxa, que estava um pouco longe demais da minha para que pudéssemos conversar confortavelmente. Para compensar aquela distância incômoda, Giles se inclinou na minha direção, o que fez com que o transpasse do seu quimono se abrisse, revelando a pele branca de seu peito sem pêlos. Ele olhou para um maço de Marlboro em cima da mesa redonda entre nós dois e perguntou: "Você se importa que eu fume?".

"Fique à vontade."

A mão de Giles tremia quando ele acendeu o cigarro, e senti um súbito alívio por ele estar sentado longe de mim. Da posição em que estava, a cerca de um metro e meio de distância dele, eu podia analisar o efeito geral da presença de Teddy Giles. Suas feições eram delicadas e regulares. Tinha olhos verde-claros, cílios alourados, um nariz pequeno e ligeiramente achatado e lábios sem cor. Era o quimono que dava personalidade à sua figura tão desprovida de traços marcantes. Aquele robe rijo e elaborado transformava Giles na própria imagem de um janota depravado do *fin de siècle* decadente. Em contraste com o tecido vermelho, sua pele adquiria uma palidez quase cadavérica. As mangas largas acentuavam a magreza de seus braços, e a semelhança do robe com um vestido enfatizava sua ambigüidade sexual. Era difícil saber se Giles estava cultivando conscientemente aquela imagem de si mesmo só em meu benefício, ou se aquela era apenas mais uma de suas várias *personas*. Balançando a cabeça, ele disse, olhando para mim: "Muito bem, o que posso fazer por você?".

"Eu vim aqui porque pensei que você pudesse saber onde o Mark está. Ele não aparece em casa há dez dias, e a madrasta dele e eu estamos preocupados."

Giles respondeu sem hesitar. "Eu vi o Mark algumas vezes esta semana. Na verdade, ele esteve aqui ontem à noite. Eu fiz uma reuniãozinha e ele era um dos convidados, mas foi embora com outras pessoas. Você está me dizendo que ele não tem entrado em contato com a..." — fez uma pausa — "com a Violet? Não é esse o nome da madrasta dele?"

Falei do desaparecimento de Mark e das coisas que ele roubara, enquanto Giles apenas ouvia. Seus olhos verdes só se desviavam de meu rosto quando ele virava a cabeça para evitar soprar a fumaça do cigarro na minha direção.

Então eu disse: "Ouvi dizer que ele tinha viajado com você, para algum lugar na costa oeste, por causa de uma exposição".

Giles sacudiu a cabeça bem devagar, com os olhos ainda fixos em mim. "Eu passei alguns dias em Los Angeles, mas o Mark não foi comigo." Parecia estar pensando. "O Mark ficou muito abalado com a morte do pai. Mas é óbvio que você sabe disso. Nós tivemos várias longas conversas sobre o assunto, e eu, sinceramente, achei que tinha ajudado..." Depois de uma pausa, acrescentou: "Quando o Mark perdeu o pai, acho que ele perdeu também uma parte de si mesmo".

Eu não saberia dizer o que esperava de Giles, mas com certeza não esperava aquela compaixão para com Mark. Sentado ali diante dele, comecei a me perguntar se não teria transferido parte da minha raiva e frustração com Mark para aquele artista que eu, na verdade, não conhecia. O meu Teddy Giles era uma fantasia, um homem construído a partir de boatos, fofocas e dois ou três artigos que eu lera em jornais e revistas. Olhei para a parede do fundo da sala, na direção da foto em que Giles estava vestido de mulher.

Ele notou meu olhar e disse: "Eu sei que você desaprova o meu trabalho. O Mark me contou que você e a madrasta dele não gostam do que eu faço. E eu também sei que o pai dele era da mesma opinião. É o conteúdo que choca as pessoas, mas eu uso imagens de violência porque elas estão por toda parte. Eu não sou o meu trabalho. Como historiador da arte, você mais do que ninguém devia ser capaz de fazer essa distinção".

Tentei responder com cuidado. "Eu acho que parte do problema se deve ao fato de que você mesmo misturou as coisas, você mesmo promoveu a idéia de que você e o que você faz são inseparáveis. E de que você mesmo é... digamos assim, perigoso."

Giles riu. Havia satisfação, prazer e charme naquela risada. Também notei que seus dentes eram minúsculos — como duas fileirinhas de dentes de leite. "Você tem razão", ele disse. "Eu me uso como objeto. Eu reconheço que não é nenhuma novidade, mas ninguém nunca fez exatamente o que eu faço."

"Você quer dizer com clichês do terror?"

"Exatamente. O terror é extremo, e os extremos purgam, purificam. É por isso que as pessoas assistem filmes de terror e vão ver o meu trabalho."

Tive uma nítida sensação de repetição. Giles já tinha dito aquilo antes. Já tinha dito aquilo provavelmente milhares de vezes.

"Mas os clichês insensibilizam, você não acha? Pela sua própria natureza, eles matam o sentido."

Giles sorriu para mim com um leve ar de condescendência. "O sentido não me interessa. Para te dizer a verdade, eu não acho que ele seja mais muito importante. As pessoas realmente não estão nem aí para o sentido. O que é importante é a velocidade. E as imagens. A tomada rápida para captar a atenção de quem vive ligado num monte de coisas ao mesmo tempo. Anúncios, filmes de Hollywood, o noticiário das seis e, sim, até a arte — tudo se resume a comprar. E o que é comprar? É você andar e olhar até que algum objeto desejável surge na sua frente, e aí você vai lá e compra. E por que você compra? Porque aquilo captou o seu olhar. Se não captar, você muda de canal. E por que um objeto capta o seu olhar? Porque alguma coisa nele te causa um certo frisson. Pode ser um brilho, uma lantejoula, uma poça de sangue coagulado ou uma bunda de fora. Não importa.

O que importa é o frisson, não a coisa. É um círculo vicioso. Você quer sentir o frisson de novo, então você sai novamente à caça. Você enfia a mão no bolso e torna a comprar."

"Mas muito pouca gente compra arte."

"É verdade, mas a arte sensacional vende revistas e jornais, e o burburinho traz colecionadores, e os colecionadores trazem dinheiro, e assim o círculo continua. A minha franqueza te choca?"

"Não. Eu só não sei se as pessoas são assim tão superficiais quanto você imagina."

"Mas aí é que está, eu não acho que haja nada de *errado* em ser superficial." Giles acendeu outro cigarro. "O que mais me ofende na verdade é essa pretensão carola que as pessoas têm de serem *profundas*. É uma grande mentira freudiana, essa idéia de que existe uma imensa bolha inconsciente em todo mundo."

"Eu tenho a impressão de que as noções acerca da profundidade humana são anteriores a Freud", comentei, e ouvi um tom árido de acadêmico tomar conta da minha voz. Giles estava me entediando, não porque fosse burro, mas porque havia uma certa indiferença em seu modo de falar, uma cadência treinada e distante que me cansava. Ele estava olhando para mim, e tive a impressão de ver uma ponta de decepção em seu rosto. Ele queria me divertir. Estava acostumado com jornalistas que mordiam a isca, que o achavam inteligente. Mudei de assunto. "Eu conversei com a Teenie Gold ontem."

Giles balançou a cabeça. "Faz meses que eu não vejo a Teenie. Como ela está?"

Decidi não fazer rodeios. "Ela me mostrou uma cicatriz na barriga dela — na forma das iniciais de Mark — e disse que..." Parei e olhei para Giles.

Ele me ouvia com atenção. "Disse o quê?"

"Ela disse que foi você que fez aquilo, cortando a pele dela, enquanto Mark a segurava."

Giles fez uma cara de espanto. "Meu Deus", exclamou. "Coitada da Teenie." Sacudiu a cabeça, como quem está penalizado, e soprou a fumaça do cigarro para o alto. "A Teenie se corta. Seus braços são cheios de cicatrizes. Ela já tentou parar, mas não consegue. Parece que ela se sente bem quando faz isso. Ela uma vez me disse que se cortar faz com que ela se sinta viva." Fez uma pausa e bateu a cinza do cigarro. "Todo mundo gosta de se sentir vivo." Cruzou as pernas e seu joelho ficou à mostra, entre as abas do quimono. Olhei de relance para sua perna e vi pontas de pêlos raspados. Giles confirmara minhas dúvidas com relação à história de Teenie, mas ao mesmo tempo eu não conseguia deixar de me perguntar por que razão ela inventaria uma história tão elaborada. Teenie estava longe de ser brilhante. "Eu tenho certeza de que o Mark vai entrar em contato comigo", ele continuou. "Talvez me ligue hoje mesmo. Eu posso conversar com ele e pedir que se comunique com você, nem que seja só para dizer onde está. Eu acho que ele vai me ouvir."

Levantei. "Obrigado. Nós ficaríamos muito gratos se você fizesse isso."

Giles também se levantou. Sorriu para mim, mas seus lábios pareciam um pouco tensos. "Nó-ós?", disse, esticando a palavra.

Seu tom me irritou, mas respondi sem me alterar. "Sim, ele pode ligar para mim ou para a Violet." Fui andando na direção da porta. No hall, deparei de novo com uma miríade de reflexos por todos os lados — vi minha camisa de algodão azul e minha calça cáqui, o quimono vermelho vivo de Giles e as cores berrantes dos estofados da sala atrás de nós, tudo isso fraturado pelos painéis de espelho. Com aquele "Nós?" untuoso ecoando em meus ouvidos, segurei a maçaneta, girei e abri a porta, mas em vez de encontrar o elevador, me vi diante de um corredor estreito. Pendurada na parede do final do corredor, vi uma pintura que reconheci. Era o retrato que Bill fizera de Mark, quando Mark tinha dois anos. Segurando uma cúpula de abajur no alto da cabeça como se fosse um chapéu, o menininho gargalhava loucamente e estaria nu, não fosse pela fralda descartável que, de tão cheia e pesada de urina ou fezes, descia-lhe pelo quadril abaixo. Fiquei paralisado. A imagem do garotinho parecia flutuar em direção a mim. Soltei um grunhido de espanto. Atrás de mim, Giles disse: "Porta errada, professor".

"Aquele quadro é do Bill", eu disse.

"É."

"O que ele está fazendo aqui?"

"Eu comprei."

"De quem?"

"Da dona."

Virei-me para Giles de repente. "Da Lucille? Você comprou esse quadro da Lucille?" Eu sabia perfeitamente que quadros circulam — passam de um dono para outro, ficam esquecidos em cantos escuros, reaparecem, são vendidos e revendidos, roubados, destruídos, restaurados para o bem ou para o mal. Uma pintura pode ressurgir em qualquer lugar, mas o fato é que ver aquela tela naquele lugar me deixou simplesmente estarrecido.

"Eu estou pensando em usá-lo", disse Giles. Ele estava muito perto de mim. Senti sua respiração em meu ouvido. Instintivamente, afastei a cabeça.

"Usá-lo?", repeti. Comecei a andar na direção do quadro.

"Eu pensei que você estivesse de saída", ele disse, atrás de mim. Havia uma ponta de sarcasmo em sua voz. Assim que percebi que Giles estava se divertindo, senti um frio na espinha e comecei a me atrapalhar. Aquele "Nós?" melífluo tinha sido o início de minha derrota. Qualquer vantagem que eu pudesse ter conseguido impor a Giles durante nossa conversa desapareceu naquele corredor. A minha repetição patética daquele "Usá-lo?" fora como um golpe desferido contra mim mesmo, um deboche auto-infligido que nenhuma resposta mordaz seria capaz de consertar. Eu só conseguia ver aquela criança pintada na minha frente, com sua expressão maníaca de alegria e prazer.

Ainda não tenho uma visão muito clara do que houve comigo naquele momento nem da exata seqüência dos acontecimentos, mas sei que me vi dominado por uma sensação de claustrofobia e logo em seguida de medo. Teddy Giles estava longe de ser uma figura imponente, mas conseguira me intimidar com dois ou três comentários crípticos que insinuavam todo um universo de coisas obscuras, e eu tinha a impressão de que Bill estava de alguma forma no centro daquilo tudo, mesmo estando morto. O combate essencialmente silencioso travado entre mim e Giles era por causa de Bill, e minha súbita compreensão disso se transformou em algo que beirava o pânico. Assim que cheguei perto do quadro, ouvi um barulho de descarga, e aquele som me fez crer já ter ouvido outros barulhos antes, ruídos que minha reação diante do quadro só abafou parcialmente. Parei para ouvir. Sons de engasgo vinham de trás de uma porta, depois um pedido rouco de ajuda. Abri rapidamente a porta logo à minha frente e vi Mark caído no chão de um banheiro cujas paredes eram revestidas de minúsculos azulejos verdes. Mark estava estendido perto da banheira, de boca aberta e olhos fechados. Seus lábios estavam roxos, e ver sua boca daquele jeito me deixou subitamente calmo. Dei um passo à frente e senti meu sapato escorregar. Quando recuperei o equilíbrio, notei uma poça de vômito perto dos meus pés. Ajoelhei-me ao lado de Mark e peguei seus pulsos, enquanto examinava seu rosto branco. Meus dedos tateavam a pele fria e pegajosa, procurando sua pulsação. Sem me virar, gritei para Giles: "Chame uma ambulância". Como ele não me respondeu, olhei na sua direção.

"Ele vai ficar bem", disse Giles.

"Pegue o telefone e ligue agora, antes que ele morra no seu apartamento."

Giles atravessou o corredor e desapareceu. Meus dedos continuavam procurando. O pulso de Mark estava fraco, e quando olhei para seu rosto de novo, vi que estava lívido como o de um cadáver. "Você não vai morrer, Mark", sussurrei para ele. "Você não vai morrer", repeti. Pus o ouvido perto de sua boca. Ele estava respirando.

Mark abriu os olhos, e senti um arrepio de alegria. "Mark, eu tenho que te levar para um hospital. Não dorme. Não fecha os olhos." Pus meu braço debaixo de sua cabeça para levantá-la e olhei para ele. Mark fechou os olhos. "Não", eu disse, enfático. Tentei levantá-lo. Ele era pesado, e enquanto eu fazia força para erguê-lo, a perna de minha calça encostou na poça de vômito. "Mark, me escuta", eu disse, ríspido. "Não dorme."

Mark olhou para mim com os olhos entreabertos. "Vai se foder", disse. Segurei-o por baixo dos braços e comecei a arrastá-lo para fora do banheiro, mas ele resistiu. Com um movimento brusco, levou a mão até meu rosto, e senti suas unhas se enterrando em minha bochecha. A dor repentina me assustou e eu o soltei. Sua cabeça bateu no chão, e ouvi Mark soltar um gemido. Um longo e reluzente fio de saliva escorreu de sua boca até o queixo e então ele vomitou de novo, expelindo um líquido ocre, que se espalhou por sua camiseta cinza.

Vomitar salvou a vida de Mark. Segundo o dr. Sinha, que o atendeu no setor de emergência do New York Hospital, Mark tinha tomado uma overdose, ingerindo uma combinação de drogas que incluía um tranqüilizante para animais conhecido nas ruas pelo nome de *Special K*. Quando comecei a conversar com o dr. Sinha, eu já tinha feito o máximo que podia para limpar a perna de minha calça no banheiro dos homens, e uma enfermeira já tinha me dado um band-aid para cobrir os arranhões que formavam três listras sujas de sangue em minha bochecha direita. De pé no corredor do hospital, eu ainda sentia cheiro de vômito, e a grande mancha úmida em minha calça estava ficando gelada no ar-condicionado. Quando o médico disse "*Special K*", eu me lembrei na mesma hora da voz de Giles no corredor: "Parece que hoje não vai rolar K, hein, M&M?". Mais de dois anos tinham se passado entre o dia em que eu ouvira aquelas palavras e o momento em que elas foram decodificadas para mim. Era irônico que eu, que já morava em Nova York havia quase sessenta anos, tivesse tido como tradutor alguém que devia estar neste país havia bem menos tempo. O dr. Sinha era um homem muito jovem, de olhos inteligentes, que falava o inglês musical de Bombaim.

Três dias depois, Violet e Mark pegaram um avião com destino a Minneapolis. Eu não estava presente quando Violet deu um ultimato a Mark no hospital, mas ela me disse que, quando ameaçou não lhe dar mais um tostão furado, Mark concordou em ir para a Hazelden — uma clínica de desintoxicação em Minnesota. Violet conseguiu uma vaga para Mark na Hazelden com tanta rapidez porque ligou para um velho amigo de escola, que tinha um cargo importante na clínica. Enquanto Mark estivesse em tratamento, Violet planejava ficar na casa dos pais e visitá-lo toda semana. O vício das drogas podia explicar boa parte do comportamento de Mark, e o simples fato de eu poder dar um nome para seu problema aplacou meus temores. Era um pouco como iluminar um canto escuro com a luz de uma lanterna e identificar cada pequena felpa e partícula de poeira que caía dentro do feixe de luz como uma única entidade. Mentir, roubar e fugir tornaram-se, todos, sintomas da "doença" de Mark. Por esse ponto de vista, ele estava a apenas doze passos de distância da libertação. É claro que eu sabia que não era tão fácil assim, mas quando Mark acordou no hospital depois de sua provação, tinha se transformado em outra pessoa — ele agora era alguém que tinha uma doença de verdade e que podia ser tratado numa clínica onde os especialistas sabiam tudo sobre pessoas como ele. A princípio, Mark não queria ir. Disse que não era um viciado. Usava drogas, mas não era viciado. Disse também que não roubara as jóias de Violet nem meu cavalo, mas, como todo mundo sabe, negar a realidade faz parte do "perfil do viciado". O diagnóstico também abria as portas para que renovássemos nossa disposição de nos compadecermos de Mark. Atormentado pelas ânsias terríveis da dependência, ele teria pouco controle sobre seus atos e, portanto, merecia mais uma chance. Mas soluções cômodas e nomes convenientes nunca conseguem dar conta de tudo; há sempre atos e sentimentos que resistem à interpretação — como o roubo do canivete de Matt, por exemplo. Como Violet observara, Mark tinha onze anos naquela época. E aos onze anos ele ainda não usava drogas.

Mas o fantasma da criança sempre persegue o adulto, mesmo quando já não é mais possível reconhecê-la no indivíduo crescido. O retrato que Bill pintara do seu filho endiabrado de dois anos, quase pelado e de fralda suja, fora parar no apartamento em que o mesmo garoto quase morreu aos dezoito anos.

Não mais um espelho de ninguém, aquela tela se transformara num perturbador espectro do passado — não só do passado de Mark, mas também de seu próprio passado. Lucille disse a Violet que vendera o quadro por meio de Bernie cinco anos antes. Bernie, por sua vez, disse que não estava sabendo nada a respeito de Giles e que negociara a venda do quadro com uma mulher chamada Susan Blanchard, consultora renomada de vários colecionadores de arte conhecidos da cidade. Segundo Bernie, quem comprara o quadro fora um homem chamado Ringman, que também adquirira uma das caixas de contos de fadas de Bill. Violet ficou magoada por Lucille e Bernie não terem contado a Bill sobre a venda. "Ele tinha o direito moral de saber", disse Violet. Mas Lucille não queria que Bill soubesse da venda e pedira a Bernie que não mencionasse nada. "Eu fiquei com pena da Lucille", Bernie disse a Violet. "E a tela era dela. Ela tinha todo o direito de vender."

Violet culpou Lucille pelo descaminho da tela. Eu não. Foi um grande alívio para mim saber que Lucille não a tinha vendido diretamente a Giles, e eu tinha certeza de que ela só a vendera porque estava precisando de dinheiro. Mas para Violet uma história estava ligada à outra. Lucille vendera um retrato do próprio filho para o comprador que fizera a maior oferta, e não tinha sequer se dado ao trabalho de visitar o filho no hospital. Lucille se limitou a ligar para lá e, segundo Mark, em nenhum momento mencionou a overdose quando conversou com ele pelo telefone. Violet achou que Mark estava mentindo, ligou para Lucille e lhe perguntou se aquilo era verdade. Lucille confirmou que não tinha conversado com o filho sobre o fato de ele quase ter morrido por causa de drogas. "Eu achei que não seria produtivo", foi a justificativa. Quando Violet quis saber sobre o que, então, ela conversara com Mark, Lucille disse que lhe contara as novidades sobre a colônia de férias de

Ollie e sobre as duas gatas da casa, dissera o que estava preparando para o jantar e lhe desejara boa sorte. Violet ficou passada; quando me contou essa história, chegava a tremer de irritação. Na minha opinião, Lucille tinha tomado uma decisão consciente de não falar sobre o que acontecera; creio que tenha pesado sua decisão com muito cuidado e chegado à conclusão de que entrar nesse terreno não faria bem nem a Mark, nem a ela. Acho mesmo que ela deve ter planejado cada palavra que disse a Mark. Suspeito também que, após ter desligado o telefone, ela tenha repassado a conversa em sua cabeça e talvez até se arrependido do que dissera e revisado o diálogo inteiro depois de consumado. Violet achava que qualquer mãe "normal" teria tomado o primeiro trem para Nova York e corrido desabalada para estar ao lado do leito do filho, mas eu sabia que a insegurança e a dúvida paralisavam Lucille. Ela estava presa no atoleiro de seus próprios debates internos, nos prós e contras e nos dilemas lógicos que tornavam praticamente impossível toda e qualquer ação de sua parte. Só para telefonar para o hospital ela já teria provavelmente precisado de muita coragem.

A diferença entre Lucille e Violet era de temperamento, não de conhecimento. A confusão de Violet diante de Mark era tão grande quanto a de Lucille. O que Violet não questionava, no entanto, era a força de seus próprios sentimentos por Mark e sua necessidade de agir de acordo com esses sentimentos. Lucille, por outro lado, se sentia impotente. As duas esposas de Bill tinham se tornado as duas mães de Mark, e embora um casamento tivesse vindo depois do outro, a maternidade de Lucille e a maternidade adotiva de Violet já coexistiam havia anos e continuavam a coexistir agora, depois da morte de Bill. As duas mulheres eram os pólos sobreviventes do desejo de um homem, unidos pelo filho que ele gerara com apenas uma delas. Eu não conseguia deixar de sentir que Bill ainda representava um papel crucial na história que se desenrolava diante de mim e que ele havia criado uma geometria cruel entre nós todos — uma geometria que não morrera junto com ele. Mais uma vez, encontrei pistas na pintura pendurada na parede do meu apartamento: a mulher que foi embora e a outra que lutou e ficou; o estranho carrinho de brinquedo no colo da Violet gorducha — um objeto que não era ele mesmo e que também não era um símbolo, mas um veículo de desejos inconfessos. Quando pintou aquele quadro, Bill estava planejando ter um filho com Lucille, segundo ele mesmo me contara. Comecei a estudar aquela pintura de novo, e quanto mais olhava para ela, mais tinha a impressão de que Mark também estava naquela tela, escondido no corpo da mulher errada.

Violet e Mark estavam fora havia dois meses. E fazia dois meses que eu recolhia a correspondência que chegava para eles, regava os três vasos de plantas de Violet e ouvia as mensagens deixadas na secretária eletrônica em que ainda se ouvia a voz de Bill pedindo para que as pessoas esperassem o bipe. Uma vez por semana, eu checava também o loft da Bowery. Violet tinha me feito uma recomendação especial para que tomasse conta do sr. Bob. Não muito tempo depois de Bill morrer, o sr. Aiello, o senhorio, descobrira o morador clandestino, e Violet, depois de ter entrado num acordo com o senhorio, passara a pagar uma quantia extra de aluguel pelas salas dilapidadas do primeiro andar. O novo status do sr. Bob como morador oficial do prédio da Bowery tornara-o possessivo e zeloso. Durante minhas visitas, ele andava atrás de mim e fungava alto para expressar seu desagrado. "Eu estou tomando conta de tudo", dizia. "Você pode ver que eu já varri." Varrer tinha se transformado na ocupação do sr. Bob, e ele varria obsessivamente, muitas vezes roçando a vassoura na parte de trás dos meus pés, como se eu estivesse deixando um rastro de sujeira atrás de mim. E, enquanto varria, o sr. Bob declamava, elevando e abaixando o tom de suas palavras grandiosas para obter o máximo de efeito dramático.

"Escuta o que eu estou dizendo, ele não quer descansar. Disse um sonoro não ao sono eterno. E o dia inteiro e até altas horas da noite, eu sou forçado a ficar ouvindo o barulho soturno dos passos dele de um lado para o outro lá em cima, debaixo do telhado. Na noite passada, quando terminei de varrer as últimas sujeirinhas, migalhas e que tais da minha longa jornada de trabalho, eu o vi na escada — a imagem cuspida e escarrada do senhor W., mas incorpórea, obviamente; um mero sopro astral do que ele foi um dia. E esse espírito desencarnado levantou os braços, num gesto de indescritível tristeza, e depois cobriu seus pobres olhos cegos, e eu percebi então que ele estava procurando por ela, pela Belezura. Agora que ela foi embora, o fantasma está desconsolado. Ouça o que eu digo, porque eu já vi isso antes e sei que vou ver de novo. O meu conhecimento das ações dos espíritos é de primeira mão. Quando eu tinha o meu negócio (eu trabalhava com antigüidades, sabe?), eu tive várias experiências com peças que tinham sido *penetradas*. Você deve conhecer essa palavra — *penetradas* — e o que ela significa nesse contexto em particular. Por exemplo, uma cômoda Queene Anne que pertencia a uma senhora muito velhinha e miúda que morava em Ditmas Park, no Brooklyn. Linda casa, aquela, com um torreão, mas a essência ou o *animus*, digamos assim, da senhora Deerborne, o sombrio espectro do que ela fora no passado, ainda continuava ágil e se debatia como um passarinho dentro daquele belo móvel, uma presença assustadiça dentro das gavetas. Digamos que as gavetas chacoalhavam. Sete vezes eu vendi aquela cômoda, com muita relutância, sempre com muita relutância, e sete vezes os compradores a devolveram para mim. Sete vezes eu a aceitei de volta, sem fazer perguntas, porque eu tinha consciência do problema. Era o filho que a torturava. Um homem solteiro, sem rumo na vida, um desajustado, e eu acho que a velhinha não suportava a idéia de deixá-lo assim, sem uma posição estável no mundo. O senhor W., mais conhecido como William Wechsler, também tem negócios pendentes neste mundo, e a Belezura sabe disso. Era por isso que ela vinha aqui todo dia. Eu ouvia ela cantando para ele e conversando com ele para ajudá-lo a dormir. E eu sei que ela vai voltar para ele daqui a pouco. O fantasma dele não suporta ficar sem ela. Está mais inquieto, agitado e irritadiço do que nunca, e ela é a única pessoa que pode acalmá-lo. E eu vou lhe dizer por quê. Ela tem a ajuda dos anjos. Você me entende? Eles descem sobre ela! Descem sim! Eu sou testemunha. Eu já a vi saindo por aquela porta, e eu vi a marca de fogo dos serafins no rosto dela. Ela foi tocada, tocada pelos dedos ardentes da hoste celestial."

Os monólogos intermináveis do sr. Bob eram um tormento para mim. Não era tanto a mistura estapafúrdia de religião e ocultismo que me irritava, mas o tom de superioridade burguesa que inevitavelmente acompanhava suas histórias sobre mesas, aparadores e escrivaninhas possuídos, em narrativas que traziam quase sempre uma condenação a "desajustados", "perdedores" e "desocupados". Bob incluíra Bill e Violet no elenco de personagens de sua confusa doutrina porque os queria para si. Lendas só vivem e respiram no terreno verbal; Bob falava sem parar para manter seu sr. W. e sua Belezura seguros num mundo que ele mesmo criara. Lá, eles podiam se elevar a suas alturas celestiais ou cair em seus fossos demoníacos sem nenhuma interferência minha.

Mas a verdade era que eu teria gostado de estar sozinho quando subia até o estúdio, abria a porta com a chave e olhava para aquele cômodo amplo e para o pouco que ainda restava de Bill. Teria gostado de estudar a cadeira em que estavam as roupas de trabalho de Bill, as mesmas que vira Violet usando. Teria gostado de deixar a luz que entrava pelas janelas altas — forte e brilhante com o sol ou suave e sombria com o cair da noite — me envolver em silêncio. E teria gostado de ficar bem quieto num canto e sentir o cheiro daquela sala, que continuava o mesmo. Mas isso não era possível. Bob era o duende de plantão do edifício, seu autonomeado porteiro místico, sempre a varrer, fungar e discursar, e não havia nada que eu pudesse fazer a respeito. Mesmo assim, eu continuava esperando sua bênção quando saía pela porta do edifício: "Ó Senhor, fortalecei a alma desse vosso servo maltrapilho que agora sai para o tumulto pedestre de vossa cidade. Que ele não sucumba aos demônios de Gotham, mas siga o seu caminho direto e verdadeiro na direção de vossa luz celestial. Abençoai-o e protegei-o e deixai que vosso divino semblante o ilumine e o encha de paz".

Eu não acreditava nos fantasmas e anjos do velho, mas, à medida que o verão ia passando, me sentia cada vez mais perseguido pelo espectro de Bill, e, sem contar a ninguém, me pus a tomar notas e reunir material para escrever um ensaio sobre sua obra quando terminasse o livro sobre Goya. O ensaio começou a vir à luz numa tarde em que eu estava folheando o catálogo de *A viagem de O*, e a inicial do herói, que significava tanto a presença da letra como a ausência do número, me trouxe à cabeça outras obras de Bill que giravam em torno de aparecimentos e desaparecimentos. Depois disso, passava todas as manhãs às voltas com os catálogos e slides de Bill, e foi então que consegui a entender que não era um ensaio, mas um livro que eu estava escrevendo — um livro organizado não por cronologia, mas por idéias. Não era simples. Havia diversos trabalhos que recaíam em mais de uma das minhas categorias originais — que se encaixavam tanto em Desaparecimento como em Fome, por exemplo. E acabei descobrindo que Fome era na verdade uma subcategoria de Desaparecimento. A subdivisão pode parecer um tanto esdrúxula, mas quanto mais eu estudava as imagens, as cores, as pinceladas, as esculturas e as inscrições, mais me convencia de que suas ambigüidades estavam todas relacionadas à idéia de ausência. O *corpus* da obra que Bill deixou formava a anatomia de um verdadeiro fantasma, não porque toda obra de arte feita por um homem já morto fosse um rastro dele no mundo, e sim porque a obra de Bill em particular era uma investigação da inadequação das superfícies simbólicas — das fórmulas convencionais de explicação que não dão conta da realidade. Em cada tentativa, o desejo de localizar, fixar, precisar uma realidade por meio de letras, números ou das convenções da pintura era frustrado. Você pensa que sabe — Bill parecia dizer em cada trabalho — mas não sabe de nada. Veja como eu subverto seus truísmos, suas explicações pretensiosas, e cego você com esta metamorfose. Quando uma coisa termina e outra começa? Suas fronteiras são invenções, piadas, absurdos. A mesma mulher estica e encolhe e, em cada extremo, desafia nossa capacidade de reconhecê-la. Uma boneca estendida no chão tem a boca tampada por uma fita em que se lê o nome de um diagnóstico que caiu em desuso. Dois meninos se transformam um no outro. Números de cotações da Bolsa, números precedidos de cifrões e números marcados num braço com ferro quente. Eu nunca tinha visto a obra de Bill com tanta clareza, mas me sentia ao mesmo tempo como que me afogando dentro dela, sufocado pela dúvida e por mais alguma coisa — uma intimidade asfixiante. Havia dias em que meu trabalho assumia a forma de uma amante volúvel que alternava loucos acessos de paixão com uma frieza inescrutável, que clamava por amor e depois me dava um tapa na cara. E, como uma mulher, a arte me envolvia e me levava em seu rastro, e eu sofria e me deliciava com isso. Sentado diante de minha mesa com uma caneta na mão, eu lutava com o homem oculto que fora meu amigo, um homem que se pintara como uma mulher e como B, uma fada madrinha gorda e robusta. Mas aquela batalha me deixava estranhamente vívido para mim mesmo, e à medida que o verão ia chegando ao fim, eu me sentia extremamente vivo em minha solidão.

Violet telefonava regularmente e me contava sobre Hazelden — uma clínica que eu confundia, em minha imaginação, com os sanatórios de que ouvira falar na minha infância. Os pais de minha mãe, os quais nunca conheci, morreram ambos de tuberculose em 1929, depois de longas internações em Nordrach, um sanatório na Floresta Negra. Eu imaginava Mark deitado numa *chaise longue*, na beira de um lago que cintilava à luz do sol. A fantasia provavelmente era falsa — uma imagem que misturava as histórias de minha mãe com minha lembrança da leitura de *A montanha mágica* de Thomas Mann. O fundamental, eu tinha plena consciência, era que sempre que pensava em Mark naquela época, eu o via imóvel. Mark estava congelado como uma pessoa numa fotografia, e essa estase era a única coisa que me importava. Eu tinha a impressão de que a Hazelden o pusera em suspensão. Como uma prisão benigna, a clínica freara a mobilidade de Mark, e me dei conta de que o que mais temia nele eram seus desaparecimentos e subseqüentes perambulações. Violet me disse que estava animada com os progressos de Mark. Toda quarta-feira, ela ia às reuniões com as famílias dos pacientes, e se preparava para elas lendo sobre os doze passos. Contou também que Mark tivera um início difícil, mas começara a se abrir aos poucos, com o passar das semanas.

Violet falava ainda sobre os outros pacientes, ou "colegas", como os internos eram chamados na Hazelden, principalmente sobre uma moça chamada Debbie.

O verão chegou ao fim. As aulas começaram e, com elas, perdi meu ritmo diário na escrita do livro sobre Bill. Continuei porém trabalhando nele, quase sempre à noite, depois de preparar minhas aulas. No final de outubro, Violet telefonou para dizer que ela e Mark voltariam para casa na semana seguinte.

Dois dias depois de Violet ter ligado, Lazlo apareceu na minha porta. Só de olhar para ele, percebi que ele trazia más notícias. Eu já tinha aprendido a ler o corpo de Lazlo, e não seu rosto, quando queria alguma pista do seu estado de espírito. Seus ombros se curvavam e ele entrava em minha casa com passos lentos. Quando perguntei o que tinha acontecido, ele me contou sobre a pintura que faria parte da próxima exposição de Giles. A história toda ainda não passava de boato naquela época, um daqueles rumores flutuantes que Lazlo parecia pegar no ar, mas uma semana depois a exposição foi inaugurada e ficamos sabendo que era verdade. Teddy Giles tinha usado o retrato que Bill fizera de Mark em sua nova exposição. O escândalo girava em torno do fato de um quadro valioso ter sido destruído. O manequim de uma mulher assassinada, sem um braço e uma perna, fora enfiado no meio da tela de Bill. A cabeça do manequim saía por um dos lados da tela, que a estrangulava pelo pescoço, enquanto o resto de seu corpo mutilado saía pelo outro lado. A força da peça repousava no fato de uma obra de arte original, de propriedade de Giles, estar agora tão mutilada quanto o manequim.

A notícia deixou o mundo da arte em polvorosa. Se você era dono de um quadro, não havia nada de ilegal em destruí-lo.

Você poderia até usá-lo para praticar tiro ao alvo se quisesse. Eu me lembrei das palavras de Giles: "Estou pensando em usá-lo". Aquela frase não tinha feito o menor sentido para mim na hora. Uso não tinha nada a ver com arte. A arte era, por natureza, inútil. Quando a exposição foi inaugurada, todo mundo só discutia aquela peça. As outras eram parecidas com os trabalhos anteriores de Giles — corpos ocos e estropiados de mulheres, dois ou três homens e várias crianças; roupas ensangüentadas; cabeças decepadas; armas. Ninguém parecia ligar a mínima. O que excitava a todos — indignando alguns e deliciando outros — era que ali estava um ato genuíno de violência. Não era simulado, mas real. Os corpos eram falsos, mas o quadro era autêntico. E o que deixava todos ainda mais alvoroçados era o fato de que a tela de Bill era cara. As pessoas se perguntavam se a presença daquela pintura — apesar de danificada — elevaria o preço da peça como um todo. Era difícil saber com certeza quanto Giles de fato pagara pelo retrato de Mark. Vários preços altos foram cotados, mas desconfio de que as cotações foram plantadas pelo próprio Giles — uma fonte notoriamente inconfiável.

Quando Violet chegou a Nova York, um verdadeiro rebu a esperava. Vários jornalistas ligaram para sua casa, ávidos por uma declaração da viúva do pintor. Sabiamente, Violet se recusou a falar com eles. Não demorou muito e a mídia descobriu a associação entre Mark e Giles. Um colunista de fofocas de um jornal de distribuição gratuita do Village começou a especular sobre a natureza da ligação entre os dois, insinuando que Giles e "Wechsler Júnior" eram — ou tinham sido — amantes. Um resenhista descreveu a peça como um "estupro artístico". Hasseborg pegou carona na polêmica, argumentando que aquele ato de dessacralização renovava as possibilidades de subversão na arte. "Com um único tiro, Theodore Giles cravou uma bala no peito de todas as carolices que cercam a arte na nossa cultura."

Nem Violet nem eu fomos à exposição. Lazlo foi com Pinky e tirou sub-repticiamente uma foto polaróide, que trouxe para nos mostrar. Mark estava passando alguns dias na casa da mãe antes de voltar para Nova York. Violet disse que quando contara a ele sobre o quadro, Mark ficara perplexo. "Ele parece acreditar que o Giles é no fundo uma boa pessoa, e não consegue entender por que ele faria uma coisa dessas com o trabalho do pai dele." Depois de examinar a foto, Violet pousou-a em cima da mesa e não disse nada.

"Eu tinha esperança de que fosse uma cópia", disse Lazlo. "Mas não é. Eu cheguei bem perto do quadro. O Giles usou o original."

Pinky estava sentada no sofá. Notei que, mesmo sentada, ela virava os pés para fora, na primeira posição de balé. "A questão é", disse ela, "por que um quadro do Bill? Ele poderia ter comprado qualquer outra pintura do mesmo valor e estragado. Por que ele escolheu justamente um retrato do Mark? Só porque o conhece?"

Lazlo abriu a boca, fechou e tornou a abrir. "O boato que corre é que o Giles conhece o Mark porque..." Hesitou. "Porque ele tinha uma fixação pelo Bill."

Violet se inclinou para a frente. "Você tem alguma razão para acreditar que isso seja verdade?"

Vi os olhos de Lazlo se apertarem levemente por detrás dos óculos. "Eu ouvi dizer que ele tem uma pasta cheia de coisas sobre o Bill, com recortes de jornal, catálogos, fotos, que é anterior à época em que ele conheceu o Mark."

Nenhum de nós disse uma palavra. A idéia de que Giles pudesse ter cultivado a amizade do filho por causa do pai já tinha me ocorrido vagamente no corredor da casa de Giles, no dia em que eu encontrara Mark caído no banheiro, mas o que ele queria? Se Bill ainda estivesse vivo, ver seu quadro destruído o teria magoado muito, mas Bill estava morto. Será que Giles queria magoar Mark? Não, pensei comigo, eu estou fazendo as perguntas erradas. Lembrei-me da expressão de Giles ao conversarmos, da sua aparente sinceridade ao falar de Mark, dos seus comentários sobre Teenie. "Coitada da Teenie. A Teenie se corta." Lembrei-me da cicatriz na pele dela — dois emes interligados, ou um M encostado num W. M&M. Os emes de Bill — os meninos, Matthew e Mark. *Parece que hoje não vai rolar K, hein, M&M?* A criança trocada. Eu estava escrevendo sobre essa idéia — cópias, duplos, múltiplos de um. Confusões. De repente eu me lembrei das duas figuras masculinas idênticas na colagem de Mark, com as duas fotos de bebê. Como era mesmo aquela história que Bill me contara uma vez sobre Dan? Lembrei. Dan estava internado no hospital depois de sua primeira crise. Bill tinha cabelo comprido na época, mas cortou. Quando foi visitar Dan, Bill chegou no hospital de cabelo curto. Dan olhou para Bill e disse: "Você cortou o meu cabelo!". Isso acontece às vezes com esquizofrênicos, Bill me disse. Eles erram os pronomes. E com afásicos também. Meus pensamentos eram desordenados. Vi o Saturno de Goya comendo o próprio filho, a fotografia de Giles mordendo o próprio braço, depois Mark afastando rapidamente a cabeça de meu braço quando acordei na cama. A mensagem deixada na secretária eletrônica: O *M&M sabe que eles mataram-me.* Não. O *M&M sabe que eles mataram Me.* O menino sentado na escada com uma bolsa verde entre os joelhos. Me. Eles o chamavam de "Me".

"Você está bem, Leo?", Violet perguntou.

Fiquei olhando para ela durante alguns instantes e depois expliquei.

"Rafael e Me são a mesma pessoa", concluiu Violet.

"O menino que dizem que o Giles matou?", perguntou Pinky.

A conversa que se seguiu logo resvalou para o bizarro. Tecemos teorias sobre a suposta escravidão de Rafael, o possível caso de Mark com Giles, a mutilação tão bem-acabada de Teenie e a série de gatos mortos que andara enfeitando a cidade. Lazlo falou da *Special K* e de uma outra droga chamada ecstasy — uma pílula minúscula também chamada simplesmente de "E", mais uma letra do crescente alfabeto das drogas farmacêuticas. Mas o único dado concreto de que dispúnhamos era minha visão momentânea de um menino sentado na escada numa certa madrugada a quem Mark chamou de "Me". Pelo telefone, uma garota desconhecida retransmitira a Violet um boato a respeito do possível assassinato de um menino chamado Rafael, mas quem poderia garantir que aquela história não passava de pura invenção? Naquele momento, porém, minha imaginação corria solta, e levantei a hipótese de que Giles estivesse por trás tanto do telefonema que Violet recebera como da mensagem deixada na secretária de Bill. "Ele dá entrevistas com vozes diferentes", argumentei. "Talvez Giles seja a garota que falou com você pelo telefone." Violet discordou, dizendo que a voz que ela ouvira não era um falsete. Quando Pinky mencionou que existiam aparelhos que alteravam a voz e que podiam ser acoplados a telefones, Violet começou a rir. Sua risada logo se transformou num *staccato* de guinchos agudos, e então lágrimas lhe escorreram pelo rosto. Pinky se levantou, se ajoelhou na frente de Violet e a abraçou. Lazlo e eu continuamos sentados, observando as duas mulheres, que se balançavam e se embalavam num longo abraço. Pelo menos cinco minutos se passaram antes que o misto de riso e choro de Violet cedesse lugar a pequenos soluços ofegantes e uma fungação convulsiva. "Você está exausta", Pinky disse a Violet, fazendo um carinho na cabeça dela. "Você está completamente esgotada."

* * *

Àquela altura, dois meses já haviam se passado sem que uma única carta de Erica chegasse para mim. Um dia antes de Mark voltar para Nova York, quebrei nosso pacto e telefonei para ela. Não pensei que fosse pegá-la em casa, e tinha até preparado um pequeno discurso para a secretária eletrônica. Quando Erica atendeu o telefone e disse "Alô", cheguei a ficar engasgado. Depois que me identifiquei, ela ficou muda, e aquele pequeno intervalo de silêncio me deixou subitamente com raiva. Eu disse que nossa amizade, casamento, ligação — ou sei lá que merda era aquela — tinha se transformado numa empulhação, uma mentira, um nada, e que eu estava de saco cheio daquela história toda. Se ela estava com outra pessoa, eu tinha o direito de saber. Se ela já estava em outra, eu queria ficar livre dela e esquecê-la de vez.

"Eu não estou com ninguém, Leo."

"Então por que você não respondeu às minhas cartas?"

"Eu já comecei a escrever umas cinqüenta cartas, mas joguei todas fora. Eu tenho a impressão de que estou sempre me explicando e me analisando, blablablá. Mesmo com você. Eu não agüento mais essa minha necessidade de estar sempre esquadrinhando e dissecando tudo. Quando eu faço isso, parece que estou despejando um monte de sofismas, de mentiras inteligentes, de desculpas para mim mesma." Erica soltou um suspiro e, diante daquele som tão familiar, minha raiva passou. E quando passou, descobri que estava sentindo falta dela. A raiva tem um foco, uma objetividade que a empatia não tem, e lamentei me ver embrenhado de novo naquele difuso território emocional.

"Eu tenho escrito tanto, Leo. Está sendo difícil escrever para você. Estou às voltas com o Henry James de novo."

"Sei."

"Eu tenho paixão por eles, sabe?"

"Por quem?"

"Pelos personagens dele. Eu gosto muito deles porque são tão complicados que, quando estou pensando neles e no sofrimento deles, eu me esqueço de mim mesma. Eu pensei em ligar para você, mas... Eu devia ter ligado, foi estupidez minha. Desculpa."

Quando terminamos de conversar, eu e Erica tínhamos decidido que passaríamos a telefonar um para o outro, além de escrever. Eu disse para ela me mandar seu livro quando se sentisse pronta e disse que a amava. Ela disse que também me amava. Não havia outra pessoa. Jamais haveria outra pessoa. Depois que desliguei o telefone, entendi que nós dois nunca ficaríamos livres um do outro, mas isso não me deu alegria nenhuma. Eu não queria abrir mão de Erica; ao mesmo tempo, ficava revoltado com aquela ligação teimosa que existia entre nós. Uma ausência tinha nos separado, mas essa mesma ausência nos algemara um ao outro para sempre.

Eu tinha telefonado da minha mesa, e depois de passar alguns minutos pensando, abri a gaveta e examinei meu cabedal de objetos. Estranhei aquela curiosa coleção de lembranças, que incluía um par de meias pretas, um pedaço de papelão queimado e um quadrado de papel fino recortado de revista. Olhei para o rosto de Violet na fotografia e para o rosto de Bill, que tinha os olhos fixos na esposa. Sua esposa. Sua viúva. Os mortos. Os vivos. Peguei o batom de Erica. Minha esposa e seus amados personagens nos livros de um homem morto. Apenas ficções. Mas todos nós vivemos nelas, pensei, nas histórias imaginárias que contamos a nós mesmos sobre nossas vidas. Depois, peguei o desenho de Dave e Durango de Matt.

Mark parecia melhor. Seus olhos azuis tinham uma expressão mais atenta, e ele ganhara alguns quilinhos nos meses em que estivera fora. Até sua voz parecia mais firme e convicta. Seus dias consistiam em procurar emprego de manhã, participar das reuniões dos Narcóticos Anônimos à tarde e depois se encontrar com o rapaz que se tornara seu padrinho. Alvin era ex-viciado em heroína e não devia ter mais do que trinta anos. Era um homem arrumadinho e bem-educado, de pele morena, barba rente e bem aparada e olhos que faiscavam determinação. Era um homem renascido, um personagem dostoievskiano que tinha emergido do subterrâneo para prestar apoio a um companheiro necessitado. Seu corpo era um bloco rígido de tenacidade, e só de olhar para ele eu me sentia lânguido, supérfluo e ignorante. Como milhares de outros ex-viciados, o padrinho de Mark tinha "chegado ao fundo do poço", até que decidira mudar de vida. Eu nunca soube da história de Alvin, mas Mark contou a mim e a Violet inúmeras outras que ouvira em Hazelden, fábulas sórdidas de necessidades desesperadas que levavam a mentiras, abandonos, traições e, às vezes, violência. Cada história tinha um nome atrelado a ela — Maria, John, Angel, Hans, Mariko, Deborah. O interesse de Mark por essas histórias era óbvio, mas ele tendia a se concentrar nos detalhes torpes, e não nas pessoas que tinham sido responsáveis por eles. Talvez visse os atos praticados por aquelas pessoas como espelhos de sua própria degradação.

Violet estava esperançosa. Mark ia às reuniões todos os dias, conversava com Alvin com freqüência e estava trabalhando como ajudante de garçom num restaurante da Grand Street. Seguindo as regras do programa, Violet dissera que não lhe imporia mais castigos, mas que ele só poderia morar com ela se continuasse "limpo" — e ponto final. No meio do mês, Mark bateu em minha porta uma noite, por volta das onze. Eu já estava na cama, mas ainda estava acordado. Quando abri a porta, vi Mark parado no corredor. Convidei-o para entrar. Ele foi até o sofá, mas não se sentou. Olhou para a pintura de Violet, depois na minha direção e depois para os pés. "Desculpa", disse. "Desculpa por eu ter te magoado."

Olhei para ele e apertei o cinto de meu roupão, como se aquela corda pudesse ajudar a conter minhas emoções.

"Eu estava sob o efeito das drogas", continuou. "Elas ferraram com a minha cabeça, mas eu sou responsável por tudo o que aconteceu."

Eu não disse nada.

"Você não tem que me perdoar, mas é importante que eu peça desculpas. Faz parte do programa dos doze passos."

Balancei a cabeça.

Os músculos do rosto de Mark estavam trêmulos.

Ele tem dezenove anos, pensei comigo.

"Eu queria que tudo fosse diferente, que as coisas fossem como antes." Mark olhou nos meus olhos pela primeira vez. "Você gostava de mim antigamente. A gente tinha boas conversas."

"Eu não sei o que essas conversas realmente significaram, Mark. Você mentia tanto que..."

Ele me interrompeu. "Eu sei, mas eu mudei." Havia um tom de desespero em sua voz. "Eu disse coisas para você que nunca disse para ninguém. E fui sincero. De verdade."

O desespero parecia vir de dentro dele, como se do fundo do seu peito. Será que era um som novo? Será que eu já tinha ouvido aquele tom antes? Eu tinha a impressão de que não. Com muita cautela, pus a mão no ombro dele. "O tempo vai dizer. Você está tendo a chance de reverter as coisas, de construir uma vida diferente. Eu acredito que você seja capaz."

Mark chegou mais perto de mim e abaixou um pouco a cabeça para olhar bem no meu rosto. Parecia imensamente aliviado. Soltou um longo suspiro e depois disse "Posso?", abrindo os braços para me abraçar. Hesitei, mas acabei cedendo. Ele se inclinou, encostou a cabeça em meu ombro e me abraçou com uma intensidade e uma ternura que me fizeram lembrar de seu pai.

Na manhã do dia 2 de dezembro, bem cedo, Mark desapareceu. No mesmo dia, Violet recebeu uma carta de Deborah — a moça com quem Mark e ela tinham feito amizade na Hazelden. Era quase meia-noite quando Violet desceu ao meu apartamento com a carta na mão, sentou no sofá e a leu para mim.

> Querida Violet,
>
> Eu quis escrever para você para contar que estou indo bem. Cada dia é uma grande batalha sem beber e tudo mais, mas eu tenho conseguido segurar a barra com a ajuda da minha mãe. Ela está tentando não gritar tanto comigo depois do que nós dissemos na reunião das famílias. Ela sabe que os gritos não me fazem bem. Quando a coisa aperta, eu penso no canto que ouvi vindo do céu naquela noite na Hazelden e naquelas vozes celestes que me disseram que eu sou filha de Deus e que ele me ama só por isso. Eu sei que algumas pessoas acharam que eu tinha ficado lelé quando eu disse que não era mais Debbie. Mas nas reuniões das famílias eu percebi que você me entendia. Eu tinha que ser Deborah depois que ouvi aquelas vozes cantando. Você é uma pessoa muito boa e o Mark tem muita sorte de ter você como madrasta. Ele me contou como você o ajudou a superar a crise de abstinência, quando ele estava tremendo e vomitando sem parar antes de vocês virem para Minnesota. Eu sempre quis ter uma pessoa como você perto de mim. Tenho pedido a todo mundo para rezar por mim, e espero que você

possa rezar por mim também. Feliz Natal e um ano novo maravilhoso para você!

Beijos,

Deborah

P.S. Eu vou tirar meu gesso na semana que vem!

Quando terminou de ler, Violet pousou a carta no colo e levantou o rosto para olhar para mim.

"Você nunca me contou que o Mark entrou em crise de abstinência", eu disse.

"Eu não contei porque ele nunca entrou."

"Mas por que então a Deborah escreveria isso?"

"Porque ele disse para ela que tinha entrado em crise."

"Mas por que ele faria isso?"

"Eu acho que ele queria se encaixar no grupo, se sentir mais parecido com os outros. Quer dizer, o Mark se drogava, mas ele nunca chegou a ficar fisicamente dependente das drogas. Provavelmente ficava mais fácil para ele explicar todas as mentiras e roubos fingindo que tinha sido um viciado da pesada." Violet ficou em silêncio por alguns instantes. "No final, todo mundo já estava apaixonado por ele — os psicólogos, os outros pacientes, todo mundo. Eles o transformaram num líder de grupo. O Mark era uma estrela. Ninguém gostava muito da Debbie. Ela se veste feito uma prostituta e tem a pele ruim. Está com vinte e quatro anos e já fez tratamento de desintoxicação três vezes. Quase morreu afogada uma vez. Ficou tão bêbada que caiu num lago. Outra vez, ela saiu com o carro da estrada, se esborrachou numa árvore e teve a carteira de motorista suspensa. Antes de ir parar na Hazelden, ela voltou para casa doidona, caiu da escada na casa da mãe e quebrou a perna em cinco lugares. Ela está com um gesso até aqui." Violet apontou para a coxa. "Bom, ela mentia e roubava da mãe, exatamente como o Mark. Fez michê durante um tempo. A mãe dela não agüentava mais. Numa reunião, ela começou a gritar para a Debbie 'Você é uma bebezona. Eu me sinto como se estivesse há vinte quatro anos cuidando de um bebê que não faz nada além de chorar e vomitar. Você nunca foi uma companheira para mim, nunca! Eu não faço nada na vida a não ser cuidar de você'. Aí a mãe dela começou a chorar, a Debbie começou a chorar e eu comecei a chorar. Fiquei sentada naquela cadeira e chorei até ficar com os olhos inchados pela pobre da Debbie e a coitada daquela mãe." Violet me deu um sorriso irônico. "E olha que eu nunca tinha visto as duas mais gordas... Bom, aí, no segundo mês, a Debbie teve aquela sua visão e virou Deborah."

"Ouviu o canto dos anjos."

Violet fez que sim. "Apareceu na reunião seguinte com o rosto iluminado feito uma lâmpada."

"É, mas essas iluminações repentinas às vezes passam, sabe? Aliás, é o que acontece em geral."

"Eu sei, mas ela acredita na sua história e nas palavras que ela usa para contá-la."

"E o Mark não. É isso que você quer dizer?"

Violet se levantou. Apertou a testa com as mãos e começou a andar de um lado para outro. Fiquei tentando me lembrar se já a tinha visto andar assim antes de Bill morrer. Vi Violet dar vários passos e depois se virar. "Às vezes eu acho que ele não entende o que é a linguagem. É como se ele nunca tivesse conseguido entender o que os símbolos são, como se nunca tivesse captado a estrutura das coisas. Ele sabe falar, mas só usa as palavras como uma forma de manipular as pessoas." Violet pegou um cigarro e o acendeu.

"Você tem fumado muito ultimamente", eu lhe disse.

Ela tragou o Camel, fez um gesto com a mão como quem

diz "me deixa" e continuou. "É mais do que isso. O Mark não tem uma história."

"Claro que tem. Todo mundo tem."

"Mas ele não sabe que história é essa, Leo. Na Hazelden, as pessoas toda hora pediam que ele falasse de si mesmo. No início ele resmungou algumas coisas sobre o divórcio — sobre sua mãe, seu pai. A psicóloga insistia com ele. Como assim? Explique. Aí um dia ele se virou e disse: 'Todo mundo vive me dizendo que o problema só pode ter sido o divórcio, então deve ter sido mesmo'. Eles ficaram possessos com isso. Eles queriam que ele sentisse, que contasse a sua história. Então ele começou a falar. Mas, pensando bem agora, ele nunca disse nada que tivesse muita importância. Mas ele chorou. E aí, nossa, eles ficaram felicíssimos. O Mark deu a eles o que eles queriam — sentimento, ou algo que tinha a aparência de sentimento. Mas construir uma história é fazer conexões no tempo, e o Mark está preso numa dobra temporal, numa repetição doentia que o joga para a frente e para trás, para a frente e para trás."

"Você quer dizer da mesma forma que ele ficava quicando entre a casa do pai e a casa da mãe?"

Violet parou de andar. "Eu não sei. Milhares de filhos de casais divorciados passam a infância quicando entre as casas dos pais e não ficam como o Mark ficou. Não pode ser isso." Violet me deu as costas e foi andando até a janela. Fiquei olhando para seu corpo, enquanto ela continuava parada em frente à janela, com o cigarro queimando perto da coxa. Estava usando uma calça jeans velha que tinha ficado larga demais para ela. Estudei a faixa de pele nua entre sua blusa curta e o cós da calça. Depois de alguns instantes, levantei e fui até a janela. O cigarro tinha um cheiro acre de produtos químicos, mas por trás da fumaça eu sentia o cheiro do perfume de Violet. Queria tocar seu ombro, mas não toquei. Ficamos em silêncio, olhando para a rua. Tinha parado de chover, e fiquei vendo as gotas gordas de água se desfazerem e escorrerem pela vidraça. À minha direita, eu via baforadas de fumaça branca saindo de um bueiro da Canal Street.

"O que eu sei é que não dá para acreditar em nada do que ele diz. E eu não estou me referindo só a agora. Eu estou dizendo que não dá para acreditar em nada do que ele já disse na vida. Algumas das coisas que ele disse devem ser verdadeiras, mas eu não sei quais." Violet estava olhando para a rua com os olhos apertados. "Você se lembra do periquito do Mark?"

"Eu me lembro do funeral."

Só os lábios de Violet se mexiam. O resto de seu corpo parecia estar congelado no lugar. "Ele quebrou o pescoço na porta da gaiola." Alguns segundos se passaram antes que ela voltasse a falar, com a mesma voz baixa. "Todos os bichinhos do Mark morreram — os dois porquinhos-da-índia, os ratinhos brancos e até os peixes. Mas é claro que esses bichinhos morrem muito mesmo. São muito frágeis..."

Não respondi nada. Violet não tinha feito uma pergunta. A fumaça que saía do bueiro ficava bonita iluminada pela luz dos postes, e enquanto a víamos se espalhar no ar, era como se estivéssemos assistindo à difusão da nuvem infernal de nossas próprias suspeitas.

O telefonema de Mark três dias depois foi o catalisador da viagem mais estranha que já fiz na vida. Quando desceu para me contar sobre a ligação, Violet disse: "Só Deus sabe se é verdade, mas ele disse que está em Minneapolis com Teddy Giles. Disse que viu uma arma na mala do Giles e que está com medo que o Giles esteja planejando matá-lo. Quando eu perguntei por quê, ele disse que o Teddy lhe contou que tinha matado aquele menino chamado 'Me' e jogado o corpo no rio Hudson. O Mark disse que sabia que isso era verdade. E aí, quando perguntei como ele sabia que era verdade, ele falou que não podia me dizer. Perguntei por que ele tinha mentido quando nós lhe perguntamos sobre os boatos e por que não tinha ido à polícia, e ele respondeu que não fez isso por que estava com medo. Aí eu perguntei por que ele tinha viajado com o Giles, se tinha medo dele. Em vez de me responder, ele começou a falar que dois detetives andaram fazendo perguntas na Finder Gallery e nas boates sobre a noite em que o menino desapareceu. Ele acha que o Giles pode estar fugindo da polícia. O Mark quer que eu mande dinheiro para ele comprar uma passagem de avião de volta para casa."

"Você não pode mandar dinheiro para ele, Violet."

"Eu sei. Eu disse para ele que eu poderia providenciar para que uma passagem estivesse à espera dele no aeroporto, mas ele disse que não tem dinheiro nem para chegar ao aeroporto."

"Ele pode trocar a passagem e usá-la para ir para outro lugar."

"Eu nunca passei por nada parecido com isso, Leo. Tudo parece tão irreal."

"Pela sua intuição, deu para sentir se ele estava mentindo ou não?"

Violet sacudiu a cabeça devagar. "Eu não sei. Já faz muito tempo que eu temo que exista alguma coisa por trás..." Respirou fundo. "Se o que ele disse é verdade, a gente tem que dar um jeito de levar o Mark até a polícia."

"Liga para ele. Diz que eu vou me encontrar com ele lá para nós voltarmos juntos para Nova York. É o único jeito de garantir que ele volte para cá."

Violet ficou surpresa. "Mas e as suas aulas, Leo?"

"Hoje é quinta-feira. Eu só tenho que dar aula novamente na terça. Não vou demorar mais do que quatro dias para voltar."

Insisti que era minha tarefa buscar Mark, que eu queria fazer isso, e no final Violet acabou concordando em deixar que eu fosse. No entanto, mesmo enquanto estava argumentando, eu sabia que minhas razões para querer ir eram nebulosas. A idéia de que eu estava agindo impulsivamente me empolgava, e essa imagem excitante de mim mesmo me deu ânimo para levar os preparativos adiante. Enquanto eu fazia a mala, Violet ligou para Mark, disse para ele me encontrar no saguão do hotel à meia-noite — uma hora depois do horário de chegada previsto para meu avião — e aconselhou-o a ficar em lugares públicos até que eu chegasse. Joguei uma camisa, uma cueca e um par de meias dentro de uma pequena bolsa de lona, como se eu voasse rotineiramente para cidades do Meio-Oeste para laçar jovens ariscos. Dei um abraço de despedida em Violet — com mais confiança do que de costume — e imediatamente arranjei um táxi para me levar para o aeroporto.

Assim que tomei meu assento no avião, porém, o encanto começou a passar. Fiquei me sentindo como um ator que deixa o palco e perde de repente a adrenalina que o vinha sustentando tão bem em sua atuação como outra pessoa. Enquanto estudava a calça de camuflagem do rapaz sentado na cadeira ao meu lado, eu me sentia mais quixotesco do que heróico, mais velho do que jovem, e comecei a me perguntar rumo a que eu estava voando. A história de Mark era bizarra. Um corpo atirado no rio. Detetives fazendo perguntas. Uma arma dentro de uma mala. Por acaso esses não eram elementos corriqueiros da ficção policial? Não era verdade que Giles brincava exatamente com convenções desse tipo em sua arte? Não era bem provável que eu tivesse me transformado num joguete em alguma espécie de "assassinato conceitual" inventado por Giles? Ou será que eu estava julgando Giles mais inteligente do que ele era de fato? Lembrei-me do menino de rosto redondo sentado na escada, agarrado a uma bolsa de plástico cheia de peças de Lego, e de repente me ocorreu a idéia absurda de que eu saíra de casa desarmado para enfrentar um possível assassino. De qualquer forma, eu não possuía mesmo arma nenhuma, a não ser facas de cozinha. E foi então que me lembrei do canivete de Matt na minha gaveta em casa. Enquanto eu continuava a reter a imagem mental do canivete, uma sensação desagradável crescia dentro de mim. Lembrei-me de Mark pequeno, de quatro no chão do quarto de Matt. Vi Mark deslizar para debaixo da cama e reaparecer depois de alguns instantes, olhando para mim com seus grandes olhos azuis. "Onde é que ele pode ter se enfiado? Ele tem que estar aqui em algum lugar."

O saguão do Minneapolis Holiday Inn era um vasto salão com um elevador de vidro, um imenso balcão de recepção curvo e um teto longínquo ornamentado com uma peça fina e ondulada de metal, pintada num tom horrendo de marrom. Procurei por Mark, mas não o encontrei. O café à minha direita estava escuro. Sentei e fiquei esperando até meia-noite e meia. Depois usei o telefone do hotel para ligar para o quarto 1512, mas ninguém atendeu. Não deixei recado. O que eu ia fazer se Mark não aparecesse? Fui andando até o balcão da recepção e perguntei ao funcionário se poderia deixar um recado para um dos hóspedes do hotel, Mark Wechsler.

Vi os dedos do homem digitarem as letras no computador. Em seguida, ele sacudiu a cabeça e disse: "Nós não temos nenhum hóspede com esse nome".

"Então tente Giles", pedi. "Teddy Giles."

O homem fez que sim. "Aqui está. Senhor e senhora Giles no quarto 1512. Se o senhor quiser deixar um recado, o telefone do hotel fica ali", disse, movendo a cabeça para a esquerda.

Agradeci e voltei para minha poltrona. Sr. e sra.? Giles deve estar vestido de mulher, pensei. Mesmo que a história toda fosse mentira, não seria mais plausível que Mark viesse se encontrar comigo para continuar a alimentar a farsa? Enquanto tentava resolver o que faria, vi com o canto dos olhos a figura de uma mulher jovem e muito alta. Ela estava atravessando o saguão com passos rápidos em direção à porta. Embora não conseguisse ver seu rosto, notei que ela tinha o andar confiante de uma mulher bonita que está acostumada a ser observada. Virei-me para trás para olhar para ela. Usava um longo casaco preto, com gola de pele, e botas de salto baixo. Quando entrou na porta giratória para sair para a rua, vi seu perfil de relance e tive a estranha sensação de que a conhecia. Seus cabelos louros e compridos balançaram ao vento quando a porta girou. Levantei. Tinha a certeza de que conhecia aquela mulher. Fui andando na direção da porta o mais rápido que pude e vi um táxi verde e branco esperando do lado de fora. A porta traseira do táxi se abriu e, ao mesmo tempo, a luz interna do carro iluminou o rosto de um homem que estava sentado no banco de trás. Era Giles. A mulher sentou ao lado dele. A porta do táxi se fechou e, com o barulho, eu me dei conta do que acabara de ver — Mark. A mulher era Mark.

Saí correndo para o ar frio da noite, agitei os braços para o táxi que já se movia e gritei "Pára!". O táxi saiu da entrada do hotel e pegou a rua. Não havia outros táxis à vista. Dei meia-volta e entrei no hotel de novo.

Depois de ter pedido um quarto para passar a noite, deixei um bilhete com o funcionário. "Caro Mark", escrevi. "Você parece ter mudado de idéia com relação a sua intenção de voltar para Nova York. Vou estar aqui até amanhã de manhã. Se você ainda quiser uma passagem para voltar para casa, ligue para mim no quarto 7538. Leo."

O quarto tinha carpete verde, duas camas de casal com colchas de motivos florais em tons de laranja e verde, uma janela que não dava para abrir e um aparelho de televisão gigantesco. Aquelas cores me deprimiram. Como eu tinha prometido ligar para Violet mesmo que já estivesse muito tarde, peguei o telefone e disquei seu número. Ela atendeu depois do primeiro toque e ficou ouvindo em silêncio enquanto eu relatava o que tinha acontecido.

"Você acha que é tudo mentira?", Violet perguntou quando terminei.

"Eu não sei. Para que ele iria querer que eu me despencasse até aqui?"

"Talvez ele estivesse se sentindo encurralado e não estivesse conseguindo pensar numa maneira de escapar. Você me liga amanhã de manhã?"

"Claro."

"Você sabe que eu te acho um homem maravilhoso, não sabe?"

"Fico muito feliz de ouvir isso."

"Eu não sei o que seria de mim sem você."

"Você se sairia muito bem."

"Não, Leo. Foi você que não me deixou desmoronar."

Depois de alguns instantes de silêncio, eu disse: "A recíproca também é verdadeira".

"Fico feliz que você pense assim", ela disse num tom carinhoso. "Vê se consegue dormir."

"Boa noite, Violet."

"Boa noite."

Ouvir a voz de Violet me deixou agitado. Vasculhei o minibar, peguei uma garrafa minúscula de uísque e liguei a televisão. Um homem morto estava estendido no meio da rua. Mudei de canal. Uma mulher de cabelo armado anunciava uma máquina de picar, com um imenso número de telefone acima de sua cabeça. Fiquei esperando a ligação de Mark, tomei outra dose de uísque e peguei no sono perto do fim de *Invasores de corpos*, quando o Kevin McCarthy está correndo às cegas pela estrada à noite, enquanto caminhões carregados de casulos alienígenas passam ao seu lado zunindo. Quando o telefone tocou, eu estava dormindo fazia horas e sonhava com um homem louro que tinha os bolsos cheios de pílulas minúsculas. Quando ele pegou as pílulas nas mãos e as mostrou para mim, elas começaram a andar feito larvas brancas.

Olhei para o relógio. Passava das seis.

"Aqui é o Teddy."

"Chame o Mark."

"A senhora Giles está dormindo."

"Acorde-o."

"Ela pediu que eu te passasse um recado. Posso falar? Lá vai então: cidade de Iowa. Pegou? Holiday Inn, cidade de Iowa."

"Eu vou até o quarto de vocês. Eu só quero falar um instante com o Mark."

"Ela não está no hotel. Ela está aqui. Nós estamos no aeroporto."

"O Mark vai com você para Iowa? O que tem em Iowa?"

"O túmulo da minha mãe." Giles desligou.

O aeroporto de Iowa estava deserto. Uma dúzia de viajantes no máximo, todos eles de parca, arrastavam suas malas de rodinhas pelos corredores, e fiquei me perguntando onde todo mundo teria se enfiado. Tive de telefonar para chamar um táxi e depois ficar esperando uns vinte minutos num vento gélido até que ele chegasse. A funcionária do balcão de *check-in* de Minneapolis tinha se recusado a me informar se Theodore Giles e Mark Wechsler estavam entre os passageiros do avião que partira às sete horas naquela manhã, mas o horário de partida se encaixava com a hora em que Giles me ligara. Quando telefonei para Violet do aeroporto de Minneapolis, ela me disse para voltar para casa, mas falei que não, queria ir em frente. Vendo a paisagem pela janela do táxi, fiquei me perguntando por quê. Iowa era plana, marrom e triste. Suas planícies monótonas e quase sem árvores só eram interrompidas por extensões cobertas por uma camada de neve suja que ainda não derretera, sob um imenso céu sombrio. À distância, avistei uma fazenda, com seu silo cinza projetando-se do chão, e pensei em Alice e seu ataque epiléptico no celeiro. O que eu esperava encontrar ali? O que pretendia dizer a Mark? Meus braços e pernas doíam. Acordara com torcicolo e sentia uma dor horrível quando tentava virar a cabeça. Para olhar pela janela, tinha de girar meu tronco inteiro, o que forçava a região lombar. Não tinha me barbeado e, naquela manhã, notara uma mancha na perna da minha calça. Você está um caco, disse a mim mesmo, mas ainda há alguma coisa que você espera tirar disso tudo — alguma idéia de si mesmo, alguma espécie de redenção. A palavra "redenção" me viera à cabeça por alguma razão, mas eu não sabia qual. Por que eu tinha a sensação de que havia sempre um cadáver por detrás dos meus pensamentos? Um menino que eu não conhecia, um menino que eu só vira uma vez. Será que eu seria capaz ao menos de descrevê-lo? Será que eu tinha vindo até Iowa por causa de Rafael, que também atendia pelo nome de "Me"? Eu não conseguia responder às minhas próprias perguntas. Não era uma experiência nova. Quanto mais eu penso sobre alguma coisa, mais ela parece evaporar, subindo como fumaça de dentro de alguma caverna da minha mente.

O Holiday Inn da cidade de Iowa cheirava a umidade e vapor, exatamente como a piscina da YMHA* onde eu tinha feito aula de natação não muito depois de ter me mudado para Nova

* Young Men's Hebrew Association. (N. T.)

York. Enquanto examinava a mulher obesa de cabelo louro frisado que estava de pé atrás do balcão, eu me lembrei dos barulhos ecoantes que o trampolim fazia quando eu saltava e da sensação do meu calção molhado deslizando pernas abaixo, sob a luz fraca do vestiário. Um cheiro forte de cloro impregnava o saguão, como se a água de alguma piscina oculta tivesse vazado em todas as paredes, tapetes e poltronas. A mulher usava um suéter azul-turquesa com enormes flores rosa e laranja tecidas no próprio tricô. Fiquei na dúvida de como estruturar minha frase. Será que eu devia perguntar por dois rapazes ou por um homem magro e pálido acompanhado de uma mulher loura e alta? Decidi usar os nomes.

"Encontrei Wechsler", disse a mulher. "William e Mark."

Olhei para o chão. Os nomes me magoaram. Pai e filho.

"Eles estão no quarto?", perguntei. Meus olhos foram atraídos por um broche que ela usava acima de seu imenso seio direito. Estava escrito MAY LARSEN.

"Não. Saíram faz uma hora."

Quando ela se inclinou na minha direção, percebi que May Larsen estava curiosa. Seus olhos, de um tom aguado de azul, tinham um brilho alerta e matreiro que preferi fingir não ver. Pedi um quarto.

Ela examinou meu cartão de crédito. "Eles deixaram um bilhete para o senhor." May Larsen me entregou a chave de meu quarto e um envelope. Mesmo tendo me afastado um pouco dela, senti seus olhos em cima de mim quando abri o papel.

Querido tio Leo,

Agora nós estamos todos aqui. Me 1, Me 2 e Me 3. Fomos ao cemitério.

Com muito amor,

Sandra, a Monstra, & Cia.

Foi May Larsen quem me disse que entreouvira Mark e Giles dizerem que iam fazer compras, e foi ela também quem me explicou como chegar ao shopping que ficava a apenas alguns quarteirões de distância dali. Eu jamais deveria ter saído do hotel, mas a perspectiva de ficar plantado no saguão, talvez por horas a fio, sob o olhar vigilante da sra. Larsen era insuportável. Saí e fui andando por uma pequena rua de pedestres, uma área que fora reformada segundo os novos padrões americanos de passadismo pitoresco. Examinei os bancos atraentes, as pequenas árvores desfolhadas e uma loja que anunciava *cappucinos*, *lattes* e expressos. No final da rua, dobrei à esquerda e logo encontrei o shopping. Assim que entrei, fui cumprimentado por um Papai Noel mecânico sentado em cima de uma pequena vitrine. Ele se inclinou e me dirigiu um aceno rígido.

Não sei quanto tempo fiquei naquele lugar, perambulando entre os cabides de vestidos frouxos, camisas coloridas e jaquetas gordas recheadas de penas que pareciam bem mais quentes do que meu casaco de lã. Os enfeites cintilantes e as luzes fluorescentes pareciam tremeluzir acima de minha cabeça, enquanto eu espiava para dentro de uma loja depois da outra. Todas elas eram marcas familiares, com filiais em quase todas as cidades da América. Nova York também tem essas mesmas lojas, mas quando eu sai de uma Gap para entrar numa Talbots ou numa Eddie Bauer, esperando encontrar Mark e Teddy atrás de cada pilha gigantesca de mercadoria, me senti um estrangeiro de novo. As lojas das grandes cadeias que brilham absolutas nas planícies vazias do Meio-Oeste da América são engolidas inteiras na cidade de Nova York. Em Manhattan, seus logotipos *clean* têm de competir com os letreiros desbotados de milhares de negócios naufragados, com o barulho, a fumaça e o lixo das ruas e com conversas e gritos de pessoas que falam em dezenas de línguas diferentes. Em Nova York, só alguém obviamente violento se destaca — o mendigo que atira garrafas contra uma parede, a mulher que berra de guarda-chuva na mão. Mas, naquela tarde, vendo minha imagem refletida num espelho atrás do outro, minhas feições me pareceram subitamente alienígenas. Cercado pelos habitantes de Iowa, eu parecia um judeu emaciado andando no meio de uma multidão de gentios superalimentados. E durante esse acesso de um incipiente complexo de perseguição, comecei a pensar também em sepulturas e lápides, na mãe de Giles e em Mark desfilando de mulher com uma peruca loura. De repente, me senti exausto. Minhas costas doíam, e queria achar uma saída para a rua. Meio trôpego, passei por um cesto de plástico transbordando de sutiãs, me senti nauseado e tive de parar. Por um instante, senti gosto de vômito na boca.

Depois de ter comido um bife duro e uma porção de batatas fritas, voltei para o hotel. Quando cheguei lá, May Larsen me entregou outro bilhete.

Olá, Leo!

Novo local de encontro: Opryland Hotel. Nashville. Se você não vier, eu vou mandar o Mark para junto da minha mãe.

Do seu amigo e admirador,

T. G.

Há noites em que ainda me vejo percorrendo os corredores do Opryland Hotel, pegando elevadores para novos andares e atravessando selvas que crescem sob um teto abobadado de vidro. Passo por vilas minúsculas construídas com a intenção de fazer lembrar Nova Orleans, Savannah ou Charleston. Atravesso pontes sobre água corrente, subo e desço de escadas rolantes, sempre à procura do quarto 149872 numa ala chamada Bayou, que não consigo encontrar. Tenho um mapa e estudo as linhas que a moça da recepção traçou para me ajudar a encontrar o caminho, mas não consigo entendê-las, e minha mala quase vazia fica cada vez mais pesada em meu ombro. A dor que sinto nas costas sobe por minha espinha e, aonde quer que eu vá, ouço uma música country que parece brotar de cantos e fendas misteriosas e que toca sem parar. Nunca vou conseguir dissociar o interior fantasmagórico daquele hotel do que se passou comigo lá, pois sua arquitetura absurda ecoava meu estado de espírito. Perdi o norte e, com ele, os marcos de uma geografia interna com que eu contava para me guiar.

Eu perdera o último avião a decolar de Iowa, e acabei tendo de passar a noite por lá. Na manhã seguinte, peguei um avião de volta a Minneapolis e, à tarde, peguei outro, com destino a Nashville. Disse a mim mesmo, e disse a Violet pelo telefone, que a ameaça contra Mark insinuada no bilhete de Giles me forçava a continuar a caçada. Ao mesmo tempo, eu tinha consciência de que meus métodos até então tinham sido ridículos. Eu poderia perfeitamente ter me plantado na porta do quarto de Mark e Giles no hotel em Minneapolis e esperado que eles voltassem. E poderia ter feito o mesmo em Iowa. Em vez disso, tinha simplesmente deixado um bilhete num lugar e perambulando a esmo por um shopping no outro. Ou seja, tinha me comportado como se não quisesse realmente encontrá-los. Além disso, Giles dera todos os sinais de estar adorando ser perseguido por mim. Tanto sua conversa pelo telefone como seu bilhete combinavam com mestria o sinistro e a provocação envolvente. Giles não parecia estar preocupado com a polícia. Se estivesse, por que anunciaria cada passo seu? E Mark não parecia estar se sentindo nem um pouco ameaçado por Giles. Pegara voluntariamente um avião atrás do outro em companhia de seu amigo, ou amante.

Quando a moça atrás do longo balcão da recepção do Opryland estava traçando com caneta verde o mapa da miríade de alas do hotel e me dando pela terceira vez as boas-vindas "ao maior hotel do mundo", eu já tinha me percebido dentro de um buraco. Mais uma hora e meia se passou antes que eu finalmente conseguisse localizar meu quarto com a ajuda de um senhor de uniforme verde, com um broche no peito que o identificava apenas como "Bill". William é um nome comum, mas ver aquelas quatro letras no peito daquele senhor me abalaram mesmo assim.

Deixei um bilhete para Mark no balcão e um recado na secretária eletrônica do quarto dele. Depois, decidi que andaria quantos quilômetros fossem necessários para chegar ao quarto deles e ficaria esperando até que voltassem. Mas só a idéia de ter de me embrenhar de novo naquele emaranhado interminável de restaurantes e butiques já me causava engulhos. Não estava me sentindo bem. Não eram só minhas costas que me incomodavam. Eu dormira pouco, e uma dor de cabeça vaga mas persistente pressionava minhas têmporas.

Andando pelas fileiras infindáveis de lojas, com seus manequins empetecados e seus ursinhos de pelúcia, perdi as esperanças. Conseguir ou não encontrar Mark quase não parecia mais ter importância, e fiquei me perguntando se Giles já sabia que seu bilhete me levaria ao centro de um labirinto de artifícios que estava muito além de qualquer coisa que eu já tinha experimentado. Enquanto me forçava a seguir em frente, olhei para a vitrine de uma loja e vi máscaras do Gordo e do Magro, uma réplica de borracha de Elvis Presley e várias canecas com a imagem de Marilyn Monroe em relevo, com a saia levantando ao vento.

Um minuto depois, vi Mark e Giles subindo pela escada rolante para o andar em que eu estava. Em vez de chamá-los, me escondi atrás da pilastra de uma pequena mansão da Georgia para observá-los. Fiquei me sentindo covarde e ridículo, mas queria ver como os dois agiam quando estavam juntos. Ambos estavam usando roupas de homem. Sorriam um para o outro e pareciam relaxados, como dois rapazes normais que tivessem saído para se divertir. A postura de Mark no degrau da escada rolante deixava seu quadril saliente, e eu o ouvi comentar com Giles: "Aqueles cachorros eram umas feras. E você viu só a bunda daquele vendedor? Devia ter meio quilômetro de largura, cara".

Não foi o que Mark disse que me assustou. Foi o fato de o registro, a cadência e o tom de sua voz serem totalmente estranhos para mim. Fazia anos que eu via Mark mudar de cor feito um camaleão, fazia anos que eu sabia que ele se transformava de acordo com as circunstâncias ao seu redor, mas, ao ouvir aquela voz desconhecida, foi como se o temor que estava atocaiado havia tanto tempo dentro de mim tivesse encontrado de repente sua terrível confirmação — uma confirmação que me apavorava, mas que também me fazia sentir uma espécie de arrepio de vitória. Agora eu tinha a prova de que ele de fato era outra pessoa. Saí de trás da pilastra e chamei: "Mark".

Os dois se viraram e olharam para mim. Pareciam genuinamente surpresos. Giles foi o primeiro a se recuperar do susto, veio andando na minha direção e parou bem perto de mim. Quando aproximou seu rosto do meu, movi sem pensar a cabeça para trás, me desviando daquele gesto de intimidade. Mas, assim que fiz isso, percebi que cometera um erro. Giles sorriu e disse: "Professor Hertzberg! O que o traz a Nashville?". Estendeu sua mão direita, porém eu não a apertei. Giles continuou mantendo seu rosto branco bem perto do meu, enquanto eu tentava encontrar uma resposta adequada, mas nada me ocorreu. Ele tinha feito a pergunta que eu mesmo vinha me fazendo. Eu não sabia por que tinha ido para Nashville. Olhei para Mark, que estava atrás de Giles, a quase um metro de distância.

Giles continuava a me examinar. Inclinou a cabeça para o lado, esperando uma resposta minha, e notei que ele mantinha a mão esquerda dentro do bolso e parecia estar tateando alguma coisa lá dentro.

"Eu preciso conversar com o Mark", eu disse. "A sós."

Mark abaixou a cabeça. Notei que ele tinha virado os dedos dos pés para dentro, como faz uma criança quando está contrariada. Seus joelhos se dobraram por um instante, mas ele logo recuperou o equilíbrio e se aprumou. Devia estar drogado, concluí.

"Eu vou deixar vocês dois conversarem, então", disse Giles, bem-humorado. "Como você deve imaginar, este hotel é uma fonte riquíssima de inspiração para o meu trabalho. Os artistas costumam esquecer a paisagem fértil que é o comércio na América. Eu ainda tenho muita coisa a examinar." Giles sorriu, deu um adeusinho e saiu andando.

Quatro anos já se passaram desde o dia em que conversei com Mark no Opryland Hotel. Sentamos diante de uma pequena mesa vermelha de metal, com um enorme coração branco desenhado no tampo, num café chamado Love Corner. Já tive anos para digerir o que ele me disse, mas continuo sem saber que interpretação dar a suas palavras.

Mark levantou o rosto e olhou para mim com uma expressão que eu já conhecia. Seus olhos estavam bem abertos, cheios de uma tristeza inocente, e seus lábios formavam o biquinho que ele vinha usando desde muito pequeno. Fiquei me perguntando se seu repertório de expressões faciais teria empobrecido. Ou Mark estava perdendo o seu dom para a variação, ou as drogas estavam prejudicando sua performance. Olhei para aquela máscara de arrependimento e sacudi a cabeça.

"Eu acho que você não está entendendo, Mark", eu disse. "Já é tarde demais para essa cara. Eu ouvi você falando na escada rolante. Eu ouvi a sua voz. Não é a voz que eu conheço. Mas mesmo que não tivesse ouvido, já vi essa expressão milhares de vezes na sua cara. É a expressão que você usa para olhar para os adultos que acabou de magoar, mas acontece que você não tem mais três anos. Você é um homem feito, Mark. Essa cara de cachorro abandonado já não pega mais bem. Pior ainda, é patética."

Mark pareceu ficar surpreso durante meio segundo. Depois, como que obedecendo a uma ordem, sua expressão mudou. Seu biquinho se desfez e seu rosto assumiu de repente um ar mais maduro. Mudar de expressão tão rapidamente foi uma grande mancada da parte dele, e eu me senti subitamente em posição de vantagem.

"Deve ser difícil manobrar tantas caras, tantas mentiras", continuei. "Eu sinto pena de você — inventando aquela história toda sobre a arma e sobre o assassinato só para a Violet te mandar dinheiro... Você acha que ela é burra? Você realmente achou que ela fosse te mandar dinheiro depois de tudo o que você fez?"

Mark abaixou os olhos e ficou olhando para a mesa. "Eu não inventei nada", disse, usando a voz que eu conhecia.

"Eu não acredito em você."

Mark levantou os olhos, mas não a cabeça. Suas íris azuis transbordavam sentimento. Reconheci aquela cara também. Eu já tinha caído em suas águas milhares de vezes. "O Teddy me contou que fez aquilo — que matou o garoto."

"Mas isso tudo aconteceu muito antes de você ir para a Hazelden. Por que você resolveu fugir com o Teddy agora?"

"Ele me pediu para vir com ele, e eu fiquei com medo de dizer não."

"Você está mentindo."

Mark sacudiu a cabeça vigorosamente. "Não estou não!", disse, quase gritando. A três mesas de distância de nós, uma mulher virou a cabeça quando ouviu a exclamação.

"Mark", eu disse, mantendo a voz bem baixa, "será que você não percebe a loucura que você está dizendo? Você poderia ter voltado comigo de Minneapolis. Eu fui até lá para te levar para casa." Fiquei um instante em silêncio. "Eu te vi de peruca. Eu vi você entrar no táxi com ele..." Parei de falar quando Mark deu um sorrisinho debochado e encolheu os ombros.

"Qual é a graça?"

"Ah, sei lá. Você está agindo como se eu fosse um boiola."

"E não é? Vai me dizer que você e o Teddy não são amantes?"

"É só de farra. Não é nada sério. Eu não sou *gay* — é só com ele..."

Estudei o rosto de Mark. Ele parecia um pouco constrangido, mais nada. Debrucei-me sobre a mesa, chegando mais perto dele. "Que tipo de pessoa viaja com um sujeito que ela acha que é um assassino, supostamente por estar com medo dele, e de quebra dá umas trepadinhas com ele 'só de farra'?"

Mark não respondeu.

"Aquele homem destruiu um dos quadros do seu pai. Isso não te incomoda? Era um retrato seu, Mark."

"Não era um retrato meu", ele disse, amuado. Seus olhos tinham ficado vazios.

"Era, sim", eu disse. "Do que você está falando?"

"Não parecia comigo. Era feio."

Eu não disse nada. A antipatia de Mark pelo retrato me desarmou. Isso mudava as coisas de figura, e fiquei me perguntando se aquilo teria influenciado os motivos de Giles. Ele devia saber como Mark se sentia com relação ao quadro.

"A minha mãe guardava aquele quadro no celeiro, todo embrulhado. Ela também não gostava dele."

"Sei."

"Eu não entendo por que tanto escarcéu. O meu pai pintou um monte de quadros. Aquele era só um..."

"Imagine como ele se sentiria."

Mark sacudiu a cabeça. "Ele não estava nem por perto pra ver."

Aquele "por perto" me enfureceu. Olhando para os olhos ocos de Mark e ouvindo aquele eufemismo estúpido para a morte de Bill, perdi completamente a cabeça. "Aquele quadro era muito melhor do que você, Mark. Era mais verdadeiro, mais vivo e mais expressivo do que você já foi ou vai conseguir ser na vida. Feio é você, Mark, não o quadro. Você é feio, vazio e frio. Você é uma coisa que seu pai odiaria." Eu respirava ruidosamente pelo nariz. Minha raiva tinha me dominado, e fiz um esforço para me controlar.

"Que maldade, tio Leo", Mark resmungou.

Engoli em seco. Meu rosto tremia. "É horrível, mas é verdade. Aliás, para mim, é a única verdade nisso tudo. Eu não faço a menor idéia se alguma das coisas que você disse é verdade, mas não tenho a menor dúvida de que o seu pai teria vergonha de você. As mentiras que você conta nem sequer fazem sentido. Não são racionais. São mentiras burras. Falar a verdade seria mais fácil. Por que você não fala a verdade uma vez na vida, para variar?"

Mark estava calmo. Parecia fascinado com minha raiva. "Por que eu acho que as pessoas não iam gostar do que iam ouvir."

Segurei o pulso de Mark e comecei a apertá-lo com toda a minha força. Vendo seu olhar de espanto, senti uma certa satisfação. "Por que você não experimenta falar a verdade agora?"

"Isso machuca."

Fiquei perplexo com sua passividade. Por que ele não se defendeu? Ainda apertando seu braço, grunhi: "Me diz agora. Você está fingindo há anos, não está? Eu nunca vi quem você é de verdade, vi? Você roubou o canivete do Matt e depois fingiu que estava procurando por ele e que estava com pena do Matt". Segurei o outro pulso de Mark e apertei com tanta força que cheguei a sentir uma fisgada no pescoço. Olhei para seu pomo-de-adão, para seus lábios vermelhos e macios e para seu nariz ligeiramente achatado, e só naquele momento me dei conta de que era idêntico ao de Lucille. "Você também traiu o Matt."

"Você está me machucando", ele murmurou.

Apertei com mais força ainda. Não sabia que tinha aquela força dentro de mim. Percebi que estava ofegante, mas só porque me ouvi arfar quando respondi: "Eu quero te machucar". Estava sentindo uma espécie de leveza, uma sensação intensa e prazerosa de vazio e liberdade. Lembrei-me da expressão "cego de raiva" e pensei comigo: isso não está certo. Observava cada nuance de dor no rosto de Mark, e a cada uma me sentia mais embriagado.

"Solta o garoto agora." A voz do homem me deu um susto. Soltei os pulsos de Mark e levantei a cabeça para ver quem era.

"Eu não sei o que está acontecendo aqui, mas se você não parar com isso neste instante eu vou chamar a segurança para te botar pra fora." O homem tinha um nariz de batata e a pele rosada e estava de avental. "Está tudo bem", disse Mark. Ele escolhera sua cara de inocente para aquela ocasião. Vi sua boca tremer. "Eu estou bem agora. Sério."

O homem olhou bem nos olhos de Mark e em seguida pôs a mão no ombro dele. "Tem certeza?", perguntou. Depois se virou para mim. "Se você encostar a mão nesse garoto de novo, eu juro que volto aqui e quebro a tua cara. Você entendeu?"

Não falei nada. Tinha a sensação de estar com areia nos olhos. Abaixei o rosto e fiquei olhando para a mesa. Meus braços doíam. Quando tentei me endireitar na cadeira, senti uma dor alucinante me subir pela espinha. Tinha conseguido arrebentar minhas costas apertando os pulsos de Mark. Mal conseguia me mover. Mark, por sua vez, parecia muito bem. Começou a falar.

"Às vezes eu acho que tem alguma coisa errada comigo, que talvez eu seja louco. Sei lá. Eu acho que o problema é que eu fico querendo que as pessoas gostem de mim. Não consigo evitar. Às vezes eu fico confuso, sabe? Como, por exemplo, quando eu conheço duas pessoas diferentes de dois lugares diferentes e aí um dia eu encontro as duas juntas numa festa ou alguma coisa assim. Eu fico todo confuso, sabe?, sem saber como agir. Eu sei que você acha que eu não gostava do Matt, mas você está enganado. Eu gostava muito dele. Ele era o meu melhor amigo. Só que eu queria aquele canivete. Não foi nada pessoal nem nada. Eu só peguei o canivete. Não sei por quê, mas eu gosto de roubar. Quando nós éramos pequenos, às vezes a gente brigava por algum motivo e aí o Matt ficava todo triste, começava a chorar e dizia 'Desculpa, Mark. Eu estou arrependido. Me desculpa! Me desculpa!'. Ele falava assim. Era meio engraçado. Mas eu lembro que eu ficava me perguntando por que eu não era assim. Eu nunca me arrependia de nada."

Tentei me ajeitar de forma a conseguir olhar para ele. Eu estava todo curvado, mas consegui levantar os olhos na sua direção. Mark continuava a falar num tom tão inexpressivo quanto seu rosto. "Eu ouço uma voz dentro da minha cabeça, uma voz que ninguém mais ouve, só eu. Eu sei que as pessoas não iam gostar dessa voz, então eu uso outras vozes para falar com elas. O Teddy sabe como eu sou porque ele é igual. Ele é o único que sabe. Mas nem com ele eu falo com essa voz, com a voz que eu ouço na minha cabeça."

Tirei minhas mãos de cima da mesa. "Mas e com a doutora Monk?", perguntei.

Mark sacudiu a cabeça. "Ela se acha muito esperta, mas não é."

"Tudo o que aconteceu entre a gente foi uma farsa."

Mark apertou os olhos. "Não, você não está entendendo. Eu sempre gostei de você, sempre, desde que eu era pequeno."

Não havia a menor possibilidade de eu conseguir balançar a cabeça. Fiquei me perguntando como faria para me levantar. "Eu não sei se alguma coisa aconteceu com aquele menino ou não, mas se você acha que alguma coisa aconteceu, se você realmente acredita que ele está morto, você tem que falar com a polícia."

"Eu não posso."

"Você tem que falar, Mark."

"O Me está na Califórnia", Mark disse de repente. "Ele fugiu com outro cara. O Teddy queria gozar com a sua cara e me pediu para inventar tudo isso. Não tem assassinato nenhum. Foi tudo uma grande piada."

Antes mesmo que Mark tivesse terminado de falar, concluí que ele estava dizendo a verdade. Era a única coisa que fazia sentido. O garoto não estava morto. Estava vivo na Califórnia. A crueldade da história somada à minha própria ingenuidade me encheu de vergonha, e senti meu corpo todo ficar quente. Apoiei os braços na mesa e tentei me levantar da cadeira. Uma dor aguda percorreu meu pescoço e foi descendo até o meio das costas. Não haveria como conseguir sair de cena com muita dignidade. "Você vai voltar para Nova York ou vai ficar aqui?", perguntei a Mark. "A Violet pediu para eu te dizer que não vai mais querer saber de você se você não voltar. Você já tem dezenove anos. Pode perfeitamente se virar sozinho."

Mark olhou para mim. "Você está bem, tio Leo?"

Eu não conseguia ficar de pé direito. Meu corpo estava torcido para um lado e meu pescoço, dobrado num ângulo que devia estar me fazendo parecer um grande pássaro ferido.

Quando Giles surgiu na minha frente de repente, tive a estranha sensação de que ele estivera por perto o tempo todo. "Deixa eu te ajudar", disse. Parecia genuinamente preocupado e isso me assustou. Um segundo depois, Giles já estava segurando meu cotovelo. Para evitar que ele me tocasse, eu teria tido de sacudir o braço e realinhar meu corpo inteiro, coisa que me sentia totalmente incapaz de fazer. "Você devia procurar um médico", ele continuou. "Se a gente estivesse em Nova York, eu ligaria para o meu quiroprático. Ele é ótimo. Uma vez eu arrebentei as costas dançando, você acredita?"

"Nós vamos te levar até o seu quarto, tio Leo. Não vamos, Teddy?"

"Claro."

Foi uma longa e dolorosa caminhada. A cada passo que eu dava, uma dor lancinante me subia da coxa até o pescoço, e como eu não estava conseguindo levantar a cabeça, via muito pouco do que estava à minha volta. Com Teddy de um lado e Mark do outro, eu me sentia vagamente ameaçado. Os dois me conduziam pelo caminho com uma exibição de gentileza e solicitude que me fez pensar em atores a quem tivesse sido pedido que improvisassem uma cena com um aleijado mudo. Na maior parte do tempo, só Giles falava, desfiando um monólogo sobre quiropráticos e acupunturistas. Ele me recomendou ervas chinesas e alongamento, depois passou de medicina alternativa para a arte, falando de seus colecionadores, das vendas que fizera recentemente e de um artigo que fora publicado sobre ele em alguma revista. Eu sabia que havia algum objetivo por trás de sua conversa fiada, que Giles estava querendo chegar a algum lugar com aquela lengalenga, e então ele chegou aonde estava querendo. Começou a falar sobre o quadro de Bill.

Fechei os olhos, na esperança de impedir que suas palavras me atingissem, mas Giles estava dizendo que não tivera a intenção de ofender ninguém, que nem "sonharia" em magoar ninguém, mas que aquilo lhe viera como uma inspiração, como uma via de subversão ainda inexplorada na arte. Falava exatamente como Hasseborg. Acho mesmo que sua seleção de palavras era quase idêntica à do crítico. Enquanto Giles falava, tive a sensação de que ele estava me apertando o braço com um pouco mais de força. "William Wechsler era um artista fantástico", ele continuou, "mas o quadro que eu comprei era um trabalho menor." Fiquei feliz por não poder olhar para ele. "Na minha peça, eu realmente acho que aquele quadro se transcendeu."

"Isso é absurdo", eu disse. A voz que me saiu da boca era quase um sussurro. Tínhamos entrado no longo corredor que levava até meu quarto, e o fato de não ver vivalma ali me deixou mais nervoso ainda. Uma máquina de refrigerante brilhava na penumbra do corredor. Não me lembrava de ter passado por ela antes, e fiquei me perguntando como tinha conseguido não enxergar aquele imenso objeto incandescente tão perto de minha porta.

"O que você não entende", Giles continuou, "é que o meu trabalho também tem um lado pessoal. O retrato que William Wechsler fez do seu filho, do meu M&M, Me 2, ou Mark, o Marca, agora faz parte de um tributo muito especial à minha falecida mãe."

Decidi não dizer nada. A única coisa que eu queria era me ver livre daqueles dois. Queria arrastar para dentro do quarto aquela ruína em que meu corpo se transformara e bater a porta atrás de mim.

"Você sabia que o Mark e eu temos em comum a admiração pelas nossas mães?"

"Pára com isso, Teddy", disse Mark, num tom ríspido.

Eu olhava para o tapete. Eles tinham parado de andar. Ouvi um clique suave. Teddy estava enfiando um cartão numa porta.

"Esse não é o meu quarto", eu disse.

"Não, é o nosso. O nosso quarto é mais perto. Você pode ficar aqui. Nós temos duas camas."

Respirei fundo. "Não, obrigado", eu disse, enquanto Giles empurrava a porta. Pensei que fosse ver um quarto igual ao meu, mas, quando olhei pela abertura, vi que havia alguma coisa de muito errado lá dentro. O quarto fedia a fumaça — não de cigarro, mas de algo queimado. Do corredor, eu via apenas uma parte do quarto, mas o pedaço de chão acarpetado à minha frente estava cheio de lixo — um cinzeiro do hotel repleto de guimbas de cigarro, um resto de hambúrguer que tinha vazado ketchup para o tapete. Ao lado do cinzeiro, vi a parte de baixo de um biquíni e um lençol queimado e todo embolado no chão. Dava para ver as marcas rotas, marrons e ocres deixadas pelo fogo no tecido, mas também havia pelo lençol inteiro o que parecia ser manchas de sangue — borrões de um tom escuro de vermelho que fizeram meu coração disparar. Uma corda clara de náilon estava enroscada perto do lençol, e não muito longe da corda havia um revólver preto. Tenho absoluta certeza do que vi, embora, no momento em que me vi diante daquela bizarra natureza-morta, sentisse que estava tendo uma alucinação.

Giles puxou meu braço. "Entra e toma um drinque."

"Não. Prefiro procurar meu quarto", respondi, fincando os pés no tapete.

"Entra aí, tio Leo", choramingou Mark.

Endireitei o tronco, apesar da dor violenta que foi escalando cada vértebra da minha coluna, e sacudi o braço para me livrar da mão de Mark. Meus lábios tremiam. Arrastando os pés, fui me afastando da porta até chegar ao outro lado do corredor e depois me encostei na parede por um momento antes de começar a andar, mas Giles saltou na minha frente e levantou o braço. "Só estou experimentando algumas novas idéias", disse, apontando para o quarto. Eu já estava corcunda de novo. Simplesmente não conseguia ficar ereto. Giles se inclinou na minha direção e sussurrou: "Mas, professor, você não está curioso a meu respeito, não?". Em seguida, pôs a mão em minha cabeça. Senti seus dedos em meu couro cabeludo, senti-o brincar com mechas do meu cabelo, e quando olhei em seus olhos ele sorriu e disse: "Você nunca pensou em usar um pouco de cor no seu cabelo, não?". Tentei sacudir a cabeça, mas ele me segurou o rosto com as duas mãos, enterrando as hastes dos meus óculos em minha pele, e então bateu minha cabeça com força na parede. Grunhi de dor.

"Mil desculpas, professor. Eu te machuquei?"

Giles não me soltou; continuava a comprimir minha cabeça com as mãos. Comecei a me debater e levantei o joelho para golpeá-lo, mas o movimento provocou mais uma onda de dor. Gemi e senti meus joelhos vergarem. Eu estava escorregando parede abaixo. Entrei em pânico. Virando os olhos na direção de Mark, chamei seu nome, que saiu de minha garganta como um ganido. Desesperado, tornei a chamar por ele em voz alta, levantando as mãos na sua direção, mas ele continuou imóvel na minha frente, como que paralisado. Não consegui ler seu rosto. Na mesma hora, uma porta se abriu ao meu lado e uma mulher apareceu. Giles me levantou e começou a me dar tapinhas amigáveis no ombro. "Você vai ficar legal", disse. "Quer que eu chame um médico?" Em seguida, ele se afastou de mim rapidamente e sorriu para a mulher, que estava parada no vão da porta. Assim que Giles saiu do caminho, Mark chegou perto de mim. Falou rápido e bem baixinho. "Volte para o seu quarto agora. Eu vou para casa com você amanhã. A gente se encontra no saguão às dez. Eu quero voltar para casa."

A mulher era magra e bonita, com um cabelo louro e cheio que lhe caía nos olhos. Atrás dela, vi uma garotinha de uns cinco anos, de trancinhas nos cabelos, abraçada às pernas da mãe.

"Está tudo bem por aqui?", perguntou a mulher.

Giles estava fechando a porta do quarto dele, mas vi que a mulher chegou a espiar pela fresta. Sua boca se abriu e, em seguida, seus olhos examinaram Mark, que deu um passo para trás. Ela olhou para mim e perguntou: "Aquele não é o seu quarto, é?".

"Não", respondi.

"Você está passando mal?"

"Minhas costas travaram", respondi, ofegante. "Preciso descansar, mas estou tendo uma certa dificuldade para encontrar meu quarto."

"Nós dobramos uma esquina errada", disse Giles, sorrindo amavelmente para a mulher.

Ela estudou Giles e contraiu o maxilar. "Arnie!", gritou, sem arredar pé da porta.

Olhei para Mark. Nossos olhares se encontraram e ele piscou os olhos. Interpretei aquele gesto como um sim. Sim, eu vou me encontrar com você amanhã.

Arnie me levou até meu quarto. Combinava com a esposa, pensei, pelo menos fisicamente. Era um homem jovem e forte, de rosto sincero. Enquanto eu andava e tentava controlar meu corpo trêmulo, Arnie me segurava o braço. Notei que sua maneira de me tocar era totalmente diferente da de Mark ou de Teddy. Em seus dedos hesitantes, senti sua reserva para comigo — aquele respeito básico pelo corpo de outra pessoa que costumamos tomar como a coisa mais natural do mundo, mas que apenas minutos antes eu tinha até esquecido que existia. Arnie me perguntou várias vezes se eu queria parar para descansar, mas insisti em continuar andando, sem pausa para descanso. Foi só quando ele me ajudou a entrar no quarto e vi meu reflexo no espelho que ficava ao lado da porta do banheiro que me dei conta da extensão de sua generosidade. Meu cabelo fora jogado para o lado errado da cabeça e um tufo tinha ficado em pé, como um talo cinza e seco. Minha postura arqueada e retorcida tinha me envelhecido terrivelmente, me transformando num velho encarquilhado de no mínimo oitenta anos. Mas foi meu rosto que mais me chocou. Embora as feições que vi no espelho fizessem lembrar as minhas, eu resistia desesperadamente à idéia de reconhecê-las como minhas. As bochechas pareciam covas debaixo de minha barba de três dias, e os olhos, vermelhos de cansaço, tinham uma expressão que me fez lembrar a dos pequenos animais aterrorizados que eu vira tantas vezes nas estradas de Vermont, ofuscados pela luz dos faróis de meu carro. Perplexo, desviei os olhos daquela imagem e tentei substituir o olhar animalesco que vira no espelho por uma expressão mais humana e agradecer a Arnie por sua bondade. Ele estava parado perto da porta, com os braços cruzados logo abaixo das palavras LIGA MIRIM DA SANTA CRUZ, estampadas no peito do seu suéter de moletom azul. "Você tem certeza de que não quer que eu chame um médico, ou pelo menos que traga um saco de gelo ou alguma outra coisa?"

"Não, obrigado. Eu nem sei como te agradecer."

Arnie ainda ficou parado mais um instante em frente à porta. Nossos olhares se encontraram. "Aqueles delinqüentes estavam te agredindo, não estavam?"

Não pude deixar de assentir. A pena estampada em seu rosto estava quase além do que eu podia suportar naquele momento.

"Bom, boa noite, então. Espero que as suas costas estejam melhores amanhã", disse Arnie, e fechou a porta.

Deixei a luz do banheiro acesa. Como não estava conseguindo deitar com as costas esticadas, recostei o tronco em vários travesseiros e me enchi de uísque do minibar, o que anestesiou o pior da dor — pelo menos por algum tempo. Passei a noite inteira me sentindo mareado. Mesmo quando os espasmos em minhas costas me acordavam e eu me lembrava de onde estava, a sensação que tinha era de que a cama estava se movendo, andando contra minha vontade. E quando eu dormia, estava sempre em movimento nos sonhos — num avião, num barco, num trem ou numa escada rolante. Sentia ondas de náusea me percorrerem o corpo, e meus intestinos se contraíam sem parar, como se eu tivesse sido envenenado. Nos sonhos, eu me via entrando num veículo atrás do outro e ouvia meu coração bater como um relógio velho; só quando acordei percebi que aquele músculo na verdade estava em silêncio. Quando abri os olhos e tentei me livrar daquela ilusão nauseante de movimento, a consciência trouxe de volta a sensação dos dedos de Giles em meu cabelo e de suas mãos me apertando a cabeça. A humilhação me queimava por dentro, e eu só queria expulsar aquela lembrança, tirá-la à força de meu peito e de meus pulmões, onde ela tinha se alojado como um fogo que queimava dentro do meu corpo. Eu queria pensar, analisar o que tinha acontecido e encontrar algum sentido para aquilo tudo. Comecei a refletir sobre o que vira dentro do quarto — o lençol, a corda, a arma, o resto de comida. Parecia a cena de um crime, mas enquanto eu estava olhando para aquelas coisas, enquanto ainda estava olhando estarrecido para dentro daquele quarto, senti um quê de farsa naquilo tudo. A arma podia ser de brinquedo; o sangue, água colorida — tudo podia não passar de uma grande armação. Mas aí me lembrei das mãos de Giles em cima de mim. Aquilo fora real. Um calombo tinha se formado na parte de trás de minha cabeça, onde meu crânio se chocara com a parede.

E Mark? Durante toda aquela noite, seu rosto surgira inúmeras vezes diante dos meus olhos, e eu sabia que suas últimas palavras tinham me dado esperança. As pessoas costumam achar que a esperança tem gradações, mas eu não concordo. O que existe é a esperança e a falta de esperança. As palavras de Mark tinham me dado esperança, e, recostado naquela cama, volta e meia eu as ouvia de novo dentro de minha cabeça. "Eu vou para casa com você amanhã." Mark tinha dito aquela frase tomando cuidado para que Giles não a ouvisse, e esse fato abria outra interpretação possível para seus atos. Alguma parte de sua personalidade desestruturada queria voltar para casa. Fraco e hesitante, Mark se deixara influenciar pela personalidade mais forte de Giles, que tinha um poder quase hipnótico sobre ele; mas Mark também tinha um outro lado, o lado que Bill sempre insistira que estava lá, dentro de Mark — um pedaço seu que queria continuar junto das pessoas que o amavam e que ele amava. Eu tinha chamado por ele, e ele me atendeu. Um misto angustiante de esperança e culpa me acompanhou até de manhã. Eu tinha dito coisas horríveis a Mark ao falar sobre o quadro do pai dele. Não se pode comparar um objeto a uma pessoa. Nunca. Retiro o que disse, eu disse a Mark em minha cabeça. Retiro o que disse. E então, como que numa nota de rodapé aos meus próprios pensamentos, lembrei que tinha lido em algum lugar, talvez em algum texto de Gershom Scholem, que em hebraico "voltar" e "se arrepender" são a mesma palavra.

Mark, porém, não foi se encontrar comigo no saguão às dez, e quando liguei para o quarto dele, ninguém atendeu. Fiquei esperando por ele uma hora inteira. O homem que se sentou num banco do saguão tinha feito esforços hercúleos para ficar com uma aparência apresentável. Tinha se barbeado, mantendo a cabeça meio de lado para evitar causar maiores estragos às suas costas. Tinha esfregado vigorosamente a mancha na perna de sua calça com água e sabão, apesar dos choques lancinantes que o movimento lhe provocava na coluna. Penteara o cabelo, e ao se sentar naquele banco para esperar, contorcera o corpo numa posição que, imaginava, talvez parecesse normal. Com os olhos, vasculhou o saguão. Agarrou-se à sua esperança. Revisou sua última interpretação dos acontecimentos, elaborou uma nova e depois outra. Ponderou diversas possibilidades, até que perdeu a esperança e arrastou seu corpo lastimável para dentro de um táxi, que o levou ao aeroporto. Senti pena dele, pois não tinha conseguido entender quase nada.

Três dias depois de ter chegado a Nova York, eu estava perambulando com facilidade por meu apartamento de manhã, graças ao dr. Huyler e a uma droga chamada Relafen. Nessa mesma manhã, dois detetives à paisana bateram na porta de Violet para perguntar sobre Mark. Não os vi, mas assim que os dois foram embora, Violet desceu para me contar sobre a visita que acabara de receber. Eram nove horas da manhã, e Violet estava usando uma camisola branca de algodão, longa e de gola alta. Assim que olhei para ela, achei que estava parecendo uma boneca antiga. Violet começou a falar, e notei que sua voz caiu naquele semi-sussurro que ela usara ao me telefonar do estúdio no dia em que Bill tinha morrido.

"Eles disseram que só queriam fazer algumas perguntas ao Mark. Eu disse que o Mark estava viajando com Teddy Giles e que o último lugar em que eu sabia que ele tinha estado era Nashville. Eu disse que nós tivemos alguns problemas e que talvez ele nem ligasse mais para mim, mas que se por acaso ele entrasse em contato comigo, eu diria que eles estavam querendo falar com ele" — Violet tomou fôlego — "a respeito do assassinato de Rafael Hernandez. E foi só isso. Eles não me fizeram pergunta nenhuma. Disseram 'Muito obrigado' e foram embora. Devem ter encontrado o corpo do menino. É tudo verdade, Leo. Você acha que eu deveria ligar para eles para contar o que a gente sabe? Eu não contei nada."

"Mas o que é que a gente sabe, Violet?"

Ela pareceu ficar confusa por um momento. "A gente não sabe de nada na verdade, não é?"

"Não sobre o assassinato", respondi e me ouvi dizer essa palavra. Era uma palavra tão comum. Estava em toda parte, o tempo todo, mas eu não queria que ela saísse de minha boca facilmente. Queria que ela fosse uma palavra difícil de dizer, mais difícil do que era.

"Tem o recado na secretária do Bill dizendo que o Mark sabe. Eu nunca apaguei aquela mensagem. Você acha que ele sabe mesmo?"

"Ele disse que sabia, mas depois mudou sua versão da história e disse que o menino estava na Califórnia."

"Se ele sabe e fica com o Giles, o que isso significa?"

Sacudi a cabeça.

"Isso é considerado crime, Leo?"

"Só saber, você quer dizer?"

Violet fez que sim.

"Eu acho que depende de quanto você sabe. Se você tem uma prova de verdade, talvez seja. O Mark pode achar que a história não é verdadeira. Talvez ele realmente acredite que o menino fugiu..."

Violet estava balançando a cabeça para a frente e para trás. "Não, Leo. Você lembra que o Mark contou que os dois detetives andaram fazendo perguntas na Finder Gallery? Isso foi quando o Giles saiu da cidade. Não existe uma lei contra ajudar fugitivos?"

"A gente não sabe se existe um mandado de prisão contra o Giles. A gente não sabe nem se a polícia tem algum indício. Para ser franco, Violet, a gente nem sabe se o Giles de fato matou aquele menino. É pouco provável, mas é possível que ele estivesse só se gabando de um assassinato que não foi ele que cometeu — só porque sabia que o menino tinha sido assassinado. Isso o incriminaria, mas de uma forma diferente."

Violet olhou para a pintura com sua imagem, que estava atrás de mim. "Detetive Lightner e detetive Mills", disse. "Um branco e um negro. Não pareciam jovens, mas também não pareciam velhos. Não eram gordos, mas também não eram magros. Ambos foram muito gentis e não pareciam estar esperando nada de mim. Eles me chamaram de senhora Wechsler." Violet parou de falar e se virou para mim de novo. "Engraçado, desde que o Bill morreu, eu comecei a gostar de ser chamada assim por estranhos. Não tem mais Bill. Não tem mais casamento, e eu nunca mudei de nome. Nunca deixei de ser Violet Blom, mas agora eu adoro ouvir o sobrenome dele, e gosto de responder quando me chamam assim. É como usar as camisas dele. Gosto de me cobrir com o que restou dele, mesmo que seja só o seu nome." Não havia emoção na voz de Violet. Ela estava apenas explicando os fatos.

Passados alguns minutos, ela se despediu de mim e subiu. Uma hora depois, bateu na minha porta de novo e disse que estava de saída para o estúdio, mas queria me dar as cópias das fitas de Bill para que eu visse quando tivesse tempo. Bernie tinha demorado à beça, ela explicou, porque tinha muita coisa para fazer, mas finalmente lhe entregara cópias dos vídeos. "O Bill ainda não sabia como o trabalho ia ficar. Ele chegou a falar de construir uma sala bem grande para ver os vídeos, mas toda hora mudava de idéia. A única coisa que eu sei é que ele pretendia chamar o trabalho de *Ícaro*. E que fez um monte de desenhos de um menino caindo."

Violet olhou para os pés e mordeu o lábio.

"Você está bem?", perguntei.

Ela levantou os olhos e disse: "Eu tenho que estar".

"O que você fica fazendo no estúdio o dia inteiro, Violet? Não sobrou muita coisa lá."

Os olhos de Violet se estreitaram. "Eu fico lendo", respondeu com firmeza. "Primeiro, eu visto as roupas de trabalho do Bill e depois começo a ler. Leio o dia inteiro. Leio das nove da manhã às seis da tarde. Leio, leio e leio, até não conseguir mais enxergar as letras na página."

As primeiras imagens que apareceram na tela foram de recém-nascidos — seres minúsculos de cabeça amassada e membros frágeis e coleantes. A câmera de Bill não desgrudava um segundo dos bebês. Adultos só se faziam presentes como braços, peitos, ombros, joelhos, coxas, vozes e, de vez em quando, uma cara enorme que se intrometia na frente das lentes para chegar perto do neném. A primeira criança dormia nos braços de uma mulher. Era uma criaturinha de cabeça enorme, braços e pernas magricelas e arroxeados, vestida numa roupinha quadriculada e com um gorro branco absurdo na cabeça, amarrado embaixo do queixo. O segundo bebê estava preso numa tipóia ao peito de um homem. Seu cabelo escuro era espetado como o de Lazlo, e seus olhos pretos viravam na direção da câmera com uma expressão de pasmo absoluto. Bill acompanhava os bebês passeando de carrinho, dormindo em moisés, sendo ninados nos braços da mãe ou do pai, ou chorando desesperadamente no ombro de alguém. Às vezes, os pais ou babás apenas parcialmente visíveis na tela entabulavam monólogos sobre o sono dos bebês, amamentação, bombinhas de tirar leite ou regurgitação, enquanto os carros em trânsito rugiam e buzinavam atrás deles. Mas as falas e os ruídos eram incidentais às imagens em movimento daqueles pequeninos estranhos — como o que afastava do peito da mãe sua cabeça careca, com leite escorrendo pelos cantos da boca; a linda menina de pele escura que sugava um peito invisível enquanto dormia e depois parecia abrir um sorriso; ou o nenenzinho alerta que levantava os olhos azuis na direção do rosto da mãe e ficava olhando para ela com o que parecia ser uma concentração profunda.

Ao que parecia, o único princípio que guiava Bill era a idade. Todos os dias, ele devia sair às ruas em busca de crianças um pouco mais velhas do que as que filmara no dia anterior. Aos poucos, sua câmera foi trocando os bebês pequenos por bebês maiores, que sentavam, trinavam, guinchavam, grunhiam e punham todos os objetos em que conseguiam botar as mãos dentro da boca. Uma bebê bem grandinha sugava sua mamadeira enroscando os dedos no cabelo da mãe e quase desfalecendo de satisfação. Um garotinho uivava enquanto seu pai tentava arrancar uma bola de borracha que ele apertava entre as gengivas. Um bebê sentado no colo de uma mulher estica o braço na direção de uma menina mais velha sentada ao seu lado e começa a estapear os joelhos dela. A mão de um adulto aparece e dá uma palmada na mão do bebê — uma palmada que não dever ter sido muito forte, pois logo depois o bebê estica o braço e faz a mesma coisa de novo e, é claro, leva outra palmada. A câmera se afasta por um momento e mostra a expressão cansada e vazia da mãe. Em seguida, a câmera dá um *zoom* numa terceira criança, que dorme em seu carrinho, e focaliza durante alguns instantes suas bochechas sujas e as duas faixas translúcidas de catarro que escorrem do nariz até a boca.

Bill filmou crianças engatinhando em alta velocidade no parque e outras andando, caindo e se levantando para andar de novo, trôpegas feito bêbados inveterados. Filmou também um garotinho precariamente de pé, ao lado de um imenso e ofegante terrier. O corpo do menino chegava a tremer inteiro de tanta excitação, enquanto ele botava a mão perto do focinho do cachorro e soltava gritinhos de alegria — Eh! Eh! Eh! Outra criança, de joelhos gorduchos e barriga saliente, aparecia parada no meio de uma padaria. Olhava para cima e emitia algumas sílabas incompreensíveis, que eram em seguida respondidas por uma mulher invisível: "É um ventilador, meu amor". Com o pescoço dobrado para trás e os lábios em movimento, a menininha ficava olhando fixamente para o teto durante alguns segundos e depois começava a entoar "lador, lador, lador", repetindo sem parar aquela palavra nova com uma voz aguda e cheia de assombro. Uma menina de seus dois aninhos, absolutamente apoplética, berrava e esperneava na calçada, ao lado da mãe, que estava agachada e com uma laranja na mão. "Mas minha querida", dizia a mulher por cima dos berros da menina, "essa laranja é exatamente igual à que a Julie ganhou. Não tem diferença nenhuma."

Quando começam a aparecer na tela crianças de três e quatro anos, ouço a voz de Bill pela primeira vez. Enquanto a câmera focaliza um garotinho de cara séria, Bill pergunta: "Você sabe o que o seu coração faz?". O menino olha diretamente para a câmera, põe a mão no peito e diz com ar grave: "Ele põe o sangue lá dentro. Ele pode sangrar e continuar vivo". Outro garotinho levanta uma caixa de suco, sacode-a, vira-se para a mulher que está sentada ao seu lado num banco de praça e diz: "Mamãe, o meu suco perdeu a gravidade". Uma menina de cabelo quase branco de tão louro, preso numa maria-chiquinha, corre em círculos, pula uma centena de vezes e depois pára de repente. Em seguida, vira seu rosto vermelho para a câmera e diz com uma voz clara e precoce: “O suor é uma lágrima feliz”. Uma garotinha vestida numa imunda saia de bailarina e com uma tiara torta na cabeça se abaixa perto de uma amiga que estava usando uma saia rosa na cabeça. “Não se preocupa”, ela cochicha para a amiga em tom de conspiração. “Está tudo certo. Eu liguei para o homem e nós duas podemos ser as noivas.” “Como é o nome da sua boneca?”, Bill pergunta a uma garotinha toda arrumadinha e com tranças africanas nos cabelos. “Responde, meu amor”, diz uma voz de mulher. “Pode contar para ele.” A menininha coça o braço e levanta a boneca na direção da câmera, segurando-a por uma das pernas. “É Chuva.”

As crianças anônimas surgiam e desapareciam, envelhecendo aos poucos, enquanto Bill as observava, deixando sua câmera se demorar em seus rostos enquanto elas lhe explicavam como as coisas funcionam e do que são feitas. Uma menina contou a Bill que as lagartas se transformavam em caramujos, outra que seu cérebro era feito de metal molhado de colírio, e uma terceira, que o mundo tinha começado com um “ovo muito, muito grande”. Depois de algum tempo, algumas das crianças pareciam esquecer que Bill estava lá. Um menino enfia o dedo no nariz e, todo contente, tira lá de dentro uma meleca, que ele prontamente põe na boca e come. Outro, com a mão enfiada bem dentro da calça, coça o saco e solta um suspiro de prazer. Uma garotinha se debruça sobre um carrinho de bebê, começa a fazer barulhinhos carinhosos com a boca e em seguida aperta as bochechas do neném que está sentado no carrinho. “Quem é o meu docinho de coco, quem é, quem é?”, diz ela, beliscando e sacudindo as bochechas do neném. “Sua coisinha fofa”, acrescenta com verdadeira fúria, enquanto o neném começa a chorar, incomodado com a pressão dos dedos dela. “Pára com isso, Sarah", diz uma mulher. "Seja boazinha." "Eu estava sendo boazinha", responde Sarah, com as sobrancelhas franzidas e o maxilar contraído.

Outra menina, um pouquinho mais velha, de uns cinco anos, está de pé ao lado da mãe numa calçada, em alguma rua do centro de Manhattan. Vemos as duas de costas, olhando para a vitrine de uma loja. Depois de alguns segundos, fica claro que Bill está interessado no movimento da mão da menina. A câmera acompanha sua mãozinha perambulando pelas costas da mãe, subindo até as escápulas e depois descendo até o bumbum. Para cima e para baixo, para cima e para baixo, a mãozinha acaricia as costas maternas. Bill também filmou um menino parado na calçada, seu rostinho retorcido numa expressão beligerante, com lágrimas cintilando no canto dos olhos. Uma mulher a quem só vemos do pescoço para baixo está de pé ao lado dele, com o corpo tenso de raiva. "Eu estou de saco cheio!", diz ela aos berros para o menino. "Não agüento mais isso. Você está sendo muito pentelho e eu quero que você pare com isso agora!" Ela se inclina sobre o menino, segura-lhe os ombros e começa a sacudi-lo. "Pára! Pára com isso!" As lágrimas escorrem pelas bochechas do menino, mas sua expressão continua furiosa e inflexível.

Havia um elemento de obstinação e impiedade nos vídeos, um desejo implacável de olhar e olhar bem. O foco da câmera se mantém fechado e colado nas crianças à medida que elas vão se tornando cada vez mais altas e eloqüentes. Um menino chamado Ramon, que diz ter sete anos, conta a Bill que seu tio coleciona galinhas — "Qualquer coisa que tenha uma galinha, ele compra. O porão da casa dele está abarrotado de galinhas". Um menino gorducho, provavelmente de oito ou nove anos, vestindo um short largo de jeans, olha com cara de enfezado para um menino mais alto, com um boné de beisebol na cabeça, que está segurando uma caixa de balas. Num súbito acesso de raiva, o menino mais baixo diz "Seu merda!" e empurra o adversário no chão com violência. Balas voam para tudo quanto é lado quando o menino que está caído no chão começa a sacudir o braço e a gritar, em triunfo: "Ele falou um palavrão! Ele falou um palavrão!". Um par de pernas de adulto corre para a cena. Na cena seguinte, duas garotinhas de uniforme xadrez estão sentadas num degrau de cimento, cochichando uma com a outra. A meio metro de distância, uma terceira menina com o mesmo uniforme vira a cabeça para olhar para elas. Bill focaliza o perfil da menina, que, enquanto observa as outras duas, engole em seco várias vezes. A câmera passeia por entre a multidão de crianças de uma escola e focaliza um menino, com um brilho metálico nos dentes cheios de aparelho, no momento em que está tirando a mochila das costas e arremessando-a contra o ombro do menino que está ao lado dele.

Quanto mais eu via, mais misteriosas me pareciam aquelas imagens. O que começara como imagens comuns de crianças na cidade ia se transformando aos poucos num impressionante documento da singularidade e da mesmice humana. Havia tantas crianças diferentes — gordas, magras, claras, escuras, bonitas, feias, crianças saudáveis e crianças deficientes ou deformadas. Bill filmou um grupo de crianças em cadeiras de rodas saindo de um ônibus equipado com um ascensor que baixava as cadeiras até o nível da rua. Depois de empurrar sua cadeira para descer do mecanismo, uma menina rechonchuda de uns oito anos endireitava a postura e dirigia a Bill um zombeteiro aceno de rainha. Bill filmou também um menino com uma cicatriz no lábio superior que primeiro dava um sorriso torto para a câmera e depois fazia um barulho de pum com a boca. A câmera de Bill acompanhou ainda um outro menino cuja doença indeterminável, ou defeito de nascença, o deixara sem queixo e com as bochechas inchadas. Usando uma espécie de respirador, o menino seguia ao lado da mãe com suas perninhas curtas, soltando barulhinhos que faziam lembrar uma pequena locomotiva. As diferenças entre as crianças eram espantosas, mas ao mesmo tempo a impressão final que se tinha era que seus rostos se misturavam. Acima de tudo, os vídeos revelavam a furiosa atividade das crianças, o fato de que, quando conscientes, elas raramente param de se mexer. Uma coisa simples como descer um quarteirão incluía também girar os braços, saltitar, pular obstáculos, rodopiar e parar inúmeras vezes para examinar alguma porcaria no chão, fazer festinha num cachorro ou trepar num murinho de cimento ou numa cerca baixa para andar se equilibrando lá em cima. Nos pátios das escolas ou nas praças, elas davam esbarrões, socos, cotoveladas, chutes, cutucões, tapinhas, abraços, beliscões, empurrões, berros, risadas, entoavam refrãos e cantavam, e, vendo-as fazer tudo isso, eu dizia a mim mesmo que crescer significa na verdade se aquietar.

Bill morreu antes que as crianças de suas fitas alcançassem a puberdade. Sob as camisetas ou as blusas do uniforme de algumas meninas, já dava para notar os primeiros sinais de seios, mas a grande maioria ainda não tinha sequer começado a mudar. Suspeito que Bill tivesse a intenção de continuar, que quisesse filmar mais e mais crianças, até chegar ao momento em que não se pudessem mais distinguir as figuras na tela das figuras de adultos. Quando o último vídeo terminou e desliguei a televisão, eu me dei conta de que estava exausto e um pouco tonto depois daquele desfile de corpos e rostos que eu vira passar na minha frente, com toda a intensidade e volume da juventude. Fiquei tentando imaginar Bill em sua aventura peripatética em busca de crianças e mais crianças para atender a algum anseio que tinha dentro de si. O que eu acabara de ver eram imagens não editadas e em estado bruto, mas, vistos em conjunto, os fragmentos formavam uma sintaxe que permitia uma leitura em busca de possíveis sentidos. Era como se Bill quisesse que as muitas vidas que ele documentou se fundissem numa entidade única, para mostrar a unidade no todo ou o todo na unidade. Todo mundo tem um começo e um fim. O tempo todo em que assistira às fitas, eu tinha pensado em Matthew, primeiro como bebê, depois como garotinho e por fim como um menino que ficou na infância para sempre.

Ícaro. A relação entre o mito e as crianças que eu vira nas fitas continuava obscura, mas Bill escolhera aquele título por algum motivo. Lembrei-me da pintura de Brueghel, com suas duas figuras — o pai e o menino caindo, com as asas derretendo ao sol. Dédalo, o grande arquiteto e mágico, construíra aquelas asas para si e para o filho para que pudessem escapar de sua prisão. Ele advertiu Ícaro do perigo de voar perto do sol, mas o menino se recusou a ouvir e acabou caindo dentro do mar. Dédalo, no entanto, não é uma figura inocente na história. Arriscou demais em troca de sua liberdade, e por isso perdeu o filho.

Nem Violet, nem eu, nem Erica, que continuava na Califórnia mas já estava sabendo da história toda, duvidávamos que a polícia encontraria Mark e o interrogaria. Era apenas uma questão de tempo. Depois da visita dos detetives Lightner e Mills, eu perdera totalmente a noção do que era possível ou impossível para Mark e, sem essa fronteira, eu vivia em pânico. O incidente no corredor do hotel de Nashville não me saía da cabeça. Toda noite, a sensação de desamparo que senti naquele momento me voltava à lembrança. As mãos de Giles. Sua voz. O choque de sentir minha cabeça batendo contra a parede. E os olhos de Mark, sem nada por detrás. Eu me ouvia chamar seu nome, via meus braços se estenderem na sua direção, e então me via sentado de novo naquele banco do saguão, esperando por ninguém. Eu tinha relatado a maior parte dos fatos para Violet e Erica, mas mantivera a voz calma, descrevera tudo friamente e não lhes contara que Giles tinha tocado em meu cabelo. Com o passar do tempo, aquele gesto foi se transformando em algo indizível. Era muito mais fácil dizer simplesmente que Giles tinha enfiado minha cabeça na parede. Por alguma razão, a violência era preferível ao que acontecera antes. Eu tinha dificuldade para pegar no sono e às vezes, depois de ficar horas rolando na cama, eu me levantava para verificar se a porta do apartamento estava trancada, embora soubesse muito bem que passara todas as trancas e prendera a corrente.

O único fato que se podia depreender com certeza dos jornais era que o corpo quebrado e em decomposição de um menino chamado Rafael Hernandez fora encontrado dentro de uma mala que viera à tona perto de um píer do rio Hudson, e que a identificação do corpo fora feita pela arcada dentária. O resto era fofoca impressa. O *Blast* publicou um longo artigo com fotos de Teddy Giles e a manchete SÓ UMA BRINCADEIRA? De acordo com o repórter, Delford Links, pessoas ligadas ao mundo da arte e à badalação clubber já estavam sabendo do desaparecimento de Rafael fazia algum tempo. No dia seguinte àquele em que o menino desaparecera, Giles telefonara para vários amigos e conhecidos, dizendo que tinha acabado de "aprontar uma pra valer". Naquela mesma noite, ele chegara ao Club USA com roupas que pareciam estar cobertas de manchas de sangue seco e seguira boate adentro anunciando que Sandra, a Monstra, acabara de "cometer a derradeira obra de arte". Ninguém levara Giles a sério. Mesmo depois que o corpo foi encontrado, a maioria das pessoas associadas a Giles recusava-se a aceitar a idéia de que ele pudesse ter de fato matado alguém. Um rapaz de dezessete anos chamado Junior teria dito: "Ele vive dizendo coisas desse tipo. Ele já deve ter me falado umas quinze vezes que tinha acabado de matar alguém".

Hasseborg também era citado no artigo: "O perigo inerente ao trabalho de Giles é que ele ataca todas as nossas vacas sagradas. Seu trabalho não se limita a esculturas, nem a fotografias, nem mesmo a performances. Suas *personas* também fazem parte de sua arte — são um espetáculo de identidades múltiplas, entre as quais se inclui a do assassino psicopata, que é, afinal, um célebre personagem mítico. Basta ligar a televisão. Basta ir ao cinema. Ele está em toda parte. Mas sugerir que essa *persona* seja qualquer coisa além disso é um absurdo. O fato de que Giles conhecia Rafael Hernandez não significa de forma alguma que ele seja o responsável por seu assassinato".

Na noite do domingo seguinte à minha chegada de Nashville, Violet e eu estávamos jantando no apartamento dela quando Lazlo tocou a campainha do porteiro eletrônico. A expressão de Lazlo era naturalmente grave, mas quando abrimos a porta para ele, achei que seu rosto parecia quase triste. "Eu encontrei isso", ele disse, entregando um jornal a Violet. A nota estava na coluna de fofocas de um jornal do Village chamado *Bleep*. Violet leu o texto em voz alta: "Rumores andam circulando a respeito de um certo Bad Boy do cenário da arte e do corpo do seu ex-brinquedo sexual de treze aninhos — e avião nas horas vagas — que veio a emergir na superfície do Hudson. Uma das ex-*namoradas* do B. B. afirma que o crime teve uma testemunha — mais um dos muitos ex-amiguinhos giletes do B. B. Será possível que essa trama fique mais complicada do que já está? Fique ligado...".

Violet olhou para Lazlo. "O que significa isso?"

Lazlo não disse nada. Em vez de responder à pergunta de Violet, ele lhe entregou um cartão comercial. "O Arthur é casado com a minha prima", disse. "É um cara super gente boa e é advogado criminalista. Ele trabalhava na equipe do promotor público." Fez uma pausa. "Tomara que você não chegue a precisar dele." Lazlo não movia um músculo; eu tinha a impressão de que ele não estava sequer respirando. Depois de alguns instantes, disse: "A Pinky está me esperando".

Violet balançou a cabeça e ficamos vendo Lazlo andar até a porta e fechá-la suavemente atrás de si.

Ficamos em silêncio durante vários minutos. Estava escuro lá fora e começara a nevar. Fiquei observando o movimento dos flocos brancos pela janela. Lazlo sabia das coisas, e tanto eu como Violet sabíamos que ele tinha deixado aquele cartão por algum motivo. Quando virei de costas para a janela e olhei para Violet, ela estava tão pálida que sua pele parecia transparente, e notei uma espécie de brotoeja em seu pescoço. Vi também leves manchas roxas sob seus olhos, que estavam abaixados. Eu sabia o que estava vendo: marcas secas de tristeza, uma tristeza já antiga e familiar. Ela penetra em nossos ossos e se aloja ali, porque a carne não lhe serve para nada. Depois de algum tempo, temos a sensação de que é só osso, duro e ressequido, como um esqueleto numa sala de aula. Violet passou o dedo pelo cartão, levantou o rosto e olhou para mim.

"Eu estou com medo dele", disse.

"Do Giles?"

"Não. Eu estou falando do Mark. Eu estou com medo do Mark."

Violet e eu estávamos sentados juntos no sofá do apartamento dela quando a chave girou na tranca. Antes de ouvirmos aquele barulho, Violet estava rindo de alguma coisa que eu tinha dito, não me lembro agora o quê, mas lembro que sua risada ainda ecoava em meus ouvidos quando Mark entrou. Parecia triste, um pouco envergonhado e totalmente inofensivo, mas vê-lo ali me fez gelar.

"Eu preciso falar com vocês", ele disse. "É importante."

O corpo de Violet tinha ficado rígido. "Então fala", ela disse, sem desgrudar os olhos do rosto de Mark.

Ele veio andando na nossa direção, contornou a mesa e se inclinou para abraçar Violet.

Ela se afastou. "Não. Eu não quero isso."

Mark pareceu ficar espantado e, depois, magoado.

Com uma voz baixa e contida, Violet acrescentou: "Você mente para mim, me rouba, trai a minha confiança e agora quer um abraço? Eu disse que não te queria de volta".

Mark ficou olhando para ela, incrédulo. "O que você queria que eu fizesse? A polícia está querendo falar comigo." Respirou fundo, depois deu alguns passos para trás. Seus braços pendiam flácidos ao lado do tronco. "Eu sei que foi o Teddy", disse, apertando os olhos. "Eu o vi naquela noite." Mark se sentou na poltrona, do outro lado da mesa. Deixou a cabeça cair para a frente. "Ele estava todo ensangüentado."

"Você viu *quem*?", perguntou Violet, elevando a voz. "Do que você está falando?"

"Eu fui à casa do Teddy. A gente ia sair. Ele abriu a porta com a roupa toda suja de sangue. No começo eu achei que fosse uma brincadeira, sabe?, achei que ele estava só de sacanagem comigo." Mark piscou os olhos, depois nos encarou. "Mas aí eu vi o garoto — o Me — no chão."

Eu tive a sensação de que meu cérebro estava inchando dentro do crânio. "Você sabia que ele estava morto?"

Mark fez que sim.

"E o que aconteceu depois?" A voz de Violet estava sob controle de novo.

"Ele disse que ia me matar se eu contasse para alguém, e

aí eu fui embora. Eu estava apavorado. Peguei o trem e fui para a casa da minha mãe."

"Por que você não foi à polícia?"

"Eu já disse, eu estava apavorado."

"Você não parecia apavorado em Minneapolis", eu disse. "Nem em Nashville. Você parecia muito contente na companhia do Giles. Eu fiquei esperando por você, Mark, mas você não apareceu."

Mark elevou a voz. "Eu tinha que fazer o jogo dele, você não entende? Eu não podia ir embora. Eu tinha que ficar lá. Não foi culpa minha. Eu estava com medo."

"Você tem que falar com a polícia agora", disse Violet.

"Eu não posso. O Teddy vai me matar."

Violet se levantou. Saiu da sala e reapareceu alguns instantes depois. "Você tem que falar com a polícia agora, senão eles vão vir aqui para te prender. Liga para esse número. Os detetives deixaram esse número para você."

"Ele precisa de um advogado, Violet", eu disse. "Ele não pode ir lá sem um advogado."

Fui eu que liguei para o marido da prima de Lazlo, Arthur Geller, e descobri que ele já estava esperando aquela ligação. Quando Mark fosse à delegacia para conversar com a polícia no dia seguinte, teria um advogado do seu lado. Violet disse a Mark que pagaria suas despesas legais. Depois se corrigiu. "Não. Quem vai pagar é o Bill. O dinheiro é dele."

Violet deixou que Mark dormisse no quarto dele aquela noite, mas disse que depois ele teria de encontrar algum outro lugar para morar. Em seguida, ela se virou para mim e perguntou se eu poderia dormir no sofá. "Eu não quero ficar sozinha com ele", acrescentou.

Mark ficou boquiaberto. "Isso é ridículo. O Leo pode dormir na casa dele."

Violet se virou para Mark e levantou as palmas das mãos na direção do rosto dele, como se estivesse se protegendo de um golpe. "Não", disse, ríspida. "Eu não vou ficar sozinha com você. Eu não confio em você."

Ao me plantar como uma sentinela no sofá, Violet queria deixar claro que as coisas não voltariam a ser como antes, mas minha presença não foi suficiente para quebrar o encanto do cotidiano. As horas que se seguiram à chegada de Mark foram perturbadoras, não porque algo tenha acontecido — mas porque nada aconteceu. Ouvi Mark escovando os dentes no banheiro, desejando boa-noite para mim e para Violet num tom de voz estranhamente alegre e depois perambulando pelo quarto antes de se deitar. Eram ruídos banais e, exatamente porque eram banais, me pareceram terríveis. O simples fato de Mark estar no apartamento parecia alterar tudo ali dentro, parecia transformar a mesa e as cadeiras, a luz noturna no corredor e o sofá vermelho onde arrumei minha cama temporária. E o mais angustiante era o fato de que essa mudança podia ser sentida, mas não podia ser vista. Era como se uma camada de verniz tivesse coberto tudo, uma máscara banal que se grudava com tanta firmeza à forma medonha debaixo dela que era impossível arrancá-la.

Muito tempo depois de o prédio inteiro já ter mergulhado no silêncio do sono, eu continuava acordado, ouvindo os barulhos que vinham da rua. "Ele tem um bom coração, o meu filho." Bill estava em frente à janela, olhando para a Bowery, quando disse essa frase, e eu sei que ele acreditava no que estava dizendo. Mas anos antes, no conto de fada que chamou de *A criança trocada*, Bill contara uma história de substituição. Lembrei-me da imagem da criança que fora roubada deitada em seu caixão de vidro. Bill sabia, pensei. Em algum lugar dentro dele, Bill sabia.

* * *

Pela manhã, Mark saiu com Arthur Geller e prestou depoimento na polícia. No dia seguinte, Teddy Giles foi preso pelo assassinato de Rafael Hernandez e levado para o presídio de Rikers Island, sem direito a fiança, enquanto aguardava julgamento. Qualquer um imaginaria que a entrada dramática de uma testemunha em cena teria posto um ponto final no caso. Mas Mark não vira o crime. Vira Giles sujo de sangue e o corpo de Rafael. Isso era importante, mas o promotor queria mais. A lei precisa de fatos para avançar, e havia poucos fatos. Aquele caso era quase que inteiramente feito só de palavras — fofocas, boatos e a história de Mark. Não havia como obter muitos indícios do cadáver, porque a polícia não encontrara um corpo inteiro dentro da mala. O menino fora esquartejado e, depois de meses apodrecendo debaixo d'água, aqueles fragmentos de ossos, tecidos empapados e dentes tinham revelado sua identidade — e só. Mas ficamos sabendo pelos jornais que Rafael Hernandez não era mexicano e também não tinha sido comprado por Giles. Quando tinha quatro anos, Rafael, junto com sua irmã ainda bebê, fora abandonado pelos pais, que eram viciados. A menininha morrera de Aids aos dois anos de idade. Rafael fugira da casa da sua terceira família adotiva, que morava em algum lugar do Bronx, e acabara indo parar de alguma forma na badalação das boates, onde conhecera Giles. Fazia michê, vendia ecstasy para quem quisesse comprar e, aos treze anos, tinha uma renda e tanto. Fora isso, o menino era um enigma.

A prisão de Giles virou a percepção de seu trabalho de pernas para o ar. O que antes era visto como um comentário inteligente sobre o gênero do terror começou a ser encarado como as fantasias sádicas de um assassino. O isolamento peculiar do cenário das artes plásticas de Nova York já tinha feito muitas vezes trabalhos óbvios parecerem sutis, trabalhos imbecis parecerem inteligentes e trabalhos sensacionalistas parecerem subversivos. Tudo dependia da maneira como se "vendia o peixe". Como Giles tinha se transformado numa espécie de celebridade menor, aclamada por críticos e colecionadores, sua nova designação como possível criminoso era algo ao mesmo tempo constrangedor e intrigante para o mundo que ele havia deixado tão abruptamente. Durante o primeiro mês em que Giles esteve preso, revistas de arte, jornais e até noticiários de televisão fizeram matérias sobre o "assassinato artístico". Larry Finder distribuiu uma declaração para a imprensa dizendo que, na América, uma pessoa é inocente até que se prove o contrário, mas que se ficasse provado que Giles cometera o crime, ele condenaria veementemente seu ato e não seria mais seu representante.

Enquanto isso, porém, os preços das obras subiam, e Finder ganhava uma nota preta vendendo Teddy Giles. Os compradores queriam os trabalhos de Giles porque eles agora pareciam imitar a realidade, mas Giles, que concedia freqüentes entrevistas do presídio, montou uma defesa dizendo exatamente o oposto. Numa entrevista para a *DASH*, ele afirmava que tudo não passara de uma brincadeira. Dizia que forjara um assassinato em seu apartamento para pregar uma peça em seus amigos, usando sangue artificial e uma réplica realista de Rafael. Explicava que sabia que Rafael pretendia sair da cidade, para visitar uma tia na Califórnia, e que usara essa viagem para perpetrar uma elaborada "piada artística". Rafael Hernandez fora assassinado, mas Giles insistia que não fora ele quem cometera o crime. Mencionava também o fato de que seus "fabricantes" tinham conhecimento do plano dele, acrescentando que talvez algum deles tivesse cometido o assassinato para incriminá-lo. Giles parecia saber que seu processo judicial repousava sobre os ombros de um amigo não identificado, um amigo que tinha ido à sua casa naquele dia e olhado da porta para dentro do apartamento, sem entrar. Será que esse seu amigo poderia jurar que o sangue que vira era de verdade e que o corpo no chão não era falso? O detalhe talvez mais curioso do caso era que Giles de fato havia conseguido apresentar um cadáver artificial. Pierre Lange contou ao jornalista que fabricara uma réplica do corpo de Rafael na terça-feira, antes de o menino desaparecer. Giles lhe dera instruções, como sempre fazia, sobre os ferimentos que queria que o corpo tivesse, e então Lange trabalhara com fotos da polícia e do necrotério para dar aos ferimentos uma aparência verossímil. Mas é claro que os corpos eram sempre ocos, ressalvou Lange. Sangue e, às vezes, órgãos internos esmagados eram acrescentados para dar efeito, mas Lange não reproduzia nem tecidos, nem músculos, nem ossos. Segundo o artigo, a polícia havia apreendido o falso cadáver.

O caso se arrastou por oito longos meses. Mark acampou no apartamento de "uma amiga" — uma moça chamada Anya, que nunca conhecemos. Violet falava regularmente com Arthur Geller pelo telefone, e ele parecia razoavelmente confiante em que o testemunho de Mark no julgamento pudesse resultar numa condenação. Com Mark, Violet falava uma vez por semana, mas segundo ela as conversas eram sempre forçadas e mecânicas. "Eu não acredito numa única palavra do que ele diz", comentava. "Nem sei por que ainda me dou ao trabalho de falar com ele." Algumas noites, Violet conversava comigo olhando pela janela. Depois, parava de falar e sua boca se abria numa expressão de incredulidade. Ela não chorava mais. Seu pavor parecia tê-la congelado. Às vezes, ficava imóvel segundos a fio, inerte como uma estátua. Outras vezes parecia sobressaltada. O menor ruído a fazia estremecer ou soltar um leve grito sufocado. Depois de se recuperar desses sustos momentâneos, ela ficava esfregando os braços, como se estivesse com frio. Nas noites em que estava mais nervosa, ela me pedia para dormir no sofá, e eu então arrumava minha cama na sala, com os travesseiros de Bill e o edredom da cama de Mark.

Não sei dizer se a apreensão de Violet era igual à minha. Como a maior parte das emoções, essa vaga forma de medo é uma massa amorfa de sentimento que depende de palavras para ser definida. Mas esse estado interno contamina rapidamente o que supomos estar fora de nós, e eu tinha a sensação de que os cômodos de meu apartamento e do apartamento de Violet, as ruas da cidade e até o ar que eu respirava emanavam um cheiro difuso e infecto de ameaça. Várias vezes tive a impressão de estar vendo Mark na Greene Street, e em todas elas meu coração disparava, até que eu descobria que não era Mark, mas algum outro rapaz alto, de cabelo preto e calça larga. Meu pânico parecia advir de algo muito maior do que Mark ou Teddy Giles. Nenhuma pessoa, fosse ela quem fosse, seria capaz de inspirá-lo sozinha. O perigo era invisível, mutável, e se espalhava. Ter medo de algo assim tão obscuro com certeza me faz parecer louco, tão desequilibrado quanto Dan, cujos acessos de paranóia podiam transformar um tapinha inocente em seu ombro numa ameaça contra sua vida, mas a insanidade é uma questão de grau. Quase todos nós a experimentamos de vez em quando de uma forma ou de outra, sentimos seu puxão insidioso e a sedução do colapso. Mas eu não estava flertando com a loucura nessa época. Embora reconhecesse que o nervoso que sentia apertar minha garganta não era racional, eu também sabia que aquilo de que eu tinha medo estava além da razão e que o absurdo também pode ser real.

Em abril, Arthur contou a Violet a história do abajur. Durante algum tempo o caso girou em torno desse objeto, mas sua significação para mim tem muito pouco a ver com a investigação policial ou com o resultado que o processo acabou tendo no final. Depois de esquadrinhar a área em torno do apartamento de Giles, a polícia conversara com a proprietária de uma loja de objetos de design que ficava na Franklin Street. Arthur não soube explicar por que os policiais demoraram tanto tempo para encontrá-la, mas Roberta Alexander identificara Giles e Mark como os dois rapazes que haviam estado em sua loja no início da noite no dia do crime. O problema todo era o horário. De acordo com a sra. Alexander, os dois tinham ido à sua loja *depois* da hora em que Mark disse que saiu do apartamento de Giles e foi para a estação do trem, onde teria ficado horas sentado num banco em estado semicatatônico, antes de finalmente pegar o trem para Princeton. Mark e Giles compraram um abajur de mesa. A sra. Alexander tinha a nota de venda com a data e também tinha certeza da hora em que efetuara a venda, pois estava se preparando para fechar a loja às sete quando os dois chegaram. Não notara nada de estranho nem em Giles, nem em Mark. Na verdade, achara os dois excepcionalmente educados e gentis, e eles não tinham regateado o preço da peça. Pagaram mil e duzentos dólares em dinheiro vivo.

Segundo Arthur, o promotor já começara a duvidar da história de Mark antes mesmo de ficar sabendo da compra do abajur. Ao conversar com as pessoas do círculo de Giles, o promotor descobriu que Mark já mentira para a maioria delas sobre uma coisa ou outra. Um advogado de defesa não teria muita dificuldade para provar que Mark tinha o hábito de mentir. Arthur sabia que se um fato fosse posto em dúvida, outros provavelmente também seriam, e um a um seus fatos poderiam acabar se transformando em ficções e sua testemunha, em suspeito. Mark jurou que sua história era verídica, a não ser pela omissão da compra do abajur. Teddy saíra junto com ele do apartamento, e ele fora à loja com Teddy por medo. Mark sabia que aquele detalhe não pegaria muito bem e, por isso, não o tinha mencionado. Sim, ele ficara esperando Teddy trocar de roupa e, sim, eles voltaram ao apartamento depois para deixar o abajur, mas todo o resto era verdade. Lucille já dera sua palavra de que Mark chegara à sua casa naquele mesmo dia por volta de meia-noite.

Mark sabia que o fato de uma pessoa que acaba de descobrir um assassinato se deixar dominar pelo medo e pela covardia poderia ser visto com compreensão. Mas sair casualmente para comprar um abajur com o assassino depois de ter acabado de ver o corpo da vítima com certeza não seria. Não havia ninguém que pudesse confirmar a hora da chegada de Mark ao loft da Franklin Street e, exatamente como Arthur temia, o promotor começou a suspeitar de que pudesse estar entrevistando não uma testemunha, mas um cúmplice. O promotor só, não; todos nós. Arthur começou a preparar Violet para a possível prisão de Mark, mas acho que não era necessário. Violet já desconfiava havia muito tempo de que Mark não tinha contado toda a verdade a respeito do crime e, em vez de ficar chocada, ela me disse que estava com pena de Arthur. Achava que Mark o tinha enganado, exatamente como enganara a todos nós. "Eu bem que avisei para ele", disse ela, "mas ele acreditou em Mark mesmo assim." Quer Mark tivesse ajudado Giles a matar Rafael, quer tivesse apenas chegado à cena depois de o crime já ter sido cometido, o fato de ele ter ido junto com Giles à loja da Franklin Street para comprar aquele abajur caríssimo pôs fim a todo e qualquer sentimento que eu ainda pudesse ter por ele. Eu sabia que, segundo certas definições, tanto Teddy Giles como Mark Wechsler eram loucos, exemplos de uma indiferença que muitos consideram monstruosa e anormal, mas a verdade era que pessoas como eles não eram tão raras assim e que suas ações eram reconhecivelmente humanas. Equiparar o horror ao inumano sempre me pareceu uma atitude conveniente mas falaciosa, no mínimo porque nasci num século que deveria ter acabado de vez com argumentos desse tipo. Para mim, o abajur se transformou num símbolo não do inumano mas do demasiado humano, o lapso ou a ruptura que acontece nas pessoas quando a empatia já não existe, quando os outros deixam de fazer parte de nós e se transformam em coisas. Há uma profunda ironia no fato de que minha empatia por Mark terminou no momento em que me dei conta de que ele não tinha um pingo dessa qualidade dentro de si.

Violet e eu ficamos esperando que algo acontecesse, e enquanto esperávamos, trabalhávamos. Eu escrevia sobre Bill e depois reescrevia tudo o que já tinha escrito. Nenhuma das idéias que me ocorriam prestava muito, mas a qualidade de meu raciocínio e de minha prosa era menos importante do que o fato de eu estar conseguindo continuar a escrever. Violet lia no estúdio. Quase sempre voltava para casa com a cabeça doendo, os olhos ardendo e a garganta irritada por causa dos vários cigarros que havia fumado. Comecei a preparar sanduíches todos os dias para ela levar para a Bowery e pedia que ela me prometesse que os comeria — e acho que ela comia de fato, pois parou de perder peso.

Meses se passaram sem que Arthur tivesse nada de novo a nos dizer, a não ser que o promotor ainda estava procurando por alguém ou alguma coisa que reforçasse sua acusação. Violet e eu passamos juntos a maior parte daquele verão quente. Um pequeno restaurante abriu na Church Street, depois da Canal, e nós nos encontrávamos lá para jantar duas ou três vezes por semana. Uma noite, alguns minutos depois de ter chegado, Violet saiu da mesa para ir ao banheiro e o garçom me perguntou se eu gostaria de pedir algum bebida para minha esposa. Quando Violet passou duas semanas em Minnesota em julho, liguei para ela todos os dias. À noite, eu ficava preocupado pensando que ela poderia pegar alguma doença fatal ou decidir ficar no Meio-Oeste para sempre. Mas, quando Violet voltou, nós continuamos a viver em estado de suspense, imaginando se algum dia aquele caso teria um fim. Os jornais tinham esquecido a história. Mark saiu da casa de Anya e estava morando com outra moça, chamada Rita. Ele informou a Violet que estava trabalhando numa loja de flores e lhe deu o nome do lugar, mas Violet nunca se deu ao trabalho de ligar para lá para verificar se era verdade ou não. Não parecia tão importante assim.

E então, no final de agosto, um garoto chamado Indigo West apareceu. Como um *deus ex machina*, ele caiu do céu e livrou Mark de todas as suspeitas. Indigo disse ter testemunhado o assassinato da porta do corredor do apartamento de Giles. Aparentemente, Indigo era apenas uma das muitas pessoas que tinham cópias da chave do apartamento. Ele chegara por volta das cinco da manhã e se instalara num dos quartos. Dormira quase o dia inteiro e acordara com um barulho de vidro se quebrando na sala. Quando foi até lá para ver o que estava acontecendo, deparou com Giles segurando um machado numa das mãos e um vaso quebrado na outra, inclinado sobre Rafael, que já estava sem um braço. Uma capa grande de plástico estava estendida no chão e coberta de sangue. Segundo Indigo, Rafael estava amarrado e com a boca tapada com um pedaço de fita adesiva. Se não estava morto, estava quase. Como Giles não o viu nem ouviu, Indigo voltou para o quarto correndo e se escondeu debaixo da cama, onde vomitou. Ficou ali, absolutamente imóvel, por no mínimo uma hora. Indigo disse que ouviu Giles perambulando pelo apartamento e que, numa determinada hora, chegou a ouvi-lo bem perto da porta do quarto. Quando o telefone tocou, Giles atendeu, e, não muito tempo depois, Indigo o ouviu conversando com alguém no hall. Indigo reconheceu a voz da outra pessoa como a de Mark e disse que ouviu nitidamente Mark dizer que estava com fome, mas que não ouviu mais nada do resto da conversa, pois os dois estavam falando em voz baixa. Quando a porta bateu e tudo ficou em silêncio, Indigo esperou alguns minutos, saiu de baixo da cama e se mandou. Disse que foi a uma lanchonete chamada Puffy's e pediu um café a uma garçonete de cabelo azul.

Indigo tinha dezessete anos e era viciado em heroína, mas Arthur disse que o rapaz repetira sua história diversas vezes sem nenhuma variação e que, embora os policiais não tivessem encontrado nenhum vestígio de sangue no apartamento de Giles, notaram uma mancha no carpete embaixo da cama, onde Indigo disse ter passado a noite. Além disso, a garçonete da Puffy's, que tinha cabelo azul na época, lembrou-se dele. Ela disse que o rapaz chamara sua atenção porque estava tremendo e chorando enquanto tomava seu café expresso. Quando confrontado com Indigo West, Teddy Giles aceitou entrar num acordo com a promotoria e declarar-se culpado. A acusação contra ele foi reduzida para homicídio privilegiado e Giles foi condenado a quinze anos de prisão. Indigo West recebera imunidade em troca de seu testemunho, e nem ele nem Mark foram acusados de nada. Durante uma semana, os jornais publicaram artigos sobre o fim do caso; depois, a história caiu no esquecimento. Na opinião de Arthur, o promotor não quis arriscar ir a julgamento com duas testemunhas de caráter duvidoso. Indigo West já cumprira pena por posse de drogas numa casa de correção. O rapaz era uma ruína ambulante, mas acredito que fosse uma ruína honesta.

De qualquer forma, havia um quê de passe de mágica em sua aparição. Quando descobri que fora Lazlo quem encontrara Indigo, meu espanto diminuiu um pouco. Com o consentimento de Arthur, Lazlo resolvera seguir suas próprias pistas e conversar com o colunista que publicara a nota a respeito da existência de uma testemunha. O colunista não conhecia Indigo, mas sua enteada lhe dissera que um amigo lhe contara que um rapaz que passava todas as noites de quinta na Tunnel ficara sabendo através de alguém que uma terceira pessoa havia testemunhado o crime. A cadeia de boatos acabou levando a Indigo West, cujo verdadeiro nome era Nathan Furbank. A pergunta era: por que Lazlo tinha conseguido localizar uma testemunha e a polícia não? Eu só podia atribuir tal sucesso às qualidades prodigiosas dos olhos, ouvidos e nariz de Finkelman.

Durante o processo, Violet telefonara regularmente para Lucille para lhe dar notícias. De vez em quando, as duas conversavam amigavelmente, mas na grande maioria das vezes Violet ficava esperando alguma coisa de Lucille que Lucille não queria ou não podia lhe dar. Violet queria que ela reconhecesse a gravidade do que acontecera com Mark. Queria angústia, dor animal e desespero, mas a única coisa que Lucille fazia era se dizer "apreensiva" e "muito preocupada" com Mark. Depois que Giles foi condenado, Lucille ficou mais tranqüila ainda. Durante suas conversas com Violet, Lucille culpava as drogas pelos problemas de Mark. As drogas tinham amortecido seus sentimentos e suas reações. O mais importante era que ele ficasse longe das drogas. A defesa que Lucille fazia de Mark não era absurda; afinal, a influência que as drogas tinham sobre ele sempre fora uma questão obscura. Mas quanto mais Lucille se esforçava para manter um tom de voz sereno e educado, mais irritada Violet ficava.

Uma noite, no final de novembro, o telefone tocou pouco depois de eu e Violet termos acabado de jantar. Pelo tom contido da voz de Violet, imediatamente concluí que era Lucille quem estava do outro lado da linha. Quando o processo terminou, Mark passou um curto período na casa da mãe e do padrasto. Depois se mudou para uma casa com alguns amigos e arranjou um emprego numa clínica veterinária. Lucille contou calmamente a Violet que Mark tinha roubado dinheiro e o carro de um dos amigos com quem estava morando. Não aparecera no trabalho e estava sumido havia três dias. Violet manteve a calma e limitou-se a dizer que não havia nada que nenhuma das duas pudesse fazer. Quando desligou o telefone, porém, suas bochechas estavam vermelhas e sua mão tremia.

"Eu acho que a Lucille não faz essas coisas por mal", eu disse a Violet.

Ela ficou olhando para mim durante alguns segundos e depois começou a gritar. "Você não sabe que ela está apenas semiviva! Uma parte dela está morta!" Seu rosto lívido e o tom rouco da sua voz me assustaram, e não consegui encontrar uma resposta para lhe dar. Ela me segurou pelos ombros e começou a me sacudir, dizendo, entre dentes: "Você não sabe que ela estava matando o Bill aos poucos? Eu percebi de imediato. E o Mark, o meu menino. Ele também era o meu menino. Eu amava os dois. Ela não. Ela não consegue". Os olhos de Violet se arregalaram, como se ela tivesse ficado apavorada de repente. "Lembra que eu te pedi para tomar conta do Bill?" Ela me sacudiu com mais força, enquanto seus olhos se enchiam de lágrimas. "Eu pensei que você entendesse! Eu pensei que você soubesse!"

Abaixei o rosto para olhar para ela. A pressão de seus dedos diminuiu, mas ela continuou me segurando. Senti o peso de seu corpo em meus ombros por um instante e logo depois ela me soltou. Violet respirava com força de tanta raiva, uma raiva que estava se transformando rapidamente em choro. Ouvi-a soluçar alto, e esse som me causou um aperto no peito, como se fosse a minha própria dor que eu estivesse ouvindo, ou como se a dor de Violet e a minha fossem uma só. Ela se inclinou, cobrindo o rosto com as mãos. Puxei-a para perto de mim e a abracei. A pressão em meus pulmões parecia insuportável. O rosto de Violet estava colado ao meu pescoço, e eu sentia seus seios encostados em mim e seus braços me apertando com força. Minha mão desceu até seu quadril, e eu deixei que meus dedos pressionassem seu osso, enquanto a apertava com mais força ainda.

"Eu te amo", eu disse. "Você não percebe que eu te amo? Eu vou cuidar de você, vou ficar do seu lado para sempre. Eu faria qualquer coisa por você." Tentei beijá-la. Segurei seu rosto e o apertei contra o meu, entortando meus óculos no processo. Ela soltou um leve gemido e me empurrou.

Violet estava olhando para mim com uma expressão assustada. Levantou as mãos como se fosse fazer uma súplica e depois abaixou-as de novo. Quando a vi ali parada, perto da mesa azul-turquesa, achei que nunca tinha visto uma mulher tão bonita. Ela era o que me prendia ao mundo, o centro das minhas preocupações e do meu afeto, e compreendi naquele instante que a estava perdendo, e essa compreensão me fez gelar. Sentei, cruzei as mãos em cima da mesa e fiquei olhando para ela sem dizer uma palavra. Senti os olhos de Violet em cima de mim, enquanto ela continuava parada no meio da sala. Ouvi-a respirar fundo e, alguns segundos depois, vir andando na minha direção. Senti seus dedos tocarem meu cabelo, mas continuei de cabeça baixa. Ela disse "Leo" algumas vezes, e então sua voz falhou. "Me desculpa. Por favor me desculpa. Eu não queria ter te empurrado, eu..." Violet se ajoelhou ao meu lado e disse: "Por favor, fala comigo. Por favor, olha para mim". Sua voz estava rouca e engasgada. "Eu estou me sentindo tão mal..."

Falei para a mesa. "Eu acho que é melhor a gente não dizer nada. Foi burrice minha achar que você poderia retribuir os meus sentimentos, quando eu sei melhor do que ninguém o que você e o Bill sentiam um pelo outro."

"Vira a sua cadeira para cá para eu poder te ver", ela pediu. "Você precisa falar comigo. A gente precisa conversar."

Resisti a atender seu pedido, mas depois de algum tempo minha teimosia ficou parecendo tão infantil que acabei obedecendo. Sem me levantar, mudei a posição da cadeira. Quando virei de frente para Violet, vi que lágrimas escorriam pelo seu rosto e que ela estava pressionando o punho contra a boca para tentar se controlar. Ela engoliu em seco, afastou a mão da boca e disse: "É tão complicado, Leo, é muito mais complicado do que você imagina. Não existe ninguém no mundo igual a você. Você é tão bom, tão generoso..."

Abaixei os olhos e comecei a sacudir a cabeça.

"Por favor, me deixa falar. Eu quero que você entenda que sem você..."

"Não fala nada, Violet. Está tudo bem. Você não tem que se justificar para mim."

"Eu não estou me justificando. Eu quero que você entenda que mesmo antes de o Bill morrer, eu já precisava de você." Os lábios de Violet estavam tremendo. "O Bill tinha um lado inatingível — um núcleo oculto, fechado e impenetrável que ele botava para fora em seu trabalho. Ele estava obcecado. Havia momentos em que eu me sentia abandonada, e isso doía."

"Ele era louco por você, Violet. Você precisava ter visto a maneira como ele falava de você."

"E eu era louca por ele." Violet uniu as mãos e apertou uma contra a outra com tanta força que seus braços começaram a tremer, mas sua voz parecia um pouco mais calma. "O fato é que o meu próprio marido era menos acessível para mim do que muita gente. Havia sempre alguma coisa dentro dele que eu não conseguia tocar, alguma coisa remota, distante. E eu queria essa coisa que eu nunca poderia ter. Era ela que me mantinha viva e que me mantinha apaixonada, porque, fosse o que fosse, eu jamais poderia chegar até ela."

"Mas vocês eram tão amigos."

"Nós éramos muito, muito, muito amigos", disse Violet, e pegou minhas mãos. Senti suas mãos apertarem as minhas. "Nós conversávamos o tempo todo, sobre tudo. Depois que ele morreu, eu ficava dizendo para mim mesma: 'Eu era o Bill e o Bill era eu'. Mas ser não é a mesma coisa que conhecer."

"Sempre a filósofa", eu disse. O comentário tinha uma ponta de crueldade, e Violet reagiu à minha agressividade soltando minhas mãos.

"Você tem razão de estar com raiva. Eu me aproveitei de você. Você cozinhou para mim, cuidou de mim e ficou comigo, e eu só fiz receber, receber, receber..." Sua voz ficou mais alta e seus olhos se encheram de lágrimas de novo.

A aflição de Violet me fez sentir culpado. "Isso não é verdade", protestei.

Ela estava balançando a cabeça. "É sim. Eu sou egoísta, Leo, e tenho uma coisa fria e dura dentro de mim. Estou cheia de ódio. Eu odeio o Mark. E eu o amava antigamente. É claro que o meu amor por ele não veio instantaneamente, mas eu aprendi a amá-lo aos poucos, e depois, a odiá-lo. E eu me pergunto, será que eu odiaria o Mark se ele fosse meu filho? Mas a pergunta que realmente me assusta é a seguinte: o que exatamente eu amava?"

Violet ficou em silêncio por alguns segundos, enquanto eu examinava minhas mãos, que pousara nos joelhos. Achei-as velhas, sem cor e cheias de veias. Exatamente como as mãos de minha mãe quando ela envelheceu, pensei.

"Lembra quando a Lucille levou o Mark para o Texas com ela e depois resolveu que não tinha como cuidar dele e o mandou de volta para nós?"

Fiz que sim.

"Ele estava horrível naquela época, toda hora fazendo manha, mas quando a Lucille veio visitar a gente no Natal e depois foi embora de novo, aí é que o Mark realmente enlouqueceu. Ele me empurrava, me batia, berrava comigo. E se recusava a ir para a cama. Toda noite, ele tinha um ataque. Eu era paciente com ele, mas é difícil gostar de uma pessoa que te trata mal — mesmo que essa pessoa seja um garotinho de seis anos. Aí o Bill resolveu que o Mark estava sentindo muita falta da mãe, que estava precisando voltar para perto dela, e os dois pegaram um avião para Houston. Eu acho que isso foi um erro fatal, Leo. Só agora, há pouco tempo, foi que eu me dei conta disso. Uma semana depois, a Lucille ligou para o Bill e disse que o Mark estava um 'primor'. Foi essa a palavra que ela usou. Queria dizer que ele estava obediente, bonzinho, gentil. Umas duas semanas depois disso, o Mark deu uma mordida no braço de uma garotinha da sua escola com tanta força que chegou a sangrar, mas em casa ele estava um amor de criança. Quando ele finalmente voltou para Nova York, aquele homenzinho irado e intratável que ele era quando saiu da nossa casa tinha desaparecido por completo. Era como se alguém tivesse lançado um feitiço sobre ele e o transformado numa réplica dócil e afável dele mesmo. Mas foi essa coisa que eu aprendi a amar, Leo, esse autômato."

Os olhos de Violet estavam secos e ela olhava para mim com o maxilar contraído.

Examinei seu rosto rígido e disse: "Mas eu pensei que você não entendesse o que aconteceu com o Mark".

"Eu não entendo o que aconteceu com ele. Tudo o que eu sei é que ele era uma pessoa quando saiu da nossa casa e outra quando voltou. Levei uma eternidade só para começar a enxergar isso com mais clareza. O Mark precisou demonstrar a sua falsidade durante anos a fio até que eu realmente conseguisse ver por trás da máscara. O Bill se recusava a enxergar, mas eu e ele tivemos uma participação nisso tudo. Fomos nós que causamos isso? Eu não sei. Fomos nós que arruinamos o Mark? Eu não sei, mas tenho quase certeza de que ele se sentiu jogado fora quando nós o mandamos de volta para Lucille. E quer saber de uma coisa?, eu odeio a Lucille também, mesmo sabendo que ela não consegue evitar ser do jeito que é — toda fechada e lacrada como uma casa condenada. É assim que eu vejo a Lucille. Eu senti pena dela no início, depois que o Bill a deixou, mas essa pena passou. E eu odeio o Bill também, por morrer e me deixar aqui. Ele nunca ia ao médico. Ele fumava, bebia e se corroía na sua própria melancolia, e eu fico pensando que ele tinha que ter sido mais firme, mais enérgico, mais severo, em vez de ficar o tempo todo se sentindo culpado por tudo, e que ele tinha que ter sido mais forte por mim!" Violet ficou em silêncio durante vários segundos. Seus cílios estavam reluzentes por causa das lágrimas e eu podia ver pequenas veias vermelhas em seus olhos. Ela engoliu em seco e continuou: "Eu precisava de alguém, Leo. Eu estava tão sozinha com o meu ódio. Você tem sido tão bom para mim, e eu me aproveitei da sua bondade".

Comecei a sorrir nessa hora. A princípio, não tinha a menor idéia sobre do que estava achando graça. Era um pouco como rir num funeral ou soltar uma gargalhada quando alguém conta que houve um desastre de carro, mas depois me dei conta de que era a honestidade de Violet que estava me fazendo sorrir. Ela estava se esforçando tanto para me contar toda a verdade a seu respeito, tal como a entendia, e depois de todas as incontáveis mentiras, e roubos e do assassinato por que tínhamos passado juntos, sua autocrítica me parecia cômica. Violet me fez pensar numa freira ajoelhada diante de um confessionário a sussurrar seus parcos pecados para um padre culpado de pecados muito piores.

Quando viu o sorriso, Violet disse: "Não tem graça nenhuma, Leo".

"Tem sim. As pessoas não controlam o que sentem. É o que elas fazem que conta e, pelo que me consta, você não fez nada de errado. Quando você e o Bill mandaram o Mark de volta para a Lucille, vocês acharam que estavam fazendo o que era certo. E isso é o máximo que as pessoas podem fazer. Agora é a sua vez de me ouvir. O que acontece é que eu também não controlo os meus sentimentos, mas foi um erro falar deles para você. Eu queria poder apagar o que eu disse — tanto pelo seu bem como pelo meu. Eu perdi a cabeça. Foi só isso, mas não há nada que eu possa fazer agora."

Os olhos verdes de Violet me encararam com firmeza, enquanto ela botava as mãos nos meus ombros e começava a acariciar meus braços. Seu carinho me pegou de surpresa, mas não consegui resistir à felicidade que ele me trazia, e senti meus músculos relaxarem. Fazia muito tempo que eu não sentia as mãos de alguém me tocarem daquele jeito, e cheguei de fato a parar para pensar quando fora a última vez. Quando Erica veio para Nova York para o enterro de Bill, pensei.

"Eu decidi ir embora", disse Violet. "Não posso mais ficar aqui. Não é por causa do Bill. Eu gosto de estar perto das coisas dele. É por causa do Mark. Não posso mais ficar perto dele, nem mesmo na mesma cidade. Não quero mais vê-lo. Uma amiga minha de Paris me convidou para dar um curso na American University, e eu resolvi aceitar, mesmo sendo só por alguns meses. Estou indo para lá daqui a duas semanas. Eu ia te contar depois do jantar, mas aí o telefone tocou e..." Seu rosto se contorceu por um momento e em seguida ela continuou: "Eu tenho sorte que você me ame. Tenho muita sorte mesmo".

Fiz menção de responder, mas Violet pôs o dedo em meus lábios. "Não fala nada. Ainda tem mais uma coisa que eu queria te dizer. Eu acho que não daria para levar adiante, porque estou confusa demais. Estou arrasada, entende, não estou no meu estado normal." Violet levou as mãos até o meu pescoço e o massageou suavemente. "Mas nós podemos passar essa noite juntos, se você quiser. Eu também te amo muito, Leo, talvez não exatamente do jeito que você gostaria, mas..."

Violet parou de falar porque eu peguei suas mãos e as tirei delicadamente do meu pescoço. Continuei segurando-as nas minhas, enquanto olhava para seu rosto. Eu tinha plena consciência de quanto a desejava. Já tinha esquecido como era não desejá-la, mas eu não queria seu sacrifício — aquela doce oferenda que ela estava se dispondo a me fazer — porque imaginei minha voracidade e lascívia sendo aceitas mas não retribuídas, e essa imagem do meu desejo me entristeceu. Ainda olhando para Violet, sacudi a cabeça, recusando sua oferta, enquanto duas enormes lágrimas saltavam de seus olhos. Ela tinha estado ajoelhada durante toda a nossa conversa e deitou o rosto numa das minhas coxas por um momento, antes de se levantar. Depois, me puxou até o sofá, sentou ao meu lado e encostou a cabeça em meu ombro. Pus o braço em volta dela e nós ficamos ali sentados por um bom tempo sem dizer nada.

Eu me lembrei de Bill em Vermont, saindo da Bowery Dois pouco antes da hora do jantar. Eu o via pela janela da cozinha da casa dele, embora fosse uma lembrança extraordinariamente nítida, não senti nenhuma emoção nem nostalgia. Eu era apenas um voyeur da minha própria vida, um espectador frio observando as outras pessoas cuidarem de seus afazeres cotidianos. Bill levantou a mão para acenar para Matthew e Mark do alto da escada, depois parou para acender um cigarro. Eu o vi atravessar o gramado em direção à casa, enquanto Matt puxava seu braço e olhava para ele com veneração. Mark estava sorrindo enquanto cambaleava atrás deles, simulando o andar de uma pessoa com paralisia cerebral, com um braço torto e apoiado no quadril e o outro balançando desengonçado na frente dele. Vasculhei a ampla cozinha mentalmente e vi Erica e Violet descaroçando azeitonas sobre a mesa. Ouvi a porta de tela bater e, com o ruído, as duas mulheres levantarem o rosto para olhar para Bill. Um fio de fumaça subia da guimba entre seus dedos, que estavam manchados de tinta azul e verde. Quando Bill tragou o cigarro, percebi que sua cabeça ainda estava no estúdio e que ele ainda não estava preparado para conversar com ninguém. Atrás dele, os meninos tinham se agachado para procurar a cobra não venenosa que morava debaixo do degrau da porta da frente. Ninguém falou nada, e, no silêncio, ouvi o tiquetaque do relógio que ficava pendurado ao lado da porta — um velho relógio de escola, com mostrador grande e números pretos e nítidos — e me peguei lutando para entender como o tempo pode ser medido num disco, um círculo com ponteiros que repetem infindavelmente as mesmas posições. Aquela revolução lógica me pareceu um erro. O tempo não é circular, pensei. Isso está errado. Mas aquela memória não me largou. Continuou — veemente, intensa, inescapável. Violet olhou para o relógio e apontou para Bill. "Você está uma imundície, meu amor. Vá se lavar. Você tem exatamente vinte minutos."

Violet deixou Nova York no dia 9 de dezembro, no final da tarde. O céu encoberto escurecia aos poucos e alguns flocos minúsculos de neve tinham começado a cair. Carreguei sua mala pesada escada abaixo e a pousei na calçada enquanto chamava um táxi. Violet estava usando seu casaco azul-marinho comprido, de amarrar na cintura, e um chapéu de pele branco de que eu sempre gostara. O motorista do táxi abriu o porta-malas e nós levantamos a mala juntos para colocá-la lá dentro. Enquanto nos despedíamos, eu me esforçava para guardar tudo o que estava ali — o rosto de Violet se aproximando do meu, seu cheiro no ar frio, o abraço e depois o beijo rápido em minha boca, e não no rosto, o barulho da porta do táxi se abrindo e depois se fechando, a mão de Violet na janela e a expressão terna e triste dos seus olhos, sob a franja do chapéu. Segui o táxi amarelo pela Greene Street enquanto Violet esticava o pescoço e acenava de novo da janela. No final do quarteirão, vi o táxi dobrar na Grand Street. Fiquei ali até que ele já tivesse se afastado bastante de mim — uma mancha amarela perdida na confusão do trânsito. Quando achei que ele já estava mais ou menos do tamanho do táxi de brinquedo da minha pintura, dei meia-volta e subi o quarteirão de novo até meu prédio.

Comecei a perder a visão no ano seguinte. Achei que a névoa que me cobria a vista era causada pelo esforço do trabalho ou talvez por catarata. Quando o oftalmologista me disse que não havia nada que se pudesse fazer, porque a forma de degeneração macular que eu tinha era do tipo seca e não úmida, balancei a cabeça, agradeci e me levantei para ir embora. Ele deve ter achado minha reação anormal, pois olhou para mim com o cenho franzido. Eu lhe disse que tivera sorte com minha saúde até aquele momento e que não ficava espantado com doenças que não tinham cura. Ele disse que minha atitude era atípica para um americano, e concordei. Com o passar dos anos, a névoa se transformou em nevoeiro e depois nas nuvens espessas que bloqueiam minha visão atualmente. Nunca perdi, no entanto, a visão periférica das coisas, o que me permite andar sem bengala, e ainda consigo enfrentar o tumulto da multidão no metrô. O esforço diário de fazer a barba, porém, tornou-se penoso demais, e acabei deixando a barba crescer. Aparo-a mensalmente num barbeiro do Village, que insiste em me chamar de Leon. Já não me dou mais ao trabalho de corrigi-lo.

Erica continua sendo uma semipresença na minha vida. Conversamos com mais freqüência pelo telefone e escrevemos menos cartas, e todo mês de julho passamos duas semanas juntos em Vermont. Este já foi o terceiro ano em que fizemos isso, e tenho certeza de que manteremos a tradição. Catorze dias em trezentos e sessenta e cinco parecem ser suficientes para nós dois. Não ficamos na velha casa de fazenda em que costumávamos ficar, mas num lugar não muito distante dela. No ano passado, subimos a colina de carro, estacionamos perto da casa, caminhamos pelo gramado e espiamos pelas janelas da casa vazia. Erica não anda muito bem de saúde. As enxaquecas continuam a interromper sua vida, transformando-a numa semi-inválida durante dias, às vezes semanas, mas ela ainda leciona com paixão e escreve muito. Em abril de 1998, publicou *As lágrimas de Nanda: repressão e liberação na obra de Henry James*. Em casa, em Berkeley, ela com freqüência passa os fins de semana na companhia de Daisy, agora uma garotinha rechonchuda de oito anos apaixonada por rap.

Na próxima primavera, finalmente me aposento. Meu mundo vai se encolher e sei que vou sentir saudades dos meus alunos, da biblioteca, da minha sala e de Jack. Como meus alunos e meus colegas sabem o que perdi — Matthew, Erica e minha visão —, eles me transformaram numa figura venerável. Imagino que um professor de História da Arte quase cego transmita uma aura romântica. Mas ninguém na Columbia sabe que eu também perdi Violet. No final das contas, as duas acabaram ficando eqüidistantes de mim; uma em Paris, a outra em Berkeley e eu, que nunca me mudei, no meio, em Nova York. Violet mora num pequeno apartamento no Marais, não muito distante da Bastilha. Todo mês de dezembro, ela passa alguns dias em Nova York, antes de pegar um avião para Minnesota, para passar o Natal com a família. Sempre passa também um dia em Nova Jersey com Dan, que, segundo ela, está um pouco melhor. Dan ainda anda de um lado para outro, fuma sem parar, faz o sinal de O com os dedos e fala vários decibéis mais alto do que a maioria das pessoas. Tampouco consegue dominar as habilidades básicas necessárias para tocar a vida cotidiana. Tudo é difícil — limpar, fazer compras, preparar as refeições —, mas Violet tem a impressão de que tudo em Dan está um pouco menos Dan do que antes, como se todo o seu ser estivesse um grau abaixo ou um tom mais claro do que antes. Ele ainda escreve poemas, e de vez em quando uma cena para uma peça, mas está menos prolífico do que antigamente, e os pedaços de papel e páginas manuscritas que se espalham por seu apartamento de um quarto estão cobertos de versos ou trechos de diálogos seguidos de lacunas. A idade e trinta anos de drogas fortíssimas amorteceram-no um pouco, mas esse amortecimento parece ter tornado sua vida um pouco mais fácil.

Quatro anos atrás, Alice, a irmã de Violet, casou-se com Edward. Um ano depois, aos quarenta anos, Alice deu à luz uma menina chamada Rose. Violet é apaixonada por Rose e todo ano chega a Nova York com uma mala abarrotada de bonecas e vestidos parisienses para levar para seu anjinho de Minneapolis. Recebo notícias de Violet a cada dois ou três meses. Ela me manda fitas cassete em lugar de cartas, e ouço suas novidades e suas divagações sobre seu trabalho. Seu livro *O autômato do capitalismo tardio* tem capítulos intitulados "Consumismo maníaco", "A propaganda e o corpo artificial", "Mentiras e Internet" e "O psicopata parasita como consumidor ideal". Sua pesquisa a levou do século XVIII aos nossos dias, do médico francês Pinel a um psiquiatra contemporâneo chamado Kernberg. As denominações e etiologias da doença que ela está estudando mudaram com o passar do tempo, mas Violet conseguiu rastreá-la em todas as suas diferentes encarnações: *folie lucide*, insanidade moral, idiotia moral, sociopatia, psicopatia e personalidade anti-social. Atualmente, os psiquiatras usam listas de sintomas para o distúrbio e as revisam e atualizam em comitês, mas algumas das características incluídas com mais freqüência são a melifluidade e o charme, o hábito patológico de mentir, a falta de empatia e de remorso, a impulsividade, a dissimulação e a capacidade de manipular os outros, problemas comportamentais precoces e uma incapacidade de aprender por meio de seus erros ou de punições. Cada idéia geral apresentada no livro será ilustrada por casos individuais — os inúmeros depoimentos que Violet vem reunindo ao longo dos anos.

Nem Violet nem eu voltamos a tocar no assunto da minha declaração de amor, mas minha confissão ainda paira entre nós como uma leve ferida mal cicatrizada. Ela gerou uma nova inibição e uma nova delicadeza entre nós dois das quais eu me arrependo, mas não um desconforto genuíno. Violet sempre vem jantar comigo uma noite quando faz sua visita anual a Nova York, e, enquanto preparo nossa refeição, noto que tento ocultar os sinais mais óbvios de minha felicidade com a sua presença, mas depois de mais ou menos uma hora de conversa acabo perdendo esse constrangimento e nós dois mergulhamos numa intimidade familiar que é quase — mas não exatamente — igual à que tínhamos antes. Erica me disse que existe um homem chamado Yves na vida de Violet e que os dois têm um "acordo" — uma relação circunscrita envolvendo hotéis —, mas Violet nunca me falou nada sobre ele. Falamos sobre as pessoas que temos em comum: Erica, Lazlo, Pinky, Bernie, Bill, Matthew e Mark.

Mark aparece de vez em quando e depois some de novo. Com o dinheiro que Bill havia deixado separado para ele, Mark se matriculou na School of Visual Arts e deixou sua mãe e até mesmo Violet (que acompanhava seu desempenho acadêmico de Paris) impressionadas com as notas que obteve no primeiro semestre e que foram enviadas pelo correio — só As e Bs. Mas quando ligou para a secretaria para pedir alguma informação durante o segundo semestre letivo de Mark, Lucille acabou descobrindo que ele não era aluno da instituição. O documento enviado pelo correio com as notas era uma engenhosa falsificação feita por computador. Passada a primeira semana e meia de aulas do semestre do outono, Mark pedira o trancamento da matrícula e o reembolso da taxa que pagara à instituição — taxa que foi devolvida diretamente a ele. Com o dinheiro, Mark fugiu com uma garota chamada Mickey. No início do semestre seguinte, ele tornou a se matricular, pediu outra vez o dinheiro de volta e se mandou de novo. Volta e meia ele liga para a mãe, dizendo que está em Nova Orleans ou na Califórnia ou em Michigan, mas ninguém sabe se o que ele diz é verdade. Teenie Gold, que agora está com vinte e dois anos e é aluna do

Fashion Institute of Technology, me manda todo ano um cartão de Natal. Dois anos atrás, ela escreveu dizendo que um amigo seu acreditava ter visto Mark em Nova York, saindo de uma loja de discos com uma pilha de CDs, mas que ele não tinha cem por cento de certeza.

Não quero me encontrar nem falar com Mark nunca mais, mas isso não significa que eu esteja livre dele. À noite, quando qualquer barulhinho é amplificado pelo relativo silêncio do edifício, meus nervos sobem à flor da pele e eu me sinto cego na escuridão. Ouço Mark no hall atrás de minha porta ou na escada de incêndio. Ouço-o no quarto de Matt, mesmo sabendo que ele não está lá. E o vejo também, em visões que são parte lembranças, parte invenções. Vejo-o no colo de Bill, com sua cabecinha aninhada no ombro do pai. Vejo Violet tirando-o do banho, enrolando-o numa toalha e beijando-lhe o pescoço. Vejo-o com Matt em frente à casa de Vermont, andando na direção do bosque com os braços em volta dos ombros um do outro. Vejo-o selando uma caixa de charuto com fita-crepe. Vejo-o fantasiado de Harpo Marx, apertando enlouquecidamente sua buzina, e vejo-o parado diante da porta do quarto do hotel de Nashville, observando Teddy Giles bater minha cabeça contra a parede.

Lazlo me diz que Teddy Giles é um prisioneiro exemplar. No início, alguns conjecturaram que Giles poderia acabar assassinado na penitenciária por conta de ter cometido um crime malvisto até por criminosos, mas na verdade parece que ele é querido por todos, principalmente pelos guardas. Não muito tempo depois de sua prisão, a *New Yorker* publicou um artigo sobre Giles. O jornalista fez uma pesquisa cuidadosa e alguns mistérios foram solucionados. Descobri, por exemplo, que a mãe de Giles nunca fora nem prostituta, nem garçonete. Também não estava morta, mas viva em Tucson, no Arizona, mas se recusava a falar com a imprensa. Teddy Giles (cujo nome de batismo era Allan Johnson) cresceu num subúrbio de classe média nos arredores de Cleveland. Seu pai, que trabalhava como contador, deixou a esposa quando Teddy tinha um ano e meio e se mudou para a Flórida, mas continuou a sustentar a esposa e o filho. De acordo com uma tia de Giles, a sra. Johnson entrou em depressão profunda e foi hospitalizada um mês depois que o marido a deixou. Giles foi mandado para a casa de uma avó e passou a maior parte da infância quicando entre a casa da mãe e a de vários outros membros da família. Aos catorze anos, foi expulso da escola e começou a viajar. Depois disso, o jornalista perde o rastro de Allan Johnson e só o recupera quando ele emerge em Nova York como Teddy Giles. O autor do artigo fazia os comentários de praxe sobre violência, pornografia e a cultura americana. Refletia sobre o teor ofensivo do trabalho de Giles, sobre sua breve e espetacular ascensão no mundo da arte, sobre os perigos da censura e sobre como tudo isso era deprimente. O sujeito escrevia bem e com sobriedade, mas, à medida que lia o artigo, fui sendo dominado pela sensação de que ele só estava dizendo o que sabia que seus leitores esperavam que ele dissesse, e de que o artigo, com seu estilo fluente e suas idéias consagradas, não abalaria ninguém. Numa das páginas, havia uma foto de Allan Johnson aos sete anos — uma daquelas fotos de escola mal tiradas, com um falso céu como pano de fundo. Um dia, Giles já fora um garoto bonitinho, de cabelos louros e orelhas salientes.

Lazlo trabalha para mim à tarde. Ele enxerga bem o que eu enxergo mal, e nós formamos uma dupla eficiente. Eu lhe pago um bom salário e acho que ele gosta de modo geral do trabalho que faz. Três noites por semana, ele vem a minha casa para ler para mim por puro prazer. Quando consegue convencer a *baby-sitter* a ficar até mais tarde, Pinky vem também, mas quase sempre adormece no sofá antes de a leitura chegar ao fim. Will, também conhecido como Willy, o dínamo, ou Wee Willy, a formiguinha atômica, completou dois anos e meio no mês passado. O rebento de Finkelman é um diabinho que não pára de correr, pular e escalar um só instante. Quando seus pais o trazem para me visitar, ele sobe em cima de mim como se eu fosse seu trepa-trepa particular e não deixa um só pedaço do meu velho corpo sem ser pisoteado. Mas eu gosto daquele capetinha de cabelo vermelho assim mesmo, e às vezes, quando ele trepa em cima de mim e põe os dedos na minha cara ou toca em minha cabeça, eu sinto uma leve vibração em suas mãos que me faz pensar que talvez ele tenha herdado as sensibilidades excepcionais de seu pai.

Will, porém, ainda não está pronto para uma noitada de *O homem sem qualidades*, livro que seu pai vem lendo para mim nos dois últimos meses. Para uma pessoa tão lacônica, Lazlo até que lê muito bem. É cuidadoso com a pontuação e raramente tropeça em alguma palavra. De vez em quando, faz uma pausa depois de uma passagem e solta uma espécie de bufo — um ruído que sobe de sua garganta e sai pelo nariz. Fico esperando ansioso por esses bufos, que apelidei de "risada finkelmaniana", porque, ao correlacionar o bufo à frase, finalmente obtive acesso ao senso de humor recôndito que sempre suspeitei existir bem lá no fundo de Lazlo. Seu humor é seco e contido, resvalando muitas vezes para o humor negro, bem de acordo com Musil. Aos trinta e cinco anos, Lazlo já não é mais tão jovem. Tenho a impressão de que não envelheceu nem um pouco fisicamente, mas isso talvez seja porque ele nunca modificou seu cabelo, nem trocou de óculos, nem parou de usar suas calças néon, e também porque meus olhos estão ruins. Lazlo tem um marchand, mas vende pouco demais para chegar a deixar o marchand satisfeito. Mesmo assim, Laz continua a acreditar em seus Tinkertoys cinéticos, que agora seguram pequenos objetos e bandeirinhas com citações. Eu sei que ele lê Musil de antena ligada para uma possível citação interessante. Como Bill, seu mentor, Lazlo se sente atraído pela pureza e tem um quê de asceta. Mas Laz pertence a outra geração, e seus olhos observadores ficaram atentos por tempo demais às vaidades, corrupções, crueldades, fraquezas e altos e baixos do mundo da arte nova-iorquino para permanecerem incólumes a ele. Um tom de sarcasmo às vezes se insinua em sua voz quando ele fala sobre exposições.

Na primavera passada, eu e ele começamos a ouvir os jogos do Mets pelo rádio. Estamos no final de agosto e há uma certa excitação no ar por conta de uma possível final com dois times de Nova York. Lazlo e eu nunca fomos torcedores fanáticos. Ouvimos os jogos por dois fãs que morreram e experimentamos o prazer que eles sentiam com *home runs* espetaculares, *doubles* bem batidos, belos *slides* para a terceira base e um bafafá na primeira para decidir se um cara realmente estava fora ou não. Eu gosto da linguagem do beisebol — *sliders*, *fastballs*, *knuckleballs* — e gosto de ouvir os jogos pelo rádio e de ouvir Bill Murphy nos convidar para continuar sintonizados para o "*happy recap*", o replay dos melhores momentos. A narrativa dos jogos começou a me empolgar mais do que eu poderia imaginar. Na semana passada, cheguei a saltar da cadeira para comemorar.

Lazlo gosta de tirar os portfolios com os desenhos de Matthew do armário e folheá-los. Quando meus olhos ficam cansados, ele às vezes descreve as cenas para mim. Eu me recosto na poltrona e fico ouvindo Lazlo falar dos pequenos habitantes da Nova York de Matt. Na semana passada, ele me descreveu um desenho de Dave: "O Dave está morgadão na sua poltrona. Está parecendo exausto, mas seus olhos estão abertos. Eu gosto do jeito como o Matt fazia a barba do velho, com aqueles tracinhos desgrenhados e o lápis de cera branco por cima. Bom e velho Dave... Está sonhando com alguma antiga namorada provavelmente. Está revivendo toda aquela história triste na sua cabeça. Eu sei disso porque o Matt desenhou uma ruguinha entre as sobrancelhas dele".

Lazlo tem sido meu braço direito no que diz respeito ao livro sobre o Bill. Há anos o livro vem crescendo, encolhendo e tornando a crescer de novo. Quero que fique pronto antes da retrospectiva da obra de Bill que o Whitney vai montar em 2002. No início do verão, interrompi as revisões que estava ditando para Lazlo para poder escrever estas páginas. Disse a Lazlo que eu tinha de cuidar de um projeto pessoal antes de nós podermos continuar a trabalhar no livro. Acho que ele suspeita da verdade. Ele sabe que eu desencavei minha velha máquina de escrever mecânica para a ocasião. Preferi usar minha velha Olympia porque meus dedos não perdem a posição das teclas com tanta facilidade quanto num teclado de computador. "Você está forçando demais os olhos, Leo", Lazlo me diz. "Você devia me deixar ajudá-lo a fazer seja lá o que for que você esteja fazendo." Mas Lazlo não pode me ajudar a escrever esta história.

Antes de ir para Paris, Violet me disse que tinha deixado uma caixa com livros de Bill na Bowery para mim. Ela tinha separado livros dos quais sabia que eu ia gostar e que talvez pudessem me ajudar em meu trabalho. "Eles estão todos sublinhados", ela me disse, "e alguns têm anotações enormes nas margens." Mais de dois meses se passaram sem que eu fosse buscá-los. Quando finalmente fui até o estúdio para apanhá-los, o sr. Bob veio andando atrás de mim, varrendo o chão enquanto desfiava sua ladainha. Eu estava roubando o fantasma de Bill, violando o território sagrado dos mortos, afanando a herança da Belezura. Quando apontei para meu nome escrito na caixa de papelão com a letra de Violet, Bob ficou mudo por um momento, mas logo se recuperou, engatando um longo monólogo a respeito de um aparador possuído que ele havia encontrado em Flushing vinte anos antes. Quando saí do prédio com a caixa nas mãos, Bob me puniu me abençoando de forma apenas rotineira e apressada.

Violet não quis abrir mão do estúdio da Bowery. Ainda paga o aluguel por ela e pelo sr. Bob. Algum dia, o sr. Aiello ou seus herdeiros com certeza vão querer fazer alguma coisa com o prédio, mas por enquanto ele é apenas uma estrutura esquecida e dilapidada habitada por um velho louco mas extremamente loquaz. Ultimamente, Bob vem sobrevivendo basicamente de sopas econômicas. Mais ou menos uma vez por mês, eu dou uma passada lá para checar se ele está bem ou mando Lazlo ir no meu lugar, quando não estou me sentindo em condições de enfrentar os discursos do velho. Sempre que vou até lá, levo uma sacola de alimentos e sou obrigado a ficar escutando Bob reclamar das minhas escolhas. Uma vez ele chegou a me acusar de "não ter paladar". Mesmo assim, senti um ligeiro abrandamento em sua atitude para comigo. Sua hostilidade anda um pouco menos ofensiva e suas bênçãos se tornaram mais longas e mais floreadas. Não é altruísmo que me impele a visitar o sr. Bob, mas um desejo de escutar suas despedidas pomposas, de ouvi-lo invocar a radiância do Deus Todo-Poderoso, os serafins, a Pomba Divina e o Cordeiro Imolado. Fico ansioso para ouvir suas criativas deturpações dos salmos. Seu salmo favorito é o Salmo 38, que Bob altera livremente de acordo com seus propósitos, rogando a Deus que mantenha meu lombo livre de doenças abomináveis e minha carne, sólida. "Ó Senhor, não permita que ele se deixe abater demais", Bob entoou atrás de mim da última vez que estive na Bowery. "Não permita que ele pranteie, inconsolável, o dia inteiro."

Só encontrei as cartas de Violet em maio. Já tinha aberto alguns dos outros livros, mas nunca o dos desenhos de Leonardo da Vinci. Estava guardando-o para quando fosse começar a analisar *Ícaro*. Tinha certeza de que o trabalho inacabado de Bill fora influenciado por esses desenhos, não de uma forma direta, mas porque Da Vinci tinha feito desenhos de uma máquina voadora em forma de pássaro. Eu vinha evitando *Ícaro*. Parecia impossível escrever sobre esse trabalho sem mencionar Mark. Assim que abri o livro de Da Vinci, as cinco cartas caíram no chão. Segundos depois, me dei conta do que tinha encontrado e comecei a ler. Lia um pouco e descansava, depois lia mais um pouco e tornava a descansar, quase zonzo do esforço, mas ávido pela frase seguinte. Foi bom ninguém ter me visto decifrar aquelas cartas. Arfando, piscando os olhos e penando para enxergar cada letrinha, consegui ler as cinco cartas do início ao fim no decorrer de mais ou menos duas horas. Então fechei os olhos e mantive-os fechados por um bom tempo.

"Você se lembra de quando me disse que eu tinha joelhos bonitos? Nunca gostei dos meus joelhos. Na verdade, sempre os achei feios. Mas os seus olhos os reabilitaram. Mesmo que eu nunca mais volte a te ver, vou viver para o resto da vida com esses dois joelhos bonitos." As cartas estavam recheadas de pequenas divagações como essa, mas Violet também escreveu: "É importante que eu te diga agora que te amo. Não disse antes por pura covardia. Mas estou gritando agora: EU TE AMO! E mesmo que eu te perca, vou sempre dizer a mim mesma: 'Eu tive isso. Eu tive o Bill, e o nosso amor foi delirante, sagrado e doce'. Se você deixar, vou idolatrar para sempre essa sua alma estranha e selvagem de pintor."

Antes de mandar as cartas pelo correio para Violet em Paris, eu as xeroquei e pus as cópias em minha gaveta. Gostaria de ter sido mais nobre. Resistir à tentação de lê-las provavelmente estava além da minha capacidade, mas se meus olhos estivessem melhores talvez eu não tivesse tirado aquelas cópias. Não as guardo para estudar-lhes o conteúdo; isso é difícil demais para mim. Guardo-as como objetos, encantados por suas diversas metonímias. Quando tiro minhas coisas da gaveta agora, raramente separo as cartas que Violet escreveu para Bill da pequena foto dos dois, mas mantenho o pedaço de papelão e o canivete de Matthew bem longe das outras coisas. Os *doughnuts* comidos às escondidas e o presente roubado estão impregnados de Mark e do meu medo. O medo precede o assassinato de Rafael Hernandez, e quando jogo meu joguinho de objetos móveis, muitas vezes fico tentado a pôr as fotografias dos meus tios, dos meus avós e das gêmeas perto do canivete e do que restou da caixa de papelão. Nessas horas, meu joguinho flerta com o terror e me leva para tão perto da beira do abismo que chego a experimentar a sensação da queda, como se tivesse me atirado do alto de um prédio. Despenco no vazio e, na velocidade da queda, me perco dentro de alguma coisa sem forma mas ensurdecedora. É como entrar num grito — ser um grito.

Então, recuo, fugindo da beirada como um fóbico. Faço uma arrumação diferente. Talismãs, ícones, encantos — esses fragmentos são meus frágeis refúgios de sentido. Os movimentos do jogo têm de ser racionais. Obrigo-me a formular um argumento coerente para cada agrupamento, mas no fundo o jogo é magia. Sou seu necromante invocando os espíritos dos mortos, dos desaparecidos e do imaginário. Como O pintando um pedaço de carne porque está com fome, invoco fantasmas que não podem me satisfazer. Mas a invocação tem um poder todo próprio. Os objetos se tornam musas da memória.

Toda história que contamos sobre nós mesmos só pode ser contada no pretérito. É um recuo no tempo do ponto de vista em que estamos agora, quando já não somos mais os atores da história, mas seus espectadores que resolveram falar. A trilha atrás de nós às vezes está marcada por pedrinhas, como as que João e Maria deixam atrás de si em sua primeira ida à floresta. Outras vezes, o rastro desaparece, porque os passarinhos voaram até lá e comeram todos os pedacinhos de pão ao amanhecer. A história sobrevoa as lacunas, preenchendo-as com um "e" ou um "então". Fiz isso nestas páginas para continuar numa trilha que sei que é interrompida por fossos ocos e vários buracos profundos. Escrever é uma forma de rastrear minha fome, e a fome nada mais é do que um vazio.

Numa versão da história, o pedaço chamuscado da caixa de *doughnuts* poderia representar a fome. Acho que Mark sempre esteve faminto de alguma coisa. Mas de quê? Ele queria que eu acreditasse nele, que o admirasse. Desejava desesperadamente minha admiração, pelo menos enquanto estava olhando nos meus olhos. Talvez essa necessidade fosse a única coisa realmente verdadeira em Mark, e fosse ela o que dava ao seu olhar aquele brilho tão intenso. Não importava que ele não sentisse nada ou quase nada por mim, nem que tivesse de fingir para conquistar minha admiração. O que importava era apenas que ele sentisse que eu acreditava nele. Mas o prazer que ele sentia em agradar os outros nunca durava muito. Insaciável, Mark se empanturrava de *doughnuts*, de biscoitos, de objetos roubados, de dinheiro, de drogas e da busca em si.

Não tenho em minha gaveta nenhum objeto que represente Lucille. Não teria sido difícil guardar algum resquício dela, mas nunca fiz isso. Bill a perseguiu por muito tempo, uma criatura dentro de sua mente a quem nunca conseguiu localizar. Talvez Mark estivesse à procura dela também. Não sei. Até eu a persegui durante um tempo, até deparar com um beco sem saída. A idéia representada por Lucille era forte, mas não sei exatamente que idéia era essa, a não ser que fosse, talvez, a própria idéia de evasão — e nada representa melhor a evasão do que o nada. Bill transformava o que escapava à sua compreensão em coisas reais que pudessem carregar o peso de suas necessidades, dúvidas e desejos — pinturas, caixas, portas e todas aquelas crianças registradas em fitas de vídeo. Pai de milhares. Tinta, sujeira, vinho, cigarro e esperança. Bill. Pai de Mark. Ainda consigo vê-lo balançando seu filho pequeno na cama azul em forma de barco que construiu para Mark na Bowery. E ainda consigo ouvi-lo cantando com sua voz grave e rouca *Take a walk on the wild side*. Bill amava sua criança trocada, seu filho oco, seu Menino Fantasma. Amava o menino-homem que continua vagando de cidade em cidade e vasculhando sua bolsa de viagem em busca de um rosto para vestir e de uma voz para usar.

Violet ainda procura a doença que se propaga pelo ar, o *Zeitgeist* que murmura no ouvido de suas vítimas: grite, coma, não coma, mate. Continua em busca das idéias-vento que penetram como lufadas nas mentes das pessoas e depois se transformam em cicatrizes na paisagem. Mas como os agentes contagiosos passam de fora para dentro é algo que ainda não ficou claro. Eles se propagam pela linguagem, pelas imagens, pelos sentimentos e por alguma coisa mais que não sei nomear, algo que está entre e no meio de nós. Há dias em que me vejo andando pelos cômodos de um apartamento de Berlim — Mommsenstrasse 11. A mobília está um pouco nebulosa e todas as pessoas desapareceram, mas sinto a amplidão dos cômodos vazios e a luz que entra pelas janelas. Um amargo lugar nenhum. Dou as costas para aquele lugar como meu pai fez, e fico pensando no dia em que ele parou de procurar os nomes nas listas, o dia em que ele soube. É muito difícil conviver com o absurdo — com esse tipo medonho e inominável de absurdo. Meu pai não conseguiu. Antes de morrer, minha mãe encolheu. Parecia muito pequena naquela cama de hospital, e seu braço sardento por cima do lençol era como um graveto coberto por uma pele pálida e frouxa. Seu mundo àquela altura era só Berlim, fuga, Hampstead, Alemanha e confusão. Quarenta anos desapareceram da cabeça de minha mãe, e ela ficou chamando por meu pai. Mutti no escuro.

Violet enfiou as roupas de trabalho de Bill na mala e as levou com ela para Paris. Imagino que ainda as vista de vez em quando, para se consolar. Quando penso em Violet vestida com a camisa rota e a calça manchada de tinta de Bill, dou a ela um Camel para fumar e dou a essa imagem mental o nome de *Auto-retrato*. Nunca mais a imaginei sentada ao piano. A aula de piano finalmente terminou com um beijo de verdade que a levou para longe de mim. É estranho o jeito como a vida funciona, o jeito como ela muda e dá voltas, o jeito como uma coisa se transforma em outra. Matthew fez vários desenhos de um velho e deu a ele o nome de Dave. Anos se passam e, quando acaba, descobre-se que ele estava desenhando seu próprio pai. Eu sou o Dave agora, um Dave com curativos nos olhos.

Outra família se mudou para o apartamento acima do meu. Dois anos atrás, Violet vendeu-o por uma pequena fortuna para os Wakefield. Toda noite, ouço os ruídos dos dois filhos deles, Jacob e Chloe. Eles fazem as luminárias de meu teto tremerem com suas danças de guerra rituais antes de irem para a cama. Jacob tem cinco anos e Chloe, três, e o negócio deles é fazer barulho. Imagino que se eles martelassem meu teto por horas a fio eu ficaria irritado, mas já me acostumei com suas explosões rotineiras por volta das sete horas da noite. Jacob dorme no antigo quarto de Mark e Chloe, no que costumava ser o escritório de Violet. Na sala, há um escorregador de plástico onde o sofá vermelho costumava ficar. Toda história real tem vários finais possíveis. Aqui vai o meu: as crianças do apartamento de cima já devem estar dormindo, porque meu teto está em silêncio. São oito e meia da noite do dia 30 de agosto de 2000. Já jantei e já lavei a louça. Vou parar de escrever agora, sentar em minha poltrona e descansar os olhos. Daqui a meia hora, Lazlo vai chegar para ler para mim.

Agradecimentos

Embora este livro seja uma obra de ficção, e tanto sua história como seus personagens sejam imaginários, as inúmeras referências a histeria, distúrbios alimentares e psicopatia foram retiradas de uma extensa série de fontes. Entre elas estão *Invention de l'hysterie* de Georges Didi-Huberman (Macula); *A History of Private Life: From the Fires of Revolution to the Great War*, organização geral de Philippe Ariès e Georges Duby, organizador do volume 4 de Michelle Perrot (Harvard University Press) [ed. bras., *História da vida privada: da Revolução Francesa à Primeira Guerra*, Companhia das Letras], onde encontrei as mulheres ladradoras de Josselin; *Eating Disorders: Obesity, Anorexia Nervosa and the Person Within*, de Hilde Bruch (Basic Books), que traz a história do garotinho gorducho que achava que era feito de gelatina por dentro; e *Holy Anorexia*, de Rudolph M. Bell (University of Chicago Press), em que Bell faz uma análise do jejum extremo de Catarina Benincasa. As terminologias, listas de sintomas, descrições gerais e possíveis etiologias — que estão sempre mudando — do que hoje é chamado de psicopatia ou personalidade anti-social foram colhidas de diversos trabalhos: *The Roots of Crime*, de Edward Glover (International Universities Press); a terceira e a quarta edições de *Diagnostic and Statistical Manual*, da American Psychiatric Association [ed. bras., *Manual diagnóstico e estatístico de transtornos*, Artmed]; *Abnormalities of the Personality: Within and Beyond the Realm of Treatment*, de Michael H. Stone (W. W. Norton and Co.); *Impulsivity: Theory, Assessment, and Treatment*, organização de Christopher D. Webster e Margaret A. Jackson (Guilford Press); *Severe Personality Disorders: Psychotherapeutic Strategies* (Yale University Press) [ed. bras., *Transtornos graves de personalidade*, Artmed] e *Aggression in Personality Disorders and Perversions* (Yale University Press) [ed. bras., *Agressão nos transtornos de personalidade e nas perversões*, Artmed], ambos de Otto F. Kernberg; os três volumes de *Attachment and Loss*, de John Bowlby (Basic Books) [ed. bras., *Apego e perda*, Martins Fontes], *The Mask of Sanity*, de Hervey Cleckley, quinta edição (Emily S. Cleckley); e os seguintes trabalhos de D. W. Winnicott: *Deprivation and Delinquency* (Routledge) [ed. bras., *Privação e delinqüência*, Martins Fontes], *The Maturation Process and the Facilitating Environment* (Maresfield Library) [ed. bras., *O ambiente e os processos de maturação*, Artmed], *The Family and Individual Development* (Routledge) [ed. bras., *A família e o desenvolvimento individual*, Martins Fontes], *Holding and Interpretation* (Grove Press) [ed. bras., *Holding e interpretação*, Martins Fontes] e *Playing and Reality* (Routledge) [ed. bras., *O brincar e a realidade*, Imago].

Quero agradecer a Ricky Jay por *Jay's Journals of Anomalies*, de onde retirei a referência ao artista da fome Sacco, que passava fome diante de multidões em Londres, e a história apócrifa do autômato de Descartes. Jay também teve a bondade de me deixar examinar vários volumes raros da sua biblioteca particular que continham relatórios médicos sobre as condições de pessoas que diziam sobreviver apenas de ar e odores.

Também tenho uma dívida de gratidão com o dr. Finn Skårderud, tanto por seus livros como pelas conversas que tivemos sobre cultura contemporânea e distúrbios alimentares. As referências feitas no romance a J. M. Barrie e Lord Byron, bem como à história da paciente bulímica que vomitava em sacos plásticos e depois os escondia pela casa da mãe, vieram dele. Entre seus livros incluem-se: *Sultekunsternere* (Artistas da fome), *Sterk Svak: Håndboken om spise forstyrrelser* (Fortes fracos: um manual sobre distúrbios alimentares) e *Uro: En reise i det moderne selvet* (Ansiedade: uma viagem pelo *self* moderno).

Por fim, sou profundamente grata a minha irmã Asti Hustvedt, por suas pesquisas e reflexões originais sobre histeria. As idéias contidas na dissertação de Violet são muito semelhantes às desenvolvidas por Asti em sua tese de doutorado ainda inédita, "Science Fictions: Villiers de L'Isle-Adam's *L'eve future* and Late-Nineteenth-Century Medical Constructions of Femininity" [Ficções científicas: *L'eve Future* de Villiers de L'Isle Adam e as construções médicas da feminilidade no final do século XIX] (New York University, 1996). Também fui beneficiada pela pesquisa que ela realizou nos arquivos do hospital Salpêtrière para o livro que em breve publicará pela Norton, *Living Dolls* [Bonecas vivas]. Quero agradecer ainda a Asti pela leitura cuidadosa que fez do romance e das referências à histeria e por nossas contínuas conversas sobre medicina, doenças e os mistérios da cultura.

1ª EDIÇÃO [2004] 1 reimpressão

ESTA OBRA FOI COMPOSTA PELO ACQUA ESTÚDIO EM ELECTRA E IMPRESSA
PELA GEOGRÁFICA EM OFSETE SOBRE PAPEL PÓLEN SOFT DA SUZANO BAHIA SUL
PARA A EDITORA SCHWARCZ EM FEVEREIRO DE 2005